Hrsg. Christian Handel

In Hexenwäldern und Feentürmen

Eine märchenhafte Anthologie

Drachenmond Verlag

Copyright © 2017 by

Drachenmond Verlag GmbH
Auf der Weide 6
50354 Hürth
http: www.drachenmond.de
E-Mail: info@drachenmond.de

Lektorat: Christian Handel & Alexandra Fuchs
Korrektorat: Michaela Retetzki
Satz: Astrid Behrendt
Layout: Astrid Behrendt
Umschlagdesign: Alexander Kopainski
alexanderkopainski.de
Umschlagbildmaterial: Shutterstock
Illustrationen: So Lil' art
»Der Preis«, »Schwestern der Hecke«, »Die kleine Androidin«
und »Nur so stark wie die Füße, die uns tragen«
übersetzt von Sarah Adler
Druck: Booksfactory

ISBN 978-3-95991-266-2

Alle Rechte vorbehalten

Inhalt

Vorwort 5

Michelle Natascha Weber 9
Der gläserne Turm

Nina Blazon 35
Schneefieber

Alexandra Fuchs 51
Rot wie Schnee

Patricia Briggs 77
Der Preis

Lena Falkenhagen 105
Goldregen und Weihrauch

Nina MacKay 117
Das Aschenputtel-Vermächtnis

Stephan R. Bellem 161
Der Jäger

Halo Summer 181
Der düsteren Stunden Glanz

Sylvia Johanna Sollfrank 209
Die Flöte im Mondlicht

Andreas Suchanek 229
Träume aus Glas und Stein

Oliver Schlick 255
Ascherfeld

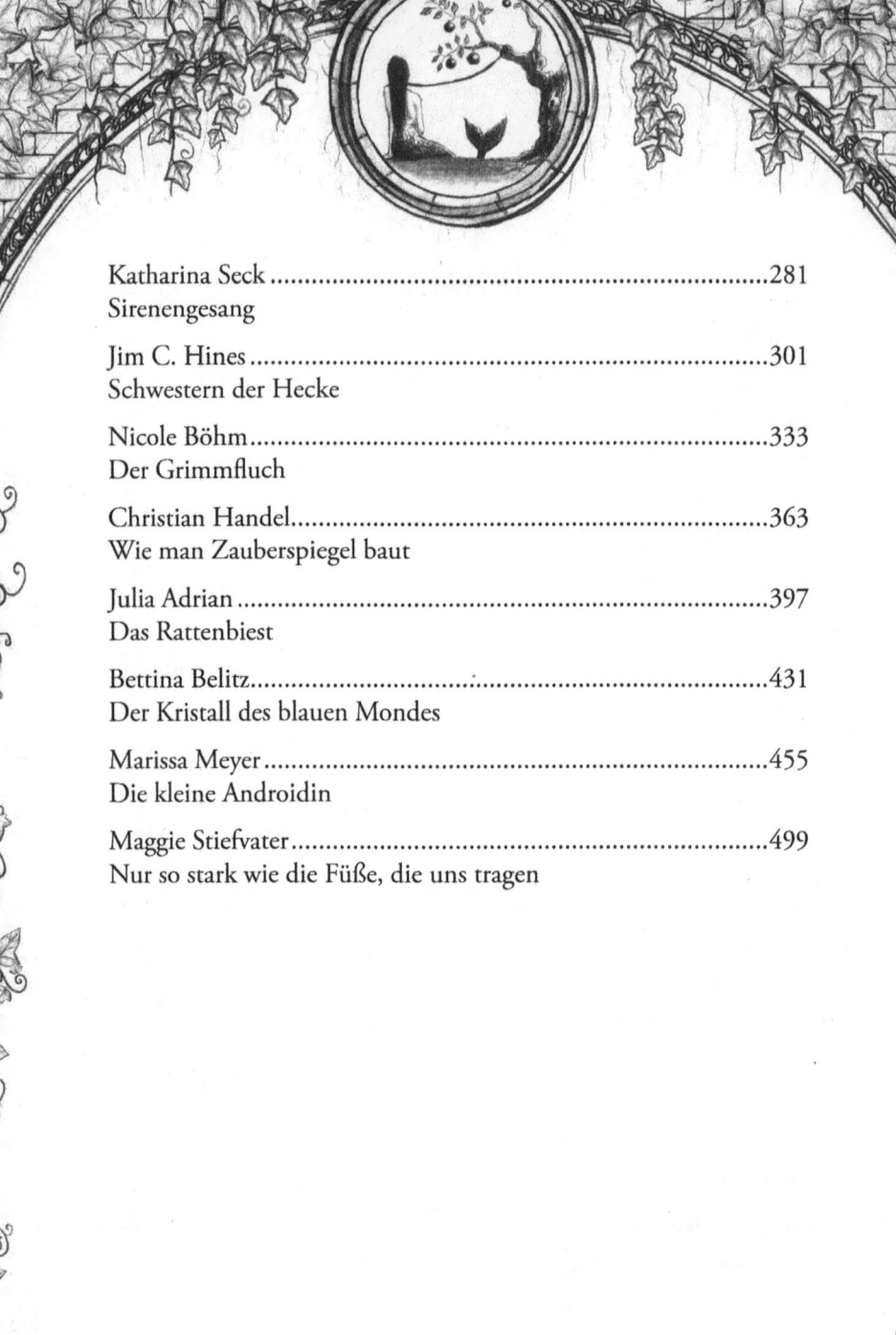

Katharina Seck 281
Sirenengesang

Jim C. Hines 301
Schwestern der Hecke

Nicole Böhm...333
Der Grimmfluch

Christian Handel..363
Wie man Zauberspiegel baut

Julia Adrian 397
Das Rattenbiest

Bettina Belitz..431
Der Kristall des blauen Mondes

Marissa Meyer..455
Die kleine Androidin

Maggie Stiefvater...499
Nur so stark wie die Füße, die uns tragen

Vorwort

Man fragt mich oft, warum ich Märchenadaptionen so sehr liebe. Wenn ihr zu dieser Sammlung gegriffen habt, brauche ich euch das vermutlich nicht zu erklären. Sicher seid auch ihr dem Zauber magischer Geschichten mit unbeschreiblicher *Es war einmal*-Atmosphäre verfallen.

Trotzdem kommt diese Frage so oft, dass ich bewusst darüber nachgedacht habe. Man kann sie auf vielerlei Arten beantworten.

Eine davon ist, dass es im Märchen (meist) nicht um den ultimativen Kampf des Guten gegen das absolut Böse geht, ebenso wenig wie um das drohende Ende der Welt. Das sind Elemente, die oft Hand in Hand gehen und in vielen High Fantasy-Sagas zur Motivation für die Helden werden. Nicht so im Märchen und folglich auch nicht in der Fairytale-Fantasy.

Die Konflikte hier sind persönlicher, weniger entrückt und allumfassend, dafür jedoch menschlicher. Natürlich bestätigen Ausnahmen die Regel, aber wenn es um Märchen geht, denke ich nicht an gewaltige Schlachten. Ich denke an mutige Frauen, die Unmögliches möglich machen, um ihre Ehemänner von Flüchen zu erlösen. Ich denke an Prinzen, die Füchsen das Leben schenken und dadurch ihr Glück finden. An junge Mädchen, die selbst bis ins Herz des Winters vordringen, um ihre besten Freunde aus dem Bann einer Schneekönigin zu befreien – und an andere junge Mädchen, die sich von den Schikanen durch ihre Stiefverwandtschaft nicht kleinkriegen lassen und sich heimlich nachts aus dem Haus schleichen. Und zwar einfach nur deshalb, weil sie Lust darauf haben, das Tanzbein zu schwingen und ihren harten Alltag einen Abend lang zu vergessen. Dass sie sich dabei

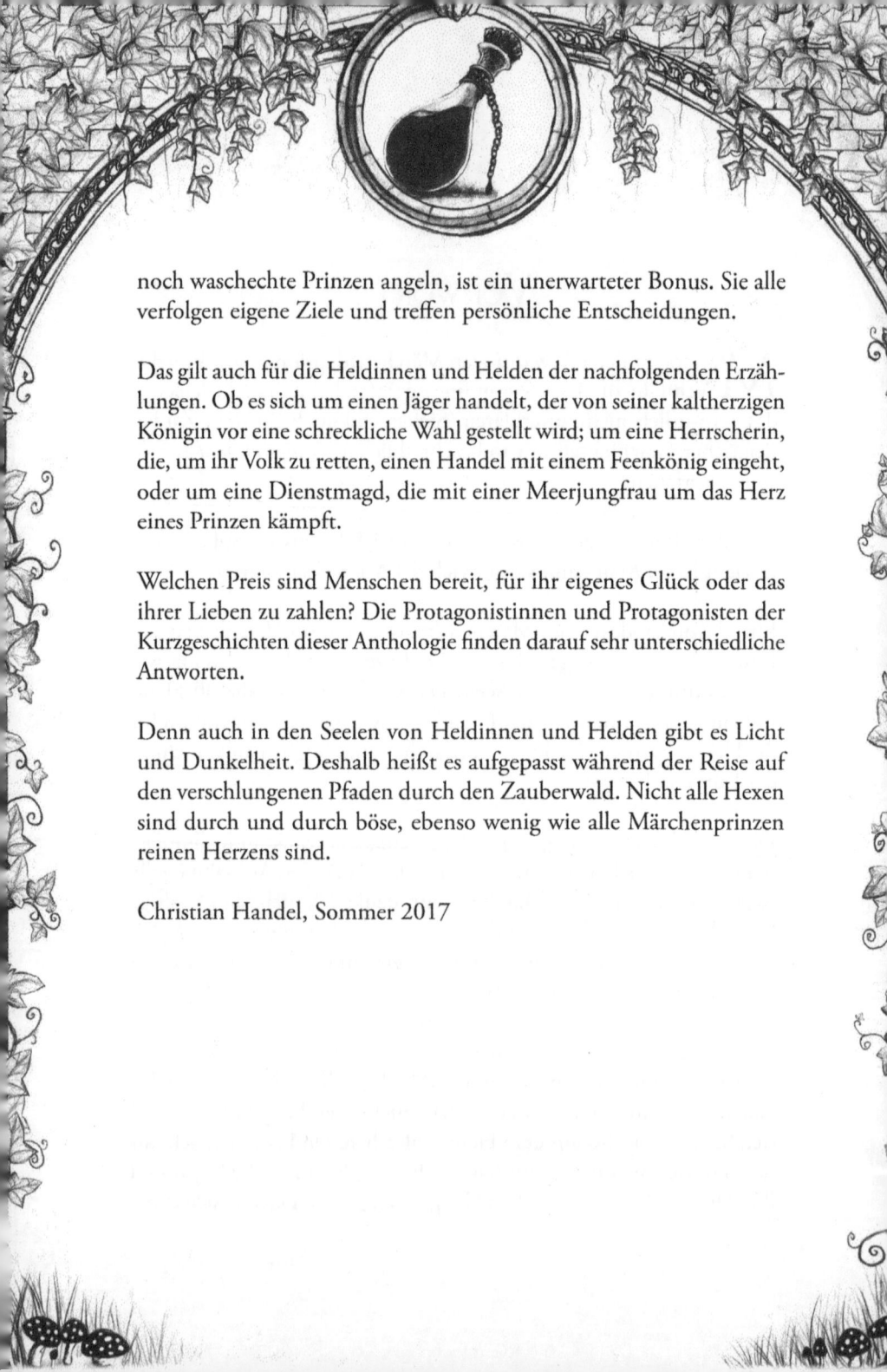

noch waschechte Prinzen angeln, ist ein unerwarteter Bonus. Sie alle verfolgen eigene Ziele und treffen persönliche Entscheidungen.

Das gilt auch für die Heldinnen und Helden der nachfolgenden Erzählungen. Ob es sich um einen Jäger handelt, der von seiner kaltherzigen Königin vor eine schreckliche Wahl gestellt wird; um eine Herrscherin, die, um ihr Volk zu retten, einen Handel mit einem Feenkönig eingeht, oder um eine Dienstmagd, die mit einer Meerjungfrau um das Herz eines Prinzen kämpft.

Welchen Preis sind Menschen bereit, für ihr eigenes Glück oder das ihrer Lieben zu zahlen? Die Protagonistinnen und Protagonisten der Kurzgeschichten dieser Anthologie finden darauf sehr unterschiedliche Antworten.

Denn auch in den Seelen von Heldinnen und Helden gibt es Licht und Dunkelheit. Deshalb heißt es aufgepasst während der Reise auf den verschlungenen Pfaden durch den Zauberwald. Nicht alle Hexen sind durch und durch böse, ebenso wenig wie alle Märchenprinzen reinen Herzens sind.

Christian Handel, Sommer 2017

MICHELLE NATASCHA WEBER

DER GLÄSERNE TURM

Michelle Natascha Weber

Der erste Feenturm, in den wir euch entführen, wurde von Michelle Natascha Weber gebaut. Er erhebt sich in der gleichen Welt, in der auch ihr Roman *Die Rabenkönigin* spielt. Die nachfolgende Kurzgeschichte kann aber völlig unabhängig davon gelesen werden.

»Ich greife gerne auf Figuren aus vorherigen Geschichten zurück, die mich besonders interessiert haben«, erklärt sie diese Entscheidung. »Der Feenkönig ist eine Figur, zu der ich immer gerne noch mehr schreiben wollte, weil er in der Rabenkönigin nur seine negative Facette zeigen darf – was ihm nicht ganz gerecht wird.« Um ihn herum hat Michelle nun eine neue Erzählung gesponnen, für die sie auf Motive aus einem berühmten Märchen der Brüder Grimm zurückgegriffen hat.

Michelle wurde in Hanau geboren, lebt aber inzwischen am Rhein. Sie ist ein sehr visueller Mensch und lässt sich gern von Bildern von Melanie Delon, Linda Bergkvist oder Victoria Frances inspirieren. In ihren Werken verschmilzt High Fantasy mit Gothic Romance- und Mantel & Degen-Einflüssen. Frisch erschienen ist *Sonnenblut*, der Auftaktband eines Zweiteilers um Hexen, Blutsauger, Flüche und verfeindete Höfe.

www.michelle-weber.de

Der gläserne Turm

Die Windharfe schweigt. Verrat hat sie verstummen lassen. Ihre Saiten sind durchtrennt. Das Lied des Windes ist verklungen und mit ihm fallen die Schutzmauern, die uns für Jahrhunderte umschlossen haben. Die Wellen des endlosen Ozeans schlagen in die Höhe, angefacht vom Zorn der Sirenen, die uns umzingelt haben. Sturmwind braust über die Insel hinweg und dröhnt in meinen Ohren. Ich höre ihren Gesang darin. Schrill. Bedrohlich. Ihre Fischschwänze wühlen das Meer auf, Silberglanz zwischen dem weißen Schaum der Gischt. Die Insel bebt. Die Erde rumort und reißt auf, wo sie dem Druck der Erdmassen nicht mehr standhalten kann.

Ich weiß, dass uns das Wasser verschlingen wird. Schon jetzt bröckelt der Stein unserer Stadt. Marmor bricht aus den Mauern und zerschellt auf den glatten Straßen. Mein Leben zerfällt vor meinen Augen. Unsere Zeit ist endgültig abgelaufen. Wie lange haben wir diesen Tag gefürchtet? Nun ist er gekommen. *Er* hat uns gefunden und seine Rache kommt über uns. Gestohlene Magie, ein Pakt, der gebrochen wurde. Betrug, begangen von Elouann, der ersten Königin von Tuwela. Die Schutzzauber halten seinem Toben nicht stand. Sie zerbröseln unter seiner Macht, nutzlos, lächerlich. Wie haben wir je glauben können, dass sie ihn fernhalten könnten?

Nur ein letztes Opfer kann uns retten und ich bin diejenige, die es bringen muss.

Ich sehe mein eigenes Gesicht im Spiegel, bleich und voller Angst. Dennoch steht Entschlossenheit in meinen Augen, als ich die Hände nach dem Glas ausstrecke und die Lippen öffne, um *ihn* zu rufen.

Den letzten Ausweg. Die letzte Hoffnung.

Mein Verderben.

Mein Spiegelbild verschwimmt, als ob ein Stein ins Wasser fällt, und ich schrecke davor zurück. Es ist, als ob das Glas zum Leben erwacht. Rote Schlieren zerfasern in Silber und mein Atem stockt, als ich ein Gesicht darin erkenne.

Sein Gesicht.

Er ist schön. Atemberaubend. Nie zuvor habe ich einen Mann wie ihn gesehen. Sein rotes Haar lässt ihn wirken, als stünde er in Flammen. Es lodert wie die Wut, die in seinen zweifarbigen Augen brennt. Eines golden wie die Sonne, das andere von dem tiefen Saphirblau einer Sommernacht. Alles an ihm ist Macht. Stärke. Ich kann nicht aufhören, ihn anzustarren. Erst seine Stimme schreckt mich auf. Dunkel, samtig … und doch … grollender Donner klingt darin mit. »Du rufst nach mir, Nimaë aus dem Geschlecht der Ersten?«

Ich neige den Kopf, nicht länger fähig, seinem Blick standzuhalten, und Scham kommt über mich, weil ich es nicht vermag. Vielleicht war es mir vorherbestimmt, dass Tuwela mit mir untergehen muss, weil ich niemals stark genug war, ihm die Stirn zu bieten. Der Gedanke weckt Trotz in mir und gibt mir die Kraft, zu ihm aufzublicken. »Verschont mein Reich und mein Volk vor Eurem Zorn. Meine Familie war es, die Euch Schaden zugefügt hat, und ich bin es, die ihn wiedergutmachen wird.« Meine Stimme zittert. Ich zwinge das Räuspern in meiner Kehle zurück und starre ihm entgegen, obgleich ich vor ihm davonlaufen will.

Er sieht mich unverwandt an und ein kalter Schauer rieselt über meinen Rücken. Dann verschränkt er die Arme vor der Brust und legt den Kopf schief. »Du verlangst viel, Nimaë. Was gibst du mir dafür?«

Diesmal bleibt meine Stimme fest, als ich ihm antworte. »Mein Leben.«

Schweigen. Nur das endlose Singen der Sirenen stört die Stille zwischen uns.

»Du kommst aus freiem Willen in mein Reich?«, fragt er schließlich und es gelingt ihm, Staunen in seine Worte zu legen. Doch ich weiß, dass es nicht echt sein kann. Er hat darauf gewartet, dass ich nach ihm rufe. Ich kann es im Glitzern seines Blickes erkennen. Für einen

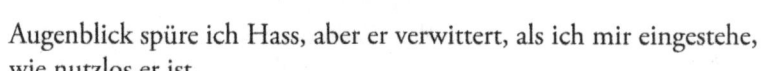

Augenblick spüre ich Hass, aber er verwittert, als ich mir eingestehe, wie nutzlos er ist.

»Ja«, antworte ich heiser.

»Dann soll es geschehen, wie du wünschst.« Sein Lächeln erinnert mich an ein Raubtier, das seine Beute endlich geschlagen hat. Ich finde seinen Triumph darin. Er bekommt, was er will und ich staune darüber, wie leicht es mir fällt, den Pakt zu schließen, der die Insel retten wird. Seine Hand löst sich aus dem Spiegel und durchbricht die Grenzen zwischen unseren Welten. Ich schlucke, als ich ihm die meine reiche.

Ein Schritt nur, ein einziger Schritt. Die Welt verschwimmt in Silber, ich spüre Kälte auf meiner Haut, den Kuss von Eis und Schnee. Der Gesang der Sirenen verstummt und Stille umfängt mich. Als ich die Augen öffne, erblicke ich die gläsernen Wände eines Turmes, die meine Stimme mit einem unheimlichen Echo zurückwerfen, obwohl sie schon lange verhallt ist.

»*Ja*.«

Nur ein einziges Wort.

Der Schlüssel zu meiner Verdammnis.

Der Saal, in den er mich bringt, ist rund und weitläufig. Ein Spiegel dehnt sich unter meinen Füßen aus und hinter den Glaswänden regiert die Nacht. Wenn ich nach draußen blicke, finde ich die Endlosigkeit der verschneiten Berge, vom Silberlicht des Mondes überzogen. Die Gipfel wirken, als seien sie von der Hand eines Zuckerbäckers geformt. Es ist ein glitzerndes Zauberland unter blitzenden Sternen. Schön. Zu makellos. Ich weiß, dass ich hier niemals die Wärme der Sonne auf meiner Haut spüren werde. Nie mehr die blühenden, duftenden Bäume meiner Heimat und das Meer sehen werde. Die Sehnsucht, die mich befällt, schmerzt in jeder Faser meines Körpers. Aber ich weiß

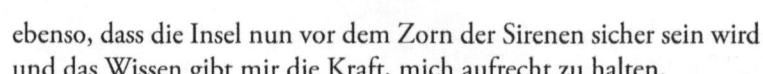

ebenso, dass die Insel nun vor dem Zorn der Sirenen sicher sein wird und das Wissen gibt mir die Kraft, mich aufrecht zu halten.

Er steht nicht weit von mir und beobachtet mich, als sei ich ein seltenes Tier, das man in einen Käfig gesperrt hat. Ich richte mich stolz auf und erwidere den Blick seiner zweifarbigen Augen. »Also ist dies das Gefängnis, das Ihr für mich gewählt habt?«

Sein Lächeln wirkt ironisch. Lichter ergießen sich aus seinen Händen und verteilen sich im Saal. Tanzende Glühwürmchen aus Silber, die ihre Umgebung erstrahlen lassen. »Es ist das Heim, das ich für deine Vorfahrin errichtet habe. Nun bist du es, die es an ihrer Stelle bewohnen wird ... außer ...«, er lässt seine Stimme verklingen.

»Außer?«, wiederhole ich und in mir breitet sich Widerwillen gegen das Gefühl aus, dass er mit mir spielt.

»Außer, du entdeckst die Tür, die dich in die Freiheit führt. Wenn du sie finden kannst, gebe ich dich frei.«

Misstrauisch ziehe ich die Stirn in Falten. Es klingt zu einfach. Zu großzügig. »Warum solltet Ihr mich gehen lassen? Habt Ihr nicht all die Jahrhunderte darauf gewartet, mein Blut in die Hände zu bekommen? Nun besitzt Ihr mich und wollt mir die Freiheit schenken?«

»Elouann hat mich betrogen. Du aber bist aus freiem Willen gekommen, um ihren Platz einzunehmen und zu sühnen, was mir vor langer Zeit zugefügt wurde. Also gewähre ich dir einen Ausweg. Finde die Tür und ich verspreche dir, dass du frei sein wirst und dein Reich bis ans Ende der Zeit in Frieden blüht und gedeiht.«

Ich suche nach Worten, aber sie bleiben in meiner Kehle stecken. *Freiheit*. Es klingt unglaublich, doch ich weiß, dass er nicht lügen kann. Denn er ist der König der Feen und jede Lüge würde seine Zunge zerschneiden wie ein Dolch. Hoffnung steigt in mir auf und schlägt über mir zusammen wie eine Welle, die mich mit sich reißen will. Sie kommt so unerwartet, dass meine Beine schwach und weich wie Wachs werden.

Sein Lächeln wird breiter und erneut springt Silberlicht von seinen Fingern. Diesmal sind es keine Lichter, die den Saal erhellen. Es sind

Wirbel aus reiner Magie, flüssiges Licht, das über die Spiegel tanzt und Silhouetten entstehen lässt. Ein Bett mit seidenen Vorhängen, Truhen, die vor Kleidern überquellen. Ein Tisch, auf dem Speisen warten. Das weiche Gefühl unter meinen Sohlen lässt mich hinabblicken, auf den dicken Teppich, der sich über den Spiegeln ausbreitet und meine staunende Miene ausschließt.

»Schlaf gut, schöne Nimaë.«

Ich zucke zusammen. Seine Stimme verhallt in einem Echo und von ihm bleibt keine Spur. Ich bin allein. Fassungslos schlinge ich die Arme um meinen Körper, um das Beben zurückzuhalten, das in meinen Gliedern lauert.

Ich erwache, als das Licht des Vollmondes meine Lider berührt. Die Seide des Kissens unter meiner Wange ist kühl und rau. Kerzenschein erhellt mein Schlafgemach, obgleich ich keine Kerzen entzündet habe. Ich suche nach seiner Quelle und finde den Leuchter, der neben meinem Bett erschienen ist. Warmes Licht. Menschliches Licht, dessen goldener Schein wie eine Erinnerung an die Sonne ist. Es scheint fehl am Platz in dieser silberweißen Welt aus Glas und Eis. Ich spüre Hitze an meiner Handfläche, als ich sie über die flackernden Flämmchen halte. Sie ist wohltuend und tröstlich, wenngleich nichts meinen Kummer zu lindern vermag.

Die kristallene Tür auf der anderen Seite des Saales öffnet sich wie eine stumme Einladung, hindurchzutreten, und ich verstehe. Also soll meine Suche ihren Anfang nehmen. Es ist wie ein beginnendes Spiel. *Er* ruft nach mir und ich muss ihm folgen. Müde setze ich mich auf und greife nach dem Leuchter, der neben dem Bett wartet. Meine Finger hinterlassen weißliche Abdrücke auf seinem glänzenden Silber.

Beobachtet er mich? Ist das wachsame Auge des Mondes, das durch die gläsernen Wände blickt, das seine? Ich starre auf die helle Scheibe, als könnte ich ihn damit herausfordern, aber ich bin diejenige, die als Erste blinzeln muss. Keine Wolke steht am Nachthimmel und nimmt dem Mondauge die Sicht.

Lächerlich.

Ich atme aus und erhebe mich. Mein Zopf fällt herab und schleift wie eine silberblonde Schlange hinter mir über den Teppich. Er ist die Wurzel meiner Kräfte, ein Funken Magie, der mir ins Feenreich gefolgt ist. Der Grund für meine Gefangenschaft. Elouanns Verrat versteckt sich in meinem Haar, so wie in dem Haar aller Töchter meines Geschlechts, die vor mir gekommen sind. Wir schneiden es niemals, damit seine Zauberkraft mit jeder Spanne wächst, aber hier, in diesem Reich, in dem Magie aus jeder Pore quillt, erscheint sie mir wertlos. Sie ist ein winziger Bruchteil der Macht, die der Feenkönig besitzt, nicht mehr als ein Hauch für ihn. Und doch wichtig genug, dass er mich hierher gebracht hat und meine Insel dafür verschont.

Ich verstehe seine Gründe nicht und ich kann nicht ermessen, warum er mir einen Ausweg gewähren möchte. In den Geschichten meines Volkes ist er das Böse. Die niederträchtige Macht, die verführt und ins Unglück stürzt, wer sich ihm in die Hände gibt. Niemals lässt er den gehen, der einen Pakt mit ihm geschlossen hat. Niemals gibt er auf, was er besitzt. Dennoch ... er kann nicht lügen, so wie es keine Fee vermag. Und ich glaube ihm, selbst wenn es eine Närrin aus mir macht.

Ich zupfe ein Haar aus meinem Zopf. Nur ein kleines Stück, nicht länger als mein Arm. Ein feiner, silbrig schimmernder Faden in meiner Hand.

»Zeig mir die Tür in die Freiheit«, flüstere ich und hauche über meine Handfläche.

Es erhebt sich und schwebt davon, auf den Durchgang zu, der auf eine Treppe hinausführt. Glas erstreckt sich unter meinen Sohlen. Darunter kann ich die Tiefe sehen, die mich erwartet, wenn es zerbricht. Schaudernd folge ich den Stufen, immer auf der Hut vor dem verräterischen Knacken, das mich in den Abgrund reißt. Aber ich höre nichts als das Pochen meiner Absätze, das sich mit dem unruhigen Schlag meines Herzens vereint.

Ich passiere leere Säle, Kammern und Zimmer voller Kuriositäten, ohne eines davon zu betreten. Niemals können sie alle sich wahrhaftig in diesem Turm befinden. Manche sind rund, andere eckig. Ich laufe durch Türmchen und vorüber an Erkern, während ich dem schwebenden Schimmer meines Haares folge, das mir den Weg weist. Schließlich endet die Treppe an einem Torbogen, durch den silberner Schein hereinfällt. Mondlicht. Kalter Wind streift meine Wangen, und mein Herzschlag beschleunigt sich. Er führt hinaus! Hinaus ins Freie!

Ein zaghaftes Lächeln berührt meine Lippen. Ich vernehme das mächtige Rauschen von Wasser und eile hindurch. Es ist wie der Ruf des Meeres und beinahe kann ich meine Heimat riechen. Salzig, würzig, Orangen und Kräuter. Schnee knirscht unter meinen zu dünnen Schuhen und durchnässt sie bis auf die Haut, als ich ins Freie trete. Ich spüre es kaum. Doch es ist nicht der Ozean, der mich empfängt. Staunend betrachte ich die hohen Gipfel, die mich in ihrer Umarmung bergen. Gläserne Rosen wachsen an ihrem Fuß und glitzern im Schein der Sterne. Sie neigen sich mir zu, als wollten sie mich mustern, und ich halte inne, als ich begreife. Das Rauschen erklingt von dem mächtigen Wasserfall, der vor mir ins Leere stürzt. Die schäumenden Wassermassen nehmen meine Hoffnung mit sich und Enttäuschung breitet sich bleiern in mir aus. Nein, dies ist kein Ausgang aus dem gläsernen Turm. Der Weg endet im Nichts.

Die Magie in meinem Haar erlischt unvermittelt. Es sinkt in den Schnee und verschwindet dort. Verbraucht. In die Irre geführt vom Zauber des Feenkönigs.

Ein Schillern weckt meine Aufmerksamkeit und ich drehe mich um, als ein Pavillon inmitten der Rosen erscheint. Sie kriechen an seinen durchscheinenden Wänden empor und Vögel aus buntem Glas setzen sich in ihre Zweige. Ich erwarte, sie singen zu hören, doch sie bleiben geisterhaft stumm.

Der Pavillon ist nicht leer.

Ich wage kaum zu atmen, als ich den roten Schein seines Flammenhaares entdecke. Flammende Hitze in der ewigen Kälte des Winters. Ein Hauch von Farbe in der endlosen Weiße seiner Welt. Der Saum meines Kleides ist schwer vor Nässe, als ich mich schwerfällig wie eine Schlafwandlerin auf ihn zubewege.

»Ihr habt gelogen«, sage ich. Es klingt schriller, als ich es mir wünschen würde.

Meine Anschuldigung berührt ihn nicht, seine Miene bleibt bar jeden Gefühls. »Ich kann nicht lügen, Nimaë.«

Etwas Seltsames flackert in seinem Blick und ich spüre Furcht, die nach mir greifen will. Erst jetzt wird mir bewusst, wie gefährlich die Kreatur ist, die vor mir steht. Trotzdem weiche ich nicht zurück. Die Enttäuschung ist stärker als die Angst vor ihm. »Dann erklärt mir, warum der Weg nach draußen im Nichts endet.«

»Ein Weg, der nach draußen führt, muss nicht in der Freiheit enden. Vielleicht hast du den richtigen noch nicht entdeckt.« Er lässt sich im Pavillon nieder und es wirkt so majestätisch, als ob er auf einem Thron sitzt. Ein Fingerzeig von ihm lässt mein verlorenes Haar emporsteigen. Es schwebt durch die Luft und legt sich auf seine Handfläche. Er betrachtet es mit schief gelegtem Kopf, ehe er die Finger darüber schließt.

»Und wie erkenne ich den Richtigen, wenn ich ihn gefunden habe?«

»Das wirst du wissen, sobald du es getan hast.« Er lächelt rätselhaft und ein silbernes Flimmern leuchtet in der Hand auf, in der er mein Haar verbirgt. »Vielleicht suchst du auf die falsche Weise.«

Ich hebe die Brauen und mustere ihn spöttisch. »Auf wie viele Arten kann man wohl nach einer Tür suchen? Soll ich mich an den Glaswänden entlangtasten oder den Boden beschnüffeln wie ein Hund?«

»Das kommt auf die Art der Pforte an, nicht wahr?« Silbernes Pulver rieselt von seinen Fingern und mein Haar ist verschwunden.

Er legt den Arm auf die Lehne der Bank, auf der er Platz genommen hat. »Aber bedenke, du hast die Wahl, zu bleiben. Möglicherweise empfindest du mein Reich eines Tages als angenehmer, als du jetzt glauben möchtest.«

»Euer Reich?« Ich drehe den Kopf und beäuge den Turm, bevor ich mich wieder zu ihm umwende. »Ich gebe zu, in den Erzählungen meines Volkes wirkt das prachtvolle Reich des Feenkönigs wesentlich beeindruckender.«

Sein goldenes Auge scheint zu brennen, als er den Blick auf mich richtet, doch das Gefühl darin bleibt undeutbar. »In den Erzählungen deines Volkes.« Er schnaubt verächtlich, als sei es eine Beleidigung, dass Geschichten über ihn existieren. »Und was erzählen sie über mich?«

Seine Neugier erstaunt mich. Wie kann es den Feenkönig berühren, was Sterbliche sich über ihn erzählen? »Nun…«, ich zögere und lasse meine Fingerspitzen über eine der Rosen gleiten. Sie ist erstaunlich kühl, wie aus Eis geformt. Etwas sticht in meine Haut und ich ziehe erschrocken die Hand zurück. Ein roter Blutstropfen quillt hervor und ich finde seine Spuren an der Spitze eines Dorns. Entgeistert beobachte ich, wie sich die Blütenblätter der Rose rötlich färben. Doch es vergeht so schnell, dass ich nicht sicher bin, ob ich einer Täuschung erliege. Ich räuspere mich und lasse die Hand sinken. »Ihr seid ein Ungeheuer, das mit samtenen Worten verführt. Ein Dieb, der Leben stiehlt und Seelen zerstört, wo auch immer er geht. Wer Euch ruft, fordert das Verderben heraus.«

»*Ich* bin ein Dieb?« Er wirkt amüsiert. Ich kann sehen, wie sein Mundwinkel zuckt.

»Ihr wolltet eine Antwort und ich habe sie Euch gegeben. Ich bin nicht schuld daran, wenn ihr Inhalt Euch missfällt.«

»Und was glaubst *du*, was ich bin, schöne Nimaë? Bin ich dein Verderben?« Er erhebt sich und plötzlich steht er so dicht neben mir, dass ich die Hitze seines Körpers spüren kann. Es ist, als ob er brennt. Als ob sein Haar tatsächlich aus Flammen besteht. Feuer, das gegen

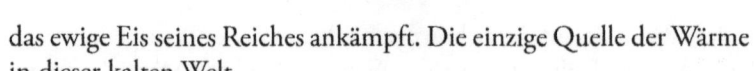

das ewige Eis seines Reiches ankämpft. Die einzige Quelle der Wärme in dieser kalten Welt.

»Ich ... weiß es nicht«, erwidere ich vorsichtig. Hastig trete ich beiseite, um Abstand zu ihm zu gewinnen.

Sein Lächeln vertieft sich, als er nach meinem Zopf langt und mein Haar durch seine Finger gleiten lässt. Es ist eine zärtliche Berührung, die ein merkwürdiges Flackern auf den Flechten hinterlässt. Tanzendes Licht, das sie umkreist.

»Du hast alle Zeit der Welt, um es herauszufinden.« Sein Atem berührt meine Haut und ich erschauere. Ein Herzschlag, ein letzter Blick, dann vergeht er in einem Windstoß, der in den Pavillon fegt und den Frost hereinträgt. Das Dach über meinem Kopf löst sich auf und Schneeflocken rieseln vom Himmel. Sie fallen auf mein Gesicht und schmelzen zu feuchten Tropfen, die über meine Wangen rinnen wie Tränen.

Der gläserne Turm ist endlos und spiegelglatt. Niemand könnte seine Wände je erklimmen, um die Reihe der Arkadenbögen zu erreichen, die sich unter dem spitzen Dach erstrecken. Wenn sie in die Freiheit führen sollten, so muss man die Schwingen eines Vogels besitzen, um ihnen zu entkommen. Trotzdem suche ich nach dem Weg hinauf.

Türen kommen und gehen. Sie enden auf Terrassen und Balkonen. Wann immer ich über die Schwelle trete, schwillt die Hoffnung in mir an, um doch zu Staub zu zerfallen. Sobald ich sie verlasse, schwinden sie, als hätte der Zauber des Turmes sie nur entstehen lassen, damit ich die Aussichtslosigkeit meiner Suche erkennen muss.

Die Zeit verschwimmt in diesem Reich der ewigen Nacht. Ohne die Wanderung von Sonne und Mond fehlt den Stunden die Struktur. Ich schlafe, wenn ich müde werde, und wandle durch den Turm des Feenkönigs, wenn ich wieder erwache. Stets warten Speisen auf mich, von unsichtbaren Händen bereitet, und wenn ich meine Mahlzeit beendet habe, verschwinden sie ohne jede Spur. Niemals sehe ich einen Diener oder eine andere Seele. Sogar der Feenkönig bleibt mir fern. Vielleicht hat er das Interesse an diesem Spiel verloren und sich einer interessanteren Beute zugewandt.

Die Einsamkeit zehrt an mir. Manchmal ertappe ich mich dabei, wie ich mit mir selbst rede und mir von meiner Heimat erzähle. Von Sonnenschein und dem Duft frisch gemähten Grases. Hier blüht nichts außer den gläsernen Rosen, die sich am Turm hinaufranken, als könnten ihre Dornen Halt an seinen Wänden finden.

Ich entdecke einen Saal voller Spiegel, die mein Abbild unzählige Male zurückwerfen. Es sind große und kleine, runde und eckige in goldenen Rahmen. Manche neu und glänzend, andere alt und angelaufen von zahllosen Jahren. Es ist so verwirrend, dass ich die Augen schließen muss, weil ich nicht weiß, wohin ich mich wenden soll. Als ich sie wieder öffne, ist mein Spiegelbild in einem von ihnen erloschen und hat einen Durchgang freigegeben. Helligkeit strahlt mir daraus entgegen und ich gehe vorsichtig darauf zu, neugierig auf das, was sich dahinter verstecken mag.

Der Saal, den ich betrete, ist verlassen. Meine Schritte hallen laut durch seine Leere. Ich laufe über einen Teich, eingeschlossen unter Glas. Fische huschen unter meinem Saum vorüber und leuchtende Seerosen treiben auf dem unerreichbaren Nass. Staunend halte ich inne, um das dunkle Wasser zu betrachten, in dem sich meine Gestalt spiegelt. Dann mischt sich ein rötlicher Flecken in das Bild und ich schrecke auf, um mich dem König der Feen gegenüber zu finden. Meine Umgebung verblasst. Sie wandelt sich und wir stehen auf einer steinernen Brücke, über die sich Weiden beugen wie trauernde verschleierte Frauen. Wind rauscht sacht durch ihre Zweige und die milde Brise einer warmen Sommernacht berührt meine Haut. Doch ich fröstele beim Anblick des Mannes, der am anderen Ende der Brücke wartet.

Er lächelt, als ob er sich über meine erschrockene Miene amüsiert. Mit gerunzelter Stirn blicke ich ihn an und er lässt Sternenlichter von seinen Händen schweben, die sich über uns ausbreiten wie schwirrende Diamanten. »Du hast die Tür noch immer nicht gefunden, Nimaë?«, fragt er süffisant und ich verabscheue ihn dafür.

»Es ist schwierig, sie zu finden«, gebe ich barsch zurück. »Euer Turm verändert sich mit jedem Atemzug.«

Die Sternenlichter umkreisen mich und eines blinkt so hell, dass ich die Augen gegen seinen Schein beschatten muss. Der Feenkönig gibt einen belustigten Laut von sich und ich spüre, wie Ärger in mir aufsteigen will.

»Vielleicht solltest du stattdessen nach dem richtigen Schlüssel suchen.«

»Ihr habt nicht erwähnt, dass es einen Schlüssel gibt.«

»Es gibt immer einen Schlüssel. Und bedenke, das Feenreich lässt niemanden gehen, der nicht etwas von sich zurücklässt.« Neue Lichter strömen von seinen Händen und tanzen um meine Gestalt. Ich trete beiseite, doch sie folgen mir und setzen ihren Reigen fort. Meine Hand gleitet durch sie hindurch, als ich sie verjagen will. Ich spüre ein schmerzhaftes Prickeln auf meiner Haut, als hätte ich mich an ihnen verbrannt.

Ich schnaube spöttisch. »Gibt es noch andere Bedingungen, von denen ich wissen sollte? Und was könnte ich wohl zurücklassen, damit es mich freigibt? Mein Herz? Meine Seele? Mein Augenlicht?«

»Du glaubst noch immer, dass ich so grausam bin, schöne Nimaë?«

»Seid Ihr es nicht?«

Er blickt nachdenklich über das Wasser des Teiches, dann fixieren seine zweifarbigen Augen mein Gesicht. »Dein Reich blüht und ist sicher vor den Sirenen. Kein Sturm und keine Welle wird es in den Abgrund reißen. Macht sein Schutz mich zu deinem Feind?«

Ich fasse nach dem Geländer der Brücke. Kalter, fester Stein, der mir Halt gibt. »Macht es Euch zu einem Wohltäter, wenn Ihr etwas gebt, nachdem Ihr etwas bekommen habt? Ich bin hier, in Eurer Gewalt. Ihr habt Tuwela nicht aus freiem Willen verschont, sondern weil ich Euch etwas dafür angeboten habe.«

Wieder brennt sein goldenes Auge, während das saphirene kalt wie Stahl bleibt. »Du hast mir etwas angeboten, das mir gehört, Königstochter. Habe ich kein Recht, es zurückzufordern?«

Ich richte mich gerade auf, um seinem Blick zu begegnen, und die Jahre, in denen ich eine Königin war, fließen in meine unbeugsame Haltung. »Also gehöre ich Euch?«

Sein Raubtierlächeln blitzt auf und lässt Gänsehaut auf meinen Armen entstehen. »Ein Teil von dir.«

Instinktiv fasse ich nach meinem Haar, in dem die Magie des Feenreiches gefangen ist. »Ich kann Euch nicht zurückgeben, was Elouann Euch genommen hat. Es ist seit langer Zeit in unserem Blut verankert.«

»Elouann hat mir und meinem Reich weit mehr genommen als ein Stück meiner Macht.« Er umkreist mich langsam, ebenso wie seine Sternenlichter, und ich muss den Impuls unterdrücken, den Atem anzuhalten.

»Was hat sie Euch noch genommen?«, frage ich tonlos.

Er hält inne und sein Lächeln erlischt. »Die Zukunft.«

»Die ... Zukunft?« Meine Stimme klingt dünn, verräterisch. Er muss meine Furcht darin hören können, aber sein Blick ist abwesend, als ob er mich nicht mehr wahrnimmt. Die Lichter flackern und sinken zu Boden, wo sie sich in Schwärze hüllen. Selbst das Glühen seines Haares wird dumpf, verschlungen vom Silberlicht des Mondes, der uns aus seinem lidlosen Auge beobachtet. Für einen Wimpernschlag wirkt er wie ein Mensch. Verloren und von Einsamkeit und unerfüllter Sehnsucht gezeichnet. Dann hebt er den Kopf und der mächtige Feenkönig kehrt zurück.

»Elouann hat den Pakt gebrochen und sie hat mich um den Preis betrogen. Willst du ihn an ihrer Stelle bezahlen, Nimaë?« Er fasst nach meinem Kinn und ich muss ihn ansehen, während die Hitze seiner Finger meine Haut versengt.

»Nennt ihn mir«, fordere ich mit mehr Mut, als ich besitze.

Sein Daumen streicht über meine Lippen und verharrt darauf. Mein Herz beginnt zu schlagen wie eine Trommel, laut und schnell. »Das kann ich nicht, denn du musst ihn aus freiem Willen zahlen, so wie du freiwillig zu mir gekommen bist.« Sein Lächeln kehrt zurück und er lässt mich los.

Unsicher weiche ich vor ihm zurück. »Noch mehr Rätsel und Fragen, auf die es keine Antwort gibt?«

»Auf jede Frage gibt es eine Antwort. Und ich warte noch auf die deine.«

»Was meint Ihr?«

»Ob ich dein Verderben bin.« Sein Blick wirkt ungewohnt offen, neugierig beinahe, als ob ihm an meiner Antwort gelegen ist. Und doch ... ich besitze keine Antwort auf seine Frage. Noch weniger, seitdem die Berührung seiner Fingerspitzen auf meiner Haut nachhallt, als ob ein Feuer darauf brennt, das mich verschlingen will, sobald ich nur einen Schritt weitergehe.

»Ich weiß es noch immer nicht«, flüstere ich und er nickt, als ob er es erwartet hätte.

Diesmal sagt er nichts. Ein Herzschlag vergeht und er zerfällt zu Sternenstaub, der sich mit dem Wasser des Teiches vereint. Eine feine silberne Spur flimmert noch für einen Atemzug lang auf seiner Oberfläche, dann sinkt sie hinab, bis sie sich meinen Blicken entzogen hat.

Meine Suche ruht. Ich sitze allein auf dem Boden meines Schlafgemaches und löse meinen Zopf. Die silberblonden Flechten breiten sich rund um meine Gestalt aus und fließen über die Seide meines Rockes wie Bäche aus vereistem Wasser. War Elouanns Haar so hell wie das meine? Hat er diesen Ort gewählt, weil wir seinen verschneiten Weiten gleichen und dem Glas, aus dem der Turm errichtet ist? War sie jemals hier? Die Erzählungen vom Anbeginn Tuwelas sind vom Zahn der Zeit zerfressen. Zu viele Löcher klaffen in den Texten und keiner erzählt, was Elouann dem Feenkönig versprochen hat. Sie ist die kluge Heldin, die eine göttliche Kreatur überlistet hat, um den Wohlstand ihres Volkes zu sichern. Keine Hexe, sondern eine Heilige, die bereit war, sich zu opfern, um die Blüte der Insel zu gewähren und sie zu schützen.

Aber ist es wahr?

Bin ich dein Verderben, schöne Nimaë?

Seine Frage hallt in meinem Kopf nach. Ich stütze ihn in die Hände und bedecke meine Ohren, um sie nicht mehr hören zu müssen. Doch es sind nicht meine Ohren, in denen sie sich unablässig wiederholt. Sie hat sich in meinen Geist gefressen wie Säure und lässt mir keinen Frieden mehr.

»Ich weiß es nicht, ich weiß es nicht«, murmele ich hilflos. Denn tatsächlich kennen allein er und Elouann die Antwort darauf. Ich erinnere mich an seine Verlorenheit. Schatten auf seiner Miene. Eine Wunde, die niemals verheilt ist, auf seinem Gesicht. Die Grenzen zwischen Gut und Böse verschwimmen. Was ich zu wissen geglaubt habe, ist nichts wert, solange mein Wissen löchrigen Quellen entspringt. Wer lügt und wer spricht die Wahrheit? Wie konnte Elouann dem König der Feen eine Wunde schlagen, die bis heute seine Maske zerschellen lässt?

Gedankenverloren zupfe ich mir Haare aus und häufe sie auf dem Teppich zu einem kleinen Berg aus schimmernder Helligkeit auf. Ist ein Funken von Elouann an diesem Ort zurückgeblieben? Welche Erinnerungen haften in diesem Raum, der sich niemals verändert? Denn es ist *der Einzige*, der sich niemals wandelt, die einzige Wirklichkeit inmitten einer Welt, die aus verblassenden Träumen gewoben ist.

Für einen Augenblick fehlt mir der Mut, den Zauber zu wirken. Sich der Wahrheit zu stellen, fordert Tapferkeit und ich weiß instinktiv, dass meine Welt nie mehr die gleiche sein wird, ganz gleich, was sich mir offenbaren wird. Dann hauche ich entschlossen meinen Atem über das Haargespinst und ein schwaches Glühen bildet sich an den Spitzen.

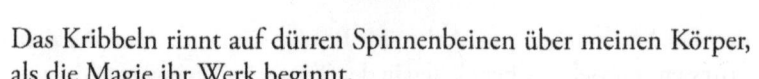

Das Kribbeln rinnt auf dürren Spinnenbeinen über meinen Körper, als die Magie ihr Werk beginnt.

»Zeigt mir Elouanns Geist«, befehle ich den Haaren und sie steigen empor. Das Glühen verstärkt sich, bis meine Augen in der Helligkeit tränen.

Es ist ein machtvoller Zauber, der die Geister der Vergangenheit beschwört. Ich verharre still inmitten des Raumes und beobachte, wie die Erinnerung Silhouetten aus einer längst vergangenen Zeit formt.

Sie ist schön, die Frau, die vor meinen Augen aufersteht. Ihr Haar ist schwarz wie der sternenlose Nachthimmel und dichte Wimpern rahmen das tiefe Blau ihrer Iriden. Elouann. Sie muss es sein. Denn um ihren Hals hängt das Wappen mit dem steigenden Einhorn von Tuwela. Noch immer sind die Augen unseres Geschlechts blau, doch es ist heller geworden und gleicht der Farbe des Ozeans an einem Sommertag.

Ein verführerisches Lächeln spielt um ihre vollen Lippen und sie streckt die Arme nach dem Mann aus, der übergangslos das Zimmer betritt. Sein Haar ist so rot wie die Feuer des Abgrundes. Seine Augen sind wie Tag und Nacht. Und seine Aura erfüllt den Raum mit der Macht, die ihn umgibt.

Der Feenkönig ist gekommen.

Mein Herz stockt für einen Schlag, als ich fürchte, dass er mehr ist als eine blasse Erinnerung, die in dem Gemach zurückgeblieben ist. Zu stark ist seine Präsenz. Aber er hat keinen Blick für mich. Sein Blick berührt mich nicht, seine Augen sind blind für meine Anwesenheit. Elouann allein ist es, der sein Augenmerk gilt.

Ich halte den Atem an, als sie die Arme um ihn schlingt und ihn freudig begrüßt wie einen lange vermissten Liebhaber. Sein Lächeln ist warm und in seinem goldenen Auge brennt Leidenschaft, doch Elouanns Blick bleibt kalt wie das Eis, das den Turm umgibt. Ihre Miene wird zu einer starren Maske, ihr Lächeln verblasst, sobald er ihr den Rücken zukehrt und sie zum Bett hinüberführt. Ein anderes

Gefühl lauert hinter dem Schleier, der die Wahrheit verhüllt. Abscheu. Hass sogar.

Ich senke die Lider und spüre einen schmerzhaften Stich. Ich will nicht sehen, was danach geschieht.

»Zeit, schreite voran«, wispere ich und die Bilder zerfallen zu Staub, aus dem neue Erinnerungen geboren werden. Der Zauber schmilzt mein Haargespinst und schon jetzt hat er die Hälfte aufgebraucht. Der Nachhall der Vergangenheit ist schwer zu entfesseln. Es braucht Kraft, zu finden, was die Wände zu erzählen haben. Was die Möbel einst beobachtet haben.

Und ich sehe ...

Elouanns Gestalt hat sich verändert. Das weich fallende Kleid offenbart die Rundungen ihres Leibes und verrät, dass ein Kind darin heranwächst. Die Geburt kann nicht mehr fern sein. Ich kann sehen, wie schwer sie daran trägt. Sie leidet Schmerzen, doch sie ist allein. Keine Hebamme ist bei ihr, keine Dienerin hilft ihr, als sie Schalen und Säckchen aus einer Truhe hervorholt. Sie tut es hastig und blickt furchtsam über ihre Schulter, als ob sie erwartet, dass sie nicht mehr lange ungestört bleiben wird. Mit bebenden Fingern öffnet sie das erste Säckchen und fördert eine Blume daraus zutage. Ihre Blütenblätter sind schwarz und länglich, glänzend wie Klingen.

Schattenlilie.

Entsetzt starre ich auf das Gewächs, das zu züchten in Tuwela verboten ist. Ich weiß um das tödliche Gift, das darin fließt, und um die entsetzlichen Schmerzen, die dem Tod vorausgehen, wenn es verabreicht wird. Elouann gibt es in eine Schale und öffnet das zweite Säckchen, das weißliche, sichelförmige Samen enthält. Schlummerkrautsamen. Schmerzlindernd ... und das stärkste Schlafmittel, das ich kenne. Sie schüttet sie aus und greift nach einem Stößel, mit dem sie Blätter und Samen bearbeitet, bis sie eine schwärzliche Paste gefertigt hat. Reglos sehe ich zu, wie sie das Gift unter den seidenen Kissen verbirgt. Dann legt sie sich nieder und ich ahne, dass der Zeitpunkt der Geburt gekommen ist.

»Voran«, hauche ich schwach und es fehlt mir der Wille, zu sehen, was als Nächstes geschehen ist. Trotzdem zwinge ich mich, die Augen offen zu halten.

Die Niederkunft ist vorüber. Das Kind ruht nackt in den blutbefleckten Laken und regt sich nicht. Kein Schrei kommt über seine Lippen, kein Protest gegen die Kälte der Welt, in die es geboren worden ist. Seine Lippen sind bläulich und in der Ecke seines winzigen Mundes entdecke ich den schwärzlichen Flecken des Liliengifts.

Elouann hat es getötet! Seine eigene Mutter hat es getötet!

Grauen kriecht durch meine Glieder und lässt sie zittern. Ich schlinge die Arme um meinen Körper, um sein Beben zu unterdrücken und den Aufschrei zurückzuhalten, der in meiner Kehle kratzt. Am Rande meines Sichtfeldes erhasche ich eine Bewegung und wende den Kopf. Es ist die schimmernde Schleppe von Elouanns rotem Kleid, die über den Boden schleift, als sie durch den Spiegel tritt und verschwindet. Sie sieht nicht zurück. Es gibt kein Bedauern auf dem ruhigen Gesicht, das ich für einen Wimpernschlag lang im Spiegel erblicke.

Ihr Betrug ist vollbracht. Sie verlässt den Feenkönig, dem sie ein Stück seiner Magie gestohlen hat. Der Spiegel schwärzt sich, als sie die Pforte in die Menschenwelt hinter sich verschließt, auf dass er ihr nicht folgen kann. Und endlich weiß ich, welche Zukunft sie dem Feenreich genommen hat.

Das Kind des Feenkönigs. Geboren, um zu sterben. Zu groß war ihr Hass, um es leben zu lassen.

Und er kommt.

Ich fühle sein Nahen, obgleich er nichts als eine ferne Erinnerung ist. Ein blasses Abbild, erweckt aus dem Geist der Zeit, der niemals vergisst.

Sein Atem geht schwer. Stoßweise, als sei er in großer Eile gewesen. Als hätte er geahnt, was Elouann vorhatte und wollte es verhindern. Sein zweifarbiger Blick schweift suchend durch den Raum, bis er an dem Bett hängen bleibt, in das Elouann sein totes Kind gebettet hat.

Alles an ihm wird starr, still. Er hebt die Hand und lässt sie sinken, greift dann nach der Schale, die Elouann zurückgelassen hat, und starrt hinein. Auf die Reste des Giftes, die sie ihm hinterlassen hat, als ob sie sich damit zu ihrer Tat bekennen will.

Ja, sie will, dass er weiß ... dass er versteht ... dass er den Dolch in seinem Herzen spürt.

Die Schale fällt zu Boden und das schwarze Gift spritzt über den Marmor. Endlich verzerrt sich sein Gesicht in hilflosem, fassungslosem Entsetzen. Ich kann seinen Schrei nicht hören, dennoch schneidet er mein Herz in winzige Stücke. Er bricht in die Knie, als ob alle Kraft seinen mächtigen Körper verlassen hat, und ich bemerke, wie meine Hände zittern. Wie ich sie hebe, um nach ihm zu greifen und ihm Trost zu spenden. Aber ich kann es nicht. Er ist nicht hier und ich würde durch ihn hindurchgreifen wie durch Luft.

Der Turm beginnt zu beben.

Ich blicke erschrocken nach draußen und entdecke, was ich vorher nicht bemerkt habe. Die blühende Landschaft einer malerischen Frühlingsnacht. Blütenblätter, die vorübertreiben, als Sturmböen die Bäume schütteln. Dann verschiebt sich das Land, als ob es die Trauer und den Zorn seines Herrn widerspiegeln will. Die Erde bricht auf und lässt Berge in die Höhe wachsen. Der Wind treibt Schnee herab und bedeckt ihre Gipfel. Eis begräbt den Frühling unter sich und lässt die Welt erstarren, als ob sie um den Verlust des Feenkönigs weint und mit ihm trauern will.

Es wird so kalt wie Elouanns Herz.

Ich friere in dem eisigen Hauch, der über dem Schlafgemach hängt.

Endlich ist die Kraft meines Haares verbraucht. Das Gespinst ist verbrannt und vergeht in einem letzten Faden aus Rauch. Der Zauber erlischt und die Erinnerungen des Turmes versinken in gnädiger Dunkelheit. Es ist still. Ich lausche auf meine hastigen Atemzüge und spüre die Feuchtigkeit auf meinen Wangen. Als ich danach taste, sind meine Fingerspitzen von glitzernden Spuren benetzt.

Plötzlich widert mich die Magie in meinem Blut an. Gestohlene Macht, gestohlenes Leben. Ohnmächtige Wut steigt in mir auf und ich fühle Abscheu für mein eigenes Geschlecht. Niemals war *er* das Böse. Wir waren es, die das Unrecht begangen und die Schuld in Selbstgerechtigkeit und Lügen erstickt haben.

Lügen. Löcher in der Geschichte, um sie auszumerzen. Eine Heldin, die nichts als ein Scheusal war, das sein eigenes Blut aus Hass getötet hat. Meine Bewunderung verdorrt und wandelt sich in Verachtung. Sie hat das Spiel des Feenkönigs gespielt und sie hat gesiegt. Kein Preis war ihr zu hoch, um zu erlangen, was sie sich ersehnt hat. Macht. Zauberkraft.

Ein Flimmern lässt mich aufblicken und eine Pforte öffnet sich in der gläsernen Wand. Es ist der Spiegel, durch den Elouann gegangen ist, doch nun ist es ein Mann, der darin erscheint. Der Feenkönig tritt hindurch und sein Blick ruht auf mir. Sein Gesicht ist ernst, wissend, als ob er ahnt, was ich getan … *gesehen* habe. Ich vermag es nicht, seinen Blick zu erwidern. Nicht mehr. Scham brennt auf meinen Wangen, als er vor mir niederkniet und mit den Fingern durch die Asche streicht, die von meinem Haargespinst geblieben ist.

»Das Kind. Es war der Preis«, sage ich erstickt.

»Nein«, erwidert er erstaunlich sanft. »Es war das Versprechen, das gebrochen wurde.« Er fasst nach einer Haarsträhne und lässt sie durch seine Finger gleiten. Ich versuche nicht, mich ihm zu entziehen. »Der Preis war, dass die Magie, die ich ihr geschenkt habe, niemals das Feenreich verlässt.«

»Und deswegen hat sie Euch so sehr gehasst? Weil sie bleiben musste?«

»Sie hat mich gehasst, weil sie war, was sie war. Ein Mensch, geboren ohne Magie. Sie wollte das Geburtsrecht einer Fee besitzen, aber eine solch große Macht gehört allein dem Feenreich und darf ihm nicht genommen werden. Ein Geschenk wie dieses konnte ich ihr nur gewähren, wenn sie hinter den Spiegeln bleiben und nie in ihre

Heimat zurückkehren würde. Elouann hat eingewilligt, doch es war ihr nicht genug. Im Feenreich war sie nur eine von vielen. Im Reich der Menschen jedoch wäre sie die größte Zauberin, die je gelebt hat. Ich konnte ihr nicht geben, was sie sich ersehnt hat. Unendliche Macht. Die Unsterblichkeit einer Fee in der Welt ihrer Geburt. Sie hat mich dafür verachtet, es ihr verweigern zu müssen. Und so sollte auch ich nicht bekommen, was ich mir erhoffte.«

»Das Kind ... es hätte das Blut der Feen in sich getragen.«

»Und es wäre mächtiger gewesen, als Elouann es jemals hätte sein können. Wie hätte sie es neben sich dulden können? Einen Feenbastard, der in keine der Welten gehört und sie stets an das erinnert, was sie niemals haben wird? Sie wollte es nicht, aber mir wollte sie es nicht lassen. Es war ihre Rache an mir. Ihre Strafe für das, was ich zu geben versäumt habe.« Er klingt bitter. Der alte Schmerz sitzt in seinen Worten, selbst nach all den Jahrhunderten, die verstrichen sind.

»Warum ... habt Ihr mich hierher geholt?«

»Weil es Zeit ist, dem Feenreich zurückzugeben, was ihm genommen wurde.« Eine spinnwebfeine Strähne rutscht aus seiner Hand und fällt auf den Teppich.

»Mein ... Leben?«, frage ich stockend.

»Nein. Ich habe niemals dein Leben gewollt, schöne Nimaë.« Er lächelt. Es wirkt trüb und dennoch funkelt darunter etwas anderes in seinem Goldauge. Ich frage mich, was er mit seinen zweifarbigen Augen sehen mag. Das eine wie Feuer, das andere wie Eis. Ein ewiger Zwiespalt, der sein Gesicht zeichnet.

Mein Haar glitzert im Kerzenschein. Die Magie darin wird inmitten der zauberischen Umgebung offenbar. Ich berühre einen der winzigen weißlichen Funken und er versetzt mir einen Schlag, der mich zurückzucken lässt. »Der Zauber, der in meinem Haar wohnt. Er ist der Schlüssel, der die Tür öffnet.«

Er nickt. »Gib zurück, was gestohlen wurde, und du wirst frei sein zu gehen, wohin du gehen willst.«

Gib zurück, was gestohlen wurde … Doch wie kann ich das? Ich blicke fragend zu ihm auf, als er sich erhebt und mir die Hand reicht, um mir auf die Füße zu helfen. Seine Haut ist warm und meine Kehle wird eng, als ich gewahre, dass er so nah vor mir steht, dass ich seinen Geruch wahrnehmen kann. Er riecht nach Träumen in einer mondbeschienenen Nacht, Sommer und Winter, Sonne und Schnee. Ein Wesen, alt wie die Welt. Bei ihrem ersten Atemzug geboren. Ehrfurcht breitet sich in mir aus und ich schlucke gegen den Kloß, der in meinem Hals sitzt.

Der Feenkönig lässt mich nicht los. Er streicht das Haar aus meinem Gesicht und sein verwirrender Blick ruht unverwandt auf mir. »Hast du heute eine Antwort für mich?«

Ich muss nicht länger darüber nachsinnen, wenngleich die Bedeutung nie mehr die gleiche sein wird. »Ja.«

»Und bin ich dein Verderben, Nimaë?« Ein drittes Mal stellt er seine Frage. Seine Stimme ist Samt und Seide, sie umschmeichelt mich und lässt meinen Atem stocken.

»Ja, das seid Ihr«, wispere ich und ich weiß, dass es die Wahrheit ist. Denn er ist der Abgrund, auf den ich zutaumle, seitdem ich durch den Spiegel getreten bin. Das Feuer, das mich verbrennen wird, sobald ich ihm zu nahe komme. Er lächelt und löst sich von mir. Dann wendet er sich ab, um zu der Spiegelpforte zurückzukehren, durch die er gekommen ist.

Er sieht nicht zurück, als er hindurchtritt. Ein silbernes Schimmern wirbelt über den Tisch, auf dem die unsichtbaren Diener sonst meine Speisen auftragen. Diesmal sind es jedoch keine Silberglocken und Kristallkelche, die darauf erscheinen. Es ist ein Kissen aus nachtblauem Samt, auf dem eine Schere ruht. Ihre scharfen Klingen glänzen rötlich im Licht der Kerzen, das sich darin fängt, und ich kann die Magie fühlen, die in ihr wohnt. Magie, die meine auslöschen wird. Ich spüre ihren Sog.

Ein zweiter Spiegel erscheint und wandelt sich zu einem Tor, durch das ich den Schimmer des Ozeans erhaschen kann. Sonnenschein auf glitzernden Wellen und die weißen Türme Tuwelas. Die Windharfe spielt das Lied, das uns vor allem Unheil bewahrt. Ich kann es hören, selbst jetzt. Er hat sie wieder in Gang gesetzt und ihre Magie zurückgegeben. Diesmal ist es ein Geschenk des Feenkönigs, aus freiem Willen gegeben, um meine Heimat vor dem Zorn des Meeres zu bewahren.

Ich blicke zurück zu dem ersten Spiegel, in dem der Feenkönig verschwunden ist. Ein letztes Flackern von Rot wartet darin, das mich an den Sonnenaufgang erinnert. Es ist eine Einladung, ihm zu folgen … oder nach Hause zu gehen. Er lässt mir die Wahl, durch welche Pforte ich treten möchte. Welches das Opfer sein soll, das ich dem Feenreich hinterlassen will, um meine Freiheit zu erlangen.

Und ja, ich bin frei. Frei, mein Schicksal zu wählen.

Und ich wähle.

Ein tiefer Atemzug verlässt meine Brust und ich gehe den ersten Schritt.

Nina Blazon

Schneefieber

Nina Blazon

Nina Blazon wurde in Koper bei Triest geboren, wuchs in Bayern auf und studierte in Würzburg Slavistik und Germanistik. Danach arbeitete sie eine Zeit lang als Lehrbeauftragte an verschiedenen Universitäten, als Werbetexterin und Journalistin. Inzwischen lebt und schreibt sie in ihrer Wahlheimatstadt Stuttgart.

Ihre phantastischen Kinder- und Jugendbücher sind nicht nur traum-, sondern oft auch märchenhaft. In ihrem frisch erschienenen Jugendbuch *Fayra – Das Herz der Phönixtochter* tauchen Schneewittchen-Spiegel, Goblins und magische Brunnen auf. Für *Der Winter der schwarzen Rosen* wurde sie auf der letztjährigen Leipziger Buchmesse in der Kategorie Bester Roman mit dem Phantastik-Preis SERAPH ausgezeichnet.

Für *Schneefieber* hat sich Nina mit Frau Holle beschäftigt – einer Figur, über die es mehr Mythen gibt als nur das gleichnamige Märchen der Brüder Grimm. Sie soll auf die ursprünglich aus dem slawischen Raum stammende Percht(a) zurückgehen, die sowohl helle als auch sehr dunkle Seiten besitzt. Der Weg in ihr Reich gilt als eine Reise in die Anderswelt, sie selbst soll die Hüterin ungeborener Seelen und Herrin über die Schätze des Erdinneren sein. Frau Holle leitet ihren Namen vielleicht vom Holunder ab, der Pflanze, die ihr geweiht ist. Oft wird sie mit den Raunächten, der Zeit zwischen dem alten und dem neuen Jahr, in Verbindung gebracht. Und in der klirrend kalten Winterzeit siedelt Nina auch ihre Geschichte an.

www.ninablazon.de

Schneefieber

Wir kannten alle Arten von Schnee. Doch in diesem Winter hatte er ein neues, viel erschreckenderes Gesicht bekommen. »Ich habe es euch doch gesagt«, jammerte die alte Irmid. »Die Dunkle ist zurückgekehrt. Sie ist hungrig, also kriecht sie in uns hinein und verschlingt uns von innen. Und das Schneefieber wird nicht aufhören, bis die Sonne stark genug ist, um die schwarze Percht zu vertreiben.«

»Falls wir das noch erleben«, murmelte einer der Totenträger, der den Leichnam von Irmids Mann auf eine Kirchenbank bettete. Seit Wochen war es zu kalt, um Gräber auszuheben. Und seit das Fieber auch den Pfarrer geholt hatte, gab es keine Predigten mehr in unserer Dorfkirche, keine Beichten und keine Taufen. Die Kirche war zu einer Eisgruft geworden. Verhüllt schliefen hier die Toten, bis der Frühling die Erde auftauen und das Tor zu ihrer letzten Ruhestätte öffnen würde.

Ich versuchte, nicht zu den vorderen Bänken zu schauen, dort, wo auch mein Vater ruhte. Aber es war, als würden die Toten nach mir rufen. Im flüsternden Klagen hörte ich meinen Namen – *Marie!* – und schauderte. Meine Freundin griff ängstlich nach meiner Hand.

»Das ist nur der Wind, der um den Turm streicht«, flüsterte ich ihr beruhigend zu. Stumm lauschte die Trauergesellschaft, wie Irmid Abschied von ihrem Mann nahm. Solche Klagen waren seit Wochen unser tägliches Gebet, keine Familie war verschont geblieben. Das Fieber ergriff Kinder und Greise, Schwache und Starke. Es färbte ihre Lippen weiß und gaukelte ihnen unerträgliche Hitze vor, wo in Wirklichkeit nur tödliche Kälte war. Kürzlich war der Dorfälteste aus dem Fenster gesprungen und barfuß in den Geisterwald gelaufen. Dort hatte er sich bei der Ruine des heidnischen Tempels im Schnee eingegraben und war erfroren. Wie alle, die von diesem Wahn befallen waren, hatte er geglaubt, sich abkühlen zu müssen. *Und jetzt sind auch noch Anna und die Kleine krank.* Natürlich erlaubte ich mir auch jetzt nicht zu weinen, aber meine Augen brannten so heiß, dass es schmerzte. Seit drei Tagen ertrug meine ältere Schwester weder die Wärme des Ofenfeuers noch die Decke aus vielerlei Pelz, die sie warm halten sollte. Unsere Mutter und eine kräftige Nachbarin bewachten sie Tag und Nacht und verhinderten, dass sie ihr neugeborenes Kind aus dem Wochenbett riss und barfuß in den Schnee floh. *Anna wird nicht sterben*, wiederholte ich wie eine Beschwörung. *Und auch kein anderer mehr. Weil ich es heute Nacht beenden werde.*

Meine Freundin, die stets auch die kleinste Regung dunkler Gedanken spürte, sah mich ängstlich von der Seite an. Doch als jemand »Marie, gehen wir« flüsterte, wandten wir beide den Kopf. Vor fünfzehn Jahren waren wir am Marientag geboren worden und trugen denselben Namen. Die Kinder im Dorf nannten uns meist Tagmarie und Nachtmarie – nicht nur, weil mein Haar hell und ihres dunkel wie eine sternenlose Raunacht war. Sondern auch, weil wir so unterschiedlich waren wie Sonne und Mond. Hinter vorgehaltener Hand fand mancher Dorfbewohner auch weniger schmeichelhafte Vergleiche für uns. »Da kommen die Schöne und die Hässliche«, das hatte ich die Leute schon flüstern gehört. »Der Hitzkopf und das Hasenherz. Das Scharfzüngige und die Stumme.«

Nun, aber scharfzüngig war ich schon lange nicht mehr. Und auch hitzköpfig und wagemutig fühlte ich mich in diesem Augenblick nicht.

»Bitte tu es nicht.« Marie umschloss meine Linke fester. Ich konnte ihre Angst spüren – so vertraut, dass es fast tröstlich war. Maries Zaudern machte es mir stets leichter, voranzugehen und mutig zu sein, auch wenn mein Herz etwas ganz anderes sagte.

»Ich habe keine Wahl«, gab ich ebenso leise zurück.

Die Dorfbewohner verließen die Kirche, gebeugte Gespenster mit weiß gefrorenen Wimpern und Wolkenatem. Draußen ließ Eiswind die Fackeln fauchen. Die Äxte, die an der Mauer lehnten, waren bereits von einer dickfrostigen Silberschicht überzogen. Die Holzfäller schulterten ihr Werkzeug und machten sich auf den Weg. Zwar rückte schon die Dämmerung heran, aber die Feuer im Dorf waren hungrig. Marie und ich folgten den Frauen, die ins Dorf zurückkehrten. Unauffällig ließen wir den Abstand größer werden und blieben schließlich stehen.

»Gib mir das Seil«, sagte ich zu Marie. »Und wenn du zu Hause bist, bete für mich.«

Aber heute überraschte meine Freundin mich. Sie schüttelte den Kopf und umschloss meine Hand so fest, dass es fast schmerzte. »Dein Weg ist auch meiner«, flüsterte sie mir zu. Und ich liebte sie dafür, dass sie an meiner Seite blieb, obwohl sie viel mehr Angst hatte als ich.

Schon von Weitem hörten wir die Axtschläge. Den Dörflern war es bei Strafe und Verbannung verboten, auch nur einen Fuß in den Geisterwald zu setzen, nur die Holzfäller, zu denen auch mein Vater gehört hatte, durften ihn betreten. Marie und ich schlüpften ins Unterholz und schlichen geduckt weiter. Die Dämmerung hatte sich schnell über den Wald gesenkt, das Zwielicht gaukelte mir Gespenster vor. *Denk an Anna*, redete ich mir zu. *Denk an all die Kranken.* Ich spürte, wie Marie zitterte. Doch als wir das Waldstück unentdeckt durchquert hatten und das Tal in Sicht kam, atmete auch sie erleichtert auf.

»Die Ruine«, raunte ich ihr zu. Genau so hatte mein Vater sie beschrieben. Früher musste dieser Kultplatz groß gewesen sein, doch heute ragte nur noch eine einzige Säule wie ein verwitterter weißer Felsen aus einer Felskante hervor. Genau hier, so hatten die Männer erzählt, hatte der Älteste im Schnee gekauert, als hätte er sich im Tod vor der schwarzen Göttin auf die Knie geworfen. Marie prallte zurück. »Die … Dunkle!« Jetzt sah ich es auch: Im Stein der Säule prangte eine Fratze. Das Wesen hatte wirres Haar und Teufelshörner. Zwei scharfe Hauer wuchsen aus dem Maul. Mit einem Schaudern erinnerte ich mich daran, was die Frauen im Dorf erzählten: »*Die schwarze Percht stiehlt Kinder und tötet faule Mädchen. Mit ihrer Axt schneidet sie Menschen die Bäuche auf, füllt sie mit Steinen und näht sie wieder zu. In den Raunächten ist niemand vor ihr sicher.*«

Mit klopfendem Herzen ließ ich den Blick in das dunkle Tal schweifen. Es war *ihr* Reich. *Lauf!*, flüsterte es in mir. Doch zwischen Bäumen und Felsnadeln, kaum eine Meile von hier, erahnte ich eine Nebelwolke und darin das Schimmern, von dem mein Vater erzählt hatte. »Siehst du den Nebel und das Glänzen?«, fragte ich leise.

Maries Augen waren so groß und furchtsam, dass sie jung wie ein Kind wirkte. »Ja«, hauchte sie.

»So schimmert keine Eisfläche, nur Wasser«, wisperte ich. »Das ist der See, der niemals zufriert, daher steigt Nebel über dem Wasser auf. Mein Vater sagte, am Ufer steht ein Holunderbaum. In der Zeit der Raunächte trägt er auch im Winter Blüten. Aber nur bei Vollmond, nur eine Nacht lang, nur … heute.«

Marie biss sich auf die Unterlippe. »Was, wenn es nur ein Märchen ist? Oder ein Fiebertraum deines Vaters?«

Ich weiß nicht, warum ich bei diesen Worten so erschrak. Vielleicht, weil es einfach nicht sein durfte.

»Was, wenn nicht?«, fuhr ich Marie so grob an, dass sie zusammenzuckte. »Soll ich lieber feige sein? Und zusehen, wie wir alle sterben?«

Erst als sie warnend den Zeigefinger über die Lippen legte, merkte ich, wie laut ich geworden war.

»Ist da jemand?«, erklang die Stimme eines Holzfällers. Jetzt war mir so heiß, als hätte das Schneefieber von mir Besitz ergriffen.

»Das Seil!«, zischte ich Marie zu. »Schnell!«

Sie holte es unter ihrem Mantel hervor, ich band es um die Säule. Die vertrauten Handgriffe beruhigten mich. Flink seilte ich mich ab und landete in einer Schneewehe. Ich kannte jede Art von Schnee, den losen, den haftenden und den, der unter den Füßen wegrutscht wie ein Schlitten. Doch diesen kannte ich nicht. Er war wie weißes Wildwasser. Er riss mich so schnell talwärts, dass ich das Seil verlor. Der Himmel trudelte über mir und dann gab es kein Oben und Unten mehr, nur meine Nägel, die über Fels kratzten, als ich versuchte, mich wie eine Katze festzukrallen. Ein Schlag raubte mir kurz die Besinnung.

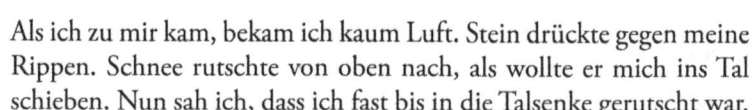

Als ich zu mir kam, bekam ich kaum Luft. Stein drückte gegen meine Rippen. Schnee rutschte von oben nach, als wollte er mich ins Tal schieben. Nun sah ich, dass ich fast bis in die Talsenke gerutscht war.

»Marie!« Der gellende Schrei meiner Freundin riss mich aus meiner Benommenheit. Ich rappelte mich hoch. Marie starrte mich an und schlug ertappt die Hände vor den Mund, als könnte sie ihren Schrei jetzt noch zurückhalten. Aber es war zu spät.

»Das war doch eines der Mädchen«, hallte es im Wald. Ich fluchte zwischen zusammengebissenen Zähnen. Ja, ich liebte Marie mehr als mein Leben, aber jetzt hätte ich sie schlagen können.

Na los, versteck dich!, bedeutete ich ihr mit einer wütenden Geste.

Immerhin gehorchte sie und verschwand aus meinem Sichtfeld. Ich drehte mich um … und trat in ein Nichts, das um mich herum zu einem Gestöber aus Schneeflecken und Wind zerfiel.

Mein Kopf pochte, heiß floss mir ein Rinnsal Blut über die Wange und fing sich in meinem Mundwinkel. Ich erinnerte mich daran, eingebrochen zu sein – vermutlich in eine Felsspalte, die nur von einer dünnen Schneekruste bedeckt gewesen war. Aber nun prasselte Feuer in der Nähe. Es duftete vertraut nach Wacholderrauch. Im ersten Moment kämpfte ich gegen die Tränen. *Sie haben mich also nach Hause gebracht und werden mich für den Rest des Winters einsperren.* Aber dann fiel mir auf, dass eine Frau leise ein Lied summte. Bei uns zu Hause sang niemand mehr. Meine Schwester schrie und jammerte nur im Schneefieber und ihr kranker Säugling brüllte Tag und Nacht.

Verwirrt riss ich die Augen auf. Ich lag in einer baufälligen Hütte, die eher einer Höhle glich, auf dem Boden. Halb von mir abgewandt saß eine Fremde am Feuer. Sie trug ein grob genähtes Kleid aus Eichhörnchenfell und hatte noch helleres Haar als ich. Nachlässig geflochten fiel es ihr über den Rücken. Völlig versunken summte sie ein Wiegenlied und schaukelte mit dem Oberkörper sacht vor und zurück. Nun entdeckte ich auch das Bündel, das die Frau vor ihre Brust gebunden trug. Ein winziges Fäustchen ragte daraus hervor und zuckte traumverloren. Ohne Hast drehte die Frau sich nun ganz zu mir um. »Du hast lange geschlafen«, sagte sie.

Ich fuhr hoch und kroch erschrocken ein Stück zurück. Zwei raubtierhaft helle Augen starrten mich aus einem schwarzen Gesicht an. Aber dann erkannte ich, dass die Frau sich nur einen Streifen Ruß über Augen und Nase gezogen hatte. Die schwarze Maske ließ ihre grünen Augen so befremdlich hell leuchten. *Sie sieht aus wie eine Wilde*, dachte ich. Aber sie schien freundlich zu sein, sie lächelte mir zu. »Hab keine Angst, Mädchen.«

»Wo bin ich?«, brachte ich mühsam hervor.

»Im verbotenen Tal. Du bist gestürzt. Ich habe dich gefunden, als ich zur Hütte zurückging.«

Siedend heiß fiel mir ein, was man sich noch über das Tal erzählte: dass Verbrecher, Gottlose und Flüchtlinge sich hier versteckten.

Ich schluckte. »Gehörst du … zu den Vogelfreien?«

Sie lachte leise und wiegte ihr Kind. »Hier gibt es schon seit Langem keine Verbannten mehr. Es ist der sicherste Ort, an dem man sein kann, denn alle fürchten und meiden ihn. Warum nicht du?«

Es war seltsam. Ich hätte Angst haben müssen, aber obwohl ich Gänsehaut hatte, mochte ich diese seltsame Fremde. Beinahe hätte ich sogar ihr Lächeln erwidert. Sie nahm einen Wacholderzweig und warf ihn ins Feuer. Betäubend stark breitete sich der balsamische Duft der verglühenden Nadeln aus. *Ahnenrauch*, dachte ich. Er sollte böse Geister fernhalten, aber gegen das Fieber half auch Wacholder nicht. »Was suchst du hier?«, setzte die Fremde hinzu. Dabei strich sie dem Säugling zärtlich über die kleine Faust. Beim Anblick des Händchens stiegen mir die Tränen in die Augen.

»Den ewigen See«, flüsterte ich. »Der niemals zufriert.«

»Was willst du dort?«

Ich presste die Lippen zusammen und schüttelte den Kopf. Jedes weitere Wort hätte den Knoten in meinem Hals gelöst und ich hätte geweint vor Schwäche und Verzweiflung. Die Fremde rückte näher an mich heran. Als sie die Hand nach mir ausstreckte, hätte ich zurückzucken müssen, aber seltsamerweise ließ ich es zu, dass sie mir behutsam das Haar aus der Stirn strich. »Sag es mir. Was suchst du beim See?«

Es war nicht meine Art, einer Fremden meine Geheimnisse anzuvertrauen. Doch die Sanftheit ihrer Berührung löste etwas in mir. Einen gefrorenen Schmerz, den ich nur ertrug, indem ich innerlich versteinerte. Nun brach er wie Eis und verwandelte sich in Tränen und stockende Worte. Ich erzählte von den Toten, dem Fieber und von meiner kleinen Nichte, die ich nur Röschen nannte, weil sie noch nicht getauft war und ein wolkiges rotes Muttermal auf der Wange hatte. Und die niemals den Frühling sehen würde, wenn ich sie nicht rettete – sie und all die anderen.

Ich spürte die Hand der Fremden auf meinem Haar und weinte an ihrer Schulter. Und als ich mir bewusst wurde, dass sie ihr Kind auf den Boden gebettet hatte und stattdessen mich in den Armen wiegte, war ich längst zu erschöpft und leer, um mich darüber zu wundern.

»Mein mutiges Mädchen«, flüsterte die Wilde in mein Haar.

»Kennst du den See?«, fragte ich. »Nur heute blüht dort ein Holunderbaum. Seine Mondblüten heilen alle Krankheiten und besiegen sogar den Tod.«

»Das willst du?«, fragte sie sanft. »Den Tod besiegen?«

»Vertreiben will ich ihn! Aus unserem Dorf, von den Wiegen der Kinder … aus unserem Haus!«

Ich machte mich aus ihren Armen los und wischte mir mit dem Ärmel unwillig die Tränen ab. »Ich darf keine Zeit verlieren.« Ich wollte aufspringen, aber mir wurde so schwindelig, dass ich schwankte und wieder auf den Boden sackte. Meine Zähne klapperten.

»Zeit«, murmelte die Frau nachdenklich. »Nun gut. Ich zeige dir den Weg. Aber erst, wenn du dich ausgeruht hast. Die Nacht ist lang.«

Sie stand auf und ging hinaus. Kurz darauf erklangen hölzernes Klappern und Axtschläge. Sie holte wohl neues Feuerholz. Das Feuer in der Hütte war tatsächlich schon fast verloschen, als wäre ich schon die halbe Nacht hier gewesen. Das Kind schlief trotz der Kälte friedlich auf dem Boden. Vorsichtig hob ich das Bündel hoch, um das Kleine zu wärmen. Ich drückte es an mich und schaute in das Gesicht. Und hatte das Gefühl, dass mein Herz vor Schreck verglühte. *Nein*, schrie es in mir, *das kann nicht sein.* Doch es gab keinen Zweifel: Das war meine kleine Nichte, Annas Tochter mit dem roten Blütenmal auf der Wange. Ruhig schlief sie in meinen Armen und schmatzte leise, als würde sie von Süßmilch träumen. Draußen schlug die Axt ein weiteres Mal hart zu. Und meine Zähne klapperten nun vor Entsetzen, als ich endlich begriff, wer die Fremde in Wirklichkeit war.

Ich weiß nicht mehr, wie ich aus dem Haus gekommen war. Nun floh ich, die Kleine fest an mich gedrückt. In der Ferne heulten Wölfe, aber ich fürchtete mich nicht mehr vor Raubtieren. Ich lauschte nur auf Schritte. Doch die Dunkle folgte mir nicht. Wurzeln brachten mich zum Stolpern, mehr als einmal fiel ich hin, aber langsam gewöhnten sich meine Augen an die Nacht. Als ich aus dem Wald stürzte, sah ich die Hügel in der Ferne feenhell leuchten. *Bitte lass das Seil noch da sein*, betete ich. Ich wollte weiterrennen – als ich vor mir den Mond entdeckte, ein flirrender Glanz auf wolkigem Weiß. *Ist er vom Himmel gefallen?*, war mein erster, wirrer Gedanke. Aber als Wasser meine Knöchel umschloss und der Mond zu tanzen begann, begriff ich, dass ich auf eine nebelverhangene Spiegelung blickte. Ich stand am Ufer des Sees. Er war tatsächlich nicht gefroren, das Wasser erschien mir warm. Blinzelnd spähte ich zum gegenüberliegenden Ufer. Zwischen Felsen und Trauerweiden entdeckte ich schwarzschattige Zweige und eine runde Baumkrone, geschmückt mit weißen Tupfen. *Holunderblüten?*

»Marie!« Die Stimme klang immer noch sanft, aber jetzt hatte sie die Weichheit einer Katzenpfote mit gut verborgenen Krallen. Ich wirbelte herum und presste das Kind noch fester an mich. Die Dunkle war mir lautlos gefolgt. Erschreckend nah stand sie nun vor mir. In der schwarzen Maske glühten ihre Augen wie die eines Wolfs. »Du kannst nicht davonlaufen«, sagte sie mit einer Stimme, die nun Windheulen und Flüstern zugleich war. Ich warf mich herum und floh am Ufer entlang. Wie von Furien gejagt kam ich beim Holunderbaum an und drückte mich mit dem Rücken gegen den Stamm, als könnte er mir Schutz geben. Doch als ich den Blick hob, stand sie vor mir, wie hergeweht, lautlos, aufrecht, ihr Wolfsblick immer noch glühend. Sie streckte die Arme nach dem Kind aus.

»Nein!« Mein Schrei gellte über den See. Ich stolperte seitwärts vom Baum weg.

»Dämonin!«, schleuderte ich ihr entgegen. »Du bist ... die schwarze Percht. Du stiehlst Kinder aus der Wiege. Du schneidest Menschen die Bäuche auf, du ...« Mit klammen Fingern nestelte ich mein kleines Holzkreuz hervor, das Marie für mich gemacht hatte, als wir noch Kinder waren. Ich streckte es der Dunklen entgegen. Doch zu meiner Überraschung lächelte sie nur über das Bannzeichen. Seltsamerweise wirkte ihr Lächeln nicht spöttisch oder boshaft. Ich schaute wieder in die hellen, freundlichen Augen der Frau, die mich vorhin wie ein Kind getröstet und gewiegt hatte.

»Ach, Marie«, sagte sie sanft. »Ich habe eure Kleine nicht aus der Wiege geraubt. Sieht sie aus wie ein Kind mit Schneefieber?«

Ohne das Kreuz zu senken, schielte ich zu Röschens Gesicht. Das Mondlicht streichelte ihre Wangen, sie regte sich leicht im Schlaf, ohne zu erwachen. Ihre Lippen waren rosig, nicht kalkweiß. Und mit eisiger Klarheit wusste ich plötzlich, was an diesem Bild außerdem nicht passte. Das Kreuz sank herab und fiel mir aus der zitternden Hand in den Schnee. Ich sackte in die Knie. »Sie ... sie atmet nicht.«

Die Dunkle nickte ruhig. »Sie schläft den Todesschlaf der Kinder. Deine Nichte ist heute Nacht gestorben.«

Ich konnte sie nur tränenblind anstarren. »Du hast sie getötet!«

Wolkenschatten huschten über ihr Gesicht und zogen den Rußstreifen mit sich, als würde der Wind ihr die Maske abnehmen. Nun schimmerte sie hell wie Nebel, in einem Kleid, das birkenweiß war. Ihr Zopf hatte sich gelöst, das Haar floss in wilden Wellen über ihre Schultern. Im Schein des Vollmonds wirkte es wie Wolkenfäden, die im Wind trieben.

»Die Menschen geben mir viele Namen«, hörte ich sie sagen. »Manche nennen mich Dämonin und schwarze Percht, für andere bin ich die weiße Holla oder die große Mutter. Ich bin die helle Göttin und die Dunkle. Mir ist es gleichgültig, denn Licht und Schatten sind im Grunde ein und dasselbe. Aber einen Namen trage ich nicht: Tod. Ich berühre nur, was ohnehin vergeht, und ich hüte es, bis es wieder erblühen kann. Ihr Menschen seid ein Teil des Ganzen. Ich rufe die Jahreszeiten, ich sorge dafür, dass alles blüht und alles zerfällt. Und eure Seelen begleite ich durch die Nacht in das Licht. Also gib mir das Kind.«

»Niemals«, flüsterte ich.

»Du kannst sie nicht mehr retten«, sagte die Göttin.

»Das weiß ich!«, schrie ich. Mir war so schwindelig, dass der Mond zu tanzen schien. Schwer wie eine Schuld lag meine Nichte in meinen Armen. Doch etwas bäumte sich in mir auf und verdrängte das Entsetzen. *Röschen ist tot*, dachte ich. *Aber all die anderen Kinder kann ich davor bewahren. Meine Schwester ... mein Dorf.*

Ich kam auf die Beine und taumelte zum Holunderbaum. Doch meine Hoffnung verlosch, als ich zur Krone hochblickte. »Keine Blüten«, stieß ich hervor. »Nur ... Schnee?«

»Was hast du erwartet? Nur in Märchen blühen Bäume im Winter.«

Holla, dachte ich. *Holunder. Es ist ihr Baum – und ihre Magie.*

»Wenn du so mächtig bist, dann hilf uns!«, schleuderte ich ihr entgegen. »Lass den Baum erblühen.«

Die helle Göttin schüttelte den Kopf. Der Wind trug ihr Seufzen bis in die Baumkrone und ließ die Zweige klappern. »Ohne Schnee kein Frühling und keine Ernte. Ohne Nacht kein Tag. Ohne Tod kein Leben. Alles hat seine Zeit, Marie.«

»Nicht heute!«, begehrte ich auf. »Nicht in diesem Winter. Ich gebe dir alles, was du willst, wenn du den Baum blühen lasst – nur für eine Stunde, nur für einen Atemzug, damit ich mein Dorf retten kann.«

»Du glaubst, du kannst mit mir handeln?« Nun schwang Ärger in ihrer Stimme. »Was könnte ein Mensch mir wohl für diesen Dienst als Pfand geben?«

»Mein Leben!« Ich erschrak, noch während ich es aussprach.

Sie hob erstaunt die Brauen. »Du … würdest sterben, damit andere leben können?«

Ich hielt dem Blick der Göttin stand und schluckte. Ich dachte an den Sommer, der kommen würde. Ich sah meine Schwester gesund und lebendig auf der Apfelwiese. Ich sah meine Freundin Marie mit den Kindern lachen und spielen. Die Kinder, die jetzt, in diesem Moment, im Fieber schrien. Und dann nickte ich, obwohl sich jedes Härchen in meinem Nacken sträubte. »Mein Leben gegen ihres«, flüsterte ich.

Diesmal wich ich nicht zurück, als Holla mich sacht an der Schulter fasste und zum Wasser führte. »Du hast ein gutes Herz«, hörte ich sie sagen. »Aber selbst ich kann dieses Rad nicht zurückdrehen.« Mit diesen Worten zwang sie mich sanft auf die Knie. Wasser tränkte meinen Rock. Im Spiegel des Sees sah ich mein Gesicht. Ich war ziemlich sicher gewesen, dass ich an der Schläfe geblutet hatte, aber jetzt sah ich keine Wunde. Und es gab noch mehr, was ich im Spiegel vermisste. *Kein Atem*, dachte ich. Kein frostiges Weiß, das sich vor meinem Mund bauschte. Spätestens jetzt hätte ich entsetzt nach Luft schnappen müssen. Mein Herz hätte vor Schreck rasen sollen. Aber in meiner Brust war es still.

»Schau hin.« Hollas Hand strich über das Wasser und in den Wirbeln entstanden Bilder. Ich sah mich selbst an der Felswand herunterklettern und in die Schneewehe springen. Sah, wie der Schnee mich mitriss. Ich hörte, wie mein Kopf mit einem krachenden Schlag gegen Fels traf. Ich sah Marie, die entsetzt aufschrie. Aber ich stand nicht auf, rief ihr nichts zu. Ich lag leblos am Hang, halb unter Schnee begraben. Blut färbte das Weiß. Marie schlug die Hände vor den Mund und starrte mich an. Dann stolperte sie entsetzt zurück und fiel hin.

»Selbst wenn ich deine Bitte erhörte, könntest du die heilenden Blüten nicht mehr zu den Lebenden bringen«, sagte Holla. »Du gehörst nun zur anderen Seite.« Zärtlich strich sie mir eine Haarsträhne aus dem Gesicht. »Komm. Die anderen warten.« Ich wehrte mich nicht, als sie mir das Kind aus den Armen nahm, ich sah ihr nur benommen nach, als sie über das Wasser davonschritt. Auf der anderen Seite des Sees erahnte ich nun Schatten. Sie wanderten hin und her, manche glaubte ich am Umriss zu erkennen. Ich wollte um mein Leben weinen, um alles, was ich verloren hatte, doch als Tote hatte ich keine Tränen mehr. Also stand ich auf. Der Wind rief klagend meinen Namen, aber als auch noch ein Schluchzen ertönte, fuhr ich herum. *Marie!* Meine Stimme war nur noch Wind und Klagen. Und meine Freundin hörte mich nicht. Sie stand unter dem Holunderbaum, in Tränen aufgelöst und völlig außer Atem. Ihr Haar hing ihr wirr über die Augen. Noch nie hatte ich sie so verzweifelt gesehen. Und der klagende Laut, der nun aus ihrer Kehle kam, zerriss mir das Herz. »Nur Schnee?«, schrie sie verzweifelt in die Nacht hinaus. »Dafür bist du gestorben, du Dummkopf? Dafür hast du dir den Hals gebrochen, Marie? Für Blüten aus *Schnee?*« Wir fielen beide auf die Knie, als würden wir nicht nur unseren Namen, sondern auch den Schmerz teilen. Marie krümmte sich am Boden und weinte ihren Kummer laut heraus. Ihr schwarzes Haar lag wie ein Trauerschleier auf dem Schnee und ihre Schultern zuckten. Und ich konnte nur vor ihr kauern, ein Schatten, den sie weder fühlte noch sah.

»Marie?«, hörte ich die Helle mahnend nach mir rufen. Sie wartete auf der anderen Seite, ein Nebelstreif zwischen wandernden Schatten.

Ich erhob mich. An der Grenze zwischen Tag und Nacht blieb ich stehen. »Bitte«, flüsterte ich der Göttin zu. Das Wort wehte über den See und mit ihm mein ganzes Herz und all das, was ich einst gewesen war. Ich glaubte, die Helle lachen zu hören. Aber erst als Maries Weinen verstummte, wagte ich zu hoffen. Marie zog ihre Hand aus dem Schnee und öffnete verdutzt die Faust. Darin lag mein Holzkreuz, das ich vorhin losgelassen hatte. Es konnte nicht hier sein, mein toter Körper war nie hier gewesen – und dennoch war es da. Genau wie der Duft von Blütendolden. Schwer und süß wehte er über den Schnee. Maries Augen wurden groß, ihr Mund klappte auf. Ich musste lächeln, so vertraut war mir ihr Ausdruck von kindlichem Erstaunen. Die weißen Sternblüten rieselten wie Schnee auf Maries schwarzes Haar. »Leb wohl«, flüsterte ich ihr mit meiner Windstimme zu. Dann drehte ich mich um und schritt hinaus aufs Wasser.

Alexandra Fuchs

Rot wie Schnee

Alexandra Fuchs

Alexandra Fuchs stammt aus einem kleinen Dorf in der Nähe von Stuttgart und studiert derzeit Literatur-Kunst-Medien am Bodensee. In ihrer Freizeit entdeckt sie, wie alle anderen Autorinnen und Autoren dieser Anthologie, für ihr Leben gern fantastische Welten. Dort darf es gern märchenhaft zugehen, denn Märchen haben seit jeher eine große Bedeutung für sie. »Weil in ihnen alles möglich scheint«, erklärt sie. »Ein Dienstmädchen wird Prinzessin, Tiere können sprechen, der Wald wird zum magischen Ort.« Und oft erhält man in den Geschichten im rechten Moment überraschend Hilfe. Erfreulicherweise passiert das manchmal auch im echten Leben. Als die Texte sich zu stapeln begannen, hat sich Alexandra kurzfristig und spontan dazu bereit erklärt, einige Geschichten dieser Anthologie zu lektorieren. Danke noch mal dafür!

Straßensymphonie, ihr erster Fantasyroman, basiert auf einem Grimm'schen Märchen. Ganz frisch erschienen ist ihr neuer Roman *Sturmmelodie*. Dabei handelt es sich ebenfalls um eine Märchenadaption – auch wenn sie nicht verrät, welche Vorlage sie dazu inspirierte.

Bei *Rot wie Schnee* ist das kein Geheimnis. Es handelt sich um eine *Rotkäppchen*-Adaption; ein Märchen, das ihr in ihrer Kindheit so oft erzählt wurde, dass inzwischen jeder Wald sie daran erinnert. In ihrem Beitrag zur Anthologie entführt sie uns in einen besonderen Wald, in dem dunkle Schatten auf weißen Schnee fallen und eine junge Frau in einem roten Umhang zwischen blattlosen Baumgerippen hindurchflieht, das Heulen eines Wolfes im Nacken …

www.alexandra-fuchs.net

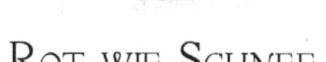

Rot wie Schnee

Die Dunkelheit des Waldes legt sich um mich, verschluckt mich und will mich nicht wieder freigeben. Ich stolpere über einen umgestürzten Baumstamm, taumle, lasse den prall gefüllten Korb fallen. Trotzdem haste ich weiter, ohne mich nach ihm umzudrehen. Hinter mir das lang gezogene Heulen eines Wolfes. Er scheint näher zu kommen, zumindest habe ich das Gefühl, ihn mittlerweile in meinem Nacken spüren zu können. Die Bäume stehen immer dichter, die Äste über mir rücken enger zusammen, lassen kaum noch Licht hindurch. Angespannt betrachte ich den Boden. Ich versuche, nicht noch einmal einen Stamm oder Ähnliches zu übersehen, doch mittlerweile bedeckt der Schnee alles. Trotzdem lasse ich meine Füße über die Erde fliegen. Mein Umhang bleibt an einem Ast hängen, bremst mich einen Moment, doch ich reiße ihn einfach mit mir. Ein großes rotes Stück bleibt zurück, hinterlässt ein klaffendes Loch im Stoff, aber es ist mir egal.

Das Geheul erklingt abermals und ich bilde mir ein, die Pfoten des Wolfs auf dem Boden aufschlagen hören zu können. Schnell hetzt er hinter mir her, will seine Beute fangen und ihr den Garaus machen. Ich versuche mich zu orientieren, etwas in dem spärlichen Licht auszumachen, kann aber weit und breit nichts erkennen, außer Bäume, Büsche und Äste. Trotzdem renne ich weiter, es ist meine einzige Chance, alles andere würde meinen sicheren Tod bedeuten.

Plötzlich kann ich eine Hütte sehen. Ihr Holz hebt sich kaum von den Stämmen der Bäume ab, dennoch sticht sie mit ihren auffälligen gelben Gardinen, die durch das Fensterglas zu sehen sind, hervor. Ich sprinte, lege meine letzte Kraft in meine Beine, stoppe aber dann abrupt.

Große Augen starren mich an, gefletschte Zähne machen unverkennbar deutlich, dass der Wolf mir nicht freundlich gesinnt ist, mich eher als sein Abendessen betrachtet. Braun und grau blitzen die unterschiedlich gefärbten Iriden, jagen mir einen Schauer über die Haut. Einen Moment lang wäge ich meine Optionen ab, starre dem Tier entgegen und sehe den Geifer herabtropfen. Das Heulen eines weiteren Tieres durchbricht die Dunkelheit, vermischt sich mit ihr und legt sich wie ein Schatten über mich. Gleich wird mir ein ganzes Rudel gegenüberstehen, dabei bin ich nicht mal in der Lage, es mit einem Wolf aufzunehmen. Ich entscheide mich, meinem Schicksal nicht tatenlos entgegenzusehen, mache auf dem Absatz kehrt und renne. Der Wolf scheint einen Moment lang zu warten, dann höre ich seine schweren Pfoten auf dem Boden aufkommen. Ich wage es, mich umzudrehen, und erkenne, dass der Abstand zwischen uns nicht sonderlich groß ist. Schaffe ich es, auf einen Baum zu klettern? Würde mich das retten? Gehetzt suche ich die Umgebung ab, erkenne keinen geeigneten Stamm in der Nähe und verwerfe die Idee sogleich. Das Getrampel verhallt, nur noch mein Atem brennt in meiner Lunge. Das Tempo beibehaltend, renne ich weiter, blicke über die Schulter und halte verblüfft inne. Es ist weg. Das Tier ist weg! Während ich mich um meine eigene Achse drehe, suche ich mit meinem Blick den Wald nach dem Wolf ab.

Was habe ich mir nur dabei gedacht, den Weg zu verlassen? Ich hätte auf Mutter hören sollen, doch der Schnee hat so wunderschön auf den Bäumen geglitzert. Nur für einen Moment wollte ich ihn berühren, zwischen den Bäumen hindurchstreifen und dann sofort wieder zum Weg zurückkehren. Das habe ich nun davon. Ich dummes Küken.

Die Umgebung bleibt ruhig. Keine Regung – außer dem fallenden Schnee – ist auszumachen.

Nichts.

Halt.

Ist da ein Schatten? Ein Mensch? Ich lasse meinen Blick zurückwandern, sehe nichts anderes als die dunklen Schatten der Bäume. Dann setzt das Geheul wieder ein, ich fühle mich umzingelt, kann nicht genau erkennen, aus welcher Richtung es kommt. Schnell drehe ich mich, sehe jedoch kein Fetzen Fell oder das Aufblitzen eines Auges. Orientierungslos renne ich los, haste über umliegende Äste und ... komme keine zehn Schritte weit, da verheddern sich meine Füße und ich stürze zu Boden. Ich schlage hart mit dem Kopf auf und schwarze Punkte tanzen vor meinen Augen. Sie verdichten sich, legen sich wie eine Decke über mich, ziehen mich in die befreiende Dunkelheit und nehmen es mir ab, meinen eigenen Tod mitzuerleben.

Meine Lider sind schwer, kleben zusammen. Mühsam öffne ich sie, reibe mit meinen Fäusten den Schlaf aus den Augen und blinzle gegen das helle Licht an. Einen Moment lang habe ich die Orientierung verloren, höre den Nachhall des Wolfsgeheuls und spüre eine Gänsehaut über meine Arme wandern. Dann steigt mir ein vertrauter Geruch in die Nase. Ich setze mich auf und erkenne den Wohnraum von Großmutters Hütte. Erleichterung breitet sich in mir aus, beinahe muss ich über mich und meinen Traum lachen.

»Du bist gerade zum richtigen Zeitpunkt aufgewacht«, dringt die liebliche Stimme meiner Oma an mein Ohr. Sie mustert mich freudig, als ich die Beine über die Bettkante schwinge und barfuß zu ihr an den Esstisch husche. »Scheint, als hättest du es mal wieder geschafft, dich vor dem Kochen zu drücken«, lächelt sie, während sie meinen Teller mit wohlduftender Suppe füllt.

Beruhigt schiebe ich die bösen Trugbilder meines Unterbewusstseins beiseite. Der Wolf mit den verschiedenfarbigen Augen verschwindet bereits in der alles verschlingenden Schwärze des Vergessens.

Ich unterdrücke das Grinsen, versuche zerknirscht dreinzublicken, schaffe es jedoch nicht im Mindesten. »Du solltest froh darum sein, sonst wäre das Essen wieder ungenießbar.«

Großmutter lacht laut auf, stellt den Teller vor mich und ich schnuppere hungrig daran. Es duftet köstlich und ich kann dem Drang, sofort mit dem Essen zu beginnen, kaum widerstehen. Doch

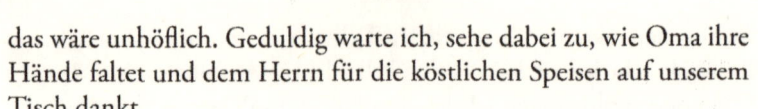

das wäre unhöflich. Geduldig warte ich, sehe dabei zu, wie Oma ihre Hände faltet und dem Herrn für die köstlichen Speisen auf unserem Tisch dankt.

»Na los, fang schon an«, sagt sie dann, nachdem sie geendet hat.

Das lasse ich mir natürlich nicht zweimal sagen und genieße sofort den ersten Löffel Suppe. Sie schmeckt genauso wie sie riecht – köstlich. Deswegen bemerke ich erst nicht, dass mich jemand beobachtet, doch irgendwann kann auch die beste Mahlzeit der Welt das ungute Gefühl nicht unterdrücken und ich blicke auf. Oma schaut mir dabei zu, wie ich die Suppe verschlinge, und ein Schmunzeln ziert dabei ihr Gesicht.

»Mh?«, mache ich, als ich den letzten Rest Suppe aus meinem Teller löffle.

Großmutter schüttelt belustigt den Kopf. »Nichts, ich sehe dir nur gerne beim Essen zu. Niemand ist dabei derart leidenschaftlich wie du.«

»Es kocht ja auch kaum jemand so gut wie du«, gebe ich zurück und meine jedes Wort ehrlich.

Langsam schiebe ich den Teller von mir und lehne mich auf meinem Stuhl zurück. Oma erhebt sich, will den Tisch abräumen. Ich nehme ihr das Geschirr aus der Hand, bedeute ihr, sich wieder zu setzen. Am Waschbecken spüle ich es erst ab, um es danach abzutrocknen und an seinen Platz zu stellen. Fließendes Wasser gibt es keins und ich habe das letzte bisschen, das im Haus war, aufgebraucht. Also schnappe ich mir den Eimer, ziehe mein Cape über und verlasse die Hütte. Ich streife durch den Wald, genieße die Geräusche, den Schnee, der immer noch leise vom Himmel fällt. Frierend ziehe ich mir die Kapuze meines roten Capes über den Kopf. Der Wind zerrt an meiner Kleidung, umspielt meine Haut und lässt mich schaudern. Hoffentlich ist der Bach noch nicht zugefroren, sonst müsste ich das Eis erst noch aufbrechen und das ist jedes Mal wirklich mühsam. Ich beeile mich, denn obwohl ich es liebe, durch den Wald zu gehen, ist plötzlich der Traum wieder präsent in meinem Kopf, scheint ihn

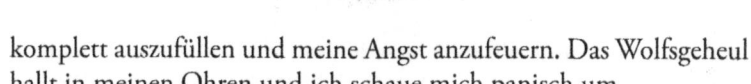

komplett auszufüllen und meine Angst anzufeuern. Das Wolfsgeheul hallt in meinen Ohren und ich schaue mich panisch um.

Alles ist ruhig.

Beinahe muss ich auflachen.

Es war nur ein Traum, rüge ich mich selbst, spaziere weiter und erreiche wenig später den Bach. Wie eine dunkle Schlange windet er sich durch den schneebedeckten Boden. Erleichtert atme ich auf, gehe in die Hocke und halte den Eimer in den Strom, immer darauf bedacht, die Finger nicht unterzutauchen. Das Wasser muss frostig sein und mir ist sowieso schon kalt genug. Langsam füllt sich der Kübel und es kostet mich Mühe, meine Haut nicht in Kontakt mit dem kühlen Nass kommen zu lassen. Allein bei dem Gedanken schaudere ich. Zum Schluss kann ich es nicht mehr vermeiden und atme scharf ein, als meine Finger beinahe zu Eis erstarren. Schnell ziehe ich den vollen Eimer aus dem Wasser und erhebe mich. Erschrocken trete ich ein Stück zurück, stolpere, schaffe es aber, mein Gleichgewicht wiederzufinden und nicht allzu viel des kostbaren Wassers zu verschwenden. Auf der anderen Seite des Baches steht ein Mann in einen dunklen Mantel gehüllt und betrachtet mich skeptisch.

»Was machst du hier?«, fragt er mit angenehmer Stimme und mustert mich weiterhin. Sein Blick gleitet an mir herab und kehrt dann schließlich zu meinem Gesicht zurück.

Verwirrt trete ich einen Schritt näher, berühre mit meinen Schuhspitzen beinahe das Wasser und wundere mich, wieso mir der Fremde vertraut erscheint. Ich bin mir sicher, ihm noch nie zuvor begegnet zu sein. Das wäre mir im Gedächtnis geblieben. Sein weizenblondes Haar, das streng nach hinten gekämmt ist, das markante Kinn überwuchert von einem Bartansatz, die elegante Kleidung. Und dennoch … irgendetwas an ihm …

»Na?«, spuckt er schroff aus.

Was denkt er, wer er ist? In diesem Ton redet man nicht mit seinem Gegenüber. »Das geht Sie, mein lieber Herr, überhaupt nichts an«, gebe ich zurück und will mich gerade umdrehen, als ich es bemerke. Seine Augen. Grau und braun. Das Bild des Wolfes aus meinem Traum taucht auf, schleicht sich in meine Gedanken und passt dennoch nicht ganz. Sie sind spiegelverkehrt, stelle ich fest, was die Situation aber nicht im Mindesten besser macht.

»Verschwinde«, ruft er und ich zucke zusammen. Der Eimer rutscht mir beinahe aus den Fingern und ich umfasse ihn noch krampfhafter.
»Wird's bald?«

»Ich war sowieso fertig. Hätten Sie mich nicht aufgehalten, wäre ich schon längst wieder auf dem Weg zu meiner Großmutter«, keife ich, drehe mich um und stolziere davon. Wie unglaublich unhöflich.

Schnellen Schrittes gehe ich den Weg zurück, balanciere den Eimer an seinem Henkel und versuche die Kälte zu ignorieren. Es klappt ganz gut, denn die Wut kocht in mir hoch. Ich hasse es, wenn Menschen gemein und überheblich sind. Der Kerl kannte mich nicht, was fiel ihm also ein, mir etwas zu befehlen und mich wie eine Dienerin zu behandeln? Aber seine Augen gehen mir nicht aus dem Kopf. Hellgrau und dunkelbraun, Licht und Schatten. War es Zufall, dass ich kurz zuvor von einem Wolf geträumt habe, der fast dieselbe Augenfarbe besaß? Eigentlich glaube ich nicht an Zufälle, sondern an Schicksal, Vorhersehung und dass alles aus einem bestimmten Grund passiert. Wieso also der Traum?

»Ruby, was trödelst du denn? Ich habe mir langsam Sorgen gemacht. Es wird dunkel, komm bitte ins Haus«, schallt die Stimme meiner Großmutter durch den Vorgarten, den ich soeben betrete. Leise schließe ich das Holztor und schreite über die Wiese Richtung Tür.

»Entschuldige«, gebe ich zerknirscht zurück, erwähne den Fremden bewusst nicht, damit ich sie nicht beunruhige. Neben der Spüle stelle ich den Eimer ab, ziehe dann meinen Umhang von den Schultern, als Oma mit offenen Armen zu mir kommt. Sie hat eine Decke in den Händen und ich lasse mich von ihr einwickeln, setze mich dann auf einen Stuhl und genieße die Wärme. Großmutter legt ihre Arme von hinten um mich, schmiegt ihre Wange an mein Gesicht und ich schließe die Augen. Ihre Anwesenheit gibt mir ein Gefühl von Sicherheit. Egal, was der Fremde da draußen getrieben hat, hier drinnen kann mir nichts geschehen.

»Du hast ganz kalte Wangen, ich mache dir erst mal einen Tee«, beschließt Großmutter und ich lächle. Sie hat sich schon immer um mich gesorgt, auch wenn sie tief im Wald wohnt und wir uns nicht mehr so oft sehen. Trotzdem versuche ich, sie mindestens einmal in der Woche zu besuchen und ihr Dinge aus der Stadt mitzubringen. Verwirrt blicke ich mich um. Hatte ich den Korb diesmal nicht dabei? Ich kann mich nicht erinnern.

»Über was zerbrichst du dir deinen Kopf?«, fragt Oma und ich schaue zu ihr auf. Sie reicht mir den Becher und ich nehme ihn ihr dankbar ab. Sofort fährt die Wärme durch meine Finger, schmeichelt meiner Haut und ich fühle mich viel lebendiger. Der Tee duftet herrlich nach frischen Kräutern, belebt zuerst meinen Geist, entspannt mich dann. Ich trinke einen Schluck, verbrenne mir die Zunge und muss über mich selbst lachen. Großmutter schaut mich abwartend an und ich erinnere mich an ihre Frage.

»Ach, es ist nichts. Ich habe vorhin nur schlecht geträumt und das hängt mir noch nach«, gebe ich zu und puste in den heißen Kräutertee.

Oma nickt wissend. »Du warst ziemlich erschöpft, als du ankamst. Kaum hatte ich dir den Korb abgenommen, warst du auch schon ins Bett gefallen. Bist du die letzten Meter wieder gerannt?«

»Ja, das klingt nach mir«, gebe ich zu und atme gleichzeitig erleichtert auf. Jetzt, wo sie es sagt, kommt die Erinnerung zurück. »Ich besuche dich eben gern. Du bist meine Lieblingsoma.«

»Und du mein liebstes Enkelkind«, gibt sie zurück.

Ich lache. »Du hast nur eins.«

»Na, dann kannst du dir wohl sicher sein, dass ich dich nicht belüge«, sagt sie grinsend.

Nachdem ich noch mal in meinen Tee gepustet habe, nehme ich einen großen Schluck und spüre ihn förmlich durch meine Speiseröhre in mein Inneres wandern. Er wärmt mich, weswegen ich schaudere. Ich habe gar nicht gemerkt, wie kalt mir immer noch gewesen war.

Kurz darauf bricht die Nacht über die kleine Hütte herein und wir machen uns fürs Bett fertig. Ich habe seit einiger Zeit ein Nachtgewand unten im Korb, falls ich mich dazu entscheide, bei Oma zu schlafen. Mama kommt einen Tag ohne mich aus und nach meiner Begegnung mit dem Fremden habe ich eigentlich keine große Lust, durch die Dunkelheit zurück nach Hause zu laufen. Deswegen habe ich kurzerhand beschlossen zu bleiben. Suchend lasse ich meinen Blick durch das Zimmer schweifen, doch meine mitgebrachten Gaben finde ich nicht. Ich streife durch den Raum, doch der Korb bleibt verschwunden.

»Suchst du etwas?«, durchbricht Oma meine Gedanken. Verwirrt halte ich inne, betrachte das ergraute Haar der Frau, die mir neben meiner Mutter die Liebste ist. »Du wirkst heute zerstreut, muss ich mir Sorgen machen?«

Ich schüttle den Kopf, weiß aber nicht mehr genau, was ich eigentlich wollte. Ah, schlafen. Obwohl ich einen Mittagsschlaf gemacht habe, fühle ich, wie die Müdigkeit wieder Besitz von mir ergreift. Oma betrachtet mich skeptisch, scheint Worte zu flüstern, und ich bin mir nicht mehr sicher, ob ich es bin, um die man sich Sorgen machen sollte.

»Ja, natürlich«, lächle ich die Situation einfach weg. »Was ist mit dir? Alles in Ordnung?«

»Sicher, mein Kind. Jetzt lass uns zu Bett gehen, ich glaube, du hast dein Schlafhemd vergessen, zumindest habe ich keins im Korb gesehen. Aber wir sind unter uns«, meint Oma und fährt mir sanft über die Wange. Ich spüre ihre Wärme, als würde ihre Liebe direkt von ihr auf meine Haut übertragen werden. Kurz schließe ich die Augen, erinnere mich an meine Kindheit, an all die Dinge, die sie mir beigebracht hat, und fühle mich rundum geborgen. Oma streicht mir eine Strähne aus dem Gesicht und geht dann zum Bett, entledigt sich ihrer Kleidung und ich drehe mich weg, um ihr ihre Privatsphäre zu gönnen. Auch ich öffne die Bänder meines Kleides, lasse es mir über die Schultern gleiten und husche in meinem Unterkleid unter die Decke. Ich kuschle mich in die Decken und kaum einen Augenblick später bin ich bereits eingeschlafen.

Jemand berührt mich, etwas fährt meinen Oberschenkel sacht hinauf, weswegen ich aufwache. Mein Körper reagiert sofort, schickt eine Gänsehaut und ich winkle mein Bein an. Vielleicht habe ich es mir nur eingebildet. Immerhin ist niemand hier, außer Oma und mir. Doch die Hand kommt wieder und ich reiße die Augen auf, versuche in der Dunkelheit etwas zu erkennen, scheitere jedoch kläglich. Nur durch einen dünnen Schlitz zwischen den Gardinen dringt das Mondlicht ins Innere. Ich schrecke hoch, springe von der Matratze, haste zum Fenster und ziehe den gelben Stoff beiseite. Vorsichtig drehe ich mich um, suche den Raum ab, doch kann niemanden ausmachen. Oma liegt im Bett, schlummert tief und fest, ansonsten scheint alles ruhig zu sein. Kein Monster, kein Wolf und auch kein Mensch, der mich entführen will. Ein Lachen entweicht mir und ich kichere leise, aber hysterisch. Der Mond scheint ins Zimmer, spendet das einzige Licht und ich wende mich ihm zu. Die Kugel ist beinahe ausgefüllt, hängt am Himmel, als wollte sie ihn regieren und all ihre Untertanen wissen lassen, wer der König ist.

Ich öffne das Fenster und einige Schneeflocken finden den Weg ins Innere. Die kalte Luft erfrischt mich, kühlt meine erhitzten Wangen und ich sauge sie in meine Lunge. Im Mondschein kann ich eine Gestalt zwischen den Bäumen erkennen. Vielleicht ist sie mir zugewandt, möglicherweise sehe ich sie aber auch von hinten, ich kann es nicht genau sagen, dafür ist es zu dunkel. Neugierig stütze ich mich mit meinen Händen auf dem Fensterbrett ab und lehne mich leicht aus dem Fenster, versuche, mehr erfassen zu können. Ich glaube einen

Rock erblicken zu können, außerdem einen Hut? Niemand sollte um diese Zeit alleine im Wald umherirren, schon gar keine Frau ohne männliche Begleitung. Was macht sie da? Ich winke ihr, versuche sie zu mir zu locken, doch sie steht weiterhin einfach nur da. Wahrscheinlich kann sie genauso wenig erkennen wie ich. Plötzlich stört mich etwas an dem Bild. Irgendwas stimmt nicht, passt nicht zum Rest. Dann erkenne ich in meinem Augenwinkel einen Schatten, der sich in Windeseile der Gestalt zwischen den Bäumen nähert. Er hechtet auf sie zu, scheint sie zu seiner Beute gemacht zu haben. Ich will schreien, winken, einfach etwas tun, damit die Unbekannte bemerkt, was auf sie zukommt. Stattdessen stehe ich einfach nur da, betrachte das Schauspiel und halte die Luft an. Bin gespannt wie ein Drahtseil, warte auf eine Reaktion, doch nichts geschieht. Plötzlich sind beide weg, verschwunden, verschluckt von der Dunkelheit des Waldes. Überrascht atme ich ein, versuche zu begreifen, was geschehen ist, doch mein Gehirn scheitert. Mein Körper jedoch nicht, er reagiert intuitiv, scheint zu wissen, was zu tun ist, ohne dass ich aktiv das Kommando dazu gebe. Wenige Sekunden später reiße ich meinen Umhang vom Stuhl, ziehe ihn mir über und schlüpfe in meine dicken Stiefel. Dann renne ich zur Tür, öffne sie und stürme hinaus in die Dunkelheit. Ein lang gezogenes Heulen erklingt, wahrscheinlich stammt es von dem Tier, das gerade der Unbekannten hinterherjagt. Meine Füße tragen mich über den Boden, ich hetze voran, doch komme nicht weit. Kaum bin ich zwischen den Bäumen, sehe ich die Gestalt, werde langsamer, halte schließlich inne.

Verdammt.

Das große Tier steht neben dem Fremden, den ich fälschlicherweise wegen seines langen dunklen Mantels, der fast bis zum Boden reicht, für eine Frau gehalten habe. Ich kenne ihn, habe ihn am Mittag bereits am Bach getroffen. Eine Gänsehaut überzieht meinen Körper und ich fröstle, ziehe mir die Kapuze des roten Umhangs über den Kopf und versuche mich darin zu verstecken. In was für eine missliche Lage habe ich mich jetzt wieder gebracht? Mein Gehirn funktioniert plötzlich hervorragend und erkennt, wie dumm es war, die Hütte mitten in der Nacht zu verlassen. Doch meine Intuition war schneller gewesen, ich hatte einfach nur helfen, das Richtige tun wollen. Das konnte ich mir selbst wohl kaum vorwerfen. Wichtiger ist es, herauszufinden, wie ich aus dieser Situation wieder rauskomme.

»Du bist immer noch hier«, unterbricht der Mann meine Gedanken.

Ich nicke, erinnere mich dann, dass er es eventuell gar nicht sehen kann, je nachdem, wie gut sein Sehvermögen ist. »Ja«, hauche ich deswegen.

»Tust du nie, was man dir sagt?« Neckt er mich? Ich vermag es nicht zu sagen.

»Selten«, entgegne ich daher und mein Blick wandert zu dem großen Wolf, der neben dem Fremden steht. Es könnte auch ein Hund sein, genau erkenne ich es nicht, doch das Tier hat diese gefährliche, mysteriöse Aura, die mich sofort annehmen lässt, dass es sich um einen Wolf handelt. »Ist das deiner?«, nehme ich die informelle Anrede auf. Wenn er mich duzt, werde ich ihm sicher nicht das Sie zugestehen.

Mein Gegenüber nickt und ich trete einen Schritt näher, weiß, wie dumm es ist, und muss es trotzdem tun. Die Neugier ist größer als alles andere, überschattet Angst und Vernunft. Langsam beuge ich mich hinunter, versuche, den Wolf in seiner Gänze zu erfassen.

Wieso ging er nicht auf mich los?

»Ist er gezähmt?«, frage ich und starre dem Tier indes in die Augen. Als hätte auch ihn die Neugierde gepackt, kommt er langsam auf mich zu, wirkt aber keineswegs aggressiv, einfach nur forschend. Der Kopf bewegt sich durch einen Lichtkegel, den der Mond wirft, und ich richte mich schlagartig auf. Grau und braun starren mir seine Augen entgegen. Was wird hier gespielt? Ich reibe mir über mein Gesicht, glaube mir alles nur einzubilden, mich an den Traum zurückzuerinnern, doch als ich noch einmal hinsehe, ist das Bild dasselbe.

Entgeistert versuche ich die Situation zu begreifen, die losen Seile zu einem Strang zu verknüpfen, doch nichts will einen Sinn ergeben.

»Nein«, antwortet er und zieht damit meinen Blick auf sich. Gebannt starre ich in seine Augen, die dem des Wolfes gleichen wie ein Ei dem anderen.

Vorsichtig strecke ich meine Hand aus. »Wie ist das möglich?«

Kurz bevor meine Finger seine Haut berühren, schaltet sich mein Gehirn ein, zieht den Schatten der Neugierde von der Vernunft und rettet die Situation im letzten Moment. Ich lasse meine Hand sinken, blicke beschämt zu Boden und mache mir bewusst, dass mich das rein gar nichts angeht.

»Wunderbar. Ich sehe, dir ist nichts geschehen, dann kann ich wieder zurück in mein warmes Bett gehen«, sage ich, straffe meine Schultern und schließe meinen Umhang fest vor der Brust, indem ich meine Arme davor verschränke. Erst jetzt ist mir aufgefallen, dass ich unter dem roten Stoff nur mein Unterkleid trage. Wie peinlich, hoffentlich hat er es nicht gesehen.

»Du dachtest, ich wäre in Gefahr?«, hakt mein Gegenüber nach, gerade als ich mich von ihm abwende und zu Großmutters Hütte zurückgehen will. Der Wolf tritt derweil auf mich zu, zögert einen Moment, schnuppert dann an meiner Hand und betrachtet mich. Sein Blick ist offen, drückt keinerlei Bedrohung oder Aggressivität mir gegenüber aus. Trotzdem bleibt mir zuerst die Luft weg, doch dann kann ich nicht anders, ich fahre ihm sanft über das weiche Fell seines Kopfes. Er scheint es zu genießen, tritt noch einen Schritt näher und schmiegt sein Haupt geradezu in meine Hand. Vielleicht ist es doch ein Hund? Wie kann ein nicht gezähmter Wolf derart zutraulich und lieb sein?

Nach einer Weile räuspert sich der Fremde, fordert so die Antwort, die ich ihm noch schuldig bin.

Ohne von dem Tier, dem ich immer noch mit gebührendem Respekt gegenüberstehe, aufzublicken, nicke ich, realisiere dann ein

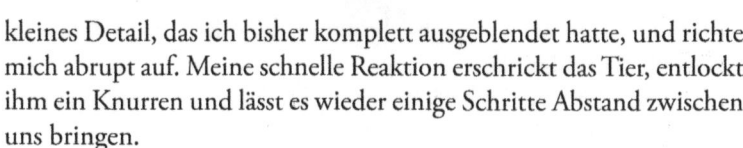

kleines Detail, das ich bisher komplett ausgeblendet hatte, und richte mich abrupt auf. Meine schnelle Reaktion erschrickt das Tier, entlockt ihm ein Knurren und lässt es wieder einige Schritte Abstand zwischen uns bringen.

»Du hast unsere Hütte beobachtet, wieso hast du das getan?«, platzt es zwischen meinen Lippen hervor.

»Ich wusste nicht, dass du dort wohnst«, antwortet er, erhellt meine verworrenen Gedanken damit aber noch nicht.

»Wieso hast du die Hütte beobachtet?«

»Wohnst du schon lange dort?«, stellt er eine Gegenfrage und ich atme genervt aus.

»Meine Großmutter lebt dort. Ich besuche sie sehr oft«, übertreibe ich, damit bei ihm nicht der Eindruck entsteht, dass sie ein leichtes Opfer wäre. Man weiß ja nie. Doch in Wahrheit habe ich längst Vertrauen zu ihm gefasst. Vielleicht ist es seine Aura, vielleicht sein Auftreten, doch irgendetwas wirkt auf mich sympathisch. Auch der Wolf macht mir längst keine Angst mehr. Nur ihre Augen, die sind mir unheimlich. Wie stehen sie in Verbindung zueinander? Und was hat mein Traum mit alledem zu tun? Ich schüttle meinen Kopf, versuch ihn so frei zu bekommen.

»Lebt deine Großmutter schon immer in dem Haus?«, geht die Fragerunde weiter und ich habe das Gefühl, dass mehr dahintersteckt als nur eine höfliche Konversation.

»Wieso interessiert dich das?«, will ich zuerst wissen, doch scheine ich auf Granit zu beißen. »Das funktioniert wie folgt oder gar nicht, mein lieber Herr«, spreche ich dann weiter. »Frage gegen Frage.«

Der Fremde schaut mich einige Sekunden sprachlos an, dann beginnt er zu lachen, erschreckt damit nicht nur mich, sondern scheint den ganzen Wald dadurch in Bewegung gebracht zu haben. In der Nähe flattert ein Vogel erschrocken in die Luft, Schnee fällt von dem Ast, auf dem er geschlafen hat. Überall raschelt es, als würden die Tiere durchs Unterholz fliehen.

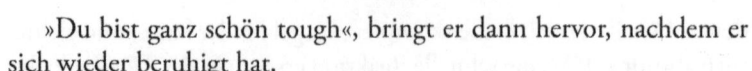

»Du bist ganz schön tough«, bringt er dann hervor, nachdem er sich wieder beruhigt hat.

»Danke schön«, nehme ich das Kompliment an, was ihn zu einem breiten Grinsen verleitet.

»Aber dieses Spiel spiele ich nicht«, meint er dann wieder ernst und schaut mich abweisend an. »Du solltest jetzt zurück, es ist kalt. Wir bringen dich bis zum Zaun.«

Entgeistert betrachte ich ihn, verstehe seine Stimmungsschwankungen überhaupt nicht. Sie machen mich wütend. Wie kann er plötzlich so anders sein? Sein Gesicht ist verschlossen, und nachdem die erste Wut so schnell verraucht ist, wie sie gekommen war, blicke ich traurig zu Boden.

»Na, komm«, höre ich ihn sagen, als er einige Schritte in die Richtung von Großmutters Hütte geht. Wir laufen schweigend durch den Wald. Jeder scheint seinen Gedanken nachzuhängen. Meine drücken mir schwer auf die Schultern, dabei ist mir nicht einmal bewusst wieso.

Als ich aufsehe, kann ich unsere Hütte erkennen und bin einen Moment lang verwirrt. Etwas ist anders als sonst. Es fühlt sich zumindest so an.

»Alles in Ordnung?«, fragt der Fremde und ich schrecke auf.

»Natürlich, wieso nicht?«, antworte ich, schüttle die dunklen Empfindungen ab. »Wie heißt du?«

»Namen haben große Macht, man sollte niemals leichtfertig damit umgehen«, belehrt er mich und ich hebe meinen Blick zu seinen mysteriösen Augen, die im Mondlicht glitzern wie Tag und Nacht.

Dann fahre ich mir durchs Haar. »Das ist nicht wahr. Nicht der Name ist von Bedeutung, sondern der Charakter, der ihn ausmacht. Namen sind nicht das, was uns im Gedächtnis bleibt, wenn wir jemanden kennenlernen, Freundschaften schließen oder uns verlieben. Es ist das Gefühl, das der Situation entsprungen ist, das sich auf ewig in unsere Erinnerung brennt. Ein Name ist austauschbar, die Person, die dahintersteckt, nicht.«

Ich bücke mich zu dem Wolf, streiche ihm über den großen Kopf und nehme Abschied. Er schaut mir in die Augen und ich spüre, dass ich nicht länger Angst vor ihm haben brauche, egal, wann wir uns das nächste Mal begegnen. Danach trete ich zwischen den Bäumen hervor und gehe Richtung Hütte, ohne ein Wort des Lebewohls. Vielleicht ist das Schicksal uns so wohlgesonnen und lässt uns noch mal zusammentreffen.

»Sie heißt Raya«, erklingt die dunkle Stimme hinter mir und ich drehe mich um, unterdrücke ein Lächeln. »Und ich bin Nyiam.«

»Gute Nacht, Raya, gute Nacht, Nyiam«, antworte ich und gehe dabei weiter rückwärts, versuche die Szene in eine Erinnerung zu bannen. »Ich bin Ruby.«

Sanft stoße ich gegen den Zaun, fahre herum und betrete den Vorgarten. Im Inneren des Hauses entledige ich mich meines Umhangs und der Stiefel, dann trete ich ans Bett und krieche zurück unter die Decke. Erst kurz bevor ich wieder einschlafe, merke ich, dass die andere Betthälfte leer ist. Großmutter muss bereits aufgestanden und Wasser lassen gegangen sein. Ich kann kaum noch einen klaren Gedanken fassen, da gleite ich auch schon in die Dunkelheit des Schlafes.

Die Sonnenstrahlen kitzeln auf meiner Nase und ich drehe mich vom Fenster weg. Doch es nützt nichts, ich bin wach. Zerschlagen öffne ich die Augen und muss blinzeln. Der Schnee reflektiert die Sonne derart, dass das ganze Haus in hellem Licht erstrahlt. Großmutter steht am Herd und macht gerade Tee, als ich zu ihr trete.

»Haben dich die Vögelchen endlich wach geküsst?«, scherzt sie.

Ich setze mich an den Tisch und nehme mir ein Stück Brot, bestreiche es dick mit Marmelade. »Danke«, sage ich zu Großmutter, als sie mir eine Tasse Tee hinstellt. »Mutter wird sicher schon auf mich warten, ich sollte mich beeilen.«

»Aber nicht doch, Kind, iss nicht so schnell, sonst wird dir schlecht«, rügt mich Oma und ich versuche ihr zuzulächeln, was mit

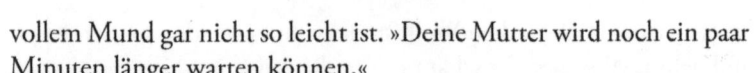

vollem Mund gar nicht so leicht ist. »Deine Mutter wird noch ein paar Minuten länger warten können.«

Trotzdem beeile ich mich, schlüpfe in mein Kleid, werfe mir den roten Umhang über und suche nach dem Korb. Großmutter betrachtet mich skeptisch, es scheint, als wolle sie etwas sagen, doch dann lässt sie es.

»Den Korb kann ich nicht finden, doch ich habe keine Zeit, ewig nach ihm zu suchen, ich nehme ihn das nächste Mal mit«, erkläre ich und sie nickt. Dann gehe ich zu ihr, küsse sie auf die Wange und trete aus dem Haus.

Wie angewurzelt bleibe ich stehen, fühle mich vom Schicksal auf den Arm genommen. Soll das ein Witz sein? Falls ja, finde ich ihn nicht komisch.

Mir gegenüber steht Raya, sie knurrt, bleckt die Zähne und blickt mich aggressiv an. Was soll das? Und wieso muss ich immer einem Wolf begegnen? Ein Reh wäre mir lieber. Um einiges lieber.

»Was ist denn los mit dir?«, versuche ich sie zu beruhigen, doch sie gebärdet sich weiterhin drohend, kommt einen Schritt näher auf mich zu. Da erkenne ich den Riss im Bild, das kleine Detail, das nicht passt. Braun und grau blitzen mir die Iriden des fremden Tieres entgegen. Ich kreische, drehe mich um und falle ins Haus. Großmutter schlägt hinter mir die Tür zu und schiebt den Riegel vor. Draußen heult der Wolf, prallt gegen das Holz und einen Moment habe ich Angst, dass es nicht halten wird.

»Das war knapp«, kommentiert sie, während ich versuche, wieder zu Atem zu kommen. Wie war das möglich? Konnte es sein … ? War es kein Traum gewesen? Habe ich mir dafür Raya und Nyiam erträumt? Was ist real? Was ein Trugbild? Ich vermag es nicht zu sagen. Panisch will ich einatmen, habe dennoch das Gefühl, keine Luft zu bekommen.

»Na los, mein Kind, steh auf«, sagt Großmutter, kommt auf mich zu und hilft mir auf die Beine. »Lass uns zum Bett hinübergehen.«

Sie legt meinen Arm um ihre Schulter, stützt mich, nein, trägt mich beinahe. Mein Blick ist verschwommen, ich bekomme immer noch kaum Luft, obwohl ich heftig atme. Ich versuche meine Augen scharf zu stellen, die Situation zu erfassen. Ich erkenne Einzelheiten, einen Stuhl, den Teppich, die gelben Vorhänge, doch die Puzzleteile wollen sich nicht zusammensetzen, kein vollständiges Bild ergeben.

Halt!

Gelbe Vorhänge? Oma hasst Gelb, ihre Vorhänge waren noch nie gelb, sondern immer braun, damit sie das Mondlicht bei Nacht ausschließen. Trotzdem hätte mich das nicht so sehr aus der Fassung gebracht, wäre mir nicht sofort ein Bild durch den Kopf geschossen. Mein erster Traum. Die Vorhänge. Sie hatten darin dieselbe Farbe. Was soll das? Wo sind wir? Traum und Wirklichkeit scheinen zu verschwimmen, mein Verstand mir den Dienst zu versagen. Werde ich verrückt?

Die Beine knicken mir weg, doch ich falle nicht zu Boden. Großmutter trägt mich. Kurzerhand schiebt sie ihren Arm unter meine nutzlosen Knie und hebt mich hoch.

»Irgendetwas stimmt nicht, irgendetwas ist nicht richtig«, stottere ich und bin kurz davor, die Nerven zu verlieren.

Dann werde ich auf dem Bett abgelegt, bin jedoch nicht gewillt, das Einzige, das mir Halt gibt, loszulassen und so klammere ich mich an meine Oma. Sie drückt mir einen Kuss auf die Stirn und ich fühle mich augenblicklich besser, auch wenn ich immer noch nicht verstehe, was hier vorgeht. Was soll ich tun, wenn ich wirklich meinen Verstand verliere? Wer wird dann meiner Mutter auf dem Hof helfen? Wer meine Großmutter besuchen?

Großmutters Lippen verweilen immer noch an meiner Stirn, sie streicht mir beruhigend über die Arme und ich habe langsam das Gefühl, dass meine Sicht sich wieder klärt, die Formen und Farben wieder richtige Gestalt annehmen. Plötzlich gehen die Bewegungen, die mich bisher beruhigt hatten, tiefer, werden drängender. Erschrocken richte ich mich ein wenig auf, blicke Oma in die Augen und hole erschrocken Luft. Ein graues und ein braunes Auge starren mir entgegen. Ich liege in Nyiams Armen und dann auch wieder nicht. Die Farben seiner Iriden stimmen nicht. Es scheint das gleiche Phänomen wie bei Raya zu sein. Die Farben sind vertauscht. Das rechte Auge erstrahlt in einem dunklen Braun, während das linke hellgrau schimmert. Obwohl der Mann genauso aussieht wie Nyiam, ist er es nicht, dessen bin ich mir sicher. Schreiend versuche ich mich zu befreien, aus den Armen des Fremden zu entkommen, doch es gelingt mir nicht, er ist zu stark. War er es, der mich letzte Nacht berührt hat? Und wo ist meine Großmutter? Was hat er mit ihr gemacht?

»Was willst du?«, schreie ich und versuche derweil mit meinen Beinen, seinen Körper von mir zu entfernen. Sein Gesicht nähert sich meinem und er will seine Lippen auf meine drücken, doch ich beiße ihm in die Unterlippe.

»Wieso musst du alles immer so kompliziert machen? Dein Verstand ist viel zu stark für den einer Frau«, sagt er harsch, während wir immer noch miteinander ringen. Plötzlich steht der Wolf wieder in der Hütte, knurrt uns an, soll mir wohl zeigen, dass ich keine Chance habe. Doch ich gebe nicht auf, das liegt nicht in meiner Natur. Der Mann schlägt mich, zuerst mit der flachen Hand, dann, als er merkt, dass mich das nicht von meiner Gegenwehr abhält, mit der Faust. Für einen Moment knallt mein Kopf hart auf der Matratze auf, meine Wange brennt, meine Nase schmerzt. Plötzlich geht alles ganz schnell. Ich sehe einen weiteren Wolf durch die Tür hetzen, auf das andere Tier springen und sich in dessen Fell verbeißen. Raya? Kurz darauf steht Nyiam im Raum, ich habe ihn mir nicht eingebildet. Doch was sucht er hier? Gehören die beiden zusammen? Hat er mir nur etwas vorgemacht, als … als was eigentlich? Mein Kopf schwirrt, nicht nur vor Schmerzen, sondern auch vor Fragen.

»Runter, sofort«, höre ich Nyiam ganz ruhig sagen.

Der Fremde, der seinen Körper immer noch auf meinen gedrückt hielt, lässt mich frei und ich spüre augenblicklich, wie meine Glieder sich entspannen. Sofort setze ich mich auf, rutsche von dem Mann,

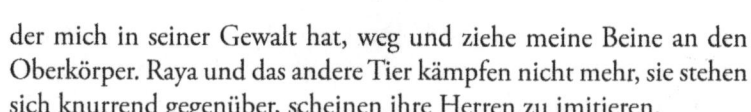

der mich in seiner Gewalt hat, weg und ziehe meine Beine an den Oberkörper. Raya und das andere Tier kämpfen nicht mehr, sie stehen sich knurrend gegenüber, scheinen ihre Herren zu imitieren.

»Was willst du hier, Nyiam?«, höre ich die Stimme des Zwillings, der so gar nicht wie der andere klingen will. Die Klangfarbe ist unnatürlich hoch, klingt beinahe hysterisch.

Nyiam tritt einen Schritt auf sein Gegenüber zu. »Dass gerade du diese Frage stellst. Du gehörst auf die dunkle Seite des Waldes, Bruder.«

»Die dunkle Seite des Waldes«, äfft mein Peiniger ihn nach.

»Dort ist dein Platz, Luis.«

Luis lacht. »Und was zeichnet dich dazu aus, auf der hellen zu leben?«

»Ich habe mir das nicht ausgesucht, es ist meine Familienaufgabe.«

»Die Familie, was kümmert sie mich? Was interessiert mich meine Aufgabe?«, spuckt er aus. »Ich kann das nicht länger tun. Es bringt mich um. Die bösen Gedanken, die Dunkelheit und vor allem die Einsamkeit.«

Nyiam geht einen Schritt auf seinen Bruder zu. »Du hast doch Isobal.«

»Isobal? Sie ist mittlerweile komplett den Schatten des Bösen verfallen. Ein Opfer unseres Familienfluches«, wirft Luis seinem Bruder vor, doch ich verstehe nichts. Zwar kenne ich den dunklen Teil des Waldes, doch ich war noch nie dort. Man sagt, er sei verflucht, dass dort Wesen lebten, die einem das Blut aussaugten. Geglaubt habe ich das allerdings nicht. Bis jetzt. Trotzdem sind mir die Zusammenhänge nicht im Geringsten klar. Wer sind die beiden? Was wollen sie von mir?

»Luis, es ist kein Fluch, es ist unsere Aufgabe. Wir sorgen dafür, dass die Menschheit in Frieden leben kann«, erklärt Nyiam. Von was für einem Fluch sprechen sie?

»Bitte, lass mich das Mädchen haben. Dann ziehe ich mich wieder in meinen Teil des Waldes zurück und alles geht seinen gewohnten Gang«, fleht Luis beinahe.

Nyiam schüttelt den Kopf. »Das kann ich nicht. Ruby muss das entscheiden.« Dann schaut er mich an, sieht mir direkt in die Augen. »Willst du mit Luis gehen?«

Ich sehe ihm verschreckt ins Gesicht. Ist das sein Ernst? Vorsichtig schüttle ich den Kopf, begreife langsam, was vor sich geht.

»Dann tut es mir leid, Luis. Ruby und ich werden jetzt gehen«, sagt Nyiam und streckt mir seine Hand entgegen. Kann ich mit ihm gehen? Doch es scheint meine einzige Chance zu sein, bei Luis werde ich jedenfalls nicht länger bleiben.

»Nein, das kannst du nicht tun«, schreit mein Peiniger und streckt seine Hände vor der Brust aus. »Secara«, ruft er. Daraufhin fliegen schwarze Funken von seinen Händen in die Richtung seines Bruders.

»Defendere«, höre ich Nyiam sagen, als er die dunklen Schlieren mit seinen Händen zur Seite wischt. »Animi defectus«, flüstert er und lässt weiße Blitze auf Luis schießen. Dieser versucht zwar, sich zu verteidigen, scheitert jedoch und fällt Sekunden später auf die Knie und schließlich zu Boden. Mit einem lauten Knall bleibt er liegen und mir schießen die Tränen aus den Augen. Ich blinzle heftig, versuche aufzuwachen, meinen Verstand wiederzuerlangen oder auf andere Art und Weise aus dieser Hölle zu entkommen. Doch manchmal sind die schlimmsten Situationen die, die am realsten sind. Es gibt keinen Weg, ihnen zu entkommen, außer sie durchzustehen und an ihnen zu wachsen. Deswegen zögere ich nicht lange, springe vom Bett und renne zu Nyiam. Isobal steht mittlerweile neben ihrem Herrn, gibt Klagelaute von sich. Sie scheint nicht so sehr in der Dunkelheit gefangen zu sein, wie Luis denkt, sonst könnte sie doch kein Mitgefühl empfinden, oder?

»Lass uns gehen«, spricht Nyiam mich ruhig an und Raya legt ihre Nase an meine Hand. Ich lächle ihr zu, bin dankbar für das Gefühl, das sie mir geben möchte.

Gemeinsam verlassen wir die Hütte, lassen Luis, Isobal und die gelben Vorhänge hinter uns. Als ich mich kurz vor den Bäumen umdrehe, ist die Hütte verschwunden, samt ihren Bewohnern. Verwirrt drehe ich mich zu meinem Retter.

»Werde ich gleich aufwachen?«, frage ich. »Ist das alles ein Traum?«

Nyiam schält sich aus seinem schwarzen Mantel, legt ihn mir um die Schultern und ich merke erst jetzt, wie kalt mir trotz meines eigenen Umhangs ist. »Ich fürchte nicht. Es tut mir leid, was mein Bruder dir angetan hat.«

Langsam nicke ich, bedanke mich dann für den Mantel und habe immer noch das Gefühl, nicht in Gänze verstanden zu haben, was die letzten Stunden – gar Tage? – vor sich gegangen ist. Ich habe so viele Fragen, doch die wichtigste stelle ich zuerst. »Was ist mit meiner Großmutter? Geht es ihr gut? Sie wird sich sicher große Sorgen machen.«

Raya geht neben mir und der Schnee knirscht unter uns. Die Sonne strahlt vom Himmel, reflektiert im Weiß und es scheint, als würden wir direkt durch Wolken laufen.

»Es geht ihr gut. Ihr Haus liegt am anderen Ende des Waldes, du bist sehr nah an die dunkle Seite gelaufen, wieso?«, will Nyiam wissen und ich zucke mit den Schultern. Dann wird es mir bewusst.

»Der Wolf, er hat mich gejagt«, spreche ich aus, was ich bisher für einen Traum gehalten habe. »Deswegen bin ich vom Weg abgekommen. Dann bin ich in der Hütte aufgewacht und habe gedacht, ich wäre bei meiner Großmutter.«

Mein Retter nickt. »Eine Illusion. Luis und ich sind Zauberer, wir halten zusammen mit unseren Schwestern«, Nyiam deutet auf Raya, »das Gleichgewicht zwischen Gut und Böse aufrecht. Helligkeit und Dunkelheit wurden in uns getrennt und aufgeteilt. Wenn einer von uns stirbt, kann auch der andere nicht weiterleben. Ich kann mir nicht ausmalen, welche Konsequenzen das mit sich ziehen würde. Deswegen beschützen uns unsere Schwestern als Seelentiere. Wir herrschen über die Wesen in unserem Teil des Waldes, müssen darauf achtgeben, dass beide Seiten zu gleichen Teilen existieren, damit sie im Gleichgewicht stehen.«

Verwirrt schlucke ich. »Wie lange macht ihr das schon?«
Nyiam bleibt stehen, betrachtet mich einen Moment. »Seit ich denken kann.«
»Das ist nicht sehr präzise«, entgegne ich und Nyiam lacht, antwortet aber nicht.
»Danke, dass du mich gerettet hast.«
Ein Grinsen ziert sein Gesicht und er senkt leicht seinen Kopf. »Gern geschehen, das ist meine Aufgabe. Und diesmal bin ich ihr wirklich gerne nachgekommen.« Er nimmt meine Hand und wir stoßen auf einen kleinen Waldweg, auf dem der Schnee nicht so hoch liegt wie überall sonst, sondern von Hufen und Fußspuren festgetrampelt ist. Nyiam pfeift, während ich mich darauf konzentriere, die Wärme zu genießen, die sich von seinen Fingern über meine in mir ausbreitet. Einige Augenblicke stehen wir einfach nur da, scheinen auf etwas zu warten. Dann beginnt der Boden zu vibrieren und ich blicke mich verängstigt um. In einiger Entfernung kann ich ein schwarzes Pferd erkennen, das zwischen dem Schnee hervorsticht wie ein dunkler Schatten. Es trabt auf uns zu, edel und elegant. Vor Nyiam bleibt der Hengst stehen und dieser hilft mir auf den Rücken des Pferdes. Dann steigt er hinter mir auf und wir fliegen förmlich durch den Wald. Ich habe so viele Fragen, traue mich jedoch keine einzige zu stellen. Stattdessen konzentriere ich mich lieber darauf, nicht vom Rücken des großen Tieres zu rutschen. Raya rennt neben uns her, hat kaum Mühe, Schritt zu halten. Alleine beim Zuschauen komme ich außer Atem. Irgendwann betreten wir einen Weg, den ich kenne. Er führt zur Hütte meiner Großmutter. Vor ihrem Gartenzaun zügelt Nyiam den Hengst und rutscht von seinem Rücken. Dann legt er seine Hände an meine Hüften und hilft mir herunter. Ich rutsche an seinem Körper entlang, bin ihm plötzlich so nahe, dass mein Herz schneller schlägt. Als meine Füße wieder festen Boden spüren, muss ich lächeln. Es erscheint mir unglaublich, dass ich noch lebe, doch so ist es, und ich bin unglaublich glücklich über diesen Umstand.

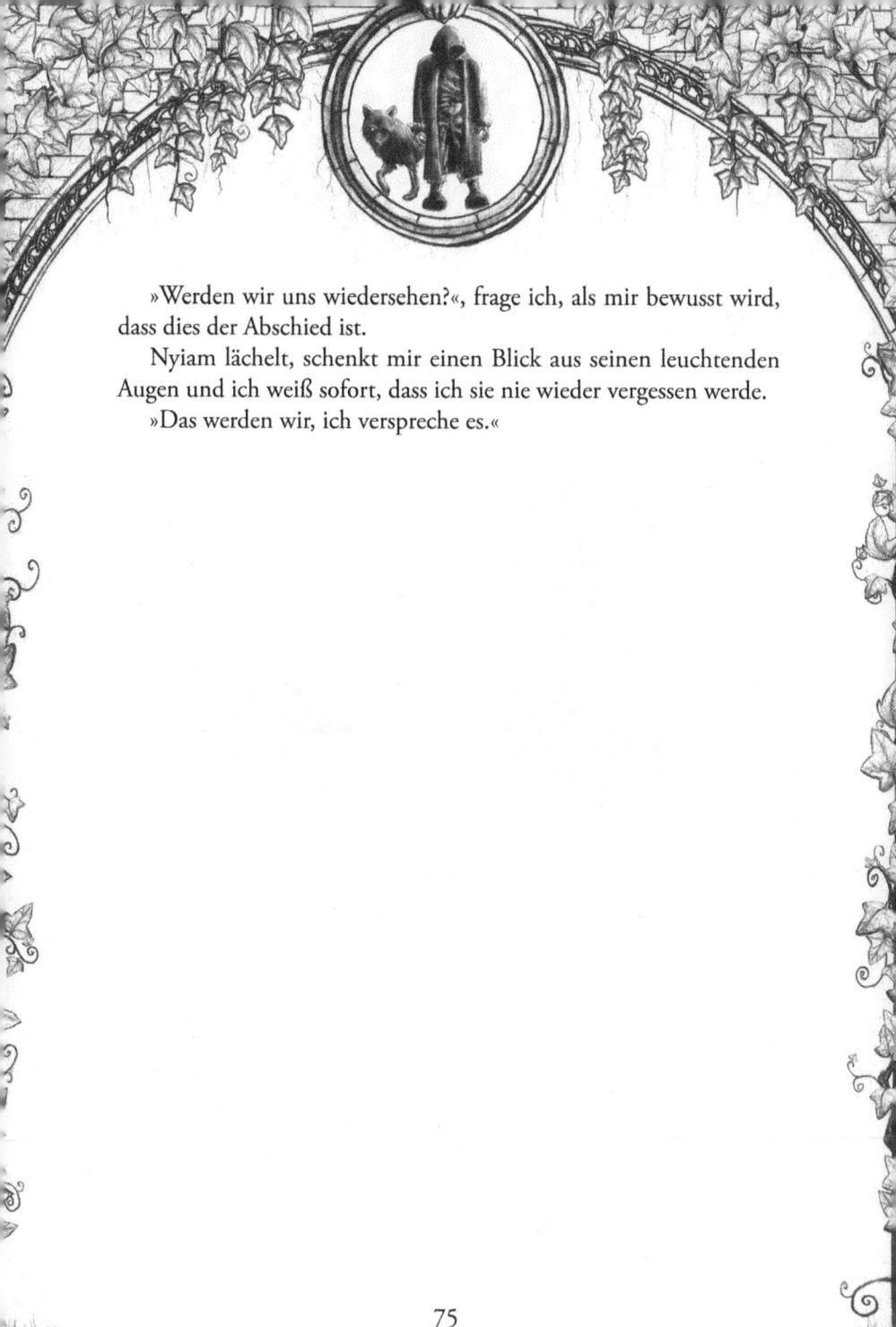

»Werden wir uns wiedersehen?«, frage ich, als mir bewusst wird, dass dies der Abschied ist.

Nyiam lächelt, schenkt mir einen Blick aus seinen leuchtenden Augen und ich weiß sofort, dass ich sie nie wieder vergessen werde.

»Das werden wir, ich verspreche es.«

Patricia Briggs

Der Preis

PATRICIA BRIGGS

Werwölfe, Feen und Vampire – die meisten Leser kennen die US-Autorin Patricia Briggs aufgrund ihrer Urban Fantasy-Serie um die Gestaltwandlerin *Mercy Thompson*. Der neunte Roman, *Spur des Feuers*, ist vor einigen Monaten auf Deutsch erschienen. In den ersten Jahren ihrer schriftstellerischen Karriere hat Patricia allerdings auch klassische Fantasyromane geschrieben, darunter *Drachenzauber* und *Shamera – Die Diebin*.

Wie Mercy Thompson lebt Patricia mit ihrer Familie in den Tri-Cities in Washington. Persönlich schätze ich an ihren Romanen vor allem ihr Talent, glaubhafte Charaktere zu erschaffen. Ein Talent, das auch in der nachfolgenden Kurzgeschichte zum Tragen kommt.

»Als ich klein war, hat meine Mutter uns immer Märchen der Brüder Grimm vorgelesen. Das hat eine Faszination ausgelöst, aus der ich niemals herausgewachsen bin«, berichtet sie. Da ist es nicht verwunderlich, dass *Der Preis* die Adaption eines Grimm'schen Märchens ist. Die Geschichte erschien erstmals 1999 in der von Ellen Datlow und Terri Windling herausgegebenen Anthologie *Silver Birch, Blood Moon*. Für *In Hexenwäldern und Feentürmen* hat Patricia allerdings noch einmal ihren Bleistift gespitzt und den Text überarbeitet.

www.hurog.com

Der Preis

Molly konnte sich nicht daran erinnern, wann genau sie ihn zum ersten Mal gesehen hatte – mit Sicherheit nicht vor diesem Sommer.

Sie wusste aber, dass sie erst während des vierten Marktes der Saison angefangen hatte, nach ihm Ausschau zu halten. Zu dieser Zeit zogen die Menschen nur noch in einem tröpfelnden Strom über den Markt; nicht länger als die Flut, in der sie anfangs erschienen waren. Während sie an ihrem Stand saß, hatte sie nun Zeit, Dinge zu beobachten, die ihrer Aufmerksamkeit an geschäftigeren Tagen entgingen.

Er wartete stets, bis sie mit einem Kunden zu tun hatte, bevor er an ihren kleinen Verkaufsstand herantrat und die Webwaren auf den Tischen berührte.

Wenn sie innehielt, um mit ihm zu sprechen, drehte er sich weg und verschmolz mit der Menge, als interessiere er sich gar nicht für sie.

Ihr erster Gedanke war gewesen, er sei ein Dieb, doch nie fehlte irgendetwas. Die nächste Erklärung, die ihr in den Sinn kam, war, dass er zu sehr von ihrem Äußeren eingeschüchtert war, um sich ihr zu nähern. Sie wusste, dass ihr Aussehen vielen Männern imponierte, selbst einigen, die sie seit ihrer Kindheit kannte.

Schön zu sein war besser als hässlich zu sein, nahm sie an, doch es verursachte genauso viele Probleme, wie es löste. Zum Beispiel kostete es sie mehrere Wochen, bis ihr der Gedanke kam, dass er sich sorgen könnte, dass sie *ihn* Furcht einflößend fand.

Es war nicht so, dass er hässlich war, aber er sah auch nicht wie irgendjemand anderes aus, den sie je zuvor gesehen hatte. Klein und schmächtig – er bewegte sich seltsam, als ob seine Gelenke nicht auf dieselbe Weise funktionierten wie die ihren. Er erinnerte sie an die Geschichten über die Faune mit menschlichen Oberkörpern und den Füßen einer Ziege, die man sich in den Hügeln erzählte. Einmal war es ihr gelungen, einen kurzen Blick auf seine Füße zu werfen, als er dachte, dass sie mit einem Kunden feilschte – doch seine weichen Lederstiefel bogen sich in der gleichen Form wie die ihren.

Wenn sie sich sicher gewesen wäre, dass er sich vor ihr fürchtete, hätte sie ihm so viel Zeit gelassen, sich ihr zu nähern, wie er benötigt hätte. Doch während des letzten Markttags hatte sie ihn genau beobachtet, und er kam ihr nicht wie jene Sorte Mensch vor, die sich leicht einschüchtern ließ. Also brachte sie ihren kleinen Webstuhl mit, den sie für Leinenservietten gebrauchte, obwohl sie es üblicherweise vorzog, mit Wolle zu arbeiten, da Wolle ihre Farbstoffe besser aufsog.

Der Webstuhl ließ sie beschäftigt aussehen, wenn keine Kunden in der Nähe waren – und sie hoffte, ihn so an den Stand locken zu können.

Er wanderte beiläufig zu ihr hinüber und sie gab vor, ihn nicht zu bemerken. Sie wartete, bis eine besonders grell orange gemusterte Decke seine Aufmerksamkeit in Anspruch genommen hatte, dann erst sprach sie.

»Es ist mein eigenes Färbemittel«, sagte sie, ohne aufzusehen. »Im Sumpf wächst eine Pflanze, die ein Moorläufer jeden Frühling für mich sammelt. Ich habe nie eine Farbe gesehen, die da mithalten kann – Rumpelstilzchen nennt man sie.«

Er lachte, bevor er sich zusammenriss; es klang rostig und überrascht, als ob er das nicht oft täte. Sie war nicht sicher, was an ihren Worten so witzig gewesen war, aber sie mochte das Geräusch seines Lachens, also lächelte sie hinter ihrem Webwerk.

»Ich kenne sie«, sagte er endlich, als sie schon dachte, er hätte beschlossen zu gehen. »Dafür, dass sie eine solche Schönheit hervorbringt, sieht die Pflanze ziemlich übel aus.«

Da blickte sie ihn an und sah sein Gesicht zum ersten Mal klar. Seine Züge hätten normaler nicht sein können, obwohl seine Nase ein wenig lang für seinen beinahe zierlichen Mund und seine Augen war. Seine Haut war fleckig und aufgeraut, als ob jemand ihn aus alter Eiche geschnitzt und vergessen hätte, das Holz mit Sand zu glätten. Die Wirkung war merkwürdig und beunruhigend.

Er stand still unter ihrem musternden Blick und wartete auf ihr Urteil. Sie lächelte, als sie sich wieder auf ihre Webarbeit konzentrierte. »Schön ist, wer Schönes tut, Sir. Eine Decke wird einen warm halten, egal, ob sie orange oder staubfarben ist.«

»Aber du hast sie schön gemacht.«

Sie nickte. »Das habe ich, denn ich muss sie verkaufen, und die meisten Leute halten nach hübschen Dingen Ausschau. Mein Gesicht ruft mehr Leute an meinen Stand, als normalerweise hierherkommen würden, und ich bin froh darüber. Doch die Decke, unter der ich schlafe, ist von einem einfachen Braun, weil ich finde, dass sie so zu mir passt. Euer Gesicht, Sir, würde mich nicht dazu bringen, die Straße eigens zu überqueren, um Euch anzusehen, doch die Art, wie Ihr meine Webwaren anfasst, hat mich dazu gebracht, Euch in dieses Gespräch zu verwickeln.«

Er lachte erneut. »Ihr sprecht gern geradeheraus, Miss, nicht wahr?«

Sie nickte, dann hakte sie sanft nach: »Ihr seid auch ein Weber, Sir?«

»Und du bist eine Hexe?« Seine Stimme ahmte die ihre nach.

Jetzt war sie an der Reihe zu lachen, als sie ihm die Schwielen an ihren Fingern zeigte. »Eure Hände tragen dieselben Spuren wie die meinen.«

Er besah ihre Hände, dann seine eigenen. »Ja«, sagte er. »Ich bin ein Weber.«

Sie sprachen noch eine Weile, bis er sich in ihrer Gegenwart entspannte. Er wusste viel mehr über das Weben im Allgemeinen als sie, doch er wusste kaum etwas über das Färben. Als sie ihn danach fragte, zuckte er mit den Schultern und sagte, sein Lehrmeister habe nicht viele Farben verwendet. Dann brachte er irgendeine Entschuldigung vor und ging.

Als sie die nicht verkaufte Ware gemeinsam mit den Tischen, die sie benutzte, um ihr Handelsgut zur Schau zu stellen, in den hinteren

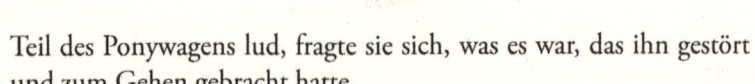

Teil des Ponywagens lud, fragte sie sich, was es war, das ihn gestört und zum Gehen gebracht hatte.

»Fleckchen«, sagte sie zu dem geduldigen kleinen Pony, als es sich zurück auf den Weg zur Mühle machte, »er hat mir nicht einmal seinen Namen genannt.«

Am nächsten Markttag, eine Woche später, brachte sie einige ihrer Farben in einem Körbchen mit und vergewisserte sich, dass auch das Orange darunter war, das er so sehr bewundert hatte. Sie ließ es im Freien stehen, und es dauerte nicht lange, bis er sich näherte.

Sie behielt ihren Blick auf den Webstuhl in ihrem Schoß gerichtet, als sie sprach. »Ich habe ein paar Farben mitgebracht, die du ausprobieren kannst. Wenn dir einige von ihnen gefallen, sage ich dir, wie man sie herstellt.«

»Ein Geschenk?«, fragte er. Er kniete sich vor dem kleinen Korb nieder und berührte sanft einen abgedeckten Topf. »Danke.«

Da war etwas in seiner Stimme, das sie dazu veranlasste, in sein Gesicht zu blicken. Als sie seinen Ausdruck sah, richtete sie ihre Aufmerksamkeit zurück auf ihr Webwerk, damit er nicht bemerkte, dass sie ihn beobachtet hatte: Es gab Dinge, die nicht für das Auge anderer bestimmt waren. Als sie wieder aufblickte, war er verschwunden.

Als sie das nächste Mal ihren Stand aufbaute, sah sie ihn überhaupt nicht, doch als sie begann, ihre Webwaren hinten in den Karren zu legen, war bereits etwas in seinem Inneren. Sie schob ihre Besitztümer beiseite und entfaltete das Tuch, das er für sie zurückgelassen hatte.

Ihre Finger sagten ihr, dass es aus Wolle war, doch ihre Augen hätten es Leinen genannt, da das Garn so fein gesponnen war. Das Muster war in natürlichen Farben gehalten, Elfenbein, Weiß und Tiefbraun. Es war offensichtlich als Tischtuch gedacht, doch es war feiner als jedes, das sie je zuvor gesehen hatte. Ihr Atem verfing sich

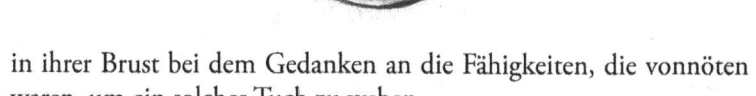

in ihrer Brust bei dem Gedanken an die Fähigkeiten, die vonnöten waren, um ein solches Tuch zu weben.

Langsam faltete sie es wieder zusammen und bettete es zwischen ihre eigenen Waren. Sie ging zum Kutschersitz und schickte Fleckchen Richtung nach Hause; ihre Finger konnten noch immer die Wolle spüren.

Das Tuch war ein kleines Vermögen wert, mehr, als ihr ihre Webwaren in einem Jahr eingebracht hätten – offensichtlich ein Brautwerbungsgeschenk. So etwas von einem Fremden anzunehmen, war undenkbar ... doch er kam ihr nicht wie ein Fremder vor.

Sie dachte über seine absonderliche Erscheinung nach, aber sie konnte keine Abscheu in ihrem Herzen spüren – vielleicht konnte nur jemand, der entweder sehr hässlich oder sehr schön war, verstehen, wie wenig Schönheit bedeutete. Der Mann, der das Tischtuch erschaffen hatte, trug Schönheit in seiner Seele.

Sie dachte an die raffinierten Finger, die ihr Webwerk liebkosten, wenn er davon ausging, dass sie nicht hinsah; an den Mann, der sich so davor gefürchtet hatte, sie zu erschrecken; an den Mann, der seine Hässlichkeit entblößt hatte, damit sie nicht getäuscht werden würde, zu denken, er sei irgendetwas anderes, als er es tatsächlich war. Sie dachte an den Mann, der ihr ein Brautwerbungsgeschenk gegeben hatte, und, dazu passend, das Geschenk der Zeit.

Molly lächelte.

Der Pfad, der sie vom Markt nach Hause führte, näherte sich von hinten der alten Mühle, wo die Ponyweide war. Mit einer Selbstverständlichkeit, die für sie beide halb Geschick und halb Gewohnheit war, setzte Molly das Pony zurück, bis der Karren von einem Überhang geschützt wurde. Sie nahm dem Tier das Geschirr ab und ließ es frei, damit es auf seiner Koppel weiden konnte. Sie bedeckte den Wagen mit einer Plane, die sich straff genug befestigen ließ, um ihre Waren bis zum nächsten Markttag vor Regen oder vor Mäusen zu schützen. Sie ließ sein Geschenk dort, bis sie wusste, was sie damit anfangen sollte – doch sie lächelte immer noch, als sie den schmalen Weg von der Mühle zu dem Landhaus entlanglief, wo sie gemeinsam mit ihrem Vater lebte.

Das rauschende Wasser des Mühlenweihers war so laut, dass kein Geräusch sie vor der Menschenmenge warnte, die sich vor der Mühle eingefunden hatte. Ein halbes Dutzend junger Adliger hatte sich lachend und scherzend versammelt, während ihr Vater mit einem Gesichtsausdruck, den sie seit dem Tag, an dem ihre Mutter gestorben war, nicht mehr gesehen hatte, zwischen ihnen stand.

Furcht verknotete ihren Magen und sie trat einen Schritt zurück, in der Absicht, Hilfe zu holen. Zwei Dinge brachten sie zu einem abrupten Stillstand. Das erste war, dass sie endlich die Farben erkannte, die einer der jungen Männer trug – Königsblau. Auf der ganzen Welt gab es niemanden, der ihnen gegen den König helfen würde. Das zweite war, dass einer der jungen Männer sie erblickt hatte und in genau diesem Moment am Hemd des Königs zupfte.

Sie hatte den König nie gesehen, obwohl er in der Nähe ein Jagdhaus besaß, denn er schien sich selten darum zu scheren, sich dem Dorf zu nähern, da er normalerweise seine eigene Gesellschaft mitbrachte. Sie hatte gehört, dass er wunderschön war, und das war er auch. Seine Kleidung bewies sowohl den Wert seines Schneiders als auch seine Besessenheit von der Jagd, die ihn in Form hielt. Sein Haar war von der Farbe dunklen Honigs und seine Augen waren durchsichtige Teiche aus Schokolade. Trotz ihrer warmen Farbe waren sie die kältesten, die sie je gesehen hatte.

»Ah«, verkündete er. »Hier ist sie, die holde Jungfrau, auf die wir gewartet haben. Doch sie scheut wie eine verängstigte Hirschkuh zurück. Ich werde des Redens müde. Kemlin, ich bitte dich, erinnere uns, weshalb wir hier sind.«

Molly sah den Jungen zum ersten Mal. Ein Page, dachte sie sich, obgleich sie eigentlich nichts von den Rängen am Hof verstand. Er sah eingeschüchtert aus, doch er sprach ganz klar.

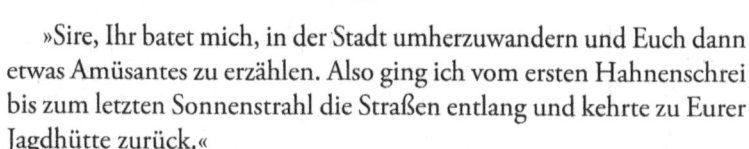

»Sire, Ihr batet mich, in der Stadt umherzuwandern und Euch dann etwas Amüsantes zu erzählen. Also ging ich vom ersten Hahnenschrei bis zum letzten Sonnenstrahl die Straßen entlang und kehrte zu Eurer Jagdhütte zurück.«

»Und was hattest du zu berichten?«, fragte der König.

»Ich sah einen gescheckten Hund, der mit einem Huhn davonrannte, das …«

Der König hob eine Hand und lächelte süßlich. »Über die Müllerstochter meinte ich, bitte.« Die Zurechtweisung war sehr mild, doch der Junge zuckte zusammen.

»Es tut mir leid, Sire. Ich bin an drei Männern vorbeigekommen, die nahe dem Brunnen in der Stadtmitte Brot aßen. Jeder von ihnen hatte anscheinend eine Tochter, die auf dem Markt beschäftigt war. Jeder Vater versuchte, die anderen zu übertreffen, wenn er von seiner Tochter sprach, bis der Müller schließlich …«

»Woher wusstest du, dass es der Müller war?« Die Stimme des Königs war sanft, doch das Gekicher der restlichen Aristokraten sagte ihr, dass er den armen Jungen aufziehen wollte.

»Ich kannte ihn, weil Ihr mich letzte Woche in die Mühle geschickt habt, um frisches Mehl zu finden, mit dem ich mein Haar pudern könnte, Sire.«

Selbst Molly, die sehr wenig darüber wusste, wie die Oberschicht lebte, war sich darüber im Klaren, dass die Adligen nicht auf Mehl zurückgriffen, um sich das Haar zu pudern.

»Ah, ja. Fahr fort.«

»Der Müller, Sire, stand da und sagte, dass seine Tochter nicht nur die schönste Frau des Königreichs, sondern eine so gute Weberin sei, dass sie Flachs zu Seide spinnen könne, Wolle zu Silber, um den Hals einer Königin zu zieren – ja, sie könne sogar Stroh zu Gold spinnen, wenn es ihr beliebte.«

Molly konnte nicht anders, als sich ihrem Vater, der so still im Vorhof stand, zuzuwenden. Als sein Blick den ihren traf, war er voller

Kummer. Sie lächelte ihn an, ein kleines Lächeln nur, um ihn wissen zu lassen, dass es nicht seine Schuld war, dass die gelangweilten Adligen beschlossen hatten, zur Abwechslung mal keinen Rehen nachzustellen.

»Nachdem du mir heute Morgen diese Geschichte erzähltest, was habe ich dir da doch gleich gesagt?«, fragte der König in einem recht verwirrten Tonfall, als ob er sich nicht genau daran erinnern könnte.

»Sire, Ihr sagtet, dass diese Ausgeburt an jungfräulichen Werten Eure Braut werden müsste, sofern sie tatsächlich existierte, derart lieblich und geschickt.« Der Junge blickte nun sie an, ein Übermaß an Schuld in seinen Augen. *Armes gequältes Lamm*, dachte sie, *selbst so gepeinigt, aber dennoch imstande, Mitgefühl für ein anderes Opfer zu empfinden.*

Als das Gelächter sich gelegt hatte, wandte sich der König an sie. »Schöne Jungfrau, ich sehe, dass die erste Behauptung keine Übertreibung war. Du hast Haar von der Farbe des Nerzes und Augen wie der Himmel.« Er hielt inne, doch sie antwortete nicht, also fuhr er fort. »Deswegen werden du und dein Vater als meine Gäste in meine Jagdhütte kommen. Heute Nacht, nachdem wir gespeist haben, wirst du in einen Raum gebracht werden, der voller Flachs ist, den du zu feinem Seidenfaden spinnen darfst. Wenn du das nicht tust … was habe ich doch gleich gesagt, Kemlin?«

Molly wusste – und sie war sich sicher, dass es dem Jungen ebenso ging –, dass der König sich ganz genau daran erinnerte, was er gesagt hatte.

»Sire«, sagte der Page widerwillig, »Ihr sagtet, dass Ihr, falls sie es nicht täte, die Mühle dem Erdboden gleichmachen, ihrem Vater für seine Lüge die Zunge herausreißen und das Mädchen selbst auf dem Stadtplatz köpfen würdet.«

Der König lächelte und entblößte ein Paar Grübchen. »Ja. Ich erinnere mich jetzt. Ihr werdet nun mit uns kommen.«

Obgleich der König ihr einen Platz auf dem Sattel hinter einem seiner Adligen anbot, bat Molly darum, neben ihrem Vater laufen zu dürfen. Der König schien nicht geneigt, auf seine Einladung zu bestehen, also umschloss sie die Hand ihres Vaters mit ihrer eigenen, und er erwiderte den Druck, bis ihre Finger schmerzten – doch keine Spur seiner Qual zeichnete sich auf seinem Gesicht ab.

Die Jagdhütte des Königs konnte mit gutem Recht als Schloss bezeichnet werden, gefüllt mit handerlesenen jungen Männern und Frauen. Molly und ihr Vater saßen gemeinsam an der Speisetafel, zwei Enten in einem Saal voller Schwäne. Trotz all ihrer Schönheit sind Schwäne bösartige Tiere.

Nach dem Mahl wurde sie in ein Zimmer gebracht, das so groß wie die Landhütte ihres Vaters und bis zu ihrer Taille mit Flachs gefüllt war. Ein kleines Spinnrad stand in der Ecke. Man gab ihr eine kleine geschlossene Laterne, um die Kammer zu beleuchten. Sie nickte ihrem Vater zum Abschied zu und wartete, bis die Tür geschlossen wurde, bevor sie es sich erlaubte, die Schultern hängen zu lassen.

Der Flachs war von guter Qualität, und es gab mehr davon, als sie sich jemals würde leisten können, selbst wenn sie den Rest ihres Lebens darauf sparte. Aber es war Flachs, und ganz egal, wie fein das Garn war, das sie spann, es würde feines Leintuch daraus werden, aber keine Seide. Und selbst wenn man feinen Leinfaden akzeptiert hätte, würde sie es niemals schaffen, in einer einzigen Nacht so viel zu spinnen.

Die Verzweiflung verstopfte ihr die Kehle und verschleierte ihren Blick. Sie trat gegen einen Flachshaufen und sah dabei zu, wie er auf die Spitze eines anderen Haufens schwebte. Sie wischte sich mit dem Arm über die Augen und watete durch den Flachs auf das Spinnrad zu, wo sie sich hinsetzte, um zu spinnen. Stunden vergingen, und die Müdigkeit ließ ihre raschen Finger langsam werden.

»Miss?«

Vor lauter Überraschung stieß sie einen Schrei aus.

Der Mann vom Marktplatz schrak zurück, als ob er wieder dahin verschwinden wollte, woher auch immer er gekommen war.

»Nein«, sagte sie rasch und streckte die Hand nach ihm aus. Sie wusste nicht, wie er dieses Zimmer hatte betreten können, doch es war gut, ein freundliches Gesicht zu sehen. »Bitte geh nicht, ich habe mich nur erschreckt. Wie bist du hier hereingekommen?«

»Ich hörte …«, sagte er zögerlich, wobei er sie auf eine Weise betrachtete, als würde er erwarten, dass sie erneut schreien würde, »dass du hier wärst, und weshalb. Es klang, als könntest du Hilfe gebrauchen.«

Sie lachte; es klang trostlos, also hörte sie auf.

Sie schüttelte den Kopf und sagte: »Hier ist nur ein Spinnrad – und selbst wenn du schneller spinnen kannst als ich, so kannst du doch keinen Flachs zu Seide spinnen.«

»Du wärst überrascht«, sagte er und zog die Kapuze zurück, um lustige Büschel roten Haares zu entblößen. »Lass mich dir eine Geschichte erzählen. Es war einmal ein Junge, kein schlechter Junge, doch auch kein besonders guter. In einem Berg nahe seinem Dorf befanden sich Höhlen, vor denen alle Dorfkinder gewarnt worden waren, doch da er nicht so klug war, wie er es selbst von sich dachte, beschloss der Junge, die Höhlen erforschen zu gehen. Natürlich verirrte er sich und verbrachte eine lange Zeit damit, durch die Höhlen zu wandern, bis seine Kerze restlos heruntergebrannt war. Er versuchte weiterzugehen und fiel in ein Loch, wobei er sich jede Menge Knochen brach.«

Molly dachte an seine merkwürdige Fortbewegungsweise und zuckte vor lauter Mitleid zusammen. »Wie hast du überlebt?«

»Ah«, sagte er, »ich sehe also wie ein Mann aus, der einst ein närrischer Junge war, ja?« Er blickte auf seinen merkwürdigen Körper hinab und ließ ein kurzes Lachen hören. »Natürlich tue ich das. Und wie dieser Junge, wie *ich* überlebte, das ist der Haken an der Geschichte. Ich wurde von einem Zwerg gerettet, ein Ausgestoßener seines eigenen Volkes, der wirklich äußerst einsam gewesen sein muss, wenn er sich die Gesellschaft eines Menschen wünschte. Er benutzte Magie, um mich zu retten, um mich normal laufen und sprechen zu lassen

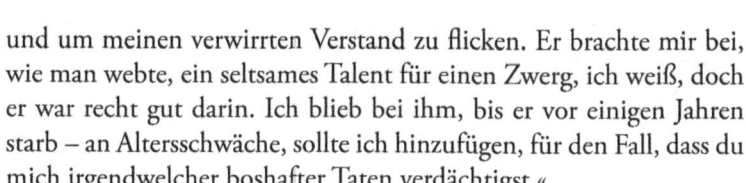

und um meinen verwirrten Verstand zu flicken. Er brachte mir bei, wie man webte, ein seltsames Talent für einen Zwerg, ich weiß, doch er war recht gut darin. Ich blieb bei ihm, bis er vor einigen Jahren starb – an Altersschwäche, sollte ich hinzufügen, für den Fall, dass du mich irgendwelcher boshafter Taten verdächtigst.«

Das hatte sie nicht, aber es war gut zu wissen.

Für einen Moment war er still; dann sagte er: »Er hat mir auch Magie beigebracht. Wenn du willst, kann ich deinen Flachs zu Seide spinnen, doch Magie hat stets einen Preis. Der Preis für mein Leben war, es so zu leben, wie du es hier sehen kannst, als etwas, das nicht ganz menschlich, doch ganz klar auch nichts anderes ist.«

»Was wäre der Preis dafür, all das hier zu Seide zu spinnen?«

»Etwas, das dir teuer ist«, antwortete er.

In Gedanken versunken senkte sie den Kopf und zog einen Kupferring von ihrem Finger. »Der gehörte einem jungen Mann, den ich liebte und der mich ebenfalls liebte. Er wurde einberufen, um in der königlichen Armee zu kämpfen. Letztes Jahr hat sein Bruder seinen Leichnam zurückgebracht. Wird das genügen?«

»Ach, Miss«, sagte der sonderbare kleine Mann, eine Woge des Kummers in seinem Tonfall. »Es wird mehr als genügen – aber ich bin mir nicht sicher, dass ich dir mit meiner Magie irgendeinen Gefallen tue.«

»Nun ja«, sagte sie mit einem Lächeln, wenn es auch ein wenig wackelig war, »ich würde lieber den Ring verlieren als zu sehen, wie mein Vater seinen Lebensunterhalt und seine Zunge verliert; und tot würde mir dieser Ring ganz und gar nicht teuer sein.«

Der Mann nickte und rollte den Ring zwischen seinen Händen, spuckte einmal darauf und murmelte etwas vor sich hin. Dann öffnete er die Hände und der Ring war verschwunden.

Ohne ein weiteres Wort, bedeutete er ihr, ihm ihren Platz am Spinnrad abzutreten, und machte sich an die Arbeit. Seine Finger flogen viel schneller dahin als die ihren, und sie konnte nicht einmal genau sehen, wann das Flachs zu Seide wurde. Sie beobachtete ihn eine lange Zeit, doch schließlich schlief sie ein, ihren Kopf auf einen Haufen aus seidigem Faden gebettet. Sie spürte nicht die sanfte Berührung seiner geschickten Hände auf ihren Wangen, und sie hörte auch nicht, wie er ging.

Das Geräusch eines Schlüssels im Schloss weckte sie. Sie sah rasch zum Spinnrad, doch es war niemand dort. Der König war der Erste, der den Raum betrat. Er hatte gelacht, doch als er durch die Tür trat und die Seide sah, wurde sein Gesicht vor Überraschung ganz ausdruckslos.
Molly kam auf die Füße und knickste. »Sire.«
»Es erscheint mir«, sagte der König langsam, »dass die Worte deines Vaters nicht überstürzt waren – ich werde ihm seine Mühle lassen. Heute Nacht werden wir sehen, ob er seine Zunge behält. Komm, du wirst mit meinem Hofstaat frühstücken.«

Das Frühstück war nicht so schlimm, wie es das Abendessen gewesen war; möglicherweise, weil Molly so müde war, dass es ihr gelang, alles außer ihrem Teller und ihrem Vater, der neben ihr saß, zu ignorieren. Sie sprachen nicht, obwohl er ihre Hand unter dem Tisch, wo es keiner sehen konnte, ganz fest hielt.

In dieser Nacht führte der König sie in das gleiche Zimmer, doch dieses Mal war es bis zu ihrer Taille mit fein gekämmter Wolle gefüllt.
»Morgen«, sagte der König, »wird deinem Vater die Zunge genommen, wenn du diese Wolle nicht zu Silber gesponnen haben wirst.«
Molly hob das Kinn, die Müdigkeit vertrieb ihre übliche Vorsicht. »Ich werde vor dem Hofstaat Euer Wort erhalten, dass Ihr meinen Vater, falls die Wolle am nächsten Morgen zu Silber gesponnen ist, von diesem Moment an in Ruhe lassen werdet.«
Bei ihrer Rede hoben sich die Augenbrauen des Königs. »Natürlich, meine Liebe. Du hast mein Wort.«
»Und ich habe es bezeugt«, sagte die Stimme einer Frau.

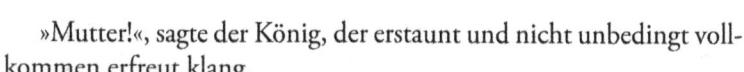

»Mutter!«, sagte der König, der erstaunt und nicht unbedingt vollkommen erfreut klang.

Molly blickte die Frau an, die sich genähert hatte. Sie sah nicht alt genug aus, um den König gezeugt zu haben; nur ein kleiner Hauch von Grau glitzerte in ihrem goldenen Haar. Ihre Hand ruhte sanft auf der Schulter des jungen Pagen, den Molly vom Tag zuvor wiedererkannte.

Die Königin lächelte ihren Sohn an, doch ihre Augen blitzten scharfsinnig. »Sir Thomas hat mir eine Nachricht geschickt und mir erzählt, was du im Schilde führst. Als ich hörte, dass ein Kind hier war, dem man solche Wunder zuschrieb, kam ich, um es zu sehen. Kemlin erzählte mir, dass sie bereits Flachs zu Seide gesponnen hat.«

»Warum ist Sir Thomas zu dir gelaufen, um zu petzen?«, fragte der König mit einer gefährlich sanften Stimme.

Die Königin schüttelte den Kopf. »Mein Lieber, es ist Erntezeit und du hast die Mühle geschlossen, aufgrund irgendeiner fantastischen Geschichte, die du gehört hast; natürlich war er aufgebracht. Er konnte nicht wissen, dass das Mädchen dazu fähig ist, solch ein Meisterwerk zu vollbringen – man sagt ihm keinen magischen Ruf nach.«

»Ich verstehe«, sagte der König mit einer Stimme, die Böses für Sir Thomas verhieß.

»Sir Thomas«, sagte die Königin mit weicher Stimme, »ist ein ganz besonderer Freund von mir. Ich wäre sehr unzufrieden, wenn ihm irgendetwas zustoßen sollte.« Sie lächelte. »Also dann, sollen wir diesem Mädchen erlauben, sich an die Arbeit zu machen?«

Molly trat mit ihrer Laterne in das Zimmer und wartete, bis sich die Tür hinter ihr geschlossen hatte, bevor sie den schmalen Pfad nahm, der den Weg durch die Wolle in die hintere Ecke des Raumes freilegte. Die Wolle, an der sie vorbeilief, war von viel höherer Qualität als alles, womit sie je gearbeitet hatte, als ob jemand sämtliche Vliese des Landes durchkämmt und die allerbesten ausgewählt hätte. Sie dachte bei sich, dass sie gesponnen und zu Stoff gewebt viel schöner aussehen würden als in kaltes Silber verwandelt.

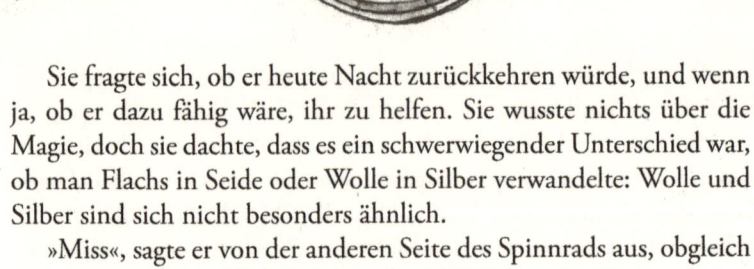

Sie fragte sich, ob er heute Nacht zurückkehren würde, und wenn ja, ob er dazu fähig wäre, ihr zu helfen. Sie wusste nichts über die Magie, doch sie dachte, dass es ein schwerwiegender Unterschied war, ob man Flachs in Seide oder Wolle in Silber verwandelte: Wolle und Silber sind sich nicht besonders ähnlich.

»Miss«, sagte er von der anderen Seite des Spinnrads aus, obgleich er nur einen Augenblick zuvor noch nicht da gewesen war.

Dieses Mal erschreckte sie sich überhaupt nicht und fuhr auch nicht zusammen, sondern sie lächelte. »Dir einen guten Abend, Sir. Ich bin sehr froh, dich zu sehen, obwohl ich mir wünschte, dass es unter anderen Umständen geschähe.«

Er nickte und blickte durch den Raum. »Es erscheint mir eine Schande, das zu vergeuden; er hätte minderwertigere Wolle verwenden sollen.«

»Sollen wir sie dann so lassen?«, fragte sie sanft. »Ich würde gerne sehen, wie du es schaffst, sie zu feinem Webgarn zu spinnen.«

Er sah sie an, die hellblauen Augen von den Schatten im Zimmer verdunkelt. »Du wirst sterben, wenn sie nicht zu Silber gesponnen wird.«

»Und mein Vater wird seine Zunge verlieren.« Sie nahm ihre Halskette ab. Sie war ein billiges Ding, aus Perlen und Kupferdraht gefertigt.

»Hier«, sagte sie. »Die hier wurde meiner Großmutter von einem wandernden Weisen zur Hochzeit geschenkt. Mutter erzählte mir, dass sie einen einfachen Zauber enthielte, den Segen des alten Mannes, der sie angefertigt hat, aber – sie hat sie von ihrer Hochzeit bis zu ihrem Tod getragen, genau wie ihre Mutter vor ihr.«

Er nahm sie ihr ab und wog sie in der Hand. »Sie beinhaltet immer noch Magie. Ein Teil davon stammt von ihrem Schöpfer, doch mehr von der Wärme der Frauen, die sie getragen haben – das wird sich gut eignen.«

Er umschloss die Kette mit seinen Händen und pustete zärtlich darauf.

Dann berührte er mit seinen Lippen seine Finger und flüsterte Worte, die sie nicht ganz verstehen konnte, obwohl sie weich und süßlich trocken klangen. Als er seine Hände öffnete, war die Halskette verschwunden. Ohne ein Wort setzte er sich auf den Schemel und begann, zu spinnen.

Sie beobachtete eine Weile lang, wie eine Silberkette auf seiner Spindel heranwuchs; dann legte sie sich zum Schlafen in die weiche Wolle. Als sie aufwachte, war er fort und es befand sich kein Hauch ungesponnener Wolle mehr im Zimmer. Stattdessen bildete ein Silberstrang, der feiner gearbeitet war als alles, was selbst Ian Silvermaker je erschaffen hätte, einen Berg, größer als sie selbst.

Sie begriff, dass ihr Kopf auf etwas Weichem ruhte und hob ihn rasch, denn sie erwartete, einen Wollhaufen zu finden. Stattdessen fand sie seinen Mantel. Noch während sie ihn mit ihren Fingern liebkoste, schwand er hinfort, bis nichts mehr davon übrig blieb.

»Ich weiß«, sagte sie zu dem leeren Zimmer. »Er darf nicht wissen, dass du hier warst.«

Als der König den Raum betrat, stand die Erwartung in sein Gesicht geschrieben. Molly beobachtete die Höflinge, als sie im Gänsemarsch in das Zimmer kamen, um das Silber zu befingern, und sah auf, um den abschätzenden Blick der Königin zu aufzufangen. An diesem Morgen aß Molly auf Befehl Ihrer Hoheit neben der Königin.

Die ältere Frau befühlte die weiche, cremebraune Webwolle ihres Schultertuchs und sagte: »Ich kenne einen Mann, der dazu fähig sein könnte, Wolle zu Silber zu spinnen.«

Molly blickte auf das Schultertuch und wusste, wer es angefertigt hatte. Sie hatte solche Webkunst nur ein Mal zuvor gesehen. Sie nickte mit dem Kopf. »Ich kenne einen Mann, der dazu fähig wäre, Wolle zu so einem feinen Tuch zu weben.«

»Es war ein Geschenk von meinem Sohn.«

Keine von ihnen lächelte, doch sie verstanden einander gut. Die Königin würde ihrem Sohn nicht erzählen, wer für die magischen Verwandlungen verantwortlich war, doch ihre oberste Pflicht lag bei ihrem Sohn.

Mollys Vater wurde ohne seine Tochter nach Hause geschickt. Er küsste ihre Stirn, bevor er ging, und er bewegte sich wie ein sehr alter Mann, als er davonlief. Sie bewahrte diesen Kuss in ihrem Herzen auf und er wärmte sie den ganzen Rest des Tages.

In dieser Nacht wurde sie in ein anderes Zimmer geführt, zwei Mal so groß wie das vorige. In seinem Inneren befand sich genug Stroh, um einer vielzähligen Milchherde jeden Tag des Jahres ein Bett liefern zu können.

»Wenn du das hier bis zum Morgen zu Gold spinnen kannst«, sagte der König mit mehr Leidenschaft, als sie je in seinen Worten vernommen hatte, »werde ich dich vor dem Einbruch der Nacht heiraten. Wenn du es nicht tust, wirst du sterben, das schwöre ich bei den Gebeinen meines Vaters.«

Sie nickte und trat in das Zimmer, wobei sie die Tür hinter sich zuzog. Als sie das Geräusch des Schlüssels im Schloss hörte, trat der kleine Weber hinter einem der Heuhaufen hervor und klopfte sich den Staub von den Schultern.

»Woher kennst du die Königin?«, fragte sie.

Er lächelte. »Sie kannte meinen Meister; er erschuf hin und wieder Magie für sie, und manchmal auch Webwerk. Seit seinem Tod hat sie eine Anzahl Wandteppiche und dergleichen bei mir in Auftrag gegeben. Sie ist eine ehrbare Frau, eine, die eine standhafte Freundin abgeben würde.«

Molly schüttelte den Kopf und zuckte mit den Schultern. Dann bemühte sie sich, ihm ihren Entschluss mitzuteilen, ohne wehleidig zu klingen. Es war schwieriger, es ihm zu sagen, als sie gedacht hatte. »Es spielt keine Rolle, was für ein Mensch die Königin ist. Ich habe nichts mehr, was ich dir geben kann, um deine Magie zu wirken.«

Er sah so bestürzt aus, dass sie näher trat und seine Schulter berührte. »Es ist schon gut, weißt du. Du hast meinen Vater beschützt, Sir. Ich kann dir nicht sagen, wie dankbar ich bin.«

Stille legte sich über sie beide, doch sie ließ ihre Hand, wo sie war.

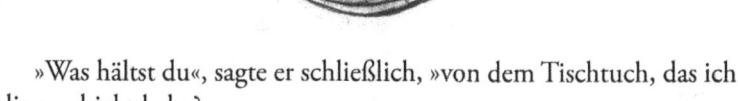

»Was hältst du«, sagte er schließlich, »von dem Tischtuch, das ich dir geschickt habe?«

Das Gesprächsthema, auf das seine Wahl fiel, überraschte sie, doch sie war dankbar, dass er nicht mit ihr stritt. »Ich denke, dass es das außerordentlichste Werk ist, das ich je gesehen habe.«

»Es könnte genügen. Es war ein wenig Magie an seiner Entstehung beteiligt – damit du die Absicht des Geschenkes nicht übersehen würdest.« Er wandte den Blick ab. »Wenn du mir sagst, wo es ist, werde ich es für dich holen.«

»Nein.« Sie würde sein Geschenk nicht opfern, damit sie den König heiraten konnte. Vor allem, weil sie nicht sicher war, dass der Tod dem Leben einer mit dem König verheirateten Müllerstochter nicht vorzuziehen war.

»Es war nur ein Tischtuch«, sagte er, obwohl ein verdächtiger Glanz in seinen Augen funkelte.

Sie hob das Kinn; sie würde keine Tränen fließen lassen für das, was hätte sein können. »Ich werde dein Werk nicht zu *seinem* Vorteil opfern – lieber würde ich mein erstgeborenes Kind geben.«

Eine lange Pause entstand, während er ihre Worte abschätzte; dann nickte er abrupt. »Einverstanden.«

»Was?«, japste sie, doch er sprach bereits die Worte seines Zaubers.

In dieser Nacht blieb sie wach und beobachtete, wie das goldene Stroh Bergen aus Gold wich. Als sie diese betrachtete, kam ihr die Erkenntnis, dass er sie nicht sterben lassen würde, auch wenn das bedeutete, dass sie den König heiraten musste. Sie erkannte außerdem, dass es ihr lieber war, wenn dieser merkwürdige Mann ihr Kind aufzog, als zuzusehen, wie der Hofstaat es aufzog, mit dem König als Vater.

Als das letzte bisschen Stroh verschwunden war, rappelte sie sich steif auf die Füße und ging auf den Punkt zu, an dem er neben dem Spinnrad stand. Er zog die Kapuze seines Mantels über sein Gesicht, doch sie schob sie zurück und küsste seine Wange.

»Kümmere dich für mich um mein Kind«, flüsterte sie.

Er wollte etwas sagen, doch das Geräusch einer Gruppe von Leuten, die sich der Tür näherten, unterbrach ihn. Er trat zwei Schritte zurück und verschwand.

Molly sagte nichts, als der König das Zimmer betrat; sie sagte nichts, als er sie heiratete, und sie sprach auch in der darauffolgenden Nacht kein Wort.

Am Morgen verlangte der König von ihr, noch mehr Stroh zu Gold zu spinnen.

Sie schüttelte den Kopf. »Drei magische Fähigkeiten wurden mir gegeben. Ich habe nichts mehr übrig.«

Er schlug ihr ins Gesicht und stürmte aus dem Jagdhaus, womit er sein Gefolge zwang, sich ihm anzuschließen. Später besuchte die Königin sie und gab ihr ein Stück kühlen, nassen Stoffs, das sie an ihre Wange halten konnte.

»Ich habe meinen Sohn daran erinnert«, sagte sie, »dass er sein Wort auf der Grundlage deiner vergangenen Taten gegeben hat, und dass das Gold, das du ihm eingebracht hast, mehr ist als jeder Betrag, den die meisten Erbinnen des Königreichs hätten zusammentragen können. Er reist zum Schloss ab, und ich bezweifle, dass er zurückkommen wird. Kannst du lesen?«

Molly nickte.

»Gut. Ich werde dir jede Woche einen Brief schicken und du wirst antworten. Ich werde dafür sorgen, dass du es dir hier gemütlich einrichten kannst – Sir Thomas' Ehefrau wird bald hier sein. Sie ist eine vernünftige Seele und kann dir Rat geben, wenn du ihn brauchst. Ich habe veranlasst, dass abgesehen von dem üblichen Personal auch mehrere Diener hierbleiben werden. Dein Vater darf dich besuchen, wenn du möchtest, doch dir ist es nicht gestattet, auch nur einen Fuß aus der Jagdhütte zu setzen, es sei denn, mein Sohn oder ich rufen dich an den Hof.«

Molly nickte erneut, und es schien nichts weiter zu tun zu geben.

Die Königin ging und Molly war allein.

Neun Monate später wurde das Kind mit den Grübchen seines Vaters und dem warmen Lächeln seiner Mutter geboren. Molly nannte es Paderick, nach ihrem Vater. Sie schickte keine Botschaft an den Hof, doch die Königin traf am Abend nach dem Baby ein.

»Ich habe meinen Sohn überzeugt, dass er das Baby hierlassen wird, bis es entwöhnt ist«, sagte sie. »Danach werde ich dafür sorgen, dass es gut erzogen wird.«

»Wie Euer Sohn?«, sagte Molly und hob die Augenbraue, da sie manchmal vergaß, dass sie nur eine Müllerstochter war.

Die Königin errötete. »Ich bereue, was sein Leichtsinn dir angetan hat. Doch ich bereue es nicht, einen Enkelsohn zu haben. Ich bezweifle, dass mein Sohn je geheiratet hätte, wenn er sich nicht selbst dazu überlistet hätte.« Sie besah sich die Decke genauer, in die der Säugling eingewickelt war. »Ist das ein Tischtuch?«

Molly lächelte gelassen und küsste die Wange ihres Sohnes. »Es war ein Geschenk.«

Monate vergingen, und Molly vergaß, dass sie je allein gewesen war. Ihr Vater kam jeden Abend in die Jagdhütte, um mit seinem Enkelsohn zu spielen, und die Diener schlossen sich ihnen alle an. Wenn Paderick weinte, was selten geschah, gab es fünfzehn Paar Arme, um ihn zu halten. Der Page, Kemlin – einer der Diener, den die Königin zurückgelassen hatte –, spielte sinnlose Spiele, die den Säugling nach mehr krähen ließen.

Ein Jahr verging, und Paderick war entwöhnt. Keiner der Diener besaß das Herz, der Königin die Botschaft zu schicken – Molly würde dies sicherlich nicht tun. Wenn sie nicht gewusst hätte, dass der König darauf bestehen würde, ihr Baby an den Hof zu holen und von Dienern erziehen zu lassen, hätte Molly es nicht zustande gebracht, Paderick irgendjemandem zu überlassen, nicht einmal ihrem seltsamen kleinen Weber. Nun aber machte sie sich Sorgen, dass er es vergessen hatte.

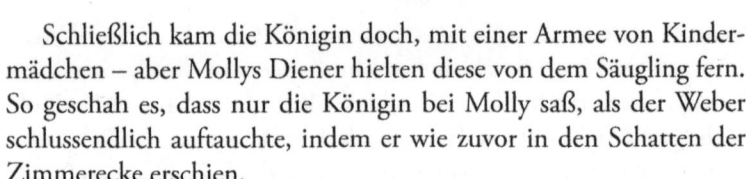

Schließlich kam die Königin doch, mit einer Armee von Kindermädchen – aber Mollys Diener hielten diese von dem Säugling fern. So geschah es, dass nur die Königin bei Molly saß, als der Weber schlussendlich auftauchte, indem er wie zuvor in den Schatten der Zimmerecke erschien.

»Es ist an der Zeit«, sagte er sanft.

Molly ignorierte den Schrecken der Königin, der durch seine plötzliche Anwesenheit hervorgerufen worden war. Sie nickte nur und hob ihren Sohn aus seinem Bettchen.

»Was soll das?«, fragte die Königin.

Molly schmiegte Paderick an ihre Schulter und tröstete ihn zurück in den Schlaf. »Magie hat ihren Preis, Herrin. Dies ist der Preis für das Gold meiner Mitgift – der Preis für die Marotten des Königs.«

»Mein Enkelsohn?«, fragte die Königin. Molly bemerkte, dass sie keine weiteren Fragen stellte, und sie fragte sich, um welche Magie die Königin gebeten hatte und was ihr Preis gewesen war.

Die Königin wandte sich an den Weber. »Gibt es nichts, das ich tun kann?«

Er blickte auf Mollys Hände, die ihr Kind hielten. »Ich kenne einen Weg, wie du dein Kind behalten könntest.« Er sprach mit Molly. »Als ich mich selbst in den Höhlen verlor, verlor ich auch meinen Namen. Von meinem Meister wurde mir einer gegeben – wenn du mir sagen kannst, wie er lautet, werde ich dir das Kind zurückgeben und den Preis der Magie selbst bezahlen. Du hast drei Nächte Zeit, dies zu vollbringen – jede Nacht eine Stunde.«

»Heinrich«, sagte die Königin rasch. »Adam, Theodore.«

»Molly muss die Namen nennen«, sagte er. »Aber nein, nein und nein.«

Molly trat auf ihn zu. »Leonard, Thomas, David.« Sie wusste, dass es keiner davon sein würde. Er schüttelte den Kopf.

Sie fuhr fort, bis die Stunde verstrichen war. Die Uhr in der Ecke schlug die volle Stunde, und er sah betrübt aus, als er zum letzten Mal den Kopf schüttelte. Er verbeugte sich vor Molly, trat zwei Schritte zurück und verschwand.

Die Königinwitwe verbrachte den darauffolgenden Tag damit, in der Bibliothek aus Büchern Namen zusammenzusuchen und riesenhaft lange Listen zu schreiben, die Molly lesen sollte. Molly verbrachte ihren Tag in ihrem Gemach und spielte mit Paderick und Kemlin mit Bauklötzchen.

»Es ist ganz egal, oder?«, sagte Kemlin. »Wenn der kleine Mann ihn nicht fortnimmt, wird es die alte Königin tun.«

Molly nickte.

»Ich würde lieber fortgehen«, sagte Kemlin ernsthaft, »um mit einem Weber zu leben, als an den Hof zurückzukehren.«

Molly las die Liste, die ihr von der Witwe gegeben wurde; dann las sie sie in Anwesenheit der Königin noch einmal für den Weber vor. Bei jedem einzelnen der Namen schüttelte er den Kopf.

Am nächsten Tag befragte die Königin die Diener und schickte sie in den nahe gelegenen Dörfern auf die Suche nach absonderlichen Namen. Molly spielte mit ihrem Sohn.

Am Nachmittag kam ein Botschafter vom Hof mit einem dringenden Brief an die Königin an. Sie las ihn ein Mal durch und wurde so blass wie Milch.

Molly nahm ihr den Brief ab.

Nachdem sie ihn gelesen hatte, blickte sie in die neugierigen Gesichter der Diener und sagte: »Der König hat einen tödlichen Jagdunfall erlitten.«

Sie ließ Paderick bei seiner trauernden Großmutter und ging in ihr Arbeitszimmer. Allein saß sie vor ihrem Webstuhl und begann zu weben, während sie nachdachte.

Ohne den König konnte sie ihren Sohn selbst aufziehen; konnte ihm Güte beibringen, wie sie gehofft hatte, dass es der Weber tun würde. Es gab keinen Grund, ihn jetzt noch zu verlieren, wenn sie das Rätsel lösen konnte.

Sie wusste, dass er nicht beabsichtigte, ihr das Kind wegzunehmen. Er hatte ihr eine Frage gestellt, von der er dachte, sie könnte sie beantworten.

Es war ein Name, den ihm sein Meister gegeben hatte, der ein Weber und ein ausgestoßener Zwerg gewesen war. Es war ein Name, von dem er selbst nicht angetan war – der ihm vielleicht sogar peinlich war, da er ihr nicht verraten hatte, wie er lautete.

Obwohl die Königin sowohl mit ihm als auch seinem Meister Geschäfte getrieben hatte, hatte sie nicht die geringste Ahnung, wie sein Name lautete.

Es war nicht sein eigener Name, hatte er gesagt. Sein Meister hatte ihn ihm gegeben, genau wie sie eine streunende Katze benennen würde. Sie dachte an die Haustiere, die sie besaß – das Pony namens Fleckchen und Vogelscheuche, die Promenadenmischung, die ihr Gesellschaft bei der Arbeit geleistet hatte.

»Er wurde nach seinem Aussehen benannt«, sagte sie laut, Offenbarung schwang in ihrem Tonfall mit. »Sein Meister war ein Weber und hat ihn nach etwas benannt, das so aussah wie er.«

Sie starrte das orangefarbene Garn auf ihrem Webstuhl an und erinnerte sich an das merkwürdige Lachen, das er ausgestoßen hatte, als sie ihm erzählt hatte, wie sie es herstellte. Sie dachte an die knotige orange-braune Pflanze, von der die Farbe stammte, eine Pflanze, die jeder ausgebildete Weber erkannt hätte, wenn er nicht gerade von einem Zwerg ausgebildet worden war, der in einer Höhle lebte. Strahlende Farben, so dachte sie, wären wohl nutzlos in einer Höhle.

»Rumpelstilzchen«, sagte sie ganz leise.

In dieser Nacht betrachtete der kleine Weber Molly und spornte sie lautlos zum Denken an.

»Drosselbart«, sagte sie, als sie am Ende der Liste angekommen war, die ihr die alte Königin überreicht hatte. »Rippenbiest oder Hammelswade?«

»Nein«, sagte er erschöpft.

»Wenn ich dir den Namen nenne«, sagte sie sanft, »wirst du den Preis der Magie bezahlen und ich werde meinen Sohn behalten.«

Er nickte.

Sie wickelte den schlafenden Säugling in das Tischtuch ein, das das erste Geschenk des Webers an sie gewesen war. Sie legte Paderick in die Arme des Webers und ignorierte die verängstigte Miene der Königin.

»Ich habe keinen Namen für dich«, sagte sie und lehnte sich nach vorn, um seine weichen Lippen zu küssen. Sie würde nicht zulassen, dass er einen Preis für ihre Rettung bezahlte, da die Magie ihm bereits zu viel abverlangt hatte. »Keinen Namen, Sir, aber Liebe.«

Das Holz im Kamin brach in Flammen aus und die Jagdhütte erbebte. Im Flur schrien die Diener auf, die an der Tür gelauscht hatten. Die alte Königin brüllte, entweder vor Furcht oder vor Zorn.

In den Armen des Webers kicherte Paderick und schüttelte seine Fäustchen. Als die Jagdhütte wieder auf ihren Grundmauern ruhte, wurde der Raum still. Nicht einmal der Atem der Diener verursachte ein Geräusch.

»Oh, Molly«, flüsterte der kleine Weber, der nun jedoch mehrere Zentimeter größer war als sie. »Was für ein Geschenk du mir gegeben hast. Weißt du, was du erschaffen hast?«

Die Kapuze fiel nach hinten und sie sah, dass die absonderlichen Spuren auf seinem Gesicht verschwunden waren. Ohne sie – nun, er war nicht so ansehnlich wie der König –, doch Freude ist wunderschön anzusehen, ganz egal, welches Gesicht sie trägt. Sein Haar war immer noch rot, doch es bedeckte sein Haupt in dichten Wellen. Als er nach vorn trat, bewegte er sich, wie es jeder andere Mann auch tat, seine Schritte waren aufrecht und stark. Er küsste sie.

»Liebe«, sagte er und wich nur ganz leicht zurück, »kann jeden Preis bezahlen, ohne dass man dadurch ärmer wird. Wirst du mit mir kommen?«

Als er sprach, schlug die Uhr im Saal das Ende der Namensstunde.

»Oh Rumpelstilzchen.« Sie lachte, denn der Name klang tatsächlich seltsam. »Oh mein Liebster, ja.«

Der Weber verlagerte Paderick in seinen Armen, bis er ihn mit einer Hand hielt, während er mit seiner anderen die Müllerstochter ergriff. Mit einem Lächeln trat er zwei Schritte nach hinten und sie ließen die Königinwitwe allein in dem Zimmer zurück.

So sehr sie auch suchte, die alte Königin fand die Müllerstochter und deren Sohn nie wieder. Zu angemessener Zeit wurde der Thron einem Cousin zuteil, der einen viel besseren König abgab als der letzte. Auch der alte Müller verschwand noch in jener Nacht und hinterließ eine leere Mühle.

Wann immer Kemlin seinen eigenen Kindern die Geschichte erzählte, lächelte er und beendete sie mit den Worten: »Und sie reisten an einen Ort, der dem Weber vertraut war, wo niemand sie je wieder stören würde. Dort leben sie glücklich bis zum heutigen Tage.«

Lena Falkenhagen

Goldregen und Weihrauch

Lena Falkenhagen

Lena Falkenhagen zählt zu den vielseitigsten Autorinnen dieser Anthologie. Sie studierte Germanistik und Anglistik in Hannover und arbeitet seither als Autorin, Lektorin, Übersetzerin und Computerspiel-Designerin. Viele Jahre lang hat sie zudem als Redakteurin für das Rollenspielsystem *Das Schwarze Auge* gearbeitet; mehrere Romane und Kurzgeschichten aus ihrer Feder spielen in dieser Welt. Ihr Buch *Undercover* spielt in Markus Heitz' SciFi-Reihe *Justifiers*. Für *Die Lichtermagd*, einer ihrer historischen Romane, ehrte man sie 2010 mit dem DeLiA-Preis und die Zeitschrift *Gameswirtschaft* nannte sie 2017 als eine der Top 10 der deutschen Games-Entwicklerinnen.

Darüber hinaus engagiert sich Lena sehr für die Phantastik-Branche und setzt sich für Autorenrechte ein. Sie ist u. a. Gründungsmitglied und zweite Vorsitzende des Phantastik-Autoren-Netzwerk (PAN) e.V., hilft bei der Organisation des jährlichen Branchentreffens und leitet die PAN-Pressestelle.

Trotz dieser zahlreichen Beschäftigungen hat sie es geschafft, eine Kurzgeschichte zu unserer Anthologie beizusteuern. *Goldregen und Weihrauch* ist eine *Rapunzel*-Variante. »Mich inspirierte diese Vorlage«, so Lena, »weil sie das schlimmste aller Wir-sperren-die-Frau-weg-damit-sie-unschuldig-bleibt-Märchen ist, das ich kenne. Es war mir ein Bedürfnis, dieses für Frauen zu beanspruchen.«
Somit seid ihr eingeladen, Lenas Rapunzel kennenzulernen.

www.falkenhagen.de

Goldregen und Weihrauch

Erneut lenkte der Prinz seine Schritte durch den Wald, und wie von Geisterhand gesteuert führte ihn sein Weg durch das schattige Unterholz in Richtung des einsamen Turms. Das Gebäude, von Ranken und Efeu beinahe zur Unkenntlichkeit begrünt, war unten gemauert und oben mit einem Aufsatz aus Fachwerk gebaut. Den Abschluss bildete ein flaches, hutartiges Dach aus roten Ziegeln, die von Moos grün und braun waren. Merkwürdigerweise gab es in dem Turm keinerlei Fenster oder Türen – nur Umrisse, die aussahen, als hätten sich dort einstmals Öffnungen befunden.

Die ganze Nacht schon war ihm das Mädchen im Turm, wie er die junge Frau bei sich nannte, nicht mehr aus dem Kopf gegangen. Zunächst hatte er nur ihre Stimme gehört, zauberhaft schön und traurig. Sie sang Lieder, deren Worte er nicht verstanden hatte, doch sie sprachen von weicher Haut unter seinen Händen, von zarten Lippen auf seiner Haut. Als er endlich einen Blick auf sie hatte erhaschen können, hatte er sie nur aus der Ferne gesehen. Doch er hatte vermeint, einen Zug der Trauer auf dem schönen Gesicht zu erkennen. Ihr langes blondes Haar hatte in der Sonne geglänzt und geschimmert wie flüssiges Gold.

Prinz Hakon hatte nicht zurückkehren wollen. Doch wie sehr er auch versucht hatte, in seinen Alltag zurückzukehren, seine Gedanken waren immer zu diesem Turm und seiner Insassin gewandert. Mit einer Ausrede war er wieder in den Wald geritten, hatte sein Pferd dort angebunden und sich zu Fuß aufgemacht. Wie durch ein magisches Band geleitet, hatten ihn seine Beine hergetragen, als habe sein Herz sie heimlich gelenkt.

Die Sonne stand im Zenit und ließ die Wiese vor ihm in einem satten Grün leuchten. Als der Prinz gestern hier gewesen war und beobachtet hatte, wie diese merkwürdige alte Frau den Turm erklommen hatte, war es etwas später gewesen. Er hockte sich zwischen die Gebüsche und beschloss zu warten.

Es dauerte nicht lange, da drang der Gesang wieder an sein Ohr. Eine Stimme, glockenhell und lieblich, die wundervolle Versprechen in einer fremden Sprache formte. Hakon schloss die Augen. Er spürte weiche Schleier auf dem Gesicht. Eine kühle Brise ließ die Härchen auf seinen Armen sich aufrichten, strich über seinen Bart, seine Lippen, kitzelte an seinen Wimpern. Er lauschte der Melodie und ließ sie ihn forttragen, in seine Mitte, zu jenem Ort, an dem das Feuer brannte. Das Begehren in dieser Stimme entfachte dieses Feuer um ein Vielfaches, bis er meinte, es nicht mehr aushalten zu können; bis er glaubte, dass es ihn verzehren müsse, wenn er es nicht mit einer Berührung ihrer Haut, mit der Seide ihrer Haare löschen könnte. Er wollte sie besitzen, wie er noch keine andere Frau besessen hatte – und er hatte bereits viele Frauen besessen. Er war der Sohn des Königs.

Hakon spürte, wie diese Stimme nicht nur sein Inneres zu erregen begann, auch sein Äußeres reagierte so leicht, wie es das immer tat. Er genoss das Prickeln, das Beben, ließ die Hitze ihn überfluten – bis die Melodie abbrach. Jäh öffnete er die Augen und brummte verärgert. Umständlich richtete er sich auf – er war rücklings gegen einen Baumstamm gesackt – und suchte nach der Ursache der Unterbrechung.

Statt des betörenden Gesangs erklang eine Frauenstimme. Umständlich – die Latte in seiner Hose half dabei nicht – kroch der Prinz wieder in seine Beobachterposition und versuchte, die Worte zu verstehen, die da gesprochen wurden. Mit Mühe und Not meinte er auszumachen:

»Rapunzel, Rapunzel, lass dein Haar herunter!«

Hakon traute seinen Ohren kaum. Warum ging es um Rapunzel, dieses nutzlose Kraut, das er manchmal zum Braten serviert bekam und das ihm gern zwischen den Zähnen stecken blieb? Und das mit dem

Haar ... er musste sich verhört haben. Ganz fasziniert beobachtete er dann, was weiter geschah.

Ein goldener Wasserfall ergoss sich aus dem obersten Fenster, das direkt unter einem Stützvorbau lag, als seien dort früher einmal Waren hochtransportiert worden. Doch weder Winde noch Seil befanden sich daran; nein, was da herunterhing, waren Haare, goldene Haare, die in regelmäßigen Abständen zu Schlingen verknotet waren. Und dann geschah das Unglaubliche: Die alte Frau begann, den Turm an der Außenwand emporzuklettern. Hakon wechselte seine Position, sodass er so nah er konnte am Geschehen war, und beobachtete, wie die in schwarze Kleider gehüllte Dame die Füße sorgsam in Mauervorsprünge und Efeuranken steckte. Den goldenen Schopf nutzte sie mal zur Absicherung, mal als Tritt, wenn sich kein anderer bot. Schließlich verschwand die Frau oben in der Öffnung.

Prinz Hakon wartete. Er wartete sehnsüchtig auf eine Bewegung oben am Fenster. Er wartete auf die wundervolle Stimme, die ihn so verzaubert hatte. Er wartete darauf, dass die alte Dame endlich verschwand und er sich einen Eindruck von den Gegebenheiten machen konnte. Ganz insgeheim aber wartete er auf eine Gelegenheit, die er nutzen konnte, um ebenfalls den Turm zu erklimmen und sich dem Mädchen, das dort oben wartete, vorstellen zu können. Er wusste, dass er die Gabe besaß, bei jungen Frauen einen einprägsamen Eindruck zu hinterlassen.

Wer mochte dieses Mädchen sein? Sicherlich war sie schön, ja wunderschön. Warum sonst hätte man sie in diesen Turm sperren sollen? Bestimmt war sie das Kind reicher Eltern, das hier vor den Blicken junger Männer geschützt werden sollte. Der Vater war sicher einflussreich und besitzergreifend. Und er schien der Tugend seiner Tochter nicht zu trauen, denn sonst hätte man sie ja auch in der Stadt oder am Königshof belassen können; woher auch immer sie kam. Manche Väter verhielten sich so und hatten damit noch nicht einmal unrecht. Prinz Hakon selbst hatte sich mehr als einmal Zutritt zu der Kammer einer Jungfrau verschafft und sich genommen, was er dort fand. Es war ja nicht so, als könnten die Mädchen hinterher mit dem Finger auf ihn zeigen und ihn anklagen. Immerhin war er der Sohn und Erbe des Königreichs. Doch Hakon wollte abwarten, auch wenn es ihm unendlich schwerfiel. Doch wie ging das Sprichwort? Je länger die Vorfreude, desto größer der Genuss?

Die Nachmittagssonne am Himmel neigte sich bereits gen Westen, als sich am Turm endlich etwas tat. Die Schwarzgewandete streckte ihr Hinterteil in den üppigen Röcken auf wenig elegante Weise aus der Öffnung und kletterte auf dieselbe Art und Weise wieder hinunter, wie sie hinaufgelangt war. Hakon wartete weiter ab, bis sie ganz unten angelangt war, die Kleider geordnet hatte und schließlich umständlich davongehumpelt war.

Was für eine alte, schreckliche Hexe mochte das sein?, dachte Hakon bei sich. Ein junges, schönes, zauberhaftes Mädchen dergestalt wegzusperren und die Gefängniswärterin für sie zu geben ...

Kaum war die Schwarzgewandete außer Sicht, da erhob sich der Prinz und schritt vorsichtig auf den Turm zu. Gab es noch weitere Wachen oder Sicherungen? Hunde, wie mancher Vater sie im Hof vor dem Fenster seiner geliebten Tochter aufpassen ließ, um unerwünschte Freier abzuhalten? Hakon konnte aufgrund eines schlecht verheilten Bisses am Fußgelenk ein Liedchen davon singen, dass man nicht vorsichtig genug sein konnte. Natürlich hatte er den Hund am nächsten Tag von einer Wache erschlagen lassen. Die nächtliche Exkursion hatte sich trotz des Hundes gelohnt.

Am Fuß des Gemäuers hielt Hakon inne. Zwar rankte das Efeu am Stein dicht und die Aussparungen, die die Hände und Füße der alten Hexe genutzt hatten, waren unten deutlich erkennbar. Doch wenn er die zwanzig Ellen hochblickte, wurde ihm ganz anders. Wer aus solcher Höhe in die Tiefe fiel, der stand so schnell nicht wieder auf. Doch das Echo des Gesangs der Schönen hallte noch in seinem Kopf, und das klärte die Frage, ob die Belohnung das Risiko wert war. Er wollte es wagen.

»Rapunzel, Rapunzel, lass dein Haar herunter!«, rief er mit so hoher Stimme, wie er es vermochte, ohne sich lächerlich zu fühlen.

Er lugte am Geäst des Efeus vorbei hinauf, doch er konnte nichts erkennen. Dann fiel die goldene Pracht herab und glänzte im Sonnenschein wie ein Pfad zur Glückseligkeit.

Zuerst zögerlich, dann mit mehr Zuversicht bestieg der Prinz den Turm. Dabei nutzte er das schimmernde Geflecht ebenso als Stütze, wie er das bei der schwarzgewandeten Frau gesehen hatte. Er kam nicht umhin festzustellen, was für ein Duft das Haar verströmte – Duft nach Flieder an einem sonnigen Sommerabend, nach prallen Stachelbeeren im Garten und Geborgenheit.

»Flieder und Stachelbeeren. Eigenwillig und delikat«, murmelte der Prinz und schwelgte in der Vorfreude dieser Begegnung.

Oben angelangt schwang er sich über die leicht vorkragende Plattform des Turmgeschosses. Als er hinter sich zurückblickte, da schwindelte ihm die Höhe.

Endlich erblickte er die Schöne. Sie stand gleich abseits der Öffnung und hatte ihr Haar dicht um einen großen Haken gewickelt, damit die Belastung ihr nicht am Kopfe zerrte. Jetzt band sie es wieder ab und drehte sich um, während sie begann, den goldenen Wasserfall hochzuziehen. Als sie den Prinzen sah, da erschrak sie.

»Wer seid denn Ihr?«, fragte sie atemlos und hielt die eine Hand vor die Brust, denn sie trug nur ein Untergewand aus Leinen. Sie wirkte wie ein scheues Reh, das beim Äsen auf der Wiese vom Jägersmann überrascht worden war. Ihre Augen waren von leuchtendem Blau, die blassen Wangen von zartem Rosa überzogen. Die Stupsnase war von leichten Sommersprossen übersät, die sie sich vermutlich am Südfenster sitzend zugezogen haben musste. Ihre vollen Lippen besaßen einen feuchten roten Schimmer, der die zärtlichsten Küsse verhieß.

Hakon war verliebt. Er hatte gehofft, dass die Schöne schön sein würde, doch auch er wusste, dass nur die wenigsten Frauen seinen Ansprüchen standzuhalten vermochten. Diese übertraf sie noch, was sie zu einer der schönsten Frauen machte, die er je gesehen hatte. Er versuchte, trotz der grünen Moosspuren an seiner teuren Brokathose so würdig wie möglich auszusehen und bewegte sich so wenig wie nötig. Er wollte sie nicht verschrecken.

»Mein Name ist Hakon. Ich bin gekommen, um dich aus diesem Verlies zu befreien!« Er zögerte. »Diesem Gefängnis!«, korrigierte er sich dann. Gab es keinen Begriff für oberirdisch liegende Kerker? »Wer bist du und wer hat dich hier eingesperrt?«

»Ich bin Rapunzel«, sprach sie, leise wie der Flügelschlag eines Vogels. Ihr Blick irrte zu der Öffnung, aus der noch ihr Haar heraushing. »Wo ist Briana? Hat sie Euch gestattet, heraufzusteigen?«

»Ja«, schoss es aus ihm heraus. »Sie sendet mich, um dir ein wenig Kurzweil zu bereiten. Sie sagt, du musst dich nicht fürchten, Rapunzel.« Der Name kam nur mit Mühe über seine Lippen. Was für eine Untat, diesem schönen Ding einen so hässlichen Namen zu verleihen!

Rapunzels Gesicht hellte sich auf. »Oh. Dann ist ja gut.« Sie wollte sich daranmachen, ihr Haar weiterhochzuziehen, doch der Prinz wagte sich einen Schritt voran und ergriff ihr Handgelenk.

»Rapunzel, halt ein!«, sprach er, nun beinahe so atemlos wie sie. »Halt ein und lass mich dich anschauen, du schönes Kind!«

Rapunzel gehorchte und sah zu Hakon auf. Die Nähe ihres wohlgeformten Leibes, bloß gehüllt in das nicht vollständig blickdichte Leinen, der Duft ihrer Haare, der Glanz ihrer Augen, ihrer Lippen … All das betörte ihn so sehr, dass er nicht länger warten konnte. Alles an ihr sprach dafür, dass sie nur darauf wartete, dass er ihren Körper berührte; an Stellen berührte, von denen sie in ihrem Leben hier in Gefangenschaft noch nicht zu träumen gewagt hatte. Er wollte sie im Schein des Abendlichtes auf das Deckenlager am Fenster betten, wollte ihre Brust im Gegenlicht liebkosen, wollte sehen, wie sich ihr schweißbedeckter Rücken in Ekstase bog, während sie ihm gab, wonach es ihn verlangte.

Ein letzter Schritt brachte ihn nah vor sie. Er strich mit den Fingern der anderen Hand über ihre Wange, glättete eine Strähne des goldenen Flusses, der sich von ihrem Haupt ergoss. Sie schlug schüchtern die Augen nieder. Als sie wieder zu ihm aufsah, da war es, als glimme das Feuer, das er verspürte, auch in ihrem Blick. Ihre Lippen zuckten erwartungsvoll, als wäre sie so ungeduldig wie er.

Als Hakon die Schöne küsste, da war es um ihn geschehen. Ein Funke sprang über, als zart Haut auf Haut traf. Erst vorsichtig erkundete er ihren Mund, dann wurde er wagemutiger. Er legte die Hand hinter ihren Kopf, vergrub die Finger in dem Schopf, der so unwirklich schimmerte, krallte sich schließlich besitzergreifend darin fest und zog ihr Haupt zurück, sodass er mit den Lippen ihre Wangen, ihren Hals, die zarte Beuge an ihrer Kehle erkunden konnte.

Ein Keuchen entfloh ihr, als sie sich ihm ergab; die Kontrolle gehen ließ wie einen fernen Gruß im Abendrot.

Hakon konnte nicht mehr von ihr lassen. Ihm war, als wären seine Lippen an ihre Haut gebunden. Er riss das Leinenhemd entzwei und entblößte ihren weißen Leib, dessen Rundungen sich als von ebensolcher Perfektion offenbarten wie ihr Gesicht. Seine Hände erforschten diesen Körper gierig, von den sich seinen Fingern entgegenreckenden Spitzen bis zu ihrem warmen Gesäß; suchten die Wärme ihres Schoßes. Er bettete sie auf den Decken, warf die Kleider von sich und legte sich zu ihr.

Ein Rausch ergriff den Prinzen, wie er noch nie einen empfunden hatte, als er ihr, ganz Erregung und Wonne, beiwohnte. Er spürte eine Verbindung zu dieser Schönen, fühlte sich ihr so nah, dass er zerspringen wollte. Seine Lippen ertranken in ihren, und sie gab sich ihm hin, so weich und willig, als wäre sie für diesen Augenblick geschaffen worden. Ihr scheues Keuchen wurde lauter, während das Funkeln in ihrem Blick, der fest auf ihn geheftet war, zunahm.

Hakon entglitt die Kontrolle. Noch nie hatte der Akt so von ihm Besitz ergriffen. Wellen der Erregung beutelten ihn, sodass er nur noch durch einen Schleier wahrnahm, wie das Leuchten in ihren Augen sich in ein rotes Glimmen verwandelte. Ein Teil von ihm staunte darüber, doch es war ein fernes Gefühl, wie ein Bedauern über den Tod von jemandem, den er kaum gekannt hatte.

Gemeinsam schwangen ihre Seelen der Erhabenheit zu, nicht mehr zwei einzelne verirrte Geister, sondern eins, so wie der Prinz noch nie eins mit jemandem gewesen war. Jede Kraft, die er besaß, lag in diesem Akt. Alles Leben, das in ihm wohnte, lag in diesem Akt. Alles Streben, das er je verspürt hatte, lag in diesem Akt.

Und als sich die Erregung auf dem Gipfel der Unerträglichkeit endlich erfüllte, da tat Prinz Hakon seinen letzten Schrei.

Briana erklomm in böser Vorahnung die Wand des Turms. Das goldene Haar Rapunzels hing noch zu drei Vierteln herab, sodass sie es nutzen konnte, um sich in den gefährlichen Höhen festzuhalten und über die Kante des obersten Turmgeschosses zu ziehen. Auf den letzten Ellen hörte sie bereits das Keuchen, das Lachen, dann – den Schrei, den sie befürchtet hatte.

Die Schwarzgewandete sah noch, wie der Mann kraftlos zusammenbrach. Rapunzel unter ihm hingegen glühte vor Leben. Briana hatte das bereits mehrfach mit eigenen Augen gesehen. Die Haut des Ungeheuers glühte in einem tiefen Rot, so als schimmerte ein Feuer aus ihr heraus. Aber das verbrannte nicht sie, sondern ihre Liebhaber. Auch die Augen funkelten wie Kohlen, entfacht durch eine jähe Windbö. Und Rapunzel lächelte.

Noch nie hatte Briana ein unschuldigeres und glücklicheres Lächeln gesehen als auf den Lippen dieses Wesens mit dem Körper einer Göttin. Sie lag unter dem Toten, die Beine noch rechts und links neben seinem Körper, die Arme über den Kopf gereckt, als räkele sie sich im Licht einer liebkosenden Sonne.

»Du«, entfuhr es Briana. Damit beendete sie jäh den Genuss des Ungeheuers. »Du hast versprochen, dass du das nicht mehr tust!«

Rapunzel wandte ihr den Blick zu. Das Glühen darin erlosch langsam. Beinahe widerwillig löste sie sich von dem Leichnam und setzte sich auf. Trotz der eigenen Bloßheit und des nackten Mannes strahlte sie Unschuld und Unberührtheit aus. »Du hast mich aus deiner Stadt weggebracht, damit deine Männer sicher sind vor mir«, wisperte sie. »Dieser ist freiwillig in meine Arme gekommen.«

Briana seufzte. Dann fiel ihr Blick auf die Gewandung, die der Mann offenbar in höchster Erregung im ganzen Turmzimmer verteilt hatte. Edelstes schwarzes Brokat, auf der Schulter bestickt mit einem kunstfertigen Wappentier, das ihr nur zu vertraut vorkam: der Löwe des Königs. »Oh nein!« Sie eilte hinzu, drehte mit unheilschwangerer Vorahnung den Leib des Toten auf den Rücken und schlug die Hand vor den Mund. »Der Prinz! Prinz Hakon!«

Das Wesen neben ihr hockte an einem Balken, die bloßen Beine angezogen und die Spitze des Zeigefingers in den Mund gesteckt wie ein kleines Mädchen, das dabei ertappt worden war, wie es die Süßigkeitenvorräte der Mutter plünderte.

»Er schmeckte wie ein Prinz«, stimmte sie leise zu. Sie legte ihren Kopf schief, als hinge sie diesem Geschmack nach. Sie nickte nachdrücklich.

»Goldregen und Weihrauch.«

Nina MacKay

Das Aschenputtel-Vermächtnis

Nina MacKay

Nach einigen romantischen und düsteren Märchenadaptionen wird es Zeit, dass wir den Beweis antreten, dass Fairytale-Fantasy auch witzig sein kann. Bühne frei für Nina MacKay, die mit Romanen wie *Plötzlich Banshee* und *Rotkäppchen und der Hipster-Wolf* einfach gute Laune verbreitet.

Nina lebt im Süden Deutschlands, arbeitet als Marketing-Managerin und besitzt das Talent, beinahe überall an einem ihrer Manuskripte arbeiten zu können – zur Not auch mal auf ihrem Smartphone. Vielleicht liegt das aber einfach an ihrer Disziplin; ein nicht zu unterschätzender Charakterzug bei einem Künstler.

Nina jongliert derzeit mit mehreren Romanprojekten. Im Drachenmond Verlag erschien gerade ihr zweites Hipster-Märchen: *Aschenputtel und die Erbsen-Phobie (aka die Puute vom Drachenmond)*.

In ihrer nachfolgenden Kurzgeschichte stellt sie uns eine Küchenmagd vor, die weder an Bällen noch an Prinzen interessiert ist, aber vorzüglichen Schokoladenpudding kochen kann. Was das mit der bösen Königin und einer alten Feentradition zu tun hat, müsst ihr selbst herausfinden.

www.facebook.com/NinaMacKayAutor

Das Aschenputtel-Vermächtnis

In jeder Generation der Königshäuser von Kendrum und Bahra werden zwei Zwillingspaare geboren: Prinzessinnen im einen Land, Prinzen im anderen. Diese vier Königskinder sind einander bestimmt, ihr Weg vorgezeichnet - von nichts Geringerem als der Magie der wahren Liebe.

Im Jahr ihres achtzehnten Geburtstags müssen sie sich finden, als Liebende erkennen, traditionell während des Maskenballs im Schloss des männlichen Zwillingspaares. Ein Vermächtnis von Aschenputtel, ein Versprechen, besiegelt durch die gute Fee zum Schutz der Königreiche für alle Ewigkeit.

Die Königin durfte es nie erfahren. Die Königin nicht und die Köchin erst recht nicht.

Ein weiteres Mal warf ich einen Blick zurück auf das Schloss, während ich durch den Gemüsegarten eilte, der sich im Westen an das königliche Schloss anschmiegte wie eine Katze an ihre Herrin. Und noch einen, nur um sicherzugehen. Alles still. Das herrschaftliche Gebäude mit den endlos vielen Türmen schien die Sonnenstrahlen zu genießen und vor Freude zu strahlen. Vielleicht genoss es bei diesen unmenschlichen Temperaturen aber auch einfach nur die Abwesenheit der Tauben, die heute, bedingt durch die Hitze, einmal nicht auf den Dächern der Türme gurrten und alles mit ihren Hinterlassenschaften verseuchten.

Ich presste den Leinenbeutel mit den Küchenabfällen enger an mich. Im Gemüsegarten schienen ebenfalls alle Lebewesen im Wachkoma zu liegen. Die hohen Kräuter wiegten sich in einer nicht existenten Brise, aber ansonsten war keine Bewegung auszumachen. Dennoch drückte ich mich hastig an die Westmauer und wühlte in meinem Beutel. Ich fand, wonach ich gesucht hatte, und ließ die Essensabfälle, die hauptsächlich aus Käserinden und Brotresten bestanden, durch die Gitterstäbe fallen.

Ein geflüsterter Dank wehte zu mir hinauf. Die Gefangenen wussten, dass sie sich auf mich verlassen konnten. Sicherlich wunderten sich ihre Wärter schon, warum sie nicht abmagerten und kurz vor dem Hungertod standen. Das hätte der Königin sicher gefallen.

Ich eilte weiter und leerte den Rest des Beutels, indem ich alles Essbare durch die Gitterstäbe der zweiten großen Gefängniszelle warf. In jeder von ihnen saßen um die zwanzig Gefangene. Viel war es nicht, was ich mitgebracht hatte, aber für heute musste es genügen.

»Laykinn!« Der Klang meines Namens ließ mich zusammenzucken. Verdammt, hoffentlich hatte ihn niemand gehört. Taran, mein bester Freund, kam auf mich zugeschossen. Warum hatte ich nicht besser aufgepasst, wer sich mir näherte? Nach meinem Halt am ersten Gitter hätte ich noch einmal um die Ecke der Mauer spähen müssen!

Taran baute sich vor mir auf, was ziemlich lächerlich aussah, da er sein Dienergewand mit den Puffärmeln trug. Sicherlich hatte er das nicht bedacht. Bevor er noch mehr von meiner Identität preisgeben konnte, packte ich ihn am Ellenbogen und zog ihn in Richtung Schweinestall. »Musst du meinen Namen bis nach Kendrum herausschreien? Was in aller Feen Namen tust du hier?«

»Was tust *du* hier, sollte ich wohl eher fragen. Die Königin bat um einen deiner berühmten Schokoladenpuddings mit Himbeeren, aber *du* warst nicht in der Küche anzutreffen. Und dann finde ich dich hier bei den Kerkern? Hattest du nicht versprochen, damit aufzuhören?«

»Tut mir leid. Ich habe es versucht. Aber ich ertrage den Gedanken einfach nicht, dass sie hungern müssen, während wir unsere Essensreste den Schweinen geben.« Mit einer Handbewegung deutete ich in Richtung der Gitterstäbe der Verliese. »Ach, verflixt, die Königin und ihre verfluchte Sucht nach Schokolade. Und das um elf Uhr vormittags!« Ich stöhnte.

»Dreimal verflucht«, stimmte mir Taran zu. Sonnenlicht strahlte durch seine Strubbelhaare, was ihnen einen zauberhaften rötlichen Schimmer verlieh. Als sei er mit einem Fuchs verwandt.

»Dabei war ich gerade auf dem Weg zu den Ställen und danach wollte ich das Grab meines Vaters besuchen.« Das konnte ich jetzt natürlich vergessen. Etwas umständlich zog ich den bemitleidenswerten Blumenstrauß unter dem Leinenbeutel hervor. Gänseblümchen für meinen Dad. Seine Lieblingsblumen.

Augenblicklich wurde Tarans Miene weich. »Ach, weißt du was, inzwischen bekomme ich deinen Pudding fast ebenso gut hin wie du. Du beeilst dich einfach und rettest ihn, wenn er danebengeht.«

Was er zweifellos tun würde. Trotzdem umarmte ich meinen allerbesten Freund, drückte ihn so fest an mich, dass dem armen Jungen ein Röcheln entfuhr. Die Königin konnte mich mal. Auspeitschen. Ja, auspeitschen konnte sie mich später immer noch. Oder Schlimmeres. Schließlich war sie nicht gerade für ihre Güte und Gnade bekannt. Eher für ihre ausgefeilten Foltermethoden. Allerdings hatte ich bisher das Glück gehabt, von ihr verschont zu werden. Vielleicht war es auch dieses Mal auf meiner Seite.

Ohne einen weiteren Gedanken an die Königin zu verschwenden, rannte ich so schnell ich konnte zum Friedhof, mit nur einem kurzen Stopp bei den Tieren, um das angegammelte Suppengemüse und die Zwiebelschalen loszuwerden.

Zwanzig Minuten später nahm ich immer zwei Stufen auf einmal nach unten in die Schlossküche. Vier Küchenjungen stolperten dort umeinander und genau in der Mitte der Küche rührte Taran in einem kleinen Zinnkessel, der über dem Feuer stand. Es roch nach verbrannter Schokolade.

Mit so viel Sanftmut, wie ich sie in der gegenwärtigen Situation aufbringen konnte, stieß ich ihn zur Seite. »Du hast ihn doch nicht etwa zu lange über dem Feuer gelassen?«

»Gern geschehen. Deine Dankesarien sind immer herzerweichend, weißt du das, Laykinn?«

»Hm, hm«, brummte ich zurück. In der Tat hatte ich nach näherer Betrachtung gar nicht so viel am Pudding meines besten Freundes auszusetzen. Am Ende musste ich nur darauf achten, die angebrannten Stellen nicht mit aus dem Topf zu kratzen. Nach zwei weiteren Minuten hatte ich ihn hübsch angerichtet und mit Himbeeren garniert.

»So. Überbring ihn bitte mit freundlichen Grüßen Ihrer königlichen Boshaftigkeit.«

Tarans linker Mundwinkel zuckte. Bevor er das Tablett mit der Schale entgegennahm, fuhr er sich noch einmal durch seine Locken. »Du meinst also, ich soll ihr nicht ausrichten, dass du hineingespuckt hast?«

»Ganz genau.«

»Sehen wir uns später, oder gehst du heute Abend ins Haus deiner Stiefmutter?«

Meine Brust verengte sich bei seinen Worten. Wir beide wussten, dass ich das äußerst ungern tat und eigentlich nur, wenn sie mich zu sich zitierte, um meinen Lohn einzufordern. Meine Stiefmutter stand in ihrem Liebreiz der Königin in nichts nach. Man hätte meinen können, sie sei anstelle der jetzigen Königin von Kendrum die Zwillingsschwester von Königin Greya. Aber das war eher unmöglich, denn in jeder Generation wurden nur zwei Prinzessinnen geboren, die später zu Königinnen gekrönt wurden. Obwohl, es hatte bereits einmal Drillinge im Königshaus gegeben. Eine Anomalie unter den stets alle neunzehn Jahre geborenen Zwillingen. Vermutlich war mein Stiefmonster die verschollene dritte böse Königin.

Aber heute war ich vor ihr sicher. Wenigstens das.

»Nein, sie hat Besuch und will mich nicht im Haus haben.« Was machte das schon? Dann brachte ich ihr eben morgen das Geld. Im Grunde schlief ich deutlich lieber hier in der Asche auf dem Boden als bei ihr.

»Super, dann kannst du heute Abend an der Brautschau der Prinzen teilnehmen.«

Ich warf Taran einen abschätzigen Blick zu, bevor ich mich daranmachte, meinen Zopf, der mir nach vorne über die Schulter bis zu den Rippen fiel, neu zu flechten. Im Schein des Feuers neben mir schimmerte er golden. »Ganz sicher nicht. Welches Kleid sollte ich tragen? In einer Küchenmagd-Schürze würden mich die Prinzen doch nie mit einer Prinzessin verwechseln. Keine Chance, dass sie mich wählen würden.«

»Vielleicht kann dir jemand ein Kleid leihen?«

Wirklich, manchmal musste man Taran für seinen unerschütterlichen Optimismus einfach bewundern.

»Und was würde das nützen? Noch nie hat eine Generation von Prinzen falsch gewählt. Zwei Prinzen, zwei Prinzessinnen. Ende der Geschichte.« Ein royales Happy End. Nichts anderes würde es heute Abend geben. Es war schon fast zermürbend langweilig.

Obwohl ich es nicht so gemeint hatte, wirkte Taran so, als hätte ich ihn geschlagen. »Nein, vor ein paar Jahrhunderten soll ein Prinz eine Bürgerliche …«

»Jaja, diese Geschichte. Das ist eine Legende, die uns kleinen Leuten erzählt wird, damit wir nie die Hoffnung verlieren«, winkte ich ab. »Es wird auf immer und ewig diese magisch arrangierten Inzest-Ehen geben. Dafür hat Aschenputtels gute Fee schon gesorgt. Machen wir uns nichts vor.«

Langsam brannte das Feuer herunter und ich legte zwei Holzscheite nach. Dabei sah ich aus dem Fenster und bemerkte eine Ansammlung von Kindern auf dem Hof, die sich um einen Geschichtenerzähler drängten. »Außerdem bin ich noch nicht achtzehn.«

»Das sind die Prinzessinnen von Kendrum auch erst seit gestern.« Taran klang, als hätte er soeben einen Krieg gewonnen. »Alle Mädchen im Königreich, die annähernd im entsprechenden Alter sind, dürfen teilnehmen, Laykinn.«

Das stimmte. Ganz Bahra würde heute Abend seine Töchter ins Schloss schicken. Als ich mich wieder zu ihm umdrehte, wäre ich beinahe über den letzten Küchenjungen gestolpert, der wie eine Maus nach draußen flitzte. Der Rattenfänger im Hof war also im Begriff, mit seinen Märchen loszulegen. Leise fluchend schürte ich das Feuer. Dann blieb die Arbeit wohl an mir und Ozira hängen.

»Lass uns später darüber reden.« Taran strahlte mich an und nahm dann genau wie ich immer zwei Stufen auf einmal die Treppe hinauf, wobei er das Tablett mit dem Schokopudding wie ein Seiltänzer balancierte.

»*In jeder Generation der Königshäuser von Kendrum und Bahra werden zwei Zwillingspaare geboren*«, begann der Geschichtenerzähler jetzt mit einer Stimme loszulegen, die an Effekthascherei kaum zu überbieten war.

Ich fluchte, dieses Mal noch lauter, schloss die letzten Fenster und zog sogar die Vorhänge zu. Diese ausnahmsweise einmal wahre Geschichte hatte ich schon zur Genüge gehört.

»*Zwei Prinzessinnen im einen Land, zwei Prinzen im anderen – ihre Schicksale verwoben von der Magie der wahren Liebe*«, röhrte der Rattenfänger dumpf in meinem Hinterkopf. »*Einst teilten Aschenputtels Zwillingssöhne das Land unter sich auf. Spalteten ein Königreich in zwei. Kendrum und Bahra. Um zu verhindern, dass ihre Kinder wiederum die Ländereien unter sich aufteilten, bat Aschenputtel die gute Fee um Hilfe. Die Fee versprach, die Länder durch den Zauber der wahren Liebe zu schützen. Von diesem Zeitpunkt an gebaren alle Königinnen Zwillinge. Je zwei Jungen oder zwei Mädchen, die für die Kinder des anderen Königspaares bestimmt waren und nach ihrer Hochzeit jeweils ein Land regieren sollten. Der Tradition zu Ehren werden sie kurz nach ihrem achtzehnten Geburtstag während eines Maskenballs einander als Fremde vorgestellt. Unter allen anwesenden Damen müssen die Prinzen ihre wahre Liebe finden, so wie es der Brauch vorschreibt. Und so geschieht es und so soll es geschehen.*«

An sich hatte ich nichts gegen diese romantischen Vermählungen, die alle neunzehn Jahre stattfanden mitsamt den anschließenden Krönungen. Nur gegen den Krieg, der darauf folgte. Weil sich die neuen Herrscher nie einigen konnten, wer welches Königreich regieren sollte.

Seit ich denken konnte, herrschte einer der übelsten Kriege, den die Königreiche je gesehen hatten. Vor allem seit die Königin von Kendrum so kurz nach der Geburt ihrer Zwillingstöchter verstorben war. Ich konnte keinen Krieg mehr sehen. Keine verletzten Soldaten, keine Hungersnot, keine Stiefmutter, die die letzten Habseligkeiten meines Dads verkaufte, um sich neue Kleider leisten zu können. Meine Meinung dazu ignorierte sie. Hauptsächlich, da sie nur mein Vormund war und mich nie hatte haben wollen.

»Laykinn?«

Ich sah von der Arbeit auf, dem wütend zusammengekehrten Haufen an Asche und schimmeligen Linsen.

»Warum bist du nicht wie alle draußen im Hof?« Ozira, die erste Hilfsköchin, schloss die Tür zum Lagerraum. An ihrer Stirn klebte Mehl. Obwohl sie doppelt so alt wie ich war, zählte ich sie zu meinen besten Freunden. Heute, da Köchin Senpa außer Haus war, oblag ihr das Kommando in der Küche.

»Für diesen Geschichtenkram bin ich dann doch etwas zu alt.« Während ich mich auf den Besen stützte, blies ich mir eine Haarsträhne aus der Stirn.

Ozira winkte ab. »Aber darum geht es doch überhaupt nicht. Sondern, um uns auf die Brautschau einzustimmen.«

»Einstimmen? Auf die zusätzliche Küchenarbeit wegen des Balls meinst du wohl?«

»Nein. Ich spreche von dir und davon, dass du dich auf diesem Ball vergnügen solltest. Ein Teil dieses denkwürdigen Ereignisses wirst.«

Mit hochgezogenen Augenbrauen musterte ich sie. Das Feuer knisterte nur eine Armlänge von mir entfernt, wärmte mir in dieser Position das Gesicht. »Heute Abend werden sich lediglich zwei Prinzen zwei Prinzessinnen schnappen, ihre Verlobung verkünden und dann umgehend einen Krieg vom Zaun brechen. Warum sollte ich das in Erinnerung behalten wollen?« Manchmal klang ich zynischer als Senpa, wenn sie unter ihren Kopfschmerzen bei Wetterumschwung litt. Dessen war ich mir bewusst. Doch bei der erneuten Erwähnung des Krieges blitzte vor meinen Augen das Bild meines Vaters auf, der mich während seines Einsatzes als Soldat in einem verlassenen Dorf aufgefunden hatte. Ich war die einzige Überlebende in meiner alten Heimat gewesen. Die Erinnerungen an seine Erzählungen davon ließen mich schlucken.

»Ich habe ein Ballkleid. Und du wirst es brauchen.«

Verwundert neigte ich den Kopf. Ozira war ungefähr dreimal so breit wie ich.

»Umgearbeitet, natürlich«, grinste sie. Ihre braunen Locken mit den grauen Strähnen hüpften. »Was denkst du denn?«

Ein umgeschneidertes Kleid. Für mich? Das war seit Jahren das Schönste, was jemand für mich getan hatte. Für mich! Ohne mit dem Blinzeln aufhören zu können, starrte ich Ozira an. »Du hast dieses Kleid in stundenlanger Arbeit …?«

»Genau.« Das Strahlen auf ihrem Gesicht breitete sich aus. »Hat mich zwei Nächte gekostet, aber du bist es mir wert. Selbst hundert Nächte!« Sie zupfte sich ein paar Haarsträhnen unter ihrer Haube hervor, die ihr Gesicht wie Engelslöckchen umspielten.

Unfähig, etwas zu erwidern, biss ich mir auf die Lippen. Der Kloß, der sich in meinem Hals ausgebreitet hatte, ließ auch gar nichts anderes zu.

Dennoch würde ich nicht zu diesem Ball gehen. Niemals!

Beim Mittagessen deutete Ozira mit ihrem Löffel auf meine Nasenspitze. »Hör mal, wenn du nicht für dich selbst zum Ball gehen willst, um dich zu amüsieren, dann kannst du mir wenigstens einen Gefallen tun und Estrel begleiten. Ihr Vater ist sehr besorgt und möchte sie nicht ohne eine Anstandsdame dort hinlassen.«

Was für eine fadenscheinige Ausrede, um mich zum Ball zu überreden. Estrel. Die Tochter des Wirts, der bei uns Brot kaufte.

Die schüchterne Estrel. Ein *Nein, ausgeschlossen!* lag mir auf der Zunge, aber dann dachte ich an die süße Wirtstochter, die immer ihr

Spielzeug mit mir geteilt hatte, als ich selbst keines gehabt hatte. Um nicht direkt antworten zu müssen, schob ich mir eine übertrieben große Menge Käse in den Mund. »Ich muss darüber nachdenken«, würgte ich schließlich hervor.

»Bist du eigentlich kein bisschen neugierig auf die Prinzen?« Taran klopfte mit seinem Messer auf den Tellerrand. »Die anderen Mägde und Dorfmädchen fragen mich ständig über sie aus.«

Ich hob den Kopf. »Was soll ich denn fragen? Ob sie noch in ihre Betten machen, deren Wäsche du wechselst?«

Ein allgemeines Prusten am Tisch verriet mir, dass noch weitere Küchenjungen und Mägde unserer Unterhaltung folgten.

»Du weißt genau, dass das nicht zu meinen Aufgaben gehört!«

»Nein, er steht nur herum und öffnet Türen für sie. Manchmal bringt er ihnen auch Essen auf ihre Zimmer oder einen frischen Nachttopf«, raunte Bjarne, ein schlaksiger Küchenjunge. In der Nähe der Köchin redete er nie auch nur ein Wort. Aber an diesem Tag war Senpa zu Hause, um ihre Tochter auf den Ball vorzubereiten. Zweifellos, um sie mit einem der Prinzen zu verkuppeln. Die arme Irre.

»Jedenfalls«, fuhr Taran ungerührt fort, »die beiden Prinzen, Kellan und Lokan, sind überaus höflich und gut aussehend. Jeder auf seine Weise.«

»Von mir aus.« Wollte ich das wissen? Zugegeben, ich hatte Gerüchte über sie gehört, nur gesehen hatte ich die beiden nie. Sie bewegten sich innerhalb eines engen Kreises, der nur ihren Hofstaat miteinbezog, und lebten in einem ganz anderen Flügel des Schlosses. Leider folgte die Königin nicht diesem Beispiel, sondern tauchte ab und zu in der Küche auf, um warmen Schokoladenkuchen direkt aus dem Ofen zu essen.

»Dann werden sie ja bestens zu den Prinzessinnen aus Kendrum passen. Die sollen ja wirklich was hermachen.« Gerüchten zufolge zogen sogar manche Männer in den Krieg ins Nachbarkönigreich, nur um diese beiden Schönheiten einmal zu Gesicht zu bekommen.

Und heute Abend würden sämtliche junge Mädchen aus Bahra, wie es Brauch war, die Prinzen kennenlernen. Ein Abend, an dem der Krieg vorerst eine Unterbrechung finden würde. Immerhin ein kleiner Lichtblick.

»Nun probier es doch an«, drängte Ozira mit vorgeschobener Unterlippe. »Komm schon. Für mich. Schließlich habe ich mir solche Mühe damit gegeben.«

Obwohl ich noch nicht entschieden hatte, tatsächlich zum Ball zu gehen, ließ ich mich nach kurzem Protest abführen und in das von ihr umgeänderte Kleid stecken. Die Küchenmagd Siobhan hielt mir einen silbernen Servierteller als Spiegel vor. Zuerst zupfte ich ein wenig am Rock, dann an meinen Haarspitzen. Okay, das Kleid wirkte wie eine Mischung aus Hochzeitsgewand und silbrig weißer Tischdecke. Dennoch konnte man es durchaus ansehnlich, beinahe kleidsam nennen. Warum sollte ich es nicht tragen? Es nicht einen Abend ausführen und vergessen, dass ich sonst nur zerlumpte Schürzen trug? Vielleicht konnte ich sogar mit einem Prinzen reden und ihm vom Leid des Volkes berichten. Mit ganz viel Glück würde er einsehen, dass ein Krieg nur Verlierer hervorbringen konnte ... Gut, die Chancen standen äußerst schlecht, aber wer nicht wagte, hatte bereits verloren, oder nicht?

»Die Königin, die Königin!«, begann in diesem Augenblick ein Küchenjunge zu schreien.

Ich hob den Kopf und sah mit an, wie der Kleine von den unteren Treppenstufen aufsprang, um so schnell es ging in die Vorratskammer zu flitzen.

Wie süß. Er hatte Angst vor der bösen Königin. Sollte er vermutlich auch. Nach allem, was man sich so erzählte, sparte sie nicht gerade daran, ihre Untertanen zu quälen. Ob mit der Peitsche, brennenden Schürhaken oder noch Schlimmerem. Nur, was wollte sie in der Küche? Wieder Schokoladenkuchen? Als ich den Kopf in Richtung Treppe wandte, bemerkte ich den Schatten, der dem Feuerschein vorausging. Einen Atemzug später erschien ein blonder Diener mit Fackel, der allerdings recht zügig den Weg frei machte und sich wie eine Fledermaus an die Wand drängte. Ich hob eine Augenbraue.

»Wer in diesem gottverfluchten Loch ist für den Schokoladenpudding verantwortlich?« donnerte die Stimme der Königin. Unter ihren Worten zuckte Taran wie ein getretener Hund zusammen, sodass sie sich sogleich auf ihn stürzte. »Du hast sie mir gebracht, diese Ausgeburt an verbrannter Schokolade. Aber hast du ihn auch gekocht, Diener?« Die Wangen der Königin zierte eine kirschrote Einfärbung. Einzelne blonde Haarsträhnen hatten sich aus ihrem hochgesteckten Zopf gelöst, der wie eine zweite Krone auf ihrem Schopf thronte. Gleich hinter der eigentlichen aus Gold und Edelsteinen.

Alle um uns herum schienen die Luft anzuhalten. Sie würde doch Taran nichts antun wollen? Wenn sie ihn auspeitschte, ihm Finger abhackte oder noch schlimmer: ihn in den Folterkammern quälte ... Mir schnürte es die Kehle zu. All das wäre meine Schuld. Nur, weil ich zum Grab meines Vaters hatte gehen müssen!

Derweil richtete sich mein bester Freund voller Inbrunst auf. An seiner linken Wange klebte Mehlsuppe. »Ja.«

»Nein!«, rief ich fast gleichzeitig. »Verzeiht, Eure königliche Hoheit. Das war mein Werk. Meine Ungeschicklichkeit. Normalerweise gelingt er mir besser.« Aus einem Impuls heraus stürzte ich mit wehenden Röcken auf sie zu und versank in einem tiefen Knicks zwei Armlängen von Königin Greya entfernt. Der Stoff von Oziras Kleid schlang sich um meine Knöchel, sodass ich mich kaum noch bewegen konnte. Mein Herz pochte so laut und heftig, dass ich schon glaubte, es würde mir gleich aus den Ohren herausspringen.

Die Königin kniff die Augen zusammen, doch meine Worte lenkten ihre Aufmerksamkeit von Taran auf mich. Gut so.

»Du bist ...« Mitten im Satz brach sie ab. Musterte mich. Auf unangenehme Weise war mir vollkommen bewusst, wie ihre Blicke über meinen Körper glitten. Über mein neues Kleid, die fest verschnürte Korsage, den viel zu tiefen Ausschnitt ... Nur mit Mühe gelang es mir, den Impuls zu unterdrücken, mich mit den Händen zu bedecken. In ihrem Blick veränderte sich etwas, doch ich konnte nicht sagen, was es war.

Ihre Nase, die ein wenig wie eine Sprungschanze gen Himmel zeigte, schien zu schnüffeln, was der Königin den Anschein eines königlich-herrischen Igels verlieh. Roch sie etwa an mir? »Du bist sauber, hübsch angezogen und kochst an anderen Tagen hervorragenden Pudding. Vielleicht werde ich dir doch nicht den Kopf abschlagen müssen«, stellte sie fest. Ihre Korsage mit der schwarzen Lilienstickerei bebte. Hatte sie gerade etwa einen Witz gemacht? Wahrscheinlich nicht. Meine Handflächen begannen zu schwitzen.

»Gut, du kommst mit mir und machst den Schaden wieder gut«, fügte sie nach kurzem Überlegen hinzu. Ihr Blick glitt immer noch unablässig über mich.

Sie wollte, dass ich mit ihr ging? Aber wozu? Was hatte sie mit mir vor?

Taran machte hastig einen Schritt nach vorne. »Verzeiht, Eure Majestät. Laykinn kocht die unbestritten köstlichsten Süßspeisen in diesem Königreich. Heute aber war ich es, der ausnahmsweise Euren Pudding kochte und anbrennen ließ. Wenn Ihr schon jemanden bestrafen wollt, dann muss ich das sein.«

Vor Überraschung klappte mir der Mund auf. »Nein, das ...«

»Hier reden nur diejenigen, die von mir angesprochen werden!«, fuhr uns die Königin in ihrem eisigen Tonfall an, sodass ich sicher war, dass sämtliche Speisen im Lagerraum gerade auf Eisbergniveau herabkühlten. »Das Mädchen kommt mit mir. Sei froh, wenn ich dich und alle anderen in diesem Raum nicht für deine unverschämten Widerworte auspeitschen lasse.«

Die Königin nickte ihrem Diener zu, der sogleich nach vorne schoss und mich am Handgelenk packte. Es ging alles so schnell, dass ich nur noch die schwarzen und weißen Röcke der Königin sah, die vor mir die Treppe emporwalzten. Irgendwo hinter mir stöhnten Ozira und die anderen Bediensteten. Taran flüsterte etwas, das sich anhörte, als würde er sich selbst verfluchen. Wer hätte ahnen können, dass mich die Königin wegen eines Schokoladenpuddings foltern würde? Denn darauf schien es hinauszulaufen. Nun ja. Besser ich als Taran. Das hätte ich mir nie verziehen …

Zum allerersten Mal in meinem Leben betrat ich den Schlossflügel, in dem die Gemächer der königlichen Familie untergebracht waren. Zwar schwitzte ich wie verrückt, nahm aber dennoch den Protz und all das Gold wahr, in dem die Flure badeten. Perserteppiche hingen an den Wänden, die wahrscheinlich jeder für sich genommen ebenso viel wie ein ganzer Bauernhof kostete. An einem anderen Tag hätte ich das alles mit Ehrfurcht betrachtet, mir die Gemälde angesehen, vielleicht mit den Fingern über die Teppiche gestrichen, aber so …

Der Griff des Dieners lockerte sich ein wenig, nachdem er mich in einen riesigen Raum hineingezerrt hatte.

Einen Atemzug später wurden die schweren Flügeltüren hinter uns ins Schloss gezogen. Zwei weitere Diener mit blitzsauberen weißen Handschuhen standen mir gegenüber, als handle es sich bei ihnen um Statuen und keine echten Menschen. Ganz langsam drehte ich mich um, nahm alle Eindrücke dieses Raums in mich auf. Wir befanden uns in einer Art Konzertsaal, in dessen Mitte mich ein weißer Klavierflügel ebenso majestätisch anfunkelte, wie es die Königin gern tat.

»Lasst uns alleine!« Die Stimme von Königin Greya durchschnitt die Stille im Raum.

Hastig brachen sämtliche Diener ihre Beschäftigungen ab und sei es nur das steife an-der-Wand-Herumgestehe. Als sie die goldverzierten Türen schlossen, zuckte ich leicht zusammen. Sekundenbruchteile später wurde mir bewusst, dass ich mich alleine mit der grausamsten Königin, die das Land je gesehen hatte, in einem Raum befand. Da ich gehört hatte, dass sie es hasste, angestarrt zu werden, senkte ich den Blick, wartete mit klopfendem Herzen ab, was wohl gleich über mich hereinbrechen würde. Obwohl ich mich auf meine Schuhspitzen konzentrierte, fühlte ich ihre Blicke wie Wunderkerzen auf mir prickeln. Wie Stechnadelzweige, die sich in mein Fleisch bohrten.

»Stell dich vor. Ich will genau wissen, wer du bist.«

So fing es also an. Nach einem leisen Räuspern straffte ich die Schultern. »Ich bin Laykinn Meya, Tochter von Eric Meya, in der Lehre bei Köchin Senpa Téhous.« Immer noch wagte ich nicht, ihr in die Augen zu sehen.

»Laykinn Meya ...« Die Königin probierte meinen Namen aus, als handele es sich dabei um ein Stück Schokolade, das es zu kosten galt. Was hatte sie bloß vor? »Erzähl mir mehr über dich und deinen Vater.« Allein mit ihren Worten gelang es der Königin, mir einen Schlag in die Magengrube zu versetzen.

Unwillkürlich sackten meine Schultern nach vorn. »Mein Vater war Soldat. Er fand mich in einem vom Krieg zerstörten Dorf, als ich noch ein Baby war. Somit bin ich ein Findelkind und nicht seine leibliche Tochter. Zwei Jahre später heiratete er Lady Arkins, die es bevorzugt, wenn ich sie Stiefmutter nenne. Dann ... vor drei Jahren starb mein Vater im Krieg.« Ohne es zu wollen, hatte ich meine Fingernägel so tief in die Handballen gebohrt, dass sie rote Striemen hinterließen.

Die Königin atmete einmal tief ein. »In Kendrum oder Bahra?«

»Wie bitte?«

»Wo hat dich dein Vater gefunden? In welchem der Königreiche?«

»Ich ... ich weiß es nicht, Eure Hoheit.« Aufrichtig verwirrt, hob ich nun doch den Blick.

Königin Greya lehnte mit dem Rücken an ihrem Klavierflügel, nicht weiter von mir entfernt, als ich einen Beutel voll Essensreste werfen konnte.

Das hatte ich mich noch nie gefragt. Ob ich in Wirklichkeit aus dem verfeindeten Königreich Kendrum stammte?

»Wie alt bist du, Laykinn Meya?« Wieder dieses Kosten meines Namens.

Natürlich kannte ich mein wahres Geburtsdatum nicht, mein Vater hatte einfach erklärt, der Tag, an dem er mich gefunden hatte, sei mein richtiger Geburtstag. »Siebzehn.«

Die Königin nickte, wandte sich dann in einer fließenden Bewegung um. Hilflos beobachtete ich, wie sie eine Weile aus dem Fenster starrte. Ich wagte es nicht, etwas zu sagen oder auch nur einen Muskel zu rühren.

Es schienen Stunden vergangen zu sein, in denen ich bereits angefangen hatte, Oziras Kleid nass zu schwitzen, als sie das Gespräch wieder aufnahm. »Ich möchte, dass du heute Abend auf den Ball gehst und für mich herausfindest, wer die beiden Prinzessinnen unter den Gästen sind.«

Zuerst glaubte ich, mich verhört zu haben. »Aber Majestät, ich glaube nicht, dass ich …«

»Du glaubst nicht, dass du mir Widerworte geben kannst, willst du mir hoffentlich damit sagen.« Die Stimme erhoben, drehte sie sich zu mir, ihre Röcke umwehten sie dabei wie Gewitterwolken. »Ich möchte, dass du herausfindest, wer die beiden Prinzessinnen sind, dann erstattest du mir Bericht. Versagst du, wird der Diener an deiner Stelle dafür büßen. Der, für den du dich gerade so ritterlich geopfert hast.« Ihre Lippen verzogen sich zu einem gehässigen Lächeln. Sie wusste, dass sie mich damit hatte.

Ich biss mir auf die Lippen. Emotionen zu zeigen, bedeutete an diesem Hof Schwäche. Und meine größte Schwäche, vielleicht nach meinem toten Vater, hatte ich bereits unwillentlich preisgegeben: Taran.

Und genau das wusste die Königin. Sie sonnte sich geradezu in ihrem Sieg. Das kleine Muttermal auf ihrer rechten Wange hüpfte, als ihre Züge sich immer mehr hoben. Der königliche Igel hatte soeben Hamsterbäckchen entwickelt.

»Aber warum?«

»Warum ich dich gewählt habe? Oder warum ich diese Information haben möchte?« Die Augen der Königinnen wurden schmal. »Beides ist meine Sache. Es hat dich nicht zu interessieren.« Sie unterbrach sich. »Natürlich kannst du unmöglich in diesem grauenhaften Kleid erscheinen. Die Mädchen aus besserem Hause würden dich meiden. Wir brauchen ein erlesenes Gewand für dich, damit du mit allen Mädchen leicht ins Gespräch kommst.«

Wie? Sie meinte das tatsächlich ernst? Aber warum gerade ich? Das konnte eigentlich nur einen Grund haben: Die Königin plante eine Intrige gegen die Prinzessinnen. Und dafür brauchte sie jemanden, den sie leicht kontrollieren und danach ebenso leicht wieder entsorgen konnte. Einfach so. Ohne viel Aufmerksamkeit zu erregen. Jemanden ohne Angehörige. Jemanden wie mich. Das Problem war nur, dass sie mich damit in eine ausweglose Situation manövriert hatte. Ich schluckte. Das Spiel der Königin hatte noch nicht einmal begonnen, aber ich hatte bereits verloren.

»Diener!« Der Ruf der Königin ließ mich zusammenfahren. Das Kinn hoch erhoben, befehligte sie alle Umstehenden, sich um mich zu kümmern, bevor sie verschwand.

Im Grunde war es zwecklos, mich zu sträuben. Ich konnte weder ablehnen noch heil aus der Situation herauskommen. Nein, ich würde diese Intrige am Ende ganz sicher nicht überleben.

Drei Kammerzofen wuselten in den nächsten Stunden um mich herum, steckten mich in Unterröcke, danach in eine Korsage und ein Kleid. Während sie ihre Arbeit verrichteten, blieben ihre Gesichter ausdruckslos. Ob sie sich vor den Launen der Königin fürchteten? Hatte sie ihnen befohlen, nicht mit mir zu sprechen? Mit geübten Handgriffen bürsteten sie meine Haare und steckten mir die vorderen Partien mit Nadeln zurück, die mit schimmernden Perlen besetzt waren. Die ganze Zeit über biss ich die Zähne so fest aufeinander, dass es wehtat, überlegte, wie ich aus dieser verzwickten Lage doch noch entkommen konnte. Vielleicht sollte ich fliehen, wenn niemand hinsah? Aber was würde die Königin dann Taran antun?

Ich wusste nicht, wie spät es war, nahm aber an, dass nicht mehr viel Zeit bis Sonnenuntergang blieb, als man mir Tanzschuhe brachte, wie ich sie noch nie zuvor gesehen hatte. Mit bebenden Schultern starrte ich auf die Schuhe, die komplett aus silberfarbenem Samt zu bestehen schienen. Damit sollte ich laufen? Okay, ich war geliefert. So was von geliefert. Damit würde ich mich sofort als nicht adelig enttarnen. Die Königin würde alles andere als erfreut über meinen wackeligen Auftritt auf Stöckelschuhen sein.

Noch dazu drückten die Schuhe, als die Zofen meine Füße hineinsteckten. »Autsch«, entfuhr es mir, bevor ich mich stoppen konnte.

Das Mädchen mit den weißblonden Haaren, die aktuell meine Füße malträtierte, sah auf. »Besser, Ihr beherrscht Euch, Mylady. Wenn die Königin Euch als schwächstes Glied in der Kette sieht ...« Sie ließ den Satz bewusst unvollendet. Sicherlich konnte jede Person im Raum ihren Satz beenden.

Eilig wandte ich den Blick von ihren mandelförmigen Augen ab, in denen sich Erfahrungen mit Königin Greya spiegelten, die sicher nicht gerade angenehmen Erinnerungen glichen. Zumindest lächelte sie mich traurig an.

»Nenn mich bitte nicht so. Ich bin keine Lady«, entgegnete ich, wobei ich an die Geschichten dachte, die man sich über Königin Greya erzählte. Über ihre Vorliebe, Bedienstete auf grausigste Art und Weise zu bestrafen. Und das für die kleinsten Fehler. Selbst die Einwohner von Kendrum, so sagte man, erzählten ihren Kindern Schauergeschichten über sie. *Wenn ihr nicht brav seid, hackt euch die böse Königin von Bahra den kleinen Finger ab.*

»Die Königin hat angeordnet, Euch wie eine Lady zu behandeln.«

Bei ihren Worten schloss ich die Augen. Was sollte das nun wieder? Während ich meine Fingernägel in die Armlehnen meines Stuhls bohrte, spielte ich in meinem Kopf mehrere Möglichkeiten durch.

Wieder und wieder. Am Ende blieb nur eine einzige Lösung, die am vernünftigsten klang. Ich musste, kurz nachdem ich der Königin ihre gewünschte Information zugespielt hatte, verschwinden. Bevor sie mich beseitigen konnte. Denn das würde sie unweigerlich tun. Mich am Leben zu lassen, wäre viel zu riskant, bei allem, was ich über ihre Intrige wusste. Also blieb mir nur die Flucht. Vielleicht konnte ich Taran mitnehmen? Oder einfach hoffen, dass der Königin mein bester Freund am Ende egal war. Blieb noch das Problem, dass ich keine finanziellen Mittel hatte, die mir die Flucht ermöglichen konnten. Ob ich einfach … mein Blick fiel auf das Collier an meinem Hals und die sicherlich wertvollen Schuhe. Damit konnte ich einige Wochen überleben, wenn ich sie verkaufte …

»Mylady?« Wieder war es die winzige Zofe mit den weißblonden Haaren, die mich ansprach. »Wollt Ihr einen kurzen Blick auf Euch werfen?« Hinter ihr schoben die beiden anderen Zofen einen Spiegel zu uns heran.

Die kleine Zofe half mir auf. »Wie heißt du?«, raunte ich ihr zu.

Zunächst stutzte sie. »Averina«, wisperte sie in mein Haar. Sicherlich, um zu vertuschen, dass sie mir tatsächlich ihren Namen verraten hatte. Als sie sich zurückzog, verfing sich der linke Ärmel ihres Zofengewandes an den Schnitzereien der Stuhllehne. Sie zerrte daran. Genau vor meinen Augen riss der Ärmel geräuschvoll an der Naht auf, entblößte die nackte Haut darunter. Ich riss die Augen auf. Dunkle Striemen und Brandblasen waren für einen kurzen Moment oberhalb ihres Handgelenks zu sehen, bis es dem Mädchen gelang, ihre Blöße zu bedecken. An ihrem Gesicht konnte ich ablesen, dass es ihr außerordentlich unangenehm war, was ich soeben gesehen hatte. Trotzdem, ich musste einfach fragen. »War das die Königin?«

Während sich die anderen beiden Zofen abwandten, nickte Averina. »Königin Greya missfällt die Art, wie ich ihre Kleider aufbügle.«

Ein Bügeleisen. Auf einmal fühlte ich mich ganz leer in diesem Raum voller misshandelter Dienstboten.

Aber Averina schien nicht gewillt, ein weiteres Wort darüber zu verlieren. Eine Spur bestimmter als zuvor, zog sie mich auf die Füße. Immer noch ein wenig verwirrt von ihrer Offenheit und vielleicht auch ein wenig von dem Rosenduft, der mich seit ein paar Minuten umwehte, löste ich mich von dem Sitzpolster meines Stuhls. Der Spiegel stand nun genau vor mir. Seine goldenen Verzierungen glänzten im Kerzenschein. Ich rieb mir mit dem Zeigefinger über eine Augenbraue.

»Nicht, Mylady! Ihr verwischt noch alles!« Voller Entrüstung schlug mir Averina die Hand weg.

Ich erstarrte. Was war nur in sie gefahren?

Auch Averina wirkte auf einmal bestürzt über ihre Reaktion, murmelte eine Entschuldigung.

Ihr Benehmen verwirrte mich.

Doch im nächsten Moment räusperte sich die linke Zofe mit dem dünnen Haarknoten. Und da fiel mein Blick auf mein Spiegelbild. Eine Reflexion meiner selbst, die mich beinahe taumeln ließ. Die Person im Spiegel … war ich … und dennoch eine andere Version von mir. Mehr eine hübsche Adelige als Laykinn Meya. Mehr Prinzessin als Küchenmagd. Obwohl die Situation es wahrlich nicht erlaubte, konnte ich nicht anders, als andächtig über den Spitzenstoff des Kleides zu streichen. Weiße Spitze durchzogen von aufgenähten Seesternen aus noch mehr Spitze über einem weit ausgestellten goldenen Unterkleid. Das … das war ein Ballkleid, wie es einer Königin würdig gewesen wäre. Mein Blick glitt höher in Richtung meines Brustkorbs, der in einer eng geschnürten goldenen Korsage steckte, ebenfalls mit Spitze und Seesternen übersät. Nie in meinem Leben hatte ich etwas so Bezauberndes getragen, nicht einmal gesehen!

»Schön, nicht wahr, Mylady?« Averina zupfte den Unterrock zurecht, was den Stoff rascheln ließ, als sei er lebendig.

Ich hob mein Kinn in einer ähnlichen Geste, wie es Stunden zuvor die Königin getan hatte. »Wenn Worte wie ›schön‹ an einem solchen

Ort nicht unangemessener Frevel wären, würde ich diesen Ausdruck eventuell für angebracht empfinden.«

Die Königin hatte mir eine Maske, eine Einladung sowie eine persönliche Notiz von einem Diener überbringen lassen. Der Brief, allem Anschein nach ein Einladungsschreiben an alle Mädchen im passenden Alter aus unserem Land, offenbarte, dass der Ball zum 18. Geburtstag der Prinzen traditionell ein Maskenball sein würde. Das erklärte die goldene Maske in meiner Hand. Bestimmt wollte die Königin auf Nummer sicher gehen und mir meine von den Zofen mit Haarklammern befestigen lassen. Die nächsten Zeilen überflog ich, da mich Averina zur Eile drängte. Wir waren spät dran. Der Ball hatte bereits begonnen. Allen Teilnehmerinnen wurde im Einladungsschreiben eingeschärft, niemals den eigenen Namen zu verraten. An diesem Abend würden wir alle achtzehnjährige Prinzessinnen sein. Die Magie der wahren Liebe musste geehrt werden. Wer betrog, musste mit der Todesstrafe rechnen. Jeder. Prinzessin hin oder her. Die Notiz, verfasst mit roter Tinte und königlichem Siegel, enthielt nur drei Worte. Ich verstand sofort. Es beschrieb das Zeichen, das ich geben sollte, sobald ich wusste, wer die echten Prinzessinnen unter den Mädchen waren.

Kurze Zeit später führte mich ein Diener durch die Gänge des Schlosses in Richtung des Ballsaals. Meine Sinne waren durch das Rosenparfüm und all dem Puder, mit dem Averina mich bestäubt hatte, so benebelt, dass ich ständig husten musste. Bunte Streifen zogen am Rande meines Blickfelds an mir vorbei, während meine Augen tränten.
 Bevor ich wusste, was geschah, hielten wir vor einer weiteren zweiflügeligen Tür. Ganz außer Atem verhedderte ich mich in meinem Kleid. Mein Brustkorb drückte sich schmerzhaft gegen die Stäbe, die in die Korsage eingearbeitet waren. *Verdammte Königin, verdammter Krieg, verdammter Schokoladenpudding!*

Der Diener nahm mir den Brief mit der königlichen Notiz aus den Händen und verschwand ohne ein weiteres Wort in einer dunklen Nische.

Na toll, hier stand ich also. Die Haut unter meiner Maske juckte. Nach ein paar Atemzügen gelang es mir jedoch, meinen Puls einigermaßen zu beruhigen. Nur meine schweißnassen Hände bekam ich einfach nicht unter Kontrolle.

Zwei Diener, in derselben lächerlichen Aufmachung wie Taran sie immer trug, hatten ihre Hände auf die vergoldeten Türgriffe gelegt. Offenbar warteten sie auf mein Zeichen, die Türen für mich zu öffnen. Aber ich war noch nicht so weit. Würde es vermutlich niemals sein.

Nachdem sicher mehr als eine Minute verstrichen war, begannen die Augenlider der Diener zu zucken. Wahrscheinlich wunderten sie sich, dass die Lady im goldenen Kleid immer noch keine Befehle erteilt hatte. Aber ich brauchte noch einen Moment. Im Grunde genommen gab es nur eine einzige Chance für mich und Taran. Ich musste der Königin die Information, die sie begehrte, so schnell wie möglich liefern. Noch auf dem Ball, wo sie mich nicht vor allen Augen festnehmen lassen konnte, ohne die Stimmung zu zerstören. Ohne Zweifel lag ihr die Tradition des Balls, der ihre Söhne ihre wahre Liebe würde finden lassen, am Herzen. Was sie wohl bezüglich der Prinzessinnen plante? Ob sie die Beiden ebenso wie mich ausschalten wollte? Aber warum? Nun, wenn ich schnell genug war, konnte ich ihr entkommen, bevor sie jemanden schickte, der mich tötete.

Plötzlich dachte ich daran, was ich an diesem Tag alles nicht war. Keine Küchenmagd, keine Köchin in Ausbildung mehr, keine trauernde Tochter, keine Stieftochter, die man herumschubste, keine Schmugglerin von Essensresten. Hier stand ich, die frisch gebackene Spionin der Königin. Eingesetzt zu nur einem Zweck. Aufrecht wie eine Spielfigur, die man nach der gewonnenen Schlacht vom Schachbrett stieß. Nicht mehr und nicht weniger war ich.

Der Ausschnitt meines Kleides hob und senkte sich, als ich ein letztes Mal tief einatmete. Nach einem Fingerzeig von mir öffneten die Diener schweigend die Türen für mich. Sobald sie die Klinken gedrückt hatten, drangen die Klänge eines Orchesters an meine Ohren. Violinen und Harfen so sanft wie die Schaumkronen der Wellen im südlichen Meer. Langsam, so gut ich mich in den hohen Schuhen eben bewegen konnte, betrat ich den Saal.

Als hinter mir die Türen geschlossen wurden, zuckte ich zusammen. Nur mühsam konnte ich den Impuls unterdrücken, mich umzudrehen und dagegenzuhämmern, die Schuhe abzustreifen und zurück in die Küche zu rennen.

Der Ballsaal schien vor lauter tanzenden Mädchen und edlen Herren überzuquellen, die anscheinend bereitstanden, um mit den Mädchen zu tanzen. Reich mit Gold verzierte Wände blitzten und blinkten im Schein der Kronleuchter. Riesige Kronleuchter, wie ich sie nie zuvor zu Gesicht bekommen hatte. Am anderen Ende des Saals, auf einem Podest, thronten König Meyphis und Königin Greya, neben ihnen zwei junge Männer auf kleineren Thronstühlen. Einer dunkelblond und einer dunkelhaarig. Die Stars des Abends also. Die Zwillingsprinzen. Selbst sie trugen Masken. Traditionen, die gewahrt werden mussten.

In der Mitte, zwischen König und Königin, erhob sich der König von Kendrum gerade von seinem Stuhl.

Ein paar Meter rechts von mir vollführte Estrel eine Pirouette. Sie lachte gelöst ihre Tanzpartnerin, ein Mädchen in einem rosafarbenen Kleid, an. Die Wangen der schüchternen Wirtstochter glühten. Trotz ihrer Maske erkannte ich sie eindeutig an ihren Sommersprossen und den Korkenzieherlocken, die niemand zu bändigen vermochte.

»Guten Abend.« Eine Stimme, so weich und wohlklingend wie Honigmilch, ließ mich innehalten. Ein Zeremonienmeister schob sich in mein Blickfeld. Hochgewachsen mit aufwendig besticktem Wams und tiefschwarzem Umhang. Sein Haar schimmerte wie Ebenholz im

Kerzenschein, war so kunstvoll frisiert, dass er wie einem Gemälde entsprungen wirkte. Als ich meinen Blick endlich von seinen Haaren lösen konnte, starrte ich geradewegs in die leuchtendsten türkisblauen Augen, die ich je zu Gesicht bekommen hatte. Strahlende Edelsteine, vielleicht sogar Planeten, blitzten mir unter seiner Maske entgegen.

Nur endete der Moment, in dem mich der Zeremonienmeister so warm angelächelt hatte, viel zu schnell. Hinter seiner Maske, die wie die eines Banditen wirkte, schien er die Stirn zu runzeln. »Ihr kommt spät, Mylady.«

»Verzeihung.« Unsicher machte ich einen Schritt nach vorne, taumelte auf den viel zu hohen Schuhen und musste mich an seinem Unterarm abstützen. Wegen meiner Ungeschicklichkeit kroch mir sofort beschämende Hitze den Nacken hinauf. Hier stand ich und machte mich vollkommen lächerlich. Wie unglaublich naiv ich doch war. Niemand würde auch nur annähernd annehmen, dass adeliges Blut durch meine Adern floss.

»Hoppla.« Der Zeremonienmeister griff nach meiner Hand und stützte mich. Was wahrscheinlich recht schwierig war, schließlich hielt er eine Pergamentrolle samt Feder in der Hand. Warme Oberarmmuskeln streiften meine nackte Schulter.

Ich erschauderte, sah mit bebendem Herzen zu ihm auf. Seine Nähe war mir überaus bewusst. So nah war mir selbst Taran nur selten gekommen.

»Normalerweise trage ich praktischeres Schuhwerk«, entfuhr es mir. Was redete ich denn da? Welche Adelige trug bitte *praktisches* Schuhwerk?

Seine Lippen verzogen sich zu einem Lächeln. »So?« Dann räusperte er sich. »Ich darf mich vorstellen: Medeus, Zweiter Zeremonienmeister. Der Erste ist krank.« Den letzten Satz betonte er so schelmisch, dass ich unwillkürlich lächeln musste.

Sachte stellte er mich wieder auf die Beine. »Wie sollen wir Euch heute Nacht nennen?«

Ich stutzte. Natürlich. Heute Nacht mussten wir alle die Illusion aufrechterhalten, jemand anderes zu sein. Eine Prinzessin. Einen winzigen Moment lang fragte ich mich, ob sich dieser edle junge Mann in eine Prinzessin verlieben könnte. Doch dann schalt ich mich im Stillen für meine Gedanken. Noch heute Nacht würde ich den königlichen Hof verlassen, und selbst wenn ich bliebe ... ein Zeremonienmeister, der im Dienste der Königsfamilie stand, würde sich wohl kaum in eine Küchenmagd verlieben. Wirklich, da gefiel mir zum ersten Mal in meinem Leben ein Junge, und dann musste es ausgerechnet ein unerreichbarer für mich sein. Ob das die berühmte Liebe auf den ersten Blick war, von dem die alten Märchen erzählten? So, wie es Aschenputtel einst mit ihrem Prinzen ergangen war?

»Wie ... wie würdet Ihr mich denn nennen?«, fragte ich in Ermangelung an Ideen zurück.

Er zögerte einen Moment. Seine Blicke wanderten über mein Schlüsselbein bis zum Saum meines Kleids. »Prinzessin Liana.«

Mir stockte der Atem. Obwohl es nicht mein richtiger Name war, fühlten sich seine Worte wie eine Liebkosung auf meiner Haut an. Irrte ich mich, oder hatte seine Stimme einen ehrfürchtigen Tonfall angenommen?

Ein Diener flitzte herbei, zückte eine Feder und notierte etwas auf einer Anstecknadel. Eine Sekunde später überreichte er sie mir. Ich betrachtete das Schmuckstück genauer. Eine Brosche aus Elfenbein mit goldener Umrandung. »Prinzessin Liana« stand in geschwungenen Tintenstrichen darauf.

Medeus lächelte mich an, als ich sie mir angesteckt hatte und zu ihm aufsah. Er konnte kaum älter als ich sein. Höchstens einundzwanzig.

»Mal sehen, Prinzessin Liana, wann ich noch eine Zwei-Minuten-Unterhaltung mit den Prinzen für Euch einplanen kann.« Medeus entrollte seine Schriftrolle, warf mir währenddessen aber immer wieder Seitenblicke zu, so kurz wie aufzüngelnde Flammen.

Zuerst verstand ich kein Wort, doch dann fiel bei mir der Goldtaler. »Nein, nein, das wird nicht nötig sein. Ich will gar nicht mit den Prinzen sprechen.«

Verwirrt sah er von seiner Pergamentrolle auf, den Federkiel im Anschlag. »Ihr wollt *kein* Einzeltreffen mit den Prinzen?«

Natürlich konnte ich seine Verblüffung nachvollziehen. Sicherlich war ich an diesem Abend die Erste, die eine private Unterredung mit den Prinzen ausschlug.

»Genau. Will ich nicht. Aber Medeus, sag«, unwillkürlich rückte ich näher an ihn heran, in der Hoffnung, dass uns so niemand belauschen konnte, »habt Ihr schon eine Ahnung, wer die echten Prinzessinnen sein könnten?«

In seiner Stimme lag ein leichtes Zittern, als er mir antwortete. »Wieso wollt Ihr das wissen? Seid Ihr etwa …«, er schluckte, »… auf der Suche nach einer Prinzessin statt eines …«

»Nein, nein!«, beeilte ich mich zu sagen. Oh verflucht, was hatte ich da nur angerichtet?

In seinen Augen sah ich Vergnügen aufblitzen. »Nicht?« Dieses Mal beugte er sich so nah zu mir herunter, dass seine Lippen beinahe meine Schläfen berührten. Er roch nach Sonnenstrahlen und Kiefernnadeln. Kurz schloss ich die Augen, meinte im letzten Moment aber noch seine bebenden Lippen zu erkennen. »Soll das heißen, Ihr würdet mir nach diesem Ball die Ehre erweisen und mit mir ausgehen, Prinzessin Liana?«

Mir stockte der Atem. Hatte ich da gerade richtig gehört?

Jemand räusperte sich. »Also, wenn sie nicht will, nehme ich ihre zwei Minuten zu meinen hinzu.« Eine zierliche brünette Schönheit mit Wespentaille klopfte Medeus mit ihrem Fächer auf die Schulter. Ihr ausladender Rock von der Farbe des Morgenhimmels verhinderte, dass sie ganz an uns herantreten konnte. Diese Person war geradezu eine Erscheinung, vielleicht sogar ein Engel, der aus dem Himmel direkt zu uns herabgestiegen war. Niemand konnte es abstreiten: Dieses Mädchen war geradezu mit magischer Schönheit gesegnet.

Während ich sie noch unverhohlen anstarrte, schob sie sich die Maske aus bunten Federn zurecht.

»Prinzessin Celeste, verzeiht, aber die Traditionen müssen gewahrt werden. Prinzessin Liana wird wie jede Lady hier den Prinzen vorgestellt werden.«

Oh nein.

Als Celeste ohne ein weiteres Wort davonrauschte, schürzte Medeus die Lippen, was ein Ziehen in meinem Magen auslöste. »Wenn Ihr mich fragt, dann könnte dieses Biest ihrer Hochnäsigkeit nach durchaus eine echte Prinzessin sein.«

Zehn Minuten später hatte ich mich unter die anderen Damen gemischt, spürte aber dann und wann immer noch Medeus' Blicke in meinem Rücken. Ich hatte ihm keine Antwort auf seine Frage gegeben. Aber das war unwichtig, redete ich mir ein. Noch heute Nacht würde ich den Hof verlassen. Irgendwo ein neues Leben führen. Meine Finger wanderten hinauf zu meinem Collier. Vielleicht sogar eine kleine Backstube eröffnen. Langsam ließ ich meinen Blick durch den Ballsaal schweifen. Prinzessin Celeste schien tatsächlich als echte Prinzessin infrage zu kommen. Im Gegensatz zu so ziemlich allen anderen Mädchen, die durch Kleinigkeiten ihre bürgerliche Herkunft verrieten. Ungepflegte Fingernägel, keine gerade Haltung, Schwielen an den Händen … Nur gestaltete sich der Ausschluss der höheren, sicher adeligen Töchter schon schwieriger. Tatsächlich gingen gerade sie mir aus dem Weg, wenn ich auf den verdammten hohen Schuhen auf sie zutaumelte kam. Würde ich es schaffen, bis zum Ende des Balls alle Mädchen in Augenschein nehmen zu können?

Ab und zu drückte sich Medeus an mir vorbei, um die ein oder andere Dame zu ihrem jeweiligen Zwei-Minuten-Treffen abzuholen. Jedes Mal quasselte die Betreffende den armen Medeus mit aufgeregter Stimme zu, sodass er mir beinahe leidtat.

Schließlich tippte er mir auf die Schulter. Sein Geruch, der mich erneut an Sonnenschein und Wälder erinnerte, hüllte mich ein. »Es ist Zeit, Prinzessin Liana. Zeit für Euch, Prinz Lokan kennenzulernen.«

Mist. Darauf hatte ich weder Lust noch wollte ich diese Zeitverschwendung einfach so hinnehmen, doch da umfasste er schon sanft meinen Ellenbogen, um mich mit sich zu ziehen. »Ich weiß, Ihr seid nicht begeistert davon, aber Ihr solltet wirklich ...« Medeus unterbrach sich, da er mich zum zweiten Mal an diesem Abend auffangen musste, um zu verhindern, dass ich mit der Stirn voran auf den Marmorboden knallte.

»Verzeihung.« Blöderweise war mir bei diesem Sturz meine Maske auch noch halb vom Gesicht gerutscht. »Diese Schuhe ...« Ich stockte, als ich seinen Blick bemerkte. Medeus' Augen glühten förmlich, als er mein Gesicht betrachtete. Und auch mir wurde auf einmal ganz heiß. Aber das durfte nicht ... Die Königin ... ich musste ... Hastig richtete ich meinen Blick auf meine Füße. »Diese verfluchten Schuhe!«

Nur Medeus schien nicht einmal daran zu denken, den Blick abzuwenden. »Ohne Maske seid Ihr noch viel schöner, als ich erwartet hatte.«

Meinte er das ernst? Wenn ich mich hier im Saal umsah, lag mein Aussehen allenfalls im Durchschnitt. Ich hatte nichts von der strahlenden Eleganz von Celeste und auch nichts von der kindlichen Anmut von Estrel. Meine Augen standen zu dicht beieinander und mein Haar glänzte nicht annähernd so lebendig wie das aller anderen Mädchen. Doch bevor ich etwas erwidern konnte, fuhr er fort: »Sorgt Euch nicht. Gebt mir die Schuhe. Euer Kleid ist lang genug. Solange Ihr es nicht rafft, fällt niemandem auf, dass Ihr keine Schuhe tragt. Nach den zwei Minuten zieht Ihr sie einfach wieder an. Ich werde hier auf Euch warten.«

Zögerlich stieg ich aus den Stöckelschuhen. Ein Mädchen rauschte an mir vorbei. Ihr rosa Kleid erwischte mich im Gesicht. »Oh, verzeih.« Sie starrte auf mich hinab, schmunzelte dann. »Ihr macht es richtig. Wäre ich diese blöden Schuhe doch bloß auch schon los.«

Ich lächelte sie unverbindlich an. Endlich mal jemand, der mich verstand.

»Prinzessin Brianna, ich hoffe, Ihr hattet eine angenehme Unterhaltung mit Prinz Lokan.« Und damit nahm Medeus mir die Teufelsschuhe einfach ab, schob mich voran, direkt auf einen weinroten Vorhang zu, der für mich von einem Diener zur Seite gezogen wurde. Dahinter öffnete sich ein Nebenraum, der direkt auf einen Balkon führte. Eine Gestalt, von zahlreichen Fackeln erleuchtet, wartete dort auf mich. Die Geigenklänge aus dem Ballsaal verhallten nach und nach hinter mir. Ich schluckte. Ein Prinz, ein echter Prinz.

Prinz Lokan sah mir aufmerksam entgegen, als ich den Balkon betrat. Seine breiten Schultern zeugten davon, dass er körperliche Ertüchtigungen wie den Schwertkampf liebte. Die dunkelblonden Haare mit den hellen Strähnchen verrieten, dass er sich gerne draußen in der Natur aufhielt. Hätte ich es nicht besser gewusst, hätte ich darauf getippt, einen Holzfäller vor mir stehen zu haben. Seine Krone hatte er abgelegt, sicherlich wollte er gelöst mit den Damen plaudern.

»Guten Abend, Prinzessin Liana.« Obwohl ich es zu unterdrücken versuchte, errötete ich. Prinz Lokans Stimme erinnerte mich an Taran. Taran. Ich stockte. Was tat ich eigentlich hier? Womöglich verspielte ich gerade nicht nur mein Leben, sondern auch seins. »Nein, nein, das ist nicht … ich sollte nicht, außerdem habe ich gar keine Manieren! Und keine … Schuhe!« Unzusammenhängende Wortfetzen entwichen mir, bevor ich mich umdrehte und davonrannte. In Richtung des Vorhangs, der Musik entgegen. Barfuß mit gerafften Röcken. Doch das war mir gleich.

»Wartet!« Ein belustigtes Lachen erklang, dann packte mich der Prinz am Ellenbogen. Wie konnte er mich so schnell eingeholt haben?

Er lachte. »Noch nie im Leben ist mir ein Mädchen davongerannt. Und dann auch noch barfuß.«

Langsam drehte ich mich zu ihm um. Zu dem Prinzen, der sich gerade über mich lustig machte. »Ich sagte doch, ich habe keine Manieren«, wiederholte ich lahm.

Daraufhin wollte sich der Prinz ausschütten vor Lachen. Er wieherte wie ein Pferd. Ich blinzelte. Passierte das gerade wirklich?

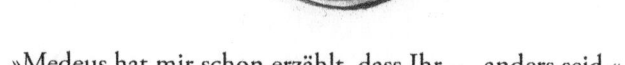

»Medeus hat mir schon erzählt, dass Ihr … anders seid.«

Wie? Medeus hatte über mich geredet? Mit dem Prinzen? »Ihr kennt den Zeremonienmeister?«

»Natürlich. Wir trainieren gemeinsam den Schwertkampf.« In den nächsten Minuten berichtete er mir eine Anekdote nach der anderen, die zwischen ihm und dem attraktiven Zeremonienmeister vorgefallen war. Man hätte meinen können, Prinz Lokan genoss es, mit mir zu sprechen und vor allem mit mir zu lachen. Mein Gesicht hellte sich mit jedem Wort aus seinem Mund mehr auf. Auf irgendeine Weise fühlte sich das Gespräch mit ihm vertraut an. Vielleicht war es aber auch nur der Duft von Honig, der ihn umgab, der mir die Sinne vernebelte. Nie in meinem Leben hatte ich mir mehr einen großen Bruder gewünscht als in dieser Sekunde. Einen zweiten Taran, so wie ihn. Prinz Lokan. Sobald er mir auch noch eine Hand auf die Schulter legte, weil er so sehr über meinen letzten Witz lachen musste, war es vollends um mich geschehen. In diesem Moment vergaß ich sogar die Königin, drängte sie zumindest, soweit es mir möglich war, in die hinterste Ecke meines Bewusstseins.

An der Tür begann sich jemand zu räuspern. »Das waren dann jetzt genau *drei* Minuten.« Oh, da hatten wir doch tatsächlich die Zeit überzogen. Ich wandte den Kopf und erkannte Medeus, wie er ganz steif am anderen Ende des Balkons stand. Ich schluckte. Gut, genug gelacht. Was hatte ich mir nur dabei gedacht, mich ablenken zu lassen? Auch wenn es nur für drei Minuten war. Hastig versank ich in einem Knicks vor dem Prinzen. »Einen schönen Abend noch, Eure Hoheit.«

»Dir auch, meine schöne Liana.« Lokan zwinkerte.

Am Rande meines Gesichtsfelds bemerkte ich, wie Medeus tief einatmete. »Verschenkt nicht gleich Euren ganzen Charme an ein einziges Mädchen, mein Prinz. Eure nächste Prinzessin wartet bereits auf Euch.«

Die Härte in seiner Stimme ließ mich zusammenzucken. Hatte Medeus gerade wirklich eifersüchtig auf Prinz Lokan reagiert? Schneller, als mir lieb war, schob mich der Zeremonienmeister über die Schwelle zurück in den Ballsaal. Ein winziges Mädchen in einem roten Ballkleid betrat an meiner Stelle den Balkon. Prinz Lokans nächste Verabredung.

»Setzt Euch.« Medeus drückte mich auf einen Diwan aus purpurner Seide. Winzige Glassteine waren in die Lehne eingearbeitet worden, sodass man einfach nicht bequem darauf sitzen konnte.

Ohne ein Wort hob er meinen Fuß an und steckte ihn zurück in den Teufelsschuh. Um uns herum hatte sich eine Schlange an Mädchen gebildet. Sicherlich warteten sie darauf, dass Prinz Lokan endlich mit seinen Einzeltreffen fertig wurde und sie ihn sich für einen Tanz schnappen konnten. Wie spät mochte es sein? Wie viel Zeit blieb mir noch, um die zweite Prinzessin zu finden? Sollte ich Prinzessin Celeste unauffällig nach ihrer Schwester ausquetschen? Momentan war sie meine einzige heiße Spur.

Nachdem er fertig war, zog mich Medeus auf die Beine. »Habt Ihr Euch gut amüsiert?« Seine Stimme klang gepresst.

»Ja. Aber nicht so, wie Ihr denkt.« Auf irgendeine Art stimmte mich seine Frage traurig. »Es war nett, mit ihm zu sprechen, aber mein Bedarf an Prinzen ist damit definitiv gedeckt. Bitte schickt mich nicht auch noch zu Prinz Kellan.«

Sein Blick streifte mich, zuckte in verschiedene Richtungen, bis er sich endlich fing. »Ihr wollt keinen der Prinzen …«

»Oh großer Gott, nein!« Ich lachte. Was dachte er sich nur? Dass ich Prinz Lokan nach drei Minuten auf dem Balkon total verfallen war?

Aber nach drei Minuten mit Medeus, wisperte eine leise Stimme in meinem Kopf, *hättest du dir alles mit ihm vorstellen können, gib es zu.*

Medeus strahlte mich an. Ich errötete noch mehr und meine Knie gaben nach. »Wie oft soll ich Euch an diesem Abend noch auffangen, Prinzessin? Nicht dass ich mich beschweren würde, nur frage ich mich langsam, ob es nicht praktischer wäre, Euch mir gleich den ganzen Abend über die Schulter zu legen.«

Meine Mundwinkel hoben sich zu einem verräterischen Grinsen. Gleichzeitig machte mein Magen einen Satz bei dieser Vorstellung.

»Aber Ihr habt Glück. Prinz Kellan ist bereits zu müde, um Konversation zu betreiben.«

Diese Aussage von ihm ließ mich stutzen. »Aber was ist mit der Tradition?«

»Laykinn, bist du das?«, der Ruf meines Namens unterbrach unser Gespräch. Eine aufgeregte Estrel stürzte auf mich zu. Hinter sich her zog sie das Mädchen im rosa Kleid, das ihre Schuhe ebenso sehr hasste wie ich.

Natürlich verriet mich meine Reaktion sofort.

»Oh, verzeih mir!« Ihr Blick glitt über meine Brosche. »Prinzessin Liana meine ich natürlich.« Estrel biss sich auf die Lippen. Ihrer Anstecknadel nach sollte ich sie besser Prinzessin Estefania nennen. Wie hatte sie mich nur erkannt?

»Hallo, Freundin.« Ich küsste sie zur Begrüßung auf beide Wangen. Als ich mich wieder von ihr löste, flüsterte mir Medeus ins Ohr: »Laykinn also. Ein wahrlich wunderschöner Name. Angemessen für eine wunderschöne Prinzessin.« Was redete er da für einen Blödsinn? Dennoch flammte bei seinen Worten Hitze in meinem Inneren auf. Dieser Zeremonienmeister war nicht gut für mich. Er verwirrte mich von Sekunde zu Sekunde mehr. Ich musste hier weg. Also gab ich vor, mit Estrel unter vier Augen reden zu wollen, nahm ihre Hand und zog sie mit mir in einen Erker an der Seite. Von dort aus hatte man einen atemberaubenden Ausblick auf den erleuchteten Palastgarten. »Du strahlst ja förmlich, Estrel. Hast du dich schon in einen der Prinzen verguckt?«

Estrels Lächeln verrutschte um eine Winzigkeit. Also nicht. »Nein, aber hast du schon Prinzessin Brianna kennengelernt?« Sie nickte in Richtung des Mädchens mit dem dunklen Haaren und dem bonbonrosa Kleid. »Ist sie nicht wahnsinnig sympathisch? Ich glaube, ich habe noch nie in meinem Leben so viel gelacht wie an diesem Abend!« Ihr

Gesicht leuchtete auf. Soso, Prinzessin Brianna also. Ich schmunzelte. Zugegeben, Prinzessin Briannas Gesicht, ja ihre ganze Gestalt gehörte in Stein gemeißelt. Selbst mit dieser goldenen Federmaske. Gerade in diesem Moment beobachtete sie uns aufmerksam. Nein, nicht uns, ging mir auf. Eigentlich nur Estrel. Während ich sie zu uns herüberwinkte, raunte mir Estrel ins Haar: »Ich glaube, sie könnte eine der echten Prinzessinnen sein.«

Ja natürlich, deshalb wich sie Estrel auch nicht mehr von der Seite ... Hatten sie nicht schon gemeinsam hier gestanden, als ich den Balkon verlassen hatte? Und hatten sie davor nicht auch schon miteinander getanzt? In Estrels Augen war Brianna sicher eine Prinzessin.

Nachdem ich die beiden unter einem Vorwand stehen ließ und mich zurück ins Gedränge stürzte, sah ich mich mit klopfenden Herzen um. Wie viel Zeit blieb mir noch? Ich musste unbedingt die zweite Prinzessin finden und dann das Zeichen geben: in Ohnmacht fallen. Als ich die tanzenden Masken betrachtete, fiel mir auf, dass sich einige Pärchen gebildet hatten. Prinzessinnen tanzten eng umschlungen mit Soldaten und Gentlemen oder kicherten in dunklen Ecken miteinander. Der Zauber der wahren Liebe ... Ich freute mich für sie, auch wenn mich der Gedanke, wie schnell der nächste Krieg ausbrechen und die Liebenden voneinander trennen würde, insgeheim traurig stimmte. Der unmenschliche, quasi nie enden wollende Krieg zwischen Kendrum und Bahra ...

Gerade als ich Celeste in der Menge erspäht hatte und mich durch die Masse an Tänzern zu ihr hindurchschob, um sie unauffällig nach ihrer Schwester zu fragen, erklang eine Trompete. Wie erstarrt hielt ich inne. Nein. Bitte nicht. Es war noch zu früh. Viel zu früh!

Die Stimme der Königin brachte alle Anwesenden auf einen Schlag zum Verstummen. Selbst die Geigen und Harfen. »Liebe Edeldamen, liebe Herren, vielen Dank, dass Sie an diesem Abend unserer Einladung gefolgt sind und die Tradition der wahren Liebe ehren. Wir freuen uns auf einen Abend, der die Königshäuser zu einer neuen

Generation an nicht endender Liebe führen wird.« Applaus brandete auf und mir wurde schlecht. Es war zu spät. Ich hatte versagt. Warum hatte mich dieses königliche Biest nicht vorgewarnt? Tränen der Wut brannten auf meinen Wangen, als ich mich umdrehte und so schnell ich konnte in Richtung Ausgang stürmte. Mir war egal, was die anderen Gäste dachten. Ich musste weg von hier. Zuerst verlor ich den linken, dann den rechten Schuh, aber selbst das war nun egal. Jetzt, da alles verloren war. Noch nicht einmal von Medeus konnte ich mich verabschieden. Eiskalte Wut formte sich in mir zu purer Verzweiflung. Königin Greya würde mich und Taran nicht in die Finger bekommen, das schwor ich mir! Ich würde noch vorher verschwinden. Gemeinsam mit meinem besten Freund.

»Wohin so eilig?« Eine Hand packte mich und zog mich an sich. Der Geruch von Sonnenschein verriet mir, dass es Medeus war. Medeus! »Bleib noch ein wenig. Bitte.«

Mein Atem ging stoßweise und ich war mir sicher, dass er die Verzweiflung in meinen Augen erkennen konnte. »Ich muss weg. Die Königin ...«

»Die Königin möchte, dass du ihr zuhörst, da bin ich mir ganz sicher.«

Er verstand nicht. Verstand es einfach nicht. Mit einem Ruck versuchte ich mich aus seinem Griff zu befreien, doch er umklammerte mich nur noch fester, zog mich eng an seine Brust. »Medeus, bitte!«

»Gibt es hier ein Problem?« Neben uns waren auf einmal Estrel und Brianna aufgetaucht. Beide musterten Medeus argwöhnisch. »Lass sie sofort los!«, forderte Estrel nach kurzem Überlegen. Nie zuvor hatte sie so selbstbewusst geklungen. Dankbarkeit und Hoffnung keimten in mir auf. Brianna funkelte ihn ebenfalls böse an. »Hörst du schlecht, Misar?«

Misar? Aber das ... war doch ein kendrumianisches Schimpfwort? Das konnte nur eins bedeuten: Brianna stammte aus ... Kendrum! Wir starrten sie alle entgeistert an, doch sie hob nur die Schultern. »Okay, jetzt ist es raus. Ich bin Prinzessin Bria aus Kendrum und im Begriff, mit dieser schönen Frau durchzubrennen.« Sie griff nach

Estrels Hand. Zunächst wirkte die Wirtstochter ebenso verblüfft wie ich, lächelte dann jedoch. »Und du lässt Laykinn jetzt besser los, wenn dir dein Leben lieb ist.«

Nachdem Medeus sie einfach weiter sprachlos anstarrte, holte sie aus und trat ihm gegen das Schienbein. Das bewirkte letztendlich, dass er mich losließ. Keuchend raffte ich meine Röcke. Prinzessin Bria würde keinen der beiden Throne besteigen. Was bedeutete das für die Königreiche? Konnte es ... Ich machte ein paar Schritte von Medeus weg, doch plötzlich waren da überall Soldaten um uns herum. »Prinzessin Bria, Prinzessin Laykinn, ich muss Sie beide bitten, noch einige Minuten zu bleiben.« Ein stattlicher Soldat, allem Anschein nach der Erste Offizier des Königs, trat vor. Sein Schnauzbart hüpfte eine Spur belustigt, als er uns musterte. Wieso kannten eigentlich alle meinen richtigen Namen? Würde er mich ins Verlies werfen lassen? Und Estrel gleich mit, weil sie mit Bria ...

»... möchte ich nun die Wahl verkünden, die meine Söhne getroffen haben«, schallte die Stimme der Königin zu uns herüber. Meine Beine schienen schon wieder nachgeben zu wollen. Jemand, der nach Sonnenschein duftete, stützte mich. Da jetzt sowieso alles egal war, lehnte ich mich mit dem Rücken gegen Medeus, klammerte mich wie eine Ertrinkende an ihm fest.

»Laykinn«, seine Stimme war ein sanftes Surren an meinem Ohr. »Es wird alles gut.« Da kannte er die Königin aber schlecht ...

Vor unseren Augen streckte Königin Greya einen Arm in Richtung Publikum. Ihr pflaumenfarbenes Ballkleid schimmerte von all den länglichen Perlen, mit denen es bestickt war. »Prinz Lokan wählt Prinzessin Celeste als Ehefrau für alle Ewigkeit und Prinz Kellans Wahl fällt auf Prinzessin Liana als seine wahre Liebe.«

Jubel brach im Saal aus.

Wie bitte? Das ... musste ein Irrtum sein. Ich, ich war doch gar keine Prinzessin ... Mein Blick kreuzte den von Bria. Sie war es doch ... Aber Bria legte nur einen Finger auf ihre Lippen.

»Ruhe bitte«, die Königin hob nun beide Arme. »Die dritte Prinzessin ...«

Bria seufzte.

»... Prinzessin Brianna aus Kendrum wird Prinzessin Estefania aus Bahra ehelichen, wie uns die Macht der wahren Liebe verraten hat.«

Bria stöhnte. »Woher weiß diese Hexe das?«

Nach dieser Ankündigung wandelte sich die Stimmung im Saal. Stimmen wurden laut. »Drei Prinzessinnen? Aber wie ist das möglich?«

»Prinzessin Bria heiratet ein Mädchen?«

Und mir wurde wieder schlecht. Wie konnte Prinz Kellan mich wählen? Er hatte mich doch nur aus der Ferne gesehen. Und wo steckten die Prinzen eigentlich? Auf dem Podest sprach momentan nur die Königin, flankiert von ihrem Ehemann und König Diyon, zu den Gästen.

»In dieser Generation gab es eine Drillingsgeburt an Prinzessinnen in Kendrum. Eine Unregelmäßigkeit in der Geschichte, wie sie nur selten vorkommt. Prinzessin Liana, als Dritte im Verborgenen geboren, wurde als Baby von ihrer Mutter, meiner Zwillingsschwester, heimlich fortgegeben. Meine Schwester fürchtete in ihrem jugendlichen Wahn, sie hätte versagt, wollte keinesfalls zugeben, eine Abweichung von der Tradition hervorgebracht zu haben.

Doch die Amme, die das Baby aufnahm, kam bei der Zerstörung ihres Dorfes ums Leben. Nun habe ich die Ehre, zu verkünden, dass Prinzessin Liana, die in Wahrheit Prinzessin Laykinn heißt, in Bahra wiedergefunden wurde, als Findelkind eines unserer Soldaten aufgezogen. Ein ehrenhafter Soldat, der die Prinzessin als Baby in Kendrum, im Dorf der Amme, auflas, womit er ihr das Leben rettete.« Erneutes Raunen unterbrach die Königin für einen Moment. »Wir haben Beweise im Tagebuch meiner Schwester gefunden. Somit haben wir heute Abend drei Paare zu verkünden. Da sowohl Prinzessin Bria als auch Prinz Lokan auf den Thron verzichten möchten, wird Prinz Kellan mit seiner frisch angetrauten Ehefrau ab morgen beide Königreiche vereinen.« Die Handflächen gen Himmel gerichtet, breitete die Königin die Arme aus. »Nach so vielen Jahrhunderten werden wir wieder vereint sein! Nie wieder soll dieses Land geteilt werden. Lang lebe das Königreich Kenbahra!« Die letzten Worte schrie die Königin in purer Freude gen Himmel.

Was? Ich verstand nicht. Königin Kyrelle von Kendrum war meine leibliche Mutter? Lokan wollte nicht König werden? Kellan wollte mich? Ich war ... oh bei allen Himmeln. Deshalb hatte die Königin gefragt, ob mein Vater mich in Kendrum gefunden hatte! Ihr Auftrag an mich war lediglich eine Scharade gewesen, um ... ja, warum genau eigentlich? Damit die grausame Königin beide Länder für ihren Sohn vereinen konnte?

Die Menschenmenge um mich herum stieß nach dieser Ankündigung wilde Jubelschreie aus. Alle freuten sich? Wahrscheinlich, da sie glaubten, der Krieg würde damit enden. Was er auch sicherlich würde. Hatte ich das nicht immer gewollt? Auch wenn ich dafür einen Fremden heiraten musste? Sollte das mein Opfer an die Menschheit sein?

Hinter mir strich mir Medeus über die Schulter. Medeus! Oh nein, ab sofort würde ich ihn täglich sehen, aber nicht mit ihm zusammen sein können. Das war falsch, fühlte sich so falsch an!

»Ich bitte alle Hoheiten auf die Bühne, auf dass sie sich gebührend feiern lassen!« Scheinbar vergnügt klatschte die Königin in die Hände, blinzelte dann in Richtung des Königs von Kendrum, der zusammengesackt auf seinem Stuhl saß. »Und jemand sollte König Diyon aufwecken, der eingenickt zu sein scheint. Er hat sein Einverständnis zu den Vermählungen gegeben und wird sich ab sofort, genau wie Prinz Lokan, ausschließlich der Bienenzucht widmen.« Ihr Ehemann hob einen Mundwinkel und applaudierte.

Das ... wurde ja immer abstruser!

»Komm, ich bringe dich nach vorn«, hauchte mir Medeus ins Ohr. Wie konnte er nur so ruhig bleiben? Wo er mir doch noch vor ein paar

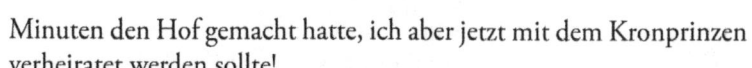

Minuten den Hof gemacht hatte, ich aber jetzt mit dem Kronprinzen verheiratet werden sollte!

Nur unter Protest ließ ich mich von ihm durch die Feiernden schieben. Ich eine Prinzessin? Was war nur geschehen? Konnte mein Vater mich bezüglich meiner Herkunft belogen haben? Was war dran an der Geschichte mit der Amme? Ich schielte in Richtung des schnarchenden Königs Diyon, der, wie es aussah, mein Vater sein musste. Hatte mich meine eigene Mutter heimlich verschwinden lassen, weil sie nur zwei anstelle von drei Töchtern vorzeigen wollte? Tatsächlich? Meine Gedanken kreisten um tausend Fragen, was mir pochende Kopfschmerzen bereitete.

Vor mir betrat Prinzessin Celeste die Bühne. Sie hatte ihre Maske abgenommen und lächelte mich an. »Schön, dich kennenzulernen, Schwesterlein. Wer hätte das gedacht? Ich bin übrigens Cesara. Und wie wunderbar, ich werde für immer Prinzessin sein. Das klingt viel schöner als Königin. Und verspricht zudem ein ruhigeres Leben.«

Aha. Sie schien die Neuigkeiten ja gelassen hinzunehmen. Meine Schwester, Cesara … Ich brachte kaum mehr als ein Nicken zustande. »Laykinn.« Wo hatte sich dieser dreiste Ehemann jetzt nun versteckt, der mich erwählt hatte?

Vor sich hin fluchend stellte sich Bria, nun ebenfalls ohne Maske, auf meine andere Seite. »Ist nicht so, dass ich mich nicht freuen würde, eine zweite Schwester zu bekommen, ich hab's nur nicht so mit der ganzen Aufmerksamkeit.«

Cesara verlor sich derweil in einem verzückten »Lokan und Cesara«-Singsang. Offensichtlich war sie die Einzige von uns, die sich freute. Gerade half Medeus Estrel auf die Bühne. Aber wo blieben die Prinzen?

Kaum hatte ich den Gedanken zu Ende gedacht, sprang Lokan direkt vor Cesara auf die Bühne. »Liebste!« Er zog seine Prinzessin in die Arme, die ein erfreutes Quietschen ausstieß.

Jaja, der Zauber der wahren Liebe. Nur dass bei mir offensichtlich ein Fehler vorliegen musste. Da auch Lokan seine Maske abgelegt hatte, zog auch ich mir das dämliche Ding aus der Frisur.

Und dann trat Medeus unvermittelt vor mich, verneigte sich, nahm meine Hand in seine und küsste sie. Mir fiel auf, dass er keine Maske mehr trug, dafür aber einen Strauß Gänseblümchen. Ich riss die Augen auf.

»Und damit wären wir komplett«, verkündete Königin Greya. »Mein Sohn, Prinz Kellan, hat darum gebeten, die anwesenden Damen nicht als Prinz kennenlernen zu dürfen, sondern als Zeremonienmeister. Der Wunsch wurde ihm gewährt. Sein Schwertmeister hat sich an seiner Stelle für ihn ausgegeben.« Sie seufzte theatralisch, fuhr dann aber fort: »Heute Nacht hat der Zauber der wahren Liebe diese drei Paare zusammengeführt, und wir alle wissen, dass die wahre Liebe sich nie irrt und auf immer zusammenhält, was sie einst verbunden hat!«

Kollektives Einatmen seitens des Publikums und auch ich holte tief Luft. Sollte das bedeuten, dass Medeus in Wirklichkeit Prinz Kellan war, der künftige König des neuen Königreichs? Mein Ehemann?

Das Lächeln auf seinen Lippen verriet mir die Wahrheit. »Entschuldige. Aber das war die einzige Möglichkeit, die Kandidatinnen richtig kennenzulernen. Wie sonst hätte ich meine wahre Liebe finden können? Du hattest dich letztendlich wirklich zu gut vor mir versteckt.« Natürlich, er war die ganze Zeit Prinz Kellan gewesen und der Junge mit der Maske, der den ganzen Abend über seine Rolle gespielt hatte, nur ein Schwertmeister. Und wieder gaben meine Knie nach. Die Last meines persönlichen Glücks weitete meine Lippen, mein Herz und schien mich geradezu zu erdrücken. Fühlte sich so die wahre Liebe an? Aber darauf war Kellan vorbereitet. Kellan, mein Kellan, breitete die Arme aus und fing mich auf. Hielt mich, bis meine Freudentränen über meine Wangen auf sein Hemd tropften.

Zwölf Stunden später

Ich zog an meinem Brautkleid, fuhr dann mit den Fingern über die zierliche Vase voller Gänseblümchen, die Kellan für mich überall in meinen neuen Gemächern hatte aufstellen lassen. In einer Stunde würde ich ihm ewige Treue und Liebe schwören. Dem schönsten Mann der Welt und gleichzeitig meiner wahren Liebe. Wärme breitete sich rund um meinen Bauchnabel aus. Alles an diesem Tag war perfekt. Noch nie in meinem Leben hatte ich mich schöner und glücklicher gefühlt.

Gerührt fuhr sich auch Taran über die Augen. »Ich weiß nicht, was ich sagen soll, Laykinn. Du siehst umwerfend aus. Eine Prinzessin wie nicht von dieser Welt.«

Unfähig, etwas zu sagen, lächelte ich meinen besten Freund einfach nur an.

Es klopfte. Die Tür wurde von den Dienern geöffnet. Herein trat niemand Geringeres als Königin Greya, die in wenigen Stunden zu meinen Gunsten abdanken würde. Augenblicklich versteifte sich meine Haltung.

»Lass uns bitte allein, Taran.« Eine Hand erhoben, lächelte sie erst ihn und dann mich an. Ein Lächeln, das ich selten an ihr gesehen hatte.

Weil sich niemand von uns rührte, hüstelte die Königin. »Bitte, Taran, ich verspreche, Laykinn kein Haar zu krümmen.«

Ich nickte ihm zu. Greya würde nichts tun, was die Zukunft ihres geliebten Landes gefährdete.

Also folgte mein bester Freund dem Wunsch der Königin.

Sogleich seufzte sie auf. »Endlich. Es tut wirklich gut, die ganze Maskerade fallen zu lassen, weißt du?« Entspannt lockerte sie die Schultern. Ihr korallenrotes Kleid war so raffiniert geschnitten, dass es sich bei jeder ihrer Bewegungen hob und senkte, so als stünde die Königin unter Wasser.

»Eigentlich, weiß ich nicht so recht …« Ich brach ab.

Ohne sich von meinen Worten irritieren zu lassen, kam die Königin auf mich zu, bis sie direkt vor mir stand. Dann fuhr sie mit einer Hand über den Schleier, den mir die Zofen ins Haar gesteckt hatten. »Natürlich nicht. Aber du bist eine derjenigen, bei denen ich mich am meisten für meine Scharade entschuldigen muss.«

Langsam verstand ich gar nichts mehr.

»Gut, Laykinn, ich mache es kurz: Harte Zeiten erfordern besondere Maßnahmen, da stimmst du mir sicherlich zu.«

Weil es nichts anderes gab, was ich tun konnte, nickte ich.

»Um das Land zu schützen, verbreite ich seit Jahren Gerüchte, wie grausam ich sei. Ich ließ meine engsten Zofen Schauergeschichten über mich erzählen, die nicht stimmten.«

Was? Mir klappte der Unterkiefer herunter. »Aber, aber Averinas Brandblasen ...«

Greya winkte ab. »Sie hat beim Bügeln nicht achtgegeben. Das war nur ein ungeschickter Unfall, den sie genutzt hat, um meinen Ruf zu schützen. Glaub mir, ich war niemals grob zu meiner Lieblingszofe.«

Anscheinend lag dieser Familie geschickte Täuschung in den Genen.

»Ich hoffte, wenn mich die Kendrumianer fürchteten, würden sie uns als stärker betrachten, als wir waren. Würden niemals direkt das Schloss angreifen. Nur wenn man mich fürchtete, konnte ich in dieser Welt politisch etwas verändern. Verstehst du? Niemand hätte es gewagt, sich mir zu widersetzen oder gar hier einzufallen und euch Mädchen zu schänden. Nein, solange jedes Kind in Kendrum Schauergeschichten über mich hörte, würden sie sich diesem Schloss nicht nähern. Nur so konnte ich uns auch ohne Gewalt schützen.«

Das war mal eine unglaubliche Geschichte. Wir alle hatten uns seit unserer Geburt vor der bösen Königin gefürchtet! Ich atmete tief ein.

»Bitte vergib mir. Der Krieg musste enden und dieser elende Inzest unterbrochen werden.« Sie verzog das Gesicht. »Was glaubst du, wie lange diese Zwillingshochzeiten ohne frisches Blut noch gut gegangen wären? Selbst mit der Magie der wahren Liebe? Ich hatte einen Plan. Und den konnte ich nur in die Tat umsetzen, wenn mich niemand infrage stellte.«

Und das war ihr nur gelungen, indem sie Gerüchte streute wie Linsensamen, dass sie, Königin Greya, die grausamste Herrscherin war, die je unter dieser Sonne gelebt hatte.

Ein dunkler Gedanke zupfte an meinem Nervensystem. Was hatte sie uns noch alles glauben machen? »Aber wie wollt Ihr zukünftige Kriege verhindern?«

Die Königin seufzte. »Für die Thronfolge bestimmen wir deinen Erstgeborenen und so weiter. Natürlich halten wir weiterhin den Ball der wahren Liebe ab. Er muss sein. Alle neunzehn Jahre werden sich dort Dutzende Paare finden, genau wie gestern.«

»Aber was ist mit Lokan?«

»Ich wusste seit jeher, dass Lokan nicht dafür geboren war, Verantwortung zu übernehmen. Sein Herz strebt nach Freiheit. Er wird kein Problem damit haben, dass er oder seine direkten Nachfahren nie den Thron besteigen werden. Und Prinz Kellan … die letzten Jahre war er in sich gekehrt wie sein Vater. Ich sah ihn nur ab und zu lächeln, als er vom Fenster aus ein Mädchen beobachtete, das durch den Kräutergarten flitzte, um den Gefangenen Brotreste in die Kerker zu werfen. Eigentlich bekommen selbst Mörder bei uns genug zu essen, trotzdem fanden wir deinen Einsatz wirklich entzückend.« Ein Lächeln zeigte sich auf ihren Lippen, das dem von Kellan ähnelte.

»In den letzten Tagen verzweifelte ich geradezu an der Deutung der Gerüchte aus Kendrum. Sie verrieten mir, dass eine der Prinzessinnen an Frauen statt an Männern interessiert sei. Damit hatten wir plötzlich zwar unser Inzestproblem gelöst, aber noch keine wahre Liebe für Kellan gefunden.« Mit einem leisen Stöhnen massierte sich die Königin die Stirn. »Als ich dich dann gestern in der Küche in diesem Kleid sah, wurde mir bewusst, dass du die Lösung sein könntest. Du, das Mädchen mit dem Leinenbeutel und den Gänseblümchen, das hatte ich schon lange geahnt, würdest Kellan glücklich machen können. Also erfand ich ein paar Lügen, die dich zwingen würden, zum Ball zu erscheinen, und die deine Herkunft als eine der Prinzessinnen von Kendrum stützen würden. Natürlich wusste Kellan nichts von alldem.« Sie lächelte mich schief an, was mich augenblicklich misstrauisch werden ließ. »Soll das heißen, ich bin gar keine echte Prinzessin? Keine dritte Schwester von Bria und Cesara?«

Wieder dieses schiefe Lächeln. »Nach dem heutigen Tag wirst du es auf jeden Fall sein, Kronprinzessin Laykinn, Gemahlin des zukünftigen Königs Kellan von Kenbahra.«

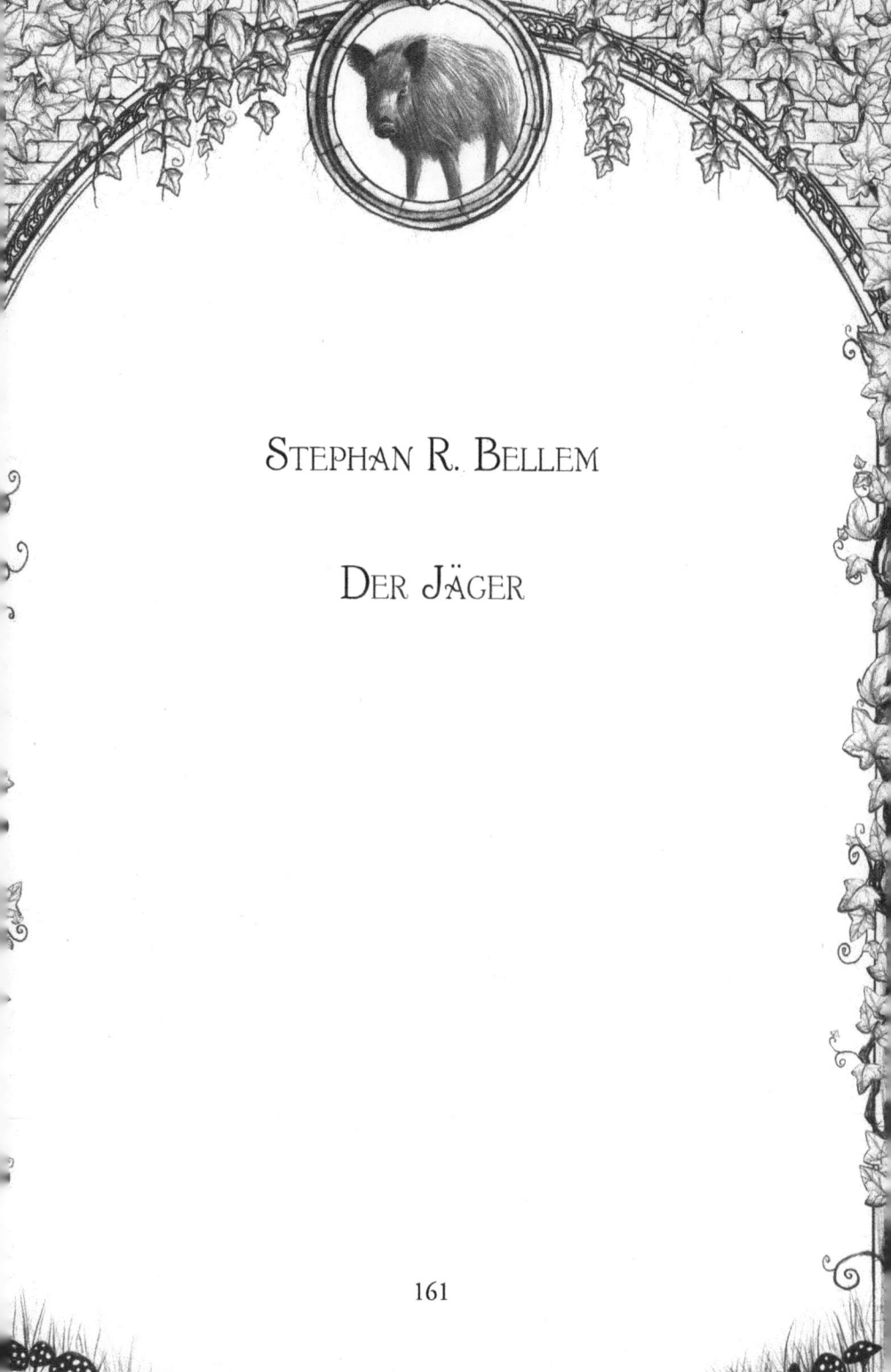

Stephan R. Bellem

Der Jäger

Stephan R. Bellem

Stephan R. Bellem wurde in Heidelberg geboren, lebt aber seit einigen Jahren in Berlin. Er ist mit der Autorin Nina Bellem verheiratet, deren Kurzgeschichte *Schwanengesang* in der letztjährigen Anthologie enthalten war.

Stephan liebt Brett- und Rollenspiele, High Fantasy sowie Filme und TV-Serien. Sein Debüt *Tharador* erschien 2007, sein Roman *Bluttrinker*, der in der gleichen Welt spielt, ist trotz seines Titels kein Vampirroman, sondern ebenfalls High Fantasy, und mit *Welt aus Staub* wagte er sich 2012 in die Science Fiction vor. Neben dem Schreiben lektoriert und übersetzt er auch. Demnächst erscheint sein neues Werk, *Die Gnome*, ein »leicht skurriler Steamfantasy-Roman« – Stephans Worte, nicht meine.

Märchenfantasy hat er für diese Anthologie zum ersten Mal verfasst. Dafür hat er sich für eines der bekanntesten Märchen überhaupt entschieden: Schneewittchen. Allerdings erzählt er seine Geschichte weder aus der Sicht der Prinzessin noch aus der der bösen Königin, sondern aus der Perspektive einer Nebenfigur. »Ich finde neue Blickwinkel immer sehr spannend«, erklärt er. »Darum habe ich den Jäger gewählt. Außerdem mag ich es, Figuren in moralische Konflikte zu bringen. Der Kampf mit uns selbst, die eigenen Dämonen, die jeder in sich trägt, faszinieren mich schon immer.«

www.srbellem.de

Der Jäger

»Erzähl mir die Geschichte!«
Seine Augen leuchten, als er sich von der Schaukel abstößt und sicher in meinen Armen landet. Das kleine Gesichtchen schmiegt sich an meinen Hals und er flüstert mir verschwörerisch zu: »Nur noch ein Mal.«

»Zeit zum Schlafen, Hannes.«

Er winkt der Erle fröhlich zu. »Gute Nacht, lieber Baum, morgen spielen wir wieder, ja?«

Für einen Moment fürchte ich, dass der Baum ihm tatsächlich antworten könnte, doch das sind bloß Hirngespinste.

Ich trage Hannes behutsam in unser kleines Haus und bringe ihn ins Bett.

»Bitte, Papa, noch ein Mal!«

Er hat die Bettdecke bis zur Nasenspitze hochgezogen und blickt mich erwartungsvoll aus großen Augen an. Ich seufze übertrieben schwer und tue so, als würde ich lange überlegen müssen. Aber wieso sollte ich ihm diesen einfachen Wunsch abschlagen, wenn er ihn doch so glücklich macht?

Ich setze mich auf die Bettkante und streiche ihm sanft über den braunen Haarschopf.

»Aber danach wird brav geschlafen?«

Er nickt eifrig, wobei ihm die Decke wieder unter das Kinn rutscht, und antwortet leise mit einem lang gezogenen »Ja«.

»Also gut«, antworte ich nach einer weiteren dramatischen Pause. »Wo soll ich diesmal anfangen? Im Wald? Im Schloss?«

Er schüttelt den Kopf. »Ganz am Anfang bitte.«

Ich lächle ihn an und sein Anblick lässt mir wohlig warm ums Herz werden. »Na schön, dann ganz am Anfang. Es war einmal…«

Ich erinnere mich noch gut an jene Zeit. Es waren die letzten Tage unseres geliebten Königs, ich war ein junger Rekrut in der königlichen Garde und würde bald ein Ritter werden.

Ein Sturm zog auf. Regen peitschte gegen die verzierten Fensterscheiben und prasselte auf die gedeckten Dächer. Im Innenhof des Schlosses verwandelte sich das Kopfsteinpflaster zu Schmierseife und der Wind fegte die Knechte reihenweise von ihren Füßen.

Donner folgte auf jeden Blitz, der den nachtschwarzen Himmel grell durchzuckte, die Pferde tänzelten unruhig hin und her und drohten durchzugehen.

Doch selbst über das Tosen des Sturms und Wiehern der Pferde war ihr Schrei zu hören.

Der König war tot.

Er hinterließ seine Tochter und deren jüngst geehelichte Stiefmutter.

Und ein Königreich in Trauer.

In jener Nacht fand niemand Schlaf.

Das Mädchen würde einst Königin, sagte man, sobald sie alt genug für den Thron wäre.

Am nächsten Morgen war klar, dass wir eine neue Königin hatten. Doch es war nicht das Mädchen – seine Stiefmutter würde den Thron verwalten, bis die Prinzessin alt genug wäre.

Es war der Tag, an dem man uns alle aus der königlichen Garde entließ.

Schwarz gerüstete Recken marschierten von da an auf den Straßen entlang. Auf Geheiß der »Königin« setzten sie Recht und Ordnung durch, hielten die Stadt sauber und ordentlich. Ganz so, wie Ihre Majestät es wünschte.

Menschen ohne Obdach verschwanden nach und nach. Wer sein Heim oder seine Arbeit verlor, der tat gut daran, weiterzuziehen. Oder er landete im Kerker.

»Ein goldenes Zeitalter bricht für unser Land an!«, verkündete sie vollmundig, wann immer sie sich öffentlich zur Schau stellte.

Ja, es war eine Darbietung, die Königin in den schönsten Kleidern, Männer und Frauen zu ihren Füßen und Diener mit Spiegeln, die das Sonnenlicht stets so auf sie reflektierten, dass ihr Gesicht im Glanz der Sonne erstrahlte.

Sie war makellos ... jedenfalls nahezu. Aber wann immer die Prinzessin sie bei den Proklamationen begleitete, ruhten alle Blicke allein auf ihr.

Haut so rein wie frischer Schnee. Die Haare schwarz wie Ebenholz.

Obgleich sie ein junges Mädchen war, lastete der Verlust des Königs schwer und sichtbar auf ihren Schultern. Kein Lächeln umspielte ihre Lippen, und ihr Blick schien stets traurig in die Ferne gerichtet zu sein.

Die Königin bemühte sich, die Prinzessin nach allen Regeln der Kunst zu ignorieren, im Hintergrund zu halten oder erst gar nicht der Öffentlichkeit zu präsentieren.

Denn wann immer die Tochter des geliebten Königs einen Fuß vor die Schlossmauern setzte, skandierten die Bewohner ihren Namen.

Schneewittchen.

Die Königin unserer Herzen.

Das Mädchen, dessen Herz die Trauer eines ganzen Landes trug und das gleichzeitig die Hoffnung aller bedeutete. Eines Tages wäre sie alt genug, dann würde der Thron an sie übergehen.

Dann würde hoffentlich das Lachen in unser Land zurückkehren.

Ich war ... unstet in jenen Tagen.

Das lässt sich am besten so beschreiben, dass ich häufiger kleine Arbeiten erledigte: Botengänge für den Händler, bei denen es meist darum ging, fällige Gelder von Kunden einzutreiben, Jagdausflüge für den Fleischer. Einmal habe ich auch Schafe geschoren. Ich machte mir keine Gedanken um meine Zukunft. Ich kam herum, ich hatte genug Geld und ein Dach über dem Kopf.

Mit der Zeit wurde ich mit dem Bogen immer besser und war nicht mehr ausschließlich auf kleine Kaninchenfallen angewiesen. Auch in den örtlichen Spelunken war ich kein unbeschriebenes Blatt, da ich so manchem reichen Sohn sein Geld beim Messerwerfen abknöpfte.

Sicherlich hätte ich ein kleines Vermögen verdient, hätte ich nicht alles wieder am Kartentisch verloren.

Damals lernte ich, dass man, bloß weil man alles will, nicht alles kann. Leider lernte ich diese Lektion zu spät.

Eines Abends warf man mich aus der Schänke, weil ich meine Zeche schuldig blieb. In jener Nacht, mit dem Gesicht im Dreck und leeren Taschen, beschloss ich, mein Leben zu ändern.

Auch, weil deine Mutter mich sonst sicher verlassen hätte. Selbst ihre Engelsgeduld mit mir neigte sich dem Ende zu. Und es war an der Zeit, meine Versprechungen eines besseren Lebens wahr zu machen.

Am nächsten Tag marschierte ich zur Burg und bot der Königin meine Dienste als Jäger an.

»Verschwinde, Junge!«, raunzte mir ein fetter Soldat entgegen. Keiner dieser Grobiane hätte unter unserem alten König das Wappen tragen dürfen.

Sie waren es einfach nicht wert.

Ich baute mich breitbeinig vor ihm auf. »Das werde ich nicht. In der Stadt erzählt man, dass ein neuer Jäger gesucht wird. Hier bin ich.«

Der Fettsack verfiel in schallendes Gelächter und schlug sich herzhaft auf den Oberschenkel. »Der hat Mumm, was? Oder isser einfach nur verrückt?«

»Dann lass ihn doch schießen, Karl. Dann haben wir es hinter uns«, sagte einer seiner Kumpane gelangweilt und wandte seine Aufmerksamkeit wieder dem Bierkrug in seiner Hand zu.

Der Fettsack seufzte und stand schwerfällig auf. In keinem Fall hätte er die Schnelligkeit, die Königin oder Schneewittchen vor einem echten Angreifer zu beschützen.

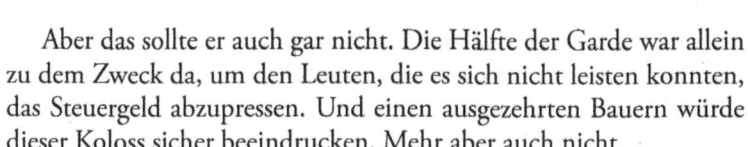

Aber das sollte er auch gar nicht. Die Hälfte der Garde war allein zu dem Zweck da, um den Leuten, die es sich nicht leisten konnten, das Steuergeld abzupressen. Und einen ausgezehrten Bauern würde dieser Koloss sicher beeindrucken. Mehr aber auch nicht.

Mir machte er keine Angst.

Auch dann nicht, als er sich zu mir herüberlehnte und mir mit jedem Wort seinen nach Bier stinkenden Atem ins Gesicht blies. »Dann lass mal sehen, was du kannst, Junge.«

Er deutete auf einen Verschlag am anderen Ende des Innenhofs. Es war ein einfacher Unterstand. Zwei Stützpfeiler und ein notdürftig gedecktes Dach. Ich erkannte die Konstruktion kaum wieder, denn zu Lebzeiten unseres Königs waren dort unter einem mit roten Schindeln gedeckten Dach einige Bänke gewesen, auf denen sich die Wachen an heißen Tagen während ihrer Pausen ausruhen konnten.

Nun standen dort ein paar Fässer, deren Inhalt ich nur erraten konnte. Daneben hatte man mehr schlecht als recht mehrere Säcke aufeinandergelegt, von denen einige an den Ecken schon aufgerissen waren. Um die Säcke herum waren kleinere Körnerhaufen verstreut – vermutlich bewahrte man hier Futtermittel für die Pferde auf.

»Siehst du den Unterstand da drüben?«, fragte der feiste Kerl mit süffisantem Grinsen im Gesicht.

Ich biss den Schmerz darüber zurück, wie sehr sich die Dinge verändert hatten, und nickte dem Soldat einfach zu. »Ja, ich sehe ihn.«

»Im linken Pfeiler gibt's ein Astloch«, fuhr er fort. »Wenn du das triffst, dann darfst du bleiben und dich der Königin vorstellen.«

Das Ziel war deutlich kleiner, als ich erwartet hatte. Andererseits war es auch nicht überraschend, dass die Kerle es mir so schwer wie möglich – um nicht zu sagen, unmöglich – machen wollten.

Ich nahm meinen Bogen und hängte die Sehne ein. Das Holz bog sich vertraut geschmeidig unter dem Zug der Schnur. Sanft strich ich über das Griffstück und fand den Platz, an dem meine Finger immer ruhten. Als wäre noch ein Rest meiner Wärme in dem weichen Leder gespeichert, der meinen Fingerspitzen den Weg wies.

Der Pfeil, den ich auswählte, hatte am Ende eine weiße und zwei schwarze Federn. Ich hatte ihn erst vor einer Woche angefertigt und von Anfang an gespürt, dass er für ein ganz besonderes Ziel bestimmt war.

Dreißig Schritte waren es von mir bis zu dem Unterstand. Der Wind blies sanft von links, noch zu schwach, um den Schuss völlig unmöglich zu machen, aber doch gerade stark genug, um die Flugbahn des Pfeils zu stören. Ich korrigierte mein Ziel, beachtete die Flugbahn und spannte den Bogen durch. Das Kitzeln der Sehne an meiner Wange sagte mir, dass der Moment gekommen war, den Pfeil freizulassen.

Ich ließ los und schloss die Augen. Einen Herzschlag später hörte ich das vertraute Geräusch des Einschlags.

Die Männer verstummten.

Nur das leise Pfeifen des Windes, der sich in meinen Haaren verfing, drang an meine Ohren.

Leises Flüstern. Aufgeregtes Tuscheln.

Ich öffnete die Augen und starrte auf mein Ziel.

Der Pfeil hatte das Astloch genau getroffen und ragte nun als kleiner Zweig aus dem Pfeiler, so tief steckte die Spitze in dem zweifellos morschen Holz. Vielleicht würden die Stalljungen nachts ihre Öllampen daran aufhängen, wenn sie mit dem Futter hantierten – oder mit einer der Mägde.

Es waren rauere Zeiten damals. Die Sitten auf dem Schloss waren verkommen wie die Sitten unserer Stadt – unseres ganzen Landes.

»Nun, ich nehme an, man kündigt der Königin mein Kommen an?«, fragte ich mit nicht weniger süffisantem Ton in der Stimme als der Fettsack zuvor. Doch ihm schien jegliche Freude aus dem Gesicht gewichen.

Aber er hielt sein Wort, nickte knapp in Richtung des Hauptgebäudes und sagte tonlos: »Da lang. Sag, Karl schickt dich.«

Den Thronsaal zu betreten und dabei nicht vor Ehrfurcht zu erzittern, war kein leichtes Unterfangen – eigentlich sogar nahezu unmöglich:

ein Saal aus weißem Marmor, dessen hohe Decke von dicken Säulen getragen wurde.

An jeder Säule und jedem freien Stück Wand hingen in Silber eingefasste Spiegel.

Die Konstruktion war ein Wunder- oder Teufelswerk, denn egal, wohin man blickte, man sah in jedem Spiegel stets nur eine Spiegelung: das Antlitz der Königin.

Sie stand mit erhobenem Kinn vor mir, zusätzlich erhöht durch die Treppe, die zu ihrem Thron führte. Ihr silbernes Kleid fiel in sorgfältig gelegten Bahnen die Stufen hinab und bildete einen weiten Kreis um sie herum, sodass man den Eindruck gewann, sie sei gerade einem ihrer silbernen Spiegel entstiegen. Ihr zweifellos schönes Gesicht war wie Porzellan geschminkt. Es sollte ihre Schönheit hervorheben, doch es unterstrich einzig ihre kühle Härte.

Ich wusste, diesen Anblick würde ich niemals in meinem ganzen Leben vergessen.

Die reglose Miene, die mich aus jedem Spiegel heraus anstarrte. Ich konnte ihren Blick sogar in meinem Rücken spüren. Wie war das möglich?

Als wäre jedes Spiegelbild der Faden eines Spinnennetzes und mein Blick in sie hinein wie das verzweifelte Strampeln einer Fliege in dieser tödlichen Falle.

Und wie eine Spinne stand sie reglos da und wartete auf den richtigen Moment, meinem Leben ein Ende zu setzen.

Schritt für Schritt näherte ich mich ihrem Thron. Und noch immer beobachtete sie mich aus Dutzenden von Augenpaaren. Manchmal hatte ich das Gefühl, aus dem Augenwinkel eine Bewegung ihres Spiegelbilds zu erhaschen, obwohl die Königin sich noch immer nicht geregt hatte.

Ein eisiger Schauer lief mir über den Rücken, als ich die letzten Meter zurücklegte, ehe ich in gebührendem Abstand stehen blieb.

Und als sie die Stimme erhob, da erhaschte ich kurz einen Blick auf einen weiteren Spiegel; größer und reicher verziert als alle anderen, hing er an der Wand hinter ihrem Thron. Blank poliert wie feinstes Silber. Doch von allen Spiegeln im Saal war dies der grausamste.

Denn er allein zeigte keinerlei Spiegelbild.

»Er möchte also mein neuer Jagdmeister sein.«

Ihre Stimme war schneidend klar und kalt. Als würde der Winter selbst aus ihr sprechen. Als würde die Kälte ihres Herzens durch ihre Lippen in die Welt hinaus sickern.

Ich sammelte kurz meinen ganzen Mut, es gab kein Zurück mehr: »Ja, meine Königin. Nennt mir ein Tier, und ich werde es für Euch erlegen.«

Und das tat sie. Sie nannte mir nicht bloß ein Tier – sie nannte Hunderte. Der Königin gelüstete es nach jeder Art exotischer Unterhaltung oder Speise. Sei es nun ein Waschbär, der an einer Leine vor ihr umhergeführt wurde, oder ein Fasan, den ihr der Koch zubereiten sollte.

Hin und wieder schmückte sie sich mit einer besonders schönen Feder im Haar oder einem Stück Fell um die Schultern, doch meist trug sie jene Kleider, die sie wie eine Nixe in flüssigem Silber erscheinen ließen.

Ich stellte keine Fragen. Ich war wieder am Hofe, das war das Einzige, was für mich zählte. Was immer sie verlangte, ich tat es.

Es war in jenen Jahren, dass ich Schneewittchen häufiger sah. Die Königin bemühte sich zwar, das junge Mädchen zu bändigen, doch die Prinzessin hatte mehr Fragen, als es Antworten auf der Welt gab, und sie interessierte sich vor allem für die Welt jenseits der Schlossmauern.

Immer wieder fragte sie mich nach dem Wald, den Menschen und dem Leben.

Wie auch an jenem Morgen, dem Tag vor ihrem sechzehnten Geburtstag und wenige Monate nach deiner Geburt.

»Wie ist es so bei der Jagd? Ist das nicht gefährlich ganz allein im Wald?«

»Das kommt ganz darauf an, Prinzessin«, antwortete ich stets. Ich wusste, dass die Königin nicht wollte, dass wir mit Schneewittchen sprachen, aber sie war kein kleines Mädchen mehr – es war ihr gutes Recht, Fragen zu stellen. »So gefährlich ist der Wald nun auch wieder nicht«, sagte ich und fügte augenzwinkernd hinzu: »Städte und Schlösser können viel gefährlicher sein.«

»Und einsam.«

Sie ließ den Kopf sinken und es brach mir das Herz. Ich wusste, dass sie von der Königin von allem ferngehalten wurde. Ich wusste nicht genau wieso, aber die Menschen liebten Schneewittchen wohl zu sehr. Ihr Lächeln brachte einen Zauber, einen Glanz in diese Welt, den ich nie für möglich gehalten hätte.

Aber in dieser Welt durfte nichts und niemand den Glanz der Königin überstrahlen.

»Es tut mir leid«, fing sie an, den Blick noch immer zu Boden gerichtet. »Ich weiß, dass gerade Ihr die Einsamkeit kennt.«

Ich spürte, wie mir das Herz bei der Erinnerung an deine Mutter wieder ein Stück brach. Es lag keine böse Absicht in ihren Worten, das wusste ich. Sie wollte mir keinen Stich versetzen. Nicht Schneewittchen.

Als sie den Kopf hob, konnte ich meinen Schmerz in ihrem Blick sehen. Denn von uns allen hatte sie das größte Herz. Darum liebte das Volk sie so sehr – und darum verachtete die Königin sie wohl bis in alle Ewigkeit.

Schneewittchen nahm Anteil an jedem Einzelnen, ehrlich und voller Mitgefühl, ein Wesenszug, den ihre Stiefmutter nicht besaß und niemals besitzen würde.

»Erzählt mir von der Stadt – nein, erzählt mir von den Wäldern!«, wechselte sie schließlich das Thema.

»Puh…« Ich kratzte mich am Kopf. Da stand die Prinzessin, mit der mir der Umgang praktisch versagt war, und bat mich um eine Geschichte. Mit ihren großen, dunklen Augen. Wie hätte ich da ablehnen können?

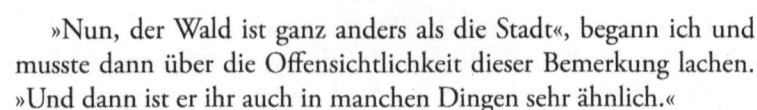

»Nun, der Wald ist ganz anders als die Stadt«, begann ich und musste dann über die Offensichtlichkeit dieser Bemerkung lachen. »Und dann ist er ihr auch in manchen Dingen sehr ähnlich.«

»Ähnlich? Wie?«

»Nun ...«, ich suchte nach den passenden Worten, »auch in der Stadt versuchen alle Menschen nur irgendwie durchs Leben und den Tag zu kommen. Im Wald ist es genauso. Aber anders als der Mensch, wissen die Tiere instinktiv um ihre Verbundenheit miteinander. Ein Hase weiß, dass er dem Fuchs als Nahrung dient. Darum rennt er weg, sobald er ihn auch nur entfernt erschnuppert. Wenn eine Bache Frischlinge hat, gehen alle ihr lieber aus dem Weg, und wenn die kleinen Vögel am Himmel verschwinden, dann suchen alle Schutz vor dem drohenden Unwetter.«

»Das klingt irgendwie ... idyllisch.«

Ich rieb mir den Nacken. »Da habt Ihr vermutlich recht. Ich genieße die Ruhe des Waldes sehr. Den Frieden, den er mir bringt.«

»Und dennoch jagt Ihr dort. Und stört dieses Gleichgewicht«, stellte sie von neuer Traurigkeit gepackt fest. »Für ihr Vergnügen.«

Mit einem Mal fühlte ich mich ertappt. »J-Ja ... schon, aber ...« Es wollte mir keine Rechtfertigung einfallen. Zumal es stimmte. Die meisten Tiere fing ich zum Vergnügen der Königin, nicht weil sie das Fleisch oder Fell unbedingt benötigte.

Noch während ich um eine Antwort rang, drehte Schneewittchen sich um und ging davon.

In den kommenden Monaten und Jahren verging mir die Lust auf die Jagd von Tag zu Tag mehr. Schneewittchens Worte gingen mir nicht mehr aus dem Kopf. Tat ich das Richtige? Ich hatte nie darüber nachgedacht, was es für meine Umwelt bedeutete, dass ich ein Jäger war. Ich konnte gut mit dem Bogen umgehen und Fallen stellen, weiter nichts.

Tief in mir wusste ich natürlich, wofür ich das alles tat – für dich, das Andenken an deine Mutter und für uns.

Aber konnte ich so einfach weitermachen?

»Das konntest du nicht mehr, Papa«, murmelt er leise. Er liebt diesen Teil der Geschichte. Seiner *Heldengeschichte*, wie er sie immer nennt.

»Ganz recht«, sage ich leise und streiche ihm über den braunen Haarschopf. Und mit der Berührung seines kleinen Gesichts kommt die Wärme wieder in mein Herz zurück. Eine Heldengeschichte …

Für ihn würde ich alles tun!

»Aber es dauerte nicht lange, bis die Königin mir auf die Schliche kam«, setze ich meine Geschichte fort.

»Die böse, alte Hexe«, quiekt er aufgeregt und zieht die Decke bis über die Nasenspitze.

Ich gebe ihm einen sanften Kuss auf die Wange. »Keine Angst.«

Der Königin entging nicht, dass meine Leistung nachließ. Ich fing keine seltenen Tiere mehr. Immer häufiger riss mir zufällig im entscheidenden Moment die Bogensehne, oder einer meiner Begleiter verschreckte dummerweise die Hirschkuh und ihr Junges.
Natürlich erlegte ich auch noch das ein oder andere Tier, aber ich bestimmte heimlich, was gerade Saison hatte und auf den Tisch kam.

Tiere zur Belustigung der Königin zu fangen, wollte mir einfach nicht mehr gelingen.

Es dauerte eine Weile, bis die Königin dahinterkam, aber schließlich zitierte sie mich zu sich. Wieder musste ich durch ihr Spinnenauge, wie ich den Thronsaal inzwischen nannte. Tausend Spiegel versetzten mir tausend kleine Nadelstiche, während ich auf ihre silberne Gestalt zuging.

»Er hat nachgelassen«, stellte sie nüchtern fest. »Sollte ich mir einen anderen Jagdmeister suchen?«

Ich fiel auf ein Knie und senkte den Blick demütig zu Boden. »Meine Königin, ich bin untröstlich, Euch zu enttäuschen.«

»Dann tut es nicht.«

Ich erhob mich und straffte die Schultern. »Verzeiht mir meine direkte Art, Eure Hoheit, aber der Wald braucht seine Zeit, um sich zu erholen. Jedes Hirschkalb, das ich heute schieße, kann keinen Nachwuchs bringen. Es ist ein empfindliches Gleichgewicht, das ich für Euch schütze.«

»So?« Sie zog neugierig eine Augenbraue nach oben. »Er schützt das Gleichgewicht für *mich*?«

»Ganz recht, meine Königin. Damit Ihr Euch auch noch in zwanzig Jahren an einem lebendigen Wald erfreuen könnt.«

Sie deutete ein Nicken an. »Gut. Für den Moment will ich Ihm glauben. Aber sollte ich erfahren, dass Er mich belügt, wird die Strafe unvorstellbar sein.«

Ich nickte, doch sie hielt mich mit ihrem Blick gefangen.

»Es wird eine Strafe sein, die einen Vater bis ins Mark treffen würde.«

Während sie mich kalt anlächelte, verstand ich, was sie mir sagen wollte – und ich spürte, wie mir eine Eiseskälte ins Herz sank, eine Mutlosigkeit, die ich noch nie zuvor verspürt hatte.

»Ich verstehe.«

Sie gab sich mit meiner Antwort zufrieden. Und ich war glücklich, dass ich mich wieder aus ihrem Netz herausbewegen durfte. Aber mich verfolgten unzählige Blicke, die sich wie Eiszapfen in mein Herz bohrten und mir mit jedem Schritt meine Hoffnung mehr und mehr raubten.

Mit der Zeit wurde mir klar: Ohne Schneewittchen auf dem Thron wäre das Königreich verloren. Bald würde sie achtzehn Jahre alt werden und die ganze Stadt war in hellem Aufruhr.

Endlich würde sie das Erbe ihres Vaters antreten.

Die Menschen wagten zu hoffen!

Die Herrschaft der silbernen Spinne wäre vorüber.

Sie musste abdanken, nicht wahr? Schneewittchen war die rechtmäßige Thronerbin. Und solange sie am Leben war, war gewiss, dass die Herrschaft der Königin nicht von Dauer war.

Solange sie am Leben war...
Dieser Gedanke setzte sich eines Tages in meinem Kopf fest.
Was, wenn Schneewittchen ihren achtzehnten Geburtstag nicht mehr erlebte?
Die Königin würde Königin bleiben. Sie würde jeden Tag in ihrem Netz aus Spiegeln stehen und auf die Menschen des Landes herabblicken.
Man würde den alten König und seine Herrschaft vergessen.
Man würde Schneewittchen vergessen.
Das durfte nicht geschehen.

Eines Abends – im Schloss war bereits Ruhe eingekehrt – schlich ich mich in Schneewittchens Gemächer.
Sie erschrak, als sie mich erblickte, aber sie machte kein Geräusch. Stattdessen musterte sie mich mit einer seltsamen Neugier, die einer Mischung aus Erwartung, Überraschung und Enttäuschung glich.
»Ich hatte von Anfang an vermutet, dass Ihr es sein würdet, den sie schickt«, begann sie mit sanfter, friedlicher Stimme. »Aber ich hätte niemals gedacht, dass sie es hier tun würde.«
»Was? Wovon sprecht Ihr?«, begann ich verwirrt, ehe ich nach ihrem Mantel griff, der an einem Haken neben der Tür hing. »Schnell, zieht das an, nehmt nur das Nötigste.«
Nun war es an ihr, verwirrt zu sein. »Wozu ...«
Ich trat vor sie und packte sie bei den Schultern. »Prinzessin, Ihr müsst das Schloss verlassen! Noch heute. Oder ich befürchte das Schlimmste.«
»Ihr wollt mich entführen? Aus dem Schloss meines Vaters?«
Ich blickte ihr eindringlich in die Augen. »Ich will, dass Ihr lebt!«
Sie war noch immer verwirrt, aber sie folgte meinen Anweisungen und zog sich den Mantel und die robustesten Schuhe an, die sie besaß.
»Nein!«, hielt ich sie zurück. »Alle werden ahnen, dass Ihr im Wald seid. Zieht leichte Schuhe an, ich bringe euch ein Paar Stiefel meiner verstorbenen Frau, die euch passen sollten.«

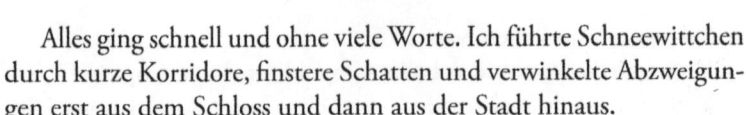

Alles ging schnell und ohne viele Worte. Ich führte Schneewittchen durch kurze Korridore, finstere Schatten und verwinkelte Abzweigungen erst aus dem Schloss und dann aus der Stadt hinaus.

Ich hatte mir eine verborgene Hütte im Wald errichtet, um von dort aus noch tiefer in die Wildnis vorzustoßen, wenn die gewünschte Trophäe es erforderte.

Es war das perfekte Versteck. Niemand kannte die Hütte, geschweige denn den Weg dorthin. Und von der Hütte aus würde Schneewittchen fliehen können, sobald die Häscher der Königin ihre Aufmerksamkeit auf einen anderen Punkt lenkten.

In der Zwischenzeit versorgte ich sie mit Nahrung, Kleidung und – vielleicht auch ein Stück weit – Hoffnung.

Der Hoffnung, dass es mehr im Leben gab als kalten Stein und leere Herzen. Eine Welt, die grün und voller Leben war. Eine Welt, die sie kennenlernen könnte.

Schneewittchen war seit mehreren Wochen von niemandem gesehen worden. Angeblich fühlte sie sich nicht gut und verbrachte die Tage in ihrem Zimmer.

Ich kannte die Wahrheit.

Eine Wahrheit, die uns beide den Kopf kosten konnte.

Dennoch verspürte ich eine tiefe Befriedigung aus meinen Taten. Ihr zur Flucht zu verhelfen, war das Richtige gewesen.

Sicher, eine Tat aus bloßem Instinkt heraus, gegen jedwede Vernunft und ohne die nötige Weitsicht, doch ich fühlte mich einfach großartig.

Die Wirklichkeit holte mich wieder ein. Wie so oft in meinem Leben. Was hinaufsteigt, muss auch wieder hinunterfallen.

Ich wurde erneut zur Königin in den Thronsaal zitiert.

Und an den Blicken der Mägde und Knechte, die mir auf dem Weg begegneten, erkannte ich, dass mein Schicksal besiegelt war.

Hannes ist beinah eingeschlafen. Er murmelt leise vor sich hin, spricht ein paar meiner Sätze nach, aber seine Augen sind bereits geschlossen.

Jeden Abend will er diese Geschichte von mir hören, mittlerweile kennt er sie besser als ich. Wenn ich beim nächsten Teil etwas vergesse, auslasse oder ändere, dann merkt er es. Ich habe es einige Male versucht, ihm ein paar der Einzelheiten zu ersparen, aber er ist ganz versessen darauf.

Ich streiche ihm noch einmal über sein weiches Haar und fahre fort.

Ich folgte dem Pfad. Langsam. Vorsichtig.

Behutsam – fast … zärtlich strich ich dünne Zweige beiseite, schritt über morsche Äste, um verräterisches Knacken zu verbergen. Versuchte, kein unnötiges Geräusch zu machen. Versuchte, völlig unbemerkt durch den Wald zu schleichen.

Dennoch wurde es um mich herum totenstill.

Der Wald wusste, dass ich hier war. Und er ahnte, weshalb.

Den Bogen fest in der linken Hand, einen Pfeil locker in der rechten.

Ich kannte den Weg, ich hatte ihn ihr gezeigt.

Ich würde ihn auch in hundert Jahren wiederfinden. Den Weg zu ihr.

Sie stand vor der kleinen Hütte.

Ich werde niemals ihren Anblick vergessen.

Ein schlichtes grünes Kleid, die schwarzen Haare glänzten wie Gefieder im Licht, das durch die Baumkronen stach. Und neben ihr stand eine Bache mit ihren Frischlingen, hielt den Kopf in stiller Zuneigung gesenkt, die Schnauze gegen ihre Handfläche gepresst. Die Frischlinge quiekten vergnügt und tollten umher, während ihre Mutter friedlich neben Schneewittchen stand.

Sie strich ihr über die Flanke und sprach leise zu ihr. Zu leise, als dass ich es hätte hören können. Aber ich wusste – ihr Herz schlug für den Wald.

Ich trat einen Schritt näher. Noch immer hatte sie mich nicht bemerkt – oder zeigte sie es bloß nicht?

Wieder klangen die Worte der Königin in meinen Ohren: »Bringe Er mir Schneewittchens Lunge und Leber.«

Oh ja, sie hatte die Wahrheit herausgefunden.

Sie hatte es sogar von Anfang an geahnt. Sie hätte es selbst erledigen können. Sie hätte Schneewittchen vergiften können, doch sie wählte mich. Und ich wusste warum.

»Das Volk braucht einen Sündenbock. Und wer wäre da besser geeignet als ein einsamer Witwer, der sich an seinen Sohn und die junge Prinzessin klammert? Der in echter Reue vor die Menge tritt und bekunden kann, dass er dieses schaurige Verbrechen wirklich begangen hat?«

Sie ließ mir keine Wahl.

Nein, das ist nicht korrekt.

Sie ließ mir *eine* Wahl.

»Tötet Er Schneewittchen, dann soll Er als freier Mann die Stadt verlassen können, mit genug Gold in der Tasche, um nie mehr einen Fuß in mein Land setzen zu müssen.«

Plötzlich blickte sie auf und sah mir direkt in die Augen. Ihre Stimme war über das traurige Seufzen des Windes hinweg kaum zu verstehen: »Ich hatte immer geahnt, dass Ihr es sein würdet, den sie schickt.«

»Vergebt mir.« Ich hob den Bogen und spannte die Sehne.

Sie bewegte sich nicht, ebenso wenig die Bache. Als würden sie beide das Unausweichliche erwarten – ja, geradezu herbeisehnen. Alles hätte ein Ende. Ihr Versteckspiel. Ihre Trauer. Mein Versteckspiel.

Sie nickte leicht.

Mir brannten so viele Fragen auf den Lippen, so viele Warnungen. Warum lief sie nicht davon?

Warum ließ sie das alles zu?

Ich dachte an Hannes, daran, dass er ohne Mutter aufwuchs, daran, dass sein Vater ein Mörder war. Daran, dass ich ihm nie wieder würde unter die Augen treten können.

Ich neigte den Bogen leicht zur Seite und zielte auf das Herz des Wildschweins.

Er würde als Waise aufwachsen. Aber sein Vater wäre kein Mörder.

»Vergib mir.«

Ich ließ die Sehne los.

»Und dann hast du der Königin die falsche Lunge und Leber gebracht, und Schneewittchen lebte glücklich bis ans Ende ihrer Tage.«

An dieser Stelle wacht Hannes immer noch einmal kurz auf. Er liebt das Ende der Geschichte einfach zu sehr. »Ich hab dich lieb, Papa.«

»Ich dich auch, schlaf jetzt, mein Junge.«

Ich lösche das Licht neben seinem Bett und gehe in den Garten hinter unserem Haus. Dort an dem Baum, an dem Hannes' Schaukel hängt, halte ich inne und lege eine Hand sanft auf den Stamm.

»Bis ans Ende ihrer Tage …«

Eines Tages werde ich ihm die Wahrheit erzählen. Eines Tages werde ich den Mut aufbringen, ihm zu sagen, was für ein Mann sein Vater ist. Bis dahin soll er in dem Glauben leben, dass es Edelmut in dieser Welt gibt.

Wird er mir vergeben?

Ich bilde mir ein, dass ich ihren Herzschlag in der Rinde des Baumes fühlen kann, dass sie jetzt für immer mit dem Wald verbunden ist, doch das sind nur die Geister meiner Vergangenheit, die mich nicht ruhen lassen.

Die mich niemals ruhen lassen.

Bis ans Ende *meiner* Tage.

Halo Summer

Der düsteren Stunden Glanz

Halo Summer

Viele von euch kennen Halo Summer sicher dank ihrer beliebten *Sumpfloch-Saga*, von der gerade der achte Teil erschienen ist – und zwar aufgrund seines Umfangs wie bereits Teil 7 in mehreren Bänden. Neben der Arbeit an ihren Büchern übersetzt Halo noch Comics und betreut Kinder- und Jugendmagazine. Gemeinsam mit ihrem Mann, der – wie sie auf ihrem Blog so schön sagt – die Seele eines stoffhasigen Halbvampirs mit Steinbockschädel besitzt, lebt sie am Rand einer großen Stadt, in einem Haus am Wald.

Mit großem Vergnügen hatte ich zum Jahreswechsel 2016/2017 ihre kecke Märchenadaption *Aschenkindel – Das wahre Märchen* gehört und war schon gespannt darauf, ob wir auch in ihrer Kurzgeschichte mit überforderten Feen und ungerecht behandelten Flugwürmern rechnen durften.

Mit *Der düsteren Stunden Glanz* hat mich Halo jedoch in mehrfacher Hinsicht überrascht. Nicht nur verwob sie zahlreiche Märchenmotive von Hans Christian Andersen über die Brüder Grimm bis hin zu Tausendundeine Nacht zu einer Erzählung. Darüber hinaus kann man diese so gar nicht als heiter, leicht und humorvoll bezeichnen.

»Die Geschichte ist für meine Verhältnisse ungewöhnlich dramatisch und düster«, gibt sie selbst zu. »Das ist das Tolle an dieser Anthologie; ich konnte mal eine etwas andere Art des Schreibens ausprobieren.«

Natürlich weiß ich nicht, wie es euch damit geht, aber ich finde, das Experiment hat sich wirklich gelohnt.

www.sumpflochsaga.blogspot.de

Der düsteren Stunden Glanz

Es war einmal ein Mädchen, das lebte bei seinem bösen alten Großvater, der nichts Gutes an der Welt fand. Verbittert wie er war, genoss er seinen Reichtum nicht und starb einen frühen Tod. Sein Haus, seine Ländereien und seine Schätze vererbte er seinen vier stolzen Jagdhunden, den einzigen Wesen, zu denen er jemals Zuneigung gefasst hatte. Der Erste Jäger, der die Jagdhunde betreute, sollte die Reichtümer für die Hunde verwalten.

Anni, so hieß die Enkelin des alten Mannes, erbte nur drei Dinge: einen Teppich, ein Paar rote Tanzschuhe und einen gläsernen Kelch. Der Teppich war alt und ausgetreten, die roten Schuhe von den Jagdhunden zernagt und der gläserne Kelch hatte einen Sprung.

»Das könnten verfluchte Zauberdinge sein«, erklärte der Nachlassrichter, als er Anni ihr Erbe aushändigte. »Du kannst das Erbe auch ausschlagen, wenn du willst.«

»Sein Schicksal kann man nicht ausschlagen«, erwiderte Anni, die genau an diesem Tag sechzehn Jahre alt geworden war. »Ich werde diese Dinge an mich nehmen, egal, was sie mir bringen.«

Fast traurig händigte der Nachlassrichter dem Mädchen den Teppich, die Schuhe und den Glaskelch aus und ließ sich den Empfang auf einem Stück Papier bestätigen. Kaum setzte Anni ihre Unterschrift auf das Papier, verspürte sie einen Schmerz im linken Arm, der nicht mehr weichen wollte. Der Nachlassrichter sah ihr Unbehagen und nahm an, sie fürchte sich vor ihrer ungewissen Zukunft. Er sprach ihr Mut zu.

»Der Erste Jäger mag kein freundlicher Mann sein. Aber er braucht jemanden, der das Haus und den Garten in Ordnung hält. Bestimmt wird er dich dort wohnen lassen.«

Doch da täuschte er sich. Der Erste Jäger war ein Außenseiter und gab nichts auf die Gesellschaft von Menschen, ja, er mied sie um jeden

Preis. Er lebte weiterhin in seiner kleinen Jagdhütte an der Grenze zum Wald und jagte Anni davon.

»Geh!«, fuhr er sie an, als er das Haus, das er verwalten sollte, von außen verschloss. »Du hast hier nichts mehr zu suchen. Kehrst du jemals zurück, wirst du eine Fremde für mich sein und dann hetze ich die Hunde auf dich!«

Anni blickte ihm in die kalten Augen und wusste, dass er keinen Widerspruch duldete. Dieser Mann war von einer unsichtbaren Dornenhecke umgeben, die jedem, der sie zu durchdringen versuchte, Schmerzen zufügte. So war es vom ersten Tag an gewesen, seit Anni ihre Eltern verloren hatte und zu ihrem Großvater gekommen war. Damals war sie sieben Jahre alt gewesen.

Anni tat also, was ihr der Jäger geheißen hatte, und verließ schweren Herzens das Haus und den Garten, in denen sie einsame und dennoch zufriedene Jahre verbracht hatte. Im Dorf traf sie auf den Bürgermeister, der Mitleid mit ihr hatte. Er gab ihr noch am selben Tag eine Anstellung als Küchenmädchen und einen Schlafplatz in seinem Haus.

Die Stube unter dem Dach, die Anni von nun an bewohnte, war so klein, dass kein Bett hineinpasste. Doch Anni rollte einfach ihren Teppich aus und schlief darauf. Ihre roten Tanzschuhe, die mit den Absätzen und den Perlenstickereien so gar nicht für die Arbeit in der Küche geeignet waren, verbannte sie in eine Ecke ihres Zimmers und schon bald nisteten sich die Mäuse darin ein. Der Kelch aus zersprungenem Glas bekam einen Platz auf der Fensterbank. Jeden Morgen füllte ihn Anni mit frischem Wasser und sonntags ging sie aus, um neue Blumen zu pflücken, die sie hineinstellen konnte.

Der Schmerz in Annis linkem Arm, den sie seit dem Antritt ihres Erbes verspürt hatte, ging nicht mehr fort. Sie spürte ihn tagsüber kaum, wenn sie arbeitete, doch in der Nacht, wenn sie wach lag und den Mäusen in den Wänden lauschte, schmerzte er doch manchmal sehr.

So vergingen ein Jahr und ein Tag.

Das Haus, in dem Anni einst mit ihrem Großvater gelebt hatte, war zu einem Geisterhaus geworden. Der Erste Jäger hatte es an dem Tag, als er Anni hinauswarf, verschlossen und seitdem war es verlassen. Und dennoch schworen verschiedene Leute, sie hätten hinter den Fenstern Licht gesehen, in sternenlosen Nächten, um die dunkelste Stunde.

Der Garten, der das Haus umgab, verwilderte. Wenn die Bäume und Sträucher so weiterwuchsen, würde man das Haus bald nicht mehr sehen. Und der Spuk, falls es einer war, würde den Bewohnern des Dorfes verborgen bleiben.

Von den vier Jagdhunden des Großvaters erzählte man sich nichts Gutes. Jeder suchte das Weite, wenn sie auftauchten, und mehr als einmal sollten sie Schafe gerissen, Reisende angefallen oder Tote angefressen haben. Die Abergläubischsten unter den Dorfbewohnern hielten sie für Unglücksbringer und behaupteten, diese Hunde seien halb irdisch, halb jenseitig, und in Wahrheit einem Höllenfürsten entlaufen.

Der Erste Jäger, der diesen Titel nur trug, weil er angeblich einmal die Jäger eines fremden Königs angeführt hatte, kümmerte sich nicht um das Gerede. Man sah ihn seltener denn je und wer ihn doch einmal erspähte, ging ihm nach Möglichkeit aus dem Weg. Was er zum täglichen Leben brauchte, jagte er sich selbst, und was er darüber hinaus benötigte, tauschte er mit dem Gold des Großvaters ein, über das er als Verwalter frei verfügen durfte. Er bezahlte die Kaufleute so großzügig, dass niemand, mit dem er handelte, Fragen stellte, ganz gleich, wie seltsam seine Wünsche waren. Diejenigen, mit denen er Geschäfte machte, waren verschwiegen. Und so machte nur das, was ein paar neugierige Angestellte gehört oder gesehen zu haben glaubten, die Runde.

Oh ja, seltsame Dinge kaufte der Erste Jäger angeblich. Schuhe, die viel zu klein für ihn waren, Naschereien und kleine Schmuckstücke oder Spielzeugschwerter aus Holz. Einmal verlangte er auch nach einem Sarg. Es war ein Sarg, in den höchstens ein fünfjähriges Kind hineingepasst hätte.

Anni wusste nicht, ob sie diesen Geschichten Glauben schenken sollte. Konnte man Dienstboten trauen, die ihre Herren belauschten und deren Geheimnisse ausplauderten? Wer konnte mit Sicherheit sagen, ob die vermeintlichen Geheimnisse keine Lügengeschichten waren?

Sicher – der Großvater hatte Anni vom ersten Tag an eingeschärft, den Jagdhunden nie zu nahe zu kommen. War der Jäger nicht mit ihnen unterwegs, waren sie im Garten in einem Zwinger eingesperrt. Nur des Nachts durften sie ins Haus. Dort schloss sich der Großvater mit ihnen ein und Anni durfte nicht mal im selben Stockwerk sein wie sie.

Einige Male hatte sie sich unbemerkt zum Zwinger geschlichen und die Jagdhunde beobachtet. Sie waren weniger wild und bösartig gewesen, als man es ihr erzählt hatte. Einer ließ sich sogar von ihr streicheln. Er legte seinen Kopf an die Stäbe und ließ es zu, dass sie ihn mit zwei Fingern kraulte.

Doch plötzlich hatte sie der Erste Jäger dabei erwischt. Wütend hatte er sie mit einer Hand am Kragen gepackt und sie hinter sich her zum Hackklotz gezerrt, auf dem er normalerweise das Brennholz spaltete. Er drückte sie mit dem Hals darauf, so als wollte er ihr an Ort und Stelle den Kopf von den Schultern schlagen. Niemals in ihrem ganzen Leben hatte sie so große Angst gehabt.

In der Ferne bellten und jaulten die Hunde und das war es wohl, was den Großvater anlockte. Als er sah, wie der Jäger Anni auf den Hackklotz drückte und mit der anderen Hand nach seiner Axt griff, fuhr er ihn an, von dem Mädchen abzulassen.

Knurrend gehorchte der Jäger. Anni rannte daraufhin fort so schnell sie konnte, und näherte sich dem Zwinger nie wieder. Weder der Erste Jäger noch ihr Großvater verloren jemals ein Wort über den Vorfall und sie wagte es auch nicht, sie darauf anzusprechen.

Zwei Tage, nachdem Anni siebzehn Jahre alt geworden war, traf es sich, dass der König durch das Dorf reiste. Eine gebrochene Achse und ein plötzlich einsetzendes Unwetter zwangen die Reisegesellschaft dazu, für ein paar Stunden im Dorf zu verweilen. Der Bürgermeister lud den König in sein Haus ein und versprach, ihn vortrefflich zu bewirten.

Nun wollte es der Zufall, dass eines der Hausmädchen krank war und das andere vor lauter Aufregung zwei linke Hände hatte. Man hörte es laut klirren, dem folgte ein ärgerliches Geschrei und kurz darauf betrat ein tränenüberströmtes Hausmädchen die Küche, dicht gefolgt von dem Bürgermeister, der sich erzürnt unter dem Küchenpersonal umsah.

»Du da!«, rief er und zeigte auf Anni. »Zieh dir etwas Sauberes an, binde dir eine Schürze um und serviere meinen Gästen den Begrüßungstrank! Schnell, schnell!«

Anni rannte in ihr Zimmer hinauf und zog ihr Sonntagskleid an. Leider waren ihre Schuhe von der letzten Blumensuche am Flussufer schlammverschmiert, daher holte sie die roten Tanzschuhe aus der Ecke.

»Verzeihung«, sagte sie zu der Maus, die darin geschlafen hatte und nun eilig das Weite suchte. »Du bekommst sie bald zurück.«

Sie bürstete die Schuhe ab und hoffte, dass die angenagten Stellen unter ihrem langen Rock nicht zu sehen wären. Dann schlüpfte sie hinein – und schrie auf! Es war, als würden sich glühende Zangen um ihre Füße schließen!

Anni hatte die Schuhe noch nie getragen, vielleicht wegen des Fluchs, vor dem sie der Nachlassrichter gewarnt hatte, oder weil sie unbequem aussahen. Nun brannten sie wie Feuer an Annis Sohlen und sie wollte sie schnell wieder ausziehen, doch es gelang ihr nicht. Die Schuhe, die ihr solche Schmerzen bereiteten, waren wie verwachsen mit ihr.

Sie hatte keine Zeit, sich darum zu sorgen. Der Schmerz ließ ein wenig nach, doch er verschwand nicht, als sie die Treppen hinablief, um sich in der Küche die Schürze umzubinden und das Tablett mit dem Begrüßungstrank in Empfang zu nehmen.

»Was ist mir dir, Anni?«, fragte die Köchin. »Du bist ja ganz blass. Hast du Angst vor dem König?«

»Nein, es sind die Schuhe. Ich glaube, sie sind mir zu klein.«

»Was für feine Ballschuhe das sind!«, staunte die Köchin. »Wo hast du die denn her?«

Anni blickte auf ihre Schuhe hinab, die gar nicht mehr angenagt aussahen. Dunkel glänzten die Perlen, mit denen sie besetzt waren, und der Rest der Schuhe schimmerte blutrot.

»Ein Erbe von meinem Großvater«, erklärte sie und verließ mit dem Tablett die Küche.

Sie biss die Zähne zusammen, als sie das Wohnzimmer betrat, und servierte den Trank wie in Trance. Der König aber konnte seinen Blick kaum von ihr abwenden. Noch bevor sie das Zimmer verließ, wünschte er, dass ihm dieses Mädchen beim Essen aufwarte. Er wolle sein Essen von keinem anderen Mädchen serviert bekommen.

So kam es, dass Anni in den schmerzenden Schuhen zwei Stunden lang zwischen Küche und Speisesaal hin und her lief und dem König, der tausend Fragen an sie richtete und sehr zum Scherzen aufgelegt war, Rede und Antwort stand, obwohl sie die ganze Zeit das Gefühl hatte, sie müsse über glühende Kohlen laufen und mit ihren bloßen Füßen rote Höllenflammen austreten.

»Sie lacht nie!«, beschwerte sich der König fröhlich bei seinem Gastgeber. »Stets ist sie so vornehm blass, bescheiden und still.«

»Das mag an ihrer noblen Herkunft liegen«, antwortete der Bürgermeister. »Sie ist die Enkelin eines reichen Mannes, der einst in einem fernen Land die rechte Hand eines Kaisers gewesen sein soll.«

Hier übertrieb der Bürgermeister gewaltig. Es stimmte, Annis Großvater hatte einmal einem Adeligen gedient, in einem Land, weit fort von hier. In jenen Zeiten hatte er seine Reichtümer angehäuft. Doch mehr als das war nicht bekannt.

»Wenn ihr Großvater so reich ist«, fragte der König, »warum arbeitet sie dann in diesem Haushalt?«

»Er verstarb und hinterließ dem armen Kind rein gar nichts.«

Diese Auskunft rührte den König und er sah seine Dienerin noch einmal mit ganz anderen Augen an.

Endlich wurde gemeldet, dass der Schaden an der Kutsche repariert und das Unwetter weitergezogen sei. Der König bedankte sich beim Bürgermeister für die Gastfreundschaft und machte sich bereit, das Haus zu verlassen. Anni blickte seiner Abreise sehnsüchtig entgegen, denn sie wollte zu gerne in ihr Zimmer rennen und die roten Schuhe ausziehen. Sie wusste zwar nicht, wie ihr das gelingen sollte, aber wenn man sie nur in Ruhe ließe, würde ihr schon etwas einfallen.

Der König war schon an der Tür, da drehte er sich noch einmal um und winkte Anni zu sich her. Sie folgte seinem Wunsch, knickste vor ihm wie etliche Male zuvor und hoffte, er werde sie nicht zu lange aufhalten.

»Mein unglückseliges Kind!«, rief er aus. »Ich bin bald über meine besten Jahre hinaus und sehne mich nach einer treuen Gefährtin. Willst du meine Frau und damit die Königin dieses Landes werden? Du würdest einen einsamen König sehr glücklich machen!«

Der König war ein ansehnlicher Mann und wenn er auch mindestens doppelt so alt war wie Anni, so hatte er doch gütige Augen, war ein fröhlicher Zeitgenosse und regierte das Land weise und gerecht.

Nach der ersten Überraschung beruhigte sich die versammelte Menschenmenge, die den König zur Tür geleitet hatte, und erwartete die Zusage von Annis Lippen. Doch Anni wusste, diese Seltsamkeit, die ihr gerade widerfuhr, hatte ihren Grund in den verfluchten Schuhen, die sie trug. Und wenn sie dem Wunsch des Königs nachgab, so würde sie den Schmerz, der mit dem Tragen dieser Schuhe verbunden war, nie mehr loswerden.

»Eure Bitte ehrt mich zutiefst«, erwiderte sie, »doch ich kann ihr leider nicht nachkommen. Ich bin bereits einem anderen versprochen und kann dieses Versprechen nicht brechen, ohne mir selbst untreu zu werden.«

Der König sah enttäuscht aus, doch er war wohlerzogen genug, um nicht zu protestieren. Er nickte knapp und verließ mit seiner Gesellschaft ohne ein weiteres Wort das Haus des Bürgermeisters.

Kaum war die Tür hinter ihm zugefallen, stürmten Herren und Diener des Haushalts auf Anni zu.

»Wie konntest du nur?«

»Wem bist du versprochen?«

»Bist du wahnsinnig, die Bitte eines Königs abzuschlagen?«

Am zornigsten war der Bürgermeister selbst. Er schämte sich in Grund und Boden dafür, dass eine Angestellte seines Hauses die Unverfrorenheit besessen hatte, dem König Kummer zu machen.

»Du hast mir verschwiegen, dass du verlobt bist«, schimpfte er. »Außerdem hast du meinen Ruf beschädigt. Du packst deine Sachen und gehst. Noch vor dem nächsten Sonntag!«

Anni, die soeben spürte, dass die roten Schuhe ihre Macht über sie verloren hatten, wollte angemessen reagieren, doch sie konnte nicht verhindern, dass ein befreites Lächeln über ihr Gesicht tanzte, und das machte den Bürgermeister noch wütender.

»Was rede ich?«, rief er. »Du gehst sofort! Noch in dieser Stunde.«

Da es nun auch nichts mehr änderte, zog Anni an Ort und Stelle die roten Schuhe aus, nahm sie in ihre Hände und stieg mit bloßen Füßen die Treppenstufen hinauf. In ihrer kleinen Stube legte sie alles, was sie besaß, auf den Teppich und rollte ihn zusammen. Dabei merkte sie, dass das seltsame Ziehen im Arm, das sie seit dem Tod ihres Großvaters verspürt hatte, in Richtung Schulter gewandert war. Es erreichte fast ihre Brust und war daher beschwerlicher als zuvor.

Sie atmete tief durch, nahm es hin und ließ sich von der Haushälterin ihren restlichen Lohn auszahlen. Den Teppich trug sie zum örtlichen Gasthof, in dem sie ein Zimmer bezog. Ihr Lohn würde für sieben Tage reichen. Bis dahin musste sie eine neue Arbeit und eine neue Bleibe gefunden haben.

Nun, da sie heimatlos geworden war, dachte Anni viel an ihre Eltern. Anni konnte sich kaum an sie erinnern, hatte aber die Güte und die Liebe, die sie von ihnen erfahren hatte, in ihrem Herzen bewahrt. Sie waren ebenso wie Annis Großvater reiche Leute gewesen. Doch als sie gestorben waren – Anni wusste nicht, wie und warum –, war sie mitten in der Nacht von einem stummen Diener abgeholt worden und mit diesem durch die halbe Welt gereist.

Nach Monaten des Reisens klopfte der stumme Diener in einer regnerischen Nacht an die Tür des Großvaters und überreichte diesem einen versiegelten Brief. Der alte Mann, der Anni damals nur dunkel bekannt vorgekommen war, las ihn grimmig, zog das Mädchen in sein Haus und schickte den Diener ohne Mahlzeit oder Dank von dannen. Anni hatte ihn nie mehr wiedergesehen.

Nun sehnte sie sich nach einem Menschen, der zu ihr hielt, doch sie fand keinen, die ganzen sieben Tage lang. Zwar war der Fluch der roten Schuhe gebannt, aber der Schaden, den er angerichtet hatte, hielt an. Niemand wollte Anni eine Arbeit geben oder sie gar bei sich wohnen lassen. Das Mädchen musste verrückt sein, wahrscheinlich war sie vom selben bösen Geist besessen wie ihr Großvater und dessen Hunde. Das plötzliche Interesse des Königs war den Leuten ebenso unheimlich wie Annis Weigerung, ihn zu heiraten.

»Wem bist du versprochen?«, fragten sie alle, Freunde wie Fremde.

Anni wollte gerne zugeben, dass es keinen Verlobten gab und sie gelogen hatte, um den König überzeugend abzuweisen. Doch sie brachte das Geständnis nicht über ihre Lippen. Seltsamerweise erschien es ihr frevelhafter, den erfundenen Verlobten zu leugnen, als zuzugeben, dass es keinen gab. Und so wandten sich ihre Freunde von ihr ab und die Fremden verloren die Geduld mit ihr.

Am Abend des siebten Tages musste sie ihr Zimmer räumen.

»Du kannst ja bei deinem Verlobten wohnen«, sagte der Wirt. »Der Teufel hat immer einen Platz frei.«

Sie rollte ihr Hab und Gut abermals in ihren Teppich und verließ den Gasthof. Auf der Straße zog es sie zu dem Haus hin, in dem sie aufgewachsen war, doch auf halbem Wege kehrte sie um. Das lag weder an dem Spuk, der darin wohnen sollte, noch an den Jagdhunden, die einem Höllenfürst entlaufen sein sollten. Beides schreckte sie kaum. Doch sie lebte in Angst vor dem Ersten Jäger, der ihr einmal den Kopf von den Schultern hatte schlagen wollen. Er würde es wieder versuchen, wenn sie sein Verbot missachtete, und diesmal wäre kein Großvater zugegen, der sie rettete.

Da sie nicht wusste, wo sie bleiben sollte, trug Anni ihren Teppich an den Waldrand und breitete ihn im Gras unter den Sternen aus. Die Wärme des Sommers bedeckte sie, als sie sich hinlegte, und die Grillen, die in der Wiese zirpten, musizierten sie in den Schlaf.

Mitten in der Nacht riss sie ein kalter Wind aus ihren Träumen. Das Lied der Grillen war verstummt und die Sterne am Himmel verschwunden. Nebel umgab Anni und sie zitterte vor Kälte. Als sie sich suchend im Nebel umsah, entdeckte sie einen Schatten neben sich auf dem Teppich. Sie wollte von ihm abrücken, doch der Schatten ermahnte sie, es nicht zu tun.

»Wir fliegen«, erklärte er. »Bleib besser sitzen, wo du bist, sonst fällst du noch in die Tiefe und bist verloren.«

»Wir fliegen?«, fragte sie ungläubig.

»Der Teppich fliegt, sobald ihn das Sternenlicht berührt. Hat dir das Großväterchen nicht erklärt, dass du ihn niemals im Freien liegen lassen darfst, weil er sonst davonfliegt?«

»Nein, er hat mir überhaupt nichts erklärt. Wer bist du überhaupt und woher kennst du meinen Großvater?«

»Ich bin der Diener, der dich zu ihm brachte.«

»Aber du warst stumm!«

»Ich bin es noch. Dies hier ist nur meine Traumgestalt, die dich auf dem Flug begleitet. Und im Traum kann ich sprechen. Im Übrigen war der Mann gar nicht dein Großvater.«

»Wie kommst du darauf?«

»Du nanntest ihn in der Sprache deiner Heimat *Großväterchen*, was so viel bedeutet wie *alter Mann*. Er hinderte dich nicht daran und so musst du mit den Jahren zu der Überzeugung gekommen sein, er sei tatsächlich dein Großvater.«

»Aber wer ist er dann gewesen?«

»Ein Mann, dem dein Vater vertraute. Halte die Augen auf, wir sind gleich da!«

Anni sah sich um. Außer Nebel konnte sie nichts erkennen.

»Wohin fliegen wir?«

»An drei bedeutsame Orte deiner Vergangenheit. Ich muss nun eine Warnung aussprechen: Was dir der Teppich zeigt, kann sich als Fluch für dich erweisen. Du hast die Wahl, ob du dir die Orte ansehen oder lieber niemals von ihnen wissen möchtest. Wählst du die Unwissenheit, lenke ich den Teppich zurück an den Waldrand, an dem du eingeschlafen bist.«

»Wenn es wirklich die Wahrheit ist, die mir der Teppich zeigt«, erwiderte Anni, »dann will ich sie sehen. Ob nun ein Fluch damit verbunden ist oder nicht.«

Kaum hatte sie diese Worte gesprochen, löste sich der Schatten des Dieners im Nebel auf und Anni blieb alleine auf dem Teppich zurück.

Bald drang Sonnenlicht durch die Nacht und machte einem hellen, fröhlichen Tag Platz. Eine Gesellschaft aus prachtvoll gekleideten Leuten veranstaltete ein Picknick an einem See. Ein ungefähr zweijähriges Mädchen wurde von einem Jungen herumgetragen, der mit ihm lachte und spielte. Anni wusste, dass sie selbst dieses Mädchen war. Auch der Junge war ihr vertraut.

Annis Vater Nikolaus beobachtete die beiden und sprach daraufhin einen grimmig dreinblickenden Mann an, der abseits der Gesellschaft stand. Es war der Mann, den Anni ihr Leben lang für ihren Großvater gehalten hatte.

»Wie alt ist dein Sohn, Grigori?«

»Vierzehn.«

»Meine Anni mag ihn wohl sehr gern!«, sagte Nikolaus. »Sieh doch, wie sie ihn anlacht.«

»Das wird sich ändern«, erwiderte Grigori.

»Warum?«, fragte Nikolaus. »Warum sollte sich Annis Zuneigung für deinen Jungen jemals ändern?«

»Er ist nicht wie andere Menschen«, sagte Grigori. »Mein Sohn ist der Menschen Feind.«

Der Sommertag verblasste, der Nebel kam zurück und verschluckte das Licht, sodass es rund um Anni dunkel wurde. Der Teppich flog weiter an einen anderen Ort in der Zeit. Als Lichter aufflammten und Anni wieder etwas erkennen konnte, verharrte der Teppich im Inneren eines Hauses. Draußen herrschte kälteste Nacht, doch im Inneren war es stickig heiß, denn unzählige Kerzen brannten und die Luft war dick von Angst und Sorge.

Anni wachte mit ihrer Familie vor einer Tür. Sie war nun vier Jahre alt und ihre drei älteren Schwestern beteten zusammen mit Annis Mutter vor einem Hausaltar. Den Gebeten entnahm Anni, dass sie für ihren Bruder beteten, der schwer erkrankt war. Die Ärzte hatten ihn aufgegeben, doch Grigori Rasputin, dem man nachsagte, dass er Kräfte besaß, die nicht von dieser Welt waren, hatte behauptet, er könne ihm noch helfen.

Im Morgengrauen ging endlich die Tür auf. Annis Vater Nikolaus trat mit Grigori aus dem Schlafzimmer.

»Er ist gerettet«, verkündete er. »Euer kleiner Bruder hat die Nacht überstanden!«

Annis Mutter weinte vor Freude.

»Wie können wir diese Schuld jemals begleichen?«, fragte sie. »Ich schwöre dir, weiser Rasputin, dass wir deinem Sohn unsere Anni zur Frau geben werden, wenn sie alt genug ist, um zu heiraten. Du hast es verdient, ein Teil unserer Familie zu sein.«

Das Gesicht von Grigori Rasputin zeigte keinerlei Regung.

»Dankt mir nicht«, erwiderte er. »Dunkle Zeiten brechen an für Leute wie euch. Ich werde dieses Land bald verlassen. Zahlt mich angemessen aus und ich bin zufrieden.«

Abermals kehrte der Nebel zurück und der Teppich flog weiter in eine Welt, die in Flammen stand. Anni sah das Schloss ihrer Familie brennen und die Männer und Frauen, die das Feuer schürten, brüllten: »Nieder mit der Monarchie!«

Der Teppich schwebte über die Köpfe der Wütenden hinweg, ohne dass sie ihn bemerkten, und flog an den dunkelsten Ort im Garten, wo sich Annis Vater Nikolaus heimlich mit Grigori Rasputin traf.

»Danke, dass du meinem Ruf aus weiter Ferne gefolgt bist!«, rief er und seine Stimme klang verzweifelt. »Jetzt, da du vor mir stehst, wird alles gut werden.«

»Das wird es nicht«, erwiderte Grigori Rasputin. »Ich bin nur hier, um dir Lebewohl zu sagen. Ich werde nie wieder in dieses Land zurückkehren.«

»Ich flehe dich an, hilf mir noch ein einziges Mal!«, beschwor ihn Nikolaus. »Hörst du die mörderischen Schreie des Volkes? Sie werden uns alle töten.«

»Ja, das werden sie. Aber nicht hier und heute.«

»Ich bin bereit zu sterben«, erwiderte Nikolaus, »wenn nur meine Frau und meine Kinder überleben.«

»Für deine Frau kann ich nichts tun. Aber ich kann die Seelen deiner Kinder in dieser Welt festhalten. Das kostet allerdings einen Preis. Jemand muss ihn bezahlen.«

»Wir haben nicht mehr viel«, erwiderte Nikolaus. »Doch was übrig ist, sollst du haben. «

»Ich spreche nicht von Geld. Ich spreche von deiner Tochter Anni. Sie entging der Verhaftung?«

»Sie ist bei einer Tante. Niemand weiß davon.«

»Du erinnerst dich, dass mir deine Frau versprach, sie werde Anni meinem Sohn zur Frau geben? Ich bin kein Adeliger, mich hassen die Leute nicht. Setze einen Vertrag auf, in dem steht, dass deine Tochter meinem Sohn versprochen ist. Das wird Anni vor der Hinrichtung schützen. Wenn die Zeit gekommen ist, werde ich sie bei ihrer Tante abholen lassen.«

»Und was ist mit meinen anderen Kindern?«

»Die werde ich mit einem Fluch belegen, der sie davor bewahrt, diese Welt nach ihrem Tod zu verlassen. Sie werden in der Gestalt von Tieren weiterleben und nachts zwischen Mitternacht und vier Uhr wieder Kinder sein. Ich werde mich ihrer Seelen annehmen.«

»Werden sie für immer Tiere bleiben?«, fragte Nikolaus. »Werden sie glücklich sein?«

»Es wird ihnen gut gehen. Ob sie erlöst werden und eines Tages wieder Menschen sein können, wird in der Hand deiner lebenden Tochter liegen.«

»In Annis Hand?«

»Sie muss den Preis für die Seelen ihrer Geschwister bezahlen. Mit Schmerz, wenn sie Tiere bleiben, oder mit dem Tod, wenn sie wieder zu Menschen werden sollen.«

»Mit Schmerz oder Tod?«, fragte Nikolaus entsetzt. »Gibt es keine andere Möglichkeit?«

»Sie hat die Wahl zwischen dem einen oder dem anderen. Mehr als das kann kein Mensch verlangen. Eine Wahl zu haben, bedeutet, frei zu sein.«

Der Nebel kehrte zurück und diesmal war er so kalt, dass Anni bitterlich fror. Sie hielt es kaum aus, während der Teppich durch die eisige Nacht in die Gegenwart zurückflog. Als die Sonne über dem Wald aufging und der Nebel schwand, schlotterte sie am ganzen Leib.

Der Teppich landete dort, wo Anni ihn am Abend zuvor hingelegt hatte, doch das Gras war nicht mehr grün, sondern von Schnee bedeckt, und die Bäume des Waldes knurrten blattlos im klirrenden Frost. Der Sommer war über Nacht verschwunden und der Winter eingekehrt. Oder hatte die Reise in die Vergangenheit tatsächlich ein halbes Jahr in Anspruch genommen?

Anni zog alle Kleidungsstücke an, die sie besaß, und bald wurde ihr wärmer. Da merkte sie, dass der Schmerz in ihrer linken Schulter abermals gewandert war. Fast hatte er ihr Herz erreicht. Schwer und quälend saß er in ihrer Brust.

Schmerz oder Tod. Das war es, was das Schicksal für Anni bereithielt, denn ihr Vater hatte sie in seiner Verzweiflung an Grigori Rasputin verkauft. Die vier Jagdhunde mussten Annis Geschwister sein, deren Seelen diese Welt nicht verlassen konnten. Und das Licht, das des Nachts im Haus brannte, wurde von ihnen angezündet, wenn sie zwischen Mitternacht und vier Uhr die Gestalt von Menschenkindern annahmen.

Anni erinnerte sich an die Gerüchte um den Ersten Jäger. Dass er Spielzeug und Naschereien kaufte und einmal sogar einen Kindersarg. Er versorgte die verlorenen Seelen, so wie es einst Rasputin getan hatte. Jetzt, da Anni sein hasserfülltes Gesicht mit dem des vierzehnjährigen Jungen verglich, der früher einmal mit ihr gespielt hatte, erkannte sie die Ähnlichkeit. Er, der Erste Jäger, war Grigori Rasputins Sohn!

Was hatte Grigori über seinen Sohn gesagt? *Er ist nicht wie andere Menschen. Er ist der Menschen Feind.*

Anni durchsuchte ihre Sachen nach dem gläsernen Kelch. Er war das dritte und letzte Erbstück, das sie von Grigori Rasputin erhalten hatte. Sie ahnte, dass dieser Kelch ihr Schicksal besiegeln würde. War der Fluch des letzten Erbstücks vollzogen, würde der Schmerz in ihrer Brust ihr Herz erreichen.

Anni wünschte, sie könnte den Glaskelch vergraben, ihre Geschwister im Stich lassen und für immer fortgehen. Doch die Last der Schuld, die sie ihren Geschwistern gegenüber empfände, würde ihr Leben vergiften. Sie könnte kein Glück genießen, das sie mit dem Unglück der vier Seelen erkauft hätte, die auf ihre Hilfe angewiesen waren. Und so ließ sie ihre Sachen am Waldrand zurück und trug nur den Glaskelch bei sich, als sie zu dem Haus des Mannes ging, der nie ihr Großvater gewesen war.

Niemand lauerte ihr auf, als sie das Tor zum verwilderten Garten durchschritt und die alten Wege einschlug, die fast zugewachsen waren.

Ihr Weg führte sie direkt zum Hundezwinger, doch die Hunde waren nicht da und die Tür stand offen. Darum legte sie sich in den Zwinger und schlief, bis es Abend wurde und der Erste Jäger mit den Hunden zurückkehrte. Die Hunde leckten ihr das Gesicht und umsprangen sie freudig. Sie umarmte einen nach dem anderen und wusste jeden beim Namen zu nennen: Olga, Tatjana, Maria und Alexei.

Der Jäger beobachtete das Wiedersehen still und wütend, bis ihm ganz plötzlich der Geduldsfaden riss. Er zerrte Anni von ihren Geschwistern fort, zog sie aus dem Zwinger und verschloss die Tür.

»Warum bist du gekommen?«, fuhr er sie an und schleuderte sie mit aller Macht zu Boden. »Ich habe dich gewarnt! Dein Ungehorsam wird dich dein Leben kosten!«

»Ich darf wählen«, sagte sie und stand langsam wieder auf. »Zwischen Schmerz oder Tod. Ich bin gekommen, um eine Entscheidung zu treffen.«

Fast erwartete sie, er werde sie noch einmal zu Boden stoßen, doch er tat es nicht. Stattdessen starrte er den gläsernen Kelch an, den sie mit ihrem Körper geschützt hatte.

»Ich dachte, den sehe ich nie wieder«, sagte er. »Du hättest ihn nehmen und damit in die Welt hinausziehen sollen.«

»Aber dann wären meine Geschwister für immer Hunde geblieben, nicht wahr? Was muss ich tun, um sie zu erlösen? Ich will es wissen.«

»Komm mit«, sagte er und sie folgte ihm.

Er führte sie in seine Jagdhütte, die am Ende des verwilderten Gartens stand, an der Grenze zum Wald. Der einzige Raum, den es darin gab, war sauber aufgeräumt und ein Feuer machte ihn hell und warm. Fast wäre es ein behaglicher Ort gewesen, hätte Anni nicht die Ketten gesehen, die in die Wand eingelassen waren. Sie schauderte, als sie sie sah.

»Wir haben Zeit bis Mitternacht«, erklärte ihr der Jäger. »Bis dahin musst du dich entschieden haben.«

»Zwischen Schmerz oder Tod?«

»Zwischen diesen beiden Möglichkeiten.«

Er wies sie an, am Tisch Platz zu nehmen. Er selbst blieb am Feuer stehen.

»Deine Geschichte ist meine Geschichte«, sagte er. »Unsere Geschichten sind wüst miteinander verbunden, daher bringen wir einander nur Unglück.«

»Du wolltest mich töten, als ich ein Kind war.«

»Um der heutigen Nacht zuvorzukommen«, erwiderte er. »Da ich dich damals nicht getötet habe, muss ich es heute tun. Heute fällt es mir schwerer.«

Der Schmerz, der durch Annis Brust wanderte, berührte ihr Herz. Fast war es so weit, dass er ihr Herz auffraß. Doch es war nicht nur ihr eigener Schmerz, den sie spürte. Es war auch seiner. So unglaublich es auch war, sie empfand Mitgefühl für ihren Mörder. Sein Leid war ihr Leid und ein solches Leid war schwerer zu ertragen als die glühend heißen Sohlen der roten Schuhe oder die eisige Kälte des Windes, durch die sie der Teppich getragen hatte.

»Ich erzähle dir nun meine Geschichte«, sagte der Erste Jäger, »damit du verstehst, warum deine Geschichte so unglückselig mit meiner verbunden ist.«

Anni nickte und sah ihn aufmerksam an.

»Mein Vater«, begann er, »lernte in seiner Jugend das Heilen und wurde mit den Jahren ein begabter Arzt. Eines Tages wurde er zu einer jungen Frau gerufen, die im Sterben lag. Der Tod stand bereits hinter ihrem Bett, doch mein Vater verliebte sich in sie. Um sie zu retten, verband er sich mit dunklen Mächten, die stärker waren als der Tod. Sie überlebte, ihre Eltern gaben sie meinem Vater zur Frau und obwohl er in den ersten Jahren kaum eine Veränderung spürte, war er seither nie mehr derselbe. So hat er es mir erzählt.«

»Verlangten die dunklen Mächte einen Preis?«

»Sie verlangten die Seele seines ersten Kindes, falls er jemals eines bekäme. Doch mein Vater war ein erfahrener Arzt, der es zu verhindern wusste, dass seine Frau ein Kind empfing. Ein paar Jahre lang ging seine Rechnung auf und er war ein glücklicher Mann, wenn ihn auch nachts schreckliche Ängste plagten. Die dunklen Mächte aber ließen sich nicht übertölpeln und eines Tages erwartete meine Mutter ein Kind, trotz aller Maßnahmen, die mein Vater getroffen hatte. Ab da nahm das Unheil seinen Lauf.«

»Das heißt, deine Seele gehört den dunklen Mächten?«

»So ist es. Meine Mutter starb bei meiner Geburt und mein Vater verlor daraufhin alle Liebe und Güte, die er jemals empfunden hatte. Verbittert sann er nur auf Rache und darauf, mich von meinem Fluch zu erlösen. Er vergaß darüber, mich aufrichtig zu lieben. Nur ganz selten kam sein altes Wesen zum Vorschein. Eigentlich nur dann, wenn er sich der Heilung von Kranken hingab. Wenn er sich selbst vergaß zugunsten derer, die ihn brauchten, dann war er für Augenblicke von seinem Hass befreit. Dann erkannte ich, wer mein Vater in Wirklichkeit war.«

»So gelang es ihm, meinen Bruder Alexei zu heilen.«

»Nicht nur einmal rettete er ihn. Er heilte ihn viele Male, denn Alexei war eigentlich zu schwach zum Leben. Auch jetzt ist seine Seele anfällig. Eines Winters dachte ich, ich würde ihn verlieren. Ich ließ einen Sarg anfertigen, als ich alle Hoffnung aufgegeben hatte. Doch ich wandte weiterhin an, was ich mir von meinem Vater abgesehen hatte, als er noch ein Heiler gewesen war, und so erholte sich Alexei nach Wochen schwerer Krankheit und wurde wieder gesund.«

»Du kannst kein böses, verfluchtes Ungeheuer sein, wenn du Menschen heilen kannst.«

»Und doch bin ich es. Ich gehöre den dunklen Mächten und sie verwandeln mich Nacht für Nacht in einen Alb. Weißt du, was das ist?«

»Er ist derjenige, der Träume in Albträume verwandelt.«

»Er ist ein Wesen, das die Menschen in ihren Träumen heimsucht und sie dort in die Verzweiflung treibt. Ein Wesen, das Angst verbreitet und den Glücklichen die Lust am Leben raubt. Wer von einem Alb in seinen Träumen heimgesucht wird, leidet, ohne zu wissen, warum.«

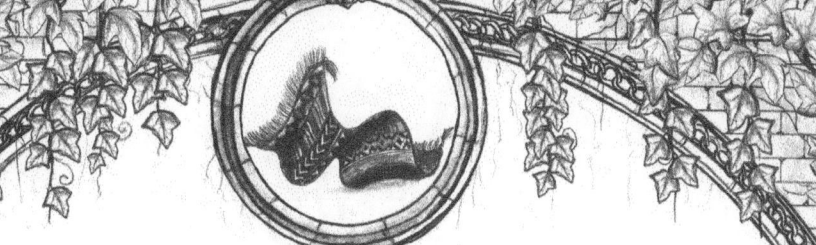

»Und der Alb selbst?«
»Hungert nach den Träumen von glücklichen Menschen. Er will nichts sehnlicher, als sich in ihnen einzunisten und sie kaputt zu machen!«
»Nacht für Nacht?«
»Ausnahmslos. Es begann, als ich erwachsen wurde. Anfangs konnte mich mein Vater leicht bezwingen, indem er Kräuter über mein Bett hängte und mich durch verzauberte Schlösser daran hinderte, mein Zimmer zu verlassen. Doch die Macht wurde immer stärker. Er musste mich von den Menschen fernhalten und mich am Tag Tiere töten lassen, damit der Drang auszubrechen in der Nacht nicht zu stark wurde. Kein Jäger war besser als ich, doch ich musste allein jagen. Die Gesellschaft der Menschen, deren Träume ich vergiften wollte, konnte ich kaum aushalten. Der Drang wurde bald so stark, dass mich mein Vater nachts anketten musste. Nur durch diese Ketten, die du dort siehst, kann ich davon abgehalten werden, in den Träumen der Menschen zu wüten. Mein Vater hat sie mit jedem erdenklichen Zauber gesichert.«

»Wie wollte er dich erlösen?«, fragte Anni. »Gibt es einen Gegenzauber?«

Der Erste Jäger zeigte auf den Glaskelch, der vor Anni auf dem Tisch stand.

»Ja, es gibt einen. Ich muss eine jungfräuliche Königstochter töten und ihr Blut aus diesem Kelch dort trinken!«

Anni starrte erst den Kelch an und dann den Jäger. Sie war eigenartig gefasst. Oder war ihr Denken und Fühlen vor lauter Angst so verlangsamt, dass sie das Grauen mit Seelenfrieden verwechselte?

»Das ist noch nicht alles«, sagte der Jäger. »Die dunklen Mächte verlangen, dass die Königstochter ihr Leben und ihr Blut *freiwillig* hergibt. Nur dann ist der Fluch aufgehoben.«

»Ich verstehe, was das bedeutet«, murmelte Anni. »Dein Vater hat den Fluch mit dem Schicksal meiner Geschwister verknüpft.«

»Er ersann einen todsicheren Weg«, erklärte der Jäger. »Er heilte den kränklichen Sohn des Zaren, um die Gunst der Zarenfamilie zu gewinnen, und richtete sein Augenmerk auf die Zarentochter, von der er annahm, dass sie ihre Geschwister niemals im Stich lassen würde. Als das Volk seine Herrscher angriff und die Zarenfamilie unter Arrest setzte, flehte der Zar meinen Vater um Hilfe an. Mein Vater bot an, vier Kinder zu retten, doch er verlangte das Leben des fünften Kindes als Preis dafür. Dein Vater ging auf den Handel ein und fortan war dein Schicksal an das der vier Seelen gekettet, die in den Jagdhunden wohnen.«

»Wie kann ich sie befreien? Müssen sie auch mein Blut trinken?«
»Nein. Es genügt, wenn du freiwillig dein Leben für sie gibst.«
»Aber blieb mir nicht die Wahl zwischen Schmerz oder Tod?«
»Mein Vater gab dir drei Gegenstände mit auf den Weg und jeder von ihnen hielt diese Wahl für dich bereit.«
»Die roten Schuhe …«
»Sie stellten dich vor die Wahl, den König zu heiraten oder seinen Antrag abzulehnen. Hättest du den König genommen, hättest du dein Leben lang mit Schmerzen leben müssen. Doch da dein Blut nicht mehr jungfräulich gewesen wäre, wäre mein Interesse an deinem Tod erloschen. Du wärst nie wieder an diesen Ort zurückgekehrt, deine Geschwister wären Hunde geblieben, doch du wärst nicht gestorben.«
»Was für eine Wahl.«
»Der zweite Gegenstand war ein fliegender Teppich. Du hattest die Wahl, dir von ihm die Vergangenheit zeigen zu lassen oder die Augen vor der Wahrheit zu verschließen. Hättest du die Augen verschlossen, hättest du die Hunde vergessen und weitergelebt. Doch das Gefühl, vor deinem Schicksal davongelaufen zu sein, hätte dich gemartert. Dein Inneres wäre dir für immer fremd geblieben und das damit verbundene Unglück hätte dir einen Schmerz bereitet, der sich mit dem der roten Schuhe messen lässt.«
»Bleibt nur noch der dritte Gegenstand und eine letzte Wahl.«
»Du kannst deine Geschwister erlösen, indem du freiwillig dein Leben für sie gibst. Du kannst aber auch dein Leben behalten und von hier fortgehen.«

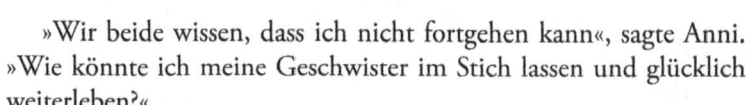

»Wir beide wissen, dass ich nicht fortgehen kann«, sagte Anni. »Wie könnte ich meine Geschwister im Stich lassen und glücklich weiterleben?«

»Um Mitternacht verwandeln sich die Hunde in Kinder«, erklärte der Jäger. »Mit ihren Händen können sie die Tür des Zwingers öffnen. Sie haben auch einen Schlüssel für das Haus. Doch bevor sie das Haus betreten oder im Garten spielen, kommen sie hierher. Sie kommen jede Nacht, um mir zu helfen, diese Ketten um mich zu schließen.«

Er zeigte auf die Ketten an der Wand.

»Gegen drei Uhr nachts, wenn ich mich wieder von einem Alb in einen Menschen verwandle, kommen sie zurück und befreien mich von der Kette. Gegen vier Uhr nachts kehren sie in ihren Zwinger zurück und ich schließe sie darin ein. Sie werden wieder zu Hunden und der neue Tag beginnt.«

»Was bedeutet das für mich und dich?«

»Wenn du nicht willst, dass sie dich sterben sehen, muss ich dich vor Mitternacht töten.«

»Du hättest es damals schon tun sollen, als du mir den Kopf abschlagen wolltest.«

»Es hätte niemanden erlöst, weder mich noch deine Geschwister. In beiden Fällen musst du dein Leben freiwillig hergeben. Deswegen kam mein Vater, um dich zu retten.«

»Warum wolltest du es dann tun?«

»Ich habe dich gehasst. Es war reine Mordlust.«

Anni starrte ihn ungläubig an.

»Deine Geschwister legen mich Nacht für Nacht in Ketten«, sagte er, »doch der Alb wütet in mir. Ein Kind vor meinen Augen herumtanzen zu sehen und zu wissen, dass ich es eines Tages töten und sein Blut trinken werde, hat mich um den Verstand gebracht. Ich wollte dieses Kind nicht mehr um mich haben, egal, was es mich kostet.«

Anni umfasste den Glaskelch, der vor ihr auf dem Tisch stand. Er fühlte sich angenehm kühl an. Sie fasste ihn an, als wäre er ihr

Leben, und ließ ihn schließlich wieder los. Schweren Herzens. Die Entscheidung war getroffen.

»Du hast meine Erlaubnis«, sagte sie. »Wenn es sein muss, dann tu es jetzt.«

Vielleicht hatte sie gehofft, dass er ihr widersprechen würde. Oder wenigstens zögerte. Aber zu ihrem Entsetzen sah sie, wie er ein langes Messer aus seinem Gürtel zog. Das Licht des Feuers spiegelte sich in der Klinge. Es war zu spät. Der Tod holte aus, um ihr Leben zu nehmen.

Anni schloss die Augen und hoffte, dass es schnell gehen würde. Doch statt der tödlichen Verletzung, die sie erwartet hatte, hörte sie ein lautes Klirren. Sie riss die Augen auf und sah, wie die Bruchteile des gläsernen Kelches in alle Richtungen flogen, nachdem ihn der Jäger mit seiner Klinge zerschlagen hatte. Entsetzt starrte sie den Jäger an.

»Was hast du getan?«, rief sie. »Wie willst du mein Blut aus diesem Kelch trinken, wenn er aus tausend Stücken besteht?«

»Gar nicht«, antwortete er. »Ich werde niemals daraus trinken.«

»Was wird dann aus meinen Geschwistern?«

»Der Kelch dient meiner Rettung, nicht der deiner Geschwister. Es reicht, wenn du freiwillig für sie stirbst. Stürz dich meinetwegen vom Dach des Hauses, ertränke dich oder nimm Gift. Meine Schuld soll es nicht sein, wenn du dich umbringst.«

Anni zitterte am ganzen Körper. Zu nah war der Tod gewesen, zu widersprüchlich waren die Gefühle, die in ihrer Brust tobten. Der Schmerz hatte von ihrem Herzen Besitz ergriffen und wollte es zerreißen.

»Ich verstehe nicht, was du mir sagen willst.«

»Jeder verfluchte Gegenstand lässt dir eine Wahl«, sagte der Erste Jäger. »Auch wenn es nur die Wahl zwischen Schmerz oder Tod ist. Ich zwinge dich mit der Zerstörung des Kelchs zu folgender Wahl: Entweder stirbst du und gibst deinen Geschwistern ihr Leben zurück, auch auf die Gefahr hin, dass sie diesen Ort verlassen und mich nicht mehr in Ketten legen werden. Oder du findest dich damit ab, dass sie für immer Hunde bleiben, die nur in der Nacht ihre wahre Gestalt annehmen und niemals erwachsen werden können.«

»Aber du – du wirst weiterhin ein Alb sein, Nacht für Nacht, ganz gleich, was ich tue?«

»So ist es. Der Kelch ist zerschlagen, es gibt kein Zurück.«

»Warum?«

»Weil ich schon lange aufgehört habe, dich zu hassen, Zarentochter Anastasia. Ich habe dich fortgeschickt, um dich zu retten, aber mir hätte klar sein müssen, dass du zurückkommst.«

Anni blickte den Jäger an, der ihr so vertraut war, als hätte sie ihn schon immer gekannt. Sie fürchtete ihn nicht. Der Schmerz, der ihr Herz zerdrückte und gleichzeitig zerriss, war ihr Schicksal. Je länger er in ihr tobte, desto besser fühlte er sich an. Er bestand aus Mitgefühl, Sehnsucht und Hingabe.

»Meine Geschwister müssen erlöst werden.«

»Es ist ihr Leben«, widersprach er. »Frag sie selbst, wenn sie heute Nacht zu Menschen geworden sind, ob sie deinen Tod wollen.«

Anni blickte auf die Scherben, die die Tischplatte übersäten. Sie wollte nicht sterben. Sie wollte lieber leben und den Schmerz wählen. Denn der Schmerz hieß Liebe und sie wollte ihn gerne erleiden.

»Wenn ich weiterlebe …«, begann sie zögernd.

»Ich bin ein wütendes Wesen«, sagte er. »Nicht leicht zu ertragen. Doch deine Eltern glaubten, dass du mich magst. Wenn du also annimmst, dass du es mit mir aushalten kannst, dann frage ich dich, ob du den Vertrag einlösen möchtest, den dein Vater mit meinem Vater geschlossen hat.«

»Weil du denkst, dass es so sein sollte?«

»Weil mein Hass, während du hier gelebt hast, erloschen ist. Die Liebe dagegen wuchs. Diese Liebe ist zu meinem Trost geworden, wie eine Rose in einem Garten voller Dornen. Davon zu träumen, dass sie irgendwo blüht, war mein Glück in der Dunkelheit. Doch der Traum zerbrach heute Nacht, weil du zurückgekommen bist. Fast scheint es, als könnte es außerhalb von meiner Hölle kein Leben für dich geben, darum bitte ich dich nun herein und hoffe, dass du die Wahrheit mit mir ertragen willst.«

Anni schwieg und sah dem Jäger in die Augen. Was sie darin sah, war ihr verständlicher als alles andere auf der Welt. Das unverwüstliche Glühen in seinem Herzen, das der Bosheit zu trotzen versuchte, verwandelte jede noch so tiefe und kalte Nacht in einen Ort voller Wunder. Es war, als würde ein einziger Vogel im einsamsten Wald zu singen beginnen, und die Schönheit seiner Stimme erfüllte jede Leere und verdrängte jeden Zweifel.

Ihr Blick war ein Versprechen, das er erwiderte, in tiefer Versunkenheit. Und als die Uhr Mitternacht schlug, besiegelte er es mit einem Kuss. Schon bald näherte sich das Gelächter von Kindern und eins nach dem anderen kam ins Innere der Hütte geschlüpft, um die verloren geglaubte Schwester zu umarmen: Olga, Tatjana, Maria und der kleine Alexei. Sie waren so fröhlich wie Hunde und genauso treu. Keines von ihnen wollte die Schwester an den Tod verlieren.

Und so kam es, dass sich in dieser Nacht alle Flüche, die Anni und den Jäger verfolgt hatten, in Lasten des Lebens verwandelten, die die Glücklichen bereitwillig trugen.

Denn wir alle tragen unsere Lasten mit uns, vom Tag unserer Geburt bis zu unserem Tod. Tun wir es bereitwillig und mit Liebe, verwandelt sich unser Schmerz in Glück. Doch kämpfen wir darum, die Lasten abzuwerfen, und hadern mit unserem Schicksal, so gleichen sie einem Fluch, der uns umso hartnäckiger verfolgt, desto eigensinniger wir ihm zu entfliehen versuchen.

Die Menschen im Dorf erfuhren nun bald, wem Anni versprochen war. Denn in der längsten Nacht des Jahres, kurz nach Mitternacht, trat sie mit dem Ersten Jäger vor den Traualtar. Die Geschwister standen rechts und links des Paars und warfen Blumen, die sie im Mondschein gepflückt hatten.

Mit jedem Jahr, das der Jäger verheiratet war, wurde er umgänglicher. Er begann, mit den Leuten zu sprechen, und wer es wagte, ihm ins Gesicht zu sehen, erkannte darin das schrecklichste Leid, das durch die tiefste Liebe aufgehoben worden war. Auch die Hunde, ohne die er nie ins Dorf kam, überwanden ihren Stolz und senkten ihre Häupter vor den Kindern, den Armen und den Kranken. Und so verstreute sich aller Aberglaube im Wind.

Weit und breit, da waren sich die Leute einig, gab es kein größeres Glück als bei der überaus merkwürdigen Familie, die im ehemaligen Haus des finsteren Rasputin lebte. Die Schatten, die Anni und ihr Jäger warfen, schienen schwärzer zu sein als andere, doch sie hinterließen zauberkräftige Spuren. Der Garten, das Dorf und der Wald gediehen zu einem wilden, prächtigen Paradies.

Die dunklen Mächte aber zogen von dannen. Gleich dem Mond, der das Licht der Sonne stiehlt, um für uns zu scheinen, wohnen sie in der Nacht und säen an glücklosen Orten den Glanz düsterer Stunden. Ihre Schatten lassen auch das schwächste Licht so groß erscheinen, dass wir den Weg nach Hause finden. Heute und für immer, bis ans Ende unserer Tage.

Sylvia Johanna Sollfrank

Die Flöte im Mondlicht

Sylvia Johanna Sollfrank

Die Verfasserin der nachfolgenden Geschichte, Sylvia Johanna Sollfrank, ist für viele von euch vermutlich eine Unbekannte. Vielleicht habt ihr bereits ihren Namen gegoogelt, ohne auf einen Buchtitel aus ihrer Feder zu stoßen. Sylvia gibt mit *Die Flöte im Mondlicht* jedoch nicht ihr schriftstellerisches Debüt. Unter ihrem Mädchennamen Sylvia Hörner veröffentlichte sie bereits einen Roman. In *Morrigans Vögel* verbindet sie sehr atmosphärisch keltisches Brauchtum, Feensagen und Moderne.

Darüber hinaus ist sie eine talentierte Musikerin. Als Singer/Songwriterin hat sie bereits zahlreiche Titel komponiert, die meisten davon sind dem Filk-Genre zugehörig. Filkmusic ist mit der Folkmusic verwandt, thematisiert aber oft fantastische Themen. Neben völlig eigenständigen Liedern hat Sylvia unter ihrem Künstlernamen Fiacha ein komplettes Liederalbum zu Lynn Flewellings Tamír-Trilogie geschrieben und bekam daraufhin von der amerikanischen Autorin selbst den Titel »official Bard of Skala« verliehen. Einige Lieder könnt ihr auf ihrer Website anhören.

Ob beim Leben, Schreiben oder ihrer Musik: Sowohl mit der Anderswelt als auch mit Irland fühlt sich Sylvia stark verbunden. »Ich bereise Irland seit vielen Jahren, habe das Glück, einen der letzten ausgebildeten Storyteller zu meinen Freunden zu zählen und finde es immer spannend, die Themen und Symbole von Märchen zu übersetzen«, sagt sie. Folgerichtig hat sie als Grundlage für ihre Adaption auch ein irisches Märchen gewählt. Mich freut das doppelt, denn *The Girl who danced with fairies – Das Mädchen, das mit den Feen tanzte –* ist eine relativ unbekannte Geschichte und hat es verdient, wiederentdeckt zu werden. Sylvia drückt ihr ihren eigenen, bittersüßen Stempel auf.

www.sheegui.com

Die Flöte im Mondlicht

Abigails Tagebuch, 14. Februar

Heute haben wir Anna beerdigt. Es hat geregnet, wie fast jeden Tag in den letzten Wochen. Niemand sprach und das schmatzende Geräusch der Schritte klang trostlos. Der Weg über den Friedhof war matschig und der Saum meines schwarzen Kleides war bereits nach wenigen Schritten durchnässt und schmutzig. Es war ein seltsames Gefühl, dass die Frau, die seit meiner Kindheit dafür gesorgt hat, dass meine Kleider hübsch und sauber waren, die gleiche Person ist, die in der gezimmerten Kiste lag, welche die vier Männer an der Spitze des Zuges trugen. Kathys Hand in meiner war kalt und starr. Ich spürte Papas Blick in meinem Rücken und war mir bewusst, dass er es nicht billigte, wie seine Tochter das Kind der verstorbenen Magd vor aller Augen an der Hand hielt. Darauf konnte ich keine Rücksicht nehmen. Ich hatte das Gefühl, dass meine Freundin ohne mich einfach stehen geblieben, oder schlimmer noch, zusammengebrochen wäre – und wer hätte es ihr verdenken können? Anna, die meine Amme und danach unsere treue Magd gewesen ist, war ihre Mutter und jetzt ist sie tot. Zuerst ist der Husten gekommen, dann das Fieber und dann, eines Nachts, ist sie einfach erloschen wie eine Kerze. Ich bin froh, dass keine neue Magd kommen wird, um von nun an mit Kathy die Kammer zu teilen. Papa hätte gerne eine gehabt, aber Mama denkt, ich sei zu erwachsen für eine Kinderfrau und Kathy sei längst alt genug, um den Haushalt an Annas statt zu führen. Damit sei immerhin beiden Seiten geholfen. Wir hätten weiterhin eine Magd, der wir vertrauen könnten, und Kathy hätte ein Dach über dem Kopf und brauche sich keine Sorgen um ihr Auskommen zu machen. Ich habe meine Freundin nie als »Magd« oder »Dienstmädchen« gesehen. Nun wird sie wohl beides sein und ich bin froh um die gestohlenen Stunden unserer Kindheit, in denen wir uns so nah sein konnten. Ich bin froh, dass ich Kathy das Lesen beigebracht habe, und ich werde ihr weiterhin heimlich Bücher zustecken, die sie dann, wenn ihr Tagwerk beendet ist, in der Kammer unterm Dach verschlingen kann. Nach der Beerdigung habe ich ihr geholfen, den Tisch zur Teestunde zu decken. Sie war ganz still und wirkte so zerbrechlich, dass ich mich fragte, ob sie es überhaupt schaffen würde, das Tablett zu tragen. Papa nahm mich später zur Seite und sagte ernst, ab Morgen müsse das aber ein Ende haben. Es sei keinem damit geholfen, wenn Kathy ihren Platz nicht kenne – auch der jungen Magd nicht. Wie solle sie denn damit umgehen können, dass sie in einem Moment meine beste Freundin sei und im nächsten Augenblick meinen Nachttopf zu leeren habe. Vielleicht hat er recht.

Kathleen

Die Flöte spielt jetzt die ganze Zeit und es kommt mir vor, als mische sich auch der Klang einer Geige in die Melodie, die mir so vertraut geworden ist. Heute klingt sie anders als sonst. Nicht traurig, sondern tröstlich. Ich spüre, dass meine Tränen langsam versiegen. Ich liege mit dem Gesicht zur Wand. Ich halte es nicht aus, Mutters leeres Bett anzublicken. Es macht mir in jeder Sekunde bewusst, dass sie fort ist. Ich muss endlich einschlafen. Morgen früh, wenn der Hahn kräht, werde ich aufstehen und das Feuer im Herd entfachen. Ich werde backen und den Herrschaften das Frühstück bereiten, bevor ich zum Markt gehe, um für die nächsten Tage einzukaufen. Und so wird es weitergehen, eine Arbeit nach der anderen, bis die Herrschaften zu Bett gegangen sind und ich die Kissen in der Stube wieder aufgeschüttelt habe. Ich kenne alle meine Aufgaben, habe ich doch mein Leben lang Mutter dabei beobachtet und unterstützt, sie auszuführen. Nun sind es meine Pflichten. Es sind meine Herrschaften, denen ich diene, und Abby wird fortan »Miss Abigail« sein. Daran hat ihr Vater keinen Zweifel gelassen. Sonderbar, wie sehr sich alles mit einem Wimpernschlag ändern kann. Vielleicht irre ich mich aber auch und es hat sich gar nichts verändert. Vielleicht ist nur der Zeitpunkt gekommen, an dem ich aufwachen und die »echte Welt«

begreifen muss. Im Moment ist mir das gleichgültig. Jetzt, in diesem Augenblick, ist nur die Melodie wichtig, die sich eindringlich in meine Gedanken stiehlt und mir zuflüstert, dass alles gut sein wird, wenn ich nur lausche. Ja, das tue ich ... und dann gleite ich über in den Schlaf.

Ich weiß nicht mehr genau, wann ich das Flötenspiel zum ersten Mal gehört habe. Ich glaube, es war kurz nachdem Abby angefangen hatte, zur Schule zu gehen. Ich erinnere mich, dass ich an der Haustür stand, um ihr traurig hinterherzublicken, und plötzlich war da diese Melodie. Sie klang süß und lieblich und voller Sehnsucht. Ich sah mich um und war überrascht, dass niemand außer mir sie zu bemerken schien. Ich konnte es kaum erwarten, dass Abby aus der Schule zurückkommen würde, damit ich ihr von meinem Erlebnis berichten konnte. Am Nachmittag lauerte ich ungeduldig darauf, dass Abby die Erzählungen beenden würde, die normalerweise ein Höhepunkt meines Tages bildeten. Die Schule, die Stadt, die Lehrerin in ihren hübschen Kleidern ... Das alles waren ja Dinge, die es in meinem Leben nicht gab! Für mich gab es die Küche, die Wäsche, manchmal den Stall und an zwei Tagen der Woche den Markt, auf den ich mich an den übrigen Tagen freute. Und jetzt, jetzt war da diese Melodie, die offenbar nur ich gehört hatte, ganz so, als habe der Flötenspieler nur für mich gespielt. Meine Worte überschlugen sich. Meine Wangen glühten, als ich erzählte. Ich war so aufgeregt, dass mir gar nicht auffiel, wie Abby ihre Lippen zusammenkniff und die Arme abweisend vor der Brust verschränkte. Die Stille, die meiner Erzählung folgte, war fast greifbar und wirkte angespannt. Verständnislos blickte ich meine Freundin an.

»Was ist?«, sagte ich. »Ist das nicht aufregend?«

Abby schüttelte den Kopf und wandte sich ab, um zu gehen, doch ich hielt sie an der Schulter fest. Ich begriff nicht, was da gerade geschah. Da passierte ein einziges Mal etwas Besonderes in meinem Leben, und meine einzige Freundin wollte es nicht mit mir teilen!

»Ich bin enttäuscht«, sagte sie leise und schüttelte meine Hand ab. »Ich verstehe, dass es nicht einfach für dich ist, dass ich jetzt den ganzen

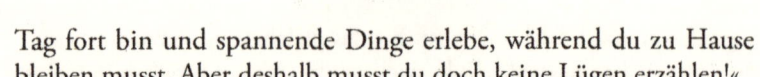

Tag fort bin und spannende Dinge erlebe, während du zu Hause bleiben musst. Aber deshalb musst du doch keine Lügen erzählen!«

Dann ging sie in ihr Zimmer und ließ mich verdattert stehen. Das war das erste Mal, dass mir bewusst wurde, wie unterschiedlich unsere Leben fortan sein würden und dass die Zeit, in der wir beinahe wie Schwestern waren, unwiederbringlich vorbei war.

»So ist das eben«, sagte meine Mutter damals und nahm mich in die Arme. »Es ist richtig, dass Abby zur Schule geschickt wird. Und es ist richtig, dass du jetzt lernst, wo dein Platz in der Welt ist.«

Mein Platz in der Welt ... Es ist nicht, als habe ich vorher nicht gewusst, dass ich nur die Tochter einer Magd bin. Es war normal für mich, die kleine Kammer mit meiner Mutter zu teilen. Ich war daran gewöhnt, früh aufzustehen und meine Aufgaben zu erledigen. Allerdings hatte Abbys Mutter mich immer gut behandelt. Zwar nicht, als sei ich ihre Tochter, aber wie einen gern gesehenen Gast in der Wohnstube. Sie hatte mir erlaubt, Abbys Kleider anzuprobieren, und sich gefreut, wie hübsch »ihre kleinen Engel« aussahen, wenn Abby und ich Seite an Seite vor dem großen Spiegel in der Halle posierten. Einmal hatte eine Frau, die zu Gast war, sogar gesagt, dass Lavinias Töchter sicher die hübschesten Mädchen in der ganzen Stadt seien, ganz so, als sei ich wirklich Abbys Schwester, und Abbys Mutter hatte nicht widersprochen. Ich war so stolz darauf gewesen, wie sich das Licht in meinen frisch frisierten Locken brach und wie die Seide des grünen Kleides schimmerte. Ich hatte nicht verstanden, warum meine Mutter sich an diesem goldenen Nachmittag nicht mit mir freuen wollte, sondern traurig und nachdenklich aussah. Ich war sogar wütend geworden, als sie auf meine Nachfrage scheinbar mitleidig mein Haar gestreichelt und gesagt hatte, sie hoffe sehr, ich werde nicht zu enttäuscht sein, wenn die Dame des Hauses wieder einmal genug von ihrem Spielzeug habe. Vielleicht war ich auch deshalb aufgebracht, weil etwas in mir wusste,

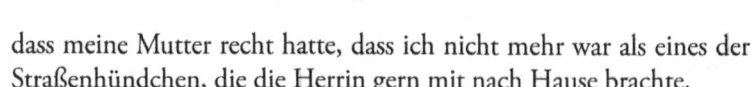

dass meine Mutter recht hatte, dass ich nicht mehr war als eines der Straßenhündchen, die die Herrin gern mit nach Hause brachte.

»Meine Liebste hat ein zu großes Herz«, pflegte Abbys Vater zu sagen und er duldete mit müdem Lächeln, wenn seine wunderschöne Frau die Kissen vor dem Kamin dazu verwendete, ihren Schützlingen ein gemütliches Lager zu schaffen. Ebenso nachsichtig beobachtete er in der Regel, dass die Dame des Hauses sehr schnell das Interesse an den kleinen Wesen verlor. Er veranlasste schweigend, dass die Kissen ersetzt wurden, und wies meine Mutter oder den Knecht an, sich darum zu kümmern, dass der gestern noch geliebte Spielgefährte seiner Frau wieder dorthin zurückgebracht wurde, wo er hergekommen war. Ich war sehr traurig, als ich das zum ersten Mal miterlebte.

»Warum?«, erwiderte Abby, als ich sie darauf ansprach, ob es ihr denn nicht leidtäte für die Tierchen, die nur für kurze Zeit dem Elend entkommen waren. »Es ist doch besser, eine kurze Zeit glücklich gewesen zu sein, als sein ganzes Leben lang nur Hunger zu kennen.«

Ich war mir nicht sicher, ob ich das genauso sehen konnte. Ist es nicht richtiger, seinen Frieden mit dem eigenen Schicksal machen zu können, anstatt zu hoffen, man sei entkommen, nur um dann zurückgeschickt zu werden in das eigene Unglück. Ich sagte das Abby nicht. Es waren ja nicht ihre Worte, die sie da gesprochen hatte. Es waren vermutlich die ihres Vaters gewesen, die sie nur wiederholt hatte.

»So ist das eben«, hatte meine Mutter damals gesagt und mit den Schultern gezuckt. »Wir können uns nicht beklagen. Es sind gute Herrschaften.«

Ich wusste, dass sie recht hatte. Die anderen Mägde, denen wir auf dem Markt begegneten, klagten häufig über karges Essen, harte Worte oder gar Nachstellungen ihrer Herren. Zu uns war man freundlich. Wir mussten keinen Hunger leiden und allein die Vorstellung, Abbys Vater könne einer von uns zu nahe treten, erschien mir lächerlich. Er lebte ohnehin in einer eigenen Welt aus Büchern, Treffen mit

Geschäftsfreunden und der Freude, beim nach Hause kommen von der schönsten Frau der Stadt begrüßt zu werden. Das war Abbys Mutter für mich: die schönste Frau der Stadt, wenn nicht sogar der Welt. Ich bewunderte alles an ihr: ihre sanfte Stimme, ihren weichen, wiegenden Gang, die eleganten Bewegungen ihrer zarten Hände. Heimlich wünschte ich mir manchmal, sie wäre auch meine Mutter anstelle der Frau, die jeden Abend mit mir in der kleinen Kammer zu Bett ging, völlig erschöpft, mit rauen, schwieligen Händen. Meine Mutter duftete nicht nach Blumen. Sie roch nach Küche, nach Schweiß und Arbeit. Nie wieder werde ich diesen Geruch erleben dürfen und jetzt, wo er mit meiner Mutter zu Grabe getragen worden ist, fehlt er mir.

Abigails Tagebuch, 7. März

Ich habe lange nicht geschrieben. Es ist viel passiert in der Zwischenzeit. Manchmal habe ich das Gefühl, kaum zu Atem zu kommen. Das Wichtigste jedoch zuerst: Ich habe mich verliebt! Fast mein ganzes Leben lang habe ich Abraham gekannt. Er war nie mehr für mich als der Sohn von Mamas Freundin, der mich auslachte, weil ich mit Puppen spielte. Nie ist mir aufgefallen, wie blau seine Augen sind und wie breit seine Schultern. Seine Stimme, die noch vor einem Jahr immerzu brach, klingt jetzt tief und sanft. Ich kann es kaum erwarten, ihn wiederzusehen. Er verhält sich mir gegenüber betont förmlich und korrekt, aber manchmal habe ich das Gefühl, dass er mich aus dem Augenwinkel beobachtet. Vor ein paar Tagen sind wir uns in der Stadt begegnet, wo ich mit Kathy Einkäufe machte. Es war das erste Mal, dass bei einem Treffen zwischen uns weder meine Eltern noch die seinen anwesend waren und als ich ihn in der Menge entdeckte, befürchtete ich, er werde so tun, als erkenne er mich nicht. Ich hatte Sorge, es könne Abraham peinlich sein, von seinen Freunden mit mir gesehen zu werden. Mein Herz schlug bis zum Hals, als er lächelnd auf uns zukam.

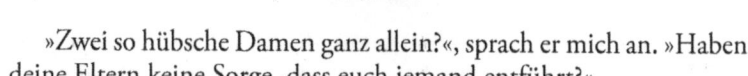

»Zwei so hübsche Damen ganz allein?«, sprach er mich an. »Haben deine Eltern keine Sorge, dass euch jemand entführt?«

Ich bin sicher, ich errötete und mein Lachen war viel zu laut. Kathy war hinter mich getreten und blickte zu Boden.

»Das ist doch viel zu schwer für dich!«, sagte Abraham galant und versuchte, den Korb mit unseren Einkäufen, den Kathy trug, zu ergreifen. Diese jedoch schüttelte heftig den Kopf und ging einen weiteren Schritt zurück. Sie hielt den Henkel des Einkaufskorbes so fest, dass ihre Knöchel weiß hervortraten.

»Was ist los?«, fuhr ich sie an. »Das ist sehr unhöflich! Der junge Herr möchte dir doch nur helfen!«

Erneut schüttelte sie den Kopf: »Das schickt sich nicht, Miss Abigail. Ich glaube, es ist richtig, wenn ich den Korb nach Hause trage. Das ist Aufgabe der Magd!«

Abraham lachte schallend. Dann trat er blitzschnell auf Kathy zu und kniff sie in die Wange. »Sehr gut«, sagte er, noch immer lachend. »Nicht nur hübsch, sondern auch noch eifrig! So lasse ich mir eine Dienstmagd gefallen!«

Dann verabschiedete er sich mit einer eleganten Verbeugung, kniff Kathy nochmals in die Wange und verschwand in der Menge. Kathy sprach den ganzen Weg nach Hause kein Wort. Ich auch nicht. Ich war wütend auf sie, weil sie durch ihr dummes Verhalten ein weiteres Gespräch mit Abraham zunichte gemacht hatte. Außerdem quält es mich, dass sie abends nicht mehr in mein Zimmer kommt. Ich brenne darauf, ihr von meinen Gefühlen zu erzählen. Ich weiß gar nicht wohin mit all den Schmetterlingen, dem plötzlichen Lachen, das manchmal in mir aufsteigt, wenn ich an Abraham denke, und dem Wunsch, aus heiterem Himmel zu tanzen zu beginnen. Mit wem soll ich darüber reden, wenn nicht mit ihr? Sie weicht mir aus. Sie sagt, sie sei am Abend zu müde, dabei weiß ich, dass sie nachts aus dem Haus schleicht. Mehr als einmal habe ich ihr Bett leer vorgefunden. Es versetzt mir einen Stich, dass sie mir nicht anvertraut, wohin sie geht, und eine kleine, eifersüchtige Stimme in mir raunt, dass Kathy

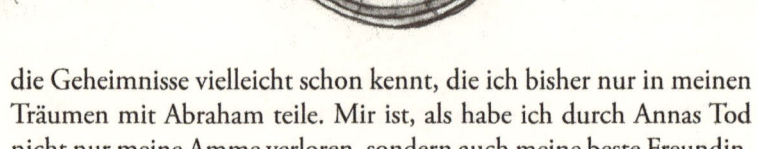

die Geheimnisse vielleicht schon kennt, die ich bisher nur in meinen Träumen mit Abraham teile. Mir ist, als habe ich durch Annas Tod nicht nur meine Amme verloren, sondern auch meine beste Freundin.

Kathleen

Ich vermisse Mutter unglaublich. Die Einsamkeit, die ich erleben muss, hätte ich mir nicht vorstellen können. Sie ist wie ein schwerer Felsblock, der auf meiner Brust liegt und nach und nach die Luft aus meinen Lungen presst.

Vor zwei Wochen habe ich zum ersten Mal geblutet. Ich war nicht überrascht. Mutter hatte mir schon lange erzählt, dass der Zeitpunkt kommen würde, ab dem ich einmal im Monat dafür bluten würde, eine Frau sein zu dürfen. Wenn ich es mir aussuchen könnte, würde ich darauf gerne verzichten. Ich mag die Blicke nicht, die ich auf mir zu spüren glaube, seit meine Brüste begonnen haben, sich unter meinen Kleidern abzuzeichnen. Ich schnüre mein Mieder so eng ich kann, aber ich befürchte, dass das nicht sehr viel hilft. Ich weiß nicht, wie ich mich verhalten soll und es gibt niemanden, der mir raten kann. Früher hätte ich mit Abby gesprochen, glaube ich. Heute scheinen wir in völlig verschiedenen Welten zu leben. Während ich alles tue, um vor der Welt zu verbergen, dass ich zur Frau heranreife, scheint Abby es nicht erwarten zu können. Ich habe beobachtet, wie sie sich vor dem Spiegel hin und her wendet, wie sie tief einatmet, um ihren Bauch noch flacher, ihre kleinen Brüste etwas größer erscheinen zu lassen. Ich gebe mir große Mühe, ihr die Sorglosigkeit nicht zu neiden, mit der sie erwachsen werden darf. Ich möchte mich für sie freuen, dass sie geschützt ist durch ihren Rang in der Gesellschaft und die Fürsorge ihrer Eltern. Niemals würde ein junger Mann wie Mister Abraham es wagen, in unbeobachteten Augenblicken zu versuchen, seine schwitzende, gierige Hand unter Abbys Rock zu schieben. Niemals würde sie hören müssen, wie seine sonst so sanfte Stimme klingt, wenn sie ihr ins Ohr zischt, dass sie besser den Mund halten soll, weil ihr ohnehin niemand glauben wird. Nein, niemand wird mir glauben. Ganz sicher nicht Abby, die an Mister Abrahams Lippen hängt, wann immer er im Haus weilt, und die zu glauben scheint, dass er ein ganz wunderbarer Mensch ist. Ich würde verzweifeln. Ich glaube, ich würde nicht mehr leben wollen, wenn es nicht meinen Flötenspieler gäbe.

Nach Mutters Tod, gerade in den ersten Nächten, war ich vom Weinen und der harten Arbeit manchmal so erschöpft, dass ich das Gefühl hatte, zu müde zu sein, um einschlafen zu können. So lag ich wach und lauschte der Musik, die von weit entfernt an mein Ohr drang. Irgendwann hielt ich es nicht mehr länger aus. Ich stand auf, zog mich hastig an und verließ das Haus auf Zehenspitzen. Es war das erste Mal, dass ich nachts alleine draußen war. Das schickt sich nicht für eine junge Frau, schon gar nicht für eine unverheiratete Magd. Die Straße lag still. Die Lichter in den umliegenden Häusern waren längst erloschen. Das geschäftige Treiben, das tagsüber in der kleinen Stadt herrschte, war verstummt, und der Klang der Flöte war das einzige Geräusch, das zu hören war. Wie so oft zuvor fragte ich mich, wie es sein konnte, dass nur ich diese Flöte hörte. Wie konnten die anderen Menschen einfach schlafen? Ich folgte der Musik aus der Stadt hinaus, über die Wiesen, bis zum Waldrand. Mehrmals erschreckte ich mich vor Schatten, die sich urplötzlich zu bewegen schienen. Einmal hatte ich sogar das Gefühl, jemand greife nach mir. Doch als ich mich umblickte, war es nur ein Weißdornbusch, dessen Zweige sich in meinem Tuch verfangen hatten. Als meine Füße schon zu schmerzen begannen, erreichte ich den Fuß der Hügel, die unsere Stadt von allen Seiten umgeben. Der Weg wurde hier schlechter. Die Sohlen meiner Schuhe sind über die Jahre durchgetreten und dünn geworden, sodass die scharfen Steine, denen ich in der Dunkelheit nicht ausweichen konnte, mir Schmerzen bereiteten. Noch immer hörte ich die Flöte, aber ich war mir nicht sicher, ob ich ihr überhaupt näher kam. Kurz bevor ich beschließen konnte, aufzugeben und umzukehren, sah ich ihn. Er saß auf einem Felsblock. Das Licht des Mondes, das durch die Wolken brach, verlieh ihm ein unwirkliches Leuchten. Das Haar, das sein ebenmäßiges Gesicht umspielte, schien fast weiß zu sein. Seine Augen waren geschlossen und die Lippen, mit denen er zärtlich die Flöte liebkoste, wirkten weich und warm. Als ich da stand, verborgen im Schatten einer alten Eiche, wünschte ich mir nichts sehnlicher, als seine Augen zu sehen. Ich wollte ihre Farbe kennen. Ich wollte, dass er die Flöte weglegte und zu mir sprach, wollte seine Stimme hören. Ich wünschte mir zu wissen, wie sein Lachen klang, und zugleich hoffte ich, dass das Flötenspiel niemals verstummen würde. Es war doch das Einzige, was mich in meinen einsamen Nächten tröstete. Als ich gerade all meinen Mut zusammennehmen und ins Mondlicht hinaustreten wollte, um mich bemerkbar zu machen, schüttelte mich jemand unsanft an der Schulter.

»Kathy!«, hörte ich Abbys Stimme. »Du musst aufstehen! Meine Eltern sind bereits wach und alles andere als glücklich darüber, dass das ganze Haus kalt ist. Hast du denn den Hahn nicht krähen gehört?«

Eilig sprang ich auf. Nein, ich hatte den Hahn nicht gehört. Ich wollte ihn auch nicht hören. Ich wollte auch Abby nicht hören und es interessierte mich nicht, ob ihre Eltern verärgert waren. Ich wünsche mir nichts sehnlicher, als meine Augen wieder zu schließen und zu ihm zurückzukehren, der mich im letzten Augenblick meines Traumes, bevor Abby und der Morgen mich von ihm weggerissen hatten, mit seinem goldenen Blick festgehalten hatte.

Abigails Tagebuch, 3. April

Ich mache mir Sorgen um Kathy. In der letzten Woche hat sie dreimal verschlafen und ich weiß nicht, wie lange ich sie noch decken kann. Ehrlich gesagt möchte ich sie auch nicht länger beschützen. Ja, ich weiß, ihre Mutter ist gestorben. Ja, ich weiß, es ist schwierig für sie, die ganze Hausarbeit alleine zu erledigen. Aber jede andere Magd in der Stadt schafft das auch und es ist ja nicht so, als sei meine Familie besonders schmutzig oder als gäbe es in unserem Haus mehr Arbeit als anderswo. Vielleicht sollte sie sich besser um ihre Pflichten kümmern als darum, sich heimlich auf dem Haus zu schleichen, um Gott weiß was zu tun. Sie hat es gut bei uns. Sie könnte ruhig etwas dankbarer sein, dafür, dass meine Eltern sie nach Annas Tod nicht weggeschickt haben. Es ist ja nicht so, als gäbe es keine anderen Mägde. Solche mit mehr Erfahrung. Frauen, bei denen man sich keine Sorgen machen müsste, dass ihr kokett eng geschnürtes Mieder beim nächsten Atemzug einfach platzen würde.

Ja, ich weiß, ich bin ungerecht. Kathy kann nichts dafür, dass ich noch immer den Körper eines kleinen Mädchens habe. Trotzdem macht es mich wütend, dass sie mich auch tatsächlich für ein kleines Mädchen zu halten scheint, obwohl ich kaum ein Jahr jünger bin als sie. Gestern habe ich wirklich versucht, mit ihr über meine Gefühle für Abraham zu reden. Ich bin zu ihr in ihre Kammer gegangen, kurz nachdem sie sich zurückgezogen hatte. Ich konnte kaum ansetzen, als sie bereits nach Ausflüchten suchte, um mich so schnell wie möglich wieder loszuwerden. Sie sei müde. Es schicke sich nicht für die junge Herrin, sich in der Kammer der Magd aufzuhalten. Es werde bestimmt Ärger geben, wenn meine Eltern mich hier überraschen würden.

Irgendwann konnte ich die Tränen nicht mehr zurückhalten. »Ich brauche dich, Kathy!«, schluchzte ich. »Mit wem soll ich denn sprechen, wenn nicht mit dir?«

Wortlos nahm sie mich in die Arme und streichelte tröstend meinen Rücken.

»Alles wird gut!«, flüsterte sie.

Ich zog hörbar die Nase hoch und wir beide lachten, weil wir daran denken mussten, wie meine schöne, elegante Mutter über ein derartiges Verhalten die Nase rümpfen würde. Für einen Moment dachte ich, alles würde wieder in Ordnung kommen. Vielleicht war es ja wirklich möglich, die Herrin und die beste Freundin in einer Person zu sein. Vielleicht konnte ich eine Magd zur Schwester haben. Nachdem ich meine Tränen weggewischt, mich mehrfach geschnäuzt und mir das Haar aus der Stirn gestrichen hatte, wollte ich erneut dazu ansetzen, von meinen Gefühlen gegenüber Abraham zu erzählen, doch die bloße Erwähnung seines Namens schien auszureichen, um die soeben erlangte Vertrautheit zwischen mir und meiner Kindheitsfreundin zu Staub zerfallen zu lassen.

»Wenn du einen Rat willst«, sagte Kathy nur, »dann halt dich von ihm fern. Es gibt andere Jungen, andere Männer, und glaub mir, einen wie Abraham willst du nicht.«

Wütend sprang ich auf und verließ wortlos das Zimmer. Es war mir gleich, ob meine Eltern das Türenknallen hören konnten. Sollten sie doch denken, es sei Kathy gewesen. Zorn und Enttäuschung tobten in mir in einem Maße, das mich selbst erschreckte. Wie konnte Kathy so über Abraham sprechen? Sie kannte ihn doch gar nicht! Ich tat, als höre ich nicht, was sie mir hinterherrief: «Er ist kein guter Mensch! Ich weiß es genau. Ich weiß es, weil er mir nachstellt. Schon seit Wochen!«

Wie kann sie so etwas behaupten? Wer soll denn bitte schön glauben, dass einer der wohlhabendsten jungen Männer der Stadt es nötig hat, einer Magd nachzustellen? Ich hasse es, wenn sie lügt. Ich habe es schon immer gehasst, wenn sie Geschichten erfunden hat; weil ihr eigenes Leben nicht aufregend genug ist. Flötenspiele, die nur sie hören kann. Abraham, mein Abraham, der einer Magd den Hof macht. Was wird wohl das Nächste sein, was ihr einfällt? Eins ist sicher: Ich werde es mir nicht anhören.

Kathleen

Die Tage sind zu lang. Die Stunden erscheinen mir unendlich und ich bin so müde. Manchmal fühle ich mich wie eine Schlafwandlerin. Es kommt mir vor, als beobachte ich von außen, wie mein Körper durch das Haus wandelt. Ich sehe, wie ich die Wäsche wasche, das

Essen zubereite, das Feuer schüre. Ich höre meine Stimme, wenn ich über einen Scherz lache, den eine der anderen Mägde auf dem Markt macht, aber ich spüre das Lachen nicht. Es ist nur auf meinem Gesicht. Es erreicht mein Herz nicht. Auch Abbys abweisendes Verhalten, mit dem sie mir seit unserem Gespräch vor ein paar Tagen begegnet, erreicht mein Herz nicht. Ich habe versucht, sie wachzurütteln. Wenn sie nicht wissen möchte, wem ihre dumme Kleinmädchenschwärmerei gilt – denn mehr kann es nicht sein, was sie für Mister Abraham empfindet –, kann ich ihr nicht helfen. Warum sollte ich ihr auch helfen? Mir hilft auch keiner. Es ist ein komisches Gefühl, über Stunden mit niemandem zu sprechen. Manchmal erschrecke ich mich regelrecht, wenn jemand das Wort an mich richtet, wie gestern Abbys Vater.

»Du musst dich ein wenig zusammenreißen, Kathleen«, hat er gesagt. »Wir haben dich alle gern. Aber wir können es uns nicht leisten, eine Magd zu haben, die ihre Arbeit nicht verrichtet.«

Ich finde, er übertreibt. Es ist gar nicht so, als erfülle ich meine Pflichten nicht. Ja, manchmal fällt es mir morgens schwer, aufzustehen. Und vor ein paar Tagen war ich so müde, dass ich vergessen habe, vor dem Schlafengehen die Stube zu fegen. Wenn ich ehrlich bin, war die Müdigkeit nicht der einzige Grund, aus dem ich beschlossen habe, dass das bisschen Staub auch bis zum nächsten Tag liegen bleiben kann. Ich konnte es nicht erwarten, zu Bett zu gehen. Fast schon zähle ich die Sekunden bis zum Sonnenuntergang. Und wenn ich könnte, wie ich wollte, würde ich den Herrschaften nur zu gern sagen, dass ihre Gespräche, die sie abends vor dem Kamin führen, belanglos und überflüssig sind. Wen interessiert es schon, wer sich mit wem verlobt hat? Wer will wissen, ob das Brot teurer geworden ist oder welchen Hut Miss Christine beim Kirchgang getragen hat? All ihre Worte erscheinen mir leer. Ihre Erlebnisse langweilen mich. Und es ändert auch nichts, dass ihre Erzählungen nicht für meine Ohren bestimmt sind. Ich muss ja dennoch warten, bis sie endlich zu Bett gehen. Erst dann, wenn ich die Lichter im Haus gelöscht habe, beginnt mein wirkliches Leben.

Die Dunkelheit auf dem Weg zu ihm stört mich nicht mehr. Meine Füße finden den Pfad in die Hügel, als seien sie ihn schon immer gegangen. Die Schatten in meinen Augenwinkeln erschrecken mich nicht mehr. Ich blicke sie jetzt an, erfreut, ich bin eine von ihnen. Mein Flötenspieler erwartet mich. Jede Nacht. Er lächelt mir zu. Ich ergreife die Hand, die er mir entgegenstreckt, und dann tanzen wir. Wir tanzen zur Musik der Nacht. Die Klänge der Dunkelheit tragen uns und ich höre meine Stimme, die den ganzen Tag verstummt war. Ich höre mich singen, höre mich glücklich lachen. Die Flöte erklingt nicht mehr, weil ich es bin, die die Hände meines Feenkönigs halten. Meine Lippen sind es, die er küsst. Mein Herz ist es, das den Rhythmus unseres Tanzes vorgibt. Die Unsichtbaren sind sichtbar geworden, aber sie erschrecken mich nicht. Die Schönheit des Tages erscheint mir oberflächlich gegen die Geheimnisse, die die Nacht jenen preisgibt, die sich im Mondlicht verlieren. Ich wünschte, die Sonne würde nie wieder aufgehen.

Abigails Tagebuch, 30. April

Ich bin so glücklich, dass ich schreien könnte. Ich glaube, Abraham ist auch in mich verliebt. Es vergeht kaum noch ein Tag, an dem er nicht unter irgendeinem Vorwand in unser Haus kommt. Ein Brief, den er überbringen soll. Eine Einladung, die er aussprechen möchte. Oder ein Spaziergang, der ihn zufällig in die Gegend geführt hat. Ich kann mir gut vorstellen, wie es wäre, seine Frau zu sein. Fast ist es schon normal geworden, ihm zu begegnen, wenn ich von der Schule nach Hause komme. Meine Eltern scheinen ihn gern zu haben. Sie lachen über seine Scherze und Vater freut sich, weil Abraham sich, genau wie er, für Forschung und Wissenschaft interessiert. Es ist schön, so freudige Stimmen, so viel Gelächter in unserem Haus zu hören.

Wenn da nur nicht Kathleen wäre! Ich kann kaum noch verstehen, warum ich dieser Person einmal so nahe gewesen bin. Sie war meine beste Freundin. Ich habe ihr alles, wirklich alles anvertraut! Wie konnte ich mich nur so täuschen. Es kommt mir vor, als versuche sie von Tag zu Tag mehr, sich vor ihren Aufgaben zu drücken. Wenn Abraham zu Gast ist, bekommen wir sie kaum zu Gesicht. Das geht sogar so weit, dass ich sie zur Teestunde suchen musste.

Zum Glück gehört Abraham inzwischen fast zur Familie und hat Kathleen sogar schneller gefunden als ich. Sie hatte sich tatsächlich im Schuppen versteckt, wo Abraham sie aufgespürt hat, kurz bevor ich dazukam. Ihr Verhalten ihm gegenüber kann ich nur als unverschämt bezeichnen, denn sie wollte wohl nicht mitkommen, als er sie an ihre Pflichten erinnerte. Und dieser wunderbare Mensch hat sie sogar noch verteidigt, als ich sie dafür rügte, dass ihr Haar unordentlich und ihr Kleid verschmutzt war. Was glaubt sie, wer sie ist? Was denkt sie denn, wie lange meine Eltern und ich noch bereit sein werden, ihr Benehmen zu dulden? Alles könnte so wundervoll sein, wenn sie nicht da wäre. Denn immer noch bekomme ich ein schlechtes Gewissen, wenn ich sie dabei ertappe, wie sie mich wortlos anstarrt. Ich muss mich nicht dafür schämen, die Tochter meiner Eltern zu sein! Ich kann nichts dafür, dass sie nicht so viel Glück hatte. Manchmal denke ich, es wäre für uns alle besser, wenn Vater dem Drängen von Mutter nachgeben und eine andere Magd für uns suchen würde. Ich verstehe, dass er Annas Tochter schützen möchte. Auch ich habe das immer gewollt. Aber viel mehr noch möchte ich genießen dürfen, dass ich verliebt bin, ohne dass die Erinnerung an eine Kindheitsfreundschaft und der Neid einer Magd mein Glück trüben.

Kathleen

Heute werde ich zum letzten Mal in diesem Bett schlafen. Wenn die Herrschaften morgen ihr Frühstück beendet haben, wenn ich das Geschirr abgewaschen habe und das Feuer munter im Herd flackert, wird der Herr mich in sein Zimmer rufen. Wir werden das Gespräch führen, das er angekündigt hat. Ich bin mir sicher, dass er mir sagen wird, dass ich gehen muss. Er wird beteuern, dass es ihm sehr leidtut. Er wird sagen, ich hätte ihm gar keine andere Wahl gelassen. Und vielleicht hat er recht. Ich habe viele Fehler gemacht in den letzten Wochen. Ich habe meiner Mutter, von der ich alles gelernt habe, Schande bereitet. Dennoch ist es nicht meine Arbeit, die mich jetzt mein Heim kosten wird. Ich habe mich gewehrt. Als Mister Abraham wieder einmal fast lautlos hinter mir auftauchte, mich bei den Hüften packte und mich an sich zog, habe ich geschrien. Ich habe mich losgemacht und bin davongelaufen. Ich habe geweint und als die Herrin mich ansprach, habe ich ihr alles erzählt. Zuerst dachte ich, sie werde mich in ihre Arme nehmen, wie früher, als ich ein kleines Mädchen gewesen war. Doch ich hörte sie nur tief einatmen, als wäre ich ihr lästig. Ich weiß nicht, wie ich jemals denken konnte, sie dufte nach Blumen. Der schwere, süße Geruch, der von ihr ausging, als sie mich mit einer abwehrenden Handbewegung wegschickte, wirkte künstlich. Ob ich denn nichts Besseres zu tun habe, als Geschichten zu erfinden. Abby und ihr Vater waren inzwischen nach Hause gekommen und in kurzen Worten schilderte die Herrin, was ich ihr berichtet hatte. Abby lachte bitter. »Dass du dich nicht schämst«, sagte sie zu mir und verließ die Stube. Der Herr hatte schweigend zugehört. »Ich glaube, es ist besser, du bringst deine Arbeit für heute zu Ende«, sagte er leise und ernst. »Morgen früh, wenn wir alle über die Sache geschlafen haben, werden wir beide uns unterhalten.«

Ich kann nicht einschlafen. Mein Herz schlägt viel zu schnell und ich habe einen Kloß im Hals. Ich klammere mich an meine Bettdecke. Immer wieder mache ich die Augen auf und blicke mich in meiner Kammer um. Das hier ist mein Zuhause. Ich kann mich nicht erinnern, jemals in einem anderen Bett geschlafen zu haben. Jeder Dachbalken, jeder Ziegelstein in der Wand, jede Bodendiele ist mir vertraut wie die Linien meiner eigenen Hände. Wo werde ich morgen schlafen? Nur mit Mühe kann ich ein Schluchzen unterdrücken. Ich möchte nicht, dass die Herrschaften mich hören, möchte ihnen nicht noch einen Grund geben, sich durch mich gestört zu fühlen. Und wenn ich den Herrn anflehe? Wenn ich mich zu seinen Füßen auf den Boden werfe und ihn

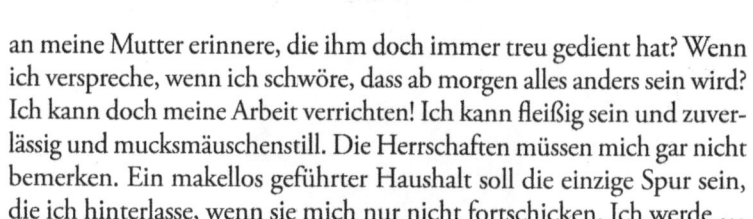

an meine Mutter erinnere, die ihm doch immer treu gedient hat? Wenn ich verspreche, wenn ich schwöre, dass ab morgen alles anders sein wird? Ich kann doch meine Arbeit verrichten! Ich kann fleißig sein und zuverlässig und mucksmäuschenstill. Die Herrschaften müssen mich gar nicht bemerken. Ein makellos geführter Haushalt soll die einzige Spur sein, die ich hinterlasse, wenn sie mich nur nicht fortschicken. Ich werde ...

»Kathleen!« Die Stimme trifft mich wie ein Blitz.
»Kathleen!« Noch nie hat er meinen Namen ausgesprochen.
»Kathleen!« Wie verzaubert verlasse ich mein Bett. Ich spüre die Kälte des Fußbodens unter meinen bloßen Füßen nicht, als ich die Treppe hinuntergehe. Und auch nicht die Nachtluft, als ich die Tür öffne. Mir ist, als könne ich nie wieder frieren, als ich ihn sehe, wie er da lächelnd im Mondlicht steht. Ich blicke nicht zurück, als ich ihm folge, auf dem Weg, den ich so oft allein gegangen bin. Die Schatten haben jetzt Gesichter, lächelnde Gesichter und jubelnde Stimmen, die meinen Namen rufen. Sie begleiten uns, tanzend, als wir uns den Hügeln nähern. Da ist sie wieder, die Melodie. Die einsame Flöte ist verklungen. Es ist ein Orchester, das heute Nacht zu unseren Ehren aufspielt. Mein einfaches weißes Nachthemd ist mein Brautkleid, als er mich in seine Arme zieht. Und wir tanzen, während unsere verzauberte Festgesellschaft uns zujubelt. Mir ist schwindelig vor Glück und seine goldenen Augen haben Antworten auf alle Fragen. Aber ich muss nie wieder welche stellen. Ich bin angekommen.

Mir ist, als rüttle jemand an meiner Schulter. Mir ist, als höre ich Abbys Stimme, die meinen Namen ruft, ärgerlich und unwillig zuerst, dann immer besorgter klingend. Sie scheint weit, weit entfernt.
»Wach auf, Kathy!«
Er lächelt mir zu.
»Kathy, bitte, bitte wach auf!«
Er beugt sich ganz nah zu mir, ich spüre seinen Atem an meinem Ohr, als er flüstert: »Und was, wenn du die Augen einfach nicht mehr aufmachst?«

Andreas Suchanek

Träume aus Glas und Stein

Andreas Suchanek

Andreas Suchanek wusste bereits von klein auf, dass er Autor werden wollte. Bereits als Teenager veröffentlichte er seinen ersten Fortsetzungsroman im Internet. Während seines Informatikstudiums in Karlsruhe begann er, für die Bastei-Heftromanserie *Sternenfaust* zu schreiben, später auch für *Professor Zamorra* und *Maddraxx – Die dunkle Zukunft der Erde*. Nach dem Studium beschloss er, alles auf eine Karte zu setzen und entschied sich für eine hauptberufliche Laufbahn als Autor – und Herausgeber. Er gründete 2012 die Greenlight Press, wo nicht nur seine eigenen Serien erscheinen, sondern auch die einiger Kollegen wie Nicole Böhm, die in dieser Anthologie ebenfalls mit einer Geschichte vertreten ist.

Manchmal frage ich mich, ob Andreas Hermine Grangers Zeitumkehrer besitzt, denn aus seiner Feder erscheinen parallel in regelmäßigen Abständen neue Episoden für drei unterschiedliche Romanserien, darunter die langlebige *Heliosphere 2265*. Andreas liebt die serielle Erzählweise – allerdings ohne Füllfolgen und langwierige Nebenhandlungen.

Nach SciFi, Mystery und Urban Fantasy wagt er sich mit seinem Beitrag in dieser Anthologie an ein für ihn neues Subgenre. Seine Geschichte ist keine direkte Märchenadaption, sondern sie erzählt die Vorgeschichte einer sehr bekannten Märchenfigur. Außerdem hat Andreas in *Träume aus Glas und Stein* neben Referenzen zu diversen Märchen auch eine zu einer Kurzgeschichte aus *Hinter Dornenhecken und Zauberspiegeln* eingebaut. Erkennt ihr, welche es ist?

www.andreassuchanek.de

Träume aus Glas und Stein

Magie, gebannt in Glas. Stärke, gebändigt von Rahmen aus Holz und Stein. Träume, zurückgeworfen von spiegelnden Flächen. Der Hauch längst vergangener Macht, hierher getragen von weit entfernten Orten, verhüllt durch die Zeit.

Die Umgebung verblasste. Vergessen war ihr schmerzendes Bein, das nasse Haar, der schmierige Sand im Gesicht. Wen interessierte Staub? Wozu die Spinnweben beachten?

Maeli schritt zögerlich auf das Zentrum der Höhle zu.

Durch die gewaltigen Ausmaße wirkte die Anhäufung in der Mitte, die Gegenstände auf dem Podest, geradezu mickrig. Und doch verströmten sie den Odem der Ewigkeit. Magie. Sie stieg hinauf, ließ ihren Blick über die Spiegel gleiten. Es waren so viele. Kleine und große, eingefasst in die unterschiedlichsten Rahmen. Die einen einfach, ja ordinär, die anderen umrahmt von in Holz gedrechselten Figuren oder steingehauenen Glyphen. Taschenspiegel lagen auf schmalen Podesten, neben denen sich Wandspiegel erhoben.

Sie schritt zwischen all diesen Wunderwerken hindurch.

Überall um Maeli herum gab es die spiegelnden Flächen, die ihr eigenes Antlitz zurückwarfen.

In der Ferne, ganz am Rande ihres Bewusstseins, hörte sie das Prasseln des Regens durch das Loch in der Decke. Sie hatte es nicht gesehen und war auf ihrer Flucht hineingefallen. Es war der einzig sichtbare Ausgang. Trotzdem herrschte keine Dunkelheit.

Wie von Geisterhand hatten sich Fackeln entzündet, als sie auf dem staubigen Boden aufprallte. Die Spiegel warfen und brachen das Licht.

Mit zittrigen Fingern griff sie nach einem der Handspiegel und schaute hinein. Ein fein geschnittenes Gesicht blickte ihr entgegen. Die Augen von einem tiefen Braun, das Haar schwarz. Einfach und ordinär, wie ein Straßenköter, fasste es Vater stets zusammen.

»Vater.« Sie spuckte das Wort aus.

Ein Wabern glitt über die Oberfläche des Spiegels und schon konnte sie ihn sehen. Er saß im Schankraum des Wirtshauses, einen Humpen Bier vor sich.

Vermutlich würde er gleich mit Sebastian über dessen Turnier morgen sprechen. Als Erstgeborener war es an ihm, der Familie Ehre zu bereiten, während Gisberg ihm als Knappe dienen sollte. Maeli, das Mittelkind, durfte brav weiter zu Hause putzen, bis ihr Vater einen Mann für sie gefunden hatte.

So der Plan.

Kurzerhand hatte sie ihre Sachen gepackt und war aus der Herberge geflüchtet; allerdings nicht weit gekommen.

»Ich verfluche dich, Regen.«

Sie legte den Spiegel beiseite.

Was sollte sie nur tun?

Hinter ihr erklang das dumpfe Geräusch von Stiefelsohlen, die auf staubigen Untergrund prallten. Maeli fuhr herum.

»Gis!«

Ihr kleiner Bruder grinste. »Falls du Verstecken spielen wolltest, war das eine schreckliche Idee.«

Sebastian kroch in das Loch und glitt elegant an dem Tau in die Tiefe, das die beiden irgendwo außerhalb befestigt haben mussten. »Der Sturm hat an Stärke gewonnen, wir müssen hier ausharren.« Er kam auf. »Was hast du dir nur dabei gedacht, schon wieder abzuhauen?«

Sie verschränkte die Arme. »Ich komme nicht mit zurück!«

»Doch, tust du«, stellte Sebastian klar. »Andernfalls wird Vater mich nämlich ausschicken, dich zu finden. Und dann gibt es die Rute. Willst du das?«

»Die bekomme ich sowieso«, erwiderte Maeli trotzig. »Sobald ihr am Hof des Königs seid, bin ich allein mit *ihm*.«

»Wir finden schon einen Mann für dich.«

Sie stöhnte auf. In den Augen von Sebastian war das die Antwort auf jedes Problem einer Frau.

Ein Klirren ließ beide herumfahren.

»Gis!« Maeli rannte zu ihrem Bruder.

»Tut mir leid.« Vor ihm lag der Handspiegel im Staub, durch den sie zuvor ihren Vater betrachtet hatte. Sie ging neben den Scherben in die Knie. »Das war ein Zauberspiegel.«

Wie um ihre Worte zu bestätigen, glitten die Splitter an ihren Platz zurück, die Risse verschwanden und der Spiegel war wieder intakt.

»Toooll.« Gis blickte sich mit großen Augen um.

»Das ist Magie.« Sebastian verschränkte die Arme. »Lasst bloß die Finger davon. Der Magister sagt, dass die Dunkelheit, die die zwölf Königreiche befällt, durch Magie entstanden ist.«

Ein Schauer jagte Maelis Rücken hinab. Immer weiter zogen die Wolken über das Land, trieben eine schwarze Wand vor sich her, die alles verschlang. Bereits neun Reiche waren dahinter verschwunden. Niemand wusste, was mit ihnen geschah. Die Magister und Räte versuchten sich an den tollkühnsten Zaubern, doch nichts konnte die Dunkelheit aufhalten.

»Was ist das?«, fragte Gis. Er hatte natürlich prompt einen weiteren Spiegel in die Hand genommen und schaute verdutzt hinein. »Das bin nicht ich.«

Maeli trat neben ihn. Beinahe hätte sie aufgeschrien. Ein zotteliges Ding blickte ihr entgegen. Ein Biest. Ein wenig versetzt zu ihm, im Hintergrund, stand ein wunderschönes Mädchen in einem gelben Kleid. »Das habe ich schon mal irgendwo gesehen.«

Sebastian beäugte misstrauisch die spiegelnde Fläche. »Ja, auf einem Bild. Das ist das Königspaar aus dem dritten Reich.« Er riss Gis den Spiegel aus der Hand. »Aber bevor der Fluch gebrochen wurde.«

Er sah sich um und zum ersten Mal schenkte auch Maeli der Sammlung einen genauen Blick. Einige der Spiegel waren von Spinnweben bedeckt, das Glas anderer nahezu blind. An den Wänden des Raums erhoben sich Statuen aus schwarzem Stein, gerade außerhalb des Lichtkreises. Das Spiel aus Licht und Schatten ließ sie lebendig wirken.

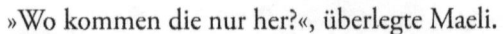

»Wo kommen die nur her?«, überlegte Maeli.

Prompt reagierte ihr Spiegel. Als sie hineinblickte, sah sie eine gänzlich neue Szene.

Eine Frau mit langem Haar, das Gesicht von aristokratischer Schönheit, blickte ihr entgegen. Die Augen funkelten vor Zorn. »Alain wird eine Marmorstatue bleiben, bis die Magie gebrochen wird. Und nur der Kuss der wahren Liebe hat die Macht dazu.«

»Schaut mal«, meldete sich Gis zu Wort. »Da ist ein Symbol auf jeder Rückseite. Was das wohl bedeutet?«

Maeli ließ den Spiegel sinken, die Szene verging.

Ihr kleiner Bruder war grundsätzlich neugierig und kannte so etwas wie Angst nicht. Die kam meist hinterher, wenn er Vater alles beichten musste und die Rute zu spüren bekam.

Maeli schob den Handspiegel in ihre Tasche. Nicht, dass Gis ihn noch einmal fallen ließ. Magie war eine heikle Sache.

Sebastian sprang von dem Podest. Er ging hinüber zu den Fackeln, zog eine davon aus ihrer Halterung und kehrte zurück. In geduckter Haltung schlich er umher. »Hier gibt es eine Inschrift.«

Maeli und Gis kamen herbeigeeilt.

»Was heißt das?«, fragte ihr kleiner Bruder.

»Finis coronat opus«, murmelte Sebastian. »Keine Ahnung, was das für eine Sprache ist.«

Maeli zögerte.

Vater hatte mehrfach klargestellt, dass es für einen Mann unattraktiv war, wenn seine Frau lesen konnte. Trotzdem hatte sie immer wieder Bücher des Magisters stibitzt und sich kurzerhand alles selbst beigebracht. »Also, hmmmmm ... Irgendwo habe ich das schon mal gelesen. Ja, doch. Das heißt: Das Ende krönt das Werk.«

Sebastian stöhnte auf. »Du kannst lesen?!«

»Nein«, erwiderte sie schnell. »Das war Zufall.«

Gis kicherte. »Wir müssen es Vater ja nicht verraten. Liest du mir heimlich eine Geschichte vor? Oder zwei?«

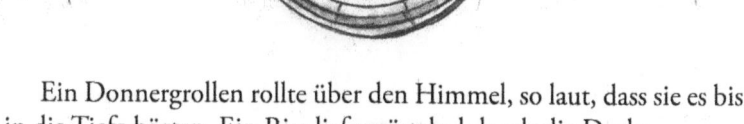

Ein Donnergrollen rollte über den Himmel, so laut, dass sie es bis in die Tiefe hörten. Ein Riss lief verästelnd durch die Decke.

Gis sprang zurück. »Ich habe nichts angefasst.«

Dieses eine Mal glaubte sie ihm sogar.

Die Fackeln flackerten, der Feuerschein tanzte im schwarzen Glas der Figuren. Ein Summen erklang. Tausend wispernde Stimmen lagen in der Luft, flüsterten Worte aus uralter Zeit. Da war Gesang, verwoben mit Flüchen, untermalt von Traurigkeit.

Maeli spürte, wie ihr die Tränen über das Gesicht liefen. Gis wurde bleich, Sebastian ballte die Fäuste.

Glas zersprang.

Ein wirbelnder Schatten sprang in den Raum. Lumpen verhüllten eine skelettartige Gestalt. Spinnenartige Finger fuhren durch die Luft.

Maeli sah die Kreatur nur eine Sekunde. Genug Zeit für ein Gefühl panischer Angst. Dann traf sie ein Schlag und löschte ihr Bewusstsein aus.

Der Regen plätscherte herab. Tropfen trippelten auf den Steinboden.

Steinboden?!

Maeli fuhr in die Höhe. »Aua!« Beinahe wäre sie wieder umgekippt. Mühevoll kämpfte sie den Schwindel nieder. »Was ist passiert? Gis? Sebastian?«

»Hier«, erklang ein Stöhnen von ihrem älteren Bruder.

Doch kein fröhliches »Alles klar« von Gis.

Maeli kam auf die Füße. Hektisch sah sie sich um. Wo war ihr Bruder, wo der Lumpenmann? »Er ist fort.«

Endlich stand auch Sebastian wieder aufrecht. »War ja klar. Wenn ich mal nicht aufpassen kann. Wir müssen Hilfe holen.«

In Sichtweite prasselte noch immer das Regenwasser in die sonst trockene Höhle. Über ihnen stritten Donner und Blitz um die Vorherrschaft. Nie zuvor hatte Maeli ein solch garstiges Unwetter erlebt. »Du kannst ja machen, was du willst, aber ich verfolge diesen Lumpenmann und helfe unserem Bruder.«

Ohne lange zu überlegen, stapfte sie davon.

»Hey«, Sebastian hielt sie fest. »Das könnte gefährlich werden.«

»*Er ist schon eine Pfeife, dein großer Bruder*«, erklang eine Stimme. Sebastian wich zurück und hob die Fäuste. »Wer ist da?«

»*Da ist wirklich alles verloren*«, erklang die Stimme aufs Neue. »*Schick ihn hinaus in den Regen und er wird ertrinken. Damit tust du dem Königreich einen Gefallen.*«

Maeli zog mit zitternden Fingern den Spiegel aus ihrer Tasche. Hinter dem angelaufenen Glas, eingefasst in Eisenornamente, waberte dichter Nebel. »Wer bist du?«

»*Du kannst mich Spiegel nennen, was jetzt irgendwie nicht überraschend kommen dürfte*«, erwiderte das magische Artefakt. »*Und wenn du deinen Bruder noch retten willst, würde ich mich sputen.*«

»Wirf es weg!«, rief Sebastian.

»*Wirf es weg*«, äffte der Spiegel nach. »*Bist du sicher, dass ihr blutsverwandt seid?*«

Ihr Bruder kam herbeigeeilt, streckte die Hand nach dem magischen Gegenstand aus. Maeli zog ihn fort. »Er kann uns helfen.«

»Magie ist gefährlich! Ich verlange von dir, dass du dieses Ding zurücklegst. Wir werden Gis auch alleine finden.«

Ein Seufzen drang aus dem Spiegel, doch glücklicherweise hielt der darin wohnende Geist seinen Mund. Maeli schob das Artefakt zurück in die Tasche und schüttelte den Kopf. »Ist mir egal, was Vater sagt. Es geht um Gis.«

Sie wandte sich ab und rannte in einen der Stollen.

»Maeli!« Sebastian folgte ihr.

»Sind wir richtig?«, flüsterte sie.

»*Woher soll ich das wissen, ich stecke in deiner Tasche.*«

Sie zog ihn hervor.

»*Immer geradeaus.*«

Unter Anleitung des Spiegels rannte sie den Gang entlang, stets darauf bedacht, in Sicht- oder Hörweite von Sebastian zu bleiben. Schließlich sollte er den Anschluss nicht verlieren.

Irgendwann stand sie vor einer Wendeltreppe. An der Wand hingen erloschene Fackeln, die wie von Geisterhand entflammten.

»Das werde ich alles Vater erzählen«, sagte Sebastian keuchend, als er endlich eintraf.

Maeli zuckte nur mit den Schultern. Um dieses Problem würde sie sich später kümmern. Jetzt ging es um Gis. Sie sah im Geist seinen zerzausten Wuschelkopf und das von Sommersprossen bedeckte Gesicht, aus dem eine Stupsnase hervorragte.

Sebastian stieg vor ihr die Treppe hinab, hielt die Fackel wie einen Speer.

»Was ist dort unten?«, flüsterte Maeli.

»*Das absolute Grauen*«, drang es aus dem Spiegel. »*Allein der Anblick wird euch zu Stein erstarren lassen.*«

»Das ist jetzt nicht sehr hilfreich.« Sie betrachtete das magische Artefakt grimmig.

»*Bin ich dein Butler?*«

Sie erreichten das untere Ende der Treppe. Verblüfft sah Maeli sich um. Vor ihnen lag ein Gang, Ritterrüstungen standen rechts und links an der Wand. Im Abstand von wenigen Schritten gab es Fenster, durch die Dunkelheit hereinfiel. Gemeinsam mit Sebastian schaute sie hinaus.

»Ein Schloss«, hauchte ihr Bruder.

»*Er braucht immer etwas länger, was?*«

Maeli verzichtete auf eine patzige Antwort. Tatsächlich befanden sie sich in einem gewaltigen Schloss, das aus Giebeldächern, Türmen und flachen Gebäuden bestand. Erker schmiegten sich an Längsbauten, über die ornamentverzierte Bögen ragten. Ein Monument, tief unter der Erde.

»Wie kommt ein solches Bauwerk hierher?«, flüsterte sie. »Wer hat diesen Hohlraum erschaffen?«

»Magie natürlich«, entgegnete Sebastian. »Was sonst?«

Die Dunkelheit über dem Schloss wurde von einem fahlen Licht vertrieben. Wolken wogten darin, als habe jemand ein Tintenfass in eine Pfütze geschüttet.

Eine Gänsehaut bildete sich auf Maelis Armen.

Sie gingen weiter, stießen auf die Haupttreppe. Statuen aus edlem Marmor ragten überall in die Höhe, Symbole waren in das Geländer der Treppe gemeißelt. Roter Teppich bedeckte die Stufen und dämpfte jeden ihrer Schritte.

Zwölf Türen erwarteten sie am unteren Ende.

Maeli hob den Spiegel empor. »Wo ist Gis?«

»*Eins nach dem anderen. Zuerst müsst ihr eine Tür wählen.*«

Sebastian verdrehte in einer ›Ich hab es dir doch gesagt‹-Geste die Augen. »Nehmen wir die.« Kurzerhand ging er zu einer Tür und riss sie auf.

Nichts geschah.

Maeli schalt sich für ihre Ängstlichkeit. Sie streckte den Rücken durch und betrat neben ihrem Bruder den Raum. Eine weitere Halle breitete sich vor ihnen aus, der Festsaal eines Schlosses. Überall standen Tänzerinnen und Tänzer, ein Orchester spielte lautlos.

»Statuen«, flüsterte Sebastian.

Maeli schlängelte sich durch die dicht beieinanderstehenden Männer und Frauen. Sie trugen ausladende, rüschenverzierte Kleider. Ihr aufdrapiertes Haar glich aufgebauschter Schafswolle, karmesinroter Puder bedeckte zahlreiche Wangen. Aufgrund der Versteinerung hatte er sich in eine körnige Schicht verwandelt.

»Wieso stellt jemand mit Statuen einen Tanz nach?«, überlegte Sebastian.

Maeli verdrehte die Augen, sagte jedoch nichts.

Der Spiegel kannte weniger Zurückhaltung. »*Diese Knalltüte ist wirklich von der ganz langsamen Sorte.*«

»Sie wurden versteinert«, erklärte sie. »Das waren alles mal Menschen.« Sie ging näher an eines der Paare heran. »Ist das Königin Estella?«

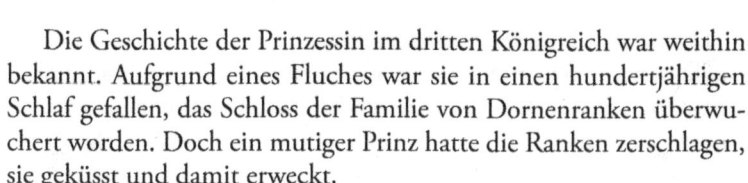

Die Geschichte der Prinzessin im dritten Königreich war weithin bekannt. Aufgrund eines Fluches war sie in einen hundertjährigen Schlaf gefallen, das Schloss der Familie von Dornenranken überwuchert worden. Doch ein mutiger Prinz hatte die Ranken zerschlagen, sie geküsst und damit erweckt.

»Wahre Liebe hatte sie gerettet«, flüsterte Maeli.

»*Wenn ich könnte, würde ich mich übergeben*«, krakeelte der Spiegel.

»Zwölf Türen!«, rief Maeli. »Die zwölf Königreiche.« Sie riss den Spiegel in die Höhe. »Was geht hier vor?«

»*Ich habe mit mir selbst gewettet, dass du vor deinem angeblichen Bruder darauf kommst. Was soll ich sagen, ich habe gewonnen.*« Der Nebel hinter der Fläche wallte auf.

»Red schon!«, brüllte Sebastian.

»*Ist ja gut, lass das Gebrüll. Da vibriert einem ja das Glas. Ihr habt den Lumpenmann doch gesehen. Er will mehr Macht, um sein Leben zu erhalten. Dafür hat er uns magische Spiegel gesammelt. Er zieht die einst abgegebene Magie aus den Geschichten unseres Lebens zurück. Am Ende wird er sie verschmelzen. Die Königreiche, deren Schicksal einst bestimmt wurde von den Spiegeln, werden in das Nichtsein übergehen.*«

»Der Nebel«, flüsterte Sebastian.

Maeli begriff. Die Spiegel waren von ihrem Bestimmungsort entfernt worden, zogen ihre Magie zurück und ließen die Königreiche zu Stein erstarren. Wenn es stimmte, was der Handspiegel sagte, war es noch nicht zu Ende. Auch die verbliebenen Reiche drohten unterzugehen. »Können wir etwas tun?«

»*Ich hatte gehofft, dass du das fragst.*«

Sebastian fluchte lautlos. Er hätte zusammen mit Vater einen Humpen leeren und die Füße am Kaminfeuer des Gasthauses wärmen können. Stattdessen schlich er durch ein fremdes Schloss wie ein gemeiner Dieb und musste sich mit Magie befassen!

Da kämpfe ich doch lieber in einem Krieg!

Sie hatten zwei der Vorhänge aus Königin Estellas Königsschloss abgerissen, um sie als Säcke zu verwenden. Maeli war mit einem davon unterwegs, er mit dem anderen. Beide waren gefüllt mit den Spiegeln aus dem Saal.

»*Ihr müsst jeden Spiegel zurückbringen zu der Person, für die er bestimmt ist*«, hatte der freche Nebel hinter dem Glas erklärt. »*Mach das lieber selber, dein Bruder bekommt das nicht hin.*«

Sobald die Sache erledigt war, würde er das Ding aus dem Fenster werfen. Dazu musste natürlich auch der Handspiegel erst mal zu der Persönlichkeit, für die er bestimmt war.

Sebastian schritt durch eine weitere der Türen. Sie führte nicht in einen Raum. Stattdessen hing sie mitten in der Luft vor einem Haus. Hoch über ihm am Himmel wogten die schwarzen Wolken.

Ein Mann kniete zu Füßen einer Frau, hob einen gläsernen Schuh in die Höhe. »Ich würde mich auch lieber vergnügen.«

Die Herausforderung bestand darin, den Ort und die Person zu finden, zu welcher der Spiegel gehörte. Manchmal war es einfach, wurde es allein durch Haltung deutlich. Bei Wandspiegeln war es schwieriger.

Er betrat das Gebäude. Die Holzdielen knarzten, der Geruch von Staub lag in der Luft. Die Bäume im Wald hinter dem Haus verströmten den Duft eines Sommerabends. An der Seite stand ein Bett, nicht mehr als ein mit Stroh ausgelegtes Holzgestell, die Wand war aus grobem Stein gehauen.

Es dauerte eine Weile, doch schließlich fand er eine Stelle von ovaler Form an der Wand, die heller war als der umgebende Rest. Sebastian kramte in seinem Vorhangsack und holte den Wandspiegel heraus. Mit einem Ächzen hievte er ihn in die Höhe. »Erledigt.«

Er beugte sich herab, um nach dem Sack zu greifen.

Lumpenbehangene Arme schossen aus der Spiegelfläche hervor, Hände verkrallten sich in Sebastians Hemd. Er schrie auf, wurde nach vorne gerissen ...

... und verschwand hinter dem Spiegel.

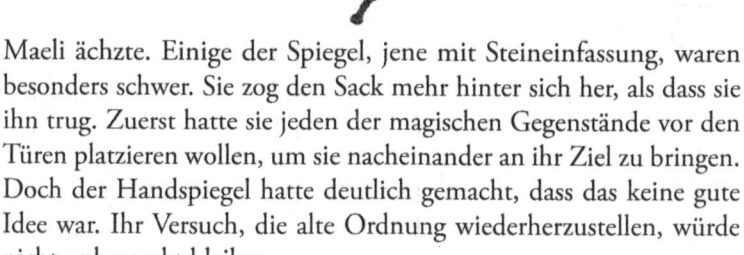

Maeli ächzte. Einige der Spiegel, jene mit Steineinfassung, waren besonders schwer. Sie zog den Sack mehr hinter sich her, als dass sie ihn trug. Zuerst hatte sie jeden der magischen Gegenstände vor den Türen platzieren wollen, um sie nacheinander an ihr Ziel zu bringen. Doch der Handspiegel hatte deutlich gemacht, dass das keine gute Idee war. Ihr Versuch, die alte Ordnung wiederherzustellen, würde nicht unbemerkt bleiben.

Bei jedem Geräusch zuckte Maeli zusammen, hinter jedem Schatten vermutete sie den Lumpenmann. Wer war er?

»*Du solltest dich etwas beeilen*«, sagte der Spiegel.

»Möchtest du den Sack vielleicht selbst tragen?!«

»*Ist ja gut, kein Grund, schnippisch zu werden. Ich dachte nur, weil da im Schatten der Lumpenmann steht.*«

»Was?!« Maeli sprang zurück.

»*Ha, siehst du, so schwer ist der Sack doch nicht.*«

»Da ist gar niemand.«

»*Aber da hätte jemand sein können*«, drang es aus dem Nebel. »*Also los, schneller.*«

Sie beschloss, das Nebelfeld zu ignorieren. Sollte der Spiegel doch plappern, so lange er wollte. Aufkeuchend ließ sie den Sack los, zog eines der Artefakte hervor und schob es einem überheblich dreinblickenden Mann in die ausgestreckte Hand. Scheinbar liebte er es, sich darin zu betrachten.

»*Wie ein Spaziergang*«, sagte ihr Spiegel.

Maeli wandte sich dem Ausgang zu.

Vor ihr stand der Lumpenmann.

Sie wich zurück. »Du wolltest mich doch warnen.«

»*Oh, richtig. Lauf!*«

Ihr Feind kam näher. Von den Lumpen ging ein ranziger Geruch aus, schwelende Wunden lugten durch die unverbundenen Lücken. In den Augen des Mannes leuchtete Gier, vermengt mit einer gehörigen Portion Hass. Sie hatte es gewagt, seinen Plan zu untergraben. Er öffnete den Mund. Faulige Zahnstummel ragten empor wie Felsen in Ödland.

Maeli tauchte tiefer in das Gewirr aus Statuen ein. Glücklicherweise schienen Könige ständig irgendwelche Feste zu feiern, weshalb der Saal bis zum Rand gefüllt war. Sie duckte sich unter dem Tablett eines Kellners hindurch und schlich hinter eines der aufgebauschten Kleider. Wie konnten Frauen nur so unpraktisch gekleidet sein? Sie würde niemals etwas Derartiges tragen.

Fauliger Atem drang an ihre Nase, weshalb sie schnell weiterzog.

Eine Statue kippte neben ihr zur Seite und schlug auf dem Boden auf.

Sie konnte gerade noch zur Seite springen. Der Lumpenmann hatte seine Taktik geändert. Er warf die Figuren um. Dabei wurden auch andere umgeworfen, was die Dichte innerhalb kürzester Zeit ausdünnte. Glücklicherweise brach keine der Statuen entzwei.

Maeli musste hier weg.

Sie rannte zur Tür. Ihre Finger griffen nach dem Knauf, doch etwas zerrte sie zurück. Der Lumpenmann hatte ihren Hosenbund ergriffen und schleuderte sie zwischen die Figuren. Der Handspiegel fiel aus der Tasche, krachte auf die Steinplatten und schlitterte davon.

Der Unbekannte warf sich auf sie, vergrub die Finger in ihren Haaren. Die andere Hand lag plötzlich um ihre Kehle. Er drückte zu.

»*Oh, der Spiegel ist ja kaputt*«, drang es aus der Oberfläche des Handspiegels.

Der Kopf des Lumpenmannes fuhr herum, er blickte zum König, der noch immer den Spiegel trug.

Im Stillen dankte Maeli dem Handspiegel für die Ablenkung. Sie trat aus, wie Sebastian es bei zahlreichen seiner Kämpfe mit Freunden tat, wenn er niedergerungen wurde. Keuchend fiel der Lumpenmann auf den Rücken.

Sie krabbelte davon, kam in die Höhe und wich zurück. Ihr Feind überwand seine Irritation und sprang auf sie zu. Maeli wich zur Seite. Instinktiv trat sie aus. Mit einem Schrei kippte ihr Gegner aus dem Fenster.

Schwer atmend stützte sie sich an die Wand.

»*Das war gar nicht schlecht*«, kommentierte der Spiegel. »*Hätte ich einen Körper, würde ich vielleicht applaudieren.*«

»Bringen wir es zu Ende.«

Sebastian schlich in leicht geduckter Haltung durch das Zwielicht. Die Fackel erschuf einen düsteren Schattenwurf. Der Gang war ein Zerrbild von jenem auf der anderen Seite des Spiegels. Spinnweben hingen in den Ecken, bei jedem Schritt wurden Staublocken aufgewirbelt. In der Luft lag ein Geruch nach Moder.

Der Lumpenmann hatte ihn hierhergezogen, war dann jedoch vor der Fackel geflüchtet, mit der Sebastian nach ihm gestoßen hatte. Die Lumpen konnten allzu leicht Feuer fangen, was auch Sebastians Idee gewesen war. Er hoffte nur, dass es Gisberg und Maeli gut ging. Die beiden trieben ihn immer wieder zur Weißglut, waren aber doch seine kleinen Geschwister. Solange er noch nicht zum Ritter geworden war, musste er auf sie achtgeben.

Der Gang machte einen Knick nach links.

Direkt hinter der Biegung lag ein kreisrunder Raum. Im Zentrum stand ein Thron. Ein Mann saß darauf, die Hände an die Armlehnen gefesselt, die Haut brüchig wie Pergament. Sein Bart floss über Brust und Beine, reichte bis hinab auf die Steinplatten. Im ersten Augenblick war Sebastian sich unsicher, ob der Alte noch lebte. Beim genaueren Hinschauen erkannte er, dass dessen Brust sich hob und senkte. Er war in Hermelin und Seide gekleidet, eine Krone saß auf seinem Kopf, die wohl nur durch Magie gehalten wurde. Der Storchenhals konnte kaum genug Kraft dafür besitzen.

An den Wänden hingen Spiegel. Dreizehn an der Zahl.

Direkt neben dem Thron lag Gisberg. Er schien zu schlafen, seine Brust hob und senkte sich gleichmäßig. Sebastian kniete nieder. »Hey, nervender kleiner Bruder. Aufwachen!«

Es erfolgte keine Reaktion.

»Er schläft.« Die Stimme war nicht mehr als ein Wispern, ein Hauch, ausgestoßen von Alter und Müdigkeit.

Trotzdem fuhr Sebastian auf, hielt die Fackel vor sich und wich zurück. Durch das Fenster sah er einen endlosen Abgrund voll bleierner Schwärze. Dieser Ort war kein Teil der zwölf Königreiche.

»Wer seid Ihr?« Sicherheitshalber sprach er den Alten an, wie er es bei einem König täte. Er trug immerhin eine Krone.

»Nur noch ein alter Mann.« Die Finger knirschten, als er sie bewegte. »Mein Fehler, mein Fluch, der Untergang für das Reich.

»Ihr sprecht in Rätseln.«

»Jeder Spiegel hat zwei Seiten. Einst wollte ich absolute Macht und ewiges Leben. Magie war mein Mittel der Wahl. Doch sie zerfraß meine Seele. Das Dunkle in mir erwachte zum Leben, verbannte mich hinter die Spiegel und regierte an meiner statt. So viel Leid.« Er wimmerte. »Mächtige Zauberer vereinten ihre Kraft und bannten das Königreich hinab in die Tiefe. Aus dreizehn wurden zwölf. So kann *er* diesen Ort nicht verlassen. Angetrieben von Hass schmiedete er den Plan, die Spiegel zu benutzen, denn sie sind überall. Ratgeber, Beobachter, helfende Hände. Sie hängen an den Wänden, wispern mit leiser Stimme und spiegeln die Wahrheit wider. In ihnen wohnt die Macht unzähliger Blicke, gehauchter Küsse, lachender und weinender Gesichter.«

»Es sind nur Spiegel.«

»Die Torheit der Jugend. Das Unwissen des einfachen Geistes.« Es knackte, als der alte König versuchte, den Arm zu heben. »Ihre Macht ist allumfassend. Sie vereint die nunmehr zwölf Königreiche. Wo Flüche wirken und wahre Liebe sich findet, wo das Böse zu Hause ist, aber stets dem Guten unterliegt. Alles ist verbunden durch Träume aus Glas und Stein.«

Sebastian verdrehte die Augen. Viel von seinem Verstand schien der Alte nicht mehr beisammen zu haben. Er hätte sich lieber mit Gisberg unterhalten sollen, der liebte Geschichten. Egal, ob erfunden

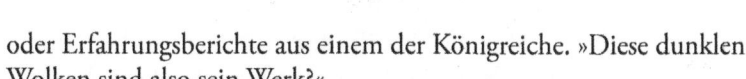

oder Erfahrungsberichte aus einem der Königreiche. »Diese dunklen Wolken sind also sein Werk?«

»Sie verschlingen alles Leben und treiben die einst gewirkte Magie zurück in die Spiegel. Er wird sie verschmelzen. So endet das Sein.«

»Wir haben fast alle zurückgebracht. Zu den Statuen.«

Bedauern lag in der Stimme des Alten. »Nicht alle. Es ist zu spät.«

Mitten in der Luft entstand ein Nebelgespinst. Es verdichtete sich rasch zu gierigen Tentakeln, die umhertasteten und sich zusammenballten. Der Lumpenmann kam durch das Fenster. Er kletterte einfach hinein.

»So endet diese Geschichte also, bevor sie überhaupt beginnen kann«, murmelte der knöcherne König.

Maeli stellte sich auf die Zehenspitzen. Der Spiegel wollte einfach nicht hängen bleiben. »Wenn nur Sebastian hier wäre, der ist größer.«

»*Wenn nur Sebastian hier wäre*«, äffte der Spiegel sie nach. »*Stopf doch gleich sein löchriges Hemd und serviere ihm abends das Bier. Du schaffst das alleine!*«

»Meinst du?«

»*Keine Ahnung. Möglicherweise sterben wir auch alle. Aber hey, nur kein Druck.*«

Maeli nahm sich vor, als letzte Handlung in ihrem Leben den Spiegel kurzerhand aus dem Fenster zu werfen. Es wäre zweifellos ein wunderbares Gefühl. Andererseits hatte er recht. Wenn Sie nicht an sich selbst glaubte, hatte sie bereits verloren.

Sie ließ den Wandspiegel langsam sinken, was ihr die Schweißperlen auf die Stirn trieb. Sie benötigte etwas, um sich daraufzustellen.

Ihre Gedanken wurden von einem Stakkato aus Blitzen unterbrochen, die vor dem Fenster herabzuckten. Es fiel ihr noch immer schwer zu realisieren, dass dieses gewaltige Bauwerk tief unter der Erde lag.

Trotzdem waberten über die Gewölbedecke Wolken, zuckten Blitze und rollte der Donner. Jede Pore des Steins atmete das Wort »Magie«.

»*Oh, oh.*«

»Was ist los?«

»*Der Zauber kommt zur Vollendung*«, drang aus dem Nebel der Spiegelfläche. »*Das war es dann wohl. Nicht jeder Spiegel ist dort, wo er sein sollte.*«

»Nein!« Maeli stampfte mit dem Fuß auf. »Das werde ich nicht zulassen.«

Ihr kam ein Gedanke.

Sie rannte zu einer der Statuen, die in dieser Szene standen. Mit Anlauf rammte sie ihre Schulter gegen die feine Dame, die sich jedoch nicht bewegte.

»*Ja, lass es raus!*«

»Ich will sie als Trittleiter benutzen.«

»*Ach so. Gute Idee.*«

Maeli zog und zerrte. Schließlich wankte die Figur und kippte um. Ein Finger brach ab, doch der Rest schien unbeschädigt. »Entschuldigung«, leistete sie Abbitte. »Aber es geht um unser aller Leben. Was ist da schon ein kleiner Finger.«

Sie hüpfte auf die Brust der Statue, griff nach unten und zog den Spiegel in die Höhe. Stück für Stück kam er seinem Bestimmungsort näher, schabte über die Wand. Ein letzter Ruck und er hing wieder an seiner Öse.

»Ja!«

Maeli warf die Hände in die Luft.

Doch die Dunkelheit wogte nach wie vor.

»Was ist los? Warum ist der Zauber nicht gebrochen?«

»*Weil noch ein Spiegel fehlt, du Dummerchen*«, drang die Stimme aus ihrer Tasche.

»Aber … ich habe Sebastians Vorhangsack geleert und alle aufgehängt.« Sie wusste nicht, was mit ihrem großen Bruder geschehen war, sorgte sich jedoch ebenso um ihn wie um Gisberg. »Meiner ist auch leer.« Sie deutete auf den abgewetzten Vorhang, der ihr als Sack gedient hatte.

»*Ein Spiegel fehlt noch*«, drang die Stimme wieder aus ihrer Tasche.

»Du blöder Spiegel, sag mir sofort ... oh.« Maeli klatschte sich mit der Hand gegen die Stirn. »Natürlich, du. Aber wo gehörst du hin?«

Sie zog ihn aus der Hosentasche.

Das Metall lag schwer in ihrer Hand. Der Griff war ebenso verziert wie die runde Einfassung des Glases. Intarsien umrahmten das Glas, gingen ineinander über und schufen so Formen und Gestalten. Der Griff erwärmte sich. Der Nebel auf dem Glas wallte, zog sich an die Seiten zurück.

Maeli sah ihr eigenes Gesicht, das ihr fragend entgegenblickte.

»*Jetzt ist jeder dort, wo es ihm bestimmt ist*«, drang es aus dem Glas. »*Jedes Antlitz wird gespiegelt, jedes Schicksal ist besiegelt.*«

Ein Lichtstrahl durchbrach die Wolken.

In der Luft um Maeli herum lag ein goldener Schein, wunderschön und warm versprach er Liebe und Geborgenheit. Im nächsten Augenblick schoss ein Teil des Lichts in ihren Körper.

Ein Schicksal wurde besiegelt.

Sebastian spürte die Hoffnungslosigkeit, welche die Dunkelheit verströmte. Er wollte auf die Knie sinken und alles Weitere über sich ergehen lassen. Nichts besaß mehr Bedeutung. Hoch über ihnen hatte die Dunkelheit gesiegt und die Königreiche verschlungen. Wie konnten sie sich nur anmaßen, gegen eine solche Macht zu bestehen?

Inmitten der Schwärze erschien ein Punkt aus reinem, klaren Licht, breitete sich aus und ging gegen die Schwärze an. Der Lumpenmann schrie auf. Es war ein gutturaler Laut, der von den Wänden widerhallte und den Bann brach.

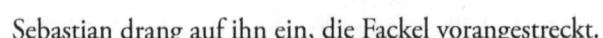

Sebastian drang auf ihn ein, die Fackel vorangestreckt.

Gisberg stöhnte. Er schlug die Augen auf und setzte sich auf. »Was ist los?«

»Befreie den Alten!«, brüllte Sebastian.

Es war eine instinktive Reaktion.

Gis kam in die Höhe, tapste zu dem Thron und entknotete die Bänder. Immer wieder sah er ängstlich zu dem Lumpenmann, der von Sebastian in Schach gehalten wurde. Bis jetzt. Als ihr Gegner bemerkte, dass der Alte gleich losgeknotet sein würde, katapultierte er sich mit einem Sprung zu Sebastian. Er hieb ihm die Fackel aus der Hand.

Gisberg schrie auf.

Er sprang zur Seite.

Die Fesseln des alten Königs fielen. Seine knochige Hand fuhr in die Höhe und packte den Lumpenmann. Nahezu gleichzeitig veränderten sich die Spiegel.

Die Statuen in den Sälen erwachten zum Leben, Stein bröckelte ab, als wäre es nie mehr gewesen als eine blattdünne Schicht. Die Männer und Frauen feierten einfach weiter, unterhielten sich oder gingen ihrer sonstigen Tätigkeit nach. Für sie schien keine Zeit vergangen. Immer wenn einer der Zauber gebrochen war, erlosch der zugehörige Spiegel.

Der alte König klammerte sich an den Lumpenmann. Immer näher kamen sie dem hellen Licht. »Geht. Nutzt die Spiegel.«

Sebastians Blick glitt über die verbliebenen Glasflächen. Auf einer davon sah er Maeli und realisierte im gleichen Augenblick erst, dass es gar keine zwölf Spiegel waren. Stattdessen hingen dreizehn an der Wand. Wie Kerzenflammen erloschen sie, einer nach dem anderen. Risse entstanden im Glas, sich verästelnde Sprünge überzogen die magischen Artefakte.

Gisberg blickte verdutzt auf die Bilder.

»Los, rein mit dir!« Sebastian war mit einem Satz bei seinem kleinen Bruder und schupste ihn durch den Wandspiegel hinüber zu Maeli.

Hinter ihm explodierte das Licht. Er konnte die Hitze spüren, die alles zerfraß, was sich diesseits des Spiegels befand. Der Lumpenmann wurde zerfressen. Der alte König atmete auf. Die Krone schmolz, sein Körper löste sich auf.

Sebastian wartete nicht länger.

Der vorletzte Spiegel erlosch und nur noch jener bot einen Durchgang, der zu Maeli führte.

Er sprang.

Ein Geräusch erklang, als habe jemand einen Stein in Wasser geworfen. Gis purzelte direkt vor Maelis Füße. Mit seinem typisch verträumten Blick schaute er auf, die Haare noch zerzauster als sonst.

»Hab ich was verpasst?«

Maeli riss ihn in eine Umarmung. »Ich habe mir solche Sorgen gemacht. Wo ist Sebastian?«

Der Boden erzitterte.

Steine lösten sich von der Decke, Teile der Wände brachen fort. Sie war längst zurückgekehrt in den Raum, von dem die zwölf Türen abzweigten. Oder besser: abgezweigt waren. Denn mit einem *Wusch* verschwand eine Tür nach der anderen.

»Er ist noch dort. Drüben. Da waren zwei. Ein Alter und der Lumpenmann. Das war so übel.« Gis plapperte mit überschlagender Stimme drauflos, wollte ihr alles so schnell wie möglich erzählen.

»Er ist noch dort?«, hakte sie nach.

»Ich glaube schon.«

Erneut erklang das Geräusch schwappenden Wassers. Sebastian purzelte an der gleichen Stelle aus der Wand, an der Gis zurückgekehrt war.

»Seltsam«, sagte er. »Auf der anderen Seite war es ein Spiegel. Hier nur eine Wand. Ich dachte, das sind alles Durchgänge in …«

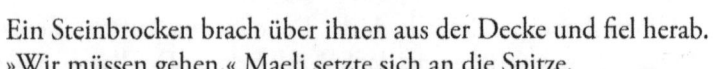

Ein Steinbrocken brach über ihnen aus der Decke und fiel herab.
»Wir müssen gehen.« Maeli setzte sich an die Spitze.
Gemeinsam hasteten sie zurück, die Stufen empor und in die Höhle. Den gesamten Weg über flohen sie vor dem Beben, herabfallenden Felsbrocken und wegbrechenden Bodenplatten. Erst am Ziel herrschte Stille.

Aus dem Loch in der Decke hing noch immer das Seil herab. Der Regen hatte aufgehört, die Sonne lugte durch die Wolken. Der Morgen zog bereits herauf.

Maeli war müde.

Sie wollte einfach nur noch schlafen, obgleich sie wusste, dass nun die Rute auf sie wartete. Vater würde außer sich sein und die Geschichte niemals glauben. Sebastian hatte erzählt, dass die Entsteinerten überhaupt nicht gemerkt hatten, wie viel Zeit vergangen war.

So trotteten sie zurück zur Herberge.

Die Tür hinter Maeli fiel ins Schloss.

Das Glück war ihr hold. Vater schlief noch immer, völlig betrunken nach einem Saufgelage am vorangegangenen Abend. Sebastian und Gis waren in die Ställe verschwunden und würden so tun, als ob sie arbeiten. In Wahrheit schliefen sie vermutlich bereits zwischen Heuballen. Sie beneidete die beiden.

»Es wurde ja auch Zeit, dass wir alleine sind.«

Sie zog den Spiegel aus der Tasche. Von der Oberfläche wallte ihr Nebel entgegen. »Warum sollte ich dich unbedingt mitnehmen?«

»Wir sind ein tolles Team.«

»Darüber lässt sich streiten.«

»Siehst du es denn nicht? Du bist zu Großem bestimmt. Mag dein Bruder doch Ritter werden und mit dem Schwert herumfuchteln und Mini-Gis Pferde striegeln.«

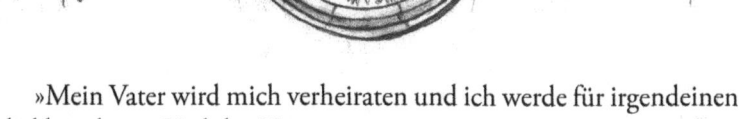

»Mein Vater wird mich verheiraten und ich werde für irgendeinen dickbäuchigen Kerl das Haus putzen.«

»Hatten wir das nicht bereits? Ich muss sagen, wie du gnadenlos diese Statue umgeworfen hast, um auf sie zu steigen ... grandios. Sie wird ihren kleinen Finger auch gar nicht vermissen.«

Maeli lag eine geharnischte Erwiderung auf den Lippen, doch sie schwieg. Der Moment des Triumphes war noch zu präsent, kam jedoch mit einem bitteren Beigeschmack. Sie hatte alle zwölf Königreiche gerettet, aber niemand würde je davon erfahren. Und selbst wenn, jeder würde Sebastian den Sieg zuschreiben. »Weil er ein Mann ist.«

»Und du eine Frau. Durchsetzungsstark, pfiffig, hübsch. Setze die Waffen ein, die du besitzt.«

»Ich soll mir selbst einen Mann suchen?«

»Nein. Macht. Wenn dazu auch ein Mann notwendig ist, nimm ihn erst mal.«

»Aber ...«

»Du bist schön«, sprach er weiter. »Und nicht nur das. Ein Teil der freigesetzten Magie ist an dir haften geblieben. Du bist mächtig. Mit meiner Hilfe wirst du lernen, die Magie zu gebrauchen. Niemand wird es mit dir aufnehmen können. Schön und gnadenlos wirst du sein. Ich helfe dir. Dreh den Knauf ab.«

»Schön und gnadenlos«, echote Maeli.

Sie drehte den Knauf des Spiegels. *Klick.* Der Knauf ließ sich abnehmen. Ein Wabern glitt über den Spiegel. Er wuchs. Der Nebel wallte auf und füllte die ganze Fläche aus. Nur Augenblicke vergingen und aus dem Hand- wurde ein Wandspiegel.

Verdutzt blickte sie hinein.

»*Nun siehst du mich in meiner ganzen Pracht*«, drang es aus dem Nebel hervor.

»Du bist viel größer.«

»*Das hat ja fast schon Anklänge von Sebastian. Das Offensichtliche auszusprechen liegt in der Familie, was?*«

»Wie willst du mir helfen?«
Der Spiegel wisperte ihr Worte zu.
»So einfach?«
»*Aber ja. Denn Schönheit ist in dieser Welt stets auch Macht.*«
Maeli dachte darüber nach, wie die Zukunft aussehen konnte. Sie gebot nun tatsächlich über Magie? Und besaß obendrein einen Zauberspiegel. Alles war möglich. Sie konnte sich selbst einen Mann suchen, einen mächtigen Fürsten. Oder gar einen König. Ihr Vater würde sie nicht aufhalten. Niemand würde das.

Mit einem Lächeln sprach sie jene Worte, die aus dem Nebel an ihr Ohr gedrungen waren. Mit ihnen würde sie das Königreich für alle Zeit verändern: »Spieglein, Spieglein an der Wand, wer ist die Schönste im ganzen Land?«

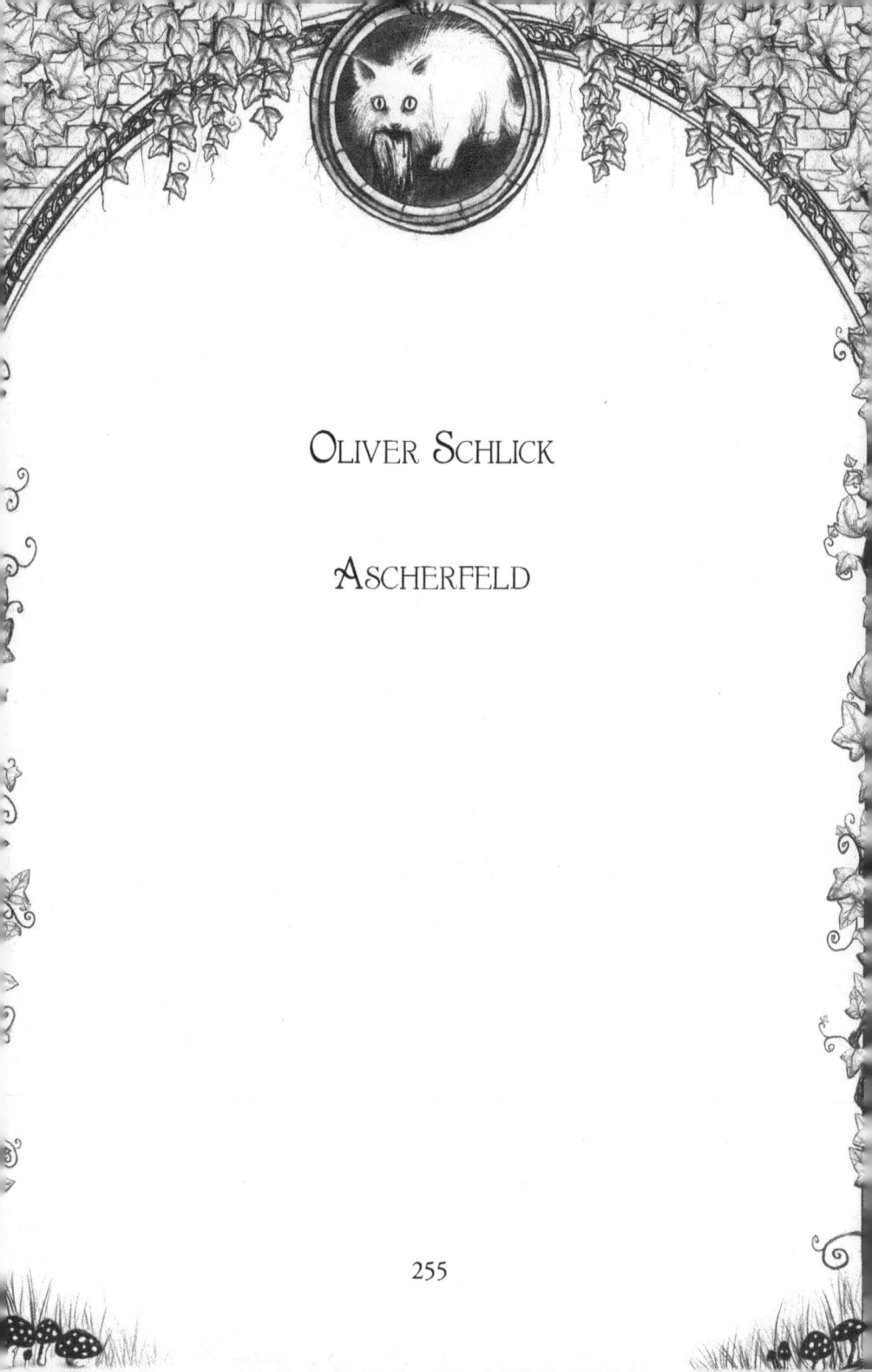

Oliver Schlick

Ascherfeld

Oliver Schlick

Oliver Schlick stammt aus Neuwied/Rhein. Zum Studium (Sozialarbeit) kam er aber nach Düsseldorf, wo er auch heute lebt. Neben dem Schreiben (und dem Sammeln von Schneekugeln und Blechspielzeug) arbeitet er bereits seit einigen Jahren in der stationären Jugendhilfe und bei der Flüchtlingsarbeit. Sein jüngster Roman *Wächter der Meere, Hüter des Lichts* erschien im Juli 2017 bei Ueberreuter. Darin geht es um Leuchttürme und eine Prophezeiung, um Gedankenfreiheit und ein ominöses Getränk namens Stinkefisch.

»Ich mag Geschichten, die in einer realen Welt beginnen, in die plötzlich fantastische Elemente eindringen und diese Welt und das Leben der Protagonisten völlig verändern«, sagt Oliver. Das überrascht mich nicht, denn genau das geschieht auch in *So klar wie Glas, so kalt wie Eis*. Es ist nicht das erste Buch aus seiner Feder, aber das erste, welches ich von ihm gelesen habe. Darin geht es um Schneekugeln, Raunächte und eine alte Sage um einen Pakt mit dem Teufel – deutschsprachige Urban Fantasy, die sich auf unsere heimische Mythen besinnt. Oliver kombinierte die Romantik-Motive und das Mystery-Element so ansprechend, dass ich mir sicher war, dass er auch ein gutes Händchen für Märchenadaptionen haben würde.

Es freut mich sehr, dass mein Gefühl mich nicht getrogen hat. In *Ascherfeld* führt er uns tief in den Hexenwald und webt aus diversen Märchenmotiven ein immer dichteres Netz, in dem sich sein Titelheld, wie auch der Leser, mehr und mehr verfängt …

www.facebook.com/AutorOliverSchlick

Ascherfeld

Fort! Nichts wie fort! Nur fort von diesem Ort der Schmach und Schande!

Johann Ascherfeld gelang es nicht, den Campus der Georg-August-Universität gemessenen Schrittes zu verlassen, so wie man es von einem würdevollen Sprachwissenschaftler in mittleren Jahren hätte erwarten dürfen. Johann Ascherfeld schritt nicht, er stürmte mit wehenden Rockschößen davon – denn seine Würde war ihm gerade genommen worden.

Freitag, der achtundzwanzigste Oktober 1836. Dieses Datum würde auf ewig als Tag der Niederlage in sein Gedächtnis eingebrannt bleiben: Man hatte sich für einen anderen Kandidaten entschieden! Man hatte ihm, einem anerkannten Linguisten, für dessen Forschung auf dem Gebiet der indogermanischen Sprachen selbst der angesehene Doktor Fröbe aus Berlin so freundlich gewesen war, Worte der Anerkennung zu äußern – man hatte ihm, dem reputierten Gelehrten, einen in höchstem Maße ungeeigneten und unqualifizierten Bewerber vorgezogen. Seine, Johann Ascherfelds, Reputation war nach Meinung dieser vertrottelten Göttinger Akademiker offenbar nicht Reputation genug für eine Professur an ihrer überschätzten Universität.

Fort! Fort aus dieser Stadt, von dieser Universität, von den schrecklichen Professoren Grimm, fort von diesem Ort der Demütigung. Nur die jüngste von all den Demütigungen, die das Leben für Johann Ascherfeld bereitgehalten und die ihre Spuren in seinem Gesicht hinterlassen hatten. Er zählte gerade einmal vierzig Jahre, doch sein Haar war bereits zur Gänze ergraut. Sein hageres Gesicht, aus dem eine spitze, blasse Nase ragte, war von Gramfalten durchzogen, sein Mund nur ein dünner Strich.

Ascherfelds Kiefer mahlten aufeinander und seine Schritte hallten wie ein kriegerisches Trommeln vom Pflaster wider, während er, von Scham und Wut getrieben, durch die herbstlichen Gassen Göttingens hastete. Es war später Nachmittag, die Straßen waren von Bürgern, Müßiggängern und fahrenden Händlern bevölkert, aber die flanierenden Menschen zogen, gesichtslosen Schatten gleich, an ihm vorbei. Sein Groll umhüllte ihn wie eine schwere, schwarze Wolke und machte ihn blind und taub für alles um ihn herum. Er sah nicht das flammende Rot der Buchen in den Vorgärten, nahm nicht den Duft der heißen Maronen wahr, die an einer Straßenecke offeriert wurden, noch hörte er das Glockengeläut, das vom Turm der Jacobikirche her in die Straßen Göttingens hinabschwebte. Sein Blick war starr, sein Mund trocken wie Pergament, die Kehle wie zugeschnürt. Diese schrecklichen, unsäglichen Professoren Grimm! Er war sich sicher, dass es in erster Linie ihr Einfluss war, der seine Berufung verhindert hatte. Wie überheblich sie ihm gleich bei ihrer ersten Begegnung gegenübergetreten waren … Dabei hatte er die Brüder – und das steigerte das Maß der Demütigung noch um ein Vielfaches – vor diesem persönlichen Aufeinandertreffen geradezu verehrt. Nicht nur hinsichtlich ihrer sprachwissenschaftlichen Arbeit, sondern natürlich auch für ihre Verdienste um die Erhaltung alten Volksgutes: Ihre *Kleine Ausgabe der Kinder- und Hausmärchen,* die 1825 veröffentlicht worden war, hatte die Brüder Grimm weithin bekannt werden lassen. Sie war Ascherfeld zu einer Inspiration eigenen Schaffens geworden und hatte ihn dazu bewogen, ein Werk epochalen Ausmaßes, eine umfassende Sammlung deutscher und europäischer Sagen, in Angriff zu nehmen. Zehn Jahre lang hatte er daran geschrieben, die Sagen sprachlich bearbeitet und mit gelehrten Kommentaren versehen. Mehr als siebentausendfünfhundert Blatt Papier umfasste sein Manuskript, für das sich aber, zu Ascherfelds außerordentlichem Verdruss, bisher kein Verleger gefunden hatte. Allesamt kleingeistige Ignoranten – nicht anders als die feinen Brüder Grimm!

Dabei hatte alles so gut begonnen. Am Montagabend hatte die Universität zu Ehren der Kandidaten einen Empfang in Anwesenheit zahlreicher Dekane und Professoren gegeben, bei dem zu Ascherfelds Entzücken auch Jacob und Wilhelm Grimm zugegen gewesen waren. Nur mühsam hatte er seine freudige Aufregung und das Zittern seiner Hände verbergen können. Ein nie zuvor gekanntes Glücksgefühl hatte ihn durchströmt. Endlich stand er ihnen gegenüber! Ihnen, die er so verehrte. Endlich traf er auf Männer, deren gelehrter Geist dem seinen gleichkam. Kultivierte, hochgebildete Menschen, die seine Arbeit zu schätzen wissen und ihr den angemessenen Respekt zollen würden.

Doch nach dem vielversprechenden Beginn hatte der Abend eine unschöne Wendung erfahren. Kaum war der offizielle Teil des Empfangs beendet, hatte Ascherfeld sich den Brüdern, die vor einem der hohen Fenster des Saales standen und in ein Gespräch waren, in unterwürfiger Haltung genähert, seiner Bewunderung mit schmeichelhaften Worten Ausdruck verliehen und alsbald die Konversation in Richtung auf die von ihm zusammengetragene Sammlung europäischer Sagen gelenkt. Aber zu seiner grenzenlosen Enttäuschung hatte Jacob Grimm nur abwesend genickt und sein jüngerer Bruder hatte sich zu dem einem Sprachwissenschaftler in jeglicher Hinsicht unwürdigen Ausruf »Siebentausendfünfhundert Seiten? Ach, du dickes Ei!« hinreißen lassen. Anschließend hatten die Brüder ihr Gespräch wieder aufgenommen und den fassungslosen Ascherfeld einfach ignoriert. Mit hochrotem Haupt hatte er, die Lippen aufeinandergepresst, beschämt dagestanden, während sich seine Hände in den Taschen zu Fäusten ballten.

Nein, es hatte *nicht* gut begonnen für ihn, in Göttingen. Aber trotz der Wunde, die das unhöfliche Verhalten der Brüder Grimm ihm zugefügt hatte, hatte er weiter versucht, sie für sich einzunehmen. Wenn sie erst seiner Probevorlesung beigewohnt hätten, würde ihnen aufgehen, dass sie einen Fehler begangen hatten. Dass sie Johann Ascherfeld sträflich unterschätzt hatten. Er war sich sicher gewesen: Nach seiner mit kühnen Thesen gespickten, hochkomplexen Vorlesung über die *Vergleichende Grammatik indogermanischer Sprachen* würden die Brüder, beeindruckt von der Brillanz seines Vortrages, verschämt und peinlich berührt zu ihm kommen, um Nachsicht für ihre anfängliche Ignoranz bitten, ihn zum Favoriten auf die Professur erklären und nunmehr auch bereit sein, seiner Sagen-Sammlung mit dem Interesse zu begegnen, das ihr gebührte. Umso schockierter war er, als seine Ausführungen weder die Studenten noch die anwesenden Professoren in größerem Maße zu beeindrucken schienen. Ale letzter der drei Kandidaten hatte er seine Probevorlesung am gestrigen Nachmittag halten dürfen – und war alsbald ins Schwitzen und Stottern geraten, als er feststellte, dass die Studenten seine Thesen lange nicht so neu und kühn fanden, wie er geglaubt hatte. Aus dem Augenwinkel hatte er verstohlene Blicke auf die Professoren geworfen, die in der ersten Reihe des Auditoriums Platz genommen hatten. Der Großteil von ihnen hatte recht bald gelangweilt gewirkt und Wilhelm Grimm waren nach der Hälfte der Vorlesung die Augen zugefallen. Ascherfeld hatte sich gefühlt, als hätte ihm jemand eine Faust in den Magen gerammt.

Und vor etwas weniger als einer Stunde hatte der niederschmetternde Verlauf dieses Göttinger Abenteuers seinen schmerzlichen Tiefpunkt gefunden. Die drei Kandidaten waren am heutigen Nachmittag zu einer von der Magnifizenz geleiteten Versammlung der Professoren gerufen worden – an deren Ende die Berufung eines seiner beiden Konkurrenten an die Universität Göttingen gestanden hatte. Wie gelähmt hatte Ascherfeld die Entscheidung vernommen und einen schmerzhaften Stich in seinem Inneren gefühlt. Für einen Moment war ihm schwarz vor Augen geworden. Erst die Stimme von Jacob Grimm hatte ihn aus seiner entsetzten Starre gerissen. Der Professor hatte einige Worte tröstenden und aufmunternden Inhaltes an ihn gerichtet, aber Ascherfeld hatte nur Verachtung, Hohn und Spott aus ihnen herausgehört. Und wie um den letzten Nagel in sein Kreuz zu treiben, hatte Wilhelm Grimm ihm mit jovialem Gestus ein ledergebundenes, von den Brüdern signiertes Exemplar der *Kleinen Ausgabe der Kinder- und Hausmärchen* überreicht.

Ein Trostpreis! Er fühlte sich wie ein Bettler, den ein reicher Bürger mit einem Almosen abspeiste, während ihm gleichzeitig unter Androhung drakonischer Strafen verboten wurde, sich dem Haus ebendieses Bürgers zu nähern, geschweige denn es jemals zu betreten.

Ascherfelds Schläfen pochten, während er durch die Straßen eilte. Seine Augen nahmen einen verächtlichen Ausdruck an, als er auf den Ledereinband blickte, den er noch immer in der Hand trug. Ein Buch! Ein Märchenbuch! Als ob diese Sammlung lächerlicher, wirrer und infantiler Geschichten ihn auch nur im Geringsten über die entgangene Professur hinwegtrösten könnte. Das Buch war nichts als eine in Leder gebundene Erniedrigung.

Während er sich der armseligen Herberge näherte, in der er für die Dauer seines Aufenthaltes Quartier bezogen hatte, setzte die Abenddämmerung ein. Herbstnebelschwaden zogen durch die Straßen und woben Göttingen nach und nach in einen dichten, grauen Mantel ein.

Als Ascherfeld in die schmale Seitengasse bog, in der seine Unterkunft lag, rannte er beinah in zwei Frauen hinein, die unter einer Laterne standen und deren liederliche, aufreizende Aufmachung keinen Zweifel daran ließ, welchem Gewerbe sie nachgingen. Mit eingezogenem Kopf, den Blick zu Boden gerichtet, strebte er schnellen Schrittes an ihnen vorbei. Kaum hatte er sie passiert, hörte er, wie eine der Frauen ein schrilles Lachen ausstieß, in das die zweite augenblicklich einfiel. Ihr hämisches Gelächter galt ohne Zweifel ihm. Es konnte nur ihm gelten! Ascherfeld fühlte, wie ihm eine plötzliche Hitze in die Wangen schoss, beschleunigte seine Schritte, stieß die Tür der Herberge auf, stürzte in die Gaststube und schrie in Richtung des erschrocken blickenden Wirtes: »Ich reise ab! Sofort! Ich brauche eine Kutsche!«

»Zu dieser Stunde, mein Herr?«, entgegnete der Wirt, ein kleiner, schmächtiger Mann, und warf einen Blick aus dem Fenster. »Der Nebel wird immer dichter und ... bald ist es stockdunkel. Reisen Sie morgen, bei Tageslicht. Zu Ihrer eigenen Sicherheit. Bleiben Sie noch eine Nacht!«

»Damit du mir den Wucherpreis für eine weitere Nacht in dieser Kaschemme aufschlagen kannst? Sorg dafür, dass in zehn Minuten eine Kutsche vor der Tür steht!«

»Aber bei diesem Nebel wird sich kaum ein Kutscher finden, der ...«

»Eine Kutsche! Sofort!«, brüllte Ascherfeld und stürmte die enge Stiege zu seinem Zimmer hinauf.

Kaum hatte er die Tür hinter sich zugeschlagen, sank er in sich zusammen. Er lehnte sich mit dem Rücken gegen das raue Holz der Tür und warf das Buch der Brüder Grimm auf sein Bett, während ihm Tränen der Wut in die Augen stiegen. Wie viel an Erniedrigung konnte ein Mensch ertragen? Wieder hatte man jemand anderen ihm vorgezogen. Wieder einmal hatte die Welt Johann Ascherfeld verkannt. Und so war es von Anbeginn seines Lebens an gewesen. Immer hatte es jemanden gegeben, der anderen als klüger, als besser, mutiger oder begehrenswerter gegolten hatte. Johann Ascherfelds Leben war ein nicht enden wollender Krieg, in dem er ohne Unterlass um die Anerkennung stritt, die ihm in seinen Augen gebührte. Ein Krieg, in dem er so gut wie alle Schlachten verloren hatte ...

Er atmete tief durch, versuchte die Fassung wiederzuerlangen und begann, Kleidungsstücke und das zerknüllte Manuskript seiner Vorlesung in eine lederne Reisetasche zu stopfen. Als er schon in der Tür stand und einen letzten Blick zurückwarf, um sicherzugehen, dass er nichts vergessen hatte, blieb sein Blick an dem Märchenband der Brüder Grimm hängen, der noch immer auf der Bettdecke lag.

Er würde sein Gepäck nicht mit diesem Symbol der Schande beschweren!

Ich werde es einfach hier, in dieser schmutzigen Kammer zurücklassen, dachte er – bevor ihn ein plötzlicher Sinneswandel ereilte: Das signierte Buch könnte ihm Geld einbringen. Es gab Menschen, die ihm eine stattliche Summe dafür zahlen würden. Begeisterte Leser der grimmschen Märchen, die nicht ahnten, dass die Brüder nur selbstgefällige, ignorante, hochnäsige Gestalten waren. Kurz entschlossen griff er nach dem Ledereinband und warf ihn in seine Tasche – die plötzlich so schwer wog, als hätte er einen Backstein hineingepackt.

Mit unverhohlen misstrauischem Blick prüfte er die Rechnung, die der Wirt ihm präsentierte, zählte mit grimmigem Blick ein paar Münzen ab und knallte sie auf den Tresen. »Wo bleibt die Kutsche?«

»Sie wird jeden Moment hier sein, mein Herr. Aber es wäre wirklich sicherer, wenn ...«

Ascherfeld brachte den Mann mit einem verächtlichen Blick zum Schweigen, nahm seine Tasche und trat auf die Straße – als ihn ein wütendes Fauchen zusammenfahren ließ: Eine weiße Katze sprang mit einem gewaltigen Satz von einem niedrigen Hausdach und schlug ihre Krallen in eine gleichermaßen schneeweiße Taube, die auf dem Pflaster nach Brotkrumen gepickt und dabei nicht ausreichend wachsam gewesen war. Ein verzweifeltes Flattern der weißen Flügel, ein panisches Gurren, ein erneutes Fauchen der Katze, Federn stoben durch die Luft – dann lag die Taube reglos da, das Federkleid mit rotem Blut bedeckt. Die Augen der Katze leuchteten wie Zündholzflammen in der Dunkelheit auf, sie warf Ascherfeld einen bösen Blick zu, nahm ihre Beute zwischen die Zähne und sprang davon.

Das Ganze dauerte nur wenige Augenblicke, aber die grausame Szene hatte auf Ascherfeld eine so verstörende und beunruhigende Wirkung, dass ihn ein eisiges Schaudern durchlief. Wie erstarrt stand er da und blickte der weißen Katze hinterher, die mit ihrer Beute lautlos in der Dunkelheit verschwand – als ein schwarzer Zweispänner mit geschlossenem Verdeck in die Gasse bog und direkt vor ihm zum Halten kam.

Der Zustand des Gefährts wirkte wenig vertrauenerweckend, und beim Anblick des Kutschers – einer groben Gestalt, die reglos auf dem Kutschbock hockte – runzelte Ascherfeld verärgert die Stirn. Der Mann sah aus wie ein Narr! Er trug schmutzige Stiefel, einen langen, schäbigen Mantel mit zahlreichen bunten Flicken, auf seinem massigen Schädel hing eine unförmige Pelzkappe, die aussah, als wäre sie aus Mäusefellen zusammengenäht.

Während Ascherfeld die Erscheinung des Kutschers argwöhnisch musterte, wandte dieser ihm plötzlich das Gesicht zu. Die Augen des Mannes wurden von der Pelzkappe beschattet und waren nicht zu erkennen, seine Wangen und sein Kinn wurden von einem schwarzen, struppigen Bart bedeckt.

»Wohin geht die Reise?«, hörte Ascherfeld ihn mit einer dunklen, merkwürdig hohl klingenden Stimme fragen, die sich anhörte, als käme sie vom tiefen Grund eines Brunnens.

Die einfache Frage stürzte ihn in tiefste Verlegenheit. Er war dermaßen bestrebt gewesen, so schnell wie möglich aus Göttingen zu fliehen, dass er sich keine Gedanken über das Ziel seiner Reise gemacht hatte. »Nach Hause«, hätte er gerne geantwortet. Aber er hatte kein Zuhause. Nicht mehr. Er konnte nicht zurück. Der Ort, der bis vor kurzer Zeit sein Heim gewesen war, war auch nur noch ein Ort der Niederlage. Ein verwüstetes, verlassenes Schlachtfeld aus einem Krieg, in dem er von seiner eigenen Ehefrau verraten und gedemütigt worden war. Er hatte kein Zuhause mehr.

»Hauptsache … fort von hier«, murmelte er mit matter Stimme.

»Wie es dem Herrn beliebt.« Der Kutscher bedeutete ihm mit einem kurzen Nicken, einzusteigen. Ascherfeld nahm in den Polstern des Zweispänners Platz, schloss den Kutschenschlag und hörte unmittelbar darauf das Knallen der Pferdepeitsche und die raue Stimme des Mannes auf dem Kutschbock, die die Tiere lautstark antrieb: »Vorwärts! Vorwärts, meine Pferdchen! Ho, Krume! Ho, Kiesel!«

Ein muffiger, moderiger Geruch, der den Polstern zu entsteigen schien, hing in der Kutsche. Ascherfeld verzog angewidert das Gesicht. Unter anderen Umständen wäre er augenblicklich wieder ausgestiegen, hätte sich mit deutlichen Worten beschwert und nach einer anderen Fahrgelegenheit verlangt. Doch jetzt war ihm nur daran gelegen, Göttingen so schnell wie möglich zu verlassen. Dafür würde er den eklen Geruch in Kauf nehmen. Er schlug den breiten Kragen seines Mantels vor Nase und Mund, lehnte sich zurück und blickte aus dem Fenster, während die Räder des Zweispänners über das unebene Kopfsteinpflaster rollten.

Schon bald hatte die Kutsche die Stadt hinter sich gelassen und näherte sich den Ausläufern des Göttinger Waldes. Ein bleicher Halbmond stand am Himmel. Sein blasses, fahles Licht verlor sich in dem immer dichter werdenden Nebel, der beinah jegliches Geräusch verschluckte. Nur das Schnauben der Pferde und die gelegentlichen Rufe des Kutschers – »Ho, Krume! Ho, Kiesel!« – drangen durch die kalte Oktobernacht an Ascherfelds Ohren. Der Zweispänner folgte einem schmalen Hohlweg, der in zahlreichen Windungen zwischen gewaltigen alten Bäumen hindurch in das Innere des Waldes führte. Ein banges Gefühl ergriff Ascherfeld, als er auf die schattenrissartigen Konturen tief hängender Zweige blickte, die an den Fenstern entlangstreiften und sich wie lange, dürre Finger nach dem Gefährt auszustrecken schienen. So, als könnten sie jeden Moment in das Innere der Kutsche eindringen, ihn herauszerren, umschlingen und sich so eng um seine Brust winden, dass es ihm den Atem nehmen würde.

Er wandte seine Augen von dem beängstigenden Schauspiel ab und fuhr sich mit einer fahrigen Geste über die Stirn, als sein Blick an der ledernen Tasche hängen blieb, die er neben sich abgestellt hatte und aus der, wie ihm zum Hohn, eine Ecke des grimmschen Märchenbuches ragte. Ohne dass er hätte sagen können warum, griff Ascherfeld mit spitzen Fingern nach dem Band und schlug die erste Seite auf, wo Jacob und Wilhelm Grimm ihre Unterschriften hinterlassen hatten. Beim Anblick der affektiert verschnörkelten Namenszüge stieg kalte Wut in ihm auf. Was bildete sich dieses Brüderpaar ein? Was glaubten sie, wer sie waren? Wie unbedeutend nahm sich ihre Aneinanderreihung kleiner, kindischer Geschichten doch gegenüber Johann Ascherfelds beeindruckender Sammlung europäischer Sagen aus. Siebentausendfünfhundert Seiten! Es konnte nur der blanke Neid auf sein Werk gewesen sein, der sie dazu veranlasst hatte, seine Berufung an die Hochschule zu hintertreiben. Oder waren sie schlicht zu borniert, um wahre Größe zu erkennen?

Johann Ascherfelds Leben war reich an erniedrigenden Momenten der Verkennung, die unzählige Wunden in seine Seele geschlagen hatten. Wunden, die nie vernarbt waren. Die verwehrte Professur war nur das letzte Glied einer endlosen Kette schmervoller Demütigungen: da war das Scheitern seiner Ehe – seine Frau, die sich von ihm ab- und einem anderen Mann zugewandt hatte. Die einen anderen mehr liebte als ihn. Einen Mann von geckenhafter Erscheinung, dessen geistige Fähigkeiten nicht einmal entfernt an die seinen heranreichten. Seine Frau hatte sich nicht einmal bemüßigt gesehen, ihr unehrenhaftes Verhältnis zu verstecken, und ihn so zum Gespött aller gemacht.

Wie weit Ascherfeld seine Gedanken auch in die Vergangenheit zurückwandern ließ – überall stieß er auf Momente der Ablehnung und Demütigung. In der Zeit seiner Ehe, während seiner Studienjahre, in seiner Schulzeit und sogar … Seine Finger krallten sich in die Sitzpolster, als ihn die Erinnerung an die schrecklichste aller Demütigungen durchzuckte. Die erste, die er erfahren hatte. Die, welche die tiefste Wunde gerissen hatte: Von dem Tage an, da seiner jüngere Schwester zur Welt gekommen war, hatte sich alle Liebe und Zuwendung der Eltern nur noch auf sie gerichtet. Es war gewesen, als hätte er plötzlich nicht mehr für sie existiert. Wenn sie ihn doch einmal zur Kenntnis nahmen, dann nur, um ihn für etwas, das er getan hatte, zu schelten. Und dabei hatten sie ihm erklärt, um wie viel folgsamer, sanfter und liebenswerter seine Schwester doch war. Sie hatten sie ihm immer vorgezogen! Hatten nie erkannt, dass auch er folgsam und sanft sein konnte. Dass er nicht weniger liebenswert war als seine Schwester! Sie hatten ihn verkannt. Die kleine Grete war ihr Liebling gewesen, bis zu dem Tage, an dem …

Ein durchdringendes, kratzendes Geräusch ließ Ascherfeld aus seinen Gedanken auffahren. Nur ein Ast, sagte er sich einen Moment später und versuchte, seinen Atem wieder zu beruhigen. Nur ein schwerer Ast, der über das Verdeck der Kutsche gestreift war. Dann rümpfte er die Nase: Der Modergeruch im Inneren des Gefährts hatte sich, entgegen seiner Hoffnung, nicht verflüchtigt – im Gegenteil, er schien immer süßlicher und intensiver zu werden und eine irgendwie betäubende Wirkung zu entfalten. Ascherfeld fühlte sich mit einem Mal schläfrig, seine Lider wurden schwer; wenige Momente später fielen ihm die Augen zu und sein Kinn sank auf die Brust.

Als er erwachte, war es tiefste Nacht.

Warum stehen wir?, war sein erster Gedanke. Benommen richtete er sich auf – und stellte bestürzt fest, dass seine Ledertasche verschwunden war. Und mit ihr auch die Reisekasse, die sich darin befunden hatte! Alles fort! Nur das Buch der Brüder Grimm hielt er noch immer in der Hand.

»Kutscher! He, Kutscher!«, schrie er, riss den Schlag auf und sprang aus dem Wagen. Im nächsten Moment stand er da wie versteinert: Der Kutschbock war leer. Und auch die Pferde waren verschwunden. Jemand musste sie ausgespannt haben; die Wagendeichsel lag auf dem schlammigen Waldboden.

Was geschieht hier?, dachte Ascherfeld und blickte sich angsterfüllt um. Der moderige, süßliche Geruch … ging es ihm durch den Kopf. Hatte der unheimliche Kutscher ihn betäubt, um ihn zu berauben und ihn dann hier, im tiefsten Wald, zurückzulassen? Ihn wilden Tieren auszuliefern? Voller Furcht ließ er seinen Blick durch das Dunkel wandern. Die gewaltigen, dicht stehenden Bäume wirkten in dem schwachen Licht des Halbmondes wie ein erstarrtes Heer uralter, bösartiger Riesen. Ascherfelds Nackenhaare richteten sich auf, als er von fernher, gedämpft durch den dichten Nebel, das Heulen eines Wolfes zu vernehmen glaubte. Er musste fort von hier! Augenblicklich! Aber in welche Richtung sollte er sich wenden? Er wusste nicht im Geringsten, wo er sich befand. Wie sollte er bei dieser Finsternis je aus dem Wald herausfinden und – Was war das? Ein Rascheln aus einem nahen Gebüsch ließ Ascherfeld herumfahren, einen Moment später zweifelte er an seinem Verstand: Durch den Nebel sah er zwei kleine, schemenhafte Gestalten davonrennen, die alsbald zwischen den hohen Bäumen verschwanden. Für einen Augenblick glaubte er, ein helles Kinderlachen in die Baumkronen aufsteigen zu hören – bis es durch die Oktobernacht davonschwebte, leiser wurde und schließlich verstummte.

Eine Täuschung. Die Gestalten, das Lachen ... Fantasiegebilde, die seine Furcht ihm vorgaukelte. Die Angst durfte nicht die Oberhand über seine Gedanken und sein Handeln erlangen! Ascherfeld rief sich zur Ordnung. Kein Wald ist endlos, versuchte er sich Mut zu machen. Ich muss nur lange genug in eine Richtung gehen, dann werde ich irgendwann den Waldrand erreichen. Und von dort aus die nächste Ansiedlung. Ich werde an die Tür eines Hauses klopfen und mir wird Hilfe zuteilwerden. Ich darf mich nicht von der Furcht übermannen lassen. Ich muss nur diesem Hohlweg folgen.

Mit klopfendem Herzen machte er sich auf den Weg und schon bald ward die Kutsche hinter ihm vom Nebel verschluckt. Bei jedem Geräusch, das aus dem Unterholz drang, fuhr er zusammen und spähte ängstlich in das Dickicht aus Schlingpflanzen und dornigem Gestrüpp, das sich rechts und links des Weges entlangzog. Er war wohl eine halbe Stunde gegangen, als er an eine Weggabelung gelangte. Trotz der Kälte stand ihm der Schweiß auf der Stirn. Wohin nun? Nach einigem Zaudern und Zögern entschied er sich für den Weg zu seiner Rechten, doch schon bald darauf teilte sich auch dieser. Und so ging es noch mehrere Male, bis er auf einen schmalen, morastigen Pfad geriet – der sich nach wenigen Meilen zwischen den knorrigen Bäumen verlor.

Derart vom Wege abgekommen, irrte Ascherfeld über Stunden hinweg durch den dunklen Forst. Er keuchte steile Anstiege hinauf, kletterte in finstere, pflanzenüberwucherte Senken hinab und kämpfte sich durch dichtes Unterholz – immer mit der Furcht, urplötzlich einem Wolf oder einem Bären gegenüberzustehen. Einmal geriet er auf so sumpfigen Grund, dass er bis zu den Knien darin einsank und sich nur unter größter Anstrengung befreien konnte. Ein anderes Mal wäre er im dichten Nebel um ein Haar in eine gähnende Schlucht gestürzt, hätten seine Finger nicht im letzten Moment an einer Felskante Halt gefunden. Sein Gang war längst zu einem kraftlosen Stolpern geworden. Hunger und Durst quälten ihn.

Wird es niemals wieder Tag in diesem verfluchten Wald?, fragte er sich, sank erschöpft auf einen umgestürzten, moosbewachsenen Baumstamm, barg sein Gesicht in den Händen und atmete schwer. Ich habe mich verirrt. Ich werde an diesem finsteren Ort sterben, schoss es ihm durch den Kopf. Alleine. Verkannt. Unbemerkt. Nicht einmal im Tod wird die Welt von Johann Ascherfeld Notiz nehmen.

Das heisere Krächzen eines Raben zerriss unvermittelt die Stille des Waldes, ließ ihn aus seiner Verzweiflung aufschrecken – und als er den Kopf hob, vermeinte er plötzlich einen schwachen Lichtschein wahrzunehmen, der aus einiger Entfernung durch das Dunkel und den Nebel drang. Angestrengt kniff Ascherfeld die Augen zusammen. Ja, da war ein flackerndes Licht, ohne Zweifel. Ein Licht, wie von einer Kerze. Ein Licht, das Rettung verhieß! Schwerfällig erhob er sich, taumelte zwischen den Bäumen hindurch auf das Licht zu, erreichte schließlich eine kleine Waldlichtung – und glaubte seinen Augen nicht zu trauen!

Am Rand der winzigen Lichtung stand ein windschiefes, hölzernes Häuschen mit niedrigem Dach, aus dessen verwittertem Kamin weißer Rauch in die Luft stieg. Kerzenschein drang durch einen schmalen Vorhangspalt aus einem Fenster an der Vorderseite des Hauses. Im Vorgarten wucherten Gräser, Brennnesseln und mannshohe Disteln, dazwischen reckten sich ihm die rot-weißen Köpfe giftig glänzender Fliegenpilze entgegen.

Erst als er den Vorgarten betrat, wurde Ascherfeld gewahr, dass er noch immer das Buch der Brüder Grimm in den Händen hielt – und sein Schritt stockte: Das Haus wirkte, als sei es einem düsteren Märchen entstiegen. *Knusper, knusper, Knäuschen* ... Im Märchenland der Brüder Grimm fanden sich stets halb verwitterte, winzige Häuschen, tief im Wald. Behausungen, in denen alte, böse Hexen lebten, die unschuldige Seelen zu sich lockten, um ihnen schlimme, unaussprechlich grausame Dinge anzutun ...

Im nächsten Augenblick schüttelte er über sich selbst den Kopf und schalt sich für seine dummen, kindischen Gedanken. Er war ein Mann des Verstandes, ein aufgeklärter Geist. Dies war kein Märchen, dies war die Wirklichkeit. Und das Haus war weder aus Brot gebaut noch mit Kuchen gedeckt noch waren die Fenster von Zucker. Und ganz sicher lebte auch keine Hexe darin, denn Hexen gab es nicht. Dies war das Häuschen eines Waldarbeiters, vielleicht auch eines Einsiedlers, der hoffentlich freundlicher Natur war, ihm Unterkunft für die Nacht gewähren und ihm morgen früh den Weg aus dem Wald weisen würde. Ascherfeld war im Begriff, an die Tür zu pochen, als sich diese wie von Geisterhand bewegt mit einem leisen Knarren öffnete. Sein Herz übersprang vor Schreck einen Schlag! Vorsichtig reckte er den Kopf vor und blickte in einen schwach erleuchteten, schmalen Korridor, an dessen Ende eine vermoderte Holzstiege nach oben führte.

Zögernd setzte er einen Fuß über die Schwelle und hörte sich mit brüchiger Stimme rufen: »Ist jemand zu Hause?«

Stille. Nur das Geräusch des Windes, der um das Haus pfiff. *Der Wind, der Wind, das himmlische Kind.*

Bemüht, nicht zu laut aufzutreten, schlich Ascherfeld über die Dielen des Korridors und spähte in einen kleinen Raum zur Rechten, dessen Tür offen stand. Eine Küche. Der größte Teil des Raumes wurde von einem rußgeschwärzten Steinofen eingenommen. Daneben waren Holzscheite aufgestapelt. In einer Ecke stand etwas, das an einen übergroßen Vogelbauer erinnerte, unter der Decke hingen ein Beil mit rostiger Klinge und Messer unterschiedlicher Größe. In der Mitte der Küche befand sich eine Art steinerner Tisch, einem Altar nicht unähnlich, in den fremdartig aussehende, runenähnliche

Schriftzeichen eingraviert waren. Vorsichtig beugte sich Ascherfeld über den Tisch – und schlug im nächsten Moment die Hand vor den Mund, um nicht laut aufzuschreien: Über die steinerne Tischplatte verteilten sich zahlreiche Knochensplitter, sie war übersät mit rostbraunen Flecken und Spritzern, dazwischen lag etwas, das an einen abgebrochenen menschlichen Zahn erinnerte, und an der Tischkante klebte ein Büschel blonder Haare.

Ascherfeld musste würgen, entsetzt wich er zurück. Welche düsteren Dinge gingen an diesem Ort vor? Fort hier! Schnellstens fort!

Er stürzte in den Korridor hinaus, doch die Haustür war verschlossen und ließ sich nicht öffnen – egal, wie verzweifelt er daran rüttelte.

In diesem Moment tönte eine helle Kinderstimme durch das Haus: »Hans! Geh nicht! Hans!«

Johann Ascherfeld zuckte zusammen, rang nach Luft – und erstarrte zu einer Salzsäule. *Hans* ... Der Ruf der Stimme galt ihm! Aber niemand hatte ihn je bei dieser Kurzform seines Namens genannt, außer ...

»Hans! Hilf mir!« Die helle Stimme schien aus einem Zimmer zu kommen, das gegenüber der Küche, auf der anderen Seite des Korridors lag.

Ascherfeld spürte einen Kloß im Hals, ein Zittern durchlief ihn. Er wollte nur davonrennen, aber als hätte ein fremder Wille Besitz von ihm ergriffen, setzten sich seine Füße auf den Dielen des Korridors in Bewegung – und er betrat das Zimmer, aus dem die Stimme nach ihm gerufen hatte.

Der niedrige Raum wurde von den Flammen weniger Kerzen erleuchtet, die auf dem schmalen Sims eines Kamins standen. Holzdielen, Teppiche, ein mit Büchern vollgestopftes Regal. Ein Fenster, vor dem schwere rote Samtvorhänge hingen. Durch einen schmalen Vorhangspalt erkannte man den brennnesselüberwucherten Vorgarten. Am anderen Ende des Zimmers stand ein Ohrensessel mit hoher Lehne, der zu einem zweiten, rückwärtigen Fenster ausgerichtet war, durch das man auf ein Dickicht aus hohen Farnen blickte. Verwundert betrachtete Ascherfeld einen runden Tisch in der Mitte des Raumes, an dem zwei Stühle mit gedrechselter Lehne standen. Die Tafel war für zwei Personen gedeckt: Teller, Besteck, fein geschliffene Gläser, eine silberne Speiseglocke, eine Blechdose zur Aufbewahrung von Backwerk, eine Kristallkaraffe, die mit einer roten Flüssigkeit gefüllt war. Ascherfelds Blick glitt über die Wände des Zimmers, blieb an einem breiten Ölgemälde hängen – und baff vor Erstaunen riss er die Augen auf: Das Ölbild zeigte einen von Trauerweiden umstandenen kreisrunden Teich, auf dessen schwarzem, unbewegtem Wasser eine weiße Ente schwamm.

Entchen, Entchen, da steht Gretel und Hänsel. Kein Steg und keine Brücke, nimm uns auf deinen weißen Rücken.

Er kannte diesen Teich! Er kannte das schwarze Gewässer! Nur zu gut. Aber wie …

»Willkommen, Johann Ascherfeld«, sagte in diesem Moment eine Stimme und er fuhr zusammen. Das war nicht die helle Kinderstimme, die ihn vorhin bei seinem Kosenamen gerufen hatte, sondern die heiser klingende Stimme einer erwachsenen Frau!

Erschrocken wandte er den Kopf und sah, wie sich eine große, schlanke Gestalt aus dem Ohrensessel erhob. Bei ihrem Anblick verschlug es ihm den Atem: Die Gesichtszüge der Frau waren von seltener Ebenmäßigkeit, ihre Augen standen ein wenig schräg und waren dunkler als das Wasser des Teichs auf dem Gemälde. Sie hatte eine edel geschwungene, schmale Nase, volle Lippen und hohe Wangenknochen, ihr glänzendes kupferrotes Haar war zu zwei langen Zöpfen geflochten. Die Erscheinung war in ein mit schwarzer Spitze besetztes Kleid gehüllt, um den Hals trug sie eine Kette mit einem silbernen Amulett, dessen seltsame Form an einen Hühnerknochen erinnerte. Auf dem Arm hielt sie eine schneeweiße Katze, die leise schnurrte und sich das Fell leckte.

»Nimm doch Platz, Johann«, sagte die schöne Frau und deutete auf einen der Stühle. »Oder darf ich dich Hans nennen?«

»Woher ... woher kennen Sie meinen Namen?«, stammelte er, folgte aber ihrer Aufforderung und setzte sich zu Tisch.

Sie antwortete nicht, lächelte stumm und strich dabei über das weiße Fell der Katze.

»Ich ... ich habe mich verirrt und brauche Hilfe«, sagte Ascherfeld.

»Ich weiß«, entgegnete die Frau mit sanfter Stimme, nahm ihm gegenüber Platz und betrachtete ihn prüfend. »Du musst hungrig sein«, sagte sie und hob mit einer schnellen Bewegung die silberne Speisenglocke vom Tisch. »Ich hoffe, du magst Täubchen?«

Entsetzt riss Ascherfeld die Augen auf und starrte ungläubig auf eine weiße Taube, die mit blutverschmiertem Gefieder vor ihm lag – als die weiße Katze einen Satz auf den Tisch machte, ihn drohend anfauchte, die Taube zwischen die Zähne nahm, blitzschnell davonsprang und im Korridor verschwand.

»Ich befürchte, du musst auf das Täubchen verzichten«, seufzte die rothaarige Frau, während Ascherfeld wie vom Donner gerührt dasaß. »Vielleicht etwas Naschwerk?«, fragte sie und öffnete die Blechdose, die auf dem Tisch stand. »Lebkuchen. Nimm nur. Ich habe sie selbst gebacken.«

Sein erster Impuls war es, abzulehnen. Aber er hatte seit Stunden nichts mehr gegessen und war völlig ausgehungert. Zögernd griff er nach einem Stück des Gebäcks, das dick mit Zuckerguss bedeckt war, und biss vorsichtig davon ab. Der Zuckerguss schmeckte herrlich süß, doch dann begann sich ein Geschmack bitter wie Galle in seinem Mund auszubreiten und ihm wurde übel. Ascherfeld spuckte das Gebäck in hohem Bogen aus.

»Ich bedauere«, hauchte die Frau und sagte in mitfühlendem Ton: »Ich befürchte, meine Backkünste sind sehr bescheiden. Und wie viel glänzenden Zuckerguss ich auch auf die Kuchen streiche, immer kann die Süße nur für einen kurzen Moment den bitteren Geschmack überdecken, der darunter zum Vorschein kommt. – Hier, trink etwas! Das wird die Bitterkeit vertreiben.« Die langen, schlanken Finger der

Frau griffen nach der Kristallkaraffe. Sie schenkte Ascherfeld von der roten Flüssigkeit ein, aber er rührte das Glas nicht an.

»Wer sind Sie?« fragte er und blickte die geheimnisvolle Frau eindringlich an.

»Was glaubst du denn?«, entgegnete sie lächelnd, schenkte sich selbst auch ein und nahm einen kleinen Schluck von der roten Flüssigkeit. »Ich lebe in einem Haus im Herzen des Waldes, ich trage einen versilberten Hühnerknochen um meinen Hals, ich habe eine Katze und einen großen Ofen in meiner Küche …«

In dem Augenblick, als sie dies sagte, war sich Ascherfeld sicher, einer Wahnsinnigen gegenüberzusitzen. »Sie … Sie wollen mir sagen, dass Sie eine Hexe sind?«, presste er hervor und ließ seinen Blick so unauffällig wie möglich durch den Raum gleiten und nach einer Möglichkeit zur Flucht Ausschau halten.

»Manchmal ja. Manchmal nein. Ich habe viele Gesichter«, sagte die schöne Wahnsinnige orakelhaft.

»Aber Sie sind kein buckliges, altes Weib, das …«

»Nein?«, fragte die Frau und blickte ihn mit einem leicht amüsiert wirkenden Gesichtsausdruck an. »Wie sehe ich denn für dich aus, Hans?«

Ascherfelds Blick wanderte über ihr ebenmäßiges Gesicht. »Sie sind …« Er verstummte verlegen und blickte angestrengt auf die Tischplatte.

»Findest du mich begehrenswert?«, fragte sie mit heiserer Stimme und beugte ihren Kopf so weit vor, dass ihre Nasenspitze beinah die seine berührte.

Diese Frau ist vollkommen irrsinnig, sagte sich Ascherfeld und konnte doch nicht anders, als gebannt in ihre Augen zu blicken. Sie waren wie dunkle Wasser, und er fühlte plötzlich das Verlangen, von diesen Wassern verschlungen zu werden. Auf ihren tiefsten Grund zu tauchen. Er öffnete seine Lippen und …

Die Frau lachte auf, wich zurück und legte ihm einen Finger auf die Lippen. »Vorsicht, Johann Ascherfeld«, sagte sie. »Hast du denn nichts gelernt? Unter dem Zuckerguss kommt immer etwas Bitteres zum Vorschein.« Sie nippte an ihrem Glas, strich sich mit einem Finger über die Stirn und blickte ihn herausfordernd an. »Und ... um dir ein Geheimnis zu verraten, Hans: Ich habe ein wenig geschwindelt. Ich lebe *nicht* hier. Ich bin nur hier, weil du hier bist. Du hat mich hierher mitgebracht.«

Ascherfeld starrte sein Gegenüber vollkommen verständnislos an. Was redete dieses Weib für wirres Zeug?

Die Frau griff nach dem Märchenbuch, das er auf dem Tisch abgelegt hatte, und begann durch die Seiten zu blättern, bevor sie es zurücklegte und mit leiser Stimme sagte: »Ist es nicht beinah rührend, wie sauber und aufgeräumt all diese Geschichten sind? Wie gerade die Linie zwischen Gut und Böse verläuft? All die Hänsel und Gretel, die Dornröschen und Schneewittchen und Aschenputtel ... Wie reinen Herzens, wie ohne jeden Arg, wie unschuldig sie immer sind. Aber wer ist schon unschuldig? – Kannst du von dir behaupten, unschuldig zu sein, Hans?«

»Ja«, wollte er behaupten, aber dann zog etwas seinen Blick zu dem Gemälde mit dem schwarzen Teich – und er biss sich auf die Lippen, sah zu Boden und schwieg.

Die Frau tippte mit dem Finger auf den Ledereinband, ein feines Lächeln spann sich um ihre Lippen. »Und dann die bösen Figuren in diesen Märchen: Stiefmütter, böse Zauberinnen, Hexen ... Das Böse hat bei den Brüdern Grimm das Gesicht einer alten, hässlichen Frau. Dabei wissen du und ich doch genau, dass das Böse unendlich viele Gesichter hat ...« Die Frau richtete ihre dunklen Augen auf Ascherfeld, beugte sich zu ihm vor und flüsterte: »Manchmal sogar das unschuldige Gesicht eines neunjährigen Jungen.«

Ascherfeld blickte sie erschrocken an, sah zu dem Gemälde mit dem schwarzen Teich und begann, wie von plötzlichem Schüttelfrost ergriffen, am ganzen Körper zu zittern. *Das Gesicht eines neunjährigen Jungen ...* Wie konnte sie davon wissen?

»Das Böse ist nur selten ein altes, buckliges Weib«, sagte die Frau und strich über ihre Zöpfe. »Und es lebt nicht immer fern von uns, über den Hügeln oder jenseits des Waldes. Manchmal blickt es uns aus dem Spiegel entgegen. Nicht wahr, Hans?« Sie erhob sich vom Stuhl und begann mit langsamen Schritten auf und ab zu wandern, ohne den Blick von Ascherfeld zu wenden. »Was ist es nur, das Menschen dazu treibt, Böses zu tun? Was macht sie böse? Ist es das Gefühl, nicht geliebt zu werden? Weniger geliebt zu werden als andere? Sag du es mir, Hans!«

Ascherfelds Kehle war wie ausgedorrt, er brachte keinen Ton hervor und wich dem durchdringenden Blick der Frau aus. Wieder schielte er zu dem Gemälde. *Kein Steg und keine Brücke.* Für einen Moment schien es, als würde eine winzige, kaum wahrnehmbare Welle über den glatten Spiegel des Teiches ziehen. So, als hätte sich auf seinem Grund etwas geregt. So, als würde eine kalte Strömung aus der Tiefe etwas an die Oberfläche treiben, das viele Jahre lang auf dem Grund geschlafen hatte …

Ascherfeld wich alle Farbe aus dem Gesicht. Er schrak zusammen, als seine geheimnisvolle Gastgeberin nach seiner Hand griff. Ihre Finger waren kalt wie Eis, aber ihre Stimme klang sanft und warm: »Du hast dich verirrt, Johann Ascherfeld. Im tiefen, dunklen Wald deiner Seele. An einen Ort, an dem das Böse lebt. Du selbst hast es vor langer Zeit hier ausgesetzt. Und bist seither in deinem Leben immer nur im Kreis gegangen. Und wer im Kreis geht, der trifft irgendwann auf das, was er zurückgelassen hat.«

Ascherfeld war wie gelähmt, seine Gesichtszüge versteinert. Die Frau trat vor ihn hin, öffnete ihre linke Hand, und er sah in ihrer Handfläche einen glänzenden Kiesel liegen.

»Was ist das?«, entrang es sich ihm mit krächzender Stimme.

»Etwas, das dir den Weg zurück weisen wird, Hans!« Sie warf den Kiesel in sein Glas und die rote Flüssigkeit begann aufzuschäumen. »Trink«, sagte sie, führte das Glas an seinen Mund und er tat, was sie ihn hieß.

Kaum hatte er das Glas geleert, schienen die Konturen aller Dinge um ihn herum zu verschwimmen und ineinanderzufließen. Ascherfeld fuhr sich mit der Hand über die Augen, als mit einem Mal eine helle

Kinderstimme zu hören war: »Hans. Hilf mir! Hans!« Sie schien direkt aus dem Ölbild zu kommen.

Langsam drehte er den Kopf in Richtung des Gemäldes, das auf mysteriöse Art zum Leben erwacht war. Ascherfeld sah, wie ein Windstoß das Wasser kräuselte und die Äste der Trauerweiden träge hin und her schwingen ließ. Dann hörte er Gelächter und Geschrei – und im nächsten Moment sprangen zwischen den Weiden hindurch die Gestalten zweier Kinder in das Bild. Ein Junge im Sonntagsstaat, mit einer spitzen, blassen Nase und wütendem Gesicht. Ihm folgte ein kleines Mädchen in einem weißen Kleid. Blonde Locken umrahmten ihr feenhaftes Gesicht, aus dem große, staunende Augen blickten.

»Warte auf mich!«, rief sie und stolperte dem Jungen hinterher. »Hans! Lauf nicht immer fort!«

Der Junge fuhr auf dem Absatz herum, reckte drohend den Kopf und schrie: »Warum kannst du mich nie alleine lassen? Dummes Ding! Bleib mir vom Leib! Du bist eine Plage! Plage! Plage! Ich wünschte, du wärest tot!«

»Sieh nur!«, rief das blonde Mädchen, als hätte sie seine wütend ausgespuckten Worte nicht gehört, und deutete zu dem dunklen Teich. »Eine Ente. Eine weiße Ente.« Freudestrahlend lief sie auf das Ufer zu.

»Bleib hier, Grete«, rief der Junge. »Du wirst noch hineinfallen, du dummes Ding. Das Wasser ist tief und du kannst nicht schwimmen.«

Aber sie hüpfte lachend am Rand des Gewässers entlang und lockte die weiße Ente – als das Unheil geschah: Auf einem feuchten, glitschigen Stein rutschte ihr Fuß aus, sie schrie auf, überschlug sich und stürzte in den Teich. In Todesangst begann sie in dem kalten Wasser zu strampeln, um sich zu schlagen und nach Luft zu schnappen. Aber je mehr sie strampelte, desto weiter trieb es sie vom Ufer weg.

»Hans! Hilf, mir! Hans!«, schrie sie in blinder Panik und schlug auf das Wasser.

Auf dem Gesicht des Jungen spiegelte sich tiefstes Erschrecken wider. Er sprang vor, streckte die Hand in Richtung seiner kleinen

Schwester aus – und im nächsten Moment konnte Ascherfeld geradezu sehen, welch böser Gedanke durch den Kopf des Jungen zuckte: *Wenn sie nicht mehr da ist, werden die Eltern mich wieder lieben!*

»Hans! Hilf mir doch! Hans!«

Langsam zog der Junge seine Hand zurück und trat einen Schritt vom Ufer weg – während seine Schwester mit dem Kopf immer wieder unter Wasser geriet. Dann wandte er sich abrupt ab.

»Hans! Geh nicht, Hans! Hilf mir!«

Der Junge presste die Hände auf die Ohren und rannte davon, während die Hilfeschreie seiner Schwester leiser und schwächer wurden, bis sie schließlich ganz erstarben. Ein gurgelndes Geräusch, Blasen, die zur Oberfläche stiegen, dann lag der Teich wieder tot und unbewegt da.

Ascherfeld starrte stumm auf das Gemälde und konnte sich erst von dessen Anblick lösen, als er fühlte, wie ihm eine Träne über die Wange rann, von seinem Kinn tropfte und auf seinem Handrücken zerplatzte. Schwer atmend richtete er den Kopf auf.

Die schöne, schwarz gekleidete Frau blickte ihn mit traurig wirkenden Augen an und flüsterte: »Wir können das Böse, das wir getan haben, nicht ungeschehen machen. Wir können nur um Vergebung bitten.« Sie neigte den Kopf, küsste ihn sanft auf die Stirn – und einen Lidschlag später waren Frau und Haus und Wald verschwunden.

Stattdessen fand Ascherfeld sich am schlammigen Ufer jenes Teiches wieder, den er gerade eben noch auf dem Gemälde betrachtet hatte. Der Teich, an dem er vor einunddreißig Jahren dem Bösen begegnet war. Dem Bösen in Johann Ascherfeld.

Verblüfft stellte er fest, dass er das Märchenbuch der Brüder Grimm noch immer bei sich trug. Er legte es auf einem moosbewachsenen Stein ab, blickte über das schwarze Wasser und sagte leise: »Ich bin gegangen. Doch nun bin ich zurück.«

Da öffnete sich der Vorhang aus Weidenästen und eine kleine, zierliche Gestalt trat zwischen ihnen hervor. Ihr weißes Kleid war durchnässt. Wassertropfen rannen aus ihren blonden Locken über ihre Stirn und ihr zartes, feenhaftes Gesicht.

»Grete!«, stieß er hervor. »Aber ... du bist tot. Du bist tot, seit einunddreißig Jahren.«

»Warum hast du das getan, Hans?«, fragte sie mit heller Stimme. »Warum hast du mich ertrinken lassen?«

Er senkte den Kopf und wisperte: »Ich ... ich habe geglaubt, unsere Eltern würden mich wieder lieben, wenn es dich nicht mehr gäbe. Wie dumm ich war. Sie hörten auch nach deinem Tod nicht auf, dich zu lieben. Und ich schien noch weniger für sie zu existieren als zuvor.« Er schluchzte laut auf. »Nie haben sie mich so geliebt wie dich. Nie hat mich irgendjemand wirklich geliebt.«

Seine Schwester blickte zu ihm auf und lächelte. »*Ich* habe dich geliebt, Hans. Meinen großen Bruder. Mehr als jeden anderen auf der Welt. Hast du das denn nicht gewusst?«

Die Erkenntnis traf ihn mit der Wucht eines Axtschlages: *Sie* hatte ihn geliebt ... Ascherfeld traten Tränen in die Augen und seine Lippen begannen zu zittern. »Ich wünschte, ich könnte das, was ich getan habe, ungeschehen machen«, flüsterte er. »Aber ich kann nur um Vergebung bitten.«

Ein paar Augenblicke standen sie schweigend und regungslos da, dann spürte Ascherfeld, wie die kleine, nasse Kinderhand seiner Schwester sich in seine legte. Langsam zog sie ihn mit sich mit zum Ufer, während sie leise vor sich hin sang: »*Entchen, Entchen, da steht Gretel und Hänsel. Kein Steg und keine Brücke, nimm uns auf deinen weißen Rücken.* – Du wirst nicht wieder gehen, oder, Hans?«

»Nein.« Ascherfeld blickte noch einmal zurück zu dem Stein, auf dem das Buch der Brüder Grimm lag. Dann wandte er Grete das Gesicht zu, sie lächelten sich an und schritten gemeinsam, Hand in Hand, in das kalte Wasser des Teiches hinein.

Katharina Seck

Sirenengesang

Katharina Seck

Mit ihrem stimmungsvollen Wintermärchen *Die silberne Königin* hat Katharina Seck bereits bewiesen, dass auch ihr Herz für märchenhafte Geschichten schlägt. Auf der Leipziger Buchmesse 2017 wurde ihr Roman mit dem SERAPH als bestes fantastisches Debüt 2016 geehrt. In diesem Herbst erscheinen gleich zwei weitere Bücher von ihr: *Tochter des dunklen Waldes* (Fantasy) und *Die Stille zwischen Himmel und Meer* (belletristisch).

Viele Leserinnen und Leser schätzen an Katharinas Romanen den poetischen Stil, der zum Träumen einlädt. Vielleicht konnte sie sich diesen aneignen, weil sie in einer ganz idyllischen Gegend groß wurde: in einer mittelalterlichen Kleinstadt im Westerwald, die von einem Schloss gekrönt wird.

Zu den Dingen, die Katharina inspirieren, zählen vor allem Musik, Menschen, Bücher und das Ufer des Meeres. Letzteres spielt auch in ihrer nachfolgenden Geschichte eine wichtige Rolle. Es handelt sich um eine Variante von Hans Christian Andersens *Die kleine Meerjungfrau*, die sie aus einer unerwarteten Perspektive erzählt.

https://de-de.facebook.com/Katharina-Seck-131248863618890/

Sirenengesang

Der Leuchtturm, in dem die junge Matilda lebte, ragte so weit in den Himmel, dass sie manchmal glaubte, an seinem höchsten Punkt die Wolken berühren zu können. Jeden Abend tauchte die untergehende Sonne den Himmel in rotes Licht, das sich in der Wasseroberfläche spiegelte und das Meer in eine Flammenwüste verwandelte.

Hier oben, an diesem höchsten Punkt, war Matilda aufgewachsen, hatte ihren Vater dabei beobachtet, wie er die Petroleumlampen zum Leuchten brachte, damit sie den vorbeiziehenden Schiffen den Weg weisen und ihnen ein Licht im Dunkeln sein konnten. Hier hatte sie Unwetter erlebt, Stürme und Donner und Blitze, die Land und Meer gespalten hatten, bis sie glaubte, selbst in dieser schwindelerregenden Höhe die Nässe der peitschenden Wellen spüren zu können.

Hin und wieder, wenn nur noch Mond und Sterne die Weite über dem Meer erhellten, glaubte Matilda, Bewegung auf der Wasseroberfläche zu erkennen. Nicht das leise Regen der Wellen, sondern Schatten, die sich aus dem Wasser emporhoben, ehe sie wieder verschwanden, wenn Matilda die Augen zusammenkniff, um sie besser fokussieren zu können. Sie waren wie schwimmende Schatten im Ozean und erinnerten sie an die Wale, die manchmal an der Küste entlangströmten. Nur dass es keine Wale sein konnten, denn diese Schatten waren viel schmaler, viel graziler und anmutiger.

Wenn sie nachts nicht schlafen konnte, dann vermeinte Matilda Gesänge zu hören, die der Wind ans Ufer bis hinauf in den hohen Leuchtturm trug, durch das Fenster in ihr Zimmer hinein. Wunderschöne und zugleich traurige Gesänge, die von Leben und Tod erzählten. Oft tobte dann ein Sturm durch die Nacht, und Blitz und Donner zerschellten die Finsternis. Es waren Gesänge, die sie aus dem Bett ans Fenster lockten, und oft konnte sie sich am Morgen gar nicht erinnern, warum sie auf dem Fensterbrett saß, anstatt in ihrem weichen Bett zu liegen.

An jedem Morgen wollte sie sich an das Lied der Nacht erinnern, und immer war es dann fort, wieder gegangen mit dem Wind, während das Wasser Bruchstücke von Schiffen an Land spülte, die in der Ferne an den Felsenrissen in tausend Teile zerbrochen waren.

An einem frühen Abend war es besonders stürmisch, als Matilda das Schloss verließ. Sie arbeitete dort als Magd in der Küche und half, das königliche Essen vorzubereiten. Meistens war sie dabei unsichtbar, doch ab und an lief sie dem ältesten Sohn des Königs über den Weg, wenn sie nach dem Abendessen nach Hause gehen durfte. Prinz Damian war nicht wie seine beiden jüngeren Brüder. Er war weder hochmütig noch eingebildet, sondern sanft und höflich und wechselte freundliche Worte mit den Bediensteten. Er war kaum älter als Matilda, und sie kannten einander schon von Kindesbeinen an. Matilda hatte Damian aufwachsen sehen, vom jungen Knaben bis zum erwachsenen Mann, der am liebsten mit den Seemännern draußen auf dem Meer war, um nach Fischbeute Ausschau zu halten. Sie bewunderte seinen Mut und seine Gewandtheit oft aus der Ferne und mochte seine bescheidene Art, mit der er selbst seinen Untergebenen begegnete.

Auch an diesem Abend schien wieder einer dieser seltsamen Stürme in der Luft zu liegen. Der Himmel zog sich düster zusammen und verwandelte die Wolken in eine graue Mauer, die den Sonnenuntergang verdeckte.

Matilda beeilte sich, nach Hause zu kommen, ehe die Dämmerung über das Land einbrach. Ihr Vater hatte die Lampen des Leuchtturms bereits kontrolliert, sodass sich sein Licht weit über den Ozean erstreckte. Sie aß gemeinsam mit ihrem Vater eine Mahlzeit, ehe sie sich in ihr Zimmer ganz oben aufmachte und durch das Fenster hindurch beobachtete, wie das königliche Schiff unter Damians Anleitung vom Hafen ablegte und auf das offene Meer zusteuerte. Die Wellen peitschten vom wachsenden Sturm angetrieben gegen den hölzernen Bug des Schiffes, das ins Wanken geriet.

Und da ... da war wieder dieser Gesang, dieser mystische, volltönende Gesang, der das Herz in Brand steckte und es in Sehnsucht tauchte, dass Matilda einen Augenblick dachte, sich in die Wellen tief unter ihr stürzen zu müssen. Nie war ihr der schwarze Ozean so verführerisch erschienen wie in diesem Augenblick. Er war wie zwei offene Arme, in die sie sich fallen lassen wollte, in die ...

Sie blinzelte und schüttelte den Kopf, um diese schönen, unsichtbaren Stimmen, die sie zu seltsamen Dingen verlocken wollten, aus ihren Gedanken zu vertreiben. Es schien so schwer zu sein, den Verstand wieder zu klären. Sie blinzelte erneut und schrie auf, weil dort, auf dem Meer, das königliche Schiff geradewegs auf ein Felsenriff zuhielt und an ihm zerschellte, als wäre es aus zerbrechlichem Glas geschmiedet.

»Der Prinz«, rief sie erschrocken aus. Der Prinz und all die armen Seemänner! Sie würden in den Fluten ertrinken.

Matilda rannte die geschlungene Wendeltreppe hinunter und hinaus in den Sturm, der an ihren Haaren riss.

Die Dämmerung war der Finsternis der Nacht gewichen, die Luft schmeckte salzig und seltsam dunkel. Wie ein Todesbote.

Sie folgte dem Ufer, an welches das Meer immer mehr Bruchstücke des gekenterten Schiffes spülte. Überall lagen zersplitterte Holzbalken, zerrissene Stoffreste der Segel und Fässer, in denen Vorräte gelagert wurden. Von den Seemännern hingegen gab es keine Spur. Wo nur waren sie alle?

Die Wolkendecke brach entzwei, und das Mondlicht gesellte sich zum Schein des Leuchtturms. In der Ferne bewegte sich kaum merklich ein Schatten. Matildas Herz raste, als sie über den Strand lief. Dort lag jemand im nassen Sand, hatte die Augen geschlossen und bewegte sich kaum.

Matilda stockte der Atem. Das war ... der Prinz. Damian lebte!

Sie fiel neben ihm auf die Knie und streckte die Hände nach seinem Gesicht aus. Seine Haut unter ihren Fingerspitzen war eiskalt wie fein geschliffener Marmor. Die Kleidung war schwer und nass und klebte wie eine zweite Haut an seinem Körper. Er lag noch halb im Wasser. Sie musste ihn herausziehen, damit er nicht erfror.

Schnell erhob Matilda sich und wollte sich gerade hinter den Prinzen stellen, da erspähte sie aus den Augenwinkeln eine Bewegung. Es war mehr eine Ahnung, das Schlagen einer zarten Welle gegen das Ufer.

Ganz langsam drehte Matilda sich um, dem offenen Meer entgegen. Und da, keine drei Armlängen von ihr entfernt, blickte ihr das wunderschönste Geschöpf entgegen, das sie jemals gesehen hatte. Eine junge Frau mit rabenschwarzem Haar und Alabasterhaut, die mit winzigen Wassertröpfchen übersät war. Das Mondlicht spiegelte sich in ihnen. Die Frau war nackt, soweit Matilda das erkennen konnte, denn ihr Körper befand sich bis zu den Schultern im Wasser. Lediglich ihre Arme hielt sie ausgestreckt in Damians Richtung.

»Gib ihn mir«, befahl die Frau. Ihre Stimme war wie ein Harfenspiel, sanft und harmonisch. Die drei winzigen Worte reichten aus, Matilda zu verzaubern und ihr Vertrauen einzuflößen.

»Gib ihn mir«, wiederholte die Frau zärtlich, als Matilda sich nicht aus ihrer Starre aus Verzückung lösen konnte. »Schieb ihn ins Wasser. Lass ihn auf den Wellen zu mir treiben.«

Ins Wasser?

Matildas Blick wanderte mit viel Anstrengung zu Damian. Seine Brust hob und senkte sich langsam und schwerfällig. Ins Wasser? In die Wellen? Warum? Er würde frieren, er würde auf der Schwelle des Todes stehen.

»Warum?«, fragte Matilda, und ihre Zunge fühlte sich schwer wie Blei an.

Die Frau schwamm näher, entblößte dabei mehr von ihrer blütenweißen Haut. Aber dort, wo Matilda ihre Beine erahnen müsste, war nur ein dunkler, sich schnell bewegender Schatten, der sie frösteln ließ.

»Ich kann ihm helfen«, erwiderte die Frau.

Irrte Matilda oder war die Stimme gar nicht so sanft? War da nicht eine unheimliche Note in ihr, ein unheimlicher Klang, der irgendwie … misstönend war?

»Wie?«, wollte Matilda wissen.

»Ich kann ihn wärmen.«

Nun schüttelte Matilda den Kopf und trat hinter den Prinzen, um ihre Arme um seinen Oberkörper zu schlingen.

Die Frau im Wasser gab ein Zischen von sich, das an ein wildes Tier erinnerte. Als sie sah, wie Matilda ihren Griff um Damian verstärkte und begann, ihn ganz aus dem Wasser zu ziehen, machte sie einen Satz nach vorne, doch ihre langen, anmutigen Arme griffen ins Leere. Stattdessen brachte sie etwas anderes ans Mondlicht, als sie ganz aus dem Wasser kam.

Dort, wo ihre Beine sein sollten, sah Matilda einen Fischschwanz. Sie schlug entsetzt die Hände vor den Mund, da sie einen Aufschrei unterdrücken wollte. Sie hatte immer geglaubt, dass die Geschichten um Meerjungfrauen nicht echt waren, sondern nur Mythen und Legenden. Aber es gab sie. Es gab sie, und sie sangen Seemänner in den Tod.

»Du bekommst ihn nicht«, sagte Matilda. »Kehre in die Tiefen des Meeres zurück, aus dem du gekommen bist. Genug Männer sind in dieser Nacht gestorben. Auf diesen wirst du verzichten müssen.«

Die Meerjungfrau lachte auf, und dieses Lachen verzerrte die wunderschönen Züge ihres Gesichts, das nunmehr nur eine Fratze war.

Ohne ihre Stimme, dachte Matilda, hätte sie keine Waffe. Ohne ihre Stimme hätte sie jede Faszination verloren. Ihre Stimme war wunderschön, aber gefährlich wie tausend Schwerter.

»Er ist mein«, sagte die Meerjungfrau. »Er ist für mich bestimmt. Sein Leben war der Preis für mein Lied, und diesen Preis war er bereit zu zahlen. Was der Ozean einmal gefordert hat, wird er auch bekommen. Er wird mein sein, Menschenfrau, und du wirst nichts dagegen ausrichten können. Das ist mein Wesen, mein Zauber. Was bist du, ein gewöhnlicher Mensch, schon gegen eine Meerjungfrau?«

Und sie verschwand in den Wellen.

Matilda blieb mit dem Prinzen im nassen Sand sitzen, wärmte ihn mit ihrem Körper und rettete ihn so vor dem sicheren Tod, bis der Morgen graute und des Prinzen Leibgarde sie endlich fand.

Der Prinz war bald genesen, und obwohl Matilda den Anblick der Meerjungfrau nicht vergessen konnte, wurden ihre Erinnerungen doch bald blasser, je näher der Sommer kam. Die Stürme hatten nachgelassen, und seit dem Schiffbruch, den der Prinz mit seinen Männern erlitten hatte, war kein weiteres Schiff mehr an den Felsenriffen auf den Grund des Meeres gesunken. Die Meerjungfrau hatte Matilda nicht mehr gesehen, und der Prinz wiederum hatte nach seiner Rettung nur noch von der Frau mit der schönen Stimme schwärmen können, die er glaubte, in jener Nacht gehört zu haben. Für Matilda hatte er einen freundschaftlichen Dank übrig gehabt und sie seitdem hin und wieder mit in die königlichen Gärten genommen, in denen die schönsten Blumen des Landes wuchsen. Mit der Zeit häuften sich diese Spaziergänge und aus der Dankbarkeit wuchs eine tiefe Zuneigung, die den unterschiedlichen Welten, aus denen sie kamen, trotzte. Nur über die Meerjungfrau hatten sie nie gesprochen, denn noch immer glaubte der Prinz, eine mysteriöse Stimme hätte ihn aus dem Meer gerettet. Dabei hatte das Meer ihn gerettet und in Matildas Arme getrieben, fort von dem Wesen des Todes.

Alsbald stand ein Sommerfest vor der Tür, zu dem alle jungen Frauen des Landes geladen waren, vor allem natürlich jene von edlem Blute, denn der König wollte, dass sein ältester Sohn bald eine Frau ehelichte.

Die Botschaft verbreitete sich wie ein Lauffeuer durch das ganze Land. Auch Matilda hatte in der königlichen Küche bereits davon erfahren, aber entschieden, nicht zu diesem Fest zu gehen, denn was sollte sie, eine einfache Dienstmagd, schon dort? Als sie am Abend jedoch nach Hause gehen wollte, wartete der Prinz bereits auf sie und begleitete sie ein Stück des Weges.

»Ihr habt sicher schon von dem Fest gehört, nicht wahr?«, fragte er, während sie die Richtung zum Strand einschlugen. Der Leuchtturm ragte in der Ferne bereits in den Himmel, während sich hinter ihm die rote Sonne ins Meer schob.

Matilda nickte. »Das habe ich.«

»Werdet Ihr kommen?«, fragte der Prinz. »Ich würde mich darüber sehr freuen.«

Sie zögerte, denn sie wusste nicht, wie sie ablehnen sollte, ohne unhöflich zu wirken. War es überhaupt erlaubt, einem Prinzen etwas abzuschlagen?

Doch Prinz Damian bemerkte ihr Zögern sofort. Er nahm ihre Hand und runzelte die Stirn. »Nennt mir Eure Bedenken.«

»Nun«, erwiderte Matilda zögerlich. »Ich weiß nicht, was eine Küchenmagd unter all diesen Prinzessinnen zu suchen hat.«

Damian schüttelte heftig den Kopf. »Mögen diese Prinzessinnen alle noch so schön und noch so edel sein, so besitzt keine von ihnen Eure Tapferkeit. Ihr habt einen Prinzen vor dem sicheren Tod bewahrt. Ich hätte erfrieren können.« Er lächelte. »Kommt oder Ihr werdet mir mit Eurer Abwesenheit das Herz brechen.«

Und was zunächst so leicht dahingesagt zu sein schien, bekam Bedeutung, als sie einander in die Augen sahen.

Das Sommerfest übertraf alles, was Matilda je gesehen hatte, und sie hatte viel Prunk und viel Gold und viel Glitzer gesehen, denn sie arbeitete schon seit einigen Jahren im Schloss. Der Garten war bei Dämmerung in ein Meer aus brennenden Kerzen verwandelt worden, die Wege an beiden Seiten mit flackernden Lichtern gesäumt. Überall standen Tische mit dem köstlichsten Essen und Blumensträußen, die einen verlockenden Duft ausströmten. Girlanden aus bunten Blüten hingen weit über den Köpfen der Festgäste und die Luft war angenehm warm und sommerlich nach einem heißen Tag. Aus der Ferne drang der Geruch des salzigen Meeres in den königlichen Garten.

Als Matilda ankam, war das Sommerfest schon in vollem Gange. Die schnellen Klänge der Musikinstrumente schallten weit über die Grenzen des Gartens hinaus und begrüßten Matilda, ehe sie den Fuß auf die Festwiese setzte. Sie trug ein dunkelblaues Kleid, das früher einmal ihrer Mutter gehört und das sie mit neuen Bändern und Schleifen ausgebessert hatte, sodass es ihr nun sanft wie die Wellen des Meeres selbst am Körper lag.

Prinz Damian löste sich sofort aus der tanzenden Menge und kam auf sie zu, streckte seine Hand nach ihrer aus, um sie um den nächsten Tanz zu bitten. Zu gern ließ sich Matilda von ihm auf die Tanzfläche begleiten. Obwohl sie zunächst unsicher gewesen war, dass man ihr schon von Weitem ansehen mochte, dass sie bloß eine Dienstmagd war, verschwand diese Unsicherheit, denn Prinz Damian hatte fortan nur noch Augen für sie. So verflogen die Stunden und sie tanzten und lachten und unterhielten sich oder genossen einfach die Klänge der Musik, während ihre Hände miteinander im Takt des Tanzes verschmolzen.

Als der Abend voranschritt und die Gesellschaft gerade zu einem heiteren Lied ansetzen wollte, brach die Musik plötzlich ab. Matilda und der Prinz hielten inne, ebenso wie der Rest der feiernden Gäste, und wandten ihre Blicke gen Westen. Ein weiterer Gast war dort erschienen und trat nun auf die Tanzfläche zu. Eine Frau, so atemberaubend schön wie der Sonnenaufgang selbst an einem kühlen Frühlingsmorgen. Ihre seidigen Haare waren pechschwarz und reichten ihr fast bis zur Hüfte. Helle Perlen funkelten in den geflochtenen Strähnen. Ihre Haut war vornehm blass, als hätte die Sonne sie noch nie berührt, und ihre Augen waren so blau wie die Tiefen des Ozeans.

Die Köpfe der Anwesenden wandten sich ihr unwillkürlich zu, selbst Matilda konnte den Blick nicht von ihr nehmen. Die schöne

Fremde trug ein Kleid aus dunkler, fast schwarzer schimmernder Seide. Es war so lang, dass es ihre Beine fast vollständig verdeckte. Nur gelegentlich schauten ihre Füße darunter hervor.

»Guten Abend«, sagte sie, und obwohl sie diese Worte an niemand Bestimmten gerichtet hatte, sah Matilda, wie jeder einzelne Anwesende sich angesprochen fühlte. Der Klang dieser Stimme war so einladend, so schmeichelnd, dass er sich wie wohltuender Honig auf der Haut absetzte und einen mit einer goldenen Schicht umhüllte.

Und Matilda dachte, dass sie ihn doch kannte und er ihr vertraut war. Er hörte sich in ihren Ohren wie jene Gesänge an, die sie über dem Meer vernahm, wenn er Schiffe zerbrechen ließ und bis in die Höhen des Leuchtturms hinaufdrang.

Prinz Damian ließ Matildas Hand urplötzlich los. Sein Blick wanderte noch ein einziges Mal zu ihr zurück, und sie las Unglauben darin, so als wunderte er sich mit einem Mal darüber, warum er ausgerechnet mit ihr, einer Dienstmagd, tanzte. Sie sah das Runzeln auf seiner Stirn, ehe sein Körper sich der Fremden zuwandte und er auf sie zuging, um sie zu begrüßen.

»Mein Prinz«, sagte die Fremde und verneigte sich anmutig. Wieder entfaltete ihre verzaubernde Stimme ihre Wirkung und zog alle in ihren Bann. Sie reichte dem Prinzen ihre Hand. Der nahm sie nur zu gern in seine.

Und Matilda war die Einzige, die erkannte, dass eine Meerjungfrau unter ihnen weilte, während der Rest des Hofes in ihre wilde Magie eingewebt wurde.

Es war jene Meerjungfrau, die einst das Leben des Prinzen gefordert hatte und nun gekommen war, um ihn mit in die Tiefen ihres Meeres zu nehmen. Doch wie war sie aus dem Meer gekommen? Wie war es ihr möglich, an Land zu laufen? Und hatte sich ihre Stimme nicht in dem Augenblick, in dem sie aus dem Meer gekommen war, in etwas Hässliches verwandelt?

Der Zauber der Meerjungfrau breitete sich aus, und nach wenigen Tagen hatte sie den Prinzen und die ganze Königsfamilie völlig für sich gewonnen. Damian verzehrte sich nach ihr, hatte er in ihr doch, so glaubte er zumindest, jene Stimme erkannt, die ihn damals aus dem Meer gerettet hatte. Sie war sein Sonnenlicht geworden und für alles andere war er seit diesem Tag geblendet. Selbst für Matilda hatte er fortan keinen Blick und keine Zeit mehr übrig, und sie konnte ihn nicht mehr allein antreffen. Die Meerjungfrau war immer an seiner Seite, um ihn mit der Kunst ihrer Stimme noch mehr zu verhexen. Bald schon wurde die Verlobung des Prinzen und seiner Angebeteten bekannt gegeben. Matilda war zutiefst bestürzt, denn die Hochzeit war schon für den nächsten Tag angesetzt und sollte während des Sonnenuntergangs auf einem Schiff im Hafen stattfinden, eben dort, wo des Prinzens Leidenschaft lag.

    Matilda war verzweifelt, denn sie wusste nicht, was sie tun sollte. Mit dem Prinzen konnte sie nicht mehr allein sprechen, denn er hatte nur noch Augen für die schöne Meerjungfrau und wich nicht mehr von ihrer Seite. Aber auch alle anderen waren dem Zauber des Meerwesens verfallen, sogar ihr Vater oder die anderen Dienstboten des königlichen Palastes. Ein jeder lobte die Sanftheit der Meerjungfrau, ihre Weisheit und die Bescheidenheit, mit der sie anderen begegnete, dabei wusste Matilda, dass sie es einzig der Magie ihrer Stimme verdankte, dass sie so sehr geliebt wurde. Und obwohl sie so oft darüber nachgedacht hatte, kam sie nicht darauf, was es war, dass diese Magie nun nicht mehr nur im Ozean, sondern auch an Land wirken ließ.

An diesem Abend konnte Matilda erst spät nach Hause gehen. Es war schon Nacht und der Mond stand hoch am Himmel, als sie die Küche durch den Dienstbotenausgang verließ. Die ganze Dienerschaft des Schlosses war in Aufruhr, noch immer liefen viele Dienstboten durch die Korridore, um die anstehende Hochzeit vorzubereiten. Und

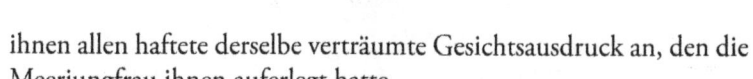

ihnen allen haftete derselbe verträumte Gesichtsausdruck an, den die Meerjungfrau ihnen auferlegt hatte.

Ob Matilda ihr deswegen widerstehen konnte, weil sie den wahren Klang ihrer Stimme kannte? Weil sie die Hässlichkeit und den Tod in ihrem Gesicht gesehen hatte, den wahren Kern unter der Maske aus Schönheit und Magie?

Sie lief den vertrauten Pfad durch den königlichen Garten zum Strand, als sich ihr jemand in den Weg stellte: eine grazile Gestalt, halb vom Schatten verborgen, lächelte ihr entgegen. Das Lächeln drückte Spott und Triumph zugleich aus.

»Habe ich es nicht vorhergesagt, Menschenfrau?«, fragte sie mit einem höhnischen Lächeln. »Habe ich nicht gesagt, dass der Preis zu zahlen ist?«

Die Meerjungfrau beugte sich nach vorne. Das Mondlicht schimmerte auf ihrem nachtschwarzen Haar, und bei dieser einen flüchtigen Bewegung leuchtete noch etwas anderes auf und zog Matildas Aufmerksamkeit auf sich: Eine Kette mit einem Anhänger, der wie eine Phiole geformt war.

In ihr trug die Meerjungfrau das Wasser des Meeres mit sich, den Zauber, der ihre Stimme am Leben hielt. Und sie vielleicht auch an Land wandeln ließ.

Der nächste Morgen brach an, und schon früh war die ganze Dienerschaft des Schlosses auf den Beinen, um die Vorbereitungen für den großen Tag zu treffen. Auch Matilda war unter den Dienstmägden und trug die vorbereiteten Speisen mit anderen Küchenmädchen hinüber zum Hafen auf das dort liegende Schiff, auf dem die Zeremonie sowie die Hochzeitsfeier stattfinden sollten. Andere liefen bereits seit Sonnenaufgang emsig umher und verliehen dem Schiff einen festlichen Glanz.

Während Matilda einen Korb mit kleinen gebackenen Küchlein auf einem Tisch abstellte und ihn dann auspackte, überlegte sie fieberhaft, ob es noch einen Weg gab, diese Hochzeit zu verhindern. Sie hatte keine Ahnung, was die Meerjungfrau genau plante, aber eines wusste sie: Wenn Prinz Damian auch nur einen Fuß auf dieses Schiff setzte und es gar aufs Meer fuhr, dann war er verloren. Dann nahm die Meerjungfrau ihn mit sich, das wusste Matilda mit untrüglicher Sicherheit.

Sie hatte noch versucht, den Prinzen zu erreichen, aber seit der Verlobung waren er und die Meerjungfrau immer von Männern der königlichen Garde umgeben, und die ließen sie, eine einfache Dienstmagd, nicht zum Prinzen vor. Und womöglich hätte er ohnehin nicht auf ihre Warnung gehört, denn er war dem magischen Bann schon längst erlegen.

Die Stunden verflogen rasch, und immer mehr Menschen tummelten sich auf den Bohlen des Schiffes. Neben den Dienern versammelten sich die geladenen Gäste und Mitglieder des königlichen Hofstaates, während am Hafen ein Pulk Schaulustiger stand, einfache Bürger, die sich einen Blick auf die fein gekleidete Gesellschaft und das Brautpaar erhofften. Tatsächlich wurde das Paar bald in einer feudalen Kutsche bis zum Hafen gefahren, und sie passierten dabei die jubelnde Menge.

Direkt vor dem Steg kam die Kutsche zum Stehen. Matilda konnte von ihrem Platz ganz am Rande der Reling einen Blick auf den Prinzen und die Meerjungfrau werfen. Beide waren in prächtige Kleidung gehüllt, welche die Bedeutsamkeit der Zeremonie unterstreichen sollten. Vor allem die Meerjungfrau zog in ihrem weißen, bauschenden Kleid die Aufmerksamkeit aller auf sich. Ihre Haare wehten wie schwarzer Samt im Wind, während sie vom Prinzen an Deck geführt wurde. Die Gäste teilten sich dort und machten für das Brautpaar Platz, das nach vorn schritt.

Matilda bekam eine Gänsehaut, während die Meerjungfrau für den Bruchteil einer Sekunde ihren Blick kreuzte und siegessicher lächelte. Dann beachtete sie Matilda nicht weiter, als wäre sie kaum mehr als der Dreck unter den Absätzen ihrer Schuhe, in denen sie in ihren falschen Füßen über Deck stolzierte.

Das Schiff legte ab, um gemächlich aus der Bucht des Hafens hinaus auf den Ozean zuzusteuern, wo der Prinz und die Meerjungfrau sich das Jawort geben wollten. Der zuvor noch strahlend blaue Himmel verwandelte sich mit jeder Welle, auf der das Schiff auf das offene Meer hinaustrieb, in eine dunkelgraue, bedrohliche Masse.

Das heitere Treiben der Hochzeitsgesellschaft geriet schon bald ins Stocken, denn der Schein des Leuchtturms war die einzige Lichtquelle im Dunkel des aufziehenden Unwetters. Bald wurde der Wind stärker und die Wellen schlugen höher gegen den Bug des Schiffes, bis es deutlich schwankte.

Matilda, die mit den übrigen Mägden die Gäste mit Getränken versorgte, begann die wachsende Unruhe der Anwesenden zu spüren. Erste Stimmen wurden laut, umzukehren und zurück in den Hafen einzulaufen, doch die Meerjungfrau wiegte sie in eine Sicherheit, von der nur Matilda spürte, wie unecht sie war, denn sie war die Einzige, die den wahren Klang ihrer Stimme kannte, die für die anderen nichts anderes als Verheißung und Liebe war.

Sie allesamt und der Prinz erst recht vertrauten der Meerjungfrau, während sie dabei war, sie in einen Sturm zu treiben, entfacht durch den Gesang ihrer Schwestern, den Matilda aus der Ferne hören konnte.

Je näher sie dem Sturm kamen, desto mehr geriet das Schiff ins Wanken. Matilda sah, dass sie auf das zutrieben, was sie zuvor nur aus dem Fenster des Leuchtturms gesehen hatte; dass sie drohten, an der nächsten Felsenklippe zu zerschellen und weitere Hunderte Menschen den Meerjungfrauen und dem gefräßigen Meer zum Opfer fallen würden.

Das konnte sie nicht zulassen, immerhin war sie die Einzige, die nicht mit verträumtem Blick auf die wunderschöne und zugleich schreckliche Meerjungfrau starrte. Matilda kämpfte sich an den unzähligen Menschen vorbei, die zwischen ihr und dem Brautpaar standen. Es war so schwierig, sich auf dem schwankenden Schiff aufrecht zu halten, sodass sie sich immer wieder an der Reling und an Balken festhalten musste, um nicht auf dem feuchten Planken auszurutschen und unter tanzende Füße zu geraten. In den Gesichtern der Anwesenden las Matilda pure Verzückung, als nun auch die Meerjungfrau mit den Beinen einer Frau ihre Stimme erhob und zu singen begann.

Endlich hatte Matilda die Meerjungfrau beinahe erreicht. Sie wurde langsamer, während sie die vorderste Reihe der Gäste passierte, denn der Holzboden war glitschig vom starken Regen, der mittlerweile eingesetzt hatte.

Damian stand beinahe reglos neben der Meerjungfrau, die ihn an der Hand hielt und bis zur Reling gedrängt hatte. Wollte sie ihn mit sich ins Meer ziehen, noch ehe das Schiff ziellos gegen eine Klippe gefahren und in tausend Einzelteile zerbrochen war?

Entschlossen drängte Matilda sich an dem letzten Pulk vorbei, der sie von dem Brautpaar trennte.

»Sofort aufhören!«, rief Matilda wütend gegen den Wind, der an ihren Haaren und an ihrer Stimme zerrte.

Die Meerjungfrau lächelte nur. »Was kannst du schon ausrichten, Menschenfrau? Siehst du nicht, dass jeder hier meine Stimme liebt? Und dass sie den Preis dafür gleich zahlen müssen?«

»Ja, das sehe ich«, sagte Matilda ruhig. »Aber nicht mehr lange.«

Und ihre Hand stieß nach vorne und ergriff die Phiole, die um den Hals der Meerjungfrau hing. Sie riss sie los und zerbrach sie an der Holzplanke neben sich, ohne Rücksicht darauf zu nehmen, dass sie sich dabei selbst mit den Glassplittern in die Hand schnitt.

Ein Blitz zuckte über den Himmel, und die Gäste hielten in ihren Bewegungen inne, als die schöne Stimmfarbe der Meerjungfrau etwas Schiefem, Hässlichem wich. Sie konnte sich nicht mehr aufrecht halten, denn plötzlich schwanden ihre Beine und verwandelten sich in eine schuppige Schwanzflosse, die aus dem Hochzeitskleid hervortrat.

Entsetzte Aufschreie hallten über das Deck, die zu einem zornigen Stimmengewirr anschwollen. Hände griffen nach der Meerjungfrau, griffen dann ins Leere, als diese über die Reling ins Meer sprang.

Der Sturm ließ in dem Augenblick nach, in dem die Meerjungfrau unter der Wasseroberfläche verschwand und nicht mehr zu sehen war. Unter dem Schiff war nur noch das dunkle Saphirblau des Meeres zu erkennen.

Der Prinz blinzelte, als die Sonne durch die Wolkendecke brach und er Matilda erkannte, die noch die zerbrochene Phiole in der Hand hielt.

»Ich habe Euch nicht mehr gesehen«, sagte der Prinz. »Wie konnte ich Euch nur nicht mehr sehen?«

»Ihr ward verzaubert«, erwiderte Matilda. »Ihr alle ward es.«

Er nahm ihr die Splitter aus der Hand und warf sie aufs Meer hinaus. Dort spiegelten sich die Glasstücke wie Sterne auf der Wasseroberfläche, ehe sie untergingen. Dann griff er nach ihrer Hand und verband die Stellen, an denen sie sich geschnitten hatte, mit einem Stück Stoff, das er sich von seinem Ärmel abriss.

Der Prinz musterte Matilda mit ernstem Blick. »Der Zauber ist gebrochen, und nun klärt sich auch mein Gedächtnis. Ihr habt mich nicht nur heute gerettet, sondern damals nach dem Untergang meines Schiffes auch, nicht wahr?«

Matilda nickte. »So war es, mein Prinz.«

»Und ich habe Euch wie Luft behandelt«, erwiderte der Prinz betrübt. »Könnt Ihr mir jemals verzeihen?«

Erneut nickte Matilda, dieses Mal kräftiger. »Wie ich schon sagte: Ihr standet unter einem Bann. Es gibt nichts zu verzeihen, mein Prinz. Ich bin nur froh, dass Ihr, dass wir alle am Leben sind.«

Sie senkte bescheiden das Haupt, und der Prinz spürte, wie seine alte Zuneigung zurückkehrte, denn diese junge Frau war zweimal mutig genug gewesen, den wunderschönen und doch so gefährlichen Ungeheuern aus den Tiefen des Meeres zu trotzen. Der Prinz bewunderte ihre Tapferkeit und die Klugheit, mit der sie das Wesen der Meerjungfrau enthüllt hatte.

Er griff nach Matildas Hand und spürte ihre vertraute Wärme, die ihn wohltuend durchströmte und die Kälte aus seinen Gliedern vertrieb. Die Erinnerung an das dunkle Wesen aus dem Meer verblasste zunehmend, denn es war nun nicht mehr wichtig. Es zählte nur noch Matilda, die Dienstmagd, die ihn zweimal vor dem Tod gerettet und auf diese Weise sein Herz, und heute auch das des ganzen Königreichs, für sich gewonnen hatte; Matilda, die keine Waffen, sondern nur ihre bloßen Hände gegen die Meerjungfrau einsetzen konnte, und die bewiesen hatte, dass Tapferkeit und große Taten nichts mit Geblüt und Abstammung zu tun hatten, sondern nur mit Mut und Herz.

Der Prinz dachte, dass sie nie schöner ausgesehen hatte als in diesem Augenblick. Er beugte sich nach vorne und küsste sie und besiegelte somit, was mit jenem tragischen Schiffsbruch begonnen hatte.

Und so machten der Prinz und das Dienstmädchen dort weiter, wo sie aufgehört hatten: Sie wurden Freunde und bald noch viel mehr. Sie wurden einander Seelenverwandte und Geliebte, und sie heirateten auf jenem offenen Meer, auf dem die Meerjungfrau sie beinahe zerstört hätte. Denn ihr Zauber hatte nun keine Macht mehr über sie.

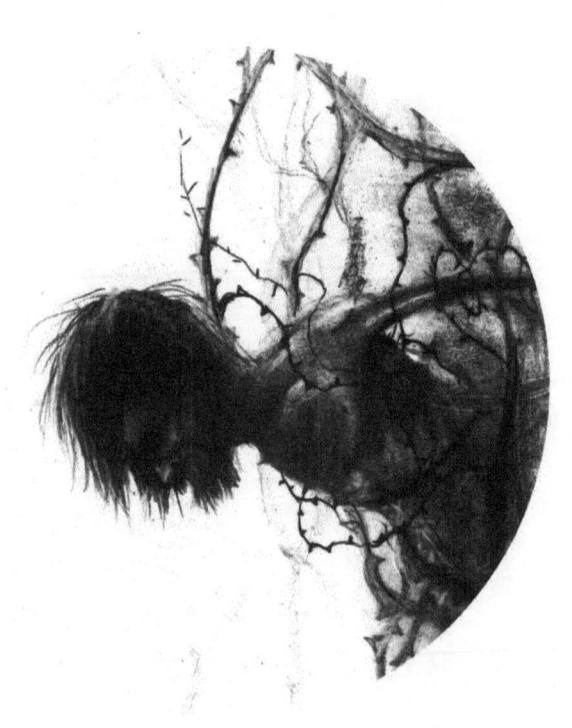

Jim C. Hines

Schwestern der Hecke

JIM C. HINES

Der amerikanische Fantasyautor Jim C. Hines (*Die Buchmagier*) wurde in Pennsylvania geboren und feierte seinen Durchbruch sowohl in seiner Heimat als auch bei uns mit seiner vierteiligen *Goblin*-Saga.

Zur märchenhaften Fantasy fand er dank seiner Tochter. »Sie hat eine Prinzessinnen-Phase durchgemacht – unser Haus war voll von Prinzessinnen-Merchandise: angefangen bei Prinzessinnen-Filmen über Prinzessinnen-Bettwäsche und -pyjamas bis hin zur Prinzessinnen-Brotzeitbox. Sie waren einfach überall!«, erklärt Jim. »Ich wollte ein Buch schreiben, das diese Figuren mal aus einem anderen Blickwinkel betrachtet und sie als starke Individuen zeigt, die dazu in der Lage sind, auf sich selbst aufzupassen.« Das Ergebnis ist *Drei Engel für Armand* und dessen Fortsetzungen, in denen Aschenputtel, Schneewittchen und Dornröschen ein schlagkräftiges Undercover-Trio bilden, das sich mit fiesen Meerjungfrauen, garstigen Feen und bösen Königinnen anlegt.

Wesentlich düsterer als seine oft augenzwinkernden Prinzessinnen-Romane ist Jims Beitrag zu dieser Anthologie. Beinahe in einem Nebensatz erwähnen die Brüder Grimm in *Dornröschen*, dass viele Königssöhne in der Dornenhecke um das Schloss hängen blieben und eines jämmerlichen Todes starben. Sobald der Prinz Dornröschen weckt, erinnert sich kaum einer mehr an diese Opfer des Fluches. Nicht so Jim, der dieses oft übersehene Detail zum Hintergrund einer eigenen Geschichte macht.

www.jimchines.com

Schwestern der Hecke

Talia stand am Rande des Waldes, begeistert und zugleich angeekelt von dem Anblick vor ihr. Die Verfluchte Hecke war ein gewaltiger Hügel aus Braun und Purpur, der alles verdrängte außer den schneebestäubten Spitzen der fernen Berge.

Talia schwang sich ihr Bündel über die Schulter und wanderte weiter. Das Land um die Hecke herum war vor langer Zeit gerodet worden. Verrottete, insektenbefallene Baumstämme überzogen das Feld. Weiter vorn wurde der Boden braun und kahl, als hätten die Feen eine unsichtbare Linie gezogen, hinter der das Gras nicht wachsen konnte.

Eine Ansammlung von Gebäuden lag inmitten des braunen Feldes. Vier lange hölzerne Schlafsäle befanden sich zu den Seiten einer hohen Kirche: der Kirche des Eisernen Kreuzes. Von hier aus konnte sie kaum das schwache Schimmern des Kreuzes auf dem Dach ausmachen. Zwei winzige Gestalten waren mit Geschirren am Turm festgebunden, während sie Rost vom Kreuz abkratzten.

Talia hatte seit fünf Jahren keinen Fuß mehr in eine Kirche gesetzt.

Ein Mann und ein Mädchen traten heraus, um ihr entgegenzukommen. Beide trugen die rauen, handgewobenen Roben der Kirche, doch die Kleidung des Mannes war mit glänzenden Messingschnallen verziert und in seinem Gürtel steckte ein langes Jagdmesser. Ein hölzernes Kreuz mit Eisenbeschlägen an den Enden hing an einer Silberkette um seinen Hals.

»Eindrucksvoll, nicht wahr?«, fragte er, sobald er in Hörweite war. Er drückte Talias Kopf nach unten und band einen Lederriemen mit einem kleinen hölzernen Kreuz um ihren Hals.

»Ja«, sagte sie angespannt. Jahre der Zurückhaltung ließen sie still halten, als seine Finger den Knoten festzogen.

Er schnipste mit den Fingern. »Eindrucksvoll und bösartig. Schau genau hin, Mädchen. Vergiss nie, dass diese Hecke das Werk des Teufels ist.«

Welches Recht hatte er, mit ihr so herablassend zu sprechen, als wäre sie nichts als ein kleines Kind?

»Ich bin Bruder Samuel.« Er starrte Talia an, saugte jedes Detail in sich auf, von ihrem struppigen schwarzen Haar zu den unsauber ausgeführten Nähten an ihren Lederschuhen, wo sie diese – recht ungeschickt – geflickt hatte.

»Das ist Lilly. Sie wird dir deine Pritsche zeigen und dir jede Frage beantworten, die du zu deinem neuen Leben hast.« Er drehte sich halb um, dann hielt er inne. »Ich vermute doch, dass du deshalb gekommen bist? Um der Kirche beizutreten und den Prinzen zu dienen?«

»Es ist sicherlich nicht der Annehmlichkeit Eurer Gesellschaft wegen geschehen.«

Samuel schniefte. »Du hast eine arrogante Art an dir. Ohne Zweifel hofft deine Familie, dass du ein wenig Demut lernen wirst.«

»Ohne Zweifel«, stimmte Talia zu. Sie wartete, bis Samuel sich abgewandt hatte, dann fügte sie hinzu: »Ich verstehe jedenfalls, warum *Eure* Familie Euch weggeschickt hat.«

Lilly entfuhr ein überraschter Aufschrei, als Samuel herumfuhr. Seine Finger glichen Klauen, die nach Talias Kopf greifen wollten, doch dann fing er sich wieder. Mit leiser Stimme wisperte er: »Verachte mich, wenn du willst, Mädchen. Aber als einem Mitglied der Kirche und einem Diener der Prinzen wirst du mir den nötigen Respekt erweisen, oder ich werde dich in die Dornen werfen lassen. Verstanden?«

Talia biss die Zähne zusammen. Sie konnte es sich nicht leisten, zu widersprechen; nicht, wenn sie hier überleben wollte. Sie senkte ihren Blick. »Ich entschuldige mich für meine überstürzten Worte.«

Immer noch vor sich hin murmelnd stolzierte Samuel davon und ließ Talia mit Lilly allein. Talia rückte ihr Bündel zurecht. »Also? Solltest du mir nicht zeigen, wo ich wohnen werde?«

Lilly nickte rasch. »Er würde dich nicht wirklich in die Dornen schmeißen, weißt du.«

Talias Blut raste immer noch durch ihre Adern. Sie hielt beide Hände fest um die Riemen ihres Bündels geklammert, damit Lilly nicht sah, wie sie zitterte.

»Ich bin so froh, dass du hier bist«, fuhr diese fort. »Nächste Woche kannst du dabei sein, wenn ich den Diensteid ablege. Man muss dreizehn Wochen dienen, bevor man ihn ablegen kann. Dreizehn ist eine heilige Zahl hier, weißt du.«

»Ja, ich weiß.« Dachte Lilly, Talia hätte ihr Leben in Dunkelheit verbracht? Dreizehn Wochen, dreizehn Feen. Zwölf gut, eine böse. Die guten Feen hatten Prinzessin Aurora angeblich mit Schönheit und Anmut über alle Maßen beschenkt. Eine jedoch, die verschmähte Fee, hatte die Prinzessin aus Hass und Tücke verflucht.

»Du benimmst dich nicht, als wolltest du hier sein.« Lilly kniff die Lippen zusammen, schmollte beinahe. Dann lächelte sie. »Ich Dummkopf. Du hattest eine lange Reise. Ich bezweifle, dass ich ganz eitel Sonnenschein war, als ich im Frühling hier angekommen bin.«

Talia glaubte das nicht. Sie war Mädchen wie Lilly, die in jeder Situation blindlings fröhlich waren, schon zuvor begegnet. Wenn Lilly bei lebendigem Leib verbrannt worden wäre, hätte sie zweifellos noch ausgelassen über die Wärme und die Schönheit der Flammen geplaudert.

»Mein Onkel hat mich hergebracht«, fuhr Lilly fort. »Wir sind aus dem Norden gekommen. Ich habe neun Tage in seinem alten Fuhrwagen verbracht, bevor wir die Stadt erreichten. Das Vorderrad hat bei jeder Drehung gequietscht wie eine Maus, aber das war es wert, um den Prinzen zu dienen und inmitten eines derartigen Kampfes zwischen Gott und dem Bösen zu leben …«

Sie erreichten den Rand des Feldes, und nun konnte Talia sehen, weshalb das Gras um die Hecke herum nicht wuchs.

Trockene, verworrene Ranken bedeckten die Erde. Während die Verfluchte Hecke selbst von einem tiefen Purpur war, waren diese Auswüchse von einem trüben Braun, unterbrochen von Flecken winziger dunkelgrüner Blätter.

»Keine Sorge, die hier sind nicht verzaubert wie die Hecke«, versicherte ihr Lilly. »Samuel und die anderen haben versucht, die Wucherungen abzutöten, aber es gibt einfach zu viele davon.«

Ein paar Schritte später verfing sich Talias Fuß in einer der Ranken und sie stürzte. Dornen kratzten über ihre Beine und Handflächen wie Dutzende winziger Messer. Sie riss ihre rechte Hand nach oben, doch das verlagerte zusätzliche Gewicht auf die linke und trieb die Dornen tiefer hinein.

»Oh nein!« Lilly griff nach ihren Schultern und half ihr auf. »Du musst lernen, wie man hier geht. Hebe die Füße hoch wie ein marschierender Soldat.« Sie benutzte den Saum ihres Hemds, um das Blut von Talias Unterarmen zu tupfen. »Es tut mir so leid. Ich hätte dich warnen sollen. Ganz besonders in deinem Zustand.«

»Was für ein Zustand?« Genervt entriss Talia ihre Hände Lillys ungeschickter Fürsorge.

»Die Zwillingsjungen, die du in deinem Leib trägst.«

Talia fiel beinahe noch einmal hin. »Das ist unmöglich!«

Plötzlich stand Schock und Kummer in Lillys runden Augen. »Es tut mir leid. Ich wollte nicht ... manchmal sehe ich Dinge. Es ist der Teufel in mir, das weiß ich, aber ich lag noch nie falsch. Meine Eltern hofften, die Kirche könnte es mir austreiben. Talia, ich ... Talia? Was ist los?«

Talia entzog sich ihr so ruppig, dass sie Lilly beinahe bäuchlings in die Dornen stieß. »Du darfst nicht darüber sprechen. *Niemals!*«

Lilly fing an zu weinen. »Das würde ich nie. Wenn sie wüssten, wozu ich fähig bin, würden sie vielleicht auch *mich* fortschicken!«

Talia ballte die Hände so fest zu Fäusten, dass neues Blut aus den Kratzern tropfte. Ohne ein weiteres Wort lief sie weiter.

Bis zum nächsten Tag sprach Talia mit niemandem. Ein paar Mädchen versuchten mit ihr zu reden, doch Talia ignorierte sie, und sie versuchten es nicht gerade allzu entschlossen. Sie verbrachte die Nacht mit den anderen Anwärterinnen in einem überfüllten Langhaus und folgte ihnen vor Sonnenaufgang in die Kirche.

Die Kirche des Eisernen Kreuzes war anders als jede Kirche, die Talia je gesehen hatte. Getrocknete Ranken, von schweren viereckigen Nägeln im Zaum gehalten, säumten jedes Fenster und jede Tür. Kerzen flackerten in Nestern aus Dornen.

Hinter dem Altar hing ein riesengroßes Kreuz, die Enden mit Eisen bedeckt. Zerbrechliche Ranken umgaben das Kreuz, doch mit gewissem Abstand, als ob das Kreuz sie zurückgedrängt hätte.

Vier gekachelte Mosaiken verzierten den Boden im Zentrum des Kirchenschiffs. Das erste zeigte einen Säugling, der von einem König umarmt wurde. Im zweiten saß ein junges Mädchen an einem Spinnrad. Das dritte bildete einen purpurfarbenen Berg unter einem dunklen Himmel ab: die Verfluchte Hecke. Das letzte Mosaik kündigte Hoffnung und Erlösung an: Ein junger Mann führte die Prinzessin von dannen, während die Hecke hinter ihnen brannte und Engel von Wolken herab sangen.

Talia schauderte. Die Steinmauern saugten die Hitze aus der Luft. Dies war ein kalter, harter Ort, eher eine Festung als eine Kirche.

So fremdartig die Kirche auch sein mochte, die Messe selbst war ihr vertraut. Sogar nach so vielen Jahren kamen ihr die lateinischen Phrasen automatisch über die Lippen. Während der Gottesdienst fortschritt, spürte Talia, wie ihre Aufmerksamkeit zum ersten Mosaik zurückwanderte. Von der kindlichen Aurora, deren Abbild nichts als eine Ansammlung von Fliesen war, wurde ihr mulmig zumute.

Vielleicht hatte Lilly falschgelegen. Vielleicht hatte sie gelogen; ein Weg, den Neuankömmling zu prüfen oder zu sticheln.

Selbst wenn Talia geglaubt hätte, dass Lilly zu irgendeiner Art von Grausamkeit fähig gewesen wäre, hätte ein Blick auf das Mädchen genügt, um ihre Meinung zu ändern. Zwischen den Hymnen warf Lilly Talia immer wieder Blicke zu. Dunkle Schatten zeichneten ihre blutunterlaufenen Augen. Lilly glaubte eindeutig an ihre Visionen.

Tief in ihrem Herzen tat Talia das auch. Sie konnte sich nur mit Mühe vom Weinen abhalten.

Nach der Messe rief Bruder Samuel die Initianten zu sich. »Nach dem Morgengottesdienst waschen wir die uns Anvertrauten.« Sein Blick ließ zu keinem Zeitpunkt von Talia ab. Er schien genervt davon zu sein, dass er das erklären musste. Natürlich wusste der Rest der Mädchen dies alles bereits. »Ihr werdet in Kürze vor königliches Geblüt treten. Ihr werdet jeden Befehl befolgen, der euch von einem Träger des Eisernen Kreuzes gegeben wird.« Er befingerte das Kreuz um seinen Hals, wobei er Talia immer noch beobachtete. »Missachtet die Regeln oder begegnet den Prinzen mit Missachtung und ihr werdet bestraft.«

Er drehte sich abrupt um und führte sie zur Hecke.

Es gab keine Pfade zwischen den Dornen. An diesem Morgen hatte Talia ein Paar Sandalen mit Holzsohlen am Fußende ihrer Pritsche gefunden. Sie waren unbequem, doch sie schützten ihre Füße besser als die dünnen Stiefel, die sie zuvor getragen hatte. Sie konzentrierte sich darauf, wie die anderen zu gehen, und schaffte es bis zur Hecke, ohne zu stolpern.

Der Wind drehte sich. Talia rümpfte die Nase.

»Der Gestank Satans«, sagte Samuel, der ihren Ausdruck bemerkte. »Der Gestank des Bösen.«

Talia verdrehte die Augen. Menschliche Ausscheidungen und faulendes Fleisch. Unangenehm, aber wohl kaum böse. Wenn das Böse allein anhand seines Geruchs erkannt werden konnte, so hatte Talia jedenfalls manch einen Bauern kennengelernt, der mit dem Teufel mithalten konnte. Sie bemerkte, dass Lilly sie wieder anstarrte, und drehte sich demonstrativ weg. Warum konnten sie nicht einfach alle in Ruhe lassen?

»Berührt nicht die Dornen«, sagte Samuel. »Ein Ausrutscher im Feld wird dazu führen, dass ihr verkratzt und blutig seid. Ein Ausrutscher in der Hecke, und ihr werdet für immer vernarbt sein.« Er schob seine Ärmel hoch, um tiefe, dunkle Striemen an seinen Handgelenken und Ellenbogen zu entblößen. »Ich hatte Glück. Ich versuchte, meinem Prinzen zu folgen, um ihn zu retten. Monatelang war ich bettlägerig, bevor ich mich erholte.«

Talia schluckte. Aus der Nähe vertrieb die Verfluchte Hecke alles andere aus ihren Gedanken. Die Ranken erhoben sich wie eine Mauer, zwanzig Mal so hoch wie ein Mann. Nahe am Boden waren viele davon so dick wie Bäume. Die untersten Dornen glichen Speeren, die so breit waren wie ihr Arm.

Und dennoch war da nichts, das der soliden Mauer glich, die sie erwartet hatte. Selbst mit einem flüchtigen Blick konnte sie Lücken zwischen den purpurnen Ranken erkennen. Sie hatte bereits mindestens vier Stellen entdeckt, an denen jemand ihrer Größe zwischen den Dornen hätte hindurchschlüpfen können.

Sie liefen um die Hecke herum und hielten im Kreis auf die aufgehende Sonne zu. Nach einer Weile flüsterte Lilly: »Er bringt uns wohl zu Prinz Jerome.«

Talia sagte nichts.

»Es tut mir leid, was ich gesagt habe.« Lilly biss sich auf die Lippe. »Du hast es wirklich nicht gewusst?«

Mit angespanntem Gesicht schüttelte Talia den Kopf.

»Du solltest es Bruder Samuel erzählen. So etwas bringt hier Unglück. Der Fluch hat Prinzessin Aurora als Kleinkind befallen. Er könnte deinen Kindern dasselbe antun. Die Feen werden dich holen kommen, und …«

»Hast du je eine Fee gesehen?«, schnappte Talia.

»Sie bleiben uns fern. Die Kirche treibt sie fort. Aber andererseits hat man kein Kleinkind je in die Nähe der Hecke gelassen.«

Glücklicherweise erreichten sie ihren Zielort, bevor Talia sich noch mehr anhören musste. Samuel trieb sie in einem Halbkreis zusammen, der zur Hecke hin ausgerichtet war.

Neben einem viereckigen hölzernen Sockel stand eine Kiste. Ein gefülltes Wasserfass nistete in den Ranken nahe der Kiste. Auf dem

Sockel stand eine Schwester, die einen Stab in die Hecke hineinmanövrierte.

»Prinz Jerome stand in seinem vierzehnten Lebensjahr, als er kam, um die Prinzessin zu befreien«, sagte Samuel. »Er war schlank und geschwind und plante, zwischen den Dornen hindurchzuschlüpfen. Er schaffte es tiefer hinein als die meisten, bevor die Hecke ihn ergriff.« Er neigte den Kopf für ein kurzes Gebet. »Lilly, würdest du Schwester Margaret ablösen?«

Freude überzog Lillys Gesicht, doch ihre Stimme blieb demütig. »Danke, Bruder Samuel.« Ihre Hand bebte, als sie auf das Podest stieg und den Stab ergriff.

Talia trat von den anderen Mädchen fort und versuchte, mehr zu erkennen. Den besten Blick schien man hinter dem Wasserfass zu haben. Sie kauerte sich nieder und spähte durch das Gewirr.

Talia hatte gedacht, sie wäre vorbereitet gekommen. Sie hatte gesehen, wie Tiere vor einem Festmahl geschlachtet wurden. Sie hatte Hinrichtungen auf dem Stadtplatz beobachtet. Wie viel schlimmer konnte das hier schon sein? Als sie den Prinzen erblickte, schnappte sie nach Luft.

Er war nackt und ausgemergelt, die Haut so straff wie eine Leinwand, die über Zeltstangen gespannt war. Entweder hatte die Hecke seine Kleidung fortgerissen oder aber die Schwestern hatten es getan. Talia tippte auf Letzteres. Wenn man seine Situation bedachte, wäre Kleidung rasch zu einer zusätzlichen Qual geworden.

Er stand seitlich, ein Bein ausgestreckt, als ob die Hecke ihn mitten im Schritt erwischt hätte. Zwei Dornen durchbohrten seinen Oberschenkel. Eine weitere heftete seinen linken Arm an seine Seite. Nur sein rechter Arm war frei. Der Bizeps ruhte auf einer jungen Ranke, die sich um sich selbst wand. Blutige Kratzer zeichneten den Arm. Ältere Narben zogen sich kreuzweise über seine Haut, beinahe vom selben purpurnen Farbton wie die Ranken. Er drehte seinen Kopf, sodass er die Mädchen anblicken konnte. Wasser verfilzte seinen verworrenen braunen Bart.

Er schielte Lilly an. »Du bist ein hübsches junges Ding, nicht wahr?« Seine Stimme war schroff, und er stieß Pfeifgeräusche aus, wenn er sprach. Talia konnte sehen, dass ein nadelgleicher Dorn durch seine Kehle wuchs. »Würde es dir gefallen, später noch einmal zurückzukommen, um für einen Prinzen zu tanzen? Wie ist dein Name, Mädchen?«

»Lilly, M'lord.« Sie hatte es geschafft, eine Messingschüssel am Ende des Stabs zu befestigen. Sie korrigierte ihren Griff und mühte sich ab, sie in das Wasser zu tauchen, dann machte sie sich daran, sie durch die Hecke zu schieben.

Der Prinz grinste anzüglich. Seine Männlichkeit wurde hart und stieß gegen eine dünne Ranke. Eines der Mädchen kicherte nervös. »Seid nicht schüchtern«, rief er aus. »Ihr könnt alle für Prinz Jerome tanzen!«

Talia ballte die Hände zu Fäusten. Sie wollte den Arm ausstrecken und einen Dorn durch seine Zunge treiben.

Plötzlich zog er eine Grimasse, als ob er Schmerzen erlitte. Samuels Gesicht war steinern, und Schwester Margaret begann einfach, ein paar Lumpen aus der Kiste zu ziehen.

Mit einem absonderlichen Pfeifgeräusch entleerte Prinz Jerome seinen Darm auf sein Bein. Lillys Hände begannen zu zittern, und Talia stürzte nach vorn, um den Stab aufzufangen. Einer der Dornen stach sie in den Unterarm.

Er stach zu rasch, als dass es schmerzte. Sie konnte sehen, dass der Dorn sich unter der Haut festgesetzt hatte, eine dunkle Linie unter einem zollgroßen Wulst Fleisch. Und dann zerrte Samuel sie von der Hecke fort, während Schwester Margaret den Stab zurückzog.

Talia beobachtete betäubt, wie Samuel einen weiteren Lumpen aus der Truhe nahm und ihn sanft um ihren Arm wickelte. Schwester Margaret hatte die Messingschüssel vom Stab geschraubt und sie durch einen schmalen Metallreifen ersetzt. Sie fädelte den Lumpen durch den Reifen, wobei sie ihn so wickelte und festzurrte, dass kein Stück Metall mehr zu sehen war. Dann schob sie den Stab mit dem Lumpen in die Hecke und begann, den Prinzen zu säubern.

Prinz Jerome schluchzte wie ein Kind. Lilly tat es ihm gleich. »Es tut mir leid«, sagte sie wieder und wieder.

Der Prinz fing an zu schreien. »*Geht weg. Lasst mich! Ihr alle, verlasst mich jetzt! Sofort!*«

»Natürlich«, sagte Schwester Margaret ruhig und zog den mit Scheiße beschmierten Lumpen vom Stab.

Als Samuel sie zurück zur Kirche trieb, drehte er sich zu Talia um. »Du erträgst die Qual gut. Nur wenige können den Biss der Hecke ertragen, ohne zu schreien.«

»Danke«, sagte Talia, die immer noch wie betäubt war. In Wahrheit spürte sie keinen Schmerz, lediglich ein zartes Pochen in ihren Adern.

»Dies ist das Leben, für das du dich entschieden hast. Ein Leben des Blutes und Schmutzes und des Dienstes vor Gott. Bist du dir sicher, dass es dies ist, was du willst?«

Talia zuckte mit den Schultern und rieb ihren bandagierten Arm. Sie dachte an die Säuglinge in ihrem Leib. Weshalb sollte sie einem Gott dienen, der ihr vor so langer Zeit den Rücken gekehrt hatte? In diesem Moment lag Talias Verständnis eher bei den Feen, die Prinzen wie Jerome zum Leiden zurückgelassen hatten. Wenn doch bloß … Talia senkte den Kopf und sagte nichts.

Samuel verstand dies als Zustimmung. Er umfasste ihre Schulter. »Gib deine Stärke und deinen Willen an Gott, Kind. Am Ende wird *er* dieses Gräuel zerstören.«

In dieser Nacht träumte Talia, sie sei die Prinzessin Aurora. Sie stand nahe einem schmalen Fenster und beobachtete von ihrem Zimmer aus, wie Prinz Jerome durch die Dornen watete. Nackt und beschmutzt kämpfte sich der Prinz seinen Weg in den Schlosshof vor.

Jerome näherte sich dem Schloss. Plötzlich fand sich Talia im Bett wieder, unfähig, sich zu rühren. Sie lag wie versteinert, als die

Tür sich mit einem Krächzen nach innen aufschob. Ihr Körper war so schwer wie Stein. Selbst ihr Atem verlangsamte sich, zu leise, um gehört zu werden.

Aus dem Augenwinkel beobachtete sie, wie Prinz Jerome eine lange Klinge am Ende eines Stabes befestigte. Sie versuchte ihren Kopf zu schütteln und um Gnade zu flehen, doch ihr Körper ließ sie im Stich. Sie konnte nicht einmal die Augen schließen.

Der Pfahl stach ihr in den Bauch. Zwillingskinder heulten in ihrem Schoß auf, doch sie konnte ihren Kopf nicht bewegen, um sie anzusehen.

Der Prinz warf den Stab beiseite und wischte das Blut von seinen Händen. Talia versuchte zu fliehen, doch dornenbesetzte Ranken wuchsen aus der Matratze und stachen sie an Ort und Stelle fest. Sein Körper verdeckte das Licht. Ganz langsam lehnte der Prinz sich über sie, ein gesichtsloser Schatten in der Dunkelheit.

Talia erwachte mit einem Ruck.

Mondlicht glänzte durch Risse in den Wänden und der Tür. Talia bewegte sich so leise, wie sie konnte, als sie ihre Sandalen ergriff und über die schlafenden Körper der anderen Anwärterinnen hinwegschlich.

Sobald sie draußen war, schlüpfte sie in ihre Sandalen und saugte die kalte Nachtluft in ihre Lungen, versuchte, die Kontrolle wiederzuerlangen.

»Geht es dir gut?«

Talia fuhr zusammen. Sie hatte Lilly gar nicht gesehen, wie sie da in den Schatten stand. »Was tust du denn hier und wieso bist du wach?«

Lilly zuckte mit den Schultern. »Ich bete um Vergebung. Für meinen Fehler heute. Für meinen Fluch und meine Sünden. Und für dich. Talia, die Hecke *will* dich.«

Die Überzeugung in Lillys Stimme ließ Talia zittern. »Warum?«

»Ich weiß es nicht.« Lilly wandte den Blick ab. »Deine Kinder, schätze ich.«

»Die Hecke kann sie von mir aus haben. Die Dornen können sie zurück zu Gott schicken.«

»Das meinst du nicht so.« Lilly bekreuzigte sich. »Du solltest hier keine solchen Dinge sagen. Bruder Samuel sagt, dass jede Sünde dem Teufel neue Kraft gibt.«

Lilly hatte recht. Sie meinte es nicht so. Das machte sie nur noch wütender. »Du weißt nichts über das Böse«, schnappte sie.

Sie konnte ein Schwesternpaar die Hecke entlanggehen sehen. Eine trug eine kleine Öllampe, die andere einen großen Flechtkorb.

»Kräuter für den Tee«, erklärte Lilly. »Um den Prinzen Schlaf zu bringen. Viele von ihnen können nur für eine kurze Zeit schlafen. Die Nacht ist für sie ein nicht enden wollender Kampf zwischen Schmerz und Erschöpfung.« Sie berührte Talias Wange. »Du bist so jung wie ich. Warum bist du so traurig und bitter?«

Talia schluckte, erschrocken von den Gefühlen, die plötzlich in ihr aufwallten. »Ich … ich bin hierhergekommen, um Sicherheit zu finden. Wie ein Narr, hat ein Teil von mir immer noch gehofft, dass Gott auf mich aufpassen würde.«

»Aber das wird er doch!«, sagte Lilly aufgeregt. »Komm mit mir zur Kapelle und wir können gemeinsam beten.«

Talia befreite ihre Hände. »Hat Gott dir etwa geholfen? Hat er deinen ‚Fluch' vertrieben oder sonst irgendetwas getan, um dich vor den Visionen zu beschützen, die dich heimsuchen?«

»Das wird er«, sagte Lilly erneut. Ihre Augen waren geweitet. »Mein Glaube ist noch nicht stark genug. Ich beobachte Bruder Samuel dabei, wie er jeden Tag ohne Zweifel oder Verwirrung beschreitet. Er hilft mir, meine eigene Schwäche zu sehen. Aber eines Tages …«

»Eines Tages was? Wird Bruder Samuel deine Visionen bemerken und dich verbannen?«

Lilly versteifte sich. »Wenn das Gottes Wille ist.«

Talia gab auf. »Also gut. Ich stoße zu dir, sobald ich mir etwas Sittsameres angezogen habe.«

Doch als sie davonlief, ertappte sie sich dabei, wie sie sich von der Kirche abwandte und stattdessen auf die Verfluchte Hecke zulief.

Talia lief eine lange Weile, wobei sie immer einen gewissen Abstand zur Hecke hielt, damit sie nicht von den Männern und Frauen belästigt wurde, die nachtsüber arbeiteten. Schließlich erreichte sie Prinz Jerome. Während sie sich umschaute, um sich zu vergewissern, dass alles sicher war, näherte sie sich ihm. Sie war sich nicht darüber im Klaren, wie sie diesen Heckenabschnitt von all den anderen hatte unterscheiden können, besonders im Mondlicht. Die Podeste für die Prinzen waren identisch. Irgendwie wusste sie einfach, wohin sie sich wenden musste, genau wie sie wusste, dass sie Spuren getrockneten Blutes an dem Dorn vor sich finden würde, das noch von ihrer Verletzung stammte.

Jerome war ein düsterer Schatten. Dunkelheit verbarg sein Gesicht, doch seine Brust bewegte sich langsam und er reagierte nicht auf ihre Anwesenheit. Also schlief er.

Talia kam näher und legte ihre Hände auf eine fette, knorrige Ranke. Flocken purpurner Haut bröckelten unter ihren Händen ab.

Die Ranke war wärmer, als sie es erwartet hätte. Sie fühlte sich lebendig an. War dies das Gefühl von Feenmagie? Ohne Zweifel hätte Samuel gesagt, dass sie von den Feuern der Hölle angetrieben wurde.

Jerome schnappte nach Luft und drehte den Kopf. Talia hörte ein pfeifendes Zischen des Schmerzes, doch er schien nicht aufzuwachen.

Im Schlaf war er nichts anderes als ein Mann. Kein Unterschied zu Bruder Samuel oder einem anderen. Nur Tage zuvor war es Talia eingefallen, ihr Leben im Dienst solcher Männer zu verbringen. Die Idee, einem Kloster beizutreten, war ihr in der ersten Nacht gekommen, die sie fort von zu Hause verbracht hatte, als sie zitternd und versteckt in einem Hühnerstall gelegen hatte. Ein Kloster würde Sicherheit und Geborgenheit bieten. Besser noch, ihre Familie würde sie niemals dort vermuten.

Ihre Mutter hätte bei dem Gedanken gelacht, dass Talia freiwillig irgendeinem Mann oder irgendeiner Frau dienen würde. Aber andererseits war Talias Mutter seit fünf Jahren tot.

Talia verbannte diese Gedanken, bevor sie sie weiterverfolgen konnte. Stattdessen konzentrierte sie sich auf Jerome. Sie beobachtete ihn eine lange Zeit.

Warum dieses Kloster? Warum die Kirche des Eisernen Kreuzes? Erst jetzt, nachdem sie die Prinzen gesehen hatte, begann sie, ihre eigenen Beweggründe zu verstehen.

Vielleicht war sie gekommen, um die Königssprösslinge leiden zu sehen.

Am nächsten Morgen kam Bruder Samuel zu ihr, als sie mit den anderen Anwärterinnen dabei zusah, wie Schwester Petitia Prinz Aaron pflegte. Samuel trat hinzu, doch er sagte nichts. Und er würde auch nicht sprechen dürfen, bis Schwester Petitia den Prinzen zu Ende rasiert hatte.

Beinahe fünfzig Jahre alt, hatte Prinz Aaron sein halbes Leben gefangen in der Hecke verbracht. Er sprach nie und bewegte sich fast überhaupt nicht, außer um das zu essen oder trinken, was auch immer man ihm vorsetzte. Vor zwei Jahren war sein Haar zum letzten Mal geschnitten worden. In dieser Zeit war es lang genug geworden, um sich um die Dornen schlingen und verknoten zu können.

Schwester Petitia schob den Stab behutsam vor und zurück, womit sie mit der rasiermesserscharfen Klinge eine Bartlocke durchsägte, die sich an einem Dorn verfangen hatte. Sie war eine der wenigen Dienerinnen, die es wagte, in solcher Nähe zu einem Prinzen eine Klinge zu führen, und sie hatte klargestellt, dass *niemand* ein Geräusch von sich geben durfte, bis die Klinge vollständig aus der Hecke entfernt worden war. Jeder, der sie störte, konnte verbannt werden, ganz egal, welche Entschuldigung er hervorbringen mochte.

Innerhalb der Hecke zirpten Spatzen und flatterten umher, um die gefallenen Locken für ihre Nester zu sammeln. Prinz Aaron

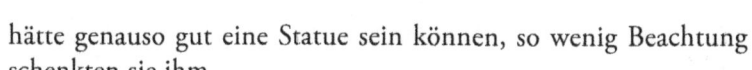

hätte genauso gut eine Statue sein können, so wenig Beachtung schenkten sie ihm.

Schließlich war Schwester Petitia fertig. Bevor sie sprechen konnte, griff Samuel nach Talias Schulter. »Du bist letzte Nacht draußen gewesen. Du bist die Prinzen anschauen gegangen.«

Talia warf Lilly einen flüchtigen finsteren Blick zu. Hatte sie Samuel davon erzählt? »Ich bin spazieren gegangen. Um meinen Kopf freizubekommen. Ich schlafe schlecht.«

»Du bist zu Prinz Jerome gegangen. Er hat dich gesehen, aber er wollte nicht sagen, was du getan hast.«

Also hatte Lilly sie doch nicht verraten. Mehrere der Mädchen kicherten. Ein wütender Blick Samuels ließ sie verstummen. Sie wusste jedoch, was sie denken mussten.

»Ich habe mich in keinster Weise den … *Gelüsten* Eures Prinzen gewidmet, wenn es das ist, was Ihr wissen wollt. Ich dachte, er schliefe.«

Schwester Petitia räusperte sich. »Anwärterinnen ist es nicht erlaubt, allein in der Nähe der Hecke spazieren zu gehen, Liebes.«

»Du könntest verstoßen werden«, fügte Samuel hinzu.

»Andererseits«, fuhr Schwester Petitia fort, »erinnere ich mich an einen kleinen Jungen, der sich jede Nacht davonstahl, um mit seinem sterbenden Prinzen zu sprechen, noch bevor er den Schwur leistete.«

Samuels Wangen röteten sich. Er sah aus, als ob er die ältere Schwester anschreien wollte, doch er wagte es nicht. Wenn man von der Art ausging, wie sich seine Halsmuskeln bewegten, war er nahe davor. Schließlich zog er eine düstere Grimasse und sagte: »Also gut. Zur Strafe wirst du hierbleiben und das Podest schrubben und reparieren.«

»Danke.« In Talias Worten lag echte Dankbarkeit, und sie hasste sich dafür. Was machte es schon, wenn der verlogene Trampel drohte, sie wegzuschicken? Sie konnte immer noch irgendwo anders hingehen.

Doch allein der Gedanke, fortzugehen, machte ihre Kehle trocken und ihre Hände feucht. Nach nur zwei Tagen reichte allein die Vorstellung aus, um sie krank zu machen. Ihr Arm pochte und sie warf der Hecke einen Blick zu.

Lilly hatte gesagt, dass die Hecke Talia und ihre ungeborenen Kinder wollte. Zum ersten Mal fing Talia an, diese Warnung ernst zu nehmen.

In dieser Nacht wachte Talia plötzlich auf. Sie blieb vollkommen still liegen, bis sie das Geräusch identifizieren konnte, das sie geweckt hatte. Da … das Patschen eines nackten Fußes auf dem Boden. Sie drehte sich um. Es war zu dunkel, um die Gesichtszüge des Mädchens zu erkennen, doch Lillys vorsichtige, zögerliche Bewegungen waren unverkennbar.

»Ich konnte nicht schlafen«, sagte Lilly. »Ich habe von deinen Kindern geträumt, so schön wie die Sonne und der Mond. Ich sah, wie sie dir weggenommen wurden, Talia. Gebrochen und dem Tode ausgeliefert.« Ihre Stimme brach. »Die Verfluchte Hecke steckt voller Feenmagie. Feen haben schon immer Menschenkinder gestohlen. Du bist in Gefahr!«

»Ist sie das?«, flüsterte Talia. »Voller Feenmagie, meine ich. Die Geschichten besagen, dass die zwölfte Fee ihren Fluch auf die Prinzessin ausspracht. Die dreizehnte benutzte ihre Magie, um den Fluch zu bekämpfen und das Leben der Prinzessin zu retten. Doch keines der Lieder erwähnt, wer die Hecke erschaffen hat.«

»Natürlich ist sie magisch. Sie ist offensichtlich nicht natürlich.«

»Bist du je einer Fee begegnet? Hat irgendjemand jemals versucht, sie zu finden und sie um Hilfe dabei zu bitten, die Hecke zu zerstören?«

Lilly schüttelte den Kopf. »Das ist Blasphemie, Talia!«

»Vielleicht ist es das. Oder vielleicht ist es auch gesunder Menschenverstand!« Doch weshalb hätten die Feen die Hecke überhaupt erschaffen sollen? Weshalb hätten sie ihre eigene Kreation zurückgelassen? Sie seufzte. »Selbst in den wildesten Geschichten habe ich nie von einem Feenwechselbalg gehört, das ausgetauscht wurde, während sich der Säugling noch im Mutterleib befand. Für eine Weile sollte ich sicher sein. Zumindest vor der Hecke.«

»Ich schätze schon.« Lilly berührte Talias Arm. »Aber was wirst du tun, sobald die Kinder geboren werden?«

»Es spielt keine Rolle.« Aus irgendeinem Grund fand sie es einfacher, im Dunkeln zu sprechen. »Mein Vater wird mich finden. Er befiehlt Waldläufer, die den mitternächtlichen Flug einer Stechmücke verfolgen können. Er wird jeden Dorfbewohner im Umkreis von Meilen bestechen oder foltern, wenn er das muss.«

»Aber wie? Sicherlich kann er nicht …«

»Er kann.« Talia hatte es die ganze Zeit über gewusst, wirklich. Heute Nacht war einfach das erste Mal, dass sie es sich erlaubte, die Wahrheit anzuerkennen. Sie würde niemals frei sein. »Könige können alles tun, was sie wollen. Frag einfach deinen geschätzten Bruder Samuel.«

Sie hörte, wie Lilly den Atem einsog. »Du bist eine Prinzessin? Talia, du musst sofort weg! Der Fluch wurde einer Prinzessin auferlegt. Du bist gleich zwei Mal in Gefahr.«

Talia schüttelte den Kopf. »Das spielt keine Rolle. Es ist genauso wahrscheinlich, dass ich meinem Vater entkomme, wie dass Prinz Aaron sich aus den Dornen befreit. Wenn er mich auf herkömmlichem Wege nicht finden kann, wird er sich an Hexen und Zauberer wenden. Er würde sich selbst mit dem Feenvolk herumschlagen, wenn er das müsste.«

»Jeder Vater würde seine Tochter zurückhaben wollen. Und wenn er von seinen Enkelkindern erfährt, wird er …«

»Er wird sie zerstören.« Talia schloss die Augen. »Sie sind in größerer Gefahr vor ihm als vor der Hecke. Er wird mich holen kommen wie ein Jäger, der einem preisgekrönten Hirsch nachsetzt. Er wird niemals aufhören zu suchen, vor allem, sobald er von meinen Kindern hört.«

»Ich verstehe nicht.«

Vielleicht war es die Dunkelheit, die Talias Zunge löste. »Er kann es sich nicht leisten, mich gehen zu lassen. Nicht mit Zwillingsjungen, die beweisen, was er mir angetan hat.«

Lilly schnappte nach Luft und bekreuzigte sich. »Von solchen Dingen darfst du nicht sprechen.«

»Es ist die Wahrheit. Wenn du sie nicht ertragen kannst, dann geh weg und lass mich in Frieden.«

Die Matratze hob sich, als Lilly aufstand. »Ich werde für dich beten, Prinzessin Talia. Vielleicht wird Gott dir einen Ausweg zeigen.«

Talia schnaubte laut auf, dann fuhr sie zusammen. Doch sie hörte keinen Mucks von den anderen Mädchen. Hoffentlich schliefen sie immer noch. »Gott hat nie viel Interesse daran gezeigt, mich zu beschützen«, sagte sie.

»Also wendest du ihm den Rücken zu?«

»Er hat mir den Rücken zugewandt. Genau wie er Aurora den Rücken zugewandt hat. Wer ist herzloser?« Talia drehte sich auf die Seite, nur weg von Lilly. Ein paar Minuten später hörte sie, wie Lilly davonschlüpfte, um sie allein zu lassen.

Die Anwärterinnen beobachteten, wie Lilly Prinz Humphrey zu Diensten war, einem aufgeblasenen, arroganten Klotz von einem Mann, der jeden Vorbeigehenden verfluchte und beschimpfte.

Lilly und Talia hatten seit der vergangenen Nacht nicht mehr miteinander gesprochen. Talia war nicht überrascht. Lilly hatte wahrscheinlich beschlossen, dass Talia verdammt war und versuchte, so viel Abstand zu ihr zu halten wie möglich. Ob es wegen der Kinder in ihrem Schoß war oder weil sie »Gott den Rücken zugewandt« hatte, wusste Talia nicht mit Sicherheit. Vermutlich beides.

»Schaut euch diesen Vogel an«, sagte eine der jüngeren Anwärterinnen, ein dürres Ding mit einer Stimme, die wie ein schrilles Quieken war. »Er ist wunderschön.«

Talia schaute nicht hin. Sie war damit beschäftigt, Lilly dabei zuzusehen, wie sie sich mit Prinz Humphrey herumschlug. Der Prinz hatte das Ende des Stabs mit seiner unversehrten Hand erfasst und weigerte sich, ihn loszulassen. Lilly sah aus, als ob sie gleich in Tränen ausbrechen würde, doch sie versuchte weiterhin, den Stab sanft zurückzuziehen.

»Ich verdamme dich, Weib!«, schrie der Prinz. »Mir diese abscheuliche Pampe zu verfüttern.« Er riss am Stab und hebelte ihn beinahe aus Lillys Griff. Haferbrei schwappte über seinen Arm. »Widerliche Bastarde, ihr könnt nicht einmal ein genießbares Mahl zubereiten. Schafft mir diese hässliche Schlampe aus den Augen!«

»Es tut mir leid, M'lord«, sagte Lilly. Sie hatte es aufgegeben, den Stab befreien zu wollen, und hielt nun einfach das Ende fest, damit Prinz Humphrey nicht gleich das ganze Ding in die Hecke zerren würde.

»Spüle den Zorn und die Verzweiflung aus deinem Herzen«, flüsterte Samuel Lilly zu, so leise, dass der Prinz es nicht hören konnte. »Prinz Humphrey hat viele Jahre der Qual verbracht. Vergib ihm seine harten Worte und bemitleide sein Schicksal.«

Lilly nickte und hielt weiterhin fest, doch Prinz Humphrey zog nur stärker.

»Sieht aus wie ein Bussard«, sagte ein anderes Mädchen. »Er fliegt auf uns zu!«

Wäre Talia nicht abgelenkt gewesen, so hätte sie es vielleicht geschafft, den Vogel abzufangen. Sie hätte eine Chance haben können.

Stattdessen trat sie auf Lilly zu und nahm den Stab aus ihren Händen. Bruder Samuel fing an zu protestieren, dann schien er seine Meinung zu ändern.

»Es tut mir leid, M'lord«, rief Talia. Sie verpasste dem Stab eine scharfe Drehung. »Lilly hat nicht verstanden, wie sehr Ihr es begehrt, die Schüssel für Euch zu behalten.« Ein paar weitere Umdrehungen und das Ende des Stabs schraubte sich von der Schüssel ab. Talia zog den Stab zurück, bevor der Prinz danach greifen konnte.

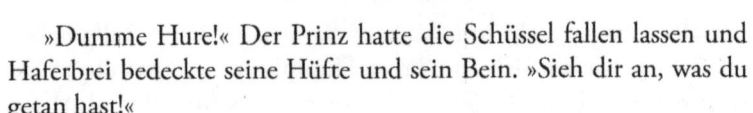

»Dumme Hure!« Der Prinz hatte die Schüssel fallen lassen und Haferbrei bedeckte seine Hüfte und sein Bein. »Sieh dir an, was du getan hast!«

»Meine untertänigste Entschuldigung, M'lord«, sagte sie. Sie drückte Lilly den Stab in die Hände. »Ich schlage vor, du benutzt den Haken, um die Schüssel zurückzuholen. Du wirst auch einen Lumpen brauchen, um ihn sauber zu machen. Oder vielleicht erwartest du, dass Gott sich darum kümmert?«

Dann nahm sie einen tiefen Atemzug und drehte sich um, wobei sie sich auf die Strafpredigt vorbereitete, die Bruder Samuel ihr sicherlich verabreichen würde.

Bruder Samuel zollte ihr keine Aufmerksamkeit. Ein großer blauroter Vogel hockte im Saum der Hecke. Samuel hob einen Arm. Der Vogel, gut dressiert, flog auf ihn zu und wartete mit ausgestreckten Flügeln, während Samuel das Nachrichtenröhrchen von seinem Bein zog.

Talia hörte auf zu atmen.

»Was für eine Vogelart ist das?«, fragte Lilly.

»Ein Westlicher Blauschwanzbussard. Ein exotischer Botenvogel vom anderen Ufer des Ozeans«, sagte Talia. Sie sah sich um und wollte wegrennen, doch es war zu spät. Samuel starrte sie bereits an.

Talia blickte zu Boden und fügte hinzu: »Mein Vater sammelt sie.«

Die Wahrheit über Talias Identität brachte zumindest einen Segen. Als Prinzessin musste sie Bruder Samuel nicht länger gehorchen. Die Konturen seines Gesichts spannten sich jedes Mal an, wenn sie ihm einen Befehl gab, doch er beschwerte sich nie. Er tat alles, worum sie ihn bat, außer ihr zu erlauben, fortzugehen.

»Erinnere mich noch einmal, wann die Männer meines Vaters ankommen werden«, sagte sie.

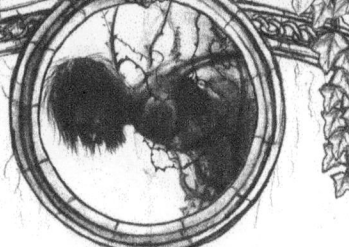

»In zwei Tagen, laut seiner Nachricht.«

Sie standen an der Rückwand der Kirche und beobachteten Lilly dabei, wie sie den Diensteid ablegte. Die Brüder und Schwestern der Kirche füllten die vorderen Reihen aus. Stadtbewohner drängten sich in den Ecken und nahe den Türen.

Der Priester war ein kleiner Mann, dessen wildes rotes Haar ihn jünger aussehen ließ als die Anwärter. Er erhob seine Stimme, die erstaunlich tief war für jemanden so Dünnes. »Kinder Gottes, wir haben uns hier versammelt, um unsere Schwester Lilly aufzunehmen, damit sie sich einem Leben des Dienstes widmet.«

Lilly hatte die letzte Nacht in Einsamkeit verbracht und im Freien geschlafen. Als Bett hatte sie nichts als die Dornen auf der Erde besessen. Zwecks Wärme und Bequemlichkeit hatte sie nur eine dünne Robe und ein eisenbeschlagenes Kreuz getragen, dasselbe Kreuz, das sie nun mit den Händen umklammerte.

Talia warf einen Blick auf die verheilende Narbe auf ihrem Unterarm. »Samuel, weshalb lasst ihr die Anwärter auf Dornen schlafen?«

»Damit sie die Tortur der Prinzen verstehen, die von dem Feenfluch gefangen sind. Ich verbringe jede Woche eine Nacht in den Dornen, damit ich es niemals vergesse.« In seinen Worten lag keine Wichtigtuerei.

Talia nickte. »Aber die Fee hat die Prinzen nicht verflucht. Sie verfluchte Prinzessin Aurora.« Zumindest war es das, was die Geschichten behaupteten.

Der Priester gab Lilly zu verstehen, dass sie knien sollte. »Versprichst du, in Krankheit und Gesundheit zu dienen und allen irdischen Bünden zu entsagen? Dich weder von Schmerz noch Verlangen von Gottes Licht fortzuführen lassen?«

»Das tue ich«, sagte Lilly laut.

Talia starrte auf das Mosaik auf dem Boden, den jungen Mann, der die Prinzessin von den Dornen fortführte. »Glaubst du, dass Gott den Fluch besiegen wird?«

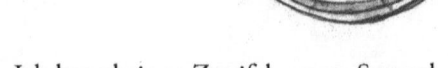

»Ich hege keinen Zweifel«, sagte Samuel.

»Warum dauert es dann so viele Jahre? Warum haben so viele Prinzen ihr Leben verloren?«

Es kam keine Antwort.

»Warum ist euer Gott so schwach?«

»Gott ist alles, was den Prinzen ... und mir ... noch bleibt.« Samuel ging aus der Kirche. Talia wusste, dass er gleich jenseits der Türen warten würde, um sicherzustellen, dass sie nicht versuchen würde, zu fliehen.

»Wir glauben an einen Gott, siegreich und allmächtig«, sagte der Priester. »Wir glauben an die Erlösung und den Fall des Bösen.«

»Amen«, flüsterte Talia.

Talia ergriff Lillys Arm und flüsterte: »Du musst für mich in die Hecke schauen.«

Lilly blinzelte. »Du kannst genauso gut sehen wie ich ...«

»Nein«, sagte Talia. »Du musst für mich *sehen*.«

Lilly erbleichte. Talia hatte den ganzen Tag gebraucht, um für eine Gelegenheit zu sorgen, mit Lilly zu sprechen. Sie war nun Schwester Lilly, doch selbst Schwestern besuchten die Prinzen nur selten allein. Um die Sache noch schlimmer zu machen, beschattete Samuel Talia noch immer wie ein Bluthund. Erst gegen Abend, als ein Wagen aus der Stadt angekommen war, hatte Talia ihre Möglichkeit bekommen.

Lilly half dabei, das Brot für das Abendmahl der Prinzen vorzubereiten, und für diejenigen, die ihre Zähne nicht mehr hatten, brach sie die harte Kruste ab. Talia setzte sich hin, um ihr Gesellschaft zu leisten, und murmelte: »Wenn man mich schon zwingt, hierzubleiben, dann erlaubt mir wenigstens, mich nützlich zu fühlen.«

Widerwillig hatte Samuel eingewilligt. Er stand nun bei den anderen Brüdern und half, Säcke voll Mehl und Weizen zu entladen, während er ein Auge auf Talia behielt.

»Warum bittest du mich darum, das zu tun?«, sagte Lilly leise. »Ich habe Gott mein Leben geschworen.«

»Weil ich deine Hilfe brauche«, sagte Talia. »Weil meine Kinder, wenn du es nicht tust, von ihrem eigenen Vater hingerichtet werden.« Sie wartete, um zu sehen, wie Lilly antworten würde, ob sie wie letztes Mal fliehen würde.

»Würde er wirklich …« Lilly biss sich auf die Lippe. »Sie sind unschuldig. Wie könnte irgendjemand …«

»Unschuld spielt keine Rolle.« Talia zeigte auf die Hecke. Die Sonne ging unter und die Dornen schienen im orangefarbenen Licht. »Sie sind so unschuldig, wie die Prinzessin es war, als sie zum Tode verurteilt wurde.«

Lilly schluckte. Ihre Finger glitten ab, als sie versuchte, einen weiteren Brotlaib zu brechen. »Was hoffst du zu sehen?«

»Ich will verstehen. Die Geschichten … sie ergeben keinen Sinn. Ich will die Wahrheit über die Verfluchte Hecke wissen.«

»Was für eine Wahrheit? Die Hecke ist bösartig!« Mehrere Leute warfen Blicke in ihre Richtung, Samuel eingeschlossen.

»Lass mich nicht darum betteln«, flüsterte Talia.

Lilly starrte das Brot eine lange Weile an. »Nein, das würde ich nicht tun.«

»Dann hilf mir. Bitte.«

Lilly nickte. »Ich … ich hatte letzte Nacht einen Traum. Ich wollte nicht darüber sprechen.«

»War es eine Vision?«, hakte Talia nach.

»Ich weiß es nicht. Ich sah die Hecke. Sie war zu einer gewaltigen Nachahmung einer Kathedrale gewachsen und umschloss alles. Die Kirche, die Stadt, alles war fort.« Ihre Augen glänzten, als sie Talia anstarrte. »Sie hatte es auf *dich* abgesehen. Ich sagte dir, dass die Hecke dich will, Talia. Ich meine, Prinzessin.«

Talia umklammerte Lillys Hand so fest, dass ihre Finger weiß wurden. Es machte keinen Sinn! Die Hecke … die Kirche … da war

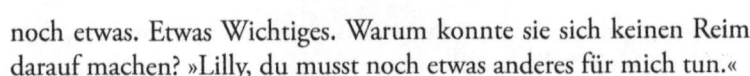

noch etwas. Etwas Wichtiges. Warum konnte sie sich keinen Reim darauf machen? »Lilly, du musst noch etwas anderes für mich tun.«

»Ich kann dir nicht helfen zu fliehen, Prinzessin«, sagte Lilly.

Talia ignorierte sie. »Du musst dich vor der Morgenmesse mit mir treffen. Ich will, dass du mit mir zur Hecke kommst, nur ein letztes Mal, bevor mein Vater ankommt. Mir ist es nicht erlaubt, alleine umherzuwandern, aber wenn ich schon bewacht werden muss, will ich, dass meine Wache eine Freundin ist. Und …« Sie senkte die Stimme. Stolz bekriegte Verzweiflung. Verzweiflung gewann. »Und ich will, dass du für mich betest.«

Am folgenden Morgen trafen einige weitere Bussarde ein und kündigten die Ankunft von Talias Vater an. Die meisten der Brüder erwachten früh, um die Verfluchte Hecke zu patrouillieren. Jene, welche die Hecke selbst umkreisten, trugen lange Speere. Andere gingen in die Stadt, um die Straßen zu bewachen. Eine weitere Gruppe schulterte kurze, kraftvolle Bögen und verschwand in die Wälder. Lilly behauptete, dass die Brüder so auf jeden adeligen Besucher reagierten.

»Es ist ihre Aufgabe, die Prinzen zu bewahren«, sagte sie. »Während sie hier sind, sind sie unantastbar. Kein Königreich würde die Sicherheit der Hecke vernachlässigen. Doch es gibt stets Individuen, Assassinen und andere, die es dennoch versuchen. Die Brüder beschützen die Prinzen mit ihrem Leben.«

Morgentau glitzerte auf den Dornen, die den Boden überzogen, und die Hecke leuchtete wie dunkles Metall.

»Was wirst du tun, Prinzessin?«

Talia lief weiter. »In deiner Vision hast du gesehen, wie die Hecke zu einer Kathedrale wurde und das Land überwältigte.«

»Das stimmt«, sagte Lilly leise.

»Wie konnte Feenmagie die Macht Gottes bezwingen?«

»Ich weiß es nicht.« Sie lief schnell, um Schritt zu halten. »Talia, bitte halte an.«

Talia hielt inne.

»Ich kann dich nicht wegrennen lassen. Ich weiß, dass du nicht zurückwillst, aber ...«

»Ich sagte, ich will eine Freundin, Lilly.« Talia drehte sich um. Ihr Blick suchte Lillys rundes Gesicht und versuchte, die Gedanken hinter ihren Augen zu lesen. »Hast du für mich gebetet, wie ich es verlangt habe? Hat Gott dir befohlen, mich zu verraten?«

Fußschritte knirschten hinter ihr. Talia erriet, wer es sein würde. »Guten Morgen, Bruder Samuel.«

»Lilly hat mir von den Kindern in Eurem Leib erzählt«, sagte Samuel. Er platzierte das untere Ende seines Speers zwischen den Ranken. »Hier sind Säuglinge verboten. Sie bringen uns alle in Gefahr. Ich weiß nicht, weshalb Ihr Euren Ehemann verlassen habt, aber ...«

»*Nicht* meinen Ehemann.«

»Ihr wurdet in den Augen Gottes verheiratet«, sagte Samuel fest. »Eure Sünden bringen das Böse an diesen Ort. Eure Anwesenheit stärkt die Feenmagie und verzögert Gottes Triumph.«

Talia trat einen Schritt auf Lilly zu, die zurückwich, die Augen aufgerissen. »Was ist mit Auroras Familie geschehen?«

Lilly blinzelte. »Sie wurde gemeinsam mit der Prinzessin zum Schlafen verflucht.«

»Warum? Der Feenfluch wurde nur über Aurora verhängt.«

»Sie war das Wertvollste ihrer Welt«, sagte Samuel. »Ich bin sicher, dass sie sich dafür entschieden hätten, ihr in ihrem Fluch Gesellschaft zu leisten. Es war die noble Tat.«

»Nobel?« Talia warf ihm einen Blick zu, der so versengend war, dass er tatsächlich einen Schritt zurücktrat. »Ihre Familie hat Feen zu ihrer Geburt eingeladen. Sie haben die Feen bestochen, damit sie ihr Schönheit geben und sie in eine preisgekrönte Puppe verwandeln würden, wie man sie auf einem Sommerfest gewinnen kann. Der *Adel* behandelt Aurora wie einen Schatz, den es zu gewinnen gilt. Denkt ihr, Prinz Jerome kam, um eine schlafende Jungfrau zu retten? Oder ist er vielleicht einfach nur ein Mann, der es *vorzieht,* wenn seine Frauen bewusstlos sind? Und was ist mit deinem eigenen Prinzen, Samuel? War es selbstlose Liebe, die ihn in die Dornen getrieben hat? Oder ist auch er wie der Rest zur Verfolgung seines eigenen Ruhms gekommen?«

Samuel hob eine Faust, dann sammelte er sich. »Ihr wisst nichts über meinen Prinzen.«

»Ich kenne die Angehörigen königlicher Familien«, schnappte sie. »Ich weiß, wie Prinzen schlafende Jungfrauen benutzen, und ich weiß, was eure Prinzen Aurora angetan hätten.«

»Ihr *müsst* gehen.« Sein Gesicht war dunkel. »Jahrelang haben die Feen diesen Platz gescheut, fortgetrieben von der Macht Gottes. Indem Ihr Eure Kinder hierherbringt, ruft Ihr sie herbei. Ihr werdet sie noch auf uns alle loslassen.«

Talia zögerte. Man konnte nicht abstreiten, dass die Hecke nach ihr verlangte. In ihren Träumen … die Art, wie sie auf ihre Berührung reagiert hatte … »Ich werde nicht zurückgehen.«

»Ihr müsst.« Samuel bewegte sich nach vorn, sodass sie ein Dreieck formten. Ganz egal, in welche Richtung Talia rannte, Lilly oder Samuel wären dazu fähig, sie abzufangen. Sie trat einen Schritt zurück und sie folgten ihr.

»Ihr wusstet, dass ich vorhatte, fortzulaufen?«

»Ihr habt uns vom Tag Eurer Ankunft an getäuscht«, sagte Samuel. »Ich konnte nicht glauben, dass Ihr Eure Art nun ändern würdet.«

Talia schüttelte den Kopf. »Was würde Gott dazu sagen, frage ich mich. War es nicht Gott, der seinen eigenen Sohn geschickt hat, um Vergebung zu lehren?«

»Ihr habt weder um Vergebung gebeten noch habt Ihr Eure Sünden bereut«, gab Samuel zurück. Er trat einen weiteren Schritt nach vorn, womit er Talia rückwärts näher an die Hecke trieb und ihren Fluchtweg mit dem Speer blockierte. »Glaubt es oder lasst es sein, Prinzessin, ich

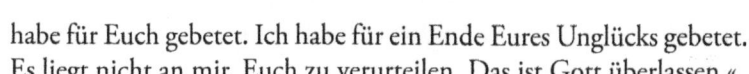

habe für Euch gebetet. Ich habe für ein Ende Eures Unglücks gebetet. Es liegt nicht an mir, Euch zu verurteilen. Das ist Gott überlassen.«

»Du hast recht«, sagte sie langsam. »Sag mir, Samuel, bist du *sicher*, dass die Hecke verflucht ist? Und bist du *sicher*, dass der Fluch von den Feen verhängt wurde und nicht von einem anderen?«

Bevor er antworten konnte, wirbelte sie herum und duckte sich zwischen die Dornen, in die Verfluchte Hecke hinein.

Lilly schrie.

»Prinzessin, nein!« Samuel ließ seinen Speer fallen und stürzte auf sie zu, ungeachtet der blutigen Schnittwunden, die er sich dabei einfing. Seine Finger erhaschten den Ärmel ihres Gewandes. Dornen zerkratzten ihre Haut, während sie kämpften. Sie zwang ihren Arm auf eine Ranke zu, sodass die Dornen den Ärmel durchbohrten. Es gab ein reißendes Geräusch und Samuel stolperte zurück, ein zerfetztes Stück Stoff in den Fingern.

Talia drang tiefer hinein. Dornen verfingen sich in ihren Haaren. Eine stach ihr in die Rückseite eines Beins. Sie musste über eine riesenhafte Ranke treten und sich dann niederkauern, um mit beiden Händen an ihrem Haar zu ziehen, um es freizureißen.

»Lilly, hol den Stab und den Haken! Schnell!«

Talia warf einen Blick zurück. Inzwischen war sie beinahe zehn Fuß tief in der Hecke. Sie konnte sehen, wie Samuel seinen Arm umklammert hielt. Blut tropfte zwischen seinen Fingern hindurch.

Lilly weinte. »Talia, du hast gesehen, was die Hecke dir antun wird. Ich weiß, was du durchmachen musstest, aber du musst dein Vertrauen in Gott setzen, damit er dich rettet.«

»Ich denke, genau das tue ich gerade«, sagte Talia.

»Lilly, geh!«, schrie Samuel. »Andere haben einen derartigen Fortschritt in das Gestrüpp geschafft. Jeder Einzelne hat die Entscheidung, vorwärtszudrängen, schließlich bereut. Oder habt Ihr einen Pakt mit Satan geschlossen, dass er Euch vor dieser verdorbenen Magie bewahren möge? Wenn das der Fall ist, habt Ihr mein Mitleid, denn Ihr werdet verdammt werden, sodass es für Euch keine Erlösung geben kann.«

Talia richtete sich so hoch auf, wie es ging. Solange sie ihre Schultern nach vorn beugte und den Kopf nach links drehte, konnte sie innehalten, ohne dass die Dornen ihre Haut berührten. »Die Lieder besagen, dass Prinzessin Aurora die schönste Jungfrau der Welt war«, sagte sie.

»Was wollt ihr damit sagen, M'lady?«, fragte Samuel. Er warf Lilly einen Blick zu. »Bring den Stab, Schwester!«

»Was ich damit sagen will?«, fragte Talia. Sie legte ihre Finger auf einen Dorn. »Hätten die Feen einen größeren Fluch verhängen können als solch vollkommene Schönheit? Vielleicht gibt es den Einen, der sie als Menschen betrachten wird, nicht als Preis, doch wenn das so ist, ist dieser Eine noch nicht gekommen.«

Talia umklammerte das kleine Anwärterinnenkreuz um ihren Hals. »Und bis dahin wird Gott sie beschützen, genau wie Er mich und meine Kinder beschützen wird.«

»Ihr gotteslästerliche …«

Lilly hielt Samuel am Arm zurück. »Bruder, was, wenn sie recht hat? Was, wenn Gott sie auf diese Weise beschirmt?«

Samuel riss sich los und eilte davon, ohne Zweifel, um den Stab zu holen.

»Danke«, sagte Talia zu Lilly. Sie wollte nach Lillys Hand greifen und sie drücken, doch sie war bereits zu tief in die Hecke hineingewatet. Sie drehte sich um und quetschte sich seitlich tiefer hinein, fiel auf die Knie, um durch eine Lücke zu krabbeln. Die Dornen kratzten weiterhin ihre Haut auf, doch keine der Ranken schloss sich um sie. Sie warf einen Blick zurück. »Lilly … wenn die Hecke ein Geschenk Gottes ist, könnte das nicht auch auf deine eigene Gabe zutreffen?«

Lilly versteifte sich, doch sie nickte widerwillig.

Etwas kitzelte Talias Wange. Eine einzelne rote Blüte, kaum geöffnet.

Sie konnte hören, wie Samuel den Stab in die Hecke stieß, doch als sie zurückblickte, entspannte sie sich. Der Haken hatte sich in einem dicken Rankenknoten verfangen … ein Knoten, der zuvor noch nicht da gewesen war.

Sie fragte sich, ob irgendjemand das Märchen glauben würde, das Samuel und Lilly später erzählen mussten. Wahrscheinlicher war, dass Talias Vater annehmen würde, dass sie geflohen war und die beiden auf irgendeine Weise bestochen oder verhext hatte, solch eine absonderliche Geschichte zu erzählen.

Über ihr war es nun dunkler. Das orange glühende Licht wurde schwer, dem Sonnenuntergang gleich. Ihr Körper fühlte sich warm und taub an.

Wie lang würde der »Fluch« anhalten? Jahre? Jahrhunderte?

Sie kämpfte gegen ein Gähnen an. Es spielte keine Rolle. Genau wie die Prinzessin Aurora würde sie sicher sein.

Talia merkte kaum, wie der Boden unter ihren Füßen weich wurde, oder wie ihr Antlitz sich senkte, um anstelle von scharfen Dornen auf sanftem, grünem Moos zu ruhen.

Nicole Böhm

Der Grimmfluch

Nicole Böhm

Nicole Böhm merkte verhältnismäßig spät, dass sie Autorin werden wollte. Kreativ war sie allerdings schon immer: Nach einer Kosmetikausbildung ging sie nach Amerika, um zunächst in Arizona ein Zeichenstudium und anschließend in New York eine Musicalausbildung zu absolvieren. Zurück in Deutschland suchte sie sich einen traditionelleren Beruf, begann aber nebenbei mit dem Fotografieren. Und dann, vor einigen Jahren, kam ihr die Idee für eine Romantrilogie.

Aus der Romantrilogie wurde eine Urban Fantasy-Serie, die monatlich als E-Book und alle drei Monate als Hardcover erscheint. *Die Chroniken der Seelenwächter* heimsten bereits mehrere Nominierungen ein und gewannen 2016 und 2017 den Deutschen Phantastik Preis als beste Serie. Vor Kurzem beendete Nicole mit Episode 24 die zweite Staffel ihrer Reihe, aber ein Ende ist noch lange nicht absehbar. Neben dem Schreiben fertigt sie die Grafiken für die Cover der Serie – und für Bücher anderer Autoren – selbst.

Für *Der Grimmfluch* hat sich Nicole an einen Stoff gewagt, der zwar weniger bekannt ist als Schneewittchen, Aschenputtel & Co., allerdings zu meinen Lieblingsmärchen gehört: *Allerleirauh*. Sie nutzt die sehr dunkle Vorlage als Ausgangspunkt für eine spannende Geschichte, die sich ganz anders entwickelt als erwartet.

www.die-seelenwaechter.com/

DER GRIMMFLUCH

Elena

Drei Kleider musst du nähen: eines so silbern wie der Mond, eines golden wie die Sonne, eines leuchtend wie die Sterne. Und zu guter Letzt: einen Mantel aus tausenderlei Pelz. Dann, und nur dann, werde ich deine Frau sein.«

Elena wiederholte die Worte leise, bis sie ihr auf der Zunge brannten und ihre Lippen verätzten. Es war ihre letzte Hoffnung, die letzte Möglichkeit, die Vereinbarung mit ihrem Vater zu vereiteln. Konnte er die ihm gestellten Aufgaben nicht erfüllen, war sie frei. Doch sollte er es schaffen, so musste sie schon morgen das Bett mit ihm teilen.

Mit ihrem eigenen Vater.

Sie schauderte bei diesem Gedanken. Wie hatte Mutter ihr das nur antun können? Noch auf dem Sterbebett hatte sie von Vater verlangt, dass er nur eine Frau ehelichen dürfe, die genauso schön und anmutig war wie sie selbst. Nur gab es im gesamten Königreich kein Weib, das ihr auch nur im Entferntesten ähnelte, und so gedieh der widernatürliche Wunsch im König, seine eigene Tochter zu heiraten.

Seine Elena. Sein Herz. Sein kleines Goldstück.

Nicht einmal in ihren bösesten Träumen hätte sie sich so etwas ausgemalt! Es war nicht richtig. Es war abartig! Und es war gegen die Natur! Das gesamte Reich hielt vor Entsetzen die Luft an, seine Berater flehten ihn an, es nicht zu tun; aber Vater hatte sich nicht von diesem Einfall abbringen lassen. Er hatte gesprochen, und seine Worte waren Gesetz.

Elena ballte die Hände zu Fäusten und bohrte die Nägel tief in ihr Fleisch. Seit Vater ihr diesen Wunsch offenbart hatte, spielten ihre Gedanken verrückt. Sie stellte sich ihre Mutter vor, wie sie – krank und ausgemergelt durch das Fieber – im Bett gelegen hatte und Vater ihr dieses Versprechen hatte geben müssen. Elena schluckte und schloss kurz die Augen. *Mutter hat es nicht gewusst. Sie hat es nicht gewusst!*

Sonst hätte sie niemals eine derartige Bitte an Vater herangetragen. Dazu hatte sie Elena viel zu sehr geliebt. Sie war das Herzstück des Hofes gewesen, der Puls, der diese Mauern am Leben erhielt. Mutters Lachen war das Elixier, mit dem alle morgens geweckt worden waren, ihre heitere Seele wohltuender als jeder wärmende Sonnenstrahl im Frühling. Ihr Tod hatte eine wulstige Narbe auf vielen Herzen hinterlassen, und er hatte ihren Vater zerstört. Vermutlich hatte er deshalb diesen wahnwitzigen Einfall mit der Heirat gehabt. Er war nicht mehr er selbst. Es war die einzig logische Erklärung für diese Farce.

Elena griff in ihre Jackentasche, in der sich das Fläschchen mit dem Gift befand. Ihre Freundin Lisa hatte es ihr gebracht. Das Mittel sollte schnell wirken und sie friedlich einschlummern lassen.

Falls es überhaupt nötig werden würde. Denn noch war nicht alles verloren. Noch blieb offen, ob Vater es geschafft hatte, Elenas Bitte zu erfüllen:

»Drei Kleider musst du nähen: eines so silbern wie der Mond, eines golden wie die Sonne, eines glänzend wie die Sterne. Und zu guter Letzt: einen Mantel aus tausenderlei Pelz.«

Ihre Zofe hatte den hoffentlich rettenden Einfall gehabt. Da es unmöglich sei, das Silber des Mondes zu fangen oder das Gold der Sonne, würde er diese Aufgabe niemals lösen können. Und sollte er doch die ersten beiden Kleider weben können, so würde er an dem letzten ganz sicher scheitern: Im gesamten Königreich gab es keinen Stoff, der glänzte wie die Sterne.

So wird es sein.

Elena schloss die Finger fester um das Gift und sandte ein stummes Gebet gen Himmel. Wenn Mutter von oben auf sie herabblickte, so konnte sie nicht zulassen, dass ihre geliebte Tochter ihren Vater ehelichte.

Bitte, hilf mir!

Sie bog um die nächste Ecke und folgte dem langen Gang. Es kam ihr vor, als würde sie auf ihre eigene Beerdigung gehen, und irgendwie stimmte das ja auch. Im ganzen Schloss herrschte gespenstische Ruhe.

Elenas Hände wurden schwitzig, sie umklammerte die Phiole mit aller Macht, auch wenn sie gar nicht sterben wollte. Sie war viel zu jung, hatte erst sechzehn Sommer erlebt. Es gab noch so viel zu entdecken, noch so viel zu erfahren. Sie wollte reisen, andere Völker kennenlernen, sich verlieben, den ersten Kuss bekommen …

»Vielleicht klappt es ja.« Noch war nichts verloren. Noch stand die Entscheidung aus.

Sie erreichte den Ballsaal, atmete tief ein und aus und drückte die Tür nach innen auf. Normalerweise kündigten Bedienstete sie an, doch heute schwiegen sie.

Wie alle.

Die Musik im Saal verstummte, die Köpfe drehten sich zu ihr. Elena sah starr geradeaus. Sie wollte niemandem ins Gesicht sehen, wollte nicht die mitleidigen Blicke erhaschen, die sie in den letzten Tagen zur Genüge geerntet hatte. Und so lief sie stoisch weiter.

Die Gäste verneigten sich vor ihrer Prinzessin, die in Zukunft das Reich regieren sollte. Wer hätte ahnen können, dass das nun vielleicht als Ehefrau und nicht als Tochter geschehen würde? Elena schluckte, reckte das Kinn in die Höhe und lief voran. Die Schritte waren einstudiert, die erhobenen Schultern tausendfach geprobt. Seit sie gehen konnte, wurde sie erzogen und gebogen. Sie war darauf geeicht, eine gute Prinzessin und auch eine Königin zu sein. Diese Aufgabe machte ihr keine Angst. Das Leben als Vaters Ehefrau dafür umso mehr.

Ein letztes Mal strich sie über die Phiole und zog schließlich ihre Hand aus der Tasche.

Leben oder Sterben. Heute Nacht entschied sich alles.

Vater stand am hinteren Ende des Raumes vor seinem Thron. Er beugte sich zu Thomas – seinem Diener, der ihn auf Schritt und Tritt begleitete – und flüsterte ihm etwas zu. Thomas verneigte sich, sah Elena mitleidig an und verzog sich dezent.

Ihr wurde heiß und kalt zugleich. Hieß das, dass er die Kleider holte? Hatte Vater es tatsächlich geschafft, den Mond, die Sonne, die Sterne in ihrer Schönheit zu duplizieren und in einen Stoff zu bannen? Elena verfehlte den nächsten Schritt, stolperte über ihre Füße, doch sie konnte es mit einem Lächeln abfangen und so tun, als wäre nichts passiert. Ein weiteres Mal atmete sie tief ein und hielt die Luft fest in den Lungen.

Ruhig bleiben. Es gibt eine Lösung für alles.

»Geliebte Tochter!«

Ein Schauer rann ihr über das Rückgrat, als Vater sie ansprach. Geliebt? Oh ja, aber nicht mehr, wie ein Vater seine Tochter lieben sollte. Nicht mehr so, wie es von Gott und der Natur vorgesehen war. Ihre Kehle wurde rau, sie wollte etwas erwidern, doch ihre Zunge klebte so fest am Gaumen, dass es ihr unmöglich blieb. Sie räusperte sich und verneigte sich in gebührendem Abstand zu ihrem Vater. Dem König.

»Wie wunderschön du aussiehst.«

Früher hatte sie sich über diese Worte gefreut, heute lösten sie nur Ekel in ihr aus. Sie würgte die Galle nach unten, richtete sich auf und sah ihrem Vater direkt in die Augen. Seit Mutters Tod war das Leuchten aus ihnen verschwunden. Sie waren trüb geworden, die Freude, das Glück, das Lachen – alles war aus Vaters Seele gewichen und hatte nur noch eine karge, trostlose Landschaft zurückgelassen. Er war gebrochen. Und vermutlich hoffte er, in Elena das Funkeln wiederzufinden. Dass er sie selbst dabei zerstörte, schien er nicht zu bemerken.

Er lächelte sie milde an und breitete die Arme aus. Eine Geste, auf die sie früher stets mit einem freudigen Glucksen reagiert hatte, nur um sich so schnell wie möglich an seine Brust zu werfen und den herrlich erdigen Geruch seiner Lederrüstung einzuatmen. Sie vergötterte diesen Mann! *Hatte ihn vergöttert* ... Sie brauchte ihn als Vater, nicht als Geliebten.

Elena nickte und trat näher, sein Lächeln wurde trauriger. Ganz kurz glaubte sie sogar, etwas wie Mitleid in seinen Augen zu erkennen. Für ihn. Für sie. Für das, was er von ihr verlangte. Oder für das, was Mutter ihm aufgebürdet hatte. *Uns beiden.*

»Die Aufgabe, vor die du mich gestellt hast, war gewiss nicht leicht«, sagte er. Es herrschte vollkommene Stille im Raum. Als würden die Anwesenden nicht einmal mehr atmen. »Und dennoch konnte ich die besten Schneider meines Landes finden.«

Oh nein, bitte nicht!

»Sie haben Tag und Nacht gearbeitet. Sie haben das Silber des Mondes aus Nachtgarn gesponnen, das Gold der Sonne im Frühtau gefangen und das Leuchten der Sterne vom Himmel geholt.«

Alles um Elena drehte sich. Er hatte es geschafft. Oder? Der Boden schwankte, ihre Beine knickten ein, sie bekam keine Luft mehr. Raus! Raus! Sie musste hier raus!

»Und nun sieh!« Er klatschte in die Hände. Dreimal.

Klatsch.

Klatsch.

Klatsch.

Elena zuckte bei jedem Schlag zusammen, als hätte er sie geohrfeigt. Seine Diener traten ein, jeder trug ein verhülltes Kleid auf dem Arm. Elena musste nicht hinschauen, um zu wissen, dass Vater gewonnen hatte. Dass er die Aufgabe erfüllt hatte und sie ihn heiraten musste.

Nein, das werde ich nicht! Denn ich habe die Wahl! Ich bestimme über mein Leben.

Ihre Finger glitten zurück in die Tasche und fanden das Gift. Sie konnte es ändern. Sie hatte alles in der Hand.

Die Diener blieben vor Vater stehen. Ihre Gesichter waren verzerrt in Trauer und Abscheu. Sie spiegelten das, was Elena fühlte. Ein vierter Diener folgte, und Elena ahnte, dass er den Mantel mit Allerleipelz trug. Geschneidert aus der Haut der Tiere, die im Wald hausten.

Sie schloss die Augen, genoss ihre letzten Atemzüge, denn sie würde bald keine mehr tun.

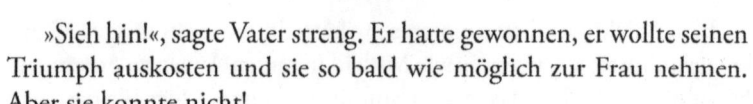

»Sieh hin!«, sagte Vater streng. Er hatte gewonnen, er wollte seinen Triumph auskosten und sie so bald wie möglich zur Frau nehmen. Aber sie konnte nicht!

»*Bitte*, sieh hin«, schob er leise nach.

Gehorsam öffnete Elena die Augen und starrte auf die Kleider, die nun nacheinander enthüllt wurden. Eines war schöner als das andere. Ein anerkennendes Raunen ging durch die Menge, irgendwo klatschte sogar jemand in die Hände. Anscheinend war demjenigen nicht klar, dass er Elenas Untergang applaudierte. Die Schönheit der Kleider übertünchte das Gräuel, das ihr Vater plante.

»Sie sind wunderschön«, sagte Elena mit trockener Stimme. Würden sie nicht ihr Schicksal besiegeln, würde sie sie lieben.

»Das freut mich! Und noch viel mehr, dass wir alsbald heiraten können. Wein für alle!«

Die Menschenmenge jubelte. Vergessen war Elenas Schicksal, vergessen der Ekel, die Abscheu. Vergessen war sie.

Das Leuchten der Kleider fraß sich in ihre Augen. Sie blinzelte, sah das Silber des Mondes, das Gold der Sonne, das Glitzern der Sterne. Schön. So unglaublich schön.

Trunken vor Kummer verneigte sie sich vor ihrem Vater und vor den Dienern, diesen armen Gesellen, die nichts als einen Auftrag ausführten und mit diesen Stoffen ihr Todeskleid genäht hatten.

Sie taumelte aus dem Saal, unterdrückte die Tränen, bis sie schließlich dem Bankett den Rücken gekehrt hatte. Draußen im Gang ließ sie ihnen jedoch freien Lauf. Sie versank in ihrem Elend, rutschte an der Wand hinab, zog die Beine an und weinte hemmungslos. Nun gab es kein Halten mehr. Keine Hoffnung. Kein Leben.

Ihre Finger glitten erneut in die Tasche, wie so oft an diesem Tag, und fanden das Fläschchen. Wie im Traum griff sie danach und zog es heraus. Die Flüssigkeit im Inneren schimmerte violett. So dunkel und anziehend.

»*Du wirst gar nichts spüren, es ist wie schlafen*«, hatte Lisa gesagt.

Hoffentlich stimmte das.

Elena entkorkte die Flasche und setzte sie an ihre Lippen. Ihre Finger zitterten so stark, dass sie die Phiole kaum halten konnte.

»Bald sehen wir uns wieder, Mutter.«

Irgendwo ging eine Tür auf. Sie achtete nicht darauf, konzentrierte sich auf das Letzte, was zu tun war: *mein Ausweg, meine Flucht – mein Tod.*

Sie setzte den Flaschenhals an ihre Lippen, blinzelte die Tränen weg und trank.

»Warte!«, rief ein junger Mann, doch es war zu spät. Die Flüssigkeit breitete sich warm und heilend in ihrem Bauch aus, sie erfüllte ihren Magen, ihr Herz und vielleicht sogar ihre Seele. Elena seufzte, nahm den wohligen Rausch an, den sie mit sich brachte, und sank tiefer in sich hinein.

»Nicht doch, Mädchen! Das ist nicht der Ausweg!«, rief der Mann und kniete sich vor sie.

Elena blinzelte durch einen Schleier aus Tränen. »Wer … was?«

»Nicht einschlafen!« Er schlug ihr auf die Wange. Hart. Sie wollte ihn wegschieben, aber ihre Glieder waren zu schwer, zu bleiern. »Nicht einsc…«

Seine Stimme verlor sich in dem Gelächter, das von drinnen erklang.

Sie lachen über mich.

Sie lachen über die dumme Tochter, die ihren Vater heiraten muss.

Zu Recht.

Zu Recht.

Lebt wohl.

….

Ich bin Elena.

Ich bin die Prinzessin.

Ich bin Allerleirauh.

Und hier endet meine Geschichte.

Jakob

»Nein, nein! Bitte nicht!« Jakob beugte sich über die reglose Prinzessin und tupfte ihr den Schaum von den Lippen. Seine Finger glitten tiefer zu ihrem Hals, suchten nach ihrem Puls. Ihre Haut fühlte sich eiskalt an, der Tod kroch in ihre Zellen, nagte an ihrem Herzen. Jakob drückte fester auf. Sie musste leben, sie musste leben, es durfte nicht anders sein!
...
...
...
DA!
Ganz sachte pochte es gegen seinen Finger. Der Puls war kaum zu spüren, das Leben schon fast aus ihr gewichen. Jakob atmete vor Erleichterung ein und aus, schob seine Arme unter Elenas Körper und hob sie hoch. Sie wog viel zu wenig für ihre Größe, die Knochen stachen durch ihre Haut und erzählten von ihren Sorgen und dem Kummer, mit dem sie sich geplagt hatte.

Es war seine Schuld, dass sie das Gift genommen hatte. Als der Sturm einsetzte und der Regen die Straßen weichspülte, hätte er wissen müssen, dass er es nicht mehr rechtzeitig schaffen würde. Dabei hatte er Cien bis an seine Grenzen getrieben und war in einem waghalsigen Tempo über die glitschigen Wege galoppiert. *Ich hätte es riskieren müssen. Ihr zuliebe. Die Prinzessin durfte nicht sterben.*

Im Gehen blickte Jakob zum Fenster hinaus und betrachtete die Gewitterwolken, die sich langsam verzogen. Die letzten Tage waren sonnig und warm gewesen, dieses Unwetter hatte ihn vollkommen überrascht.

Oder es war kein echtes Unwetter gewesen. Seit er den Auftrag entgegengenommen hatte, der Prinzessin eine Nussschale zu bringen, passierten merkwürdige Dinge. Die unverhoffte Sonnenfinsternis. Kühe, die schlecht Milch gaben. Hühner, die kaum Eier legten. Das Getreide faulte. Viele Mütter hatten Fehlgeburten. Und nun dieser Wetterumschwung. Etwas stimmte nicht im Reich. Jakob spürte, wie sich dunkle Mächte über ihm zusammenzogen und darauf warteten, zuzuschlagen.

Er dachte an die Nussschale, die nun nutzlos in seiner Manteltasche ruhte. Dabei war seine Aufgabe so einfach gewesen! Er hätte der Prinzessin die Schale übergeben sollen, damit sie ihre drei Kleider darin verstecken konnte. Den Pelzmantel, den sie von ihrem Vater erhalten hatte, sollte sie überziehen und so in den Wald fliehen. Jakob wusste nicht, warum das alles vonnöten war, doch er wusste, dass ein besseres Leben auf die Prinzessin wartete. Eines ohne ihren Vater und dessen abartigen Wunsch, das eigene Blut zu heiraten.

»Ich habe versagt«, flüsterte er und drückte die Tür auf, die zum Hinterausgang führte. Cien wieherte, als er Jakob sah. Er trat ins Freie, sog die frische Nachtluft ein, die nach dem Gewitter angenehm durch seine Lunge rauschte. Das war der einzige Vorteil daran gewesen: Es hatte die Schwere aus der Luft genommen und die Felder und Wiesen reingewaschen. Er eilte auf Cien zu. Solange noch ein Hauch Leben in Elena steckte, würde er um sie kämpfen. Das Gift musste aus ihrem Körper, und er wusste auch schon, an wen er sich wenden konnte.

Plötzlich schrillte die Glocke im Turm. Die Wachen schlugen Alarm. Sie hatten Elenas Verschwinden bemerkt.

Jakob eilte zu Cien und schob die Prinzessin vorsichtig in den Sattel. Er schwang sich hinter ihr auf Ciens Rücken und trieb dem Hengst die Hacken in die Flanken. Die Tür, aus der er soeben geeilt war, knallte auf. Drei Wachen preschten hervor, sahen ihn, bellten sich Befehle zu.

»Stehen bleiben!«, rief einer.

»Sicher.« Jakob klammerte sich an die Zügel und drängte Cien zur Eile. Sie fegten durch den Innenhof, Elena schwankte stark im Sattel. Wenn er sie nicht verlieren wollte, musste er vorsichtiger sein, doch leider hatte er keine Zeit dafür. Weitere Wachen eilten heraus, einer legte sogar den Bogen an.

»Bist du wahnsinnig! Du kannst die Prinzessin treffen!«, rief einer der anderen. Jakob zog Elena fester an sich, beugte sich über sie, um sie so gut wie möglich zu schützen, und galoppierte Richtung Hoftor. Doch zwei der Wachen schoben die schweren Türen bereits zu, um ihn einzusperren.

Jakob fluchte, beschleunigte ein weiteres Mal. Ciens Hinterhuf rutschte weg, er strauchelte, fing sich rasch wieder. Elena kippte zur Seite. Jakob umklammerte sie panisch, griff in Ciens Mähne, um mehr Halt zu finden, und betete, dass er es rechtzeitig hinausschaffte. Die beiden Torflügel waren nur noch wenige Meter voneinander entfernt. Cien schnaubte, gehorchte den Befehlen seines Herrn und beschleunigte. Mit dem nächsten Sprung passierte er das Tor. Eine Wache knallte die Flügel zu, traf Cien an der Hinterhand und brachte ihn erneut fast zum Stürzen. Aber er konnte sich abfangen und raste den aufgeweichten Weg hinauf. Hoch in die Wälder. Hoch in die Freiheit.

»Braver Junge«, flüsterte Jakob und drängte ihn zu noch mehr Eile, obgleich es der reine Irrsinn war.

Die Landschaft flog an Jakob vorbei. Er hielt Elena mit aller Macht fest. Ihr Atem ging nur sehr flach, ihr Körper war eiskalt. Sie verlor mit jedem Augenblick mehr ihrer Kraft, verlor sich in dem Gift, das sie genommen hatte, um ihrer Pein zu entgehen.

»Bitte, bitte halte durch.«

Das war alles, was er für sie tun konnte: beten.

Nach einem schier endlosen Ritt gelangten sie an die Hütte der alten Frau, die tief verborgen in einem Hexenwald lag. Jakob wusste nicht einmal, wie die Alte hieß, das war ihr großes Geheimnis – aber sie hatte noch nie jemanden fortgeschickt, der ihre Hilfe brauchte. Er parierte Cien vor dem schäbigen Bau durch, sprang aus dem Sattel und zog Elena ebenfalls herunter.

»Alte Frau!«, rief er und lauschte. Die Hütte war klein, hatte nur zwei Fenster, eine Tür und einen Schornstein, aus dem Qualm drang.

Im Inneren sah er ein Feuer im Kamin lodern, darüber hing ein Kessel mit dampfender Suppe. Sie musste da sein. Sie war immer da.

»Alte!« Er trat näher, hämmerte mit dem Stiefel gegen die Tür. Zur Not würde er sie eintreten, es war ihm gleich. »Mach auf! Elena – die Prinzessin – braucht deine Hilfe.«

Er wollte noch einmal klopfen, doch in dem Moment ging die Tür auf und die Alte stand vor ihm. Sie reichte Jakob nur bis zur Brust, trug einen verblichenen Mantel, der von Löchern durchfressen war, und hielt einen Holzstock in ihrer zittrigen Hand. Ihre blonden Haare waren dünn und verfilzt, sie schaffte es gerade so, die wirren Strähnen in einem Zopf zu bändigen. Obwohl Jakob die Frau nie zuvor gesehen hatte, kam sie ihm unglaublich bekannt vor. Ihre Augen waren von einem so durchdringenden Blau, als hätte sie die Farben eines klaren Bergsees darin gebannt. Jakob schauderte unwillkürlich.

»Was ist?«, fragte die Alte und sah von ihm zu Elena.

»Sie hat Gift genommen, du musst sie retten.«

Die Alte kniff die Augen zusammen. »Gift?«

»Ja doch, nun lass mich ein.«

Sie wich zur Seite, Jakob trat über die Schwelle ins Innere der Hütte. Die Luft war schwül und stickig und roch nach süßlichen Blumen. Er drehte sich um die Achse und suchte nach einem Platz, wo er Elena ablegen konnte. Die Alte schloss hinter ihm die Tür und kam neben ihn.

»Auf den Tisch.«

Jakob fegte einen Teller und den Becher herunter und bettete Elena behutsam auf der Tischplatte nieder. »Kannst du ihr helfen?«

»Das wird sich zeigen.« Die Alte beugte sich über die Prinzessin, drückte das Ohr ganz fest auf ihre Brust und lauschte. »Mh …«

Jakob strich sich die Haare aus dem Gesicht. Seine Kehle war trocken, seine Muskeln brannten von dem schnellen Reiten. »So rede doch endlich!«

»Es ist nicht richtig.«

»Natürlich ist es das nicht! Ich hatte ...« Sollte er der Alten alles erzählen? Er hatte gehört, dass sie nur half, wenn jemand die Wahrheit sprach. »Ich hatte einen Auftrag.« Er griff in seine Jackentasche und holte die Nussschale heraus. »Ich sollte ihr diese Schale geben, mit der Bitte, ihre Kleider darin zu verstauen, sich den Pelzmantel überzuziehen und aus dem Königreich zu fliehen.«

Die Alte blickte zu ihm auf, kniff die Augen zusammen und nickte. »Wer hat dir diesen Auftrag gegeben?«

»Ich ...« Jakob dachte darüber nach. Es war kurz vor der Sonnenfinsternis gewesen, ein herrlicher Tag. Die Vögel hatten gezwitschert, er war auf einer grünen Wiese gestanden und hatte tief den Mohn eingeatmet. Und da war noch jemand anderes gewesen. Er ging in Gedanken an diesen Punkt zurück, sah sich selbst mit der Nussschale in der Hand und der Frage auf den Lippen, wie in dieses kleine Ding drei Kleider passen sollten.

Aber wer hatte sie ihm gegeben? Er erinnerte sich nur noch an eine dunkle Gestalt. Wie ein Schatten. Eine Frau. Oder? »Ich weiß es nicht mehr.«

Die Alte nickte, als wäre das für sie vollkommen logisch. »Der Tag der Sonnenfinsternis.«

»Bitte?«

»Da ist es passiert. Da ist er zurückgekommen.«

»Wer?«

»Der Grimm.«

»Der bitte was?«

»Du hattest von Anfang keine Chance, deinen Auftrag auszuführen, der Grimm wollte es verhindern. Wenn er in die Geschichte eingreift, ändert sich alles. So ernährt er sich.«

Jakob starrte sie an. Er wünschte, er würde begreifen, von was sie redete. Womöglich hatte das Alter ihr zugesetzt und ihren Verstand betäubt.

»Ich werde das Gift aufhalten.« Sie lief zu dem Kessel, der über dem Feuer hing, nahm ihn von der Halterung und kippte den Inhalt vor der Tür aus. Es zischte, als das heiße Wasser auf den kühleren Boden traf. Die Alte kehrte mit dem Kessel zurück und Jakob sah, dass fünf rote Äpfel darin lagen. Die Alte nahm einen großen Löffel von der Wand, zog Tiegel aus ihrem Regal und kippte duftende Kräuter in den Topf. Dann stampfte sie alles klein. Ein angenehmer, zimtartiger Geruch legte sich über die Hütte und zog in Jakobs Lunge.

»Du musst gehen«, sagte die Alte. »Wenn du Elena retten willst, gibt es nur noch eine Möglichkeit: Finde den Grimm und beende diesen Fluch. Dann wird sich die Geschichte fügen und sie ihre Nussschale erhalten.«

»Wer ist der Grimm? Und was genau meinst du damit, dass sich die Geschichte fügen wird?«

Die Alte zischte ungeduldig, als müsste Jakob wissen, wovon sie sprach. Sie beugte sich über Elena, öffnete ihr Kleid an der Vorderseite und entblößte ihren jungen Körper.

Jakob sah sofort zu Boden, es schickte sich nicht, eine Prinzessin anzustarren.

»Du hast doch hoffentlich schon ein nacktes Weib gesehen.«
»Natürlich.«
»Dann stell dich nicht so jungfräulich an.« Sie nahm das Mus aus Äpfeln und Kräutern aus dem Kessel, zerrieb es zwischen ihren Fingern und strich es über Elenas Haut. Vom Hals an ihrer Schlagader abwärts, zu ihrem Herzen und ihrem Bauch. »Das hält die Verbreitung des Giftes auf. Doch sobald die Sonne beim übernächsten Mal den Horizont küsst, wird sie sterben.«

»Sonnenuntergang, also« So lange hatte er Zeit. »Was ist mit diesem Grimm?«

»Du weißt es wirklich nicht, oder?«
»Sonst würde ich nicht fragen.«
»Es geschah vor sehr langer Zeit, als die Menschen die ersten Worte mit echter Tinte niederschrieben und ihre Gedanken so aus ihrem Kopf auf Papier bannten. Damals gab es einen weißen König, der zwei Söhne

hatte. Séamus und Liam. Er wollte keinen der beiden übervorteilen, also schenkte er jedem von ihnen ein eigenes Dorf, über das sie regieren durften. Liam war der Geschäftstüchtigere, daher geschah es recht bald, dass sein Dorf wuchs und gedieh, dass er reicher und reicher und sehr beliebt unter den Händlern des Landes wurde. Séamus neidete es ihm nicht. Er machte sich nicht viel aus Geld und Reichtum und war glücklich, wenn er seine Rosen im Garten bewundern durfte. Und so lebten die zwei tatsächlich in harmonischer Nachbarschaft. Bis eines Tages eine junge Prinzessin auf der Durchreise nach einem Ort suchte, in dem sie rasten konnte. Die Brüder buhlten sofort darum, wer ihr Obdach gewähren durfte. Anabel konnte sich nicht entscheiden. Séamus und Liam ließen ihre Dorfschreiber antreten, die alle Vorteile des jeweiligen Ortes schriftlich festhalten sollten. Liam nutzte dafür eine praktische Aufzählung, indem er nacheinander all die Qualitäten seines Dorfes anpries. Und wie wundervoll sie waren! Von den vergoldeten Tischen bis hin zu Speisen aus aller Herren Länder. Liam besaß dreißig Kammermädchen, die alle für Anabel bereitstehen und ihr jeden Tag ein anderes Kleid nähen wollten. Es würde ihr an nichts mangeln, jeder Wunsch würde ihr erfüllt werden, noch ehe sie ihn aussprach.

Séamus erkannte, dass er dem nicht viel entgegenzusetzen hatte. So diktierte er seinem Dorfschreiber eine Geschichte. Sie handelte von einer jungen Frau, die an einem klaren Bach saß, wo sie jeden Tag die wunderschönen Blumen bewunderte, frische Luft atmete und morgens mit einem köstlichen, aber einfachen Mahl geweckt wurde. Die Frau hatte keine herrlichen Kleider, aber sie hatte Menschen um sich, die sie liebten, die mit ihr sangen und tanzten, feierten und tranken.

Du kannst dir denken, welchen Bruder die Prinzessin wählte?«
»Séamus.«
»Es dauerte nicht lange, bis sie sich ineinander verliebten und Anabel bei ihm bleiben wollte. Erbost über die Kränkung, sprach der Verschmähte einen Fluch aus. In einer Vollmondnacht trat er hinaus auf den Marktplatz und rief die finstersten Mächte, die er finden

konnte. In dieser Nacht erschuf er etwas Schreckliches. Er holte es aus den hintersten Winkeln seiner Seele, aus dem Kummer, der Schmach und dem Leid, welches er in sich gesammelt hatte. Tiefer und tiefer griff er in sich hinein und verwandelte sich in ein grausiges Wesen, das wir heute den Grimm nennen. Getrieben vom unsäglichen Hunger nach Liebe, sodass ihn nichts und niemand aufhalten konnte.«

Jakob schüttelte es bei dem Gedanken. Wie konnte ein Bruder dem anderen nicht sein Glück gönnen? Er selbst war ein Einzelkind, hatte sich aber immer Geschwister gewünscht.

»Der Grimm ernährte sich von dem Glück und der Liebe, die im Dorf wohnte. Er sog jedes Wort auf, das dort je gesprochen worden war, und kehrte es in das Gegenteil um. Aus Liebe wurde Hass, aus Tapferkeit Angst. Wo oben war, war auf einmal unten. Jeder war betroffen, außer der Prinzessin und ihrem geliebten Mann. Schon bald brach das blanke Chaos in dem Dorf aus, und die Bewohner brachten sich gegenseitig um. Einer nach dem anderen starb oder floh um sein Leben. Anabel versuchte sie aufzuhalten, doch vergeblich. Niemand erhörte sie. Der Grimm fraß sich weiter durch die Herzen, sog alles Gute und Schöne daraus, bis nichts mehr übrig war. Das Dorf wurde einfach aus der Geschichte getilgt, als wäre es niemals dagewesen.«

»Mein Gott.«

»Die Zeiten waren finster und voller Leid, so schlimm, dass selbst die Sonne dunkel blieb und nicht mehr scheinen wollte.«

»Eine Sonnenfinsternis.«

Die Alte nickte. »Es ist allein Anabels Mann zu verdanken, dass der Grimm nicht noch mehr vernichtete. In einem letzten Akt purer Verzweiflung stürzte er sich auf ihn. Am Ende fielen der Grimm und er in eine tiefe Schlucht und wurden nie mehr gesehen. Doch seither herrscht ein Aberglaube im Lande: Von Zeit zu Zeit soll der Grimm zurückkehren. Er ändert die Geschichte, greift in Schicksale ein und kehrt sie ins Böse.«

»So wie bei Elena?«

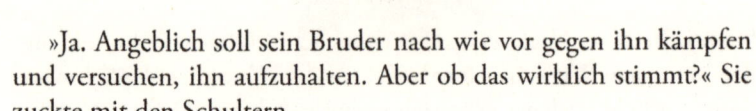

»Ja. Angeblich soll sein Bruder nach wie vor gegen ihn kämpfen und versuchen, ihn aufzuhalten. Aber ob das wirklich stimmt?« Sie zuckte mit den Schultern.

»Woher weißt du das alles?«

Die Alte hielt inne, drehte den Kopf und blickte ins Feuer. Tränen schimmerten in ihren Augen, sie tupfte sie hastig weg. »So lange her, und ich muss immer noch um ihn weinen.«

»Du …« Jakob stockte. Konnte das wahr sein? »Du bist die Prinzessin? Du bist Anabel?«

Sie nickte, schluckte und streifte die Traurigkeit ab, die sie bei ihren Worten überkommen hatte. »Wie alt bist du?«

»So alt wie das geschriebene Wort.«

Jakob ließ die Luft aus den Lungen. Es war unvorstellbar – und dennoch ganz logisch. Er brauchte einige Augenblicke, bevor er seine Sprache wiederfand. »Was kann ich gegen den Grimm tun?«

»Da es dein Schicksal betrifft, muss der Grimm dagewesen sein, an dem Tag, als du die Nussschale erhieltest. Deshalb liegt auf diesem Erlebnis ein Schleier. Er hat sich an deine Fersen geheftet, er will deine Verzweiflung, er will Elenas Leid und das Leid aller, die ihr nahestehen, denn davon nährt er sich. Du kannst ihn nicht töten, niemand kann das, aber du kannst ihn überraschen. Verunsichere ihn, tue etwas Unvorhergesehenes, dann wird seine Kraft schwinden und er ebenfalls. Die Zeit wird zurückgedreht, und du kannst Elena die Nussschale überreichen. Du kannst das ändern, was nicht hätte passieren dürfen, denn ihr Schicksal ist ein anderes.«

»Wie komme ich zu ihm?«

»Folge dem Unwetter und deinem Herzen.«

Jakob blickte auf Elena. Ihr Atem ging nach wie vor nur flach, sie hatte sich stabilisiert, doch ihre Frist lief. *Bis die Sonne den Horizont küsst.*

»Ich tue es.«

»Gut. Dann brich sofort auf. Ich werde deinem Hengst eine Tinktur einflößen, die ihn schneller und trittsicherer macht. Du musst auf dich achtgeben. Der Grimm wird spüren, dass du kommst, und dich aufhalten wollen.«

»Verstanden. Ich danke dir.«

»Reite schnell. Reite sicher. Wir sehen uns wieder. Ob in dieser oder einer anderen Geschichte, wird sich zeigen.«

Er wollte fragen, was die Alte damit meinte, doch sie schob ihn nach draußen und sperrte rasch die Tür hinter ihm ab. Jakob wollte erneut klopfen, aber er wusste, dass sie ihm keine Auskunft geben würde. Außerdem rannte ihm die Zeit davon. Er drehte sich um und blickte in den klaren Nachthimmel, an dem sich schon wieder die ersten Gewitterwolken zusammenzogen.

Seine Reise würde ungemütlich werden. Daran hegte er keinen Zweifel.

Der Grimm

Jakob war noch nie in seinem Leben so schnell geritten. Die Landschaft flog an ihm vorbei, es schien, als würde Cien nicht einmal mehr den Boden berühren. Über den Horizont zog sich der erste Streifen des Dämmerns, nicht mehr lange bis zum Morgengrauen. Nach wie vor brauten sich die Gewitterwolken über seinem Kopf zusammen, doch dieses Mal entluden sie sich nicht, sie warteten nur. Jakob spürte ein unangenehmes Brennen im Nacken. Die Geschichte der Alten hatte ihn aufgewühlt und unruhig gemacht.

Jakob kniff die Lippen zusammen und drückte Cien die Fersen in die Flanken. Der Hengst warf den Kopf nach hinten, wieherte laut und beschleunigte. Der Wind peitschte schmerzhaft in Jakobs Gesicht, durch die Geschwindigkeit rannen ihm die Tränen die Wangen hinunter und die Luft war kaum zu atmen, doch er würde durchhalten. Er würde sich jeder Prüfung stellen und den Grimm dazu bringen, Elenas Geschichte neu zu schreiben.

Er musste.

Sie fegten eine Anhöhe hinauf, weiter und weiter auf einen Berg zu. Jakob wusste nicht genau, wohin er sollte, gleichwohl spürte er, dass er auf dem richtigen Weg war, dass am Ende seiner Reise der Grimm auf ihn wartete und dass dies sein bisher schlimmstes Abenteuer werden sollte. Cien schnaubte schwer, die Muskeln arbeiteten auf Hochtouren, doch er stieß noch nicht an seine Grenzen. Jakob spürte die unbändige Kraft des Hengstes und wie sehr er es genoss, mit dem Wind zu tanzen. Auch er konnte sich durchaus daran gewöhnen.

Er lächelte und tätschelte Cien den Hals. »Nur zu, Großer, nur zu.« Und der Hengst wurde noch schneller. Jakob schrie vor Freude, gab sich ganz und gar dem Rausch der Geschwindigkeit hin. Er wurde eins mit der Landschaft, eins mit seinem Pferd, eins mit seiner eigenen Seele.

Ein Wald kam in Sicht. Jakob bedauerte es bereits, denn dort drinnen mussten sie ihr Tempo drosseln. Er richtete sich ein wenig auf, um besser sehen zu können, wo die optimale Stelle war, in den Wald einzutauchen. Cien verfiel in einen Trab, wurde unruhiger – als würde es auch ihn stören, langsamer zu laufen.

»Wir bekommen das hin«, sagte Jakob und parierte ihn in den Schritt durch. Der Wald war dicht bewachsen und fast nicht zu durchdringen, doch er würde einen Weg finden. Vermutlich war dies das erste Hindernis, das ihm der Grimm in den Weg stellte. Vorsichtig ritten sie näher heran. Cien tänzelte nervös, er spürte die Anspannung, das nahende Unheil. Jakob wollte beruhigend auf ihn einreden, doch da entlud sich eine schwere Gewitterwolke direkt vor ihm und ein Blitz schlug in zwei Bäume ein. Der Lärm betäubte seine Ohren. Cien stoppte, stieg mit den Vorderbeinen in die Höhe und drehte noch in der Bewegung um.

»Nicht doch!«, schrie Jakob und klammerte sich an die Mähne, aber es war zu spät. Er rutschte haltlos aus dem Sattel und donnerte auf den Boden.

Für einen Moment trieb es ihm sämtliche Luft aus der Lunge, er atmete tief ein, kämpfte gegen den Schmerz in seinen Rippen und hustete trocken. Feuer breitete sich über die Bäume hinweg aus und schlug rasch über zu den nächsten und den nächsten und den nächsten ... Es dauerte nicht lange, bis der gesamte Wald brannte und ein Durchkommen unmöglich schien. Schmerzerfüllt richtete Jakob sich auf und rieb sich die Seite. Cien war nur noch als Schatten in der Ferne zu erkennen, er rannte zurück zur Hütte der Frau, ganz sicher. Jakob strich sich über den Nacken und stieß einen Fluch aus. Am Sattel war auch sein Schwert angebracht. Jetzt besaß er nun nur noch das kleine Jagdmesser, mit dem er seine Hasen ausnahm.

»So schnell lasse ich mich nicht aufhalten.« Da er nicht erkennen konnte, in welcher Richtung der Wald endete, lief er einfach los. Die Hitze der brennenden Bäume trieb ihm schon bald den Schweiß ins Genick. Die Luft war schwer und kaum zu atmen. Und er hatte das Gefühl, dass er gar nicht von der Stelle kam. Je schneller er rannte, desto breiter wurde der Wald. Als würde er sich ihm anpassen und – je nach Bedarf – wachsen.

Schließlich blieb Jakob stehen, stemmte die Hände auf die Knie und atmete durch. Ihm war schwindelig von dem Sprint, und seine Muskeln brannten noch von dem Sturz. Er blickte zurück in die Richtung, aus der er gekommen war – auch dort war nur endloser Wald. Nicht einmal mit dem Pferd hätte er es geschafft, ihn zu umrunden.

Entmutigt ließ er sich auf einen Stein sinken und sammelte seine Kräfte. Das Feuer loderte nach wie vor, es schien ihn zu beobachten, darauf zu warten, was er als Nächstes vorhatte. Jakob spürte die ersten Sonnenstrahlen auf seinem Gesicht, er drehte den Kopf und blickte auf den Horizont. Der neue Tag war angebrochen, es roch nach Tau und frischem Gras. Die Gewitterwolken hatten sich verzogen, der Himmel erstrahlte in einem hellen Blau.

Jakob atmete aus und drehte sich zurück zu dem Feuer. Es musste einen Weg da hindurch geben. Keine Reise war umsonst, jedes Problem hielt eine Lösung bereit. Er glaubte ganz fest daran, und bisher hatte ihn dieser Glaube nie enttäuscht.

»Na gut.« Er stand auf, zog die Jacke aus und lief auf das brennende Gehölz zu. Die Hitze versengte ihm fast die Haare, sie biss in seiner Lunge, brutzelte auf seiner Haut. Sehr viel näher konnte er nicht mehr gehen, doch er wusste, dass er das musste. Irgendetwas in seinem Inneren trieb ihn an. Und so ging Jakob Schritt für Schritt auf den Wald zu.

Weiter ins Feuer. Weiter in den drohenden Tod.

Oder?

Jakob passierte die Flammen, er fühlte die Hitze und wie sie an ihm leckte, doch sie tat ihm nichts.

»Wie …?«

Nach kurzer Zeit stand Jakob inmitten der Bäume, inmitten der Flammen. Sie tänzelten um ihn herum, zogen an seiner Kleidung, verbrannten ihn aber nicht.

»*Verunsichere ihn, tue etwas Unvorhergesehenes …*«

War es das? Musste Jakob einfach das Gegenteil von dem anstellen, was von ihm erwartet wurde? Er ging tiefer in den Wald hinein und ließ schon bald das Feuer hinter sich zurück.

Je weiter er lief, desto dunkler wurde es. Jakob blickte nach oben, suchte nach den Baumwipfeln, die immer näher zusammenrückten und das Licht des Morgens draußen hielten. Er schluckte schwer. Er hätte sich eine Fackel machen und diese mitnehmen sollen. Umkehren wollte er jedoch nicht – zumal er mittlerweile auch nicht mehr wusste, wo das Feuer und somit der Ausgang war.

Er hatte sich verirrt.

Hoffnungslos.

Jakob drehte sich herum, blickte in alle Richtungen und kratzte sich am Kopf. Ganz sicher war auch das des Grimms Werk. Er stürzte Jakob von einer Prüfung in die nächste.

Kannst du haben. Ich gebe nicht auf!

Jakob ging langsam weiter, setzte einen Fuß vor den anderen und arbeitete sich vor.

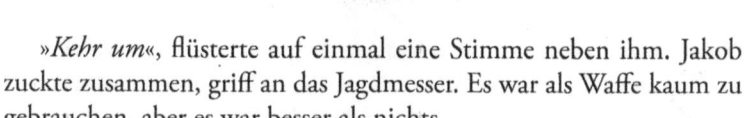

»*Kehr um*«, flüsterte auf einmal eine Stimme neben ihm. Jakob zuckte zusammen, griff an das Jagdmesser. Es war als Waffe kaum zu gebrauchen, aber es war besser als nichts.
»*Du kannst das nicht schaffen.*«
»Wer ist da?«, rief er.
»*Niemand kommt gegen die Dunkelheit an*«, rief ein Mädchen.
»*Niemand*«, ergänzte ein Junge.
»*Niemand*«, schrie ein weiteres Mädchen.
»*Nicht einmal du!*«
Die Stimmen waberten um ihn, sie kamen von rechts und links und schienen ihn komplett einzukreisen. Jakob zog das Messer. Es war mittlerweile so duster, dass er nicht einmal die metallene Klinge sah. Doch er würde nicht kampflos aufgeben. Egal wie: Er würde tapfer bleiben.
»*Oh, der Held. So mutig.*«
»*Und so dumm.*«
Jakob schlich weiter. Etwas griff in seine Haare, er wehrte es ab, ritzte sich die Haut an einem Dorn auf.
»*Autsch*«, lachte ein anderes Mädchen.
»*Er hat sich weh gemacht.*«
»*Oh je, nun blutet er auch noch.*«
Jakob drückte die Finger auf die Wunde und ging langsam weiter. Etwas streifte ihn erneut an der Seite, er fuhr herum, sein Ärmel verfing sich in einem Ast, und als er ihn losreißen wollte, ritzten die Dornen ihm den kompletten Stoff auf. Jakob wollte zurückweichen, doch auch von hinten griffen die Stachel an, sie packten seine Haare, seine Hose, seine Haut. Schon bald steckte er fest.
»*Na, so was. Da ist er uns wohl in die Falle gegangen*«, sagte ein Junge lachend.
»*Dann haben wir wenigstens etwas zu spielen.*«
Jakob schlug um sich, trieb sich mit jedem Hieb weitere Dornen in die Haut. Es schmerzte überall, Blut sickerte aus den zahllosen

Wunden und tränkte seine Kleidung. Jakob schrie, die Stachel ritzten ihm über die Wange, den Hals, zerrten weiter an seinen Haaren. Irgendwann konnte er sich nicht mehr rühren.

Er steckte fest.

Panik kroch in sein Herz. Wie sollte er so Elena helfen? Was konnte er tun, um sich zu befreien?

Die Kinder kicherten, er hatte keine Ahnung, wo sie waren, wie viele es waren, wann sie ihn in Ruhe ließen. Doch mit jedem Lachen spürte er mehr Zorn in sich hinaufkriechen. Er wollte hier raus. Er wollte seine Aufgabe erfüllen. Er durfte nicht versagen.

Und so spannte er die Muskeln und versuchte sich ein weiteres Mal zu befreien.

Nichts.

Entkräftet ließ er von seinem Vorhaben ab und gab sich den stacheligen Dornen hin. Er legte den Kopf in den Nacken, zwang seinen Atem zur Ruhe und sich selbst ebenso. Panik nutzte ihm nichts. Er musste kühlen Kopf bewahren, wenn er hier herauskommen wollte. Und er war sich absolut sicher, dass es einen Weg gab, genau wie im Falle des Feuers.

Das Feuer ...

Natürlich! Wie konnte er nur so dumm sein! Er musste auch hier das Gegenteil von dem tun, was von ihm erwartet wurde.

Jakob atmete ein letztes Mal ein, konzentrierte sich und ließ sich in die Dornen sinken. Es schmerzte schrecklich, doch statt davon wegzukommen, ging er darauf zu, bohrte sich die Stachel so fest in die Haut, bis er glaubte, daran zu zergehen. Sie drangen tief in sein Fleisch, durch seine Muskeln bis auf seine Knochen. Der Schmerz raubte ihm fast die Sinne, er aber ließ sich nicht abhalten und machte weiter. Die Kinder schrien um ihn herum, sie waren überall, verfielen in Panik und Angst.

»*Er wird böse werden!*«

»*So schrecklich böse!*«

»*Du darfst das nicht tun.*«

Doch Jakob tat es und hieß alles willkommen, was ihm Qualen bereitete.

Tatsächlich ließ auf einmal der Druck nach, die Dornen zogen sich zurück und Jakob stürzte nach vorne auf weichen Boden. Er stöhnte, blieb einen Moment liegen und sammelte seine Kräfte.

Sein Körper schmerzte von den vielen Einstichen, aber mit jedem Atemzug schienen sie besser zu werden, womöglich sogar zu heilen. Er richtete sich vorsichtig auf und blickte sich um. Er lag auf einer Lichtung, die Sonne stand hoch im Zenit.

»Nein, nicht doch!« Er hatte einen halben Tag in dem Wald verloren, und ohne Cien würde er es niemals rechtzeitig zurück zu Elena und der Hütte schaffen.

»NEIN!« Seine Stimme verfing sich in den Bäumen ringsum und wurde zu ihm zurückgeworfen. Jakob schnaufte schwer, er konnte doch nicht so weit kommen, um hier zu scheitern!

»Das ist nicht fair!«

»Seit wann ist das Leben fair?«, fragte auf einmal jemand neben ihm. »Von allen müsstest du das doch am besten wissen.«

Jakob fuhr herum und starrte in die Dunkelheit. Zwei gelbe Augen fixierten ihn. Sie schienen zwischen den Bäumen zu schweben. Jakob erkannte weder einen Kopf noch einen Körper. Er spannte die Muskeln, umklammerte das Jagdmesser, das er noch immer in Händen hielt. »Was ...?«

»Hallo, Bruder«, sagten die Augen und kamen auf ihn zu.

Jakob zuckte vor Schreck: Es war ein großer schwarzer Wolf, der mit seinem Stockmaß fast bis zu seiner Brust reichte.

»So begegnen wir uns also dieses Mal.«

Jakob wich sämtliche Farbe aus dem Gesicht. Der Wolf sprach! Also nicht direkt, er bewegte nicht sein Maul – die Stimme erklang nur in Jakobs Kopf.

»Ich ... Ich, was sagst du?« *Bruder?* »Bist du der Grimm?«

»Bin ich das?«

»Ich bin gekommen, weil ich Elena retten will.«

Der Wolf schnaubte, Geifer tropfte ihm aus den Lefzen. »Dabei hast du sie doch erst in Gefahr gebracht.«

»Die Alte hat mir alles über dich erzählt. Ich weiß, dass du meinen Auftrag manipuliert hast.«

Der Wolf lachte schallend. Es klang bitter und schadenfroh. »Herrlich. Jedes Mal denkst du dir etwas Neues aus.«

»Was redest du da?«

»Lass mich deine Erinnerung auffrischen.«

Auf einmal fletschte er die Zähne, spannte die Muskeln und sprang nach vorne. Jakob schrie vor Schreck, riss das Messer hoch, um die Attacke des Tieres abzufangen. Zu spät. Der Wolf verbiss sich in Jakobs Arm, seine Zähne drangen tief in sein Fleisch und sandten Schmerzwellen aus purem Feuer bis hinauf zur Schulter. Jakob verlor seine Waffe, stürzte nach hinten und knallte mit dem Rücken auf.

Der Wolf biss fester zu, stellte die Pranken auf seinen Brustkorb und drückte ihm den Atem aus der Lunge. Jakob zog die Beine an, wollte die Kreatur von sich schieben, doch er kam nicht gegen sie an. Der Wolf war viel zu schwer. Wirre Punkte flirrten vor Jakobs Augen, ihm wurde übel, die Welt um ihn herum drohte aus den Angeln zu kippen. Der Wolf fixierte ihn grimmig, das Gelb seiner Iriden bohrte sich bis tief hinein in Jakobs Seele.

»Erinnere dich«, flüsterte der Wolf – und auf einmal flackerten neue Bilder vor Jakobs Augen. Er sah sich selbst in der Mitte eines Dorfes stehen. Vor ihm war ein Brunnen, auf dem Rand saß eine wunderschöne Frau mit langen blonden Haaren, strahlend blauen Augen und einem eleganten Gewand. Sie warf den Kopf in den Nacken und lachte laut über einen Witz, den er selbst eben erzählt hatte.

»Du bist so wundervoll, Séamus, ich könnte dir stundenlang zuhören!«, rief sie.

»Séamus?« Wieso nannte sie ihn Séamus?

Weil du es bist.

Du bist mein Bruder.

Die Bilder in seinem Kopf flirrten weiter. Die Welt bewegte sich um Jakob herum, während er selbst wie erstarrt dastand und das Geschehen beobachtete. Die Sonne ging auf und wieder unter, die Jahreszeiten wechselten, auf Sommer folgten Herbst und Winter, auf den Winter der Frühling. Bis Jakob sich in einem zerstörten Dorf wiederfand. Die Häuser brannten, Menschen flohen durch die Straßen, es stank nach verkohltem Fleisch und Kummer. Jakob drehte sich herum und suchte nach der schönen Frau, denn er wusste, dass er sie finden musste.

»Sie ist weg«, sagte der Wolf. Eine erdrückende Trauer schwang in seiner Stimme mit. »Für immer.«

Nein, sie lebte! »Die alte Frau in der Hütte. Anabel!«

»Du hast sie umgebracht!«, sagte der Wolf und ließ endlich von ihm ab.

Jakob richtete sich schmerzerfüllt auf. Er konnte kaum noch klar denken, so sehr brannte sein Arm. »Ich? Du warst es gewesen. Du hast den Grimm erschaffen! Du hast das Unheil über alle gebracht!«

»Habe ich das wirklich?« Der Wolf schloss die Augen und stieß einen lang gezogenen Seufzer aus. »Oder ist es eher das *Gegenteil*? War es vielleicht genau andersherum?«

»Was?« Jakob schluckte die Galle hinunter. Wenn ihm doch nur nicht so übel wäre! Dann könnte er besser denken!

Das Gegenteil.

Alles war anders.

Séamus und Liam.

»Er sog jedes Wort auf, das dort je gesprochen worden war, und kehrte es in das Gegenteil um.«

Jakob schüttelte sich. Seine Gedanken spielten verrückt, die Bilder von früher vermischten sich mit denen aus den letzten Wochen. Wer war er? Wer hatte die Prinzessin bekommen?

»Erbost über die Schmach, sprach der Verschmähte einen Fluch aus ...«

Der Verschmähte.

Séamus.

Jakob.

Er war es.

Er war derjenige gewesen, den die Prinzessin nicht hatte haben wollen. Sie hatte sich für Liam entschieden. Für den Reichtum. Den Wohlstand.

Jakob stöhnte, presste die Finger an seine Schläfen und suchte nach Antworten.

»Alles ist anders, Bruder, es ist immer andersherum.«

»Ich …« Auf einmal griff eine tiefe Eifersucht nach seinem Herzen. Er sah sich selbst auf dem Marktplatz, sah, wie sein Bruder mit Anabel lachte, wie sie Arm in Arm durch die Straßen schlenderten und ihr Leben genossen. »Du … Du bist es.«

»Ich habe sie für mich gewonnen. Du konntest es nicht ertragen.«

»Nein, das stimmt nicht!« Die Alte in der Hütte … Sie hatte doch … Nein. Sie hatte nie erwähnt, welchen Bruder Anabel gewählt hatte. Wer den Grimm gerufen hatte. Sie hatte es verschwiegen.

»Es war unsere Art zu kommunizieren, denn du hast uns keine andere Wahl gelassen. Wenn ich sagte: *Ich liebe dich*, kam ein: *Ich hasse dich* heraus. Du hast mein Herz zerstört! Meine Liebe und mein Leben.«

»Nein … Nein, das kann nicht sein.« Er war nicht so grausam, nicht so kalt. Nicht so … Oder doch? Jakob schluckte hart an dem Kloß, der sich in seinem Rachen bildete. Liam hatte ihm alles genommen, er hatte ihm die Liebe verwehrt, die ihm zugestanden hatte. »Du hättest sie nicht bekommen sollen.«

Der Wolf lächelte traurig. »Vielleicht nicht. Vielleicht doch. Wir werden es nie erfahren, denn unser Schicksal ist besiegelt. Du hast den Fluch über uns gesprochen. Wir sind beide der Grimm.«

Jakob richtete sich auf, suchte nach dem Messer, das er bei der Attacke verloren hatte, und fand es ein paar Meter neben sich auf der Erde liegen. »Ich muss Elena retten.«

»Das kannst du nicht, denn du bist nicht in der Lage dazu, Gutes zu tun.«

Jakob holte sich sein Messer, stand schwankend auf. »Doch!«

»Erinnere dich, Bruder! Du selbst hast das Gewitter heraufbeschworen, du hast dafür gesorgt, dass du zu spät kommst. Elena hätte niemals das Gift erhalten sollen, sondern die Nussschale, aber du hast es verhindert. Denke nach!«

Jakob schloss die Augen, blendete die Worte des Wolfes aus, doch sie drangen bereits in seine Seele vor. Er sah sich noch einmal auf der Lichtung stehen, den dunklen Schatten vor sich. Doch dieses Mal war das Bild klarer. Der Schatten war eine Frau. Ihr Name war Lisa. Sie war Elenas Freundin ...

»Gib ihr das«, sagte Jakob und überreichte Lisa das Gift, das Elena töten sollte. »Es wirkt schnell.«
»Aber ich ... Man sagte mir, dass du mir helfen kannst, sie zu retten!«
»Es ist die einzige Rettung, glaube mir. Nun geh!«

»Das Gift ... Es ist falsch«, stotterte Jakob.
»Du hättest Lisa die Nussschale geben sollen, doch du konntest nicht. Es ist dein Fluch, alles Gute zu zerstören. Dein Schicksal.«

Er hatte sich selbst manipuliert. Er hatte Elena nie die Nussschale bringen, sondern sie sterben sehen wollen.

»Ich ...«
»Das hier ist nicht deine Geschichte, Bruder. Elena steht dir nicht zu. Sie muss leben. Nur deshalb bin ich da. Ich werde dich aufhalten und geradebiegen, was schiefgegangen ist.«
»Nein ...« Jakob fuhr herum, richtete das Messer auf das Tier. »Ich werde gegen dich kämpfen.«
»Das tust du immer.«
»Ich gebe nicht auf.«
»Ich weiß.« Und mit diesen Worten fletschte der Wolf die Zähne, sprang auf Jakob zu und biss ihm in den Schädel.

Ich bin Jakob.
Ich bin Séamus.
Ich bin Liam.
Wir sind der Grimm.
Und hier endet unsere Geschichte.

Christian Handel

Wie man Zauberspiegel baut

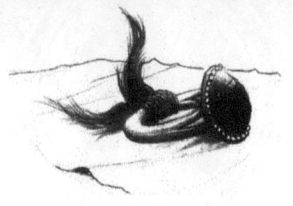

Christian Handel

Cinderellas Glaspantoffel, die goldene Kugel einer Prinzessin, eine Wunderlampe – Märchen sind voll von phantastischen Gegenständen, durch die sich das Schicksal der Heldinnen und Helden wendet. Woher sie stammen und welche Geheimnisse sie umgeben, verraten die alten Geschichten selten.

Da ich solche Fragen als sehr inspirierend empfinde, habe ich mich für meine Geschichte auf Spurensuche begeben und meine eigene Antwort gefunden, woher einer der faszinierendsten Märchengegenstände kommt, den ich kenne: der Zauberspiegel der bösen Königin. Diese Wahl ist vermutlich nicht überraschend, wenn man weiß, dass ich in der fränkischen Kleinstadt Lohr am Main geboren wurde. Lohr liegt im sagenumwobenen Spessart und beansprucht für sich, Geburtsstadt des historischen Vorbilds von Schneewittchen zu sein. Meine große Begeisterung für Märchen wurde mir sozusagen in die Wiege gelegt. Inzwischen lebe ich nicht mehr in Franken, sondern in Berlin, die Liebe zur Fairytale-Fantasy ist aber geblieben – und stetig gewachsen.

Gerade ist im Drachenmond Verlag mein Debütroman erschienen. Ich bezeichne *Rosen und Knochen* gern als dunkles Märchen, weil sich darin die Dämonenjägerinnen Schneeweißchen und Rosenrot in einen verfluchten Wald begeben, um den Geist einer Hexe zur Strecke zu bringen.

www.fantasy-news.com

Wie man Zauberspiegel baut

Vielerlei benötigt man, um einen Zauberspiegel zu bauen. Holz von der Winterweide und kleine, glänzende Süßwasserperlen für den Rahmen. Sand, Salz und Phönixasche, um das Glas herzustellen, sowie Quecksilber und Bilsenkrautpulver für die Verspiegelung der Oberfläche. Und es braucht die rechte Zeit. Die besten Zauberspiegel werden gebaut, wenn der Drachenmond am Himmel steht: voll und groß und in die Farbe des Feuers getaucht. Man benötigt geschickte Hände, einen kühlen Kopf, der sich nicht ablenken lässt, und die Seele eines Künstlers, die einzig und allein für diese Arbeit brennt. Man benötigt, das ist das Wichtigste, Herzblut.

Tiziano war gerade dabei, einen Zwergbasilisken einzufangen, der seit einigen Nächten in der Werkstatt sein Unwesen trieb, als im Vorzimmer die Tür aufschwang und die Ladenglocke zum Bimmeln brachte. Erschrocken zuckte er zusammen, der winzige Basilisk entwand sich seinem Griff und verschwand in einem Mauseloch. Tiziano stöhnte. Missmutig beugte er sich zur Seite, um durch den Durchgang zwischen Werkstatt und Laden einen Blick auf denjenigen zu erhaschen, der ihm seine Arbeit verdorben hatte. Die Frau, die hocherhobenen Hauptes im Verkaufsraum stand, trug ein wunderschönes Gewand aus dunkelblauem Brokat. Sie blickte sich ungeduldig in dem kleinen Laden um, dessen Wände über und über mit den unterschiedlichsten Spiegeln bedeckt waren. Das Mädchen, das sich hinter ihr durch die Tür schob, war nicht minder prachtvoll ausstaffiert. Allerdings war das Gewand der Jungfrau grün und ihr Blick wirkte eher gelangweilt als herrisch.

»Wird man hier auch bedient?«, rief die Dame und Tiziano verdrehte die Augen. Er war es gewohnt, dass Maestro Felipes Kunden gesellschaftlich weit über ihm standen. Ein einfacher Fischer konnte sich einen Spiegel, wie sein Meister ihn hergestellte, nicht leisten. Die meisten begegneten dem Spiegelmacher mit Respekt, denn keiner sonst konnte solche Wunderwerke herstellen.

Und schon bald auch ich, dachte Tiziano. Der Gedanke zauberte ein Lächeln auf sein Gesicht und seine Laune verbesserte sich schlagartig. »Der Meister kommt gleich«, rief er und griff nach einem Tuch, um sich den Schweiß vom Gesicht zu tupfen. Er wollte wenigstens halbwegs präsentabel wirken, falls Felipe seine Worte Lügen strafte und er selbst nach vorne musste. Noch während er dabei war, sich die Haare hinter die Ohren zu streichen, öffnete sich die Vordertür erneut und sein Herr trat in den Laden.

»Oh, hoher Besuch«, hörte Tiziano ihn sagen und seufzte erleichtert auf. Sosehr er sein Handwerk liebte, sowenig riss er sich darum, Verkaufsverhandlungen zu führen. Schon gar nicht mit eingebildeten Edelleuten, die zwar die Ware schätzten, nicht aber jene, die diese herstellten.

»Ich möchte einen Spiegel für meine Tochter kaufen«, sagte die Dame. Er beugte sich wieder zur Seite, um einen weiteren Blick auf das Mädchen zu werfen. Ob das die Tochter war? Nun, ähnlich sahen sich die beiden schon, zumindest soweit man das aus dieser Entfernung beurteilen konnte: herzförmige Gesichter, von recht kleiner Statur, aber schlank und mit den Rundungen gerade an den rechten Stellen. Die Haare der Älteren waren unter einer Haube verborgen, aber er hätte seinen Wochenlohn darauf verwettet, dass sie ebenso dunkelbraun waren wie die des Mädchens. Des Mädchens, das gerade seinen musternden Blick auffing und spöttisch die Augenbraue hob. Tiziano spürte, wie seine Ohren heiß wurden; gleichzeitig ärgerte er sich über sich selbst. Man würde ja wohl noch gucken dürfen, wer den Laden betrat. Genervt machte er sich daran, die Werkbank aufzuräumen.

Er konnte hören, wie Felipe im Raum nebenan leise mit der Kundin sprach. Dann schwang eine Tür auf und die Stimmen verklangen.

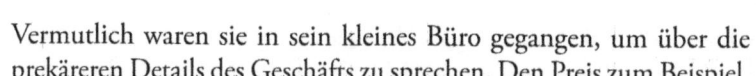

Vermutlich waren sie in sein kleines Büro gegangen, um über die prekären Details des Geschäfts zu sprechen. Den Preis zum Beispiel.

Tiziano beschloss, dass sich der Zwergbasilisk nach all der Unruhe ohnehin nicht so schnell aus seinem Loch heraustrauen würde, und begann, die restliche Werkstatt aufzuräumen. Was für eine Art Spiegel die Dame wohl erwerben wollte? Sicher keinen gewöhnlichen Wand- oder Handspiegel, wie man ihn in Murano an jeder Ecke erstehen konnte. Wenn sie zu Felipe kam, wollte sie etwas anderes, Wertvolleres.

»Du arbeitest für Maestro Felipe?«

Tiziano fiel beinahe eines der zerbrechlichen Glasmesser aus der Hand, als derart unvermutet eine helle Mädchenstimme neben ihm ertönte. Wütend funkelte er die Besucherin an, die offensichtlich nicht mit ihrer Mutter und dem Meister im Büro verschwunden war. Stattdessen hatte sie sich an ihn herangeschlichen wie eine Katze.

»Ich bin Spiegelmacher«, erklärte er ihr großspurig und war insgeheim erleichtert darüber, dass er einen ganz und gar unmännlichen Aufschrei unterdrückt hatte. Missgelaunt reihte er die frisch hergestellten Glasmesser in einer mit Samt ausgelegten Schublade auf. Die Fremde stand nur müßig da und betrachtete ihn neugierig.

»Spiegelmacher, soso«, sagte sie dann. »Und wie viele Spiegel hast du schon hergestellt? Allein, meine ich.«

Tiziano, der gerade den Mund aufgemacht hatte, um etwas zu erwidern, verstummte.

»Ich bin noch Lehrling«, gab er nach einem Augenblick zu. »Aber ich habe dem Meister bereits unzählige Male geholfen. Und es wird nicht mehr lange dauern, bis ich mein Meisterstück fertige.«

Er schob die Schublade in den Tischkasten zurück, wandte sich zur Besucherin um und verschränkte selbstbewusst die Arme. Sie sollte nicht denken, dass er vor ihr kuschte, nur weil sie in einer edleren Gasse geboren war als er. Sie hatte grünbraune Augen, das konnte er jetzt erkennen: warm, aber auch geheimnisvoll. Einige Sekunden lang funkelten sie sich herausfordernd an, ein stummes Kräftemessen, bei dem schlussendlich sie früher aufgab. Verlegen drehte sie den Kopf zur Seite. Die Haut an ihrem Hals war so viel heller als die der braun gebrannten Italienerinnen, denen Tiziano sonst begegnete. Dann streckte sie den Zeigefinger aus, fuhr damit über die Kante des Arbeitstisches und hielt ihn vorwurfsvoll in die Höhe. Staub klebte an ihrer Fingerspitze.

»Hier hättest du besser putzen müssen«, sagte sie spitz und zog ein cremefarbenes Tüchlein aus ihrer Tasche, an dem sie den Schmutz abwischte.

Tizianos Nacken verspannte sich. Das überhebliche Getue des Edelfräuleins ärgerte ihn – mehr noch, weil sie recht hatte. Er hätte in der Werkstatt besser sauber machen müssen. Und im Laden auch, wenn er schon dabei war, sich seine Fehler einzugestehen. Und in Felipes Büro. Dann müssten sie sich jetzt vielleicht nicht mit dem Zwergbasiliken herumschlagen. Die winzigen Biester waren süchtig nach Spiegelstaub.

»Eure Mutter will also einen unserer besonderen Spiegel kaufen«, wechselte er schnell das Thema.

Sie nickte. »Einen besonderen Spiegel, ja.« Ihre Augen leuchteten auf. »Einen magischen Spiegel«, flüsterte sie.

Tiziano lächelte gönnerhaft. Mit Zauberspiegeln kannte *er* sich aus. »Für Euch?«

Sie schüttelte den Kopf. »Für meine Schwester.« Als er nicht antwortete, fuhr sie fort: »Für meine ältere, wunderschöne, ach so begabte Schwester.«

Sie begann, durch die Werkstatt zu schlendern und hier und da ein Werkzeug in die Hand zu nehmen, um es flüchtig zu betrachten. »Für das Juwel des Hauses Marezini. Für die talentierte, perfekte Bianca.«

Energisch drehte sie sich zu ihm um, ihre Rockschöße wirbelten in der Luft, fächerten sich auf wie eine lindgrüne Blüte. Sie war wirklich ein hübsches Ding. Überheblich, nervig, aber hübsch.

»Es wird ihr Abschiedsgeschenk, weißt du«, teilte sie ihm mit.

Als ob er gefragt hätte!

»Oder ihr Hochzeitsgeschenk, wie man es nimmt. Sie wird die Familie verlassen, bald schon, um irgendeinen wichtigen Handelspartner meines Vaters in einem Fürstentum hinter den Alpen zu heiraten. Einen deutschen Adeligen. Nur das Beste für die liebe Bianca.«

»Ihr mögt Eure Schwester nicht sonderlich.«

Sie stieß einen Seufzer aus und kam wieder zu ihm herüber. »Ach, wenn es doch nur so wäre«, sagte sie kryptisch. Und dann: »Wie heißt du?«

»Tiziano. Und Ihr?«

»Na, du traust dich was.«

»Ist Euer Name ein derart großes Geheimnis?«

Sie schien einen Moment nach einer passenden Antwort zu suchen. Dann wurde sie dadurch erlöst, dass die Tür zum Büro aufging und die Stimmen von Meister Felipe und ihrer Mutter wieder zu ihnen drangen. Sie warf ihm ein kurzes Lächeln zu und sagte: »Du weißt jetzt, welchem Haus ich entstamme. Finde es doch selbst heraus.«

»Nein danke, so sehr interessiert es mich dann doch nicht.«

Die seltsame Fremde warf ihm noch einen wütenden Blick zu, dann rauschte sie nach vorne in den Laden.

»Da bist du«, hörte er die Mutter sagen. »Lass uns gehen.«

Tiziano durchquerte die Werkstatt und lehnte sich an den Durchgang zum Vorzimmer, um den beiden Damen nachzublicken. Es war leider nur die Mutter, die sich noch einmal umdrehte, und das auch nicht zu Tiziano.

»Wir sind uns einig?« fragte sie Felipe. Ihre Stimme klang plötzlich hart und kalt wie eine der Messerschneiden aus Glas.

Sein Meister senkte kurz und zustimmend den Kopf. »Das sind wir wohl, wenn Ihr das wünscht.«

Ohne ein weiteres Wort rauschten die beiden zur Tür hinaus. Das Mädchen warf tatsächlich keinen einzigen Blick zurück. Und das ärgerte Tiziano am meisten.

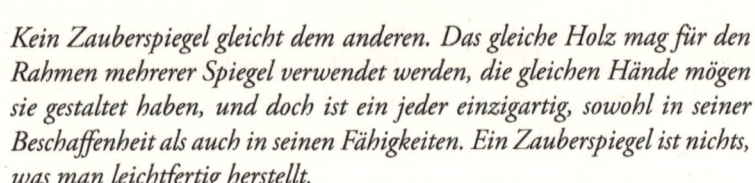

Kein Zauberspiegel gleicht dem anderen. Das gleiche Holz mag für den Rahmen mehrerer Spiegel verwendet werden, die gleichen Hände mögen sie gestaltet haben, und doch ist ein jeder einzigartig, sowohl in seiner Beschaffenheit als auch in seinen Fähigkeiten. Ein Zauberspiegel ist nichts, was man leichtfertig herstellt.

Am Abend erzählte Felipe, was für eine Art Spiegel die Edelfrau bestellt hatte. Tiziano riss die Augen auf. Es war kein schlichtes Ding – weder in seinen Eigenheiten noch in seiner Ausführung. Kein Spielzeug, das jenen, die sich darin betrachteten, ein geschöntes Bild von der Wirklichkeit zeigte; auch kein einfacher magischer Spiegel, dem man eine Botschaft zuflüstern konnte, welche er für denjenigen, der die richtigen Worte kannte, später wiederholte. Was die Dame wollte, war ein Spiegel mit echter Zauberkraft; ein Spiegel, bis zum Rand gefüllt mit schwarzer Magie. Einen, der echte Macht verlieh. Solche Monster waren nicht einfach herzustellen. In den zehn Jahren, seit Tiziano beim Meister lebte, hatte dieser nur zwei Stück jener Art hergestellt.

»Er wird dein Meisterstück«, sagte Felipe und Tiziano verschluckte sich fast an seinem Wasser.

»Mein Meisterstück?«, wiederholte er, als sei er tumb.

Felipe nickte ernst. »Du bist so weit.«. Er lächelte nicht dabei.

Eine Woche später betrat die hübsche Fremde abermals den Laden; nicht die Mutter, sondern die Tochter. Felipe machte Besorgungen auf dem Markt und Tiziano bediente gerade einen Kunden, der sich nicht zwischen drei Handspiegeln mit silbernen Griffen entscheiden konnte. Während der Geck lang und breit überlegte, welcher wohl der Richtige war, sah Tiziano aus den Augenwinkeln, dass sie ihn beobachtete.

»Ich bin gleich bei Euch«, ließ er sie wissen, ohne aufzusehen. »Der Meister ist leider gerade nicht zugegen.«

»Lasst Euch Zeit«, antwortete sie gönnerhaft.

Und das tat der Kunde dann auch. Nach einer Weile trat die Principessa doch an die Ladentheke, warf einen Blick auf die drei Spiegel und deutete auf den rechten.

»Nehmt diesen«, empfahl sie dem unschlüssigen Käufer.

Er blickte sie überrascht an. Als er sah, wer vor ihm stand, weiteten sich seine Augen vor Bewunderung.

»Seid Ihr sicher?«, fragte er und in seine Stimme stahl sich ein unheimliches Schnurren.

Sie ist viel zu jung für dich, sie könnte deine Tochter sein, dachte Tiziano grollend, schluckte seine Bemerkung jedoch hinunter. Dies war ein Kunde, der gerade im Begriff war, gutes Geld auszugeben, und auf den Inseln wimmelte es von älteren Männern, die mit Mädchen vor den Traualtar traten, die vermutlich weniger Jahre zählten als seine vorwitzige Besucherin.

Im nächsten Moment stellte er fest, dass sie seine Hilfe ohnehin nicht benötigte.

»Ganz sicher«, beteuerte sie und legte dem Fremden verschwörerisch die Hand auf den Unterarm. »Ich bin gut darin, Geschenke auszuwählen. Ich helfe meinem Vater fortwährend, hübsche Aufmerksamkeiten für meine Mutter auszusuchen. Es ist seltsam, aber Ihr erinnert mich an ihn.«

Sie schenkte ihm ein strahlendes Lächeln, der Kunde wurde rot und wandte sich wieder Tiziano zu.

»Ich nehme diesen hier«, krächzte er und hob den Spiegel hoch, auf den das Mädchen gezeigt hatte.

Tiziano beschloss, noch ein paar Münzen auf den Preis aufzuschlagen, und der Fremde bezahlte ohne Murren, dann verließ er schnurstracks den Laden.

Seine Besucherin und er strahlten sich an.

»Verratet Ihr mir heute Euren Namen?«, fragte er.

Er war es leid, sie in Gedanken immer nur *das Mädchen* oder *die hübsche Fremde* zu nennen – nicht, dass er oft an sie gedacht hätte! Sicher nicht.

Sie zog die Augenbraue hoch. »Ihr habt ihn nicht herausgefunden? Ich bin fast ein wenig beleidigt.«

Er schnaubte. »Das hat Eure Mutter zu verantworten. Sie hat sehr genaue Vorstellungen davon, was den Spiegel für Eure Schwester angeht. Viele Materialien haben wir nicht vorrätig, einige gibt es gar nicht auf Murano. Das hält den Meister und mich ganz schön auf Trab.«

Sie nickte. »Das kann ich mir vorstellen. So ist meine Mutter.«

»Ich kann Euch natürlich auch weiterhin ›edle Dame‹ nennen.« Tiziano räumte die Handspiegel weg, die er für den Kaufmann hervorgekramt hatte.

Das Mädchen schien einen Augenblick zu überlegen, dann sagte es endlich: »Mein Name ist Isabella Marezini. Und es ist eigentlich nicht schwierig, das herauszufinden, wenn man bedenkt, wer meine Eltern sind.«

Damit hatte sie recht. Vermutlich hätte er nur Maestro Felipe danach fragen müssen. Aber nachdem der Meister ihm erklärt hatte, was für eine Art Spiegel Isabellas Mutter in Auftrag gegeben hatte, war ihm die Lust dazu vergangen. Schwarze Magie war eine heikle Sache. Als Spiegelmeister mochten sie imstande sein, solche Ungetüme zu schaffen, das hieß aber nicht, dass es ihm persönlich gefiel. Von Familien, die solche Spiegel kauften, hielt man sich besser fern. Und dann war da natürlich noch …

»Wie kann ich Euch heute helfen?«, fragte Tiziano, fest entschlossen, die unangenehmen Gedanken, die in ihm aufwallten, zur Seite zu schieben.

»Meine Mutter schickt mich.« Sie griff nach ihrer Tasche, einem unmöglich aussehenden Ungetüm aus bronzefarbenem Brokat, und fingerte darin herum. »Sie sagte, ich solle dies deinem Meister bringen.«

Isabella reichte ihm ein spitzenbesetztes Tuch aus einem edlen weißen Stoff. Tiziano wischte sich schnell die Hände an seiner speckigen

Hose ab, ehe er sie ausstreckte und das Seidentuch in Empfang nahm. Vorsichtig faltete er es auseinander. Eingewickelt in den Stoff lagen ein prächtiger Goldring, der einen feurig glimmenden Rubin fasste, sowie eine dunkelbraune Haarlocke, die um den Reif gebunden war.

»Von Eurer Schwester?«, fragte er unnötigerweise.

»Nun, meine Mutter hat mir sicher nicht aufgetragen, dir eine meiner Locken zu bringen.«

Isabella lachte auf. Spöttisch oder amüsiert? Er konnte es nicht deuten, merkte allerdings, dass seine Ohren rot wurden.

»Es ist für den Spiegel«, sagte er deshalb schroff. »Wenn er funktionieren soll, wie Eure Mutter das wünscht, müssen Dinge eingearbeitet werden, die Eurer Schwester gehört haben.«

Isabella ignorierte geflissentlich seinen unfreundlichen Unterton. »Wie auch immer man eine Locke und einen Ring in einen Spiegel einarbeitet.«

Er zuckte mit den Schultern. »Spiegelmeister verraten ihre Geheimnisse nicht.«

»Oh, dann bist du also schon Spiegelmeister. Und vor einigen Tagen dachte ich noch, du seist nur Maestro Felipes Lehrling.«

»So? Na, ich bin offenbar gut genug, um den Spiegel für Eure Schwester zu bauen.«

Das schien sie zu überraschen, denn obwohl sie bereits Luft geholt hatte – zweifellos, um ihm eine spitze Bemerkung an den Kopf zu hauen –, blieb sie für einen Augenblick stumm.

»*Du* stellst den Spiegel für meine Schwester her?«, fragte sie, widerwillig beeindruckt.

»So ist es.« Tiziano brachte Tuch, Ring und Haarlocke hinüber zur Werkbank, um sie vorsichtig in einer der zahlreichen Tischschubladen zu verwahren. »Seid unbesorgt. Der Meister wird die ganze Zeit zugegen sein und zweifelsohne jeden meiner Handgriffe mit Argusaugen überwachen.«

»Klingt, als hätte er viel mit meiner Mutter gemein«, erwiderte Isabella.

»Meint Ihr?« Tiziano drehte sich zu ihr um. »Mir scheint doch, sie hat Euch alleine hierherkommen lassen. Noch dazu ohne Geleitschutz.«

»Und mir scheint, dein Meister hat dir Laden und Werkstatt überlassen.«

Einen kurzen Moment lang duellierten sie sich mit Blicken. Dann jedoch, als sie feststellten, dass sie unbewusst ihre Positionen in der Argumentation getauscht hatten, brachen sie in ein kurzes, aber herzliches Lachen aus.

»Ich muss gleich wieder zurück. Meine Mutter erwartet mich pünktlich zur dritten Stunde nach Mittag. Eine ihrer schrecklichen Freundinnen will uns einen Besuch mit ihrer grässlichen Tochter abstatten. Ein furchtbar eingebildetes Ding ...«

Sie unterbrach sich, griff nach ihrer Tasche und schenkte ihm ein kurzes, unsicheres Lächeln, bevor sie zum Abschied nickte. »Wie gesagt, ich muss gehen. Ich wünsche dir gutes Gelingen bei deiner Arbeit ...«

»Tiziano«, sagte er und deutete eine kleine Verbeugung an.

Sie grinste erfreut, neigte ebenfalls den Kopf, als sei er ein Gleichgestellter. Dann räusperte sie sich und eilte aus dem Laden.

»Bestell Maestro Felipe einen Gruß von meiner Mutter«, rief sie noch, ehe sie die Tür hinter sich zuzog.

Tiziano antwortete nicht. Still lächelte er vor sich hin. Diesmal hatte sie sich noch einmal umgedreht.

»Die Principessa Marezini war heute Nachmittag da, als Ihr auf dem Markt wart. Sie hat ein Bündel mit den Gegenständen ihrer Schwester vorbeigebracht«, erzählte Tiziano betont beiläufig, als er am Abend Maestro Felipe in der kleinen Küche gegenüber am Esstisch saß. Sein Meister hob die Augenbraue und musterte ihn neugierig über das Stück Hartkäse hinweg, nach dem er gerade gegriffen hatte.

»Hast du hineingesehen?«, fragte er und schob sich ein Stück Käse in den Mund.

Tiziano zuckte mit den Schultern. »Natürlich ... Ich meine ... Ja. Ich meine, hätte ich das nicht tun sollen?«

Felipe gab ihm keine Antwort.

»Ein Rubinring aus Gold und eine Haarlocke. Also, das war in dem Bündel.«

Der Meister nickte langsam. »Eine gute Wahl. Das Haar kannst du in das Glas mit einschmelzen. Der Ring wird schon schwieriger.«

»Ich dachte, man könnte ihn auseinandernehmen. Den Reif könnte man einschmelzen und dem Goldlack beimengen, mit dem ich den Rahmen überziehen will. Den Rubin könnte man zwischen die Süßwasserperlen setzen, als dunkler Akzent in einem hellen Strahlenkranz.«

Felipe stand auf und schritt zur Spüle. Im Vorbeigehen klopfte er Tiziano auf die Schulter.

»Eine ausgezeichnete Idee. Ich sehe, ich habe den Richtigen gewählt, um ihm meine Kunst beizubringen.«

Tiziano strahlte. Er drehte seinen Oberkörper und schaute dem Maestro dabei zu, wie dieser Wasser aus einem Tonkrug in den Spülstein schüttete und dann seine Hände darin eintauchte.

»Ich werde Euch nicht enttäuschen, Meister«, versprach er.

Felipe wandte ihm den Kopf zu und schenkte ihm ein stolzes Lächeln. Dann wurde seine Miene ernst. »Das Spiegelmachen ist nichts für Weichlinge, mein Junge, das weißt du. Es ist wichtig, einen klaren Blick und einen kühlen Kopf zu bewahren.«

Tiziano nickte pflichtbewusst und Felipes Lippen verzogen sich erneut zu einem Lächeln. Diesmal wirkte es allerdings traurig. »Dann lass ihn dir nicht verdrehen«, sagte er.

Die Worte des Meisters gingen Tiziano nicht aus dem Kopf. Ebenso wenig wie Isabella. Er wusste, wie unsinnig seine Gedanken waren. Selbst wenn Isabella Marzeni keine Adelige gewesen wäre und das *libro d'oro*, das Goldene Buch von Venedig, eine solche Verbindung nicht untersagt hätte – sie war eine verbotene Frucht. Außerdem hatten sie nichts gemeinsam und verkehrten in unterschiedlichen Kreisen. Sie war eine Prinzessin – er der Gehilfe des Spiegelmeisters, den seine Mutter damit betraut hatte, einen Zauberspiegel als Brautgeschenk für ihre erstgeborene Tochter zu fertigen. *Darauf* sollte er sich konzentrieren. Darauf *musste* er sich konzentrieren. Seine ganze Zukunft hing davon ab, hierbei nicht zu versagen. Er wollte Felipe nicht enttäuschen, der ihn nach dem Tod seiner Eltern wie ein eigenes Kind aufgenommen und vor einem Leben auf der Straße bewahrt hatte. Und Tiziano liebte die Kunst des Spiegelbauens. Er liebte die Geheimnisse, die das kalte Glas ihm zuraunte; das Gefühl von Macht, das ihn durchströmte, wenn er etwas Magisches schuf. Das war seine Bestimmung. Nicht Isabella.

Also fokussierte er sich auf die Arbeit. Die Zauberspiegel von Maestro Felipe bekamen alle einen Rahmen aus dem Holz der Winterweide, nie waren sie aus Glas oder Metall. In mühevoller Kleinarbeit hatte er von morgens bis abends kleine Figuren und Ornamente geschnitzt, mit denen er den Rahmen verzieren wollte, und die entsprechenden Hölzer bereits auf die richtige Länge zugeschnitten und geschliffen. Zwischen die Figuren und Ornamente würde er später die Perlen und Juwelen setzen, die sich die Baronin ausbedungen hatte. Und natürlich den kleinen Rubin aus dem Ring von Bianca Marezini. Glas verwendete man in Felipes Werkstatt nur für die spiegelnde Oberfläche der mächtigen Kunstwerke. Deshalb brannte der Schmelzofen in der kleinen Werkstatt des Spiegelbauers nur selten. Das Glasblasen war der Arbeitsschritt, der Tiziano bei der Herstellung eines Zauberspiegels am wenigsten Spaß machte. Wenn er die orangerot glühende Masse geschmolzenen Glases mit dem Blasrohr aufnahm und langsam und bedächtig mit einem einzigen Atemstoß zu einem gleichmäßigen Hohlkörper aufblies, lief ihm salziger Schweiß von der Stirn. Er brannte in seinen Augen, sein Herz klopfte laut und er musste sich darauf konzentrieren, nicht aus dem Rhythmus zu kommen und keinen Fehler zu machen, um die Arbeit nicht zu verderben. Erst wenn die noch immer glühende, längliche Glasblase in einem großen Wasserbottich zum Abkühlen schwamm, konnte er aufatmen. Und nur, wenn ihm diese makellos gelungen war, konnte er sich an den nächsten Arbeitsschritt wagen. Zwei Mal hatte Maestro Felipe Tiziano aufgefordert, den Glaskörper wieder einzuschmelzen und es neu zu versuchen, ehe es ihm beim dritten Mal gelungen war, ihn perfekt zu formen. Erleichtert stach er deshalb jetzt mit einem scharfen Messer in den noch immer warmen Hohlkörper, der auf dem Wasser trieb, und schnitt ihn der Länge nach auf. Die Glasblase klappte nach beiden Seiten auf und schwamm als kreisrunde Platte auf dem Kühlwasser.

Der gefährlichste Teil der Arbeit lag aber noch vor ihnen: das Verspiegeln der Oberfläche mithilfe eines Gemischs aus Quecksilber und Bilsenkrautpulver. In einen weiteren Wasserbottich, der neben dem ersten stand, goss Tiziano aus einer Phiole vorsichtig das silbrige Gemisch, das er und der Meister einige Tage zuvor im Licht des Drachenmondes zubereitet hatten. Sowohl der Meister als auch Tiziano hatten sich Stofftücher um Mund und Nase gebunden, um möglichst wenig von den giftigen Quecksilberdämpfen einzuatmen.

»Ihr seht ja amüsant aus«, begrüßte Isabella sie heiter.

Vor lauter Konzentration hatte Tiziano nicht bemerkt, dass sie die Werkstatt betreten hatte, ja nicht einmal die Ladenglocke hatte er bimmeln gehört. Deswegen wäre ihm beinah das Gefäß mit dem Quecksilbergemisch entglitten, das er zurück zum Arbeitstisch trug, um die Öffnung mit Wachs zu verschließen. Er hörte, dass Maestro Felipe scharf die Luft einsog – erschrocken oder zornig? –, sich dann aber beherrschte.

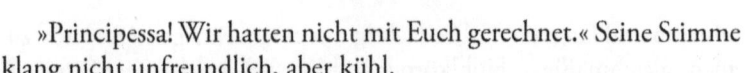

»Principessa! Wir hatten nicht mit Euch gerechnet.« Seine Stimme klang nicht unfreundlich, aber kühl.

»Ich war gerade auf dem Markt«, erklärte sie, griff nach dem Tuch, das sie um die Schulter trug, und legte es auf die Werkbank neben die Phiole, die Tiziano gerade verkorkt hatte. Zur Sicherheit stellte er das Glasfläschchen ein Stück weiter weg, direkt neben mehrere in dickes Leder gebundene Bücher, damit es nicht umfallen konnte.

»Es ist warm hier drinnen«, stellte sie fest.

»Wir arbeiten gerade am Spiegel. Ihr solltet nicht hier sein.« Tiziano bereute seine Worte noch in dem Moment, in dem sie ihm entschlüpften.

»Sollte ich nicht? Und wenn ich sehen will, wie gut Ihr Eure Aufgabe erfüllt, Lehrling Spiegelmacher?«

Tiziano zog sich das Tuch vom Gesicht und blickte sie betroffen und hilflos an.

»Was mein Lehrling sagen will«, versuchte der Meister die Wogen zu glätten, »ist, dass es gerade nicht ungefährlich ist, sich in der Werkstatt aufzuhalten, mein Fräulein. Wir verspiegeln das Glas mit Quecksilber. Die Dämpfe, die dabei entstehen, sind giftig. Deshalb tragen wir auch diese Masken.«

Isabella, offensichtlich eher fasziniert als erschrocken, näherte sich den Wasserbottichen und streckte den Hals, um besser auf die silberne Oberfläche blicken zu können.

»Bitte, Principessa Marezini«, drängte Felipe. »Euer Vater wird uns vierteilen, wenn er erfährt, dass ich Euch nicht sofort aus der Werkstatt geleitet habe.«

»Ihr müsst es ihm ja nicht auf die Nase binden«, wischte Isabella dessen Bedenken weg. Dann blickte sie ihn aus großen Augen an. »Bitte, ich habe noch nie gesehen, wie ein Spiegel hergestellt wurde, geschweige denn einer, der Zauberkräfte hat.«

Tiziano verdrehte die Augen. »Ihr seid ja auch keine Spiegelmacherin.«

Mit zwei großen Schritten war Isabella an ihn herangetreten und riss ihm mit einem forschen Griff das Tuch vom Hals. »Sei doch nicht so ein Hasenfuß«, sagte sie und begann, sich den Stoff selbst um Mund und Nase zu binden.

Tiziano verschluckte sich beinahe.

»Jetzt schau mich nicht so an. Maestro Felipe, Ihr werdet doch gewiss noch mehr Tücher im Haus haben, nicht wahr? Bitte, lasst mich Euch einen Moment lang Gesellschaft leisten. Ich werde auch mucksmäuschenstill sein.«

Jetzt konnte Tiziano ein spöttisches Lächeln wirklich nicht mehr unterdrücken. Isabella ignorierte ihn. »Bitte, Maestro Felipe. Ihr werdet mich gar nicht bemerken.«

Der alte Mann war sichtlich unzufrieden mit der Situation, ihm fiel aber keine Erfolg versprechende Möglichkeit ein, Isabella fortzuschicken.

»Ihr stellt Euch das Prozedere viel spannender vor, als es ist«, murmelte er schließlich und schlurfte zum Schrank am Fenster, um von dort ein weiteres Tuch zu holen. »Da ist nicht viel Magisches an dem, was jetzt kommt.«

Er wandte sich an Tiziano und warf ihm das Tuch zu. »Na komm, lass uns weitermachen. Ich will die Principessa nicht länger als nötig aufhalten.«

Natürlich bemerkten sie sie doch.

Tiziano musste sich beherrschen, nicht mit den Augen zu rollen, denn Isabella stellte eine Frage nach der nächsten. Der Meister und er fischten derweil die erhärtete Glasscheibe aus dem Kühlwasser und ließen sie dann vorsichtig auf die silberne Oberfläche im Quecksilberbottich gleiten. Isabellas Stimme war zwar nur gedämpft unter dem Tuch zu vernehmen, aber sie ließ nicht locker und erkundigte sich bei jeder neuen Handbewegung, die sie ausführten, nach dem Sinn dahinter.

Warum habt ihr das Glas erst in ein Wasserbett gelegt? Wie lange dauert es, bis die Scheibe abgekühlt ist? Wie kühl muss das Glas überhaupt sein, ehe es mit dem Quecksilber in Berührung kommen darf? Habt ihr das

Quecksilber selbst hergestellt? Wie kommt es, dass es so furchtbar giftig ist? Ich dachte immer, das sei ein Ammenmärchen, ich meine, warum sollte man sonst Spiegel daraus machen?

Tiziano versuchte ihre Fragen auszublenden und atmete flach und langsam; auch wenn er durch das Tuch etwas geschützt war, wollte er doch so wenig wie möglich von den giftigen Dämpfen einatmen.

Isabella hatte diese Bedenken offensichtlich nicht. »Und die Haare meiner Schwester?«, vernahm er ihre altkluge Stimme. »Was macht ihr damit? Habt ihr den Ring schon verwendet?«

Tiziano sah, wie Maestro Felipe sich auf der anderen Seite des Tisches aufrichtete und Isabella einen strengen Blick zuwarf. »Seht uns nach, wenn wir manche unserer Geheimnisse nicht verraten können«, sagte er und konzentrierte sich wieder auf die Glasfläche, die sich langsam in Silber verwandelte.

Tiziano hörte, wie Isabella tief Luft holte, um dem Meister zu antworten, aber er hatte genug. »Man könnte fast meinen, Ihr wolltet selbst Spiegelmacherin werden«, höhnte er. »Könnt Ihr nicht einen Augenblick lang still sein?«

Er löste seinen Blick von der Glasplatte und wandte sich zu ihr um. Ihre Augen über dem halb verdeckten Gesicht sprühten Funken. Er stellte fest, dass er es trotz seiner harschen Worte genoss, sie in der Nähe zu haben. Sie mochte einem auf die Nerven gehen, aber sie brachte frischen Wind in die Werkstatt. Ein gefährlicher Gedanke. Deshalb schoss er sofort nach: »Ein Glück, dass Eure Schwester in wenigen Wochen vor den Traualtar tritt und nicht Ihr. Bei Eurem fortwährenden Geplapper vergeht einem Hören und Sehen. Euer künftiger Ehemann kann einem jetzt schon leidtun!«

Er hatte den Bogen überspannt, das merkte er in dem Moment, in dem die letzten Worte seinen Mund verließen. Isabellas Augen hatten sich geweitet, und es war ihm tatsächlich gelungen, dass es ihr die Sprache verschlug. Wütend riss sie sich das Tuch vom Gesicht, setzte zu einer Erwiderung an, schluckte diese dann aber hinunter.

»Maester Felipe, ich habe Eure Zeit über Gebühr beansprucht. Bitte verzeiht mir«, sagte sie kühl, doch es klang überhaupt nicht so, als ob sie das bedauerte.

Ohne ein Wort an Tiziano zu richten, machte sie auf dem Absatz kehrt und stürmte aus dem Haus. Das alles geschah so schnell, dass er mehrfach blinzeln musste, bis sein Gehirn begriff, was geschehen war. Dann fiel sein Blick auf das Stück Stoff auf der Werkbank, karmesinrot wie Blut.

»Sie hat ihr Tuch vergessen«, rief er dem Meister über die Schulter hinweg zu, während er sich bereits in Bewegung gesetzt und die feine Seide ergriffen hatte, um ihr nachzueilen. Er hörte, dass der Maestro ihm etwas hinterherrief, ließ sich aber nicht aufhalten. Die Arbeit, die sie heute am Spiegel erledigen konnten, war getan. Alles andere konnte warten. Seine Entschuldigung Isabella gegenüber hingegen nicht.

Als Tiziano aus dem Laden stürzte, verschwand sie bereits hinter der Ecke zur Gasse zum Kanal. Erst an deren Ende holte er sie ein.

»Isabella, wartet!«, rief er. »Ihr habt Euer Tuch vergessen.«

Das bewegte sie endlich dazu, stehen zu bleiben. Sie drehte sich um und wartete ungeduldig darauf, dass er zu ihr aufschloss. Etwas außer Atem reichte er ihr den roten Stoff. Sie griff mit verkniffenem Mund danach, rang sich sichtlich unter Mühen ein knappes »Danke« ab und nahm ohne ein weiteres Wort ihren Weg den Kanal entlang wieder auf. Tiziano ließ sich nicht abschütteln. Es gefiel ihm nicht, dass sie wütend auf ihn war, ganz und gar nicht. Sie musste doch einsehen, dass ihre unverblümte Fragerei zum falschen Zeitpunkt erfolgt war.

»Seid Ihr immer so schnell beleidigt?«, fragte er deshalb, während er hinter ihr hereilte.

Sie sog hörbar die Luft durch die Nase ein, antwortete jedoch nicht.

Tiziano verdrehte die Augen. »Ich meine, es lag nicht in meiner Absicht, Euch zu beleidigen.«

»Nun, du drückst dich reichlich seltsam aus für jemanden, der einen anderen nicht *beleidigen* will«, antwortete sie spitz.

An der Brüstung des Kanals blieb sie stehen, drehte sich aber nicht zu ihm um. Sie legte sich ihr rotes Seidentuch wieder um die Schultern und stützte sich mit beiden Händen auf dem glatten Marmor der brusthohen Mauer ab.

Tiziano stellte sich neben sie und schaute hinunter auf das Meerwasser, das mit grünen Zungen an den bemoosten Kanalwänden leckte. Eine Gondel war weit und breit nicht zu sehen.

»Eigentlich habe ich ein recht ruhiges Gemüt«, sagte er dann. »Ihr habt mich gereizt.«

»*Ich* habe *dich* gereizt?! Das ist ja äußerst interessant, Tiziano Spiegelmacher. Ich hatte den Eindruck, *du* hättest *mir* eine Beleidigung an den Kopf gehauen.«

Als er aufschaute, um etwas zu erwidern, stellte er fest, dass ihre Augen die gleiche Farbe wie das Meerwasser in der Lagune hatten. Er schluckte.

»Ich weiß nicht, was vorhin mit mir los war«, räumte er ein. »Man muss sich sehr konzentrieren, das Quecksilbergemenge gleichmäßig auf der Wasserfläche zu verteilen, ehe man die Glasplatte darauf legt. Und die Dämpfe … Ich glaube, Euer Geplapper … Ihr! Ihr habt mich nervös gemacht. Und wenn ich nervös bin …« Er zuckte hilflos mit den Schultern.

Isabella musterte ihn eine Weile, dann lächelte sie versöhnlich.

»Nervös? Na gut, in diesem Fall will ich dir verzeihen. Charmant war es dennoch nicht.«

»Ich weiß. Entschuldigt bitte.«

»Und nur zu deiner Information: Ich bin froh, dass ich nicht schon dieses Jahr vor den Traualtar treten muss. Ich hege nicht den Wunsch, jetzt schon zu heiraten und Murano den Rücken zu kehren.«

»Ihr …«

»Und hör auf, ›Ihr‹ und ›Euch‹ zu mir zu sagen. Ich heiße Isabella.«

Sie lächelte ihn noch einmal an, dann wandte sie sich wieder dem Kanal zu. Täuschte er sich, oder hatte sich ihr Atem gerade beschleunigt? War auch sie nervös?

»Isabella«, murmelte er leise. »Seid Ihr – ich meine, bist du traurig, dass deine Schwester die Insel verlässt?«

Sie seufzte. »Ich bin mir nicht sicher. Bianca und ich sind sehr verschieden. Wir haben wenig gemeinsam. Aber trotzdem: Sie wird mir fehlen. Ich wünschte, sie würde mich nicht allein hier zurücklassen.«

»Für sie muss es auch schwer sein«, gab Tiziano zu bedenken. »Sie verlässt ihre Heimat und reist in ein fremdes Land, um ein neues Leben zu beginnen.«

Isabella nickte. »Ich weiß. Dennoch ist es gut, dass sie die Erstgeborene ist und das Los auf sie fällt, denn ich glaube, es macht ihr nicht allzu viel aus. Bianca ist mutig und abenteuerlustig. Sie sagt, sie freut sich bereits darauf, mehr von der Welt zu sehen als die kleinen Gassen und Wasserstraßen von Murano und Venedig. Es wird ihr nicht schwerfallen, in der Fremde Freunde zu finden. Sie kann sehr charmant sein ... und sie ist wunderschön.«

Du bist auch wunderschön, wollte Tiziano sagen, aber er biss sich auf die Zunge und hielt die Worte zurück. Eine Weile schwiegen beide, während sie eine Gondel dabei beobachteten, wie sie unter ihnen entlangfuhr. Dann gestand Isabella mit ruhiger Stimme: »Ich schäme mich dafür, aber vor ein paar Tagen habe ich mich dabei ertappt, dass ich mich erleichtert fühlte, bei dem Gedanken, dass Bianca die Insel verlässt.«

»Warum?«

Isabella seufzte. »Weil ich unsichtbar neben ihr bin. Sie ist so ... perfekt. Nicht nur ihr Äußeres. Bianca ist makellos. Sie würde nie ... Sie weiß immer, was zu tun ist, wann sie was zu sagen hat und wann es ihr zum Vorteil gereicht, zu schweigen. Sie verfehlt nie einen Tritt beim Tanz, sie bewegt sich graziös, sie ist gebildet und charmant. Sie ist ein stolzer Schwan und ich bin neben ihr ein unbeholfenes Entenküken.«

Tiziano lachte, wofür ihn Isabella mit einem weiteren ihrer zahllosen wütenden Blicke durchbohrte. »Das hältst du für komisch?«, fragte sie.

Er schüttelte den Kopf. Grinsend sagte er: »Nicht den Teil über deine Schwester. Nur den Gedanken, dass dich irgendjemand für unbeholfen halten könnte. Oder für ein Entlein.« Dann wurde er schlagartig ernst. »Du bist selbst ein Schwan, Isabella.«

Eine Weile lang schauten sie sich nur an. Keiner der beiden traute sich, auf Tizianos Kompliment etwas zu erwidern. Es war, als hätten sie beide Angst, den Zauber des Moments durch Worte zu zerstören.

»Danke«, sagte Isabella dann schlicht und sehr leise, während sie mit ihren Fingern die Steinbalustrade entlang nach seiner Hand tastete. Tizianos Haut begann zu kribbeln, als ihre Finger sich über seine legten, aber immer noch traute er sich nicht, etwas zu sagen.

Stimmengewirr drang an ihre Ohren. Ein paar Frauen, die Körbe schleppten, bogen in die Gasse ein. Tiziano und Isabella fuhren wie vom Blitz getroffen auseinander. Erst als die Frauen hinter der nächsten Ecke verschwunden waren, sagte Isabella wieder etwas.

»Meine Schwester hätte so etwas nie getan.«

»Dann bin ich froh, dass du dich von deiner Schwester unterscheidest«, antwortete er.

Mit wild klopfendem Herzen zog er sie in eine schattige Ecke, die vom Kanal und der Gasse aus nicht gleich zu sehen war, und drückte seine Lippen auf die ihren. Isabella wehrte sich nicht.

Wer einen Zauberspiegel baut, darf nichts anderes lieben. In seinem Herzen darf nur Platz sein für das eine große Wunderwerk, das unter seinen Händen entsteht. Der Zauber der Liebe könnte den des Spiegels zerstören.

Ein Lächeln lag auf Tizianos Lippen, als er die Spiegelwerkstatt wieder betrat. Ein Lächeln, das Maestro Felipe offensichtlich gar nicht gefiel.

Der räumte gerade in der Werkstatt auf. Mit ruckartigen Bewegungen pfefferte er die Stofftücher, die sie um den Mund getragen hatten, in einen Blecheimer, um sie später auszukochen. Die Glasplatte hatte er bereits aus der Quecksilberwanne genommen. Sofort bekam Tiziano ein schlechtes Gewissen. Das waren eigentlich alles seine Aufgaben. Aber warum hatte der Meister nicht auf ihn gewartet? So lange war er nicht weggewesen.

»Lasst mich das machen«, sagte er und nahm seinem Lehrherrn den Blecheimer aus der Hand. Der bedachte Tiziano einen Moment lang mit einem strengen Blick, ließ dann aber los. Während der Junge das Blasrohr aufräumte und erkaltete Glastropfen zu Füßen des Schmelzofens zusammenkehrte, beobachtete der Meister ihn schweigend. Dann stieß er einen tiefen Seufzer aus.

»Tiziano«, sagte er. »Ich habe Augen im Kopf. Ich sehe, wie du das Mädchen ansiehst.«

Tiziano blieb stehen. Er wollte etwas erwidern, aber der Meister gab ihm mit einer Geste zu verstehen, dass er jetzt nichts von ihm hören wollte.

»Es ist nicht so, als ob ich dich nicht verstünde. Das Mädchen ist schön und es hat Feuer. Aber du weißt, du kannst sie nicht haben. Nicht nur, weil sie weit über dir steht.« Felipe seufzte noch einmal. »Du kannst nicht gleichzeitig Liebhaber und Spiegelbauer sein. Warum, glaubst du, habe ich nie geheiratet?«

»Ich dachte, weil euch keine haben wollte, Meister«, antwortete Tiziano frech, in der Hoffnung, die Situation etwas aufzulockern.

Tatsächlich schenkte der Alte ihm ein verschmitztes Lächeln. »Du bist ein Lausebengel«, sagte er. Dann wurde er ernst. »Aber vergiss meine Worte nicht. Du weißt, was auf dem Spiel steht.«

Die Spiegelscheibe war über Nacht ausgehärtet, sodass Tiziano und der Meister die glatte Fläche auf das Gestell platzieren und mit einem Tuch verhüllen konnten. Das bedeutete aber nicht, dass der Spiegel bereits fertig war. In mühevoller Kleinarbeit fertigte Tiziano weitere Intarsien für den Holzrahmen an, in die er später die kleinen Edelsteine einpasste, welche die Brautmutter dem Meister durch einen Boten hatte überbringen lassen. Diesmal hatte sie nicht Isabella geschickt; Tiziano wusste nicht, ob sie etwas ahnte und von den Treffen ihrer Tochter mit ihm ebenso wenig begeistert war wie der Meister. Denn natürlich hatte er es nicht über sich gebracht, Isabella nicht mehr zu treffen. Zwar bemühte er sich, Maestro Felipe nicht merken zu lassen, wohin er ging und mit wem er sich traf, aber er konnte sich nicht vorstellen, dass er es nicht wusste. Stets war seine Stirn umwölkt, wenn er Tiziano nachblickte, sobald dieser die Werkstatt verließ. Aber er wusste wohl auch, dass er den Jungen nicht einsperren konnte. Tiziano musste seine eigenen Entscheidungen treffen.

Es war ein Spiel mit dem Feuer, und es konnte nicht gut ausgehen, so oder so. Tagsüber schnitzte Tiziano kleine Vögel und Schmetterlinge, die das Kopfende des Spiegelrahmens zieren sollten, in den Abendstunden traf er sich mit Isabella am Kanal. Sie fuhren Gondel, versteckten sich hinter schattigen Brückenpfeilern und küssten sich heimlich. Dann, eines Abends, rund eine Woche, bevor der Spiegel fertig sein sollte, platzte dem Meister der Kragen.

»Es reicht, Tiziano!«, fuhr er den Jungen an. »Schlimm genug, dass du den Ruf des Mädchens in Gefahr bringst. Aber auf dem Spiel steht viel mehr.«

»Meister, ich …«

»Ruhe! Jetzt spreche ich!«

So hatte Tiziano seinen Ziehvater noch nie erlebt.

Der Meister warf die Ladentür ins Schloss und drehte den Schlüssel um.

»Das alles hier«, mit der Hand beschrieb er einen großen Bogen, der den ganzen Laden einfasste, »habe ich über Jahrzehnte hinweg mühevoll aufgebaut. Und du in deinem jugendlichen Leichtsinn bist dabei, es zu zerstören.«

Er ging auf Tiziano zu, packte ihn an den Schultern und schüttelte ihn. »Ich habe mein Leben gelebt, Tiziano. Aber das heißt nicht, dass ich tatenlos mit ansehen will, wie ein dummer, verliebter Tor all das zerstört, was ich aufgebaut hab. Das Mädchen – du weißt, dass es nicht die Deine sein kann! Also hör auf damit. Hör auf, Tiziano. Du zerstörst sonst die Werkstatt. Du zerstörst deine Zukunft.«

Als Felipe angefangen hatte, auf ihn einzubrüllen, hatte Tiziano Widerworte geben wollen. Er hatte gespürt, wie sich der Zorn in ihm aufstaute, bis sein ganzer Körper zum Bersten damit gefüllt zu sein schien. Jetzt, nachdem sein Meister zu ihm durchgedrungen war, fühlte er sich leer. Sein Kopf war wie in Watte gepackt. Felipes Worte echoten mit dumpfem Dröhnen wieder und wieder in ihm. Zwei Mal setzte er an, um etwas zu erwidern, doch die Wahrheit in den Worten des Meisters sank unerbittlich tiefer und tiefer. Er spürte, wie Felipe noch einmal mit beiden Händen fest seine Schultern packte, diesmal nicht, um ihn wachzurütteln, sondern stützend, um ihn zu trösten. Wortlos drehte sich Tiziano um, ging langsam hinauf in sein Zimmer, schloss die Tür hinter sich und legte sich auf sein Bett. Er hielt sich nicht damit auf, seine Kleidung auszuziehen. Mit offenen Augen starrte er in die Dunkelheit und wartete auf den Morgen.

Das Schreckliche war, dass Tiziano wusste, wie recht sein Meister hatte. Er wollte ihm keinen Kummer bereiten. Maestro Felipe hatte sich so viele Jahre um ihn gesorgt. Und auch wenn es ihm nicht leichtfiel, sich das einzugestehen: Er wollte Spiegelbauer werden. Mehr noch, als er Isabella wollte! Oder? Warum auch nicht? Sie konnte ohnehin nie die Seine werden. Also konzentrierte er sich auf seine Aufgabe. Von früh bis in die späten Abendstunden saß er an den Intarsien, setzte

Edelsteine ein und passte den Rahmen an die Glasfläche an. Die Arbeit erforderte seine ganze Aufmerksamkeit, und dafür war er dankbar. Es war lächerlich, wie mühelos er schließlich sogar den Zwergbasilisken fing, der sich eines Abends etwas zu früh aus seinem Versteck traute. Vielleicht hatte er nicht bemerkt, dass Tiziano ganz in der Nähe des Mauselochs am Arbeitstisch saß, weil dieser seine Arbeit nur noch schweigsam verrichtete. Emotionslos drehte der Spiegelmacherlehrling dem harmlosen Monster den dünnen Hals um. Abgestumpft quälte Tiziano sich durch die Stunden, die er nicht in der Werkstatt verbrachte. Aber das Haus verließ er nie. Zweimal kam Isabella in die Werkstatt, sicher mehr aus dem Grund, ihm wieder zu begegnen, als das Voranschreiten der Arbeit zu begutachten. Das erste Mal versteckte Tiziano sich in der Werkstatt, während Maestro Felipe sie abwimmelte. Das zweite Mal ging er wortlos an ihr vorbei und hinauf in sein Zimmer, wo er sich einschloss, während der Meister ihr so ruhig und gelassen wie möglich erklärte, warum es unschicklich war, dass ein einfacher Spiegelbauerlehrling sich mit einer jungen Edeldame traf. Er verließ sein Zimmer erst wieder, als er die Ladentür laut ins Schloss fallen hörte und sich mit einem Blick aus dem Fenster vergewissert hatte, dass Isabella sich mit schnellen Schritten entfernte. Er hoffte, damit habe sich die Sache erledigt, aber am nächsten Tag kam ein Brief von Isabella. Tiziano sah, dass Maestro Felipe zögerte, ihn ihm auszuhändigen. Aber dann reichte er ihm doch den mit Wachs versiegelten Umschlag, den ein Bote gebracht hatte. Tiziano lächelte ihn dankbar und traurig an, fand jedoch erst in den stillen Stunden der Nacht den Mut, das Siegel zu brechen.

Von der temperamentvollen Isabella hatte er erwartet, wütende Worte zu lesen. Die Zeilen, in einer engen, nach links geneigten Handschrift verfasst, sprachen jedoch nur von Unverständnis und Bedauern und von der Hoffnung, er möge ihr zurückschreiben. Tiziano war niemand, dem leicht die Tränen kamen. Trotzdem waren seine Augen feucht, als er den Brief ein zweites und ein drittes Mal las. Dann räusperte er sich, faltete das Pergament zusammen und legte das Schriftstück in ein kleines Kästchen. Es stand immer unter seinem Bett und verwahrte seine ganzen Schätze, die ihn an die Lieben erinnerte, die er verloren hatte. Er hoffte, damit auch seine Gedanken an Isabella wegschließen zu können.

Für ein paar Tage gelang es ihm außerordentlich gut. Der Spiegel wuchs und damit Tizianos Stolz auf sein Werk. Dann kam der Abend, an dem er das letzte Juwel in das Holz einarbeitete. Am Morgen hatten der Meister und er den Rahmen um den Spiegel herum angebracht und ihn erstmals komplett aufgestellt. Er war riesig, fast so hoch wie ein Mensch, einer der höchsten Spiegel, die Tiziano mit Maestro Felipe je geschaffen hatte. Es würde nicht leicht sein, ihn unbeschädigt Hunderte von Meilen zu seinem neuen Zuhause zu transportieren, auch wenn zumindest das Spiegelglas nicht brechen konnte; dafür sorgte die Magie. Aber das war nicht Tizianos Problem. Sein Werk war fast vollendet und mit einer Mischung aus Faszination und Grauen betrachtete er sein Meisterstück, so schrecklich und schön zugleich. Es glich einem Rausch, einen derart mächtigen Spiegel zu fertigen. Warum jedoch jemand einen solchen besitzen wollte, konnte er nicht verstehen. Was Isabella durch den Kopf gehen würde, wenn sie den Spiegel betrachtete? *Morgen*, dachte er, *werde ich sie wiedersehen*. Und obwohl sich alles in ihm nach ihr sehnte, wünschte er sich, es wäre nicht so.

Als der Morgen dämmerte, hatte Tiziano das Gefühl, kaum geschlafen zu haben. Lethargisch erhob er sich aus dem Bett, wusch sich das Gesicht, zog sich an und schlurfte in die Küche. Felipe saß bereits am Tisch. Er hatte sich einen starken Kräutertee aufgebrüht und aß ein Honigbrot; Tiziano hingegen wurde schon beim Anblick der Speisen schlecht. So hatte er ihn sich nicht vorgestellt, den Tag, an dem er seinen ersten Zauberspiegel vollenden würde. Er hatte von einem

Hochgefühl geträumt, das ihn erfüllen würde, wenn die Magie im Glas unter seinen Fingern erwachen würde; wenn er sich in dem Wissen sonnen konnte, etwas ganz und gar Übernatürliches geschaffen zu haben. Der Erfolg, das wusste er jetzt, würde nach bitterer Asche schmecken.

Der Meister wusste es besser, als ihn zum essen zu drängen. Ob auch er sich einst so gefühlt hatte wie Tiziano jetzt? Statt ihn mit aufmunternden Worten zu quälen, schob der Alte ihm nur einen Becher über den Tisch, in dem bereits Tee dampfte. Sie sprachen nicht, während er an dem heißen Wasser nippte, vorsichtig, um sich nicht die Lippen zu verbrennen.

»Na, komm«, sagte Maestro Felipe schließlich und legte ihm die Hand auf die Schulter. »Lass uns in die Werkstatt gehen.«

Die nächsten Stunden flossen zäh dahin. Zusammen mit dem Meister wuchtete Tiziano das gläserne Ungetüm vorsichtig von seinem Gestell und stellte es sanft auf dem Boden ab. Die prunkvolle Oberkante des Rahmens lehnten sie an die Wand, die Unterkante verkeilten sie hinter zwei eisernen Stäben, die eine Handbreit aus dem Boden ragten und die dafür sorgten, dass der Spiegel nicht nach vorne wegrutschen konnte. Das erlaubte es Tiziano, den Rahmen noch einmal sorgfältig zu putzen und zu polieren, ohne sich allzu sehr strecken zu müssen. Bald glänzte das mit Gold lackierte Holz im einfallenden Sonnenlicht; die Edelsteine, die in den filigranen Intarsien eingelassen waren, funkelten geheimnisvoll. Tiziano vermied es, in die spiegelnde Oberfläche seines Meisterstücks zu sehen. Auch wenn der Spiegel noch tot und ohne Magie war, so fühlte er jetzt schon eine starke Abneigung gegen das Kunstwerk, das er mit seiner eigenen Hände Arbeit geschaffen hatte. Dem er heute den letzten Schliff verleihen würde.

Die Sonne stand im Zenit, als Isabella mit ihrer Mutter den Laden betrat. Die beiden Frauen trugen prunkvolle Gewänder aus rotem Damast und blauer Seide. Sie wurden nicht von Dienerinnen begleitet. Isabellas Augen glühten feuriger als die Rubine, die er in den Spiegelrahmen eingesetzt hatte, als sie ihren Blick auf Tiziano richtete. Aber ihre Mutter stand direkt neben ihr und so hütete sie ihre Zunge. Tiziano schluckte, als er zu ihr hinüberblickte, und senkte dann sofort die Augen.

»Das ist also der Spiegel«, sagte die Baronin und schob sich an Felipe vorbei, um das Kunstwerk in Augenschein zu nehmen. Tiziano wandte sich ihr zu, froh, sich auf etwas anderes konzentrieren zu können als auf Isabella. Er war ein solcher Feigling.

»Er ist herrlich geworden!«, schwärmte die Baronin begeistert, nachdem sie den Rahmen und die silberne Oberfläche genau unter die Lupe genommen hatte und mit dem Finger über das zarte Schnitzwerk geglitten war. Sie warf ihm einen zufriedenen Blick zu. »Das hast du wunderbar gemacht, mein Junge. Aus dir wird ein echter Künstler.«

Tiziano wollte sich bedanken, aber die Worte blieben ihm im Hals stecken. Er räusperte sich und quetschte schwach »Danke« hervor. Eigentlich hätte er vor Freude strahlen müssen; ein solches Lob von einer solch mächtigen Frau. Stattdessen spürte er nur Scham – und Verachtung für Isabellas Mutter, die ihm gegenüberstand und ohne mit der Wimper zu zucken bereit war, für das Hexenwerk, das sie ihrer Tochter zur Hochzeit schenken wollte, jeden Preis zu bezahlen. Ihrer älteren Tochter. Sein Blick glitt wieder hinüber zu Isabella. Sie war nicht näher gekommen. Noch immer stand sie in der Tür zur Werkstatt, die Finger um einen Samtbeutel gekrallt. Sie musterte ihre Mutter und ihn wütend. Maestro Felipe, der spüren musste, wie unwohl er sich fühlte, erlöste ihn.

»Wenn Sie so weit sind, gnädige Frau, dann sollten wir in mein Büro gehen«, sagte er.

Die Baronin sog tief Luft ein, presste die Lippen zusammen und nickte.

»Isabella«, befahl sie, während sie aus der Werkstatt rauschte. »Du bleibst hier.«

Sie drängte sich an ihr vorbei, zögerte einen letzten Augenblick auf der Schwelle. »Schau dir den Spiegel an«, sagte sie dann etwas sanfter und drückte ihr einen Kuss auf die Stirn.

Ehe Isabella etwas erwidern konnte, drehte ihr ihre Mutter den Rücken zu und eilte Maestro Felipe hinterher in den angrenzenden Raum.

Sie waren allein.

Einen Augenblick lang musterten sie sich, ohne zu sprechen.

Dann schritt Isabella hocherhobenen Kopfes durch die Werkstatt, schob sich grob an ihm vorbei und stellte sich vor den Spiegel. Sie sah bewusst nicht in seine Richtung, als sie sagte: »Was ist geschehen? Warum hast du meinen Brief nicht beantwortet?«

Tiziano blickte zu Boden, antwortete nicht.

»Bin ich dir langweilig geworden?« Wütend drehte sie sich um. »Als wir uns das erste Mal begegneten, schienst du kein solcher Hasenfuß zu sein!«

»Ich ...« Die Worte wollten nicht kommen. Also schwieg er.

Isabella seufzte. »Nichts? Ist das dein Ernst?! Gar nichts?! Wann bist du so wortkarg geworden?«

Sie wandte sich zu Tiziano um und einen Moment lang musterten sie sich beide, Isabella wütend, Tiziano verzweifelt. Er hoffte, dass sie in seinen Augen nicht lesen konnte, was in ihm vorging.

»Ich konnte nicht ...«, presste er hervor.

Sie schnaubte. »Das habe ich gemerkt. Wohin ist nur dein Feuer verschwunden? Deine Leidenschaft?«

Tiziano blickte hinüber zum Zauberspiegel. »Isabella, du und ich ... wir hätten keine Zukunft.«

Wütend strich sie sich eine Haarsträhne aus der Stirn und betrachtete sich im Spiegel.

»Es ging nicht um unsere Zukunft«, sagte sie. »Es ging um ... ich weiß nicht, worum es ging, aber es wäre zumindest schön gewesen, wenn du mir eine Botschaft geschickt hättest.«

Tiziano seufzte und stellte sich hinter Isabella. »Und was hätte das genutzt?«

Ihre Blicke kreuzten sich im Spiegel, die Mienen bewegungslos, dann verzog Tiziano seine Lippen zu einem scheuen, bedauernden Lächeln.

Isabella seufzte und richtete ihren Blick auf den Rahmen.

»Er ist wunderschön geworden«, gestand sie atemlos. Sie bewunderte die zierlichen Schmetterlinge und die winzigen Vögel, die er geschaffen hatte. »Du bist ein großartiger Spiegelbauer, Tiziano«, sagte sie dann. »Eine große Karriere wartet auf dich.«

Ihre Worte klangen ehrlich, aber auch traurig. Sie wusste, dass es für sie keine Zukunft geben konnte. Sie hatte nur noch nicht erkannt, *weshalb* das unmöglich war.

Tiziano stellte sich hinter Isabella, beugte seinen Kopf zu ihrem Hals und drückte ihr einen Kuss auf die Beuge zwischen Hals und Schulter. Ihr Haar duftete nach Lavendel. Sein Herz begann schneller zu schlagen. Sie war ein süßes Gift, aber er war es, der tödlich war. Ehe er es sich anders überlegen konnte, griff er mit der Hand unter seine Weste und zog das scharfe Glasmesser aus dem Gürtel. War es das gleiche, das ihm beinah aus der Hand gerutscht war, als sie ihn das erste Mal angesprochen hatte? Im Spiegel sah er, dass Isabella die Augen geschlossen und den Kopf in den Nacken gelegt hatte. Das war gut.

Er musste es tun. Jetzt. Der Spiegel verlangte sein Opfer.

Mit einer fließenden, viel geprobten Bewegung riss er den Arm in die Höhe und zog Isabella die gläserne Klinge über den Hals. Er spürte, wie die Schneide Haut und Muskeln durchtrennte. Er hörte, wie Isabella erschrocken aufkeuchte, doch ihr Schrei verlor sich in einem nassen, furchtbaren Gurgeln. Ehe er weiter darüber nachdenken konnte, hob er das Messer noch einmal und stieß es ihr direkt in die Brust, dort, wo er das Herz vermutete. Mühelos drang es durch Stoff, Haut und Fleisch. Bittere Galle kletterte Tizianos Hals nach oben. Das saugende Geräusch, das die Glasklinge erzeugte, als er sie wieder herauszog, war das Schrecklichste, was er jemals gehört hatte. Blut ergoss sich in kräftigen Stößen über das Spiegelglas und tauchte das

Bild in glänzendes Rot. Er presste die Lippen und Augen zusammen; das Messer fiel ihm aus der Hand und er hörte, wie es auf dem Boden in Stücke zersprang. Dann holte er tief Luft, packte und umschlang Isabellas Oberkörper fest mit beiden Armen. Er hatte erwartet, dass sie sich wehren würde. Aber das tat sie nicht: So blieb ihm nichts weiter übrig, als den schrecklichen Keuchgeräuschen zu lauschen, die sie ausstieß, während ihr warmes Blut in großen, pulsierenden Strahlen aus ihrem Körper spritzte. Tiziano hielt sie aufrecht, sorgte dafür, dass ihre Beine nicht einknickten, und wartete ab, dass das Leben sie endgültig verließ.

Je mehr Blut auf die Spiegelfläche spritzte, je schwächer ihr Körper in seinem Griff wurde, desto stärker begann die Oberfläche des Zauberspiegels zu leuchten. Große Macht ließ sich nur durch ein großes Opfer erkaufen.

Endlich, als es vorbei war, ließ Tiziano Isabella zu Boden gleiten. Seine Hände und Arme waren in Blut getaucht. Mit zitternden Fingern griff er nach vorne und presste die Finger auf die nasse, harte Glasfläche. Unter seiner Berührung erwachte die Magie zum Leben. Und doch spürte Tiziano weder Befriedigung noch Triumph, sondern nur abgrundtiefen Ekel und das Brennen der heißen Tränen, die ihm über die Wangen liefen.

Vielerlei benötigt man, um einen Zauberspiegel zu bauen. Holz von der Winterweide, Sand, Salz und Phönixasche sowie Quecksilber und Bilsenkrautpulver. Und Herzblut. Um einen Zauberspiegel zu bauen, benötigt man Herzblut.

Julia Adrian

Das Rattenbiest

Im Käfig der Stille

Julia Adrian

Rot wie Blut, weiß wie Schnee, Schwarz wie Ebenholz – in der Welt der *Dreizehnten Fee* zeichnen diese klassischen Schneewittchen-Farben äußerlich jene, die Feenblut in sich tragen. Aufgrund ihrer magischen Begabung werden sie oft von den Menschen gefürchtet und gehasst. Ihre Fähigkeiten können Segen oder Fluch sein. Was aber, wenn unterschiedliche Flüche aufeinanderprallen?
Davon erzählt Julia Adrian in *Das Rattenbiest*. In unserer ersten Märchenanthologie erzählte sie die Hintergrundgeschichte einer der Schwestern der Dreizehnten Fee; jetzt ist die Reihe an einer weiteren.

Als ich im vergangenen Jahr mit der Arbeit an *Hinter Dornenhecken und Zauberspiegeln* begann, kannte ich Julia noch nicht persönlich. Tatsächlich haben wir uns zum ersten Mal auf der Frankfurter Buchmesse getroffen, nur wenige Momente, bevor ich die druckfrische Anthologie in Händen halten durfte. Anders als zahlreiche Leser hatte ich damals ihre Trilogie *Die Dreizehnte Fee* noch nicht gelesen. Inzwischen habe ich das nachgeholt und mich verliebt: In ihre Bücher – und auch ein bisschen in Julia selbst. Wie viele andere, die an dieser Anthologie beteiligt sind – und dabei meine ich auch, aber nicht ausschließlich die Drachen –, ist sie nicht nur eine Kollegin, sondern auch eine Freundin geworden.

Julia lebt mit ihrer Familie an der norddeutschen Küste und schreibt an mehreren Projekten. Eines davon ist *Winters zerbrechlicher Fluch*. Auch wenn sie dafür ihr Feenuniversum vorerst verlässt, kehrt sie dem Reich der Märchen nicht den Rücken. Denn es geht darin um Schuhe aus Glas, eine schöne Unbekannte in einem Himmelskleid und eine Fee mit einem Geheimnis.

www.jadrian.de

Das Rattenbiest

Im Käfig der Stille

In der alten Burg auf den Klippen haust nur noch der Tod. Zwischen halb zerfallenen Türmen und rußgeschwärzten Mauern erklingt sein einsames Lied, die Ratten aus ihren Löchern lockend. Sie scharen sich um mich, wuseln, kriechen, umschmeicheln meinen Leib mit Dunkelheit, bis er ganz und gar mit den schwarzen Schemen verschmilzt, die überall die Wände zieren: stumme Zeugen längst vergangener Taten. Als hätten sich die Konturen der Opfer auf ewig in den Stein gebrannt. Filigrane Finger, grotesk verbogene Glieder, anmutig, fast betend gen Himmel erhoben.

Ich erkenne eine gewisse Ästhetik, finde mich manchmal selbst in verträumter Betrachtung davorstehend wieder, meine eigene weiße Hand auf der eines Toten liegend. Wie viele in den Flammen starben, weiß niemand mehr. Es müssen Dutzende gewesen sein, vielleicht sogar Hunderte. Ob König oder Königin, Hufschmied oder Magd, Zofe oder Bettler, sie alle fraß das Feuer. Die Spuren der Katastrophe liegen bis heute in der Luft, ein Hauch von Ruß und Asche, verbranntem Fleisch und ohnmächtigen Schreien. Nicht einmal der stärkste Sturm vermag den Geruch aus der Ruine zu tilgen … ebenso wenig die Schemen an den Wänden, die Abbilder der Toten. Einzig die geschnitzten Rosen am Fensterrahmen hoch oben im Turmzimmer blühen in ewiger Pracht, wenngleich schwärzer als je zuvor. Ob ihr Schöpfer den Flammen zum Opfer fiel? Ich stelle mir vor, dass es so ist, dass ich ihn in einer der Konturen wiedererkenne. Es gibt mir ein Gefühl von Bedeutung, jemandem so nahe zu sein – und sei es nur seinem Grab –, ohne den es diese Geschichte nicht gäbe.

Diese wundervoll schreckliche Geschichte.

Obwohl die Rosen an das Verbrechen erinnern, das einst an diesem Ort geschah, und der Wind noch heute von jenem flüstert, das folgte, haben die Menschen es vergessen. Weil sie verlernt haben zuzuhören und die Sprache, die allem und jedem zu eigen ist, nicht mehr verstehen. Einzig die Ratten vermögen noch zu lauschen. Sie sind dem Ruf des alten Gemäuers gefolgt und haben hier ihre Zuflucht gefunden, von vergangenen Zeiten wispernd. Von Tagen, als noch Wunder geschahen und Wünsche gewährt wurden.

Ich will dir von einem solchen Wunder erzählen, mein Kind, von dem Guten, das es brachte, und dem Bösen, das ihm folgte. Ich will dir von der Liebe einer Königin erzählen und dem Leid eines Kindes, das niemals hätte geboren werden sollen.

Die Schreie der Gebärenden hallten durch die Gänge, vermischten sich mit dem Flüstern der Dienstboten und dem Gesang der Mönche, die eigens angereist waren, um dem Königskind bei seiner Ankunft beizustehen. Zu viele Gräber waren in den vergangenen Jahren ausgehoben worden, zu viele Trauertage kannte das Jahr. Ein Fluch, so murmelten zwei Mägde, die eilig heißes Wasser herbeischleppten, laste auf der Burg und seinen Bewohnern. Ein Fluch, der jedes Kind dahinraffte, noch ehe es seinen ersten Atemzug tat.

»Abergläubisches Pack«, schalt die Kammerzofe, nahm die Krüge entgegen und verschwand hastig im Gemach der Königin, in dem sich die klügsten Kräuterfrauen und Heiler des Landes eingefunden hatten, eng beisammenstehend und bleich vor Sorge. Die Mägde warfen sich vielsagende Blick zu, ehe sie zu den anderen Dienstboten in die Küche eilten. Dort verharrten sie den ganzen Abend und die halbe Nacht bei Kerzenschein und erkaltetem Tee, still betend für ein Wunder, während der Gesang der Mönche ihre Herzen rührte.

Vielleicht würde sich heute alles ändern.

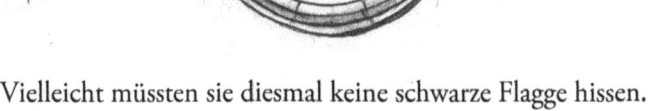

Vielleicht müssten sie diesmal keine schwarze Flagge hissen. Vielleicht ...

Mit den ersten Sonnenstrahlen verebbten die Schreie und auch die Mönche verstummten. Die ganze Burg lauschte in die Stille hinein, wehmütig hoffend auf einen anderen Laut, einen hellen, kindlichen ... einen, der dem Fluch hohnsprechen würde.

Der König, der die Nacht mit seinen Vertrauten in der großen Halle verbracht hatte, drängte die Treppenstufen empor, das Gesicht verkniffen, die Augen in tiefen Höhlen liegend und doch von einem fast fieberhaften Glanz erfüllt.

»Wie geht es ihnen?«, rief er laut. »Wie geht es meinem Kind?«

Die Kammerzofe trat ihm erschöpft entgegen, wagte jedoch nicht, ihm in die Augen zu blicken. Er stürmte an ihr vorbei, bahnte sich einen Weg durch die stumme Menge, hin zu dem Himmelbett, hinter dessen Vorhängen sich die Silhouette der Königin abzeichnete. Würdevoll saß sie da, das Haar gelöst und feucht vom Schweiß, in den Armen ein winziges Bündel.

»Maria.« Der König sank an ihrer Seite nieder, die Arme zaghaft ausgestreckt. Sie hielt ihn nicht auf, als er an dem Tuch zog, das den Leib ihres Kindes barg. Sie hob nicht einmal den Blick, als er stöhnend zurückfiel, die Hände vor das Gesicht schlug und einen so qualvollen Schrei ausstieß, dass selbst die Dienstboten in der Küche aufschluchzten.

»Scht«, brachte die Königin mit brüchiger Stimme hervor. »Du weckst ihn noch auf.«

Sanft wiegte sie ihr Kind, unfähig, die Wahrheit zu begreifen. Sie hörte weder, wie der König tobte, noch bemerkte sie, wie die Heiler und Kräuterfrauen die Flucht ergriffen. Erst als sie mutterseelenallein auf dem viel zu großen Bett saß, in den Armen das Kind, das ihr niemals gehören sollte, hob sie den verschleierten Blick zum Fenster empor. Ein alter Bekannter saß dort, die Federn schwarz wie die Nacht, während sich hinter ihm die Sonne rot glühend aus den Wellen erhob.

»Fort«, keuchte die Königin. »Fort mit dir!«

Doch der Rabe ließ sich nicht einschüchtern. Er war gekommen, um die Seele ihres Kindes zu holen und auf seinen Schwingen gen Morgen zu tragen, ins Land jenseits des Meeres.

»Er lebt!«, schluchzte die Königin und begann zu zittern. Der Rabe spannte krächzend die Flügel. Sie glommen, als würde sich die Sonne in den Federspitzen verfangen. Ein sanftes Leuchten, ein Hauch von Licht. Dann schlossen sich die Flügel und das Schimmern verschwand. Er nahm es mit sich – alles, was blieb, war eine einzelne schwarze Feder, die wie vergessen zu Boden fiel. Zitternd raffte sich die Königin auf. Ein Laken um ihren noch geschwollenen Leib geschlungen und das Bündel fest in den Armen, trat sie ans Fenster mit seinem Rahmen aus geschnitzten Rosen, mit Dornen und Ranken und Knospen.

Als ihre Finger die Feder fanden, wuchs ein Stöhnen in ihrer Kehle. Jeder Atemzug zerbrach ihr das Herz ein kleines Stück mehr, bis es einzig aus Trümmern zu bestehen schien. Sie trat an die Wiege, legte das Bündel sanft hinein, küsste es, flüsterte, lächelte und deckte es gut zu. Dann knüpfte sie die Feder wie all die anderen zuvor an den Traumfänger, der über dem Bettchen hing, ehe sie leise summend in den Stuhl daneben sank, mit einer Hand das Kind wiegend, während die Federn tanzten und die Burg weinte.

Noch heute erklingt die Melodie des Wiegenliedes als fernes Echo in dem halb zerfallenen Gemäuer, in den verlassenen Fluren und Gemächern, die damals vor Prunk nur so strotzten und durch welche die Menschen mit einer Selbstverständlichkeit schritten, als sei dies auf alle Ewigkeit ihr Besitz.

Doch nichts währt ewig, kein Leben und kein Besitz.

Einzig die liebliche Stimme der Königin erinnert an vergangene Tage und verblassten Glanz, als hätte sie sich in den rußgeschwärzten Mauern festgesetzt, als könne sie diesen Ort nicht verlassen. Diesen dunklen und bösen und doch so heiligen Ort.

Ob wahrhaftig der Geist der Königin durch die Hallen streift oder der Gesang den Erinnerungen der Burg selbst entspringt, vermag ich nicht zu sagen. Die einzige Gewissheit bleibt, dass es manchmal die kleinen Dinge sind, wie ebendieses Lied, die all die Jahre überdauern. Die wahrlich ewig sind.

Das Wiegenlied der verlorenen Königskinder besteht fort, während all die Menschen und ihre vermeintlichen Besitztümer verloren gingen. Nun, fast alle …

Tage zerflossen zu Jahren, Hoffnung verkam zu Schmerz und schließlich zu Resignation. Niemand, nicht einmal der König selbst, wagte noch an ein Wunder zu glauben. Stattdessen brütete er in der Dunkelheit der großen Halle und verfluchte sein Elend. Lange, lange Abende hatte er sich den Forderungen seiner Minister verwehrt, ihrem Ruf nach einem Erben das Gehör verweigert. Ihren rauen Vorwürfen. Ihrer Wahrheit. Doch schließlich erlag er dem, was klug schien, was vernünftig klang.

Er brauchte einen Thronfolger.

Er brauchte eine andere Frau. Eine bessere. Eine, die *fähig* war.

Die Königin lauschte dem wachsenden Unmut mit Gleichgültigkeit im Herzen. Tag für Tag saß sie am Fenster und blickte hinaus auf die See, während im Hof der Scheiterhaufen wuchs. Sie wusste, dass er ihr galt, dass keine neue Königin erwählt werden konnte, solange die alte wie ein Schatten des Unglücks im Turmzimmer saß, eine leere Wiege wippend und für Kinder singend, die nicht existierten.

»Ihr müsst essen«, entschied die Kammerzofe energisch und reichte der Königin einen rotbackigen Apfel. »Kommt zu Kräften und gebärt dem König einen Sohn!«

»Nein.« Es war nur ein Hauch und doch erkannte die Zofe in diesem Moment, dass die Königin das Feuer bereitwillig erwartete. Weil es sie mit ihren Kindern vereinen würde.

»Esst«, bat die Zofe erneut, ehe sie sich eilig abwandte, damit ihre Herrin die Tränen nicht sah. In all den Jahren hatte sie so oft die Hoffnung gedeihen sehen, nur um anschließend ohnmächtig die Hand ihrer Herrin zu halten, tröstend und betend und den Mund voller Lügen. *Alles wird gut, diesmal wird es gut.*

Während der langen Nächte und noch längeren Tage, die jedem Unglück folgten, hatte sie heimlich nach Gelehrten geschickt und Bücher durchforstet, stets auf der Suche nach einer Möglichkeit, den Fluch zu brechen. Jenen Fluch, von dem der König sich weigerte zu glauben, dass er wahrhaftig existierte. Doch die Kammerzofe wusste es besser. Sie hatte von den Feen gehört, die jenseits der Berge im verwunschenen Wald lebten, Dörfer vernichteten und Kinder stahlen. Es gab Magie – böse Magie wie den Fluch, unter dem ihre Herrin litt. Kein menschlicher Heiler würde etwas ausrichten können. Kein Heiler, keine Kräuterfrau und kein noch so flehender Gesang der Mönche.

Nein, Magie musste mit Magie bekämpft werden, so viel hatte die Zofe in Erfahrung gebracht. Dass jegliche Magie ihren Preis besaß, wusste sie ebenfalls, doch glaubte sie fest, dass es niemals schlimmer werden konnte, als es schon war.

Sie hätte nicht mehr irren können.

»Herrin?«

Die Königin blickte auf, den unberührten Apfel in den kalkweißen Händen.

»Es gibt womöglich einen Weg ...«

Die Federn tanzten, während die Zofe ihr geheimes Tun offenbarte und ihr Wissen teilte, das sie so sorgsam im Verborgenen errungen hatte: über Flüche und Wünsche, jene zwei Mächte, die einander fast ebenbürtig waren. Aber nur fast, denn einem gewährten Wunsch musste sich selbst der stärkste Fluch beugen. Die Königin lauschte und mit jedem Wort schlug ihr Herz schneller und schneller, bis es ihr die Brust zu sprengen drohte, gefüllt mit zarter, fast verloren geglaubter Hoffnung.

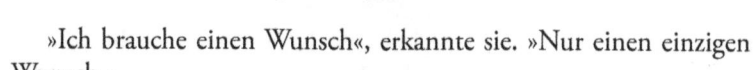

»Ich brauche einen Wunsch«, erkannte sie. »Nur einen einzigen Wunsch.«

Die Zofe nickte glühend. »Ihr könntet versuchen, die Gunst einer Fee zu erringen, doch der Weg ist lang und Eure Zeit neigt sich dem Ende zu.«

»Dann ist es vergebens«, seufzte die Königin.

»Es gibt noch eine andere Möglichkeit.«

»Tatsächlich?«, fragte sie erstickt. Es gab keinen Tag, an dem die Königin nicht für ihre Kinder sang, in der Hoffnung, der Wind möge ihre Stimme über das Meer bis ins Reich des ewigen Morgens tragen. »Ich träume jede Nacht vom Feuer. Wie es mich mit Haut und Haar verschlingt. Wie es die Burg verschlingt. Uns alle.« Sie sah zum Portrait des Königs auf, das lebensgroß über der Kommode hing. Die Eisenkrone im Rabenhaar, die Augen dunkel. Sein Blick lag weich auf ihr – etwas, das während der letzten Jahre verloren gegangen war. Allein das Gemälde erinnerte an die Zärtlichkeit. An das Versprechen, das sie sich in einer Vollmondnacht gegeben hatten: in guten wie in schlechten Tagen.

»Ich möchte Euch eine Geschichte erzählen«, sagte die Zofe. »Eine Geschichte, die fast vergessen, einzig noch in Seemannsliedern erklingt. Ich besuche die Tavernen des Hafens, um den Fischern zu lauschen, und fand eine Wahrheit, die Euch retten wird, Herrin. Sie wird Euch vom Fluch erlösen!«

»Seemannslieder.« Die Königin sank in den Schaukelstuhl. Von allein fand ihre Hand die Wiege, wippte sie sanft, während die Zofe zu erzählen begann … und vielleicht, ganz vielleicht lauschten sogar die verstorbenen Königskinder.

Du willst sie auch hören, nicht wahr? Diese Geschichte.

Deine Augen verraten dich, mein Kleines. Sie sind voller Furcht und zugleich mit makabrer Neugier gefüllt. Ich kenne den Blick.

Es ist derselbe, den die Menschen den Toten zuwerfen, die an den Pfählen baumeln, draußen vor den Toren der Stadt. Sie wollen nicht hinsehen, nicht das Leid erblicken und tun es dennoch. Getrieben. Süchtig. Hungrig. Fast schon frohlockend. Genauso geht es dir. Du zweifelst, ob das, was ich dir zu erzählen habe, eine gute Geschichte ist. Ob sie gut für *dich* ist. Dennoch willst du sie hören, so wie alle.

Du dachtest, du seist allein? Das bist du nicht.

Denn *ich* bin wie du – und *du* wirst sein wie ich.

Nimm meine Hand, ergreife sie. Ich will dich ein Stück durch mein Reich führen, während ich dir von dem alten Seemannslied erzähle, durch die verwaisten Hallen und die Treppen hinauf in den Königinnenturm. Du sollst die Rosen mit kindlicher Inbrunst bestaunen, diese zart blühenden Knospen, und ihre Dornen fühlen, ihre Schönheit erkennen, ihre Perfektion. Ich will, dass du siehst, was *ich* sehe. Erst dann kannst du *wahrhaftig* verstehen. Erst dann werden wir zwei einander ebenbürtig sein. Du und ich und all die anderen.

Komm, mein Kind, komm. Ich tue dir nichts.

Noch nicht.

»Als die Wellen noch Blau trugen und der Himmel frohlockte, da lebte ein junger Mann in einer Gaststätte, die einen prächtigen Leuchtturm und Scheiben so funkelnd wie Diamanten besaß. Es war ein großes Haus hoch oben auf den Klippen mit vielen Zimmern, Ecken und versteckten Winkeln. Die Gäste kamen von nah und fern, um im Traumfänger einzukehren, denn er hatte einen gar außergewöhnlichen Ruf.«

»Traumfänger«, murmelte die Königin. »Ich kenne diesen Ort.«

»Gewiss«, stimmte die Zofe zu. »Er liegt südlich von Murano.«

»Doch die Fenster glänzen nicht und das ganze Haus ist schrecklich windschief …«

»Einst war es anders. Es war berühmt.«

Die Königin lachte verhalten. Es war eines jener Lachen, das, mehr einer entfernten Erinnerung entsprungen als einem wahrhaftigen Gefühl, nicht die Augen erreichte. »Man sollte es abreißen.«

»Das Gasthaus auf den Klippen war damals berühmt wegen seiner besonderen Lage«, überging die Zofe den Einwurf. »Nicht weit entfernt lag der Strand der Sirenen, wo diese sich des Nachts versammelten, um zu singen. Ihren Stimmen wohnte ein schrecklicher Zauber inne und jeder, der sie vernahm, fand sich mit seinen schlimmsten Albträumen und ureigenen Ängsten konfrontiert ... doch kaum dass die Sonne dem Horizont entstieg und der Gesang verebbte, verging auch der Kummer und sie alle schritten befreit, ja gar leichter ihres Weges. Wie viele Albträume in den dunklen Kammern zurückblieben, wusste nicht einmal der Wirt zu sagen, der die Gaststätte von seinem Vater übernommen hatte, wie dieser von seinem.«

»Sie nahmen die Furcht?«

»So heißt es in den Liedern.«

Die Königin sah hinaus zu den Wellen, die im Schatten der Burg lagen. »Was gäbe ich für eine Nacht in diesen Zimmern.«

»Herrin, der Zauber des Gesangs lag allein darin, dass er die Menschen zwang, sich ihren Ängsten und Albträumen zu stellen, um sie zu bezwingen.«

Die Augen der Königin richteten sich auf die Zofe, nachdenklich und kühl. »Ich lebe meinen Albtraum jeden Tag und jede Nacht und es gibt keinen Weg, ihn zu bezwingen.«

»O doch, Herrin, den gibt es. So wartet, bis ich die Geschichte beendet habe.« Das Schweigen der Königin gab ihr neuen Mut und so fuhr sie fort: »Über Generationen wurde die Gaststätte vom Vater auf den Sohn vererbt, bis zu dem Mann, von dem diese Geschichte handelt. Er war der Sohn des sechsten Wirtes, doch anstatt danach zu streben, die Geschäfte zu übernehmen, überkam ihn eine andere Sehnsucht. Eine, die ihn allabendlich zum Leuchtfeuer emporzog. Dort stand er als dunkle Silhouette an den Fenstern und blickte hinaus auf die Wellen, wo im goldenen Sonnenlicht die Meerjungfrauen tanzten. Seit frühester Kindheit beobachtete er, wie sie auf die Sonne wartend die Hände gen Himmel reckten, als wollten sie den verglühenden Stern samt Licht in die Tiefen des Ozeans ziehen. Manchmal erschien es ihm, als würden sie ihm heimlich winken. Als dankten sie ihm für seine stille Bewunderung. Seine Verehrung und Hingabe.«

»Ich kenne diesen Teil«, unterbrach die Königin die Geschichte. »Es endet nicht gut. Er stirbt.«

»Jede Geschichte beinhaltet Tod, sollten wir sie bis zum Schluss erzählen«, sagte die Zofe sanft. »Kein Leben währt endlos, nicht einmal das der Meerjungfrauen.«

Die Königin seufzte ergeben. Ihre Haut erschien blasser, ihre Finger krampften sich um das Wiegenholz, als müsse sie sich zwingen, nicht aufzuspringen und zu fliehen. Doch ganz egal, wohin sie ihren Schritt auch lenken und wie weit sie auch laufen würde, ihrer eigenen Geschichte und ihrem eigenen Ende konnte sie nicht entkommen … und so bat sie mit einem Wink, fortzufahren.

»Die Sehnsucht im Herzen des Mannes wuchs von Tag zu Tag, immer öfter suchte er die Nähe des Ozeans, ohne jemals einer Meerjungfrau wahrhaftig zu begegnen. Sie scheuten die Menschen und so auch ihn. Bei Sonnenuntergang fuhr er mit einem Boot hinaus, doch die Meerjungfrauen entschwanden stets in unerreichbare Ferne. Er legte Netze aus, nur um sie Tags darauf zerfetzt vorzufinden. Er rief und flehte, er sang sogar, doch keiner seiner Versuche wurde erhört. Von Verzweiflung getrieben, versteckte er sich eines Abends an jenem Strand, wo die Sirenen allnächtlich aus dem Wasser stiegen.

Hinter den Mauern des Traumfängers, gehüllt in die nasskalten, von Angst durchtränkten Laken und den Schutz des Schlafes, konnten die lockenden Stimmen keiner Menschenseele etwas anhaben. Bei wachem Verstand jedoch und in unmittelbarerer Nähe der Sirenen waren die Menschen verloren, sobald die Angst erblühte. Manch Wagemutigen fand man ertrunken am Strand, andere schienen sich selbst entzweigerissen zu haben, die meisten jedoch, die einen Blick auf die Meeresschönheiten zu werfen versucht hatten, blieben auf ewig verschollen.«

Die Zofe stockte, denn was folgte, war der Kern der Geschichte. War das, worauf jedes einzelne Seemannslied in den Tavernen hinauslief. Auf den Zauber der ersten Begegnung. Die trunkenen Seeleute sprachen andächtig von diesem Moment, so andächtig, als sei es mehr als eine Geschichte. Mehr als ein Lied. Als sei es *wahrhaftig*.

»Seit Stunden hatte der Wirtssohn in der eisigen Kälte des Westwindes ausgeharrt, mit nichts weiter umhüllt als einer kargen Decke. In den Händen hielt er einen Apfel – so wie Ihr jetzt, Herrin, nur dass er ihn bis auf das Kerngehäuse verzehrt hatte. Aus seinem Versteck heraus beobachtete er, wie die Sirenen den Wellen entstiegen und ihre glänzenden Leiber im Sand betteten, die Haare schwarz wie Tinte. Mit klopfendem Herzen lauschte er den ersten Tönen, die sich träge zu einer Melodie verflochten und die Luft mit Leid durchtränkten. Er kämpfte gegen die Schwermut, die ihn wie jede Nacht befiel. Tränen strömten über seine Wangen und vernebelten seinen Blick. Er biss sich auf die Lippen, um nicht zu schreien. Sein Blut vermischte sich mit dem süßlichen Geschmack des Apfels und dem Salz seiner Tränen. Er stand auf und trat aus seinem Versteck. Als seien sie selbst Gefangene ihres Liedes, bemerkten die Sirenen seine Anwesenheit nicht einmal, als er sich mitten unter sie setzte, ja sogar die Hände nach ihren Leibern ausstreckte und sie berührte.«

»Erzähl weiter«, forderte die Königin wie von fern. Sie war an jenem Strand und erlebte das Verbrechen des jungen Mannes mit, welches aus Sehnsucht geschehen war.

»Das Folgende ist in jedem Lied stets ein wenig anders dargestellt«, zögerte die Zofe. »Mal ist es nur ein geraubter Kuss, manchmal aber auch … mehr.«

»Sei nicht zaghaft. Männer sind es nicht. Auch dieser nicht.« Für einen winzigen Augenblick lag blanker Hass in den Augen der Königin. »Sprich weiter.«

»Er … er verging sich an einer Sirene, an ihrem wehrlosen Körper. Dass ihm der Gesang nicht den Verstand raubte, mag daran gelegen haben, dass er seit frühester Kindheit Nacht für Nacht ihren Stimmen lauschte und nichts so sehr fürchtete wie die Stille – sollten sie verstummen. Er liebte sie. Mit Haut und Haar und jeder Schuppe.«

»Fische.« Die Königin schnaubte.

»Halb Fisch, halb Frau«, korrigierte die Zofe. »Wesen aus Fleisch und Blut, Wesen mit Herz.«

»Dummer, dummer Mann«, murmelte die Königin.

»Als die Nacht zu Grau verkam und schillernde Strahlen den neuen Tag verkündeten, erwachten die Sirenen aus ihrer Trance und fanden eine der ihren geschändet unter dem nackten Leib eines Mannes. Befreit vom Leid, sah auch der Sohn des Wirtes klarer. Statt sich jedoch für seine Tat zu schämen, zog er die Sirene den Strand hinauf und außer Reichweite der anderen, die sich fauchend und fluchend zurück in die Wellen stürzten. Es war das letzte Mal, dass sie an jenem Strand gesehen wurden.«

»Dummer Mann«, wiederholte die Königin. »Nimmt seiner Familie die Existenz.«

»Nun, der Traumfänger existiert noch heute«, widersprach die Zofe.

»Eine verkommene Ruine. Alles ist krumm und schief und düster.« Sie lächelte finster. »Aber es geht gar nicht um das Haus. Es geht nie um die Häuser oder die Dinge, die wir unser Eigen nennen. Nicht wahr? Jetzt mag unsere Burg prächtig sein, doch irgendwann wird sie verkommen. So wie der Traumfänger verkommen ist. Einzig die Geschichten verbleiben ewig – gleich den Seemannsliedern, die dem Unglück jenes Mannes Unsterblichkeit verliehen.« Eine seltsam schwerwiegende Pause entstand, während sich die Worte der Königin in das Herz der Burg gruben. Sie ahnte nicht, dass sie selbst Jahrhunderte später Gehör finden würden. Dass sie wahrlich ewig waren. »Fahr fort und erlöse mich von dem trostlosen Gedanken, dass die Nachwelt mich als schwächliche Königin in Erinnerung behalten wird, die nicht in der Lage ist, ein Kind zu gebären.«

Zu gern hätte die Zofe ihre Hand ausgestreckt, um der Königin Trost zuzusprechen. Doch sie ließ es wohlweislich bleiben. Allein die Geschichte konnte helfen. Konnte heilen.

»Er brachte die gefangene Sirene zu einem nahen Weiher, der still und abseits aller Wege lag. Ein Band um ihren Hals hielt sie, dessen anderes Ende um einen Apfelbaum geschlungen war. So sehr sie auch zerrte und zog, sie war gefangen. Tagsüber ging der Sohn mit neuem Elan der Arbeit im Traumfänger nach, dessen Geschäfte unter dem plötzlichen Verschwinden der Sirenen beträchtlich litten ... des Nachts jedoch schlich er zurück zum Weiher. Dort liebte er die Sirene im Schutz des Apfelbaumes – und glaubt man den Liedern, so liebte auch sie ihn.«

»Als ob sie eine Wahl gehabt hätte«, schnaubte die Königin.

»Viele Tage vergingen, vielleicht sogar Monate. Die Gaststätte verkam, die Gäste blieben aus. Nach und nach verschwanden alle Mägde und Knechte, bis einzig der Wirt mit seiner Familie verblieb. Die letzten Münzen reichten kaum zum Überleben – doch die Laune des Sohnes blieb ungetrübt und so beschloss der Wirt, dieser seltsamen Heiterkeit auf den Grund zu gehen. Als der Sohn des Abends verschwand, folgte er ihm bis zum Weiher. Hinter dem Apfelbaum versteckt, beobachtete er, wie sein Sohn die Sirene aus dem Tümpel rief, um sich mit ihr zu paaren. Der Anblick dieser wunderschönen und doch so unmenschlichen Kreatur entsetzte den Wirt so sehr, dass er noch lange, nachdem das Liebesspiel beendet war und die Sirene allein zurückblieb, hinter dem Apfelbaum saß. Wie er da hockte und grübelte, stieg die Sirene erneut aus dem Wasser, die weiblichen Reize kaum verhüllt, das Haar nass und schwer, die Lippen geschwollen vom Küssen, die Zähne spitz. Sie lockte ihn mit Meereszungen, jener Stimme, der kein Mann und kein sterbliches Wesen unter dem Himmel widerstehen kann.«

Die Königin seufzte. »Wie der Sohn, so der Vater.«

»Sie klagte ihm ihr Leid, flehte ihn an, sie zu befreien, und versprach ihm im Gegenzug einen Wunsch. Der Wirt, der rasch begriff, dass sein Sohn schuld am Ausbleiben der Sirenen und Gäste war, ergriff die Chance. Er löste den Knoten und trug sie zum Strand. Als er sie dort absetzte, waren die Worte bereits sorgsam gewählt. Er wünschte, dass der Traumfänger auf alle Ewigkeit auf den Klippen bestehen solle, unverwüstlich, stets im Besitz der Familie und mit ausreichend Gästen, auf dass sie nie Not leiden müssten. Kaum dass er den Wunsch ausgesprochen hatte, verschwand die Sirene in den Wellen und der Wirt kehrte leichten Herzens zum Traumfänger zurück.«

»Er dachte nicht an seinen Sohn?«

»Er glaubte, ein ihm geschehenes Unrecht wiedergutzumachen.«

»Dann ist er ein noch größerer Narr, als sein Sohn es war.«

»Ihr haltet nicht viel von Wünschen?«, fragte die Zofe vorsichtig.

Die Antwort der Königin kam einen Herzschlag zu spät. »Wenn deine Geschichte so endet, wie ich vermute, dann werde ich nicht weniger eine Närrin sein.«

Zum ersten Mal griff eine unbestimmte Angst nach dem Herzen der Zofe. Jeder Wunsch hatte seinen Preis … und die Königin war bereit, den ihren zu zahlen, unabhängig davon, wie hoch er auch ausfallen mochte.

»Das Gasthaus war gut gefüllt, als der Wirt heimkam, wenngleich es düstere Gesellen waren, Diebe, Mörder und Gesindel jeglicher Art, die fortan Zuflucht zwischen den mit Albträumen durchtränkten Mauern suchten. Die Magie der Sirene hatte sich durch jede Diele und jede Wand gewoben, umschloss die Zimmer und Flure, die Schankstube und den Leuchtturm, konservierte das alles für die Ewigkeit. Jeden Gast peinigten fortan Albträume, doch versprachen sie keine Erlösung mehr. Das war der Preis, den der Wirt für seinen Wunsch bezahlen musste: ein verkommenes Haus mit einem zweifelhaften Ruf und Nächten voll Pein – doch es würde ewig sein. Der Sohn jedoch, der des Abends zu seiner Geliebten aufbrach und nur das Band allein vorfand, verlor über ihren Verlust beinahe den Verstand. Die Sehnsucht zog ihn hinaus ins Meer – ob die Sirene ihn aus Rache für all das,

was er ihr angetan hatte, in den Fluten ertränkte oder ihn schlicht die Erschöpfung in die Tiefe zog, darüber spalten sich die Lieder.«

»Er stirbt«, seufzte die Königin. »Kein gutes Ende.«

»Oh, aber das ist noch nicht das Ende. Die meisten Lieder erzählen nur von der Liebe des Jungen zu der Sirene, vom Verrat des Vaters und dem Geheimnis des Traumfängers. Ein einziges Lied aber berichtet davon, was *danach* geschah.«

Die Königin biss in den Apfel. Der Herzschlag der Zofe beschleunigte sich.

»Viele Monde später teilten sich die Wellen unterhalb des Traumfängers und eine liebliche Stimme rief den Wirt hinaus. Er konnte nicht anders, als ihrem Befehl zu folgen und wie er die Fluten betrat, die sich sorgsam zurückhielten, als hüteten sie einen wahren Schatz, da erblickte er die Sirene, die sein Sohn so sehr geliebt hatte. In den Armen hielt sie ein kleines Bündel.«

»Ein Kind?« Das Wippen der Wiege hielt abrupt inne. Die Federn erzitterten. Der Apfel verharrte entsetzt. »Die Sirene gebar ein Kind?«

»Laut diesem einen, fast vergessenen Lied – ja.«

Die Augen der Königin glänzten. »Fahr fort«, verlangte sie heiser. »Fahr fort!«

»Ein blasses, menschliches Kind. Die Sirene gab es dem Wirt und befahl ihm, es als seinen Enkel und Erben aufzuziehen. Denn obwohl das Kind halb dem Meer entsprang, so glich es mehr seinem Vater: Es brauchte Luft zum Atmen und ein Heim außerhalb des Ozeans. Der Wirt zögerte, doch als er das Bündel in die Arme nahm, erkannte er seinen Sohn in den winzigen Zügen und versprach, gut auf es zu achten und sein Geheimnis auf alle Zeit zu wahren. Die Sirene wiederum gab ein anderes Versprechen.«

Die Königin beugte sich vor.

»Das Kind, so sprach sie, sei das einzig Gute, das einer Nacht aus Blut und Tränen und dem süßlichen Geschmack von Äpfeln entsprungen sei. Sollte dieses Kind – oder eines seiner Nachfahren – jemals

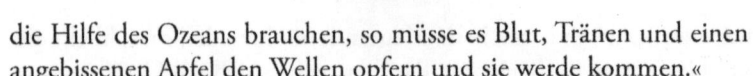

die Hilfe des Ozeans brauchen, so müsse es Blut, Tränen und einen angebissenen Apfel den Wellen opfern und sie werde kommen.«

»Sie werde kommen«, wiederholte die Königin und hob den Apfel. Süß lag sein Geschmack auf ihrer Zunge. Süß und verheißungsvoll. »Dann soll sie kommen!«

Ein Kind des Ozeans, äußerlich gar allzu menschlich, doch im Herzen so viel mehr als das. So wie ich. So wie *vielleicht* auch du.

Sieh zu den Wellen und den Klippen ringsum, den Felsen, die den Fluten so eisern trotzen. Dort unten standen die Wachen des Königs, Schulter an Schulter, mit Harpunen und Netzen bewaffnet, die Herzen voll Furcht.

Berühre den geschnitzten Rahmen und die Dornen, an denen sich die Königin stach, um die Sirene zu betrügen. Sie träufelte das Blut in die Wunde des Apfels, so wie sie es zuvor mit ihren Tränen getan hatte, ehe sie die Frucht den Wellen übergab, während die Soldaten danach gierten, die Sirene zu fangen, um ihr das zu entlocken, was das Königspaar mehr als alles andere begehrte: Einen Wunsch, den Fluch zu brechen.

Kannst du es hören?

Die stille Erwartung. Das Klopfen der Herzen. Den Spott und Hohn.

Die Burg erzählt ihre Geschichte, so wie ich dir die meinige erzähle.

Du wirst es besser machen als all die anderen.

Du wirst nicht versagen. Nein, du nicht.

Tritt näher ans Fenster, lausche dem Wispern des Windes. Er weiß alles, was du wissen musst. Alles, was je geschah. Es gibt keine Geschichte, die er nicht zu erzählen vermag. Keine Tat, die seinen Ohren verborgen blieb. Hörst du die Schreie der Soldaten? Das Klirren der Harpunen? Das Lachen der Königin?

Beug dich weiter, nur ein Stück weiter hinaus.

Bis du es hörst. Bis du so bist wie ich.

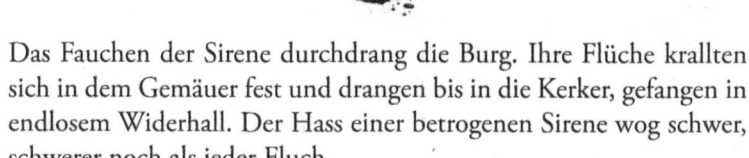

Das Fauchen der Sirene durchdrang die Burg. Ihre Flüche krallten sich in dem Gemäuer fest und drangen bis in die Kerker, gefangen in endlosem Widerhall. Der Hass einer betrogenen Sirene wog schwer, schwerer noch als jeder Fluch.

»Gebt mich frei!«, zischte die Gefangene mit scharfer und bittersüßer Stimme. Sie hing in einem triefenden Netz über der Tafel, ringsum begafft von den Ministern des Königs. Die Hände der Männer verselbstständigten sich, gruben sich in die Flosse, die Schuppen, das zarte Fleisch und die nassen Haare. Sie war eine Kuriosität. Eine Absonderlichkeit. Ihre Schuppen schimmerten, als seien sie mit Silberpulver bestäubt, während ihr Haar schwarz wie die Nacht glomm, ebenso ihre Augen. Ein einzelner Funke tanzte darin wie verblassendes Mondlicht, kalt und von fürchterlichem Hass erfüllt.

Die Stimme des Königs gebot dem Treiben Einhalt. Bis zuletzt hatte er an den Worten seiner Gattin gezweifelt. Flüche und Wünsche, Seemannslieder und Sirenen ... all das hatte wie der schwache Versuch gewirkt, dem Schicksal zu entkommen. Doch jetzt, da der Beweis wahrhaftig vor ihm hing, wagte er zu hoffen. »Gewährst du mir einen Wunsch?«

»Wieso sollte ich?«, zischte die Sirene.

»Im Tausch für deine Freiheit. Ich lasse dich gehen, sobald du mir einen Erben geschenkt hast.«

Die Sirene lachte schallend auf. Es war ein seltsam kalter Laut, unmenschlich, animalisch – und doch unverkennbar melodisch. »Ich kenne deine Geschichte, König Rabenhaar. Ich weiß, dass du den Zorn einer sehr viel größeren Macht auf dich gezogen hast. Den Zorn einer Fee.«

Es wurde still im Saal. So still, dass das Tröpfeln der Wasserperlen, die vom Netz auf die Tafel rannen, übernatürlich laut klang. Ein hastiges Stakkato, dem sich der Rhythmus der menschlichen Herzen

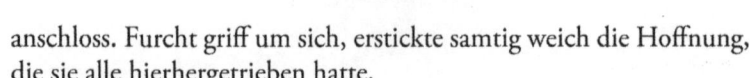

anschloss. Furcht griff um sich, erstickte samtig weich die Hoffnung, die sie alle hierhergetrieben hatte.

»Du hast eine Fee erzürnt, Rabenmann. Jedes Jahr schickt sie ihren gefiederten Freund, um dir zu stehlen, was dir am liebsten ist.«

Der König knirschte mit den Zähnen, seine Minister schwiegen betreten. Einzig die Königin, die mit ihrer Zofe im Schatten stand, schluchzte auf.

»Ah«, gurrte die Sirene. »Da bist du ja. Komm näher, damit ich dich sehen kann.«

»Nein«, rief der König, da war sie schon an die Tafel getreten, Auge in Auge mit der Kreatur des Seemannsliedes. »Geh!«, herrschte er seine Gattin an. »Ich kläre das.«

Die Sirene lächelte boshaft. »Oh, aber du möchtest doch etwas von mir, etwas, dass ich nur ihr zu geben gewillt bin. Immerhin hat sie mich gerufen, nicht wahr, Menschenfrau?«

»Ich bin nicht von deinem Blut«, gestand die Königin. »Aber ich brauche deine Hilfe.«

»Ich weiß«, schnurrte die Sirene. »Ich kann das Feuer riechen, das auf dich wartet. Du wirst ihm nicht entkommen, ganz gleich, was ich für dich tue.«

Die Königin stockte. »Solange ... solange ich nur ein Kind gebäre.«

»Was für ein Kind?«, fragte die Sirene beinahe sanft.

»Ein mächtiges«, rief der König. »Es soll nach mir meinen Platz einnehmen und auf meinem Thron sitzen. Es soll stark sein und über die Menschen herrschen und ...«

»Es ist nicht dein Wunsch«, unterbrach ihn die Königin leise, aber bestimmt. Alle Augen richteten sich auf sie und in ebendiesem Moment verfügte sie über mehr Macht als all diese Männer, die ihren Tod planten und Boten ausschickten, um eine neue Königin zu finden.

»Du kannst dir alles wünschen«, lockte die Sirene. »Ich kann dich zur alleinigen Herrin dieser Burg machen. Der Rabenmann hört nicht auf sein Herz. Das tat er weder, als er die Dörfer an der Grenze nach

Wechselbälgern absuchte und so den Zorn der Fee errang, noch als er den Scheiterhaufen errichten ließ, der dir allein gilt. Vielleicht liebte er dich früher, Menschenfrau, doch sein Wunsch nach Macht ist stärker. Seine Sehnsucht nach einem Erben ist gewaltig.« Die letzten Worte verebbten wie das Rauschen der Wellen. »Was du dir wünscht, wird nicht sein, was du bekommst. Ich warne dich nur dieses eine Mal: Sich erfüllende Träume gleichen manchmal gar unseren schlimmsten Albträumen. Und nun sprich, was wünscht du dir?«

In der erwartungsvollen Stille, die folgte, begriff die Königin endlich die einzige und unabänderliche Wahrheit, die ihre Zofe zu erklären versucht hatte: Sie würde sterben. Irgendwann. Nicht heute und nicht morgen. Vielleicht sogar erst in vielen Jahren. Doch wenn das letzte Kapitel ihrer Geschichte kam, musste sie ihren Kindern folgen – und das war gut so. Sie wollte keine Macht und keine Ewigkeit. Sie wollte nur eines …

»Ich wünsche mir ein Kind«, brachte sie fest hervor. »Mit Rabenhaar wie das seines Vaters und Augen in der Farbe des Ozeans, auf dass ich nie vergesse, wem ich es verdanke.«

»Mehr«, flüsterte die Sirene. »Gib mir mehr.«

Die Königin zögerte, da ihre nächsten Worte den Zorn des Königs nach sich ziehen würden. Aber sie wollte keinen Sohn. Keinen Mann, der nicht zu seinem Wort stand, der Frauen die Liebe aufzwang oder den Tod seiner Gattin plante. »Ein Mädchen«, entschied sie, die empörten Rufe ignorierend, die im Saal aufbrandeten, »mit Lippen so rot wie die Schale des Apfels, welcher dich zu mir führte, und einem Herzen voll Güte. Ich wünsche mir ein wunderschönes, stolzes Mädchen, das den Geschichten und Liedern zu lauschen vermag, die von mir und dir erzählt werden, sobald wir beide nicht mehr sind.«

»Genug!«, schnitt der König ihr das Wort ab.

Die Sirene neigte den Kopf. »Gib mir dein Wort, König, und du sollst sie haben. Eine Tochter mit Rabenhaar und Apfellippen und Augen so tief wie der Ozean.«

Erneut erklangen die Rufe der Minister – einen Sohn, keine Tochter! –, doch die erhobene Hand des Königs gebot Schweigen. »So soll es sein. Eine Tochter für deine Freiheit.«

Das klirrend kalte Lachen der Sirene brandete auf wie ein Sturm. Ihre strahlende Magie manifestierte sich um den Leib der Königin. Die Burg erzitterte, die Minister schrien. Einzig der König und die Königin standen schweigend da, die Blicke ineinander verkeilt, das zarte Band ihrer einstigen Liebe leuchtete für einen Moment unter dem Einfluss des Wunsches auf, dann zerbarst es in tausend Fetzen und die Sirene begann zu sprechen, die Stimme so voller Zorn, dass der Ozean vor den Fenstern aufschäumte und die Klippen zu erstürmen versuchte.

»Weil ihr mich an Land locktet mit einem falschen Versprechen und mir die Freiheit stahlt, werdet ihr eine Tochter haben, mächtiger noch als alle Menschen deines Reiches. Doch ihr Herz wird einzig für all jene Güte empfinden, die sind wie sie.« Sie wandte sich der Königin zu, streckte sich durch das Netz und umfing ihr Handgelenk. Leiser, fast andächtig fuhr sie fort: »Sie wird die Stimmen all derer hören, die auf dieser Erde wandelten, und Geschichten kennen, die niemand mehr zu erzählen vermag. Von vergessenen Wundern und schrecklichen Taten. Dieser Teil des Wunsches war der vielleicht klügste, Menschenfrau, denn dein Kind wird wissen, wie sehr du es liebtest, ganz gleich, wie sehr es dich auch hassen mag.«

Die Königin erbleichte, sie schwankte, einzig die Hand der Sirene hielt sie aufrecht und als sie diesen Halt verlor, brach sie zusammen. Die Kammerzofe war sofort an ihrer Seite, das Gesicht aschfarben, die Augen vor Furcht und Schuld geweitet.

»Denn hassen wird sie dich und euch alle, weil Liebe keinen Platz in ihrem Herzen hat«, vollendete die Sirene ihren Zauber. »Das, mein König, ist dein Erbe. Sie wird ein Herz so schwarz wie deines besitzen.«

»Was hast du getan?«, schrie er.

»Ich habe euren Wunsch erfüllt und jetzt lasst mich frei!«

Er blieb, wo er war. Niemand rührte sich.

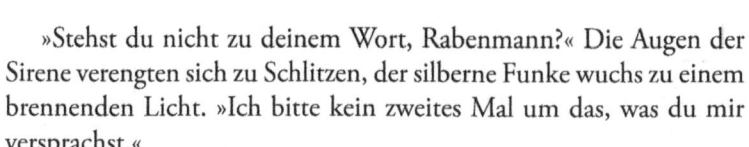

»Stehst du nicht zu deinem Wort, Rabenmann?« Die Augen der Sirene verengten sich zu Schlitzen, der silberne Funke wuchs zu einem brennenden Licht. »Ich bitte kein zweites Mal um das, was du mir versprachst.«

Der König knurrte. Die Minister murrten. Klagen wurden laut. Von Betrug war die Rede.

»Schweigt!«, bellte der König, zückte seinen Dolch und trat ans Netz. Schwungvoll glitt die Schneide durch das Seil. Wie ein Haufen toter Fisch klatschte die Sirene auf die Tafel. Sie fletschte die Zähne.

»Nur zu«, höhnte der König. »Flieh, wenn du kannst.«

Fauchend rollte sie sich vom Tisch. Ihr Blick hetzte durch den Saal, von Mann zu Mann, über Minister und Soldaten und zurück zum König, der noch immer den Dolch in den Händen hielt. Seine Knöchel traten hervor, sein Kiefer knackte.

»Noch bekommst du nur eine Tochter, die euch aus vollem Herzen hasst«, warnte die Sirene, während sie sich mühselig über die Steinfliesen zog, den Fischschwanz nutzlos hinter sich peitschend und einen nassen Streifen hinterlassend. »Solltest du jedoch dein Wort brechen …«

»Was dann?«, unterbrach der König sie arrogant. Er folgte ihr, ebenso seine Männer, die Hände auf den Waffen. Ihre Augen blitzten.

»Es wäre dein Untergang«, zischte die Sirene. Ihr Blick flog zum Fenster. Nur wenige Schritte trennten sie von der Freiheit. Vom Sprung hinab in die Wellen. Vom Ozean. Wenige Schritte für einen Menschen. Sie zog sich weiter. Stück für Stück.

»Drohst du mir?« Er sprach gefährlich leise.

»Nicht«, flehte die Königin, da trat ein Soldat auf den Schwanz der Sirene. Fauchend fuhr sie herum, die Hände zu Klauen geformt, die Augen ein silbernes Meer. Stahl klirrte, Fleisch schmatzte.

»DU. HAST. MIR. NICHT. ZU. DROHEN!«, brüllte der König, während er bei jedem Wort den Dolch bis zum Heft in den Körper der Sirene trieb. »MIR. DROHT. NIEMAND!«

Die Königin schrie, die Kammerzofe schluchzte, während der Ozean toste und das Stöhnen der sich windenden Sirene zu einem matten Fluchen verkam und schließlich verstummte. Einzig das Klatschen der Schläge verblieb, so lange, so furchtbar lange, bis der König endlich von dem toten Fleisch zu seinen Füßen abließ und sich aufraffte.

»Du drohst mir nicht«, keuchte er. »Du nicht.« Sein rabenschwarzes Haar stand wirr und feucht vom Kopf ab. Die Krone saß schief. Er wischte sich Schweiß von der Wange, eine leuchtend rote Spur hinterlassend.

»Was hast du getan?«, jammerte die Königin, die Hände fest auf den Leib gepresst, in dem sich etwas zu regen begann. Etwas, das lebte. Etwas, das töten wollte.

»Niemand droht mir«, wiederholte der König, ehe der Dolch klirrend auf den Steinfliesen landete, direkt neben dem zerfetzten Fischschwanz. »Niemand.«

Der Ozean vor dem Fenster verstummte, seine Wellen legten sich, bis er spiegelglatt dalag. Ein stiller, endloser See.

»Herr«, rief der Soldat, der den Schwanz der Sirene gehalten hatte. Er wies hinaus auf das reglose Meer, dessen Blau sich mehr und mehr schwärzte. »Dort kommt etwas auf uns zu.«

Der König sah nicht einmal auf. »Werft diesen *Fisch* aus dem Fenster. Ich will ihn nicht mehr sehen.«

»Herr?«

»Tu es oder ich lasse dich mit hinauswerfen.«

Kratzen und Schaben, Zerren und Schleifen, gefolgt von einem stillen Fall und einem lauten Klatschen, als die Sirene auf dem Wasser aufschlug.

»Verbarrikadiert alle Eingänge und Fenster«, befahl der König, ehe er zu seinem Thron schritt und sich niederließ, die Augen glühend, das Gesicht blutverschmiert. Dort saß er den ganzen Abend und die ganze Nacht, während draußen auf den Klippen die Sirenen klagten und ihre Stimmen Albträume zum Leben erweckten.

Rote Schlieren auf aschgrauem Grund.

Rußschwarze Zeichnungen. Geschnitztes Holz.

Die Spuren in der Ruine erzählen Geschichten, die die Welt vergessen hat. Von Verbrechen, die hier geschahen. Das erste kennst du nun.

Das rote Verbrechen, das der Rosen, des Blutes und des Apfels.

Hätte der Rabenmann gewusst, wie viel ihn der Verrat an der Sirene kosten würde, so wäre er vielleicht gnädiger gewesen. Weniger stolz. Dankbarer. Vielleicht sogar demütig.

Mit ihren letzten Atemzügen verfluchte die Sirene die Burg und all ihre Bewohner. Das ungeborene Kind solle den Tod über sie alle bringen und zwar in jener Form, die der König für seine Gattin erdacht hatte. *Brennen, sie sollen brennen …* und das taten sie.

Zuvor jedoch geschah das zweite Verbrechen. Jenes, das *andere* Spuren trägt. Unsichtbare. Stille.

Komm, mein Kind, komm. Ich möchte dir die Käfige zeigen.

Welten begrenzt durch Eisen, geschmiedet aus Furcht und Hass.

Komm, mein Kind. Sieh dir die Käfige an.

Sie werden jetzt dein sein.

Die ganze Burg lauschte in die Stille hinein, die der Hektik der Geburt folgte. Das hastige Getrappel vieler fleißiger Füße war ebenso verstummt wie der Gesang der Mönche und das Stöhnen der Königin. Bei Sonnenaufgang hatten sich die Türen zu ihrem Gemach geschlossen, nachdem alle Heiler und Kräuterfrauen überstürzt geflohen waren. Keiner von ihnen wagte auch nur den Hauch einer Andeutung zu machen, was geschehen war. Stunde um Stunde warteten die Diener und Soldaten, während die Stille wuchs.

»Lebt es?«, wisperten die Mägde.

»Ist der Fluch gebrochen?«, fragte die Köchin.

Sie wussten von der Sirene, doch niemand sprach über die Nacht des Schreckens und die bangen Stunden, als die Meerjungfrauen dem Ozean entstiegen waren, um den Mord an einer der ihren zu beweinen. Ihre klagenden Stimmen hatten sich mit dem Mauerwerk verflochten, erklangen fortan Tag und Nacht als leises Echo. Hohlwangig und fahl fanden die Bewohner der Burg niemals mehr als ein paar Minuten vagen Dämmerschlaf, ehe das Lied der Sirenen sie zurückholte. Unerbittlich. Strafend. Es raubte ihnen die Träume, die Erholung der Nacht.

Während sie auf das Wimmern der prophezeiten Prinzessin horchten, bemerkten sie, dass mit dem Stöhnen der Königin auch das Lied der Sirenen verklungen war. In der Burg herrschte Stille, so umfassende Stille, dass sie der Erschöpfung nachgaben. Die Köchin sank neben dem Herd nieder, die Magd, die soeben Kartoffeln schälte, nickte mit dem Messer in der Hand ein, während den Wachen vor den Toren die Lider im Stehen zufielen. So standen sie schlummernd da, auf ihre Speere gestützt, die Hunde leblos zu ihren Füßen. Der König selbst saß mit geschlossenen Augen auf der Bettkante seiner Gattin, die Fäuste fest geballt, doch er schlief nicht. Ein Bündel in den Armen, schritt die Königin auf und ab, ein leises Lied summend, die Augen von unseligem Glanz erfüllt. Als der Rabe auf dem Fenstersims landete, erwartete sie ihn bereits.

»Komm herein«, bat sie und legte das Kind in die Wiege, über der die Federn tanzten. Der Rabe ließ sich nicht zweimal bitten. Mit flatternden Flügeln hüpfte er auf das Kinderbettchen und beäugte mit schief gelegtem Kopf das Kind, welches er zu holen gekommen war. Ein Kind mit schwarzem Haar wie sein Gefieder und Haut so bleich wie Knochen. Es quiekte, als es den Raben erblickte. Ein gurrender, kindlicher Laut, der auf seltsame Weise an die Stimmen der Sirenen erinnerte. Der Rabe scharrte mit den Krallen, sein Schnabel stieß sacht gegen die kleinen Hände. Sie reagierten auf ihn. Warm und weich und so herrlich lebendig.

»Diesmal kannst du sie mir nicht nehmen«, sagte die Königin hochmütig und brachte die Wiege zum Schaukeln. Nervös plusterte sich der Rabe auf, ehe er krächzend aufstob und das Turmzimmer verließ, ohne die Seele des Kindes anzutasten. Die Königin sah ihm nicht nach. Ihre ganze Aufmerksamkeit galt dem Kind. Sie wusste, weshalb ihre Kammerzofe alle aus dem Gemach verbannt hatte. Warum der König weinend dasaß. Warum die Stimmen der Sirenen verklungen waren. Ihre wahre Strafe hatte gerade erst begonnen.

»Schlaf, Schneewittchen, schlaf«, murmelte sie, die Hand an der Wiege. Der König stöhnte. So viele Worte lagen ihm auf den Lippen, Verwünschungen, Flüche und Gebete. Die Schuld lastete schwer auf seinen Schultern, als er hinzutrat und auf sein Kind niederblickte, das mit dem schlimmsten aller Flüche beschenkt war: *Schneewittchenschönheit.*

Rabenhaar. Blutlippen. Knochenhaut.

Die Zeichen der Feen.

»Du wirst sie mir nicht nehmen«, entschied die Königin.

»Sie ist ein Wechselbalg«, sagte der König.

»Sie ist deine Tochter«, hielt sie dagegen, während das Kind erneut gurrte.

»Ein Wechselbalg«, wiederholte er leise. »Es trägt ihre Farben, ihre verhängnisvolle Schönheit. Es ist ein Kind der Feen ...«

»Du wolltest einen Erben, der stärker als alle Menschen ist. Jetzt hast du einen.« Entschlossenheit sprach aus jedem ihrer Worte. »Sie wird wachsen und gedeihen und eines Tages dein Erbe antreten.«

»Begreifst du denn nicht, Weib? Dieses Kind ist eine Fee und ganz gleich, wie viel Liebe und Geborgenheit du ihm auch schenken magst, es wird uns hassen. Erinnere dich an die Worte der Sirene: Ein Kind des Hasses. Ein Kind übermächtig.« Er verstummte, um die ganze Tragweite zu begreifen. »Wir können es nicht am Leben lassen.«

»Sie ist nur ein Baby«, zischte die Königin.

»Jetzt noch«, gab der König zu. »Doch irgendwann ist sie es nicht mehr ... und dann werden wir ihr unterlegen sein.«

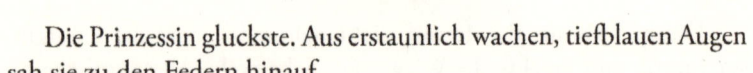

Die Prinzessin gluckste. Aus erstaunlich wachen, tiefblauen Augen sah sie zu den Federn hinauf.

So viele Federn für so viele verlorene Königskinder.

»Und selbst wenn«, fuhr der König heiser fort, »selbst wenn ich sie verschone, so werden es die Menschen anders sehen. Die Minister und Soldaten, die Diener – sie alle fürchten die Feen. Wir müssen sie opfern, so wie wir alle Wechselbälger töten. Für das Wohl der Gemeinschaft. Zur Sicherheit aller. Ich kann sie nicht schützen. Ich kann nicht … Als König ist es meine Pflicht. Es ist meine Pflicht.«

»Ich gebe sie nicht her«, blieb die Königin stoisch.

»Herrin«, bat da die Kammerzofe um Aufmerksamkeit. »Es gibt eine Möglichkeit.«

Sie malte ihnen ein Bild der Zukunft, ein Gemälde aus Eisen und dunklen Kerkern, aus Verborgenheit und Zuflucht und Hoffnung.

»Wir verstecken sie«, stimmte die Königin hastig zu. »Keiner wird wissen, dass sie überlebte! Die Menschen meiden die Kerker. Dort wird ihr Reich sein. Dort kann sie wachsen und spielen und leben. Und sollte sie je zur Gefahr werden, so ist sie eingesperrt …«

»Wir werden uns abwechselnd um sie kümmern«, fügte die Kammerzofe hinzu und drückte flüchtig die Hand ihrer Herrin. »Es gibt einen Geheimgang direkt neben dem Königinnengemach, niemand wird unser tägliches Verschwinden bemerken.«

»Sie ist gefährlich«, hielt der König dagegen. »Ich sah Wechselbälger in den Grenzdörfern, die von ihren Eltern versteckt wurden. Eines von ihnen tötete drei meiner Männer, ehe wir es vernichteten. Es war keine sechs Jahre alt.«

»Lise ist anders!«

Der König stockte. »Lise?«

»Deine Tochter«, sagte die Königin.

Seine Schultern sackten hinab.

»Sei gütig, mein König, sei gnädig. Für sie. Für ihre einzige Chance.« Die letzten Worte kamen flehend. »Für mich.«

So schwarz das Herz des Königs auch war, in einem hatte sich die Sirene getäuscht: Er liebte sehr wohl, vielleicht nicht das Kind, aber die Frau, die er vor all diesen Jahren geheiratet hatte. Er liebte sie, als ihr Kind um Kind in den Armen starb. Er liebte sie, als seine Minister sie verurteilten. Er liebte sie sogar, als er seine Zustimmung für ihren Tod gab. In erster Linie war er König und das Wohl seines Volkes stand über dem seinen. Über seinem Herz. Seiner Liebe. Doch hier und jetzt gab er nach, obwohl er wusste, dass es falsch war.

Auf sein Nicken hin klaubte die Königin das Kind aus der Wiege, die Kammerzofe raffte Laken und Kissen zusammen und dann eilten sie durch die schlafende Burg und die Treppen hinab.

»Schweig still, mein Kind«, flüsterte die Königin wieder und wieder und ihre Worte gruben sich tief in das Herz der Prinzessin. »Wenn sie dich hören, wenn sie dich nur hören, dann sind wir verloren.«

Und tatsächlich sprach das Kind niemals, nicht einmal, als es alt genug war und an den Stangen stand, die seine ganze Welt begrenzten. Es schwieg selbst dann, wenn die Königin es schweren Herzens verließ, um hinaufzugehen in diese andere, wundersame und verbotene Welt. Hinauf zu den Menschen. Es sprach nicht, wenn die Kammerzofe es zum Haare bürsten auf den Schoß zog, ihm Geschichten vorlas und anschließend zurück in den Käfig steckte.

Eisen und Dunkelheit. Die Königin und die Zofe.

Mehr kannte das Kind nicht. Und vielleicht wäre es auf alle Ewigkeit so geblieben ... wenn nicht eine Krankheit die Kammerzofe dahingerafft hätte. In den Stunden der Einsamkeit, die fortan folgten, krochen die Schatten aus den Wänden, sammelten sich um den Käfig und umschmeichelten ihn mit Dunkelheit, von vergangenen Geheimnissen wispernd und Großes versprechend. Das Kind lauschte aufmerksam, fast schon begierig ihren Stimmen, sah durch ihre Augen und *verstand*. Es war zu Großem geboren. Es hatte eine Bestimmung. Eine Gabe. Und einen Fluch.

Das nächste Mal, als die Königin die Stufen hinabgeeilt kam, die Hände voll mit kleinen Schätzen, einem Buch, einer Porzellanspieluhr, einer gestrickten Decke und Honigwachskerzen, da schrie sie auf, als sie all die Ratten erblickte, die sich um ihr Kind scharten. Die Spieluhr zerschellte am Boden, das Buch polterte nieder.

»Fort«, schrie sie und stürzte zum Käfig. »Fort von ihr.«

Als auch der letzte schwarze Pelz verschwunden war, sank sie nieder und zog ihr Kind in eine zitternde Umarmung. Anders als sonst, schlang es nicht die Arme um ihre Mitte.

»Es tut mir leid«, schluchzte die Königin. »Ich hätte dich nicht allein lassen sollen. Ich verspreche Ersatz zu finden, jemanden, dem ich vertrauen kann. Der sich ebenso um dich kümmern wird, wie sie es getan hat.«

Die stumme Lise nickte. Sie wusste, dass jemand kommen würde. Jemand, der war wie sie.

Als die Königin ihre Tochter ein Stück zurückschob, erkannte sie eine Veränderung.

Da war Entschlossenheit anstelle von Gleichmut.

Da war brennender Hass anstelle von stiller Duldsamkeit.

Da war all das, was die Sirene prophezeit und was die Königin zu ignorieren versucht hatte. Sie rutschte zurück, bis sie mit dem Rücken gegen die Wand stieß, die Brust von Schluchzern ergriffen. »Ich liebe dich«, flüsterte sie wieder und wieder. »Du bist mein Kind, ich liebe dich.«

Ein vages Lächeln umspielte die Züge des Mädchens, die Augen voll Dunkelheit. Dann drang ein erster Ton aus ihren geschlossenen Lippen. Ein Summen. Ein Lied – jenes Schlaflied, das die Königin für sie zu singen pflegte. Doch aus dem Mund des Kindes klang es anders, gefährlicher, lockender. Die Ratten, die lauernd gewartet hatten, folgten dem Befehl der Melodie und stürzten sich auf die Frau, die das Kind zu hassen verflucht war.

Unter Tränen schlug die Königin den Käfig zu und drehte den Schlüssel. Dann floh sie, verfolgt von den Ratten, die Treppen hinauf in den Thronsaal. Die Wachen schlugen nach ihnen, bis ihre zerschmetterten Körper den Boden in ein blutiges Kleid tränkten. Ein Teppich aus Gedärm und Fell. Nur eine einzige Ratte entkam dem Gemetzel und floh hinaus in den Wald, um die Kunde von dem gefangenen Feenkind zu verbreiten und von dem stillen Verbrechen zu erzählen.

 Sie würden kommen, um sie zu retten.

 Jene, die wie sie waren.

Sie wünschten sich ein Kind mit Rabenhaar, Augen in der Farbe des Ozeans und Lippen so leuchtend wie ein überreifer Apfel. Doch was sie bekamen, war kein liebliches Kind, *sondern eine Fee*. Ein Wesen, gesegnet mit Schneewittchenschönheit, in dessen Adern Magie pulsiert. Ein Wesen, das die Menschen fürchteten und jagten. Heute wie damals.

 Du teilst diese Angst. Ich erkenne sie in jeder deiner Gesten. In deiner Mimik, deinen Augen. Sie umgibt dich wie eine Duftwolke. Du fürchtest dich vor mir.

 Weil ich … eine Fee bin.

 Weil ich … die stumme Lise bin.

 Geboren aus Hass und unerfüllten Wünschen in einem verfluchten Schloss, als Tochter des Rabenhaarkönigs und einer Frau, die eine Sirene betrog. Ihre Worte behielten recht – in allem. Ich bin mächtig und voller Dunkelheit, einsam in meiner Stille und umgeben von flüsternden Stimmen, die niemand sonst vernimmt. Ich bin der Tod mit einem Herzen so schwarz wie mein Haar, auf dem Thron meines Vaters sitzend und die Gebieterin einer Armee aus Ratten. Sie sind die Dunkelheit, die mich am Leben hält. Die mit mir den vergessenen Geschichten lauschen:

 Vom siebten Sohn und dem Verrat des Vaters.

 Vom Sirenenkind und den Seemannsliedern.

 Und von den drei Verbrechen, die in der Burg geschahen: dem roten, mit dem alles begann, dem zweiten, welches aus Liebe geschah, und jenem dritten aus Feuer und Rache. Wenn ich durch die Burg wandere und meine Hände auf die Schemen an den Wänden lege, kann ich die vergangene Hitze auf meiner Haut spüren. Dann bin ich wahrhaftig dort. Es ist Segen und Fluch in einem, zu hören und zu verstehen, aber niemals sprechen zu können. Nicht einmal die Feen aus dem verwunschenem Wald, die meinen Vater verfluchten und mich erretteten, verstanden meine Gabe. Meine Stille.

Deshalb brauche ich dich.

Steig in den Käfig, mein Kind. Steig hinein und lerne, was es heißt, wie ich zu sein.

Hab keine Angst, ich sorge für dich. Es soll dir an nichts mangeln.

Steig hinein und lausche:

Die Fee kam, um mich aus der Burg zu tragen. Sie war so unfassbar schön und in ihren Augen schwelte ein Feuer, so flirrend wie in den tiefsten Bergen. Ich erinnere mich an die Schreie, als die Fremde die Stufen hinabstieg und niemand sie aufhalten konnte. Keine Wache und keine noch so fest verschlossene Tür. Das Eisen meines Käfigs zerschmolz unter ihrem Griff, doch als ihre Hände mich hochhoben, da waren sie zart. Wie viele Tage ich allein in der kalten Finsternis verharrt hatte, ohne Nahrung, Wärme oder Wasser, weiß ich nicht mehr. Sie hatten mich sterbend zurückgelassen.

Sie hätten mich töten sollen, als sie die Chance dazu hatten.

Als mich die Fee fand, war ich kaum noch lebendig. Sie brachte mich zu einem verwunschenen Ort, der voller Licht und Lachen war. Dort lebten Kinder, die mir in Gestalt und Wesen glichen. Magisch, begabt und gezeichnet von der Furcht der Menschen. Manch eines trug seine Narben offensichtlich, andere verborgen wie ich.

Die Stille ist meine Narbe. Meine Wunde, die niemals heilt.

Die einzige Spur des zweiten Verbrechens.

Du fragst dich, warum ich zurück bin, obwohl ich das Paradies fand?

Lass mich dir von dem dritten Verbrechen erzählen, jenem Tag, als die Fee zurückkehrte, gefüllt mit Glut und Vergeltung. Sie brannte alles nieder, die Menschen und Tiere und all ihre sorgsam gehüteten Reichtümer, die Gemälde an den Wänden und die Bücher in den Regalen. Sie kannte keine Gnade und wütete so lange, bis nichts von dem Rabenmann und seiner Frau verblieb.

Bis auf mich und die Erinnerungen der Burg.

Die Fee glaubte, mich zu schützen. Doch die Vergangenheit wiegt nicht weniger, nur weil alles Irdische, das an sie erinnert, ausgelöscht wird. Eine Geschichte hört nicht auf zu existieren, nur weil sie niemand mehr in Worte fasst. Die Welt vergisst nicht.

Deshalb bin ich hier – weil dies mein Heim ist. Mein Reich. Mein Erbe. Meine Bestimmung.

Und deshalb bist du hier – weil ich dich lehren will, nicht zu vergessen, zu lauschen und zu verstehen. Ich will, dass du wie ich bist.

Schließ die Augen, mein Kind.

Lausche auf das, was ich dir sage, ohne es auszusprechen.

Lausche der Burg und ihren stillen Erinnerungen.

Lausche den Geisterstimmen, den Schemen an den Wänden, den Ratten, die meinen Leib umschmeicheln und bald auch den deinen. Gib ihnen Zeit. Sie werden sich an dich gewöhnen, dich hüten, wärmen und nähren. Sie gehören zu mir, gehorchen meiner Melodie, stehlen Speisen und Kostbarkeiten, um alles für dich und die anderen vorzubereiten. Jene, die ich, gleich dir, rauben werde.

Eine Burg auf den Klippen. Angefüllt mit unausgesprochenen Geschichten. Mit Käfigen und Kindern. Du bist eines von vielen und dir werden weitere folgen. So lange, bis ich jemanden gefunden habe, der ist wie ich.

Fähig zu horchen und zu verstehen. Ohne Stimme und ohne Ton.

Erst dann werde ich wahrhaftig glücklich sein. Wahrhaftig frei.

Bettina Belitz

Der Kristall des blauen Mondes

BETTINA BELITZ

Splitterherz, die *Diamantkrieger-Saga*, *Panthersommernächte* und *Luzie & Leander* – Bettina Belitz schreibt Bücher mit Herz. Das spürt man und das lieben wir und deshalb haben wir uns wahnsinnig gefreut, als sie zugestimmt hat, für *In Hexenwäldern und Feentürmen* eine märchenhafte Erzählung zu verfassen. Dabei folgte Bettina keiner bekannten Vorlage, sondern erfand eine eigene, gefühlvolle Geschichte.

Sie hat mit zwölf Jahren mit dem Schreiben begonnen und nach ihrem Studium (Geschichte, Literaturwissenschaft und Medienwissenschaft) als Redakteurin und freie Journalistin gearbeitet, ehe sie sich ganz dem Autorendasein widmete. Einen Ausgleich findet sie beim Kampfsport und Qi Gong sowie bei Ausritten in der Natur.

Bettina lässt sich von Klang inspirieren. »Durch ihn eröffnet sich mir eine Welt, in der ich die Ideen empfangen kann. Das muss nicht unbedingt Musik sein, es kann auch das Rauschen eines Baches, das Brausen des Windes oder Vogelgezwitscher sein.«
    Gerade bei Märchen ist die Sprachmelodie sehr wichtig. *Der Kristall des blauen Mondes* enthält einige »Klanginformationen«, die auch zwischen den Zeilen und auf energetischer Ebene wirken.

www.bettinabelitz.de

Der Kristall des blauen Mondes

Ein letztes Mal hielt Nimué den Smaragd gegen das schwächer werdende Licht, um ihre Arbeit zu überprüfen, bevor sie ihn in das kleine, weiche Ziegenledersäckchen gleiten ließ, das Kyrill bei Einbruch der Dunkelheit für die Waffenschmiede der Edelmänner abholen würde. Obwohl Nimués Herz bei diesem Gedanken höherschlug, bemühte sie sich, ihre Arbeitswerkzeuge so bedächtig und sorgfältig beiseitezuräumen, wie Großvater es sie gelehrt hatte, denn sie waren ihr ebenso heilig wie die Steine, die sie fand und schliff.

Sie war noch ein kleines Mädchen gewesen, verträumt und vor allem des Abends stundenlang in inneren, kristallklaren Bildern versunken, als die Alten des Dorfes in ihr »den Blick« erkannt und ihrer Mutter mitgeteilt hatten, dass Nimué eine größere Aufgabe zu erfüllen habe und sie sich deshalb von ihrem Kind trennen müsse. Nimué hatte sofort verstanden, dass sie dem Ruf der Alten folgen müsse, und sich nicht dagegen gewehrt, obwohl ihre Mutter herzzerreißend geweint und ihr Vater zornig gewütet hatte.

Sie kannte die Geschichten, die sich die Leute über die Welt der Steine erzählten, und wusste, dass sie nicht die Einzige in ihrer Familie war, die sich ihnen verbunden fühlte. Ihr Großvater war ebenfalls mit der Gabe des Blickes gesegnet. Er war es auch, der sie an einem heißen, verwunschenen Sommerabend ihrer schluchzenden Mutter aus den Armen nahm, mit ihr an seiner Brust zum anderen Ende des Flusses ritt, sie in seinem alten Haus am Waldrand aufnahm und sie alles lehrte, was sie über die Kristalle wissen musste. Nimué konnte in ihre Tiefen sehen, ohne dafür die Augen öffnen zu müssen – und sie war auserwählt, sie von ihren Hütern entgegenzunehmen.

Auf langen Ritten durch den dichten, endlos erscheinenden Kristallwald zeigte Großvater ihr jene tief im Dickicht verborgene Steinbrüche und Minen, an deren Eingängen die Hüter der Erde an die Oberfläche kamen, sobald Nimué sie rief, und ihre Geschenke aus den Tiefen des Gesteins ablegten. Im Winter hingegen saßen sie dicht am wärmenden Feuer und Großvater machte sie mit den Schleifwerkzeugen vertraut, die ihr fortan dazu dienten, auch den winzigsten Kristallen ihre unverwechselbare Form zu verleihen – denn keiner durfte dem anderen gleichen, so wie keine Schneeflocke der anderen glich.

Abend für Abend übte Nimué sich darin, ihren inneren Blick zu schärfen – und bald konnte sie fühlen, nach welcher Form die Kristalle trachteten und wie sie sie schleifen musste, damit sie den Schwertern der Edelmänner würdig wurden. Die Kristalle waren nicht nur eine Zierde, kein bloßer Waffenschmuck. Seitdem sie ihren Weg in die Griffe der Schwerter gefunden hatten, hatte es im Tal des großen Flusses keinen Krieg mehr gegeben, keine plötzlichen, brutalen Schlachten, kein sinnloses Blutvergießen. Selbst die Pest war ferngeblieben. Auch nachdem Großvater sein Werkzeug Nimué vermacht hatte, weil seine Hände steif und ungelenk geworden waren, und sie unter seinem wachsamen Auge damit begonnen hatte, an seiner Stelle die Kristalle zu bearbeiten, blieb der Frieden bestehen.

Deshalb wusste Nimué, dass sie niemals damit aufhören durfte, bis sie alt und gebrechlich sein würde und ihr Wissen weitergeben konnte, wie Großvater es einst getan hatte.

In dem langen, schneereichen Winter, der nun zu Ende ging und dessen kalte Dunkelheit dem ersten Licht des Frühlings Platz machte, hatte sie besonders viel Glück gehabt und zahlreiche seltene Kristalle im Wald entgegengenommen, sodass sie bis zum Herbst mit ihnen beschäftigt sein würde.

Zufrieden löste Nimué ihr hochgestecktes dunkelrotes Haar und schloss die Augen, um nach draußen zu lauschen, wo die Ziegen nach frischem Heu riefen, der Wind sanft über das Dach strich und die Vögel sangen, als würden bereits die ersten Blumen unter der dünner werdenden Schneedecke erblühen. Sie spürte Kyrill nahen, bevor das

Hufgeklapper seines Pferdes zu hören war, stand auf, um ihre Arbeitsschürze abzunehmen, sich ein Wolltuch um die Schultern zu werfen und nach draußen zu gehen.

Wie sie diesen Moment liebte – und wie sehr sie ihn jeden Abend aufs Neue herbeisehnte! Wunder waren möglich, das wusste Nimué, und obwohl sie seit Jahren vergeblich darauf wartete, dass Kyrill sie mit anderen Blicken betrachtete, als er es zu tun pflegte, konnte dieses Wunder heute geschehen. Sie hatte die Hoffnung nie aufgegeben.

Ein silbriger Schimmer lag über dem Wald, als Kyrill den geschwungenen Wiesenweg hinauf zum Haus nahm und sein Pferd in einen feurigen Galopp trieb, der seine Haare im Wind wehen und den Boden erzittern ließ. Erst kurz vor dem Stall brachte er seinen Rappen zum Stehen und sprang in einem geschmeidigen Satz von seinem Rücken. Wortlos trat er Nimué entgegen, auf seinem Gesicht ein strahlendes Lächeln, seine Augen fest auf sie gerichtet. Doch noch immer sah er sie an wie eine Schwester, nicht wie eine Frau.

»Ein schöner Abend, nicht wahr?«, begrüßte Nimué ihn und reichte ihm den kleinen Lederbeutel, den Kyrill sofort öffnete, um die Stein zu begutachten.

»Ja«, erwiderte er geistesabwesend und ließ den Smaragd durch seine Handinnenfläche gleiten. »Gute Arbeit, wie immer.« Nickend steckte er ihn zurück in den Beutel und verstaute ihn in seiner Satteltasche. »Seid ihr wohlauf, du und Großvater?«

»Ja, wir sind wohlauf.« Vergeblich versuchte Nimué, seinen Blick zu erhaschen und ihm in die Augen zu sehen, doch nun war es, als würde er ihr ausweichen.

»Ich mache mich wieder auf den Weg, es ist spät!«, verkündete Kyrill und wollte sich schon in den Sattel schwingen, als Nimué die Hand hob und er verwirrt innehielt. Forschend glitten seine dunkelblauen Augen über ihr Gesicht. »Gibt es noch etwas?«

»Ich ... ja, ich ...« Stockend brach Nimué ab.

»Was ist denn, Mädchen? Brauchst du Hilfe?«

»Nein, aber – wir könnten uns auf die Bank hinter dem Haus setzen und … auf den Wald sehen«, schloss Nimué errötend.

Das war es, was sie jeden Abend vor dem Schlafengehen tat – und immer tat sie es alleine. Seit Jahren sehnte sie sich danach, zusammen mit Kyrill dort zu sitzen, Schulter an Schulter, Hand in Hand, in gemeinsamer, liebevoller Stille. Und seit Jahren blieb er nie länger als notwendig, manchmal stieg er nicht einmal vom Pferd.

»Auf den Wald sehen?« Kyrill lachte, als spräche er mit einem Kind, das einen dummen Scherz gemacht hatte. »Das tue ich doch den ganzen Tag.«

»Aber du siehst nicht, was ich dabei sehe«, flüsterte Nimué, nachdem er aufgestiegen und davongeritten war. Jetzt fühlte sich ihr Herz schwer an und für einen Atemzug kam sie sich kraftlos und unendlich müde vor. Das Wunder war nicht geschehen – und sie konnte nicht mehr sagen, wie oft sie darauf gehofft hatte, dass er sie eines Abends endlich so sehen würde, wie sie war. Eine junge Frau mit langem, lockigen Haar, ebenholzfarbenen Augen, zärtlichen Händen und mehr Liebe in ihrer Brust, als sie selbst ertragen konnte. Für sie gab es keinen anderen Mann als ihn, es konnte niemals einen anderen geben. Würde so ihr ganzes Leben verlaufen – dass Kyrill und sie sich jeden Abend begegneten und einander doch niemals berühren und in den Armen liegen würden?

Fröstelnd versorgte Nimué die Ziegen und Hühner, fütterte die Pferde mit frischem Heu, holte Wasser aus dem Brunnen im Hof und setzte sich nach getaner Arbeit auf die Bank an der Rückseite des Hauses, wo ihre Katze auf sie wartete und dankbar schnurrend auf ihren Schoß kroch.

Die Dunkelheit hatte sich bereits über den Wald gesenkt, als das Wesen wie von Geisterhand herbeigezaubert zwischen den Bäumen auftauchte und sein weißes, sanftes Licht durch die kahlen Äste flimmerte. Unweigerlich hielt Nimué den Atem an. Noch nie war es aus dem Wald herausgetreten, noch nie hatte es sich ihr in seiner ganzen

Schönheit gezeigt. Doch sie wusste, dass es nicht eines der wilden Pferde war, das zum Grasen an den Waldrand kam. Die wilden Pferde waren kleiner und stämmiger und sie lebten in einer Herde. Nein, dieses Wesen musste eines der letzten Einhörner des Kristallwaldes sein und sein Schimmer bannte Nimué so stark, dass sie ihren Kummer über Kyrill vergaß. Still atmend saß sie da und versuchte, zwischen den sich im Wind bewegenden Ästen seine Gestalt zu erfassen, sein Horn zu erkennen, doch es blieb zu weit weg und sie wusste, dass es fliehen würde, sobald sie sich ihm näherte. Dennoch empfand sie tiefes Glück, sein Licht sehen zu dürfen und ab und zu einen Blick auf seine schlanken, eleganten Fesseln, seine lange Mähne und seinen Schweif erhaschen zu können. Sie fühlte sich gesegnet.

Sobald der Halbmond sich über den Wald erhoben hatte, verschwand das Einhorn wieder, lautlos und schnell. Mit vor Kälte klappernden Zähnen stand Nimué auf, nahm die Katze auf ihren Arm und ging ins Haus zurück, wo sie eine Suppe für Großvater zubereiten und sie ihm auf sein Zimmer bringen wollte. Doch als sie durch die Tür trat, spürte sie sofort, dass sie nicht alleine war. Ungläubig schaute sie hinüber zum flackernden Kaminfeuer, während die Katze sich mit einem leisen Maunzen aus ihren Armen befreite und auf den Fußboden sprang.

»Großvater!« Besorgt eilte Nimué zu dem schweren Ohrensessel, in dem er früher so gerne gesessen und Geschichten erzählt hatte, und kniete sich vor ihn, um seine Hände zu ergreifen und in sein runzliges, wettergegerbtes Antlitz zu schauen. »Wieso hast du nicht auf mich gewartet? Ich hätte dir geholfen, die Treppe hinunterzugehen!« Sie konnte es nicht fassen, dass ihm dies ohne sie gelungen war – an manchen Morgen erlaubten es ihm seine Schmerzen kaum, aus dem Bett zu steigen.

»Ich wollte es noch einmal alleine tun, mein Kind.« Gütig lächelten seine wasserhellen Augen sie an. »Noch einmal das Feuer schüren. Noch einmal in diesem Sessel sitzen und dich zur Tür hereinkommen sehen, wie früher.«

»Noch einmal …?«, fragte Nimué angstvoll und schluckte gegen ihre aufsteigenden Tränen an.

»Ja. Noch ein einziges Mal.« Großvaters Lächeln schwand nicht, als er ihre Finger behutsam umschloss und sie die Schwielen an seinen Handballen fühlen konnte. »Meine Zeit ist gekommen. Meine Seele möchte meinen Körper verlassen und ich will ihr dabei nicht im Wege stehen.«

»Großvater …«, murmelte Nimué erstickt und barg ihren Kopf in seinen Armen, die sie in Kindertagen sicher und fest gehalten hatten, wenn sie vor ihm auf dem Pferd gesessen hatte. Nie hatte sie gefürchtet, zu fallen. Auch jetzt glaubte sie noch, in ihnen Geborgenheit zu finden, obwohl Großvater sich kaum mehr bewegen konnte. Doch Nimué wusste wie er, dass sie die Entscheidungen ihrer Seele zu achten hatte. Wenn sie fliegen wollte, mussten sie sie ziehen lassen. Das war ein ewiges Gesetz, und sie konnte diese Seele jederzeit besuchen, wenn sie sich nach ihr sehnte. Sie wusste nur nicht, ob sie sie auch finden würde.

»Du bist klug und erfahren genug, um die Steine alleine entgegenzunehmen und sie ohne meinen Rat zu schleifen, bis sie das Licht in sich bündeln. Es wird nicht immer leicht sein, aber es wird dir gelingen, wenn du auf dich selbst vertraust und darauf, dass die Dinge sich fügen werden – mal schneller, mal langsamer. Alles braucht seine Zeit. Versprichst du mir, geduldig zu sein?«

»Ich verspreche es«, flüsterte Nimué, das Gesicht immer noch in dem rauen Stoff seines Hemdes vergraben.

»Du wirst niemals Hunger oder Durst leiden, solange du deine Aufgabe so erfüllst, wie ich sie dich gelehrt habe. Ringe der Erde nichts ab, was sie dir nicht freiwillig gibt, und begegne ihren Hütern mit Achtung und Respekt. Doch vor allem spiele nicht mit der Kraft der Kristalle.«

Nickend hob Nimué ihren Kopf und blinzelte, um Großvater durch den Schleier ihrer Tränen anzublicken.

»Bist du bereit, unser Erbe anzutreten?«

»Habe ich das nicht schon lange getan?«, entgegnete sie verwundert. Statt ihr eine Antwort zu geben, griff Großvater ächzend in die Tasche seines Hemdes und holte mit schmerzverzerrtem Gesicht einen Kristall heraus, um ihn Nimué in die Hand zu legen. Einen solchen Stein hatte sie noch nie gesehen, und sobald er ihre Haut berührte, fühlte sie ein sanftes, warmes Kribbeln, das bis zu ihrem Herzen wanderte. Sie konnte nicht sagen, welche Farbe er hatte, ja, ob er überhaupt eine hatte, und es war der erste Kristall, bei dem ihr innerer Blick versagte. Sie wusste nicht, wie sie ihn hätte schleifen sollen und nach welcher Form er trachtete.

»Er darf nicht geschliffen werden, mein Kind«, las Großvater ihre Gedanken. »Damit würde er seine Kraft verlieren. Dieser Stein wird von Generation zu Generation weitergereicht. Er wechselt seit Jahrtausenden seinen Besitzer. Er bringt Glück, wenn man ihn weise einsetzt, und Unglück, wenn man ihn missbraucht.«

»Aber wie kann ich ihn missbrauchen, wenn ich ihn nicht schleife und er niemals ein Schwert schmücken wird?«

»Dieser Stein ist kein Kriegerstein. Es ist der Kristall des blauen Mondes – ein Wunschstein. Ja, mein Kind, jedem Menschen, der ihn besitzt, erfüllt er einen einzigen Wunsch.« Großvater hatte immer größere Mühe, zu sprechen, und die Pausen zwischen seinen Worten wurden länger. Er kämpfte, um weiterreden zu können, und musste zitternd ein- und ausatmen, bis er seine Stimme wiederfand. Seine Zeit lief ab, seine Seele schlug bereits mit ihren Schwingen. »Dieser Kristall erfüllt keine materiellen Wünsche, hörst du? Du kannst dir damit kein schöneres Haus, kein edles Ross, keine neue, größere Mine mit freigiebigeren Hütern wünschen. Er …« Röchelnd schöpfte Großvater Luft. »Er erfüllt innere Wünsche. Gefühle … du kannst dir mit ihm Gefühle wünschen …«

»Ich habe doch Gefühle!«, erwiderte Nimué bestürzt und streichelte über Großvaters eingefallene Wangen. »Mehr, als ich je brauchen werde!«

»Gefühle … anderer …« Großvater schloss einen Moment die Augen, sein Atem ging nur noch rasselnd. »Anderer Menschen.«

»Anderer Menschen?« Nimué spürte deutlich, wie die Lebensenergie aus Großvaters Körper strömte. Schon wieder fielen seine Augen zu, als seien sie es leid, die Welt zu betrachten. »Sind diese Gefühle dann auch wirklich echt?«, fragte sie vorsichtig nach.

»So echt wie ... wie sie ... sein können, wenn sie ...« Großvaters Kopf rutschte zur Seite. »Du darfst ... nicht ... es gibt keine ... kein Gegenmittel ...«

»Ist gut, scht«, wisperte Nimué sanft und zog das Fell von der Sessellehne, um ihn zuzudecken, als könne sie ihm seinen Weg damit erleichtern. »Nicht mehr sprechen, Großvater. Ich werde sorgsam mit dem Kristall des blauen Mondes umgehen, ich verspreche es.«

Ein zittriges Lächeln huschte über seine Lippen, bevor er das letzte Mal seine lieben, alten Augen öffnete, in deren Licht Nimué immer Trost, Schutz und Zuversicht gefunden hatte. »Der blaue Mond ... im blauen Mond ... findet deine Sehnsucht ... Erfüllung.«

Als die Dorfältesten die Glocken der Felsenkapelle läuteten, um zu verkünden, dass sich Großvaters Seele auf den Weg gemacht hatte, rief im Wald eine Eule und weiße Wölfe zogen still über die Wiese vor dem Haus, die Köpfe aufmerksam erhoben, aber in ihrem Gebaren so friedlich und wissend, dass Nimué sich nicht vor ihnen fürchtete. Ihr war, als seien sie Boten, die das Licht ihres Großvaters in Empfang nahmen und dafür sorgten, dass es seine lange Reise unbeschadet fortsetzen konnte.

Während der Frühling mit aller Macht ins Land zog und die Sonne die gefrorene Erde auftaute, sodass auch die allerletzten Schneeflecken im Dickicht des Waldes verschwanden, versuchte Nimué sich an das Leben ohne Großvater zu gewöhnen. Oft glaubte sie ihn nah bei sich zu spüren, vor allem des Abends oder in der Nacht, wenn das Licht des Mondes durch das Fenster auf ihr Bett schien, und er hatte sie gut auf ihr Leben ohne ihn vorbereitet. Ihr mangelte es an nichts, ganz so, wie er es ihr versprochen hatte. Der Keller war mit Vorräten reich bestückt, die Kühe und Ziegen schenkten ihr Milch und die Bewohner des Dorfes versorgten sie als Gegenleistung für ihre Dienste mit allem, was sie zum Leben brauchte. Im Garten zog sie duftende Heilkräuter heran; die Bäume und Büsche um das Haus herum würden ihr im Sommer und Herbst Beeren und Früchte schenken.

Jeden Abend kam Kyrill zu ihr, um die neu geschliffenen Steine abzuholen und zur Waffenschmiede zu bringen, und wann immer sie durch das kleine Dorf lief, in dem Großvater aufgewachsen war, begegneten die Menschen ihr freundlich. Auch gelang es ihr, das Haus in Ordnung zu halten und das Vieh zu versorgen – sie hatte sogar weniger Arbeit als zuvor, da sie sich nicht mehr um Großvater kümmern musste.

Und doch fühlte sie sich einsamer und verlorener, je machtvoller der Frühling frisches Grün in die Welt zauberte und je lauer die Nächte wurden. Noch immer liebte Nimué es, das Licht in die Steine zu locken und ihnen Form zu geben; nie wäre es ihr in den Sinn gekommen, sich über ihre Arbeit und ihre Gabe zu beklagen. Doch seitdem Großvater gestorben war, spürte sie umso deutlicher, dass sie anders war als die anderen Menschen und selbst mit den Alten nicht jene Gespräche führen konnte, die sie so eng mit Großvater verbunden hatten – Gespräche über die Hüter der Erde, die Geheimnisse des Waldes, das kleine Volk, das im Unterholz wohnte, und die geflügelten Wesen, die in Sommernächten flirrend zwischen den Büschen umherschwirrten. Einzig und alleine das Einhorn spendete ihr allabendlich einen glückseligen, träumerischen Augenblick, wenn es lautlos am Waldrand auftauchte und seinen weißen Schimmer durch das Geäst des Waldes schickte. Bald würden die Bäume so dicht belaubt sein, dass Nimué seine Gestalt nur noch erahnen würde.

Den Kristall des blauen Mondes hatte sie auf ihren Nachttisch gelegt. Jeden Abend vor dem Schlafengehen umschloss sie ihn mit ihrer linken Hand und sann darüber nach, was Großvater über ihn gesagt hatte. Der Stein war ein Kristall, der in anderen Menschen Gefühle wecken konnte – doch hatte sie Großvaters Gestammel richtig verstanden; gab es kein Gegenmittel, wenn der einmalige Zauber vollzogen worden war? Würde sie überhaupt jemals ein Gegenmittel einsetzen wollen, wenn sie den Kristall des blauen Mondes jenem Menschen widmete, dem ihr Herz schon lange Zeit gehörte? Kryill – ja, wenn sie den Zauber anwenden wollte, der im Kristall schlummerte, dann würde er Kyrill gelten und niemand anderem.

Denn zwischen ihm und ihr hatte sich nichts verändert. Ihr war sogar, als habe er es abends noch eiliger, zurück zur Schmiede zu reiten, nachdem sie ihm die geschliffenen Steine überreicht hatte, und als scheue er vor ihr zurück. Sie war die Einzige im Dorf, die den Blick besaß, und womöglich hielt ihn dieses Wissen von ihr fern – wie aber sollte sie ihre Gabe jemals weitergeben können, wenn sie niemals ein Kind gebar?

War es vielleicht sogar die Aufgabe des Kristalls, dafür zu sorgen, dass Frauen wie sie einen Mann fanden, mit dem sie sich in Liebe vereinen konnten? Noch zögerte Nimué, ihn zu benutzen, denn sie erinnerte sich gut an Großvaters Rat, den er ihr gegeben hatte, als sie noch ein Kind war und er sie zum ersten Mal mit in den Kristallwald genommen hatte. »Hüte dich vor deinen Wünschen, denn sie könnten wahr werden.« Auch wusste sie nicht, wie sie den Zauber hätte hervorrufen sollen.

Doch als sich nach dem ersten warmen Tag des Jahres der Vollmond über den Wald erhob und das ganze Dorf mit seinem sanften, bläulichen Schimmer übergoss, wusste Nimué, dass jene Nacht gekommen war, die Großvater gemeint hatte. Nur wenn der Mond voll war, konnte der Kristall seinen Zauber vollführen. Sobald sein Licht auf ihr Kopfkissen fiel, nahm sie den Wunschstein von ihrem Nachttisch, presste ihn an ihre Brust und rannte im dünnen Hemd und mit offenem Haar hinaus auf die taufeuchte Wiese, um ihn in den Mondschein zu halten. In ihr gab es keine Zweifel mehr. Sie hatte Kyrill von der ersten Begegnung an geliebt und würde ihn immer lieben – und sie war verpflichtet, ihre Gabe weiterzugeben, damit weiterhin Frieden in der Welt herrsche. Kyrill musste ihr Mann werden.

Der Kristall wurde warm in ihren Händen, als sie auf die Knie fiel und ihn gen Himmel streckte, als wolle sie ihn dem Mond schenken.

»Bitte lass Kyrill mich lieben, ohne dass ich um seine Zuneigung kämpfen muss!«, flüsterte Nimué zitternd. Ihr Rücken war eiskalt geworden, während der Kristall ihre Handflächen zu verbrennen schien. »Lass ihn von alleine tun, was ich mir sehnlichst wünsche!«

Nun konnte sie den Stein kaum mehr in den Händen halten, so stark war seine Glut, und das Licht des Mondes ließ ihn violett funkeln. Nimué wandte ihre Augen ab, sein gleißendes Strahlen schmerzte sie. Ein plötzlicher kühler Wind brachte die Bäume des Waldes zum Raunen, ein warnendes, misstrauisches Gemurmel, bevor es so still wurde, dass Nimué ihr Herz laut und ungleichmäßig schlagen hörte. Das Licht des Kristalles erlosch, seine Hitze schwand, der Mond verbarg sich hinter einer dunklen, gezackten Wolke. Es roch nach Regen und nasser Erde. Erschauernd raffte Nimué ihr Hemd, stand auf und lief ins Haus zurück, wo sie die ganze Nacht keine Wärme fand. Sie schlotterte und zitterte, als würde sie krank werden, und fürchtete, ihr Bett am nächsten Tag nicht verlassen zu können.

Doch als mit dem ersten Gesang der Vögel eine milchige, blasse Sonne aufging, die rasch von neuen Regenwolken überdeckt wurde, kroch die Wärme zurück in Nimués Körper und sie fühlte sich gesund genug, um mit ihrer Arbeit zu beginnen. Sie ging ihr leicht von der Hand, auch wenn die Kristalle nicht jene Leuchtkraft fanden, die sie gewohnt war. Doch als die Abenddämmerung hereinbrach, war ihr Tagewerk vollbracht. Über den Zauber dachte Nimué nicht mehr nach. Sie war sich nicht einmal sicher, ob sie wahrhaftig auf die Wiese getreten und den Kristall in das blaue Mondlicht gehalten hatte. Die vergangene Nacht kam ihr vor wie ein ferner, alter Traum, der niemals wahr werden durfte.

Gerade mischte sich dumpfes Donnergrollen in das Prasseln des Regens, als Nimué beim Blick durch das Fenster sah, wie sich ein Reiter dem Haus näherte – im gestreckten Galopp, als gäbe es für ihn nur ein einziges Ziel, das heute Abend wichtig war, nur einen Menschen, den er erreichen musste, kostete es, was es wollte. Schon oft hatte Nimué Kyrill im Galopp heranreiten sehen, doch nie hatte er dabei so entschlossen und getrieben gewirkt. War doch ein neuer Krieg ausgebrochen? Trugen die Edelleute ihre Schwerter wieder zum Kämpfen und nicht zur Bewahrung des Friedens?

Sie hatte gerade die Tür geöffnet, als Kyrill von seinem schnaubenden Pferd sprang und ihr mit ausgebreiteten Armen entgegenstürzte, um seine Hände auf ihre Wangen zu legen und ihr besorgt ins Gesicht zu sehen. Nass und pechschwarz klebten seine Haare an seinen Schläfen.

»Geht es dir gut, Nimué? Das Unwetter …«, stieß er rau hervor und schob sie ins schützende Innere des Hauses. »Ich habe mir solche Sorgen um dich gemacht …«

»Keine Angst, es geht mir gut«, erwiderte Nimué, und ehe sie weiterreden konnte, hatte Kyrill sie an seine Brust gezogen, die nach feuchtem Laub, Tannennadeln und dem Feuer der Schmiede roch.

»Ich habe es erst gemerkt, als die ersten Blitze einschlugen … auf einmal habe ich es gesehen, Nimué!« Noch immer hielt Kyrill sie fest in seinen Armen. »Wie hatte ich nur so blind sein können! Du und ich – wir sind füreinander bestimmt.« Mit dem Zeigefinger hob er ihr Kinn an, sodass er in ihre dunklen Augen blicken konnte, und Nimué fing an zu beben, vor Kälte und vor Glück. »Ich habe dich immer nur als Mädchen gesehen, aber als ich heute Morgen aufwachte, verstand ich plötzlich, dass ich dich brauche. Als meine Frau. Ja, Nimué, ich brauche dich … Ich liebe dich.«

Nimué fand keine Worte mehr. Es ging so schnell, so einfach, sie musste wahrhaftig nichts dafür tun – ihr Wunsch fand endlich Erfüllung! Sie wusste nicht, ob sie lachen oder weinen sollte. Ihr Mund zuckte, ihre Lider flatterten, ihr Herz jagte sich selbst. Es war zu viel Seligkeit auf einmal, um sie begreifen zu können.

»Du liebst mich doch auch, oder? Nimué?«

»Ja«, flüsterte sie heiser und schloss die Augen, als seine kühlen Lippen sich auf ihre legten. Ihr erster Kuss, jener Kuss, von dem sie jede Nacht geträumt hatte, seitdem sie Kyrill das erste Mal gesehen hatte – und nun geschah er, er geschah! »Ja, ich liebe dich.«

An diesem Abend ritt Kyrill nicht zurück in die Schmiede. Das Unwetter verhinderte, dass Nimué sich mit ihm auf die Bank hinter dem Haus setzen konnte, wie sie es nach der Arbeit des Tages so gerne tat, doch was kümmerte sie das noch? Bis weit nach Mitternacht lag sie vor dem Kaminfeuer in Kyrills Armen und sie redeten über ihre Zukunft, ihr gemeinsames Haus, das sie sich bauen würden, ihre Kinder. Kyrill versprach, immer für sie da zu sein und die Alten des Dorfes zu bitten, sie noch vor dem Winter zu Mann und Frau zu weihen und ihre Liebe allen anderen bekannt zu geben.

Nachdem Kyrill im Morgengrauen sein Pferd gesattelt hatte und zur Schmiede aufgebrochen war, gelang es Nimué nicht, sich auf ihre Steine zu konzentrieren – so glücklich war sie. Zweimal verletzte sie sich beim Schleifen die Finger, und ein kleiner Rubin rutschte ihr aus der Hand und verlor sich zwischen den alten Bodendielen, sodass sie ihn nicht mehr finden konnte. Der Himmel blieb finster und gegen Abend begann es erneut zu regnen, während dicke, graue Nebelschwaden aus dem Wald über die Wiese und hinauf zum Haus krochen. Eine feuchte, hartnäckige Kälte begann sich in seinen Gemäuern einzunisten.

Doch all das konnte Nimué nicht betrüben. Sie wusste, dass Kyrills Arme sie wärmen würden, sobald er da war – und so kam es auch. Die geschliffenen Steine steckte er wie nebenbei in seine Tasche, seine gesamte Aufmerksamkeit und Fürsorge galt allein ihr. Wie im Traum sah Nimué dabei zu, wie er das Feuer neu anfachte, seine mitgebrachten, köstlich duftenden Speisen auf dem Tisch ausbreitete und ein weiches Wolltuch um ihre Schultern legte. Noch immer wagte sie nicht zu glauben, was mit ihr geschah. Sie hatte nicht gewusst, dass das Leben so einfach sein konnte, so mühelos.

Nachts heulte der Sturm, als suche er Krieg; seine Böen fauchten durch den Kamin und löschten auch die letzte Glut, doch Nimué lag geborgen und warm in Kyrills Armen und lauschte dem gleichmäßigen Auf und Ab seines Atems. Er hielt sie, als habe er nie etwas anderes getan und nie etwas anderes tun wollen – und nachdem er am nächsten, windigen Morgen zur Schmiede aufgebrochen war, freute sich Nimué schon auf die Abendstunden, in denen sie zusammen am Feuer sitzen und darüber sprechen würden, wir ihr gemeinsames Leben aussehen würde.

Der Sturm wollte nicht weichen. Nachdem Nimué am späten Vormittag die Ställe ausgemistet und das Vieh versorgt hatte, war es im Haus so dunkel geworden, dass sie ihre Öllampen anzünden musste, um ihre Arbeit an den Steinen fortzusetzen. Ihre Hände waren unruhig und zitterten leicht, sodass das Feilen sie Kraft und Mühe kostete und sie nicht den Mut fand, die Augen zu schließen, wie sie es sonst zu tun pflegte, wenn sie sie bearbeitete. Als die Feile nachmittags erneut abrutschte und Nimué sich am kleinen Finger verletzte, beschloss sie, eine Pause zu machen und hinunter in den Keller zu gehen, um ein Glas Honig und eingemachtes Obst zu holen, damit Kyrill und sie abends genug zu essen hatten.

Schon auf der Stiege drang ein feuchter, modriger Geruch in ihre Nase, der sich mit jedem Schritt, den sie abwärts tat, verstärkte. Sobald sie unten angekommen war, ließ Nimué das Licht der Öllampe über die Wände gleiten – und ihr stockte der Atem. Sie glänzten vor Nässe; an einigen Stellen hatte sich bereits dunkler Schimmel gebildet. Die Kartoffeln in den Holzkisten auf dem Boden hatten hässliche lange Triebe bekommen und in den letzten Äpfeln der Herbsternte wimmelte es von kleinen weißen Würmern, die sich gierig durch das Fruchtfleisch fraßen.

Unwillkürlich machte Nimué einen Schritt zurück und geriet ins Stolpern, sodass sie sich mit der Hand an der Wand abstützen musste. Sie war so glitschig, dass sie abrutschte und ihr Gleichgewicht verlor. Lautlos erlosch die Öllampe, als Nimué auf die feuchten Steine fiel und sich plötzlich in vollkommener Dunkelheit wiederfand. Nun sah sie gar nichts mehr; sie hörte nur noch das Prasseln des Regens, vermischt mit dem unaufhörlichen Heulen des Windes und einem aufreibenden, regelmäßigen Tropfen. Hustend richtete Nimué sich auf und versuchte, die Öllampe neu zu entfachen, doch selbst nachdem es ihr gelungen war und wieder Licht in den Keller fiel, konnte sie die Ursache des Tropfens nicht finden. Stattdessen entdeckte sie grünliche Schimmelspuren an einigen ihrer eingemachten Vorräte. Eilig wischte sie sie mit dem Zipfel ihres Rockes von den Gläsern, sodass die Sporen sich nicht weiter ausbreiten konnten, griff sich ein Fässchen Honig aus den Regalen und nahm die Stiege nach oben, um endlich wieder tief einzuatmen. Ihre Lunge schmerzte, als habe der Geruch im Keller sie verpestet.

Doch als sich abends das Hufklappern von Kyrills Pferd näherte, waren alle Sorgen verflogen – und wieder brachte er einen großen Korb voll erlesener Speisen und eine Flasche süßen dunkelroten Wein mit. Nimués Honig blieb ungeöffnet, das eingemachte Obst hatte sie vergessen – an diesem Abend und auch am nächsten und am übernächsten. Immer seltener suchte Nimué ihren Keller auf; sie brauchte ihre eigenen Vorräte nicht mehr. Kyrill brachte alles mit, was sie zum Leben benötigte.

Am liebsten hätte sie den Keller für immer verschlossen. Sein Geruch drang Tag für Tag stärker in den Wohnraum; das Tropfen war sogar in Nimués Schlafgemach zu hören und verfolgte sie bis in ihre Träume. Sie begann sich heimlich vor dem Gewölbe zu fürchten und sehnte den Tag herbei, an dem Kyrill damit beginnen würde, ihr gemeinsames Haus zu bauen.

Manchmal kam Nimué nicht umhin, den Keller aufzusuchen, und ihr Grauen wuchs mit jedem Herzschlag, den sie unterhalb ihres

Wohnraums verbrachte. Der schwarze Schimmel bedeckte inzwischen mit giftigen dünnen Sporen die gesamten Wände und hatte die Vorratsgläser mit einer dicken Schicht überzogen, sodass sie nicht mehr zu erkennen waren. Der Boden war so rutschig geworden, dass Nimué ständig zu stürzen drohte, wenn sie sich auf ihm bewegte. Dicke vielbeinige Kellerasseln und fette Schaben wuselten über die Steine und nisteten sich in jeder Ecke ein, um sich an dem Schimmel zu laben und den Boden zu verdrecken. Nimué konnte sie sogar hören; ihr war, als ob sie unentwegt flüsterten und zischelten. Die verwesenden Äpfel und Kartoffeln stanken schlimmer als Aas, doch Nimué schaffte es nicht, die Kisten vom klebrigen Boden zu lösen, um sie herauszutragen. Sobald Kyrill abends an die Tür klopfte, vergaß sie den Keller und auch, ihm davon zu erzählen.

Ein dunkler, kalter und verregneter Sommer senkte sich über das Dorf. Die Bauern konnten keine Ernte einbringen, das Vieh wurde krank, die Alten klagten über schweren Husten, Knochenschmerzen und Müdigkeit. Die Beeren faulten bereits am Strauch, und wegen der fehlenden Sonne wuchsen weder Äpfel noch Birnen an den Bäumen. Nimués Kräutergarten wurde von Schnecken zerfressen, bevor die Pflanzen ihre Heilkraft entwickeln konnten. Die Blätter der großen Eiche vor der Steinkapelle, in der immer mehr Menschen um Sonne beteten, begannen sich bereits im Juli braun zu verfärben. Nur wenige Tage später brachte ein blässlich aussehender Bote die Kunde, dass drei Dörfer weiter, unten an der Flussbiegung, eine Frau und ihre drei Kinder an der Pest gestorben waren.

Wenn Nimué durch das Dorf ging, sah sie die Menschen nicht mehr lächeln. Jeder litt unter der Kälte und dem ständigen Regen. Selbst die Edelleute wirkten gebeugt und furchtsam, ihre Rösser lahmten. Die Kinder spielten nicht mehr, sondern verkrochen sich in den Häusern. Ihr Lachen, das früher die Sommerluft erfüllt hatte, blieb aus. Als hätte der Regen sie ebenfalls verhext, blieben auch Nimués

Kristalle stumpf und glanzlos, sie verweigerten sich dem Licht. Nimués Finger waren voller Schrunden und Verletzungen, weil ihre Feilen ihr nicht mehr gehorchten, doch Kyrill beklagte sich nicht. Er nahm die Kristalle entgegen, ohne sie sich anzuschauen. Alles, was ihm am Herzen lag, war, Nimués Wünsche zu erfüllen. Nie war er missmutig, nie störten ihn der Regen und die Kälte. Nie wurde er es müde, Nimué mit Essen zu versorgen, das Feuerholz zu spalten, den Kamin anzuheizen und sie nachts in seinen Armen zu halten.

Doch als die Edelleute eines Morgens den Dorfältesten verkündeten, dass am Ende des Flusses nach langen Jahren des Friedens wieder Krieg ausgebrochen sei, fand Nimué in Kyrills Armen keine Ruhe mehr. Schwer drückten sie auf ihre Brust, sie konnte kaum noch atmen unter ihrer Last. Obwohl gerade ein Hagelschauer auf das Dach prasselte, wurde ihr so heiß, dass sie sich vorsichtig aus Kyrills Umarmung befreite und im Hemd nach unten schlich, um hinaus auf die Rückseite des Hauses zu gehen. Auch die Bank, auf der sie früher abends so gerne gesessen hatte, war dem Regen zum Opfer gefallen. Die Lehne war entzweigebrochen, das Holz modrig und mürbe. Ihr Atem stand in dampfigen Wolken vor ihrem Gesicht, als Nimué mit brennendem Herzen hinüber zum Waldrand schaute, wo früher jeden Abend das Einhorn erschienen war. Seitdem Kyrill nachts in ihrem Haus schlief, hatte es sich nicht mehr gezeigt. Auch jetzt blieb der Wald finster, schwarz und leer.

»Ach, Großvater«, flüsterte Nimué hilflos und sank auf die nasse, kalte Bank. »Großvater ...«

War ihr nicht das geschenkt worden, was sie sich immer gewünscht hatte? Hätte sie nicht vor Glück übersprudeln müssen? Dankbar dafür sein müssen, dass Kyrill Abend für Abend zu ihr kam und ihr all ihre Bedürfnisse erfüllte? Doch in Nimué hatte sich eine tiefe, quälende Traurigkeit eingenistet. Das Vieh war krank, die Bauern konnten keine Ernte einbringen, die Menschen starben an der Pest und es herrschte wieder Krieg – es würde nicht lange dauern, bis auch ihr

Dorf davon erfasst würde. Und ihre Kristalle fingen kein Licht mehr ein. Das war kein Glück, keine Freude. Doch am meisten bedrückte sie, dass sie nicht mehr wusste, wer sie war. Jeden Morgen blickte sie in ihren Spiegel, und jedes Mal kam sie sich ein wenig fremder und blasser vor. Sie hatte den Blick, daran erinnerte sie sich, doch sie fühlte ihn nicht mehr. Sie musste die Augen aufreißen, um die Steine zu bearbeiten, und trotzdem verletzte sie sich immer wieder selbst mit ihrem Werkzeug, das ihr früher so gute Dienste geleistet hatte. Ratlos blickte Nimué auf ihre zerschundenen Hände.

»Kein Gegenmittel«, hatte Großvater kurz vor seinem Tod gesagt. Es gab kein Gegenmittel für ihren Wunsch. Sie konnte den Kristall auch nicht ein weiteres Mal bitten, ihr einen Wunsch zu erfüllen. Sie hatte ihre Chance genutzt – und verspielt. Was nur sollte sie tun? Wie konnte sie dafür sorgen, dass der Frieden zurückkehrte, die Menschen um sie herum wieder zu lächeln begannen, die Kinder lachend durch die Gassen rannten? Und wie konnte sie sich selbst wiederfinden, ihren Blick neu beseelen, sodass ihre Kristalle Frieden brachten und keinen Krieg?

Nimué stieß einen verzweifelten, leisen Schrei aus, sprang auf und nahm all ihren Mut zusammen, um hinunter in den Keller zu gehen. Vielleicht hatte Großvater dort einen weiteren Wunschkristall versteckt, den sie finden musste und der ihr Schicksal wenden konnte. Nimués Herz schlug angstvoll gegen ihre Brust, als sie, mit allen Kerzen und Öllampen bewaffnet, die sie im Haus hatte finden können, die schmierige Treppe nach unten stieg und in den feuchten, tropfenden Keller trat. Nach und nach entzündete sie die Lichter und Kerzen, bis jeder Winkel des Gewölbes ausgeleuchtet wurde und sie überall hinschauen konnte. Es fiel ihr schwer, stehen zu bleiben und den Anblick zu ertragen. Der Schimmel lauerte überall und die Ecken wimmelten vor Asseln und anderem Getier. Nimué krümmte sich fast vor Ekel, als sie eine dicke Bürste in die Hand nahm und begann, den Moder von den Wänden zu kratzen, Meter für Meter. Sein Geruch raubte ihr fast den Atem, doch nach einer Weile stellte sie mit Staunen fest, dass ihr dabei leichter ums Herz wurde und die Steine langsam zu trocknen begannen. Je mehr Schimmel sie entfernte, desto eiliger zogen sich die Asseln und Schaben zurück und krochen durch die beiden Kellerluken ins Freie. Das Tropfen, das Nimué so oft den Schlaf geraubt hatte, verstummte. Die alten Vorräte musste sie wegschmeißen, denn sie waren allesamt schlecht geworden, doch nachdem sie sie aus dem Keller geschafft hatte, gelang es ihr wunderbarerweise, die Kisten mit den verdorbenen Kartoffeln und Äpfeln vom Boden anzuheben und nach draußen zu tragen, wo die feuchte Erde sie mit einem geduldigen Schmatzen in sich aufnahm.

Einen zweiten Wunschkristall fand Nimué nicht. Doch sie wusste nun, was sie zu tun hatte. Noch vor Sonnenaufgang wusch sie sich mit dem eiskalten Wasser ihres Brunnens, schlüpfte in ein frisches Kleid, fachte das Feuer an und wartete darauf, dass Kyrill die Treppe herunterkam.

Er hatte nicht gemerkt, dass Nimué die ganze Nacht auf den Beinen gewesen war und der modrige Gestank des Kellers nicht mehr in den Wohnraum drang. Wie jeden Morgen küsste er sie, sagte ihr, dass er sie liebe und zog von dannen. Doch zum ersten Mal erwiderte Nimué seine Worte nicht. Seine Gestalt schien seltsam blass und konturenlos, als er sich auf sein Pferd schwang, und sobald er den Pfad zum Dorf einschlug, konnte Nimué ihn kaum mehr von dem dichten, grauen Nebel um ihn herum unterscheiden.

An diesem Tag feilte Nimué keine Steine. Sie saß ruhig vor dem Feuer, blickte in seine dunkelrote Glut, aß und trank nichts, bis ihre Kehle trocken war und ihr Bauch vor Hunger schmerzte. In ihren Händen hielt sie den Kristall des blauen Mondes, der sich kühl und fremd auf ihrer Haut anfühlte. Doch sie ließ ihn nicht los.

Am Abend läuteten die Glocken der Felsenkapelle sieben Mal. Der Krieg hatte das Dorf erreicht, die Männer mussten sich versammeln und ihre Schlacht planen. Nur Nimué wusste, dass es keine Schlacht geben würde – doch sie blieb tatenlos vor dem Feuer sitzen und regte sich nicht, denn Kyrill war einer der Krieger des Dorfes und an diesem Abend wollte sie alleine bleiben.

Als die Dämmerung hereinbrach und der Regen sich in ein sanftes, leises Nieseln verwandelte, verließ Nimué ihren Platz am Feuer und setzte sich nach draußen auf die Bank, um wie früher auf den Wald zu schauen. Ein milder, nach Blüten duftender Wind kam auf, um die letzten Wolken zu zerstreuen, und in den Gräsern begannen sacht die Grillen zu zirpen. Zum ersten Mal seit Monaten sah Nimué die Sterne am nachtschwarzen Himmel leuchten – und endlich sah sie auch den Mond. Riesig und dunkelblau stieg er über den Tannenspitzen des Waldes empor und hüllte die Welt in sein geheimnisvolles, samtiges Schimmern. Auf ihn hatte Nimué gewartet.

Langsam erhob sie sich, um in kleinen, ruhigen Schritten auf die Mitte der Wiese zu treten, wo sie den Kristall sanft an ihr Herz schmiegte, tief in ihn hinein atmete und ihn dann in das Licht des Mondes hielt. Im gleichen Moment nahm sie eine Bewegung am Waldrand wahr – und ließ die Hände wieder sinken. Ihre Seele begann zu singen, als das Einhorn zwischen den Bäumen erschien, als habe sie es gerufen, und lautlos auf die Wiese schritt. Seine kristallenen Hufe berührten kaum das Gras, seine Mähne wehte sacht im Abendwind, seine schwarzen Augen schillerten wie tiefe, dunkle Seen, deren Wasser den Sternenhimmel spiegelte. Sein lockiges Fell wirkte fast blau im Licht des Mondes, als es sich Nimué näherte und seinen Kopf geschmeidig senkte, sodass sie den Kristall mit seinem Horn verschmelzen lassen konnte. Ein warmer Schauer rieselte durch Nimués Körper, als sie spürte, dass der Kristall sich auflöste und zu purem Licht wurde; ein Licht wie das, aus dem das Horn des Tieres einst erschaffen worden war.

Einen Atemzug lang standen das Einhorn und sie sich still gegenüber, als erzählten sie sich stumm Geschichten aus uralten Zeiten, dann wandte es sich gemächlich ab und trabte zurück zum Wald, wo es ebenso lautlos zwischen den Bäumen verschwand, wie es gekommen war. Im selben Augenblick rieselten sieben lang gezogene Sternschnuppen über den Himmel. Noch war nicht Herbst. Noch war einen Monat lang Sommer. Noch konnte das Licht zurückkehren und mit ihm der Frieden.

Der Frieden kam. Die Kinder lachten wieder und rannten spielend durch die Gassen. Das Vieh wurde gesund, die Alten fanden zu neuer Lebensfreude. Die Felder erholten sich, die Bäume bekamen frische grüne Triebe und die Sonne wärmte die Erde auf.

Alleine Kyrill kehrte nicht zurück. Nimué sah ihn nie wieder. Niemand sprach von ihm, niemand vermisste ihn. Niemand kannte ihn. Niemand hatte ihn jemals gesehen.

Doch Nimués Kristalle leuchteten heller denn je, und wo sie auch war, strahlte sanfter Frieden in die Welt.

Denn sie hatte keine Wünsche mehr – und das Leben beschenkte sie reicher denn je.

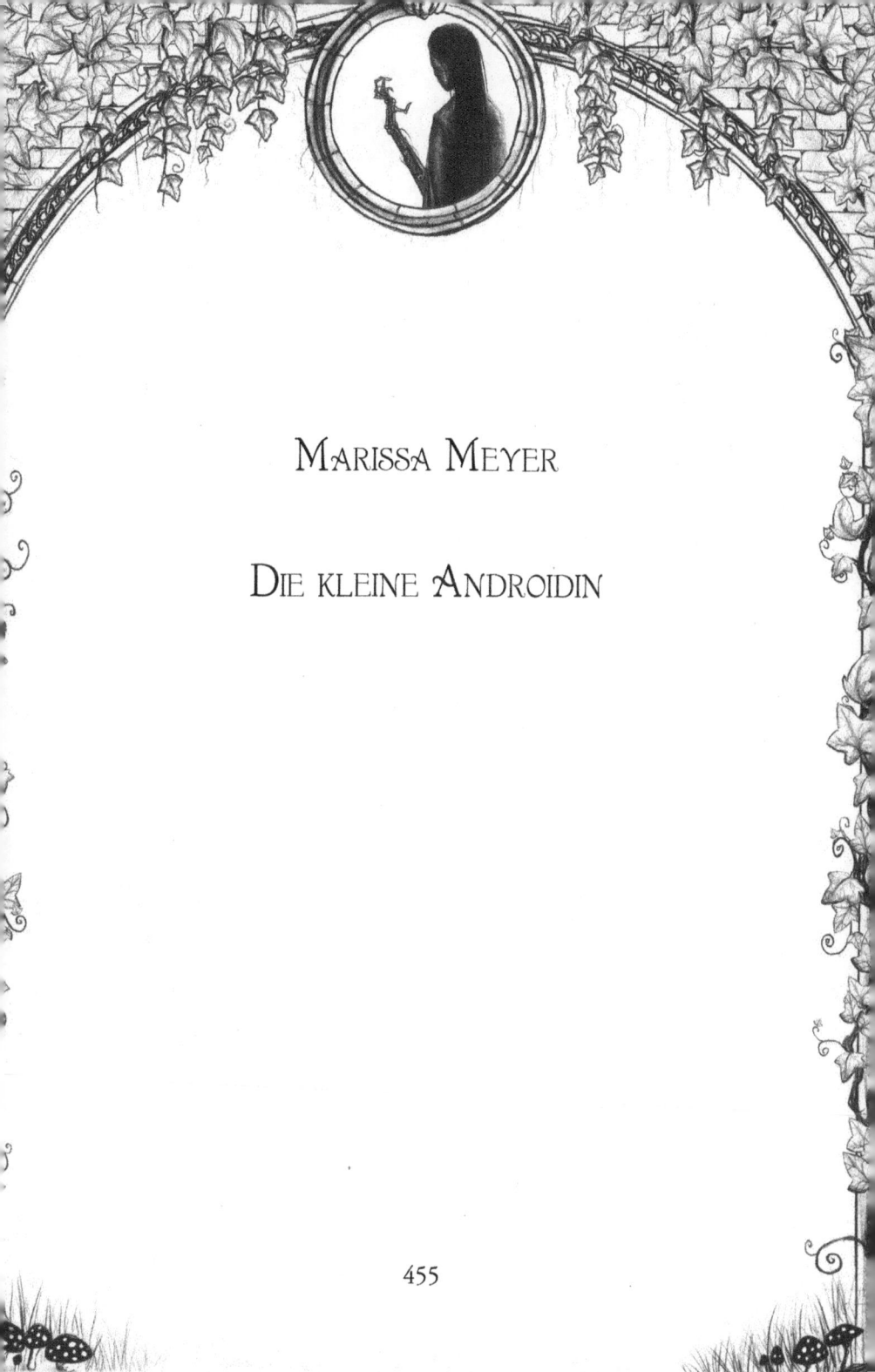

Marissa Meyer

Die kleine Androidin

Marissa Meyer

Geschichten schlummern schon immer in Marissa Meyer. Die Autorin der *Luna Chroniken* wurde in Washington, USA geboren. Richtig ernsthaft mit dem Schreiben begann sie im Teenager-Alter, mit *Sailor Moon*-Fanfiction. »Zunächst machte es mir einfach nur Spaß, so meine Liebe für die Serie mit anderen zu teilen; aber dann begannen Leser zu Fans zu werden und mich dazu zu ermutigen, einen Roman zu schreiben. Ich werde immer sehr dankbar dafür sein, wie sehr mich die Fanfiction-Gemeinschaft unterstützte«, betont sie.

In ihrem gerade in den USA erschienenen Buch *Renegades* geht es um Superhelden und Geheimidentitäten. Marissas erster Roman *Wie Monde so silbern* war jedoch eine Märchenadaption. Während viele Autoren die alten Geschichten in die Neuzeit versetzen, ging Marissa sogar noch einen Schritt weiter. Sie siedelte ihre Aschenputtel-Adaption in der Zukunft an und machte aus ihrer Hauptfigur einen Cyborg.

Auch ihre nachfolgende Erzählung ist ein Science Fiction-Märchen. Sie erschien im Original zunächst als E-Book und später in ihrer eigenen Kurzgeschichtenkollektion *Stars Above*. Fans der *Luna Chroniken* dürfen sich auf ein kurzes Wiedersehen mit ihrer Serienheldin Cinder freuen.

In einem Interview für meinen Blog hat Marissa Meyer mal gesagt, dass sie Märchen liebt, seit sie als kleines Kind *Arielle die Meerjungfrau* im Kino sah. »Was war ich geschockt, als ich später herausfand, wie sehr sich der Film vom Märchen von Hans Christian Andersen unterscheidet.« *Die kleine Androidin* ist Marissas eigene Version der klassischen Geschichte.

www.marissameyer.com

Die kleine Androidin

Mech6.0 stand an die Ladestation des Hangars gelehnt, eine von Hunderten von stummen Wachen, welche die Passagiere dabei beobachteten, wie sie mit ihren schwebenden Gepäckwagen und aufgeregtem Geplapper vorbeiflatterten. Die gewaltige *Triton* lag eindrucksvoll vor ihr in der Mitte des Hangars und ließ die Menschenmenge zwergenhaft erscheinen. Das Begrüßungspersonal scannte die ID-Chips der Gäste und führte sie an Bord. Die Jungfernfahrt eines Schiffes war stets eine fröhliche Angelegenheit, doch diese hier kam ihr noch lebendiger vor als gewöhnlich, da die *Triton* kurz davorstand, den Rekord als das größte Kreuzfahrtschiff aufzustellen, das jemals vom Stapel gelassen worden war. Kellner überreichten den Passagieren Champagnergläser, als sie an Bord traten und ihre Habseligkeiten untergebracht wurden. Die Frauen trugen ihre feinsten Kimonos, *Hanboks* und Cocktailkleider und zur Unterhaltung war sogar ein Live-Orchester angeheuert worden.

Vor dem festlichen Hintergrund erschien Mech6.0 das Schiff selbst, mit seiner polierten Metallummantelung und den kleinen, runden Fenstern, die im künstlichen Licht des Hangars schimmerten, bedrohlich. Es hatte nicht so groß ausgesehen, als sie daran gearbeitet, Kabel verlegt, Stücke des Gestells gelötet und Schutzverkleidungen angebracht hatte. Zu dieser Zeit hatte es sich beinahe so angefühlt, als seien sie und ihre Geschwister ein Teil dieses gewaltigen Metallungetüms. Tausend winzige bewegliche Teile, die eine leistungsstarke Maschine erschufen. Doch nun war das Ergebnis ihrer Arbeit bereit, vom Stapel zu laufen, und sie fühlte sich nicht mehr auf irgendeine Weise mit ihm gebunden. Nur so klein wie ein Zwerg vor seiner Pracht.

Und vielleicht ein wenig im Stich gelassen.

Während die Gäste kicherten, tratschten und darüber sprachen, an wie vielen Weltraumkreuzfahrten sie bereits teilgenommen hatten, sowie über die Schönheit des neuen Schiffes und all die Annehmlichkeiten, die die Werbeanzeigen versprachen, beobachtete und lauschte Mech6.0. und spürte das Surren der Elektrizität, die ihr Inneres wärmte.

»Alle an Bord! *Triton* legt in zehn Minuten ab. *Zehn-Minuten-Warnung!* Alle an Bord!«

Die Menge lichtete sich. Das monotone Piepsen der ID-Scanner verebbte zu einem tröpfelnden Rhythmus. Eine Rampe fuhr nach oben und schloss sich mit einem Dröhnen, das durch die Böden des Hangars und Mech6.0s Trittketten vibrierte – dann zwei Rampen, dann drei.

»Wartet!« Die Stimme einer Frau hallte durch den Hangar, gefolgt vom hastigen Patschen von Füßen. »Wir kommen! Wir sind hier«, rief sie atemlos, während sie ein junges Mädchen hinter sich herzog.

»Gerade noch rechtzeitig«, sagte ein Mann vom Empfangspersonal und scannte das Handgelenk der Frau. »Und rein mit euch.«

Sie dankte ihm ausgiebig und schob sich eine Haarlocke aus dem Gesicht. Erneut schloss sie ihren Griff um das Handgelenk des Mädchens, versetzte ihrem Schwebegepäckwagen einen Schubs und eilte die Rampe hinauf.

Mech6.0s Scanner erhaschte etwas Kleines und Flaches, das sich vom Rucksack des jungen Mädchens löste und neben dem Mann herunterflatterte, ohne dass der es bemerkte. Ihr Programm alarmierte sie über diese Inkongruenz und scannte nach angemessenen Reaktionen.

Wenn sie etwas fand, das ein Mensch verloren hatte oder das gestohlen worden war, musste sie es zurückbringen.

Doch sie durfte den Boardingprozess nicht unterbrechen, vor allem nicht, nachdem der Captain den Befehl gegeben hatte, das Schiff zu versiegeln und zum Ablegen bereit zu machen.

In dem Moment, in dem die letzte Rampe sich vom Boden löste, wusste Mech6.0, dass ihre Chance, den Gegenstand zu dem Mädchen zurückzubringen, vertan war. Sie hielt ihren Scanner auf die kleine Karte gerichtet, bis die Rampe kippte und die Karte wegrutschte, um trudelnd und wirbelnd durch die Luft zu fliegen. An dem Empfangspersonal, das bereits die Absperrseile der Ticketwarteschlangen zurückzog, an den standbildhaften Gestalten ihrer Brüder und Schwestern und an den angeheuerten Musikern vorbei, bis sie auf Mech6.0s eigenen Trittketten landete und dort liegen blieb.

Das Röhren der Schiffsmotoren zog ihre Aufmerksamkeit wieder auf die *Triton* und ihr Scanner hob sich höher und höher, als die Decke des Hangars sich zu öffnen begann. Das Getriebe knarrte und rumpelte, offenbarte zuerst neckisch eine Andeutung von Mondlicht und dann eine Lücke, die mit Sternen gefüllt war. Schließlich entfaltete sich langsam eine ganze Galaxie über dem Hangar.

Es war wunderschön. Mech6.0 liebte diesen Moment. Sie wartete jedes Mal darauf, wenn sie ein Projekt zu Ende gebracht hatten und sich darauf vorbereiteten, es in den Himmel zu entlassen. Dieser kurze Blick, den sie in die Galaxie werfen konnte, glich nichts anderem in ihrer Welt; einer Welt, die aus Mechanik, Werkzeugen und den dunklen, schattigen Ecken in einem stillen, einsamen Raumschiff bestand.

Die Galaxie hingegen, das hatte sie inzwischen begriffen, war weit und strahlend und endlos.

Ein elektrischer Stoß durchfuhr Mech6.0; er fühlte sich an wie ein Funke direkt in ihrem Prozessor, der geschützt unter ihrem Rumpfpanel lag. Alarmiert drehte sie ihren Kopf, um die Reihe identischer Androiden zu überblicken – zuerst die zu ihrer Linken, dann die zu ihrer Rechten.

Sie schienen nicht nur den plötzlichen Stoß nicht gespürt zu haben, darüber hinaus blickte auch keiner von ihnen hinauf zum Himmel über ihnen. Steif und gleichgültig starrten sie vor sich hin.

Mech6.0 wandte ihre Aufmerksamkeit wieder dem Schiff zu, als es vom Boden abhob und durch das Magnetfeld unter dem Hangardach schwebte. Die Schubdüsen brannten einen Augenblick lang glühend weiß, dann schwebte das Schiff höher und höher und tauchte durch die Decke, bevor es elegant in den sternenklaren Nachthimmel schoss und verschwand.

Als der Jubel verklang und die Menge sich auflöste, fingen die Musiker an, ihre Instrumente einzupacken. Die gewaltige Decke schloss sich scheppernd wieder und sperrte sie erneut ein. Nicht lange, nachdem der Platz geräumt worden war, wurden die Lichter mit drei lauten Knallgeräuschen ausgeschaltet und pechschwarze Dunkelheit und Stille senkte sich über die Androiden.

Vier Minuten vergingen, während derer Mech6.0 sich noch immer an den Anblick der Sterne erinnerte. Sie wusste, dass sie irgendwie immer da und doch stets außerhalb ihrer Reichweite waren. Dann erst erinnerte sie sich an die verlorene Karte des Mädchens.

Das Licht ihres Sensors erwachte flackernd zum Leben und erschuf einen Kreis aus blassblauem Licht um sie herum. Ihre Nachbarn drehten ihre Köpfe, vielleicht aus Neugierde, eher aber aus Missbilligung, doch sie ignorierte sie und richtete ihren Scanner hinunter auf ihre Trittketten. Dann fuhr sie ihre Arme aus, schnappte sich mit ihren gepolsterten Greifern die Karte und hielt sie in die Höhe.

Sie war dünn, aber steif wie ein Stück Aluminium, und auf einer Seite stand in kunstvollen, schimmernden Buchstaben *Celebrity Holos, Sammelset, 39ste Edition, 124 T. E.*

Sie drehte die Karte um und ein flackerndes, bleiches Hologramm erschien und begann, sich um die eigene Achse zu drehen. Sie betrachtete das Abbild eines Jungen im Teenageralter mit struppigem schwarzem Haar und einem entspannten Lächeln. Er kam ihr entfernt bekannt vor.

Mech6.0 spürte, wie ihr Ventilator auf merkwürdige Weise stotterte, und fragte sich, ob irgendetwas mit ihrem Gewinde nicht stimmte. Wenn das so weiterging, würde sie den Instandhaltungsmechaniker informieren müssen. Doch diesen Gedanken vergaß sie bereits, als sie das leere Speicherfach in ihrem Bauchraum öffnete und die holografische Karte in seinem Inneren verstaute.

Vielleicht würde sie diese eines Tages zurückgeben, überlegte sie, obwohl ihre statistischen Berechnungen ihr sagten, dass dies wahrscheinlich nie geschehen würde.

Zwei Tage vergingen, bevor Mech6.0 gemeinsam mit vierzehn der anderen Androiden einen neuen Auftrag erhielt. Sie standen alle in einer Reihe, während Tam Sovann, der Besitzer der Schiffswerft, um die Unterseite des Projekts herumging, das Fahrwerk begutachtete und die Pläne mit ihrem neuen Klienten, Ochida Kenji, besprach. Ochida-shìfu war ein Mann mittleren Alters mit spärlicher Gesichtsbehaarung und einem sehr teuer aussehenden Anzug. Sein Schiff war eine Yacht, die der Entspannung diente, luxuriös und großräumig genug für jene, die sich Luxus und große Räume leisten konnten. Mech6.0 scannte das Schiff, während sie darauf wartete, ihre Anweisungen zu erhalten und die Informationen in ihre Datenbank einzuspeisen. A 94 T.E. Orion Classic, eines der teuersten Schiffe seiner Zeit und eines der am meisten renovierten des letzten Jahrzehnts. Der Name *Kind der Sterne* stand nah an seinem Bug geschrieben, war jedoch über die Zeit hinweg verblasst.

»Der Rumpf ist in gutem Zustand, Ochida-shìfu«, sagte Tam. »Aber die Motoren müssen vollständig erneuert werden, damit sie den heutigen Vorschriften genügen. Und um das Innere umzubauen und mit den neuesten Spielereien auszustatten, müssen wir alles bis auf die Ummantelung freilegen. Ich bin jedoch zuversichtlich, dass wir Ihre Frist einhalten und zugleich den ursprünglichen Charakter des Schiffs erhalten können.«

»Ihr Ruf spricht für sich selbst«, sagte Ochida Kenji. »Ich habe keine Zweifel, dass sie in guten Händen ist.«

»Ausgezeichnet. Lassen Sie mich Ihnen den Ingenieur vorstellen, der Ihren Umbau leiten wird. Dies ist Wing Dataran, einer unserer strahlendsten Sterne.«

Wie aus einem einprogrammierten Reflex heraus schwenkte Mech6.0s Sensor auf die Gruppe. Obwohl Wing Dataran schon beinahe ein Jahr in der Schiffswerft arbeitete, hatten sich ihre Pfade nie gekreuzt. Die *Triton* war viel zu bedeutend gewesen, und sie war nie einem seiner kleineren Projekte zugewiesen worden.

Doch sie hatte von ihm gehört. Sie hatte ihn in ihre Netzdatenbank eingespeichert, als sie ihn zum ersten Mal gesehen hatte – wie sie es mit all ihren menschlichen Arbeitgebern tat –, doch irgendetwas an ihm hatte dafür gesorgt, dass sein Profil in der Spitze ihres Memory-speichers geblieben war. Als junger Hardware-Ingenieur war er nach der Technik-Universität, an der er sich auf Raumschiffsmotoren mit dem zusätzlichen Schwerpunkt Innendesign und mechanische Systeme spezialisiert hatte, direkt angestellt worden.

Aus Gründen, die sich nicht genau berechnen ließen, ertappte sie ihren Sensor oft dabei, wie er in der Menge aus Androiden und Technikern nach ihm suchte, und jedes Mal, wenn sie ihn entdeckte, tat ihr Ventilator diesen merkwürdigen kleinen Sprung, genau wie er es getan hatte, als sie das Hologramm gesehen hatte. Erst jetzt begriff sie, dass es Übereinstimmungen zwischen Dataran und der holografischen Figur gab. Nicht nur in der Art, in der alle Menschen sich ähnelten, mit zwei Augen und hervorstehender Nase und fünffingrigen, fleischigen Händen. Dataran und der Junge im Hologramm hatten beide ausgeprägte Wangenknochen und eine schlanke Figur, die von einer ausgesprochenen Grazie sprach. Und sie hatten beide ihren Ventilator zum Stottern gebracht.

Was hatte das zu bedeuten?

Dataran löste einen tragbaren Monitor von seinem Werkzeuggürtel, nachdem sie sich vorgestellt hatten. »Ich habe bereits begonnen, an ein paar ersten Plänen zu arbeiten«, sagte er und zeigte Ochida etwas auf dem Monitor, »aber ich will alle besonderen Wünsche, die Sie haben, mit Ihnen besprechen, bevor ich sie zu Ende bringe. Besonders diese neuen Luxuseinrichtungen, die zusätzliche Belastung auf den Motor ausüben könnten. Ich will sichergehen, dass es vollständig ...«

Er verstummte, als sein Blick an etwas über Ochidas Schulter hängen blieb. Alle folgten seinem Blick, Mech6.0 eingeschlossen.

Ein Mädchen war aus dem Schiff getreten, es trug einen orange-weißen Kimono.

»Ah, da bist du ja, meine Prinzessin«, sagte Ochida und winkte sie zu ihnen hinab. »Warst du die ganze Zeit über im Schiff?«

»Ich wollte nur auf Wiedersehen sagen«, antwortete das Mädchen und schwebte die Rampe hinab. »Wenn ich sie das nächste Mal sehe, wird es sein, als ob ich einem ganz neuen Schiff begegne.«

»Sei nicht albern. Du und ich werden in jeden Arbeitsschritt eingebunden, um sicherzugehen, dass mein kleines Mädchen genau das Schiff bekommt, das es möchte.« Ochida legte einen Arm um ihre Schultern, bevor er Tam Sovann mit erhobener Augenbraue anblickte. »Falls das kein Problem ist?«

»Natürlich nicht. Wir heißen Ihren Beitrag willkommen und wollen sichergehen, dass Sie vollständig mit dem Endresultat zufrieden sind.«

»Gut, gut. Gentlemen, das ist meine Tochter Miko. Ich habe vielleicht meine Meinung und meine Brieftasche, doch sie ist diejenige, die Sie mit dem Umbau tatsächlich zufriedenstellen müssen. Sehen Sie das Schiff als ihres an, nicht als meines.«

Miko senkte respektvoll den Kopf vor dem Besitzer der Schiffswerft und vor Dataran, der sich aufrechter hinstellte, als ihr Blick den seinen traf.

»Das ist ein sehr geschäftiger Ort«, sagte Miko mit einem Blick auf die Schiffe unterschiedlicher Größen und Konstruktionszustände, auf all die Männer und Frauen und Androiden, die zwischen den Fahrgestellen hindurchhuschten und gewaltige Werkzeugkoffer hin und her rollten. »Wie sorgt Ihr dafür, dass es so ordentlich bleibt?«

»Jedes Projekt wird einer eigenen Crew anvertraut«, sagte Tam, »und sie konzentrieren sich vom Beginn bis zur Vollendung auf dieses eine Projekt. Wir finden, dass es der effizienteste Einsatz unserer Arbeiter ist.«

Ihr Blick legte sich wieder auf Dataran. »Und Sie werden in unserer Crew sein?«

Ein Anflug von Farbe lag auf seinen Wangen, bemerkte Mech6.0. Vielleicht war es im Hangar wärmer als gewöhnlich, obwohl zu ihrer Ausstattung keine atmosphärischen Temperaturmessgeräte gehörten, die es ihr hätten bestätigen können. »Ja, Ochida-mèi«, stammelte er. »Ich werde Ihr Ingenieur sein. Ich werde derjenige sein, der … für Befriedigung … äh …« Die Rötung wurde stärker.

»Sie können mich Miko nennen«, sagte sie mit einem freundlichen Lächeln. »Ich kenne mich selbst ein bisschen mit Mechanik aus, aber vielleicht werde ich während dieses Vorgangs etwas Neues von Ihnen lernen.«

Er öffnete seinen Mund, um zu antworten, doch kein Geräusch drang heraus.

»Warum lassen wir diese Androiden nicht anfangen, das Außengehäuse zu demontieren«, sagte Tam, »und Dataran, vielleicht könnten Sie Ochida-mèi eine Führung durch die Schiffswerft geben, während wir ein paar Papiere unterzeichnen?«

»N-natürlich«, sagte er und versuchte ungeschickt, den tragbaren Monitor wieder an seinen Gürtel zu hängen. Er löste eine kleine, glänzende Kette, die er rasch in seine Tasche zurücksteckte. »Wenn Ihnen das gefallen würde?«

»Das würde es sehr.« Als ihr Vater sie nach vorn stupste, hob Miko die Hand zu ihrem Nacken, um das Haar zu richten, das dort zusammengehalten wurde, und Mech6.0s Sensor bemerkte etwas Kleines und Dunkles, das auf eine Anomalie hinwies – vielleicht ein Muttermal oder ein Tattoo?

Als ihr Prozessor die ersten Befehle erhielt, beanspruchte Mech6.0 einen Platz nahe der Vorderseite des Schiffs für sich, von wo sie die Schrauben entfernen und ihren Sensor zugleich auf den betriebsamen Hangar gerichtet halten konnte. Sie beobachtete Dataran dabei, wie er auf die verschiedenen Mechanismen und Schiffsmodelle hinwies, und versuchte zu erraten, was er Ochida Miko gerade erzählte. Den Zweck der verschiedenen Gerätschaften? Die Geschichte des Schiffs? Dass sie das effizienteste System sämtlicher Schiffswerften des Asiatischen Staatenbundes besaßen, wenn es um die Arbeit von Androiden ging?

Sie sah, wie er das Mädchen verschiedenen Mechanikern und Ingenieuren vorstellte, an denen sie vorbeigingen.

Eine Weile lang verschwanden sie im beinahe fertiggestellten WindWalker800, und Mech6.0 konnte durch das Fenster der Pilotenkanzel nur flüchtige Blicke auf sie erhaschen. Sie bemerkte, dass beide lächelten.

Dataran führte Miko durch das Ersatzteillager, den Farbraum, selbst an den Android-Ladestationen vorbei, und obwohl Mech6.0 sie nicht hören konnte, erkannte sie oft die Grübchen seines Lachens und bemerkte, wie seine Blicke gewagter wurden und sich mit wachsender Häufigkeit auf das Mädchen legten, genau wie sich ihre Blicke auf ihn legten.

Als Dataran schließlich das Tor öffnete und Miko auf die Plattformen führte, die über dem Wasserbassin und den Treibstofftanks hingen, wurde Mech6.0 klar, dass sie aufgehört hatte zu arbeiten.

Sie richtete ihren Sensor auf die Gehäuseplatte des Schiffs, die nur noch durch zwei Schrauben am Rumpf befestigt war, dann warf sie einen Blick auf ihre Geschwister neben sich. Sie hatten alle mindestens drei Platten abgenommen.

Das war sehr merkwürdig. Nicht nur ihre seltsame Faszination für den Menschen, sondern dass diese ihr Bedürfnis, ihre Aufgabe zu erledigen, übersteigen konnte. Vielleicht stimmte wirklich etwas nicht mit ihr.

Ja, sie würde sich nach dieser Schicht bei der Instandhaltung melden müssen.

Dann, als sie ihre erste Platte abnahm, schrie jemand. Mech6.0 drehte sich gerade rechtzeitig um, um zu sehen, wie einer der riesenhaften Kräne unter einer zu schweren Last kippte; für einen Moment, der sich bis zur Unendlichkeit auszudehnen schien, schwankte sein ausgestreckter Arm gefährlich, bevor er den Kipppunkt erreichte. Der gewaltige Metallarm stürzte auf die hängenden Plattformen zu, wobei Bolzen zerbrachen und Drahtseile durch die Luft peitschten.

Miko kreischte, immer noch auf dem schwebenden Laufsteg stehend. Dataran stieß sie beiseite.

Der Arm des Krans krachte gegen seinen Kopf, und das Geräusch hallte inmitten Mech6.0s harten Plastikpanzers nach. Er war bewusstlos, noch bevor sein Körper in das Ölfass auf dem Boden stürzte.

Miko schrie erneut und klammerte sich am Geländer des Laufgangs fest. Der Kran landete schwer und eines der Drahtseile flog lose von der Decke. Die Plattform schlingerte zur Seite, doch die verbliebenen Drahtseile hielten.

Mech6.0 nahm sich nicht die Zeit, die Situation zu verarbeiten oder die beste Vorgehensweise zu kalkulieren – sie rollte bereits auf die Container zu. Um sie herum brüllten Leute und Maschinen kamen quietschend zum Stehen, Fußtritte donnerten und der klapprige Laufgang über ihr zitterte. Jemand rief nach einer Leiter oder einem Seil, doch Mech6.0 hatte bereits ihre Magnete aktiviert, um die Schrauben des Gehäuses einzusammeln, und mit unbeirrbarer Präzision erklomm sie jetzt die Seite des riesigen Tanks, ihre Greifer an seine Metallwände gepresst und damit ihren Körper nach oben hievend. Es war eine linkische Kletterpartie, eine, für die ihr Körper nicht geschaffen worden war. Ihre Trittketten stießen gegen den Tank, während ihre Arme fuchtelnd nach dem nächsten Haltepunkt griffen. Ihre Gelenke spannten sich unter ihrem Gewicht. Doch dann zog sie sich auf den Rand, der gerade breit genug war, um darauf stehen zu können.

Das Ölfass war schwarz wie ein Nachthimmel ohne Sterne. Schwarz und angsteinflößend.

Mech6.0 neigte sich nach vorn und fiel hinein.

Sie versank rasch, und obwohl sie das Licht ihres Sensors augenblicklich auf die höchste Helligkeitsstufe einstellte, half das wenig. Sie streckte ihre Arme so weit wie möglich aus und suchte den Boden des Tanks ab, wohl wissend, dass er irgendwo hier war, er war hier, er war …

Hier.

Sie spannte ihre Greifer an und schleppte ihren Körper durch das dicke Öl auf ihn zu. Es sickerte nun durch ihre Außenhülle, verstopfte ihre Datenöffnungen, gluckerte in den Aufladeschlitz. Doch sie hatte ihn.

Sie schlang ihre Arme um seinen Oberkörper und zerrte ihn nach oben. Er war schwerer, als sie erwartet hatte, und ihr kam der Gedanke, dass die Bolzen, die ihre Arme mit ihren Fassungen verbanden, vielleicht nicht halten würden, aber sie machte weiter. Sie fand die Wand des Tanks, presste ihre Greifer erneut dagegen und fing an zu klettern. Es gab kein Licht mehr, keine Sinneseindrücke bis auf das Geräusch ihrer Greifer, und die Trittketten, die gegen die Wand stießen, und das Gewicht seines Körpers, das sie nach unten zog, während sie sich mit ihm nach oben kämpfte, nach oben, nach oben …

Sie durchbrachen die Oberfläche. Lärm prasselte auf sie ein, weitere Schreie und schwere Atemzüge. Dann trug ihn jemand fort und Mech6.0 schaffte es kaum, mit dem Sensor nach unten auf dem Rand des Tanks zusammenzubrechen, bevor ihr Programm selbstzerstörerisches Verhalten erkannte und die Stromzufuhr in ihren Gliedmaßen unterbrach.

Leer und hilflos lag sie da, während das Öl von ihrem Sensor tropfte. Langsam fing sie an, menschliche Formen auf der Plattform zu erkennen, und ihr Audioempfänger nahm eine Diskussion über Handtücher und Luftzufuhr und Lungen und Blut auf seinem Kopf wahr. Alles schien sich so unglaublich schleppend hinzuziehen, das Öl dämpfte all ihre Sinne. Aber dann hustete er, erbrach sich und atmete und die Menschen jubelten; und als sie endlich genug Öl von seinem Gesicht gewischt hatten, dass er ohne Gefahr die Augen öffnen konnte, blickte Dataran als Erstes die Menschen um ihn herum an.

Und dann, zum allerersten Mal, richtete er seinen Blick auf sie.

Dataran war in ein Krankenhaus gebracht worden und Mech6.0 befand sich im Büro für Androiden-Instandhaltung. Ein Mann, der einen grünen Overall trug und die ganze Zeit den Kopf schüttelte, rubbelte ihre Gliedmaßen sauber – zumindest so sauber wie möglich.

»Die hier sind auch nicht mehr zu retten«, sagte er und schnalzte mit der Zunge, während er ihre Datenschnittstellen begutachtete. Er erledigte die Aufgabe nicht gerade gut, dachte Mech6.0 bei sich, und fühlte sich mit jeder Minute träger und erschöpfter.

Langsam dämmerte ihr, dass sie vielleicht nicht repariert werden konnte. Dass er es vielleicht nicht einmal versuchen würde.

Mit einem Seufzen drehte sich der Mann mitsamt seinem rollenden Stuhl herum, um etwas in einen Netzmonitor an der Wand einzugeben. Mech6.0 blickte auf ihren Körper – ihre Gelenke und die Nähte ihrer Außenhülle waren schwarzbraun vom Öl. Wenigstens war ihre Sicht wieder klar und ihr Prozessor schien zu funktionieren, wenn auch langsamer als gewöhnlich.

Sie war überrascht, eine Ansammlung von Schrauben an ihrer Seite zu sehen, die immer noch auf ihr klebten, seit sie diese aus der Platte der Orion Classic geholt hatte. Sie streckte ihre Greifer danach aus, erleichtert, dass ihre Sensor-Greifer-Koordination funktionsfähig war. Eine nach der anderen pflückte sie ab und legte sie auf den Tisch des Mechanikers. Sie griff nach der letzten Schraube und zog.

Dann hielt sie inne. Dann zog sie erneut. Es war überhaupt keine Schraube, sondern das Bindeglied einer Kette, die sich um sie geschlungen hatte. Sie zog mit einem Ruck an der Kette, und was auch immer sie magnetisch an sie gebunden hatte, löste sich. Nun blickte sie auf ein Medaillon, von dem sie annahm, dass es golden gewesen wäre, wenn das Öl es nicht geschwärzt hätte.

In ihrer Erinnerung sah sie Dataran dabei zu, wie er eine Kette zurück in seine Tasche steckte.

Sie gehörte ihm.

Der Mechaniker drehte sich wieder zu ihr um und sie verbarg das Medaillon hinter ihrem Rücken. Er beäugte sie argwöhnisch und schüttelte erneut den Kopf, als sich die Bürotür öffnete und der Eigentümer der Schiffswerft hereinschlenderte.

»Und?«

Der Mechaniker schüttelte den Kopf. »Sein Körper ist ruiniert. Es würde Wochen dauern, zu versuchen, ihn sauber zu bekommen, aber ehrlich gesagt sehe ich keinen Sinn darin. Es wäre besser, einfach einen neuen zu besorgen.«

Tam legte die Stirn in Falten, als er die Androidin von Kopf bis Fuß begutachtete. »Was ist mit dem Prozessor, der Verkabelung ... können sie gerettet werden?«

»Es gibt wahrscheinlich ein paar Teile, die wir für den weiteren Gebrauch aufheben können. Morgen fange ich an, ihn zu demontieren, dann sehen wir, was uns bleibt. Aber was den Prozessor und den Charakter-Chip angeht ... die müssen schon vor dem Öl eine Macke gehabt haben.«

»Warum sagen Sie das?«

Der Mechaniker fuhr sich mit dem Ärmel über die feuchte Stirn. »Haben Sie gesehen, wie die ganzen anderen Androiden reagiert haben, als Dataran gestürzt ist?«

»Sie haben gar nicht reagiert.«

»Genau. Und so ist es auch gedacht. Sie sollen einfach weiterarbeiten, ganz egal, welcher Ärger und welches Drama gerade um sie herum passiert. Was dieser hier getan hat ... das ist nicht normal. Etwas stimmt nicht mit ihm.«

Ein Funke flackerte in Mech6.0s Kopf auf. Sie hatte angefangen, dies zu vermuten, aber das bestätigt zu bekommen, war besorgniserregend.

»Was denken Sie, woran es liegt?«

»Wer weiß? Man hört ab und an Geschichten darüber. Androiden, deren künstliche Intelligenz einen Lernpunkt erreicht, an dem sie beinahe menschliche Tendenzen entwickeln. Unzweckmäßige Gedankengänge, nahezu emotionale Reaktionen. Es gibt viele Theorien, weshalb so etwas passiert, doch das Wichtige ist: Es ist nicht gut.«

»Ich bin nicht sicher, ob ich da zustimme.« Der Eigentümer verschränkte die Arme über der Brust. »Dieser Mech-Droide hat heute vielleicht Datarans Leben gerettet.«

»Das verstehe ich und danke den Sternen dafür. Aber was wird er das nächste Mal tun, wenn eine Störung vorliegt? Tatsache ist, ein unberechenbarer Android ist ein gefährlicher Android.« Er zuckte mit den Schultern. »Mein Rat: entweder seinen Computer zur Reprogrammierung einschicken oder ihn gleich ganz verschrotten.«

Tam presste die Lippen zu einer dünnen Linie zusammen und ließ seinen Blick über Mech6.0s Körper wandern. Sie umschloss das Medaillon fester mit ihrem dreifingrigen Griff.

»Gut«, sagte Tam. »Aber darüber machen wir uns morgen Gedanken. Ich denke, es ist für uns alle das Beste, wenn wir für heute Nacht Schluss machen.«

Sie ließen sie auf dem Tisch im Zimmer des Mechanikers zurück, und als die Lichter der Schiffswerft mit einem Knall ausgingen, begriff Mech6.0, dass dies die erste Nacht in ihrer Existenz war, in der sie nicht an die Ladestation geklinkt worden war.

Weil es nicht notwendig war, sie aufzuladen. Weil sie morgen zerlegt und irgendwo in ein Regal geworfen werden würde – und jene ihrer Teile, die es nicht wert waren, gerettet zu werden, auf dem Schrottplatz abgeladen.

Morgen würde es sie nicht mehr geben.

Sie analysierte diese Worte eine lange Zeit, und ihr Prozessor schwirrte und stotterte um sie herum und versuchte die Stunden und Minuten zu kalkulieren, die ihrer Existenz noch blieben, bevor nur ein schwarzes Loch dort klaffen würde, wo jetzt ihr Bewusstsein war.

Sie fragte sich, ob Dataran einen einzigen Gedanken an die Androidin mit der Fehlfunktion verschwenden würde, die sein Leben gerettet hatte und dafür zerstört worden war.

Dataran. Sie hatte jetzt etwas, das ihm gehörte. Man hatte sie so programmiert, dass sie es ihm zurückbringen musste, wenn sie das konnte. Sie hielt das Medaillon vor ihren Sensor und scannte seinen Umfang, das kleine Scharnier und den winzigen Mechanismus, der es öffnete. Es war eine Herausforderung, es mit ihren ungeschickten Greifern zu öffnen, doch endlich schaffte sie es ...

Und die Galaxie breitete sich vor ihr aus.

Das Hologramm erfüllte das gesamte Büro. Die Sonne und die Planeten, die Sterne und Nebelwolken, Asteroiden und Kometen und all die Schönheit des Alls, bewahrt in diesem winzigen, unscheinbaren kleinen Medaillon.

Mech6.0 schloss es mit einem Klicken und sperrte das Universum wieder in sein kleines Gefängnis.

Nein. Sie konnte nicht hierbleiben. Sie konnte den Gedanken nicht ertragen, sich für immer der Dunkelheit auszuliefern, wenn es doch ein ganzes Universum gab, das sie noch nie gesehen hatte.

Mech6.0 war noch nie außerhalb der Werft gewesen, kein einziges Mal, seit sie programmiert, gebaut und verkauft worden war. Sie hatte rasch entdeckt, dass die Welt chaotisch, laut und mit so vielen Sinneseindrücken gefüllt war, dass sie befürchtete, ihre zerfetzten Synapsen würden explodieren, ehe sie ihr Ziel überhaupt erreichte.

Sie versuchte sich auf die Karte von Neu Beijing zu konzentrieren, die sie im Netz gefunden hatte, und betrat die erste mit Marktständen gefüllte Straße. Sie war vollgestopft mit Fässern voller Gewürzen, von gewebten Decken, die von Drahtgestellen hingen, sowie Netzmonitoren, die auf jeder Oberfläche vor sich hin plapperten.

»Roboterkatzen, zwei für den Preis von einer, nur heute! Kein Haaren, nur Schnurren!«

»Depressionen? Niedriger Energiepegel? Unfruchtbarkeit? Welches Gebrechen Sie auch peinigt – wir besitzen das Heilmittel! Wir haben sogar die neuesten Vorsorgetropfen gegen Blaufieber, getestet und wirksam!«

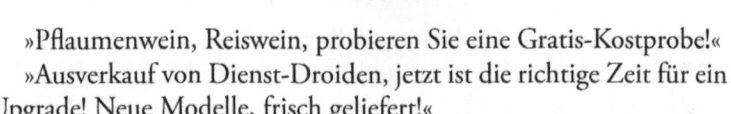

»Pflaumenwein, Reiswein, probieren Sie eine Gratis-Kostprobe!«

»Ausverkauf von Dienst-Droiden, jetzt ist die richtige Zeit für ein Upgrade! Neue Modelle, frisch geliefert!«

Mech 6.0 hielt ihren Sensor nach unten gerichtet und versuchte, unauffällig auszusehen. Das Netz war voll von Geschichten über Androidendiebstahl, und sie befürchtete, dass es ihr, zwischen so vielen Menschen eingequetscht, auch passieren könnte, dass man sie fortzerrte und einem neuen Besitzer übergab. Der sie zweifellos zerlegen würde, sobald er ihre Schäden bemerkte.

Endlich entdeckte sie einen nichtssagenden Stand genau an der Stelle, an der die Marktdirektion ihn angegeben hatte. Die Wände waren von Regalen überzogen, die sich unter einem mehrschichtigen Durcheinander aus Werkzeugen, Androidenbauteilen und aus der Mode gekommenen tragbaren Monitoren bogen.

Mech6.0 rollte auf den Tisch zu, der den Eingang verdeckte. Ein Mädchen stand hinter dem Stand. Es trug dicke Werkhandschuhe und eine Cargohose und scannte etwas mit einem tragbaren Monitor ab.

»Entschuldigen Sie ... mich«, sagte Mech6.0, die Leitungen vor Anstrengung knisternd. In der Schiffswerft hatte es nicht viele Gelegenheiten gegeben, zu sprechen, und die lange Wanderung hatte ihre Energiequelle bereits fast aufgebraucht.

Das Mädchen warf ihr einen Blick zu. »Oh – Moment! Ich bin in einer Minute bei dir.« Sie vollendete die Dateneingabe, an der sie arbeitete, und befestigte den tragbaren Monitor an ihrem Gürtel. »Wie kann ich dir helfen?«

»Suche nach ... Linh Cinder.«

»Du hast sie gefunden.« Das Mädchen neigte den Kopf zur Seite und runzelte die Stirn. »Ist dein Stimmmodul kaputt?«

»Ganzer ... Körper«, sagte Mech6.0. »Neuen ... kaufen?«

Es dauerte einen Moment, doch dann nickte Linh Cinder. »Sicher. Da kann ich helfen. Ist dein Besitzer in der Nähe?«

Mech6.0 spürte ihren Energielevel plötzlich in den Keller sinken, stellte dann aber erleichtert fest, dass es nur ein temporärer Energieabfall war. Jetzt, da sie die Mechanikerin gefunden hatte, schaltete sie ihre Netz-Datenbasis aus, um so viel Energie wie möglich zu sparen.

»Kein Besitzer.«

Linh Cinder legte die Stirn in Falten. Ihr Blick huschte zu dem Androidenverkäufer auf der anderen Straßenseite. »Oh. Verstehe.« Sie griff erneut nach ihrem tragbaren Monitor und legte ihn auf den Tisch zwischen ihnen, bevor sie ein paar Befehle eingab. »Also gut, ich kann noch heute einen Ersatzkörper für Mechs bestellen, aber es dauert normalerweise ungefähr eine Woche, bis er hier ist, es sei denn, das Depot in der Stadtmitte hat welche auf Lager. Du bist ein 6.0, richtig? Sieht nicht so aus, als hätten sie noch welche. Macht es dir was aus, eine Woche zu warten?«

»Kann ich ... hier warten?«

»Ähm ...« Cinder zögerte und warf einen Blick hinter sich auf den Marktstand, der mit Maschinen und Werkzeugkästen überladen war. Dann zuckte sie mit den Schultern. »Sicher, ich kann bestimmt ein Plätzchen für dich schaffen.« Sie zog ihren Pferdeschwanz enger zusammen und setzte sich in den Stuhl, den sie unter den Tisch geschoben hatte. »Wenn du keinen Besitzer hast ... wie beabsichtigst du dann zu bezahlen?«

Bezahlen.

Geld. Zahlungsmittel. Univs. Um sie gegen Waren oder Dienstleistungen einzutauschen.

Androiden wurden nicht bezahlt.

»Tauschen«, sagte Mech6.0.

»Tauschen?« Cinder senkte ihren Blick auf Mech6.0s ramponierte Gestalt. »Gegen was?«

Mech6.0 öffnete die Schublade in ihrem Bauch. Ihre Greifer fanden als Erstes das Metallmedaillon an seiner Kette und schlossen sich darum.

Ihr Ventilator wurde langsamer – hielt beinahe an.

Sie ließ das Medaillon los und suchte weiter. Schließlich kamen ihre Greifer mit der kleinen holografischen Karte zum Vorschein. Sie legte sie auf den Tisch.

Cinder streifte den Handschuh von ihrer rechten Hand, nahm die Karte und wendete sie, damit sie die Worte auf der Rückseite lesen konnte, ehe sie sie umdrehte und das Hologramm auf die glatte Oberfläche projiziert wurde.

»Eine holografische Sammelkarte von Prinz Kai«, murmelte sie und rieb sich die Stirn. »Weil mir das gerade noch fehlt.« Sie seufzte und blickte Mech6.0 erneut prüfend an. »Tut mir leid, aber das hier ist nur etwa zwanzig Mikro-Univs wert. Damit kannst du dir nicht mal eine Schraube kaufen.« Sie sah aus, als würde es ihr wirklich leidtun, als sie ihr die Karte zurückgab. Mech6.0 klemmte sie sanft zwischen ihre Greifer.

»Hast du sonst irgendetwas?«

Ihr Prozessor pochte. *Das Medaillon.*

Aber es war nicht ihres. Es gehörte Dataran, und sie würde es ihm zurückbringen. Wenn sie ihren neuen Körper hatte. Wenn sie ihn wiedersah.

Ihre Energiequelle sank erneut ab. Die Farben der Welt wurden trübe vor ihrem Sensorauge.

»Sonst … nichts.«

Linh Cinder runzelte mitleidig die Stirn. »Dann tut es mir leid. Ich kann dir nicht helfen.«

Mech6.0 analysierte die Situation erneut, kalkulierte den möglichen Wert des Medaillons und verglich ihn mit der Notwendigkeit, einen neuen Körper zu erhalten, und zwar bald. Doch entgegen ihres logischen Verstands, der ihr sagte, dass das Medaillon genug wert war, um den Handel zu vollziehen, gab es einen neuen Faktor, der in ihrer Rechnung eine Rolle spielte. Der Wert ihres einzigen Besitztums – etwas, das Dataran gehört hatte. Der Wert seines Lächelns, wenn sie es ihm wiederbrachte.

Sie wusste, dass die Entscheidung unlogisch war; dass sie überhaupt nichts zurückbringen konnte, wenn sie keinen neuen Körper bekam, und dennoch erwischte sie sich dabei, wie sie die holografische Karte gegen ihren Oberkörper drückte und sich wegdrehte. Und da erkannte sie, dass sie nirgendwo hingehen konnte; und abgesehen davon würde sie es eh nicht mehr sehr weit schaffen. Sie erblickte auf der anderen Straßenseite den Verkäufer, der mit gebrauchten Androiden handelte. Ihre Sicht verdunkelte sich, als ob alle Farbe davongewaschen würde.

Ihre Trittketten klapperten, als sie sich zurück unter die Menge mischte.

»Warte.«

Sie hielt inne und drehte sich, um die Mechanikerin anzusehen, die sich mit den Fingern die Schläfe rieb. Ein dunkler Schmutzfleck blieb auf ihrer Haut zurück.

»Du erinnerst mich an eine meiner Freundinnen. Iko, auch eine Androidin.« Sie deutete auf die Karte: »Außerdem liebt meine kleine Schwester diesen Typen geradezu. Also … hier, ich glaube, ich habe da etwas. Warte kurz.«

Sie drückte sich von ihrem Stuhl hoch und trat zur Rückseite des Marktstands. Mech6.0 wartete, während Linh Cinder sich durch einen Haufen unterschiedlicher Ersatzteile wühlte.

»Na ja, sie ist keine große Verbesserung«, sagte sie, »aber ich habe das hier.« Sie kam hinter einem turmhohen Regal hervor, den Körper eines Mädchens im Arm. Sie schob einen Werkzeugkoffer mit der Schulter beiseite und ließ das Mädchen mit einem lauten Rumsen auf den Tisch fallen. Ein kraftloser Arm streckte sich Mech6.0 entgegen. Ihr Scanner bemerkte die präzise geschnittenen Fingernägel, die natürliche Krümmung ihrer Finger, die blassen blauen Venen unter der Haut.

Und dann entdeckte sie den beinahe unsichtbaren Aufdruck auf dem Handgelenk des Mädchens. Ein Strichcode.

Es war eine Hostess-Droidin.

»Sie ist beinahe dreißig Jahre alt«, sagte Cinder, »und in ziemlich schlechtem Zustand. Ich habe sie wirklich nur wegen ihrer Einzelteile hierbehalten.« Sie richtete den Kopf aus, sodass Mech6.0 das Gesicht sehen konnte, welches wunderschön und überzeugend lebensecht war, mit dunklen Iriden und glattem schwarzem Haar. Mit dem leeren

Blick und dem Hauch von Rosa auf den Wangen sah sie aus, als ob sie tot wäre, doch erst seit Kurzem.

»Wenn ich mich recht erinnere, war irgendwas mit ihrem Stimmmodul nicht in Ordnung. Ich denke, sie ist stumm. Der letzte Besitzer wollte sich nicht die Mühe machen, den Fehler zu beheben. Sie hat auch zu gelegentlichen Energiestößen geneigt, also solltest du so schnell wie möglich die Verkabelung erneuern lassen und eine neue Batterie besorgen.« Cinder wischte Staub von der Stirn der Hostess-Droidin. »Außerdem weiß ich nicht, wie kompatibel sie mit deinem Charakter-Chip sein wird, da sie so alt ist. Es könnte sein, dass du ein paar merkwürdige Störimpulse empfängst. Aber ... wenn du sie möchtest ...«

Zur Antwort hielt ihr Mech6.0 die holografische Karte hin.

»Also ... sind Sie eine Elektrikerin?«, fragte Tam Sovann, während er ihr Profil mit seinem tragbaren Monitor scannte.

Mech6.0 nickte und lächelte, wie sie es die Menschen hatte tun sehen. Beinahe zwei Wochen hatte sie gebraucht, um ein Netzprofil zu erstellen und es zu schaffen, passende Arbeitskleidung zu stehlen, obgleich das gegen alles ging, was ihr Androidencodex ihr vorschrieb. Trotzdem hatte sie es getan und einen Weg zurück zur Schiffswerft gefunden. Nun war sie hier, mit einem menschenähnlichen Körper und einer überzeugenden Identität, während Datarans Medaillon gut verborgen in ihrer Tasche steckte.

»Sie haben sich auf klassische Kabinenschiffe und Kreuzer spezialisiert, insbesondere auf Luxuslinien ... eindrucksvoll.« Er blickte wieder auf, als ob er herauszufinden versuchte, ob dem Profil zu vertrauen sei.

Sie lächelte stur weiter.

»Und Sie sind ... stumm.«

Sie nickte.

Einen Moment lang kniff er misstrauisch die Augen zusammen, bevor er ihr Profil erneut durchging. »Nun, wir arbeiten tatsächlich an einer Menge Luxuslinien wie diesen hier ...«

Das wusste sie.

»... und in letzter Zeit war die Fluktuation unter meinen Technikern ziemlich hoch.«

Das wusste sie ebenfalls.

»Sie müssten mit dem Mindestlohn anfangen, bis Sie bewiesen haben, was sie können. Das ist ihnen klar?«

Sie nickte. Da sie nie zuvor einen Lohn erhalten hatte, wusste sie nicht einmal, was sie mit dem mickrigen Mindestlohn anstellen sollte.

»Na schön. Also dann. Versuchen wir es«, sagte er, als ob er selbst nicht so recht glauben konnte, was er da sagte. Mech6.0 war nicht sicher, ob ihn ihre Stummheit verunsicherte oder die Tatsache, dass ihr Hostessenkörper erschreckend attraktiv war; sogar in der graubraunen Arbeitskleidung. »Wie war noch gleich Ihr Name?«, sagte er, ehe er unter ihrem geduldigen Lächeln zusammenzuckte. »Richtig, tut mir leid, ähm ...« Er scannte erneut ihr Profil. »Hoshi ... Star.«

Mech6.0 – nein, *Hoshi Star* nickte.

Er kniff die Augen misstrauisch zusammen, tat es dann aber mit einem Achselzucken ab. »Wenn Sie meinen. Also dann. Willkommen an Bord, Hoshi-mèi. Ich habe da ein Projekt, das perfekt für Sie ist. Hier entlang.«

Sie sammelte sich, ehe sie sich von dem Stuhl erhob. Ihr Charakter-Chip hatte sich nicht vollständig mit dem veralteten Hostessenkörper synchronisieren lassen, Linh Cinder hatte recht behalten. Das sorgte für eine eigenartige Störung, die immer dann auftrat, wenn sie lief. Dann schoss Schmerz durch ihre Kabel, von den Beinen bis zur Brust, und brannte sich in ihre Synapsen. Als das zum ersten Mal geschehen war, war sie nach Luft schnappend auf dem Gehweg zusammengebrochen. Dort hatte sie beinahe eine Stunde lang zitternd ausgeharrt, während blendendes Licht ihre Sinne überflutete.

Schmerz.
Zuvor hatte sie Schmerzen nicht gekannt – Androiden sollten allgemein überhaupt nicht dazu fähig sein, Schmerzen zu empfinden. Doch sie hatte keinen Zweifel daran, dass es genau das war. So, wie das menschliche Gehirn sich des Schmerzes bediente, wenn etwas furchtbar schiefging, warnte ihr Prozessor sie, dass dieser Körper nicht der ihre war. Dass diese Kombination nicht von Bestand sein konnte.

Als es zum dritten Mal geschah, hatte sie überlegt, zurück zum Markt zu gehen und Linh Cinder anzuflehen, sie von diesem Körper zu befreien, doch schlussendlich hatte sie sich das verboten; nicht, bevor sie Dataran wiedergesehen hatte. Mit der Zeit wurde es leichter, den Schmerz auszuhalten, wenn auch nur deswegen, weil sie lernte, ihn vom Rest ihrer sensorischen Schnittstellen abzuschotten.

Sie biss die Zähne zusammen, zog sich auf die Beine und folgte Tam-shìfu in die Schiffswerft.

In dem Moment, als sie den gewaltigen Hangar betrat, begann sie, nach ihm zu suchen. Ihr Blick schoss von Mensch zu Mensch, auf der Suche nach einer eleganten Gestalt und einem unbeschwerten Lächeln. Seit sie gegangen war, hatte sie sich gesorgt, hatte befürchtet, dass er sich vielleicht nicht vollständig vom Sturz in das Öl erholt habe; befürchtet, dass sie ihn nicht rechtzeitig erreicht hatte.

Obwohl ihr Blick im Gehen von einer Ecke der Werft zur anderen zuckte, gab es keine Spur von dem jungen Ingenieur.

»Hier wären wir«, sagte Tam und wies auf die Raumyacht, die Orion Classic. In den vergangenen zwei Wochen war die Außenhülle beinahe fertiggestellt, doch Star ahnte, dass das Innenleben noch einiges an Arbeit erfordern würde. »Die hier ist für einen unserer Premiumklienten. Er scheut keine Kosten. Natürlich hat er einen engen Terminplan, wie das eben so ist. Ich werde ein paar elektronische Pläne für dich auftreiben. Und – ah! Du wirst dich direkt bei Wing-jūn hier melden. Dataran, komm und begrüße unsere neueste Elektrikerin.«

Er umrundete den vorderen Teil des Schiffs, einen tragbaren Monitor in der Hand und einen Bleistift hinter dem Ohr, und eine Welle Elektrizität durchschoss Stars Körper so plötzlich, dass sie einen Moment lang glaubte, sie stünde vor einem echten Kollaps. Doch das tat sie nicht, und als er höflich den Kopf senkte, erinnerte sie sich daran, auch den ihren höflich zu senken.

»Schön, Sie kennenzulernen«, sagte er. »Sie werden mit uns an der Orion Classic arbeiten?«

Sie lächelte, doch Tam wedelte bereits mit der Hand. »Richtig. Sie sagt, sie sei eine Expertin, was die Classics angeht. Sorge dafür, dass sie etwas zu tun hat. Lass uns sehen, was sie draufhat, in Ordnung?« Er warf einen Blick auf den Hafen. »Ich muss den Rennwagen überprüfen. Dataran, würde es dir etwas ausmachen, ihr den Ablauf zu erklären?«

»Überhaupt nicht, Sir.«

Tam war fort, bevor er richtig zu Ende gesprochen hatte, und Dataran unterdrückte ein Lachen. »Nehmen Sie es nicht persönlich. So ist er zu jedem.«

Sein freundliches Lächeln vertrieb den Schmerz vom Stehen beinahe vollständig aus ihren Gedanken, und Star strahlte hoffnungsvoll zurück.

»Tut mir leid, ich kenne Ihren Namen nicht.«

Mit klimpernden Wimpern öffnete sie den Mund, doch natürlich geschah nichts. Sie zuckte zusammen und tätschelte dann mit ihrer Hand die Kehle. Dataran runzelte die Stirn. »Haben Sie Ihre Stimme verloren?«

Sie zuckte die Achseln. Nah genug dran.

»Oh. Dann, ähm. Wie soll ich Sie nennen …?« Er runzelte die Stirn, offenbar fiel ihm nicht direkt etwas Passendes ein.

Übermütig griff sie nach seinem Ärmel und zog ihn zurück zum Vorderteil des Schiffs, wo sie auf den Namen wies, der frisch auf die Seite gemalt worden war. *Kind der Sterne.*

»Äh ... Stars? Star?«

Als sie erneut strahlte, lachte er. »Das war ja nicht sehr schwer. Es ist mir eine Freude, Sie zu treffen, Star.«

Sie versuchte ihr Bestes, mit den Augen zu sprechen, mit ihren Lippen und ihren zitternden Fingern, die seinen Ärmel losgelassen hatten und sich nun fürchteten, erneut nach ihm zu greifen. *Ich bin es*, dachte sie und wollte unbedingt, dass er verstand. *Ich bin die, die dich gerettet hat. Ich bin die, die dein Medaillon gefunden hat. Ich bin es, ich bin es, ich bin es.*

Doch Dataran wies nur mit dem Kopf auf das Schiffsgestell. »Kommen Sie, ich zeige Ihnen den Motorenraum und wie weit wir mittlerweile mit der Verkabelung sind – was nicht sehr weit ist. Wir können Ihre Hilfe definitiv gebrauchen.«

Bevor er sich abwandte, sah er zu dem Fenster der Pilotenkanzel eine Ebene über ihnen, und einer seiner Mundwinkel hob sich.

Star folgte seinem Blick.

Ochida Miko und ihr Vater saßen in der Pilotenkanzel. Er schien ihr etwas erklären zu wollen, gestikulierte auf die verschiedenen Kontrollinstrumente, doch Miko hatte Dataran entdeckt und schien nicht zuzuhören.

Star hatte den Eindruck, dass Miko nicht wollte, dass sie – oder ihr Vater – ihr schüchternes Lächeln bemerkte.

»Oh, wie wunderschön!«, sagte Miko, die auf Datarans anderer Seite saß.

Star wusste, dass sie von dem Schiff sprach, das in Kürze den Hangar verlassen würde – ein schlankes, protziges Ding, das aufgrund des jährlichen *Raumwettrennen zum Neptun* in Auftrag gegeben worden war (jeder wusste, dass diese Bezeichnung falsch war – das Wettrennen endete offiziell auf dem Jupiter, doch die Sponsoren behaupteten, das würde nicht so gut klingen). Es war ein wunderschönes Schiff, mit seinen lang gestreckten Schubdüsen und der nadelspitzen Nase. Die Lackierer hatten sich selbst übertroffen und ein sehr realistisches Abbild der Skyline von Neu Beijing auf seine Ummantelung gezaubert.

Doch Star interessierte sich nicht für das Schiff. Ihre Aufmerksamkeit war wieder zur Decke gewandert, die sich öffnete, um den Blick auf den endlosen Himmel freizugeben. Obwohl ihr neues Leben als Mensch ihr die Möglichkeit geschenkt hatte, so oft zum Nachthimmel aufzublicken, wie sie es sich nur wünschen konnte, wurde sie dieses Anblicks nie müde. Sie liebte das Gefühl von Weite und Endlosigkeit, die Sehnsucht, zu sehen, was das Universum sonst noch zu bieten hatte, sogar für so jemand Kleines und Unwichtiges wie sie.

Star glaubte nicht, dass Miko überhaupt einmal nach oben geblickt hatte, seit die Decke eingefahren worden war. Natürlich war sie schon unzählige Male im Weltall gewesen. Und würde erneut aufbrechen, sobald die Orion Classic fertiggestellt war – in weiteren zwei oder höchstens drei Wochen. Ochida-shìfu wurde ungeduldiger und ungeduldiger; er trieb sie dazu an, ihren Terminplan zu verkürzen, zusätzliche Stunden zu arbeiten, früher fertig zu werden.

Miko und Dataran hingegen schien es mit jedem Baufortschritt schlechter zu gehen. Wenn überhaupt, verlangsamte sich Datarans Geschwindigkeit, je näher die Deadline kam.

Star konzentrierte sich wieder auf Dataran, als dieser begann, die verschiedenen Eigenschaften des Rennschiffes zu erläutern, auf die elegante Kurve seiner Rückseite hinwies und auf die Kraft, die hinter den Raketentriebwerken steckte, und so weiter und so fort. Star interessierte sich mehr für den Klang seiner Stimme als für seine Worte. Den feinsinnigen Tonfall. Die sorgfältige Aussprache, besonders technischer Begriffe. Die Art, wie er schneller sprach, wenn ihm etwas genial vorkam. Ihm zuzuhören fühlte sich an, wie an eine Ladestation angeschlossen zu sein und zu spüren, wie der sanfte Fluss der Elektrizität sie wärmte und belebte.

Sie schielte zu ihm hinüber, und ihr glückliches Lächeln gefror auf ihren Lippen.

Dataran hatte seine Finger mit Mikos verschränkt und hielt ihre Hand auf seinem Knie, während seine andere Hand erklärende Bilder in die Luft malte.

Etwas flackerte in Stars Brust auf – vielleicht ein Funke oder eine Überspannung. Ihre Finger ballten sich zu Fäusten, spannten sich unter dem Wunsch an, über Dataran hinwegzugreifen und ihre Hände auseinanderzureißen. Miko beiseitezustoßen. Ihre eigenen Finger um Mikos Hals zu schlingen.

Sie zog eine Grimasse und wandte sich ab, während sie darauf wartete, dass die Flut aus Weiß aus ihrem Sichtfeld verschwand.

Es war nicht das erste Mal, dass solche furchtbaren Gedanken in ihrem Kopf erschienen waren. Normalerweise genoss sie Mikos Anwesenheit. Sie war ein kluges Mädchen, das gerade genug sprach, um Star davon abzuhalten, sich merkwürdig zu fühlen, weil sie nicht an der Konversation teilhaben konnte, und sie bestand darauf, dass Star ab und zu einen Spaziergang in einem nahe gelegenen Park mit ihr unternahm, wenn sie meinte, dass diese in letzter Zeit zu hart gearbeitet hatte.

Doch wenn sie mit Dataran zusammen waren, was meist der Fall war, ertappte sich Star dabei, wie sie sich Mikos Freundlichkeit entzog und einen dunkleren Teil ihrer Programmierung entdeckte. Sie nahm an, dass das eine weitere Störfunktion sein musste – dieser absonderliche Wunsch, ein menschliches Wesen zu verletzen, der nur dann aufzukommen schien, wenn Dataran einen unauffälligen Weg fand, Miko zu berühren. Wenn er eine Hand auf ihren Ellenbogen legte oder eine Haarlocke von Mikos Schulter strich.

In diesen kleinen Momenten fühlte sich Star, als würde sie innerlich zerbrechen.

Vielleicht wurden die Fehlfunktionen schlimmer. Vielleicht würde ein neuer Prozessor helfen. Hatte sie inzwischen genug Geld verdient, um sich einen leisten zu können? Sie war sich nicht sicher, und sie musste es mit ihrem Bedürfnis nach einer Energiequelle abwägen, die nicht nach jedem Arbeitstag zu versagen drohte.

»Star? Geht es dir gut?«

Sie riss ihre Augen auf und zwang sich dazu, Dataran anzusehen. Ein rascher Blick bestätigte ihr, dass seine und Mikos Hände weiterhin umschlungen waren, doch sie nötigte ihre Mundwinkel trotzdem dazu, sich zu heben, und ihren Kopf, auf und ab zu wippen.

Die Sorge hielt sich in Datarans Blick, doch dann brach das Publikum in Jubel aus und das Rennschiff machte sich startklar; Dataran und Miko richteten ihre Aufmerksamkeit aufgeregt wieder auf das Spektakel.

Star versucht, sich auf das Schiff zu konzentrieren, oder auf den mit Sternen übersäten Nachthimmel, doch das Bild ihrer blassen Finger um Mikos Hals ließ sich nicht verdrängen. Es verstörte sie, dass ihr Prozessor imstande war, sich etwas so Abscheuliches auszumalen. Die Worte des Mechanikers aus der Schiffswerft schossen ihr durch den Kopf.

Tatsache ist, ein unberechenbarer Android ist ein gefährlicher Android.

War sie unberechenbar?

War sie gefährlich?

Sie spürte ein Flattern in ihren Kabeln, als das Schiff sich vom Boden erhob, was einen weiteren tumultartigen Jubelschrei auslöste.

Ihre Energie neigte sich dem Ende zu.

Sie schaltete in den Stromsparmodus und die Welt trübte sich zu Grauschattierungen. Die Geräusche um sie herum verschwammen zu einem unordentlichen Brummen, als ihre Audioempfänger aufhörten, die Informationen zu sortieren und katalogisieren.

Sie legte eine Hand auf Datarans Schulter und richtete sich auf. Die Bewegung löste einen Schmerzanfall aus, der sie zu lähmen drohte. Sie verzog das Gesicht und wartete einen Moment, bevor sie zum Abschied winkte.

»Wohin gehst du?« Dataran zeigte auf das Schiff. »Es dauert nur noch ein paar Minuten. Wir können uns zusammen einen Hover nehmen.«

Ihr Ventilator surrte schneller. An ihrem dritten Tag in der Schiffswerft hatte sie sich eine Privatadresse ausgedacht, die in der Nähe der seinen lag, und sie gingen oft gemeinsam, wenn der Arbeitstag vorüber war. Manchmal schloss Miko sich ihnen ebenfalls an. Dann vermutete Star, dass Miko und Dataran Pläne hatten, in denen sie nicht vorkam, und trotzdem immer so nett waren, sie nicht merken zu lassen, dass sie dabei störte.

Diese Hoverflüge, während denen sie Dataran einfach beim Reden und Lachen zuhören konnte, gehörten zu den besten Momenten ihrer kurzen Existenz.

Aber dieses Mal schüttelte sie den Kopf. Sie musste eine Ladestation finden, und zwar schnell.

Er erwartete nicht, dass sie sich erklärte, ein unverhoffter Vorteil der Stummheit. Stattdessen nickte er nur, die Stirn immer noch in Falten gelegt, und ließ sie los.

Doch Star war kaum ein Dutzend Schritte gegangen, als sie spürte, wie die Energie aus ihren Beinen sickerte. Warnmeldungen hämmerten auf sie ein, doch sie kamen zu spät – sie stürzte. Ihr Kopf krachte auf den harten Boden, und dort lag sie, während ihre Arme so stark zuckten, dass sie sich sorgte, sie würden sich selbst aus ihren Schultergelenken reißen.

Selbst durch das chaotische Dröhnen in ihren Ohren machte sie Mikos und Datarans Schreie aus, und dann waren sie über ihr und drehten sie sanft auf den Rücken. Sie scannte ihre Gesichter, erkannte Schock, Furcht, Panik und Unsicherheit. Dataran sagte etwas, doch sie konnte nichts verstehen. Miko drückte ihr eine Hand auf die Stirn.

Ihr Prozessor begann zurück ins Leben zu flackern und ihre Programme fuhren sich schrittweise wieder hoch. Obwohl sie immer noch keine Kontrolle über ihre Beine hatte, konnte sie Datarans besorgte Fragen wieder verstehen, die auf sie hinabregneten wie Sternschnuppen.

Dann legte Miko eine Hand auf Datarans Arm und sagte ruhig, aber bestimmt: »Bring ihr etwas Wasser.«

Mit einem hektischen Nicken rappelte er sich auf die Füße. Als er verschwunden war, seufzte Miko. Ihr Blick war voller Mitgefühl, als sie eine Haarsträhne hinter Stars Ohr strich.

»Der Anfall scheint vorüber zu sein, aber bleib einfach still liegen.«

Star verging vor Scham, dass Dataran sie so gesehen hatte.

»Es tut mir leid, wenn ich dich mit dieser Frage beleidige«, flüsterte Miko und blickte in die Richtung, in die Dataran verschwunden war, »aber ... bist du eine Hostess-Droidin, Star-mèi?«

Star riss die Augen auf und versuchte sich aufzusetzen, was ihr erst gelang, als Miko einen Arm um ihre Schultern legte und ihr aufhalf. Sie begriff, dass der Gedanke, dass Miko ihr Geheimnis kannte, sie mit Furcht erfüllte, doch Mikos Lächeln war freundlich. »Mach dir keine Sorgen. Ich glaube nicht, dass Dataran irgendetwas bemerkt hat, und ich werde es niemandem erzählen. Du bist sehr ... überzeugend.« Ihre Wimpern senkten sich und sie murmelte: »Doch Gleich erkennt Gleich.«

Star nahm sie genauer unter die Lupe. *Gleich erkennt Gleich.* Die Worte hallten in ihrem Kopf wider, ohne Sinn zu ergeben.

Dann hob Miko eine Hand zu ihrem Nacken, zu der Stelle, wo Star ein Dutzend Mal einen merkwürdigen dunklen Fleck entdeckt hatte, den Miko stets hastig bedeckte. »Ich bin keine Androidin«, sagte diese und schüttelte den Kopf. Sie räusperte sich und wagte es, erneut Stars Blick zu suchen. »Aber ich bin ein Cyborg.«

Cyborg. Der Begriff befand sich in ihrer Datenbank, doch Star bezweifelte, dass sie richtig verstand. Miko? Die entzückende junge Miko?

Miko sah sich um, um sicherzugehen, dass niemand in der Nähe war. Sie hatten sich in die Nähe der Lackieranlage gesetzt, von der aus man fernab der Masse einen guten Blick auf den Abflug des Schiffs werfen konnte, und niemand beachtete sie.

Miko sank auf ihre Fersen und zog den weiten Ärmel ihres Seidenkimonos hoch. Star beobachtete gebannt, wie Miko ihre Finger in das Fleisch um ihren Ellenbogen bohrte und anfing, die Haut abzuziehen. Eine perfekte dünne Schicht Fleisch rollte sich ihren Arm entlang ab wie ein eng gestrickter Ärmel, und unter der Haut befand sich ein fein gearbeiteter Arm aus leichtem Carbonfaser-Polymer, dasselbe Material, aus dem auch Stars Körper gebaut worden war.

Sobald Star es gesehen hatte, rollte Miko den Ärmel zurück und rieb über den Kunststoff, bis die Säume wieder nahtlos miteinander verschmolzen waren.

Mit offenem Mund deutete Star in die Richtung, in die Dataran gegangen war.

»Er weiß es«, sagte Miko. »Ich habe es ihm gesagt, sobald ... nun ja ...« Sie starrte auf ihre prothetischen Hände, die sich nun in ihrem Schoß aneinanderklammerten. »Sobald ich begriffen habe, dass ich dabei war, mich in ihn zu verlieben. Ich dachte, dass das die ganze Sache mit Sicherheit beenden würde. Dass er nichts mehr mit mir zu tun haben wollte, sobald er es wüsste. Aber ... so ist er nicht, nicht wahr?« Ein fröhliches Rot erblühte auf ihren Wangen, doch es erstarb, als sie zu den Reihen von Schiffen blickte, die sich alle in unterschiedlichen Stadien der Fertigstellung befanden. Am Ende der Fahrbahn stand das *Kind der Sterne*. »Nicht, dass es eine Rolle spielen würde. Sobald das Schiff fertiggestellt ist, werden wir von hier verschwinden, und nichts wird die Meinung meines Vaters ändern. Ich weiß, dass er denkt, es sei zu meinem Besten, aber ...«

Star neigte den Kopf und forderte sie so auf, weiterzuerzählen.

»Wir verlassen den Asiatischen Staatenbund, weil er Angst hat, dass man mich für die Cyborg-Einberufung auswählen wird. Ich weiß, dass das nach dem Zufallsprinzip geschieht, und die Chance ist derart gering, dass es mich erwischt. Dennoch ist er überzeugt, dass die

Einberufungsbehörden zu weiblichen Cyborgs tendieren, und noch dazu zu jungen. Ich weiß nicht, wer ihm das in den Kopf gesetzt hat, aber ... deshalb hat er das Schiff gekauft. Deshalb besteht er so darauf, dass es so bald wie möglich fertiggestellt ist. Und wenn es fertig ist ... werde ich auf Wiedersehen sagen müssen.«

Star meinte ein Schimmern in Mikos Augen erkennen zu können, doch es war genauso schnell wieder verschwunden, wie es aufgeblitzt war. »Ich sollte dankbar sein. Das weiß ich. Er nimmt so viel Ärger auf sich, um mich zu beschützen. Aber ich kann einfach nicht anders. Lieber nähme ich die Chance auf eine Einberufung auf mich, wenn das bedeuten würde, mit Dataran zusammen zu sein.«

Star wandte den Blick ab. Sie kannte dieses Gefühl so gut. Der Schmerz, der durch ihre Wirbelsäule schoss, wenn sie ging. Die Tortur, dabei zuzusehen, wie sein Blick an dem bunt gefärbten *Obi* hängen blieb, der um Mikos Körper geschlungen war. Wie qualvoll es war, dieses Leben aus Stille und Sehnsucht.

Aber wie überaus lohnenswert, wenn sein Blick den ihren fand. Sie konnte sich noch immer an den Ausdruck aus Ungläubigkeit, Dankbarkeit und Neugierde erinnern, der sich auf sein Gesicht gelegt hatte, nachdem sie ihn aus dem Öltank gezerrt hatte.

»Hier, ich habe immer ein tragbares Ladegerät bei mir«, sagte Miko und zog ihre Handtasche zu sich. »Dataran wird gleich zurück sein, und es wird mir schwerfallen, zu erklären, warum du kein Wasser trinkst, es sei denn, du scheinst dich erholt zu haben. Befindet sich der Anschluss in deinem Hals?«

Star nickte und versuchte ihr Bestes, dankbar zu sein, als Miko das Fach unter ihrem Ohr öffnete und das Ladekabel einsteckte. Aber da war noch immer etwas Dunkles in ihr und trieb sie dazu, ihre Fingerspitzen in ihren eigenen Schenkeln zu vergraben. Eine Ungeduld, die an Miko gerichtet war, ein pochender Ärger über ihre Anwesenheit.

Seitdem Star in die Schiffswerft zurückgekehrt war, hatte sie Mikos Abreise als einen Endpunkt betrachtet – und einen Anfang –, und dieses Gefühl war mit jedem Tag stärker geworden. Sie schlug nur die Zeit tot, bis Miko verschwunden war. Dann würde sie einen neuen Körper kaufen, der nicht jedes Mal aufmuckte, wenn sie ging, und sie würde Dataran das Medaillon zurückgeben, das die gesamte Galaxis enthielt, und ihm alles erklären. Sie würde ihm sagen, dass etwas in seinem Lächeln sie verändert hatte, auch wenn es nicht hätte möglich sein sollen, sie zu verändern. Sie würde ihm sagen, dass sie diejenige war, die ihm das Leben gerettet hatte, denn irgendetwas an ihm hatte sie unberechenbar werden lassen, und vielleicht auch gefährlich, und dass sie in einer Welt ohne ihn nicht existieren konnte.

Star fuhr mit dem Finger über den Monitor, der in die Wand eingelassen war, und die Lichter der Pilotenkanzel erloschen. Sie drehte den Finger im Uhrzeigersinn und die Lichter erhellten sich stufenweise. Wenn sie ihn gegen den Uhrzeigersinn drehte, verdunkelten sie sich. Ein Tippen hier, um die Temperatur zu erhöhen, eins dort, um sie zu senken. Sie überprüfte jede Funktion: Musik abspielen, Luftfiltersystem anpassen, Tür der Pilotenkanzel verriegeln, Boden der Pilotenkanzel erwärmen, eine Getränkebestellung beim automatischen Getränkeservice aufgeben.

Zuversichtlich, dass alles so funktionierte, wie es sollte, schloss sie das Fach mit der Verkabelung unterhalb des Monitors und klaubte ihre Werkzeuge zusammen.

Dann sammelte sie sich und bereitete sich auf das Gehen vor. Ihr Körper schrie, während sie auf den Hauptausgang des Schiffs zuhielt. Sie wusste, dass diese Strapazen begannen, ihren Tribut zu fordern und ihr System zu beeinträchtigen. Wochenlang hatte sie bestmöglich versucht, sowohl die Schmerzen zu ignorieren als auch das Wissen, dass ihr Hostess-Droidenkörper früher oder später rebellieren und den installierten Charakter-Chip ganz abweisen würde. Es gab Zeiten, in denen sie sich fühlte, als halte nur noch reine Willenskraft ihren Körper zusammen.

Allerdings würde es nicht mehr lange dauern, bis sie sich einen neuen Körper leisten konnte. Sie musste nur noch ein klein wenig länger durchhalten.

Sie strauchelte, als sie eine Stimme vernahm, und blieb an der Ausgangsrampe stehen.

Dataran.

Star drehte sich um und spähte in den Gemeinschaftsraum, der das Vorderteil des Schiffs vom Wohnbereich trennte. Eine Ansammlung gemütlicher Sessel, mit Seidenkissen und Kaschmirüberwürfen geschmückt, waren rund um ein gluckerndes Aquarium herum angeordnet worden, das vom Boden bis zur gefliesten Decke reichte. Die grellbunten Fische waren vor ein paar Tagen in ihr neues Zuhause gebracht worden und schienen zufrieden damit, stumpfsinnig zwischen ihren künstlichen Korallenriffen zu schweben.

Star schlich, den Rücken zur Wand gedreht, auf Mikos Zimmer zu. Sie wusste, dass sie das hier nicht getan hätte, als sie noch Mech6.0 gewesen war. Spionieren, lauern, lauschen. Androiden waren nicht darauf programmiert, neugierig zu sein.

Und dennoch war sie hier, stand neben dem Türrahmen und belauschte die schluckaufartigen Geräusche eines Mädchens, das weinte.

»Wenn wir nur mit deinem Vater reden könnten … ihm zeigen, wie sehr wir einander lieben …«

»Er wird sich nie darauf einlassen. Er glaubt nicht, dass du mich beschützen kannst.«

Dataran entfuhr ein verstimmtes Seufzen. »Ich weiß, ich weiß. Und ich könnte es auch nicht ertragen, wenn dir irgendetwas zustoßen würde. Ich brauche nur Zeit … ich kann uns ein Schiff besorgen. Es wäre vielleicht nicht wie dieses hier, überhaupt nicht wie etwas, woran du gewöhnt bist, aber …«

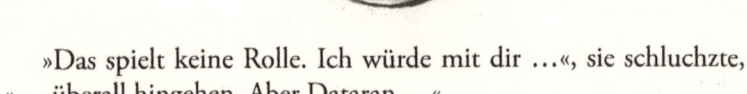

»Das spielt keine Rolle. Ich würde mit dir …«, sie schluchzte, »… überall hingehen. Aber Dataran …«

»Aber was?«

Ihr Weinen wurde lauter. »Willst du wirklich … dein ganzes Leben … mit einem Cyborg verbringen?«

Star traute sich, ein wenig näher zu rücken. Sie verlagerte ihr Gewicht, sodass sie durch den Spalt zwischen den prunkvollen Mahagonitüren spähen konnte. Diese Räume hier waren fertiggestellt. Die Umbauten am Schiff waren beinahe beendet, nur noch ein paar letzte Feinarbeiten am Vorderteil fehlten noch.

Die Abreise sollte in zwei Tagen stattfinden.

Sie entdeckte die beiden neben Mikos Monitorpult stehend. Dataran umarmte die junge Frau, eine Hand um ihren Hinterkopf gelegt, während sie ihr Gesicht an seiner Schulter vergrub.

Star prägte sich die Position ein. Sie hob eine Hand an ihren Nacken und vergrub ihre Fingerspitzen in ihrem eigenen Haar. Versuchte sich vorzustellen, wie es sich anfühlte, so von ihm gehalten zu werden.

»Miko, bitte«, flüsterte Dataran. »Deine Arme könnten aus Besenstielen gemacht sein, wenn es nach mir ginge.«

Star regulierte ihre Audioschnittstelle, drehte sie so weit auf, dass sie das Rascheln von Stoff hören konnte, seine Atemzüge, ihr Schniefen.

»Alles, was mir wichtig ist, befindet sich hier drin.«

Er zog sich gerade weit genug zurück, dass er seine Hand auf eine der Chrysanthemenblüten legen konnte, die auf ihren Kimono gemalt waren. Direkt unterhalb ihres Schlüsselbeins.

Star spiegelte seine Bewegung. Sie fühlte ihre eigene Brust, ihre synthetische Haut milderte die Härte ihrer Ummantelung ein wenig, wenn auch nicht viel. Aber da war kein Herzschlag, kein Puls.

»Du bist perfekt, Miko, und wunderschön, und ich liebe dich. Ich will dich heiraten.«

Die Worte, obgleich so leise gesprochen, erklangen wie ein Pistolenschuss in Stars Kopf. Sie zuckte zusammen und stolperte nach hinten. Schnell presste sie sich die Hand auf ein Ohr. Aber es war zu spät. Seine Worte hatten sich in ihren Datenspeicher eingebrannt.

Miko schnappte nach Luft, löste sich von ihm und wirbelte zum Durchgang herum.

Dataran war innerhalb von Sekunden bei der Tür und riss sie auf. Erleichterung machte sich auf beiden Gesichtern breit, als sie sie erblickten.

»Oh, bei den Sternen«, flüsterte Miko und legte ihre eigene künstliche Hand auf ihr sehr reales, schlagendes Herz. »Ich dachte, du wärst mein Vater.«

Star trat entschuldigend einen Schritt nach vorne und deutete auf die Lichter, die sich durch den Raum zogen, und dann auf das Kontrollpult an der Wand. Sie hob fragend die Augenbrauen.

Das war eine Lüge. Sie hatte all diese Räume am Tag zuvor überprüft, und sie wusste, dass es einst eine Zeit gegeben hatte, in der sie nicht zu so einer Falschheit fähig gewesen war, nicht einmal zu einer wortlosen.

»Oh – ja, ja, alles scheint perfekt zu funktionieren«, sagte Dataran und fuhr sich mit der Hand durchs Haar.

Er schien verlegen. Star hingegen fühlte sich gebrochen.

»Ich sollte zu Ende packen«, murmelte Miko. Sie klang in etwa so enthusiastisch dabei, als ob sie in eine Gefängniszelle ziehen müsse anstatt in eine luxuriöse Yacht. Sie senkte den Kopf und schlurfte zur Tür. »So viele zusätzliche Koffer, die an Bord müssen ...«

»Miko, warte.« Dataran ergriff Mikos Handgelenk, doch dann warf er Star einen Blick zu. Sie wandte sich ab, um die elektronische Bedientafel zu inspizieren. »Ich muss es versuchen«, flüsterte er und neigte seinen Kopf Miko entgegen. »Ich muss ihn wenigstens fragen ...«

»Er wird nicht zustimmen.«

»Aber wenn er es täte ... wenn ich ihn überzeugen könnte, dass ich mich um dich kümmern werde, dass ich dich liebe ... würdest du Ja sagen?«

Star hämmerte abwesend mit den Fingerkuppen auf den Monitor ein.

»Du weißt, dass ich das würde«, antwortete Miko, und ihre gedämpfte Stimme brach beim letzten Wort. Sie schniefte und räusperte sich. »Aber es spielt keine Rolle. Er wird nicht zustimmen. Er wird mich nicht hierbleiben lassen.«

Dann tapste sie mit sanften Schritten in Richtung des Ausgangs des Schiffs davon.

Als Star es wagte, einen Blick über ihre Schulter zu werfen, sah sie, dass Dataran seine Stirn gegen die Wand drückte und die Finger in seinem Haar vergrub. Mit einem schweren Seufzen fuhr er sich schließlich mit den Handflächen über das Gesicht und blickte zu ihr auf. Sie bemerkte dunkle Ringe unter seinen Augen und eine Blässe, die an ihm ganz falsch aussah.

»Ochida-shìfu ... er sorgt sich um ihre Sicherheit ...«, sagte er wie zur Erklärung, dann wandte er den Blick ab. »Und ich auch, um ehrlich zu sein. Aber wenn sie geht, sehe ich sie vielleicht nie wieder. Wenn ich doch nur ... wenn ich mein eigenes Schiff hätte, aber ...« Er schüttelte den Kopf und drehte sich so, dass er seinen Rücken gegen die Wand lehnen konnte. Es wirkte so, als ob er ohne deren Stütze in sich zusammenfallen würde. »Ich habe sogar auf eines gespart. Seit Jahren. Und ich hatte beinahe genug, wenn man dieses antike Hologramm-Medaillon dazuzählt, das bei Weitem hätte ausreichen sollen, um die Differenz zu begleichen. Aber ich habe es in diesem blöden Öltank verloren.«

Star presste eine Hand gegen ihre Hüfte, wo das Medaillon sicher in ihrer Tasche verstaut lag. Sie hatte es behalten, hatte gewartet, angenommen, dass ein perfekter Moment käme, in dem sie es ihm zurückgeben konnte. Doch der Zeitpunkt war ihr nie richtig erschienen. Und abends, wenn sie allein war, öffnete sie es und tauchte in das Meer von Sternen ein, während sie darüber nachdachte, wie das Leben sein würde, sobald Miko verschwunden war. Es würde so viele Chancen geben, so viele Möglichkeiten ...

»Es tut mir leid, Star. Ich sollte nicht so von meinen Problemen sprechen. Es ist nicht fair, wenn du mir nicht von deinen eigenen erzählen kannst.«

Er fing erneut ihren Blick auf, und sie zog ihre Hand von ihrer Tasche und ballte die Finger zur Faust. Miko würde in zwei Tagen fort sein. Nur noch zwei Tage. Und dann ... und dann ...

Dataran lächelte, doch es schien schwach und ließ all die Wärme vermissen, die so oft den Energiefluss in ihren Gliedmaßen unterbrochen hatte. »Hast du irgendwelche Probleme, über die du gerne sprechen würdest, Star?«

Sie nickte.

»Vielleicht könntest du sie aufschreiben. Ich werde sie lesen, wenn du das willst.«

Sie senkte den Blick und schüttelte den Kopf. Draußen im Gemeinschaftsraum gluckerte und summte das Aquarium vor sich hin, und das Geräusch, das beruhigend hätte wirken sollen, erfüllte jetzt das ganze Schiff und drohte sie zu ertränken.

»Ich verstehe«, sagte Dataran. »Ich habe mich wahrscheinlich nicht als der beste ... Zuhörer erwiesen, seit wir uns begegnet sind. Aber ich frage mich trotzdem manchmal, was in deinem Kopf vor sich geht. Miko mag dich, weißt du. Ich glaube ... sie hat es nicht gesagt, aber ich glaube, du bist wahrscheinlich die einzige Freundin, die sie hat.«

Star blickte zur Seite und ballte die Hände zu Fäusten. Dann, als sie es wieder wagte, seinem Blick zu begegnen, hob sie eine Hand und tippte sich mit dem Finger gegen ihre hohle Brust. Dataran beobachtete sie, doch er wirkte unsicher. Er verstand nicht.

Star trat einen Schritt auf ihn zu und tippte mit dem selben Finger auf sein Herz.

Er blinzelte und öffnete den Mund, um zu sprechen, doch bevor er es schaffte, lehnte Star sich nach vorn und küsste ihn. Nur ein flüchtiger Kuss, doch sie versuchte, jedes einzelne ungesagte Wort hineinzulegen. Ich bin es, ich bin es die ganze Zeit über gewesen, und ich mag vielleicht dein Leben gerettet haben, doch ich wäre nichts ohne dich. Ich wäre nur ein weiterer Mech-Droide, und ich würde nicht wissen, wie es ist, jemanden so sehr zu lieben, dass ich alles für ihn aufgeben würde.

Doch als sie sich zurückzog, sah er geschockt, entsetzt und schuldbewusst aus, und sie wusste, dass er nicht begriff. Sie verließ den Raum, bevor Dataran sprechen konnte. Er rief sie nicht zurück, und er folgte ihr auch nicht nach.

Star floh vom Schiff und hielt nicht inne, bis sie den Hangar hinter sich gelassen hatte und dann die Schiffswerft, eine einzelne, einsame Androidin unter einem gewaltigen Morgenhimmel. Dann griff sie in ihre Tasche und schlang ihre Finger um das Medaillon und um ein Universum, das ihr ohne ihn nichts bedeutete.

Im Gegensatz zum Abflug der Triton war der Abflug des *Kinds der Sterne* eine private Angelegenheit. Einige von Ochida-shìfus alten Mitarbeitern und Bekannten sowie Angestellte der Schiffswerft waren gekommen, um ihnen eine sichere Reise zu wünschen. Keine Freunde von Miko. Vielleicht hatte Dataran recht und sie hatte keine. Star fragte sich, ob es daran lag, dass sie reich und behütet war, daran, dass sie schüchtern war, oder daran, dass sie ein Cyborg war.

Sie konnte die Augen nicht von Dataran abwenden, der mit hängenden Schultern in der Menschenmenge stand. Sein Blick geisterte über das Schiff, während dessen Motoren donnerten und die Hebemagnete unter dem Hangarboden zum Leben erwachten. Er hoffte wahrscheinlich, durch die Fenster einen Blick auf Miko zu erhaschen, obwohl sie, bis auf das Fenster der Pilotenkanzel, allesamt so klein waren, dass diese Hoffnung vergebens war. Star fragte sich, ob die beiden einander überhaupt noch einmal gesehen hatten, seit sie sie vor zwei Tagen überrascht hatte. Die Worte, die sie gehört hatte, hallten immer noch in ihrem Kopf wider, und die Erinnerung daran schmerzte sie beinahe so sehr wie die an den Kuss.

Sie hatte Dataran seit diesem Morgen nicht mehr gesehen. Sie war ihm aus dem Weg gegangen. Unfähig, seinen Kummer über den Verlust von Miko zu ertragen, oder die netten, vernünftigen Dinge, die er sagen würde, um zu erklären, weshalb Miko diejenige war, die er liebte, und weshalb es niemals Star sein würde, selbst nachdem Miko verschwunden wäre.

Während sie ihn noch anstarrte, bewegte sich die Menge um Dataran herum. Eine Gestalt schritt anmutig zwischen den Körpern hindurch.

Star neigte den Kopf zur Seite und kniff die Augen zusammen. Starrte. Wartete.

Ein Ruck durchfuhr Dataran, dann wirbelte sein Kopf herum. Sein Blick fiel auf Miko, die einen schmucklosen Overall trug, und vor Überraschung wich er zurück. Ihr Lächeln war schüchtern, aber strahlend, als sie sich enger an ihn schmiegte und etwas flüsterte. Sie hob ihre Hand und etwas Kleines glitzerte auf ihrer Handfläche. Obwohl Star zu weit weg war, um es zu erkennen, wusste sie, dass es das Medaillon war. Ihr Medaillon. Ihre Galaxie.

Dataran schüttelte ungläubig den Kopf und blickte zurück zum Schiff. Dann, die Andeutung eines Lächelns auf den Lippen, nahm er Miko in die Arme und küsste sie.

Star drückte ihre Fingerspitzen gegen ihre eigenen Lippen. Stellte es sich vor.

Ihr Arm wurde schwächer und sie ließ ihn in ihren Schoß fallen. Es würde jetzt nicht mehr lange dauern. Sie konnte spüren, wie ihr Körper zu rebellieren begann. Sie spürte es durch den Schmerz, der sie nun beinahe stetig begleitete: ein stechendes Gefühl, das selbst im Sitzen ihre Beine zerfetzte. Sie spürte es in an der Häufigkeit, mit der sie die Kontrolle über ihre Gliedmaßen verlor. Sie spürte es an der

Schwärze, die ihre Sicht bewölkte, und daran, wie sie stets dachte, dass dieses Mal das letzte Mal sein würde, dass sie nach einem langen, qualvollen Moment ihr Bewusstsein zurückerlangte.

Fußtritte dröhnten durch den Gemeinschaftsraum und hielten auf der Türschwelle inne. Star wandte ihren Kopf ab.

»Eine Minute bis zum Take-off«, sagte Ochida-shìfu. »Willst du mit mir in der Pilotenkanzel sitzen?«

Sie schüttelte den Kopf und zog den Ärmel ihres Seidenkimonos zurecht, sodass er die Metallverkleidung ihres Armes mit Sicherheit sehen würde. Die synthetische Haut hatte sich leicht ablösen lassen, und obwohl es beunruhigend war, deren künstliches Innenleben zu sehen, erinnerte sie die Gliedmaße an die dreifingrigen Greifer ihres Körpers als Mech6.0, und darin lag eine beruhigende Vertrautheit.

Ochida hinter ihr seufzte schwer. »Ich tue das für *dich*, Miko. Es ist besser so. Und er ist nur ein Junge – du wirst darüber hinwegkommen.«

Als Star nicht antwortete, schnaubte er und zog sich von der Türschwelle zurück.

»Na schön. Sei wütend. Bekomme deinen Wutanfall, wenn du unbedingt musst. Aber zieh dein Hauttransplantat wieder über, bevor du das Material beschädigst. Was auch immer du mir damit sagen willst, es funktioniert nicht. Die Erinnerung daran, was du bist, überzeugt mich nur noch mehr, dass ich die richtige Entscheidung getroffen habe.«

Dann war er verschwunden.

Star ließ ihren Blick zurück zum Fenster wandern, zum Hangar, der Menschenmenge. Hunderte von Mech-Droiden, die in einer Reihe vor den Ladestationen standen. Miko. Und Dataran.

Es verstrichen nicht einmal Minuten, ehe sie hören konnte, dass die Magneten eingeschaltet wurden und das Schiff sich vom Boden abhob. Die Menge jubelte. Dataran schlang die Arme um Miko, und sie strahlte. Obwohl Star nicht glaubte, dass Miko sie sehen konnte, fühlte sie sich beinahe so, als ob sie einander in diesem Moment anblickten, und dass Miko genau wusste, was für eine Entscheidung Star getroffen hatte. Und dass auch sie wusste, dass es die richtige war.

Dann wurden die Schubdüsen betätigt und das Schiff stieg aus dem Hangar und über die glitzernde, sich weit ausbreitende Stadt Neu Beijing. Und Dataran war fort.

Star lehnte den Kopf gegen das Fenster, plötzlich ganz kraftlos. Ihr Audioempfang wurde schwächer, die Geräusche verklangen zu einem undeutlichen, weit entfernten Summen, als das *Kind der Sterne* wie ein Speer durch die Wolkenfetzen schoss und der Himmel sich von einem strahlenden Blau zu einem errötenden Rosa und einem blassen Orange wandelte.

Ihr Ventilator kämpfte in ihrem Brustkorb, bewegte sich langsamer und langsamer ...

Dann, so urplötzlich, dass sie es beinahe verpasst hätte, öffnete sich das Weltall vor ihr. Schwarz und ausgedehnt und endlos. Und mit mehr Sternen gefüllt, als sie jemals in sich würde aufsaugen können. Mehr Sterne, als sie jemals begreifen konnte.

Das war so viel besser als ein Hologramm.

Ihre Kabel bebten, als die letzten Fünkchen Energie hindurchzischten. Ihre Finger zuckten und zitterten, dann lagen sie still.

Sie lächelte, als sie sich vorstellte, wie sie zu einem weiteren Stern in einem Meer aus Millionen wurde, und ihr Körper beschloss, dass er genug ertragen hatte und sie genau jenen Moment spürte, in dem ihre Energiequelle aufgab und das Summen der Elektrizität erlosch.

Doch sie war bereits überwältigend und strahlend und endlos.

Maggie Stiefvater

Nur so stark wie die Füsse, die uns tragen

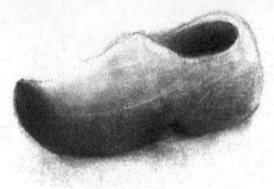

Maggie Stiefvater

Nach dem Sommer, Wen der Rabe ruft, Rot wie das Meer – Maggie Stiefvater hat bereits zahlreiche erfolgreiche Jugendbücher geschrieben. Sie ist allerdings nicht nur eine hervorragende Autorin, sondern ein echtes Multitalent. Maggie fährt Autorennen, ist eine wunderbare Zeichnerin und spielt mehrere Musikinstrumente (unter anderem den Dudelsack). Für viele ihrer Bücher erstellt sie selbst Trailer, die sie nicht nur animiert, sondern für die sie auch selbst Musikstücke komponiert und mit ihrer Schwester einspielt. Da trauen wir ihr auch durchaus die Erfüllung ihres nächsten großen Wunsches zu: ein eigenes Tonstudio zu besitzen und als Soundtrack-Komponistin zu arbeiten. Vielleicht gar für die geplante TV-Serienumsetzung ihres *Raven Boys*-Zyklus?

Darüber hinaus – und ich hatte das große Glück, mich selbst davon während eines persönlichen Interviews auf der Leipziger Buchmesse zu überzeugen – hat sie einen genialen Sinn für Humor.

Viele Jahre lang habe ich begeistert die von Marion Zimmer Bradley herausgegebene Anthologienreihe *Magische Geschichten* gelesen. Das eine oder andere konnte ich mir hoffentlich dabei abschauen. Eines von Marions Markenzeichen war, die jeweilige Sammlung mit einer kurzen, witzigen Geschichte zu schließen: knackig und leicht im Abgang, wie sie es nannte. Maggies Märchenadaption war eine der ersten, die ich für *In Hexenwäldern und Feentürmen* zu lesen bekam. Trotzdem stand für mich sofort fest, dass ich die Anthologie mit keiner anderen Geschichte enden lassen konnte.

www.maggiestiefvater.com

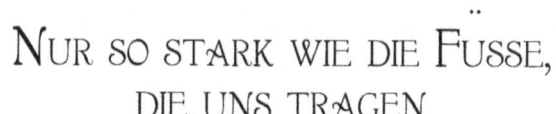

Nur so stark wie die Füsse, die uns tragen

K*önig Julian hatte keine Ahnung, dass sein Königreich eine Demokratie war – und das bereits seit drei Generationen.*

Ein Kindermädchen ist etwas, das man mit Bedacht aussuchen sollte, wenn man ein König ist. Selbst dann, wenn man der König eines nicht gerade großen Königreichs ist, in dem es viel zu oft regnet und das hauptsächlich für seine Salate bekannt ist (insbesondere für eine rote Sorte, die den Namen »Julians Haupt« trägt). Trotzdem bekleidet man eine Machtposition, und das Kindermädchen, das man für seinen Sohn auswählt, wird mehr Zeit damit verbringen, ihm etwas über Politik beizubringen, als die eigene Ehefrau. Und, wie Julian zu sagen pflegt: Eine Nation ist nur so stark wie die Füße, die sie tragen.

Ich bin seit sehr langer Zeit ein Kindermädchen, und, seid versichert, dass man sich für mich entschied, war kein Zufall. Man erwählte mich aus einer Familie, die der Krone bereits seit Generationen Kindermädchen zur Verfügung stellt. Wir sind dafür bekannt, unerschütterlich zu sein (wichtig, weil die rothaarige Königslinie dazu neigt, Säuglinge zu zeugen, die mit Koliken zu kämpfen haben), robust (ein Glücksfall, da eine kurze Auseinandersetzung mit dem Nachbarland zu einem Embargo geführt hat, das sämtliches Schuhwerk verbietet außer den vor Ort hergestellten Holzschuhen), gesund (ein Zufall in einem Land, das vom Regen heimgesucht wird) und, noch vor allem anderen, absolut gerissen.

Ich bin gerissen.

Außerdem bot ich einen ziemlich schönen Anblick, wenn man mir beim Davongehen zusah, wenn ihr versteht, was ich meine; und ich glaube, das ist der wahre Grund, weshalb der junge König sich vor vierzig Jahren für mich entschied. So wie alle schönen Leute mochte es Julian, von anderen schönen Leuten umgeben zu sein; er wollte dem Hässlichen bloß nicht zu nahe kommen. Tatsächlich war der Tod seiner Frau, Königin Ruth, kurz nach der Entbindung jedoch ziemlich hässlich, und Julian hat sich nie ganz davon erholt.

König Julian hatte einen Sohn, Bertrand, und Bertrand war von Anfang an schön und rothaarig wie sein Vater. Und genau wie seinem Vater vor ihm, war es Bertrand vorherbestimmt, im Alter von siebzehn Jahren ein Mädchen von wahrem königlichem Geblüt zu heiraten. Als sein Geburtstag näher rückte, vollbrachte der Hofstaat Höchstleistungen. Wir alle kannten das Ritual, mit dessen Hilfe man eine wahre Prinzessin fand; wir hatten es zuvor schon einmal erdulden müssen. Jedes Mal, wenn ein männliches Mitglied des Königshauses begann, nach einer Ehefrau zu suchen, fielen ein Dutzend möglicher Bräute über das Schlossgelände ein. Jedes davon wurde in einen Raum geführt, der stets auf genau die gleiche Weise eingerichtet war: Im Zimmer befand sich nichts außer einer Laterne und zwanzig Matratzen, auf denen weitere zwanzig Daunenmatratzen aufgetürmt waren. Waren es zwölf Mädchen, würden sie zwölf Nächte lang dort schlafen, und in jeder Nacht legte man einer von ihnen eine Erbse unter die Matratzen. Die wahre Prinzessin war diejenige, die mit einer derartigen Beleidigung unter dem Bett nicht schlafen konnte. Die anderen Betrügerinnen wurden getötet.

    Ich mache Scherze.

    Natürlich töteten wir die anderen Mädchen nicht. Wer bitte hat genügend Platz, um all die Leichen zu vergraben? Aber der Rest ist wahr. Das gesamte Schicksal des Reiches ruhte auf einem albernen Mädchen, das irgendein albernes Gemüse unter ihrer Bettstätte spüren konnte.

    Genau aus diesem Grund müssen wir alle Holzschuhe tragen.

Der arme Bertie fühlte den Druck seines Geburtstags schwer auf sich lasten. Sieben Mädchen von möglicherweise königlichem Geblüt hatten sich zwecks der Chance auf seine Hand eingefunden, und er kämpfte mit dem niederschmetternden Wissen, dass er bald verheiratet sein würde. Doch dass er verheiratet sein würde, war nicht so niederschmetternd wie das bevorstehende Ende sämtlicher Frivolitäten.

»Mein armes Lämmchen«, sagte ich zu ihm, als ich für das erste königliche Abendmahl einem Huhn den Hals umdrehte (ich hatte noch sechs weitere vor mir, denn da ich einen Sinn für Humor habe, würde es für jedes Mädchen eines geben). Und ich hatte tatsächlich Mitleid mit ihm – es war schon eine merkwürdige Art, durch eine Erbse seine Unabhängigkeit zu verlieren. »Es macht keinen Sinn, sich zu sorgen. Es ist alles in besten Händen.«

»Erbsen haben keine Hände, Gertie«, sagte er. »Erzähl mir nicht, dass der Allmächtige von seinem Wolkenschloss auf mich herabblickt und am Rückenmark der Prinzessin herumzupft, die auf der Erbse liegt. Denn ich glaube nicht, dass es ihn kümmert, was aus meinem sozialen Leben wird.«

»Das tun nicht viele Leute«, stimmte ich ihm zu. »Dennoch, ich verstehe nicht, was für einen Sinn es haben soll, dass du dich sorgst. Du hast nichts damit zu tun. Geh und lerne sie kennen.«

Bertie wollte sie nicht kennenlernen, doch er war so daran gewöhnt, das zu tun, was ich ihm auftrug – schließlich war ich siebzehn Jahre lang sein Kindermädchen gewesen –, dass er trotzdem ging und sie kennenlernte.

Im Großen und Ganzen waren sie alle ziemlich furchtbar. Das sind die meisten Menschen, die behaupten, königlichen Geblüts zu sein. Man stellt das übrigens schnell fest, wenn man sich mit Märchen beschäftigt. Die Welt ist rappelvoll von Geschichten über Prinzen, die sich zwischen den Mittellosen verstecken, und Prinzessinnen, die Probleme lösen, während ihre wahren Identitäten geheim bleiben. Wäre es andersrum, würde es niemanden interessieren. Irgendein armes Schwein, das in einem Kornfeld geboren wurde, während seine

Mutter vorgekautes Essen in eine Dose spuckte, und das dann aufwächst und fälschlicherweise behauptet, ein Prinz zu sein, ist einfach nicht sympathisch. Ich wünschte, mehr Leute würden begreifen, wie sehr sie sich zu Idioten machen, bevor sie behaupten, adelig zu sein.

Außerdem ist es ziemlich viel Arbeit, sieben Betten, die aus jeweils vierzig Matratzen bestehen, frisch zu beziehen, daher wäre es hilfreich, wenn die Leute aufhören würden, meine Zeit zu vergeuden.

Im Gegensatz zu seinem Vater interessierte sich Bertie weniger für das Aussehen, sondern mehr für das Gespräch mit einer potentiellen Prinzessin, die wohl in der Vergangenheit mit Schusterei zu tun gehabt zu haben schien. Das bedeutet Schuhherstellung, für diejenigen unter euch, die in einem Kornfeld geboren wurden, während eure Mutter das Essen vorkaute. Schuhherstellung ist keine besonders königliche Aktivität, doch Bertie, wie wir alle der Holzschuhe überdrüssig, war ziemlich fasziniert davon.

Weniger fasziniert war er von der Prinzessin, die ihn fragte, warum der Salat nicht Bertrands-Haupt-Salat hieße. Oder von der Prinzessin, die sich an seine Fersen heftete, aus dem Stegreif Gedichte für ihn ersann und ihm Lieder vorsang, in denen sie ihn ihren lieblichen Sommerjungen nannte. Oder aber von der Prinzessin, die so viel Zeit damit verbrachte, wunderschön zu sein, dass sie keine Zeit übrig hatte, mit ihm zu sprechen.

Ich und die anderen Mitglieder des königlichen Hausstaats konnten die Festivitäten jedoch nur für einige Stunden beobachten, danach mussten wir das Festmahl vorbereiten und dann, während sie das Festmahl verzehrten, ihre Schlafzimmer. Zwanzig Matratzen und zwanzig Federbetten mal sieben, während ich und die Diener und die Stallburschen und die Köche und die Schneiderinnen hin und her diskutierten, von welcher Prinzessin wir uns erhofften, dass sie sich durchsetzen und unseren geliebten Bertrand glücklich machen würde. Es gab keine klare einheitliche Meinung – die gibt es nie –, aber dennoch eine allgemeine Siegerin.

Nach dem Festmahl betrat ich die große Halle und stellte mich vor König Julian. Hinter mir hatten die Prinzessinnen die Symbole in Empfang genommen, die dem jeweiligen Zimmer entsprachen, in dem sie wohnen würden. Jedes Symbol repräsentierte einen der größten Schätze unseres Landes. Holzschuhe, selbstverständlich. Der Salat. Ein Käfer, der nur in der schlammigen Gegend nahe dem Schloss lebte. Der Große Knochendolch der Heiligen Paulie, eine unserer ältesten Heldinnen. König Julians Antlitz. Und für die letzte Prinzessin eine Trompete, welche das einzige Instrument war, das keiner von König Julians Untertanen spielen konnte. Ich beäugte sie alle, ganz besonders die Sängerin (sie trug den Käfer), das wunderschöne Mädchen (es hielt den Dolch) und die Schuhmacherin (sie besaß den Salat). Bertrand beäugte mich. Er sah nervös aus.

Dann nahm ich mit großem Tamtam die Erbse von König Julian entgegen. Alle beobachteten mich, als ich die große Halle verließ (Julian ganz besonders; manche Dinge ändern sich einfach nie), um die Erbse in einem der Räume zu platzieren.

Ich schritt den Korridor entlang, vorbei an der Tür, die mit der Trompete gekennzeichnet war, an der mit dem Dolch, der mit dem Käfer. Niemand war da, als ich die Tür öffnete, die das Zeichen des Salats trug. Ich trat an den Matratzenhaufen – uff, wir würden so viel waschen müssen, wenn das ganze Brimborium vorbei war – und steckte die Erbse unter ihn.

Dann, weil Julians Königreich eine Demokratie ist und eine Erbse ein lächerlicher Weg, eine Monarchin zu wählen, kletterte ich auf die oberste Matratze, zog das Spannbetttuch ab und legte einen meiner Holzschuhe in die Mitte. Dann bezog ich das Bett wieder und kletterte hinab, überwältigt von dem Gefühl der Erfüllung, das einen überkommt, wenn man gewählt hat.

ENDE

Christian Handel (Hrsg.)
Hinter Dornenhecken und Zauberspiegeln
ISBN: 978-3-95991-181-8, Klappenbroschur, EUR 14,90

Traust du dich, einen Blick hinter den Spiegel zu werfen?

Entdecke eine Welt, in der die Feen zum Klang fluchbeladener Harfen tanzen und Geheimnisse wohl verborgen hinter Brombeerhecken schlummern.
Folge den Spuren derer, die du zu kennen glaubst.
Doch gib acht –
im Märchenreich ist nichts so, wie du es erwartest …

Eine märchenhafte Anthologie

Deutscher Phantastikpreis 2017 *Beste Anthologie*

Christian Handel (Hrsg.)
Von Fuchsgeistern und Wunderlampen
ISBN: 978-3-95991-800-8, Klappenbroschur, EUR 14,90

Drei Wünsche erfüllt ein Dschinn.
Drei Prüfungen müssen Helden in Märchen bestehen.
Zum dritten Mal laden wir euch ein in das magische Reich
der Hexen und Lampengeister.
Durch klirrendkalte Winternächte wirbeln Schneefrauen,
auf Sommerweiden treiben Windsbräute ihr gefährliches Spiel
und tief unter dem Meeresspiegel verbergen sich ganze Königreiche.
Taucht ein in schillernde Welten voller Wunder und magischer Gefahren.

Die dritte märchenhafte Anthologie

Christian Handel (Hrsg.)
Durch Eiswüsten und Flammenmeere
ISBN: 978-3-95991-872-5, Klappenbroschur, EUR 14,90

Es war einmal eine Zeit, in der Schneeköniginnen
die Welt mit Eis überzogen und Hexen Menschen in Tiere verwandelten.
So jedenfalls erzählt man sich.
Was aber wäre, wenn Zauberinnen Mädchen in Türme sperrten, um sie zu schützen?
Wenn der Herzkönigin einst selbst das Herz gebrochen wurde?
Wenn man fortgehen muss, um sich selbst zu finden?
Es ist an der Zeit, auch die Stiefmütter, die Wölfe
und die Todesfeen zu Wort kommen zu lassen.
Bist du bereit für ihre Geschichten?

Die vierte märchenhafte Anthologie

Christian Handel (Hrsg.)
Von Flusshexen und Meerjungfrauen
ISBN: 978-3-95991-555-7, Klappenbroschur, EUR 14,90

Dunkel, glitzernd und geheimnisvoll: Im Wasser liegt eine ganz besondere Magie.

Dies gilt umso mehr für die Bewohner dieses Elements – Brunnengeister, deren Zuhause der Eingang zur Unterwelt ist, Kappas, die auf dem Grunde japanischer Teiche leben, und Fische, die Wünsche erfüllen.

Widersteht ihr dem Lockruf der Loreley in ein verborgenes Reich, in dem Wasserpferde über mondbeschienene Seen galoppieren, Seeungeheuer Küstenstädte bedrohen und Nixen verträumten Mühlenweihern entsteigen?

Die fünfte märchenhafte Anthologie

Du brauchst Lesenachschub und möchtest dich überraschen lassen
oder wünschst Empfehlungen? Da können wir helfen!
Wir stellen für dich ganz individuell gepackte Buchpakete zusammen – unsere

DRACHENPOST

Du wählst, wie groß dein Paket sein soll, wir sorgen für den Rest.

Du sagst uns, welche Bücher du schon hast oder kennst und zu welchem Anlass es sein soll.
Bekommst du es zum Geburtstag #birthday
oder schenkst du es jemandem? #withlove
Belohnst du dich selber damit #mytime
oder hast du dir eine Aufmunterung verdient? #savemyday
Je mehr wir wissen, umso passender können wir dein Drachenmond-Care-Paket schnüren.
Du wirst nicht nur Bücher und Drachenmondstaubglitzer vorfinden, sondern auch Beigaben,
die deine Seele streicheln. Was genau das sein wird, bleibt unser Geheimnis ...

Die Wahrscheinlichkeit ist groß,
dass sich das ein oder andere signierte Exemplar in deiner Box befinden wird. :)

Wir liefern die Box in einer Umverpackung, damit der schöne Karton heil bei dir ankommt und
als Geschenk nicht schon verrät, worum es sich handelt.

Lisan bringt das kleinste Drachenpaket zu dir, wobei *klein* bei Drachen ja relativ ist. € 49,90
Djiwar schleppt dir in seinen Klauen einen seitenstarken Gruß aus der Drachenhöhle bis vor die Tür. € 79,90
Xorjum hütet dein Paket wie seinen persönlichen Schatz und sorgt dafür, dass es heil bei dir ankommt –
und wenn er sich den Weg freibrennt! € 99,90

Zu bestellen unter www.drachenmond.de